宋代两京都市文化与文学

刘方◎著

中国社会科学出版社

图书在版编目(CIP)数据

宋代两京都市文化与文学 / 刘方著. —北京：中国社会科学出版社，2016.7
ISBN 978-7-5161-8437-0

Ⅰ.①宋… Ⅱ.①刘… Ⅲ.①中国文学-古典文学研究-宋代 Ⅳ.①I206.2

中国版本图书馆 CIP 数据核字(2016)第 138252 号

出 版 人　赵剑英
责任编辑　曲弘梅
特约编辑　薛敏珠
责任校对　张依婧
责任印制　戴　宽

出　　版　中国社会科学出版社
社　　址　北京鼓楼西大街甲 158 号
邮　　编　100720
网　　址　http://www.csspw.cn
发 行 部　010-84083685
门 市 部　010-84029450
经　　销　新华书店及其他书店

印刷装订　三河市君旺印务有限公司
版　　次　2016 年 7 月第 1 版
印　　次　2016 年 7 月第 1 次印刷

开　　本　710×1000　1/16
印　　张　27
插　　页　2
字　　数　447 千字
定　　价　99.00 元

凡购买中国社会科学出版社图书，如有质量问题请与本社营销中心联系调换
电话：010-84083683

内容提要

本书从宋代城市革命这一视角，系统研究宋代城市文学繁荣的成因及特质，探讨宋代新型文学生产与城市文学的建构，并具体展示新的城市文化。跨学科、多层次地探索在宋代都市文化支撑和影响下形成的新的文学生产活动和文学变迁，以及这些文学生产所创造出的都市意象。

第一编探索宋代新的京都文化的文化想象与文学建构。

揭示和分析京都赋、士大夫诗歌和话本，构成了凝视帝都文化的四种不同的目光，从而使帝京文化的文学表达，从此变成众声喧哗。而皇权、士大夫与市民，对于金明池游观的文学想象与文学表达，则开创了都市娱乐空间的文学生产与文学想象空间的多重建构。礼部唱和诗歌窥见北宋京都政治文化空间与文学关系的一个侧面。

第二编力图展现在陪都文化孕育和影响下产生的，以体现陪都文化特征为主体内容的都市文学特质及其新型都市文学书写的文学史意义。

熙丰时期洛阳文学集会诗歌，自觉建构着洛阳陪都新传统，反映了洛阳作为陪都的特定的城市文化与文学特质。司马光、邵雍熙丰时期的诗歌作品，关于城市的新的美学观念，改变着传统文学与审美观念，对于城市文学的话语建构具有开拓意义。

第三编揭示临安市民文化繁荣下市民文学的兴盛与新型文学生产的萌芽。

南渡士大夫典型的《汴京纪事》组诗不仅追忆了东京梦华，而且更为重要的是力图建构南宋政权的正统性与合法性。

南宋繁华的都市，特别是豪华宏伟、富丽堂皇的酒楼公共空间，为都市文学书写提供了新的空间与平台，新的灵感与思绪，新的题材与内容，多重表达了不同阶层的创作主体和不同阅读受众群体的都市白日梦。另外都市文化的新的公共空间不仅为文学生产提供了新的空间，也催生了新的文学功能，都市文学的书写对于南宋都城的文化形象塑造，城市声誉的建构也带来的多方面意想不到的效果与作用。

研究揭示和细致分析临安都市文化繁荣催生了近代意义的新型文学生产的萌生。以近代意义的文学生产三环节为结构线索，分别从都市文化繁荣与潜在新型文学消费群体的诞生，都市文化繁荣与坊刻业发展，文学传播现代传媒的物质基础的奠定和都市文化与新型文学生产者群体的聚集三个方面，揭示了新型文学生产这一中国文学史上从未有过的文学现象。

目　录

上编　汴京：都市文学的多重建构

中编　洛阳：陪都文化与陪都文学

下编　临安：市民文化的繁荣与新型文学生产

导论

第一节　问题意识与概念界定

宋代文化是中国传统文化的重要转折时期，是中国传统文化的一个高峰。自20世纪80年代以来，宋代多方面领域的研究逐渐得到重视和发展。“宋学”或者说“新宋学”研究成为学术研究的一个热点。从断代史研究到专题与个案研究等多个领域的宋代文学研究都取得了显著成绩，但是在某些领域的研究则受到忽视。施坚雅、杨宽等人对于中国城市史的研究均表明宋代发生了城市革命，加速了城市化进程，形成大量新型的城市和城市体系，从而对中国社会、文化的诸多方面，产生了巨大而深远的影响，文学领域也不例外。而在这些方面，至今仍然是少有涉及，缺乏系统而深入的研究。事实上城市变革，也对宋代新型文学生产的诞生与城市文学的繁荣产生了巨大而深远的影响，而新型文学生产与城市文学的繁荣，又建构、丰富并具体展示了新的城市文化，构成了宋代社会、文化转型的重要标志之一。

本书从唐宋城市变革这一视角，研究宋代新的城市文化崛起后，如何影响和催生新的城市文学生产与传播等文学现象，系统研究宋代城市文学繁荣的诸多领域、特质及其成因；力图发掘和开拓一个长期没有引起研究者足够重视的研究领域，对于宋代都市文化支撑和影响下形成的新的文学生产机制、新的文学生产活动和文学变迁，进行跨学科、多层次的初步探索。

本研究课题的学术问题意识在于：思考伴随唐宋变革这一巨大的历史变迁所孕育、形成的新型都市文化，将会影响和产生什么样的新型的宋代都市文学？新诞生的宋代都市文学又怎样影响和改变了中国文学发展的历史进程与走向？宋代都市文化与城市文学生产之间的相互关系与相互影响具体的情形究竟如何？进一步，则希望讨论和揭示更为深层的问题，即支撑这些文学史现象出现的深层的观念、深层的文化历史语境，探索宋代都市文学生产的繁荣、变迁的这个过程何以发生？

自然，影响宋代文学发展的因素很多，其中，城市化即是一个重要方面。像人们已经比较熟悉的城市与宋词发展、繁荣的关系，城市与宋元话本、宋代瓦市之间的关系等，就是比较明显的文学史例证。而本书的研究则是在城市与文学的研究领域，做进一步深层次与细致化研究，但不是一般性讨论城市与文学的关系，而是具体地分析三个城市：北宋的东京汴梁、西京洛阳和南宋首都临安。通过研究发生在这三个城市地理空间、政治空间、文化空间的城市文化转型，多方面新的都市文化特征的呈现，如何具体地影响了一些特定的城市群体的特定的文学创作，从而形成新型的文学活动、文学主题与文学内容，甚至新型的文学生产方式。力图揭示特定的时间、空间之中，特定的城市范围之内，呈现的特定的都市文学现象，分析和探索其新的城市文学特质，及其发生的具体过程。

由此，有必要对于选题书稿所涉及的几个概念做出简要的解释：

两京：实际研究涉及三个城市，汴梁（东京）、洛阳（西京）、临安（杭州）。不是简单对于两京相关文学作品的文献收集和归类，而是基于研究课题自身内部的内在关联。

北宋两京：即东京汴梁与西京洛阳，构成了首都与陪都这样一对双城，[①] 体现了两种不同的，同时又是有着千丝万缕的内在联系与相互影响的都市文化，形成各具特色的都市文化特征，从而影响到在这两个城市中的文学创作，形成具有不同文化特征与内涵的城市文学。

而南宋时期的临安与北宋汴京，则构成了另外一对双城，即现都与故都，他们之间有深刻的内在关联，体现的是城市文学的当下书写与历史记忆。

因此，这样的两京，就不是不相干的两个城市，而是有着历史事实上

---

① 中国古代小说中的“双城”概念，是由孙逊先生最早提出，参见孙逊、葛永海《中国古代小说中的“双城”意象及其文化蕴涵》，《中国社会科学》2004 年第 6 期。有关宋代两京文学研究，参考刘方《汴京与临安：两宋文学中的双城记》，上海古籍出版社 2013 年版。该著与本书稿恰好形成关系十分密切的互补关系。

的内在关联和有机联系的城市，并且在这种实际的关联中形成并且呈现出各自都市文化特征。

都市文化：并非一般性概念，而是指在特定的时间、空间下特殊的都市文化。许多研究者习惯于将某一特定城市文化的某一方面的特征，当成一个王朝各个城市的普遍特征，而本研究力求避免这一通病，研究具体的历史时间与特殊空间的都市文化。

都市文学：同样也并非一般性概念，而是指在特定的都市的时间、空间中，针对特定的事件，写下的与特定的都市文化有直接或者密切关联的文学作品。凡在都市中创作，但是其内容与所在城市文化没有内在关联的作品，或者体现出来的是过于泛化，无法呈现特定都市文化特征的作品，均不在此范围之内。

本研究一方面力图广泛吸收和借鉴当代西方建筑学、城市学、文化地理学、都市文化理论、空间理论、文学生产与文化研究理论等多学科现代知识理论，另一方面，广泛吸收和借鉴当代有关宋代城市、商业、建筑、社会、文化、思想、文学、艺术等多学科的研究成果，努力多方面探索在宋代都市文化支撑和影响下形成的新的文学生产机制、新的文学生产活动与文学传播活动，以及这些文学生产所再创造出的都市文化的想象。研究在都市文化与文学生产之间的互动与双向影响，并进一步探索都市之间（汴京—洛阳，汴京—临安）的文化影响及其文学表达。

第二节　本课题研究的基本思路、研究方法与主要观点、内容

城市是人类文明发展的重要成果，是政治、文化、宗教、商业的中心，也是文学、艺术的中心。由于都市化进程首先发生在西方，因此，有关都市文化研究，在西方已经取得了比较丰富的成果，美国著名城市学家芒福德的《城市发展史》，[①] 已经成为世界公认的经典之作，Richard Le-

① ［美］芒福德：《城市发展史》，倪文彦译，中国建筑工业出版社 1989 年版。

han 的 *The City in Literature: An Intellectual and Cultural History*，[①] 则探索了伴随西方物质城市的发展，西方文学表现的变迁。Carl E. Schorske 的《世纪末的维也纳》[②] 和法国克里斯多夫·普罗夏松《巴黎 1900——历史文化散论》，[③] 对于维也纳、巴黎等世界著名大都市的文化研究，是近年来城市文化研究的重要成果。本雅明的《发达资本主义时代的抒情诗人》，[④] 对于波德莱尔笔下第二帝国的巴黎的研究，已经成为世界公认的从文学来研究城市文化的经典之作。而美国学者索杰《第三空间——去往洛杉矶和其他真实和想象地方的旅程》[⑤] 和迪尔《后现代都市状况》[⑥] 等则是近年来研究当代西方城市文化的重要作品。

西方学者研究中国古代城市的著作中，美国施坚雅主编的《中华帝国晚期的城市》[⑦] 是公认的经典之作，而林达·约翰逊主编《帝国晚期的江南城市》[⑧] 则是近年来重要的研究成果。近年来，包弼德（Peter Bol）、伊佩霞（Patricia Eberey）、贾志扬（John chaffee）、韩明诗（Robert P. Hymes）等美国汉学家对于宋代文化的诸多方面都有开拓性的研究，[⑨] 可惜都没有涉及宋代的城市文化与文学方面。倒是较早出版的法国汉学家谢

---

① ［美］Richard Lehan, *The City in Literature: An Intellectual and Cultural History*, Univerity of California Press 1998.

② ［美］Carl E. Schorske：《世纪末的维也纳》，李锋译，江苏人民出版社 2007 年版。

③ ［法］克里斯多夫·普罗夏松：《巴黎 1900——历史文化散论》，王殿忠译，广西师范大学出版社 2005 年版。

④ ［德］本雅明：《发达资本主义时代的抒情诗人》，张旭东等译，生活·读书·新知三联书店 1989 年版。

⑤ ［美］索杰：《第三空间——去往洛杉矶和其他真实和想象地方的旅程》，陆扬等译，上海教育出版社 2005 年版。

⑥ ［美］迪尔：《后现代都市状况》，李小科等译，上海教育出版社 2004 年版。

⑦ ［美］施坚雅主编：《中华帝国晚期的城市》，叶光庭等译，中华书局 2000 年版。

⑧ ［美］林达·约翰逊主编：《帝国晚期的江南城市》，成一农译，上海人民出版社 2005 年版。

⑨ ［美］包弼德（Peter Bol）：《斯文：唐宋思想的转型》，刘宁译，江苏人民出版社 2001 年版。John W. Chaffee, *The Thorny Gate of Learning in Sung China*. Cambridge University Press, 1985。［美］伊佩霞（Patricia Eberey）：《内闱：宋代的婚姻和妇女生活》，胡志宏译，江苏人民出版社 2004 年版。［美］Robert P. Hymes（韩明诗），*Statesmen and Gentlemen: The Elite of Fu - Chou, Chiang - Hu in Northern and Southern Sung*（官僚和士绅：两宋江西抚州精英），Cambridge University Press，1986。

和耐的《蒙元入侵前夜的中国日常生活》,[①] 则简单涉及了临安的都市文化诸方面。

日本学者研究中国宋代城市的重要著作则有加藤繁《中国经济史考证》,[②] 和梅原郁《中国近世的都市与文化》,[③] 斯波义信等学者也对于唐宋时期的中国城市有广泛研究。[④] 而在宋代文学领域，近年来比较活跃的日本学者浅见洋二、内山精也、保苅佳昭等有关宋代文学研究，却均未涉及宋代的城市文化与文学方面。[⑤]

海外华人及台湾学者的研究中，赵冈《中国城市发展史论集》,[⑥] 梁庚尧《宋代社会经济史论集》[⑦] 是重要的研究宋代城市史与社会史的著作。

近年来，伴随着我国城市化进程，都市文化开始得到重视与研究。杨宽《中国古代都城制度史研究》[⑧] 是重要的开拓性的研究。此后，陆续出版了多种中国城市史著作。另外，自梁思成先生开创中国建筑史的研究以来，陆续出版了多种中国建筑史著作，近年来还出版了多卷本的《中国古代建筑史》，其中仅宋、辽、金、西夏卷，就厚达160余万字,[⑨] 这些建筑史著作中也涉及有些城市内容。有关宋代城市研究，有周宝珠《宋

---

① ［法］谢和耐:《蒙元入侵前夜的中国日常生活》，刘东译，江苏人民出版社1998年版。

② ［日］加藤繁:《中国经济史考证》第一卷，吴杰译，商务印书馆1959年版。

③ ［日］梅原郁:《中国近世的都市与文化》，京都大学人文科学研究所1984年版。

④ ［日］斯波义信:《宋代商业史研究》，庄景辉译，台北稻禾出版社1986年版。［日］斯波义信:《宋代江南经济史研究》，方键、何忠礼译，江苏人民出版社2001年版。关于日本宋代城市研究的现状，可以参考日本平田茂树《宋代城市研究的现状与课题》，载［日］中村圭尔、辛锝勇编《中日古代城市研究》，中国社会科学出版社2004年版。从文章的介绍可以看出，日本学者对于中国宋代城市的研究，其成果远远丰富于欧美学者的研究。可惜在欧美特别是美国学者的成果成为主流话语的中国学术界，日本学者的成果，被不断边缘化了。

⑤ ［日］浅见洋二:《距离与想像：中国诗学的唐宋转型》，金程宇、冈田千穗译，上海古籍出版社2005年版。［日］内山精也:《传媒与真相：苏轼及其周围士大夫的文学》，朱刚、益西拉姆等译，上海古籍出版社2005年版。［日］保苅佳昭:《新兴与传统：苏轼词论述》，上海古籍出版社2005年版。

⑥ 赵冈:《中国城市发展史论集》，新星出版社2006年版。

⑦ 梁庚尧:《宋代社会经济史论集》，台北允晨文化公司1997年版。

⑧ 杨宽:《中国古代都城制度史研究》，上海人民出版社2003年版。

⑨ 郭黛姮主编:《中国古代建筑史》第三卷，宋、辽、金、西夏建筑，中国建筑工业出版社2003年版。

代东京研究》、[①] 林正秋《南宋都城临安》[②] 等，伊永文《宋代市民生活》[③] 是通俗介绍宋代市民生活的作品。

而就中国学术界的城市与文学的研究而言，最主要集中在现当代文学方面。比如李欧梵《上海摩登：一种新都市文化在中国 1930—1945》、[④] 赵园《北京：城与人》、[⑤] 吴福辉《都市漩流中的海派小说》[⑥] 等。对于中国古代城市与文学的研究，仍然处于起步阶段。王水照《北宋洛阳文人集团与地域环境的关系》《北宋洛阳文人集团》诸文，[⑦] 虽然并非专门研究宋代洛阳城市与文学，但是已经涉及有些重要问题。孙逊、葛永海《中国古代小说中的"东京故事"》和《中国古代小说中的"双城"意象及其文化蕴涵》，[⑧] 两篇论文开创性地对于宋都城东京在宋代及以后的通俗小说中形成的颇具规模的"东京故事"，在各个历史时期不同的故事主题和两种叙述方式进行了初步研究，对于小说中的城市描写所构成的"双城"文化现象进行研究。而孙逊、刘方《中国古代小说中的城市书写及现代阐释》，[⑨] 特别关注作为空间性存在的城市与中国古代小说的内在关系，探索具有时代特征的城市多重空间对于中国古代小说的城市书写产生的深远影响，并尽可能给予现代的阐释。揭示和分析了从作为故事场景而出现的城市空间展示和城市地标聚焦，到政治斗争、权力象征、人才选拔和节日狂欢等都市政治文化的书写，再到发迹变泰的平民梦想、两性相悦的市井传奇、司法公正的内在渴望所构成的市民日常生活描绘。这些城市书写塑造了鲜明而各具特征的城市意象，而这些意象又成为城市市民共享的生活体验和文化想象，并使生活于同一城市的市民获得共同的文化认

---

① 周宝珠：《宋代东京研究》，河南大学出版社，1982 年版。

② 林正秋：《南宋都城临安》，西泠印社 1986 年版。

③ 伊永文：《宋代市民生活》，中国社会出版社 1999 年版。

④ 李欧梵：《上海摩登：一种新都市文化在中国 1930—1945》，毛尖译，北京大学出版社 2001 年版。

⑤ 赵园：《北京：城与人》，上海人民出版社 1991 年版，北京大学出版社 2002 年版。

⑥ 吴福辉：《都市漩流中的海派小说》，湖南教育出版社 1995 年版。

⑦ 王水照：《王水照自选集》，上海教育出版社 2000 年版。

⑧ 孙逊、葛永海：《中国古代小说中的"东京故事"》，《文学评论》2004 年第 4 期；《中国古代小说中的"双城"意象及其文化蕴涵》，《中国社会科学》2004 年第 6 期。

⑨ 孙逊、刘方：《中国古代小说中的城市书写及现代阐释》，《中国社会科学》2007 年第 5 期。

同和立场。文章拓展了中国小说研究空间，并给城市史研究增加感性的历史画卷，城市的鲜活灵魂与丰满血肉，从一个新的视角重新思考人类的城市生活和小说叙事，唤起人们探求那些在传统知识模式下被遮蔽或者被忽视的方面。刘方《汴京与临安：两宋文学中的双城记》，则从社会变革与新型城市文化崛起的广阔视角，结合宋代都市文化自身特征，探索和揭示了宋代都市政治事件、宗教建筑空间、皇家园林和市民生活，以及宗教结社、文人雅集和都市骗局等大量新的都市文化所产生的新的文学现象，将新的宋代都市文学现象的历史发生，努力还原到它们赖以产生的社会历史语境之中。多维视角探索和揭示了从北宋汴京到南宋临安，两宋都市文学的丰富性与多样性。①

相关专著有方志远《明代城市与市民文学》、② 葛永海《古代小说与城市文化研究》，③ 杨万里《宋词与宋代的城市生活》④ 等。

从目前研究成果与研究现状可以看出，欧美学者对于中国城市的研究，主要集中在传统中国的明清时期，并且主要是从城市历史、城市建筑和城市经济等方面研究，对于城市文化则涉及较少。这种情况同样存在于海外和大陆华人学者的研究中。目前宋代都市文化研究成果十分单薄，其数量远远不能与宋代丰富的都市文化这样的新的历史文化现象相称，特别是没有从城市革命、新型都市文化崛起与城市文学关系的角度，对宋代文学的诸多新的重要现象、问题，进行系统全面的研究。对于宋代城市文化研究。一方面目前的研究，特别是中、日学者的研究，基本是以中国历史研究者为主体，其研究方法与视角，往往是传统历史学的，这种方法，研究城市史自然有其优势，但是研究城市文化，则往往视域比较狭窄，方法比较单调。另一方面，近年来日本学者开始注意吸收西方社会学的理论，进行宋代社会与城市的研究，⑤ 而几部借鉴和吸收了西方当代社会学、文化史研究的理论和方法的专著，如美国汉学家梅尔清《清初扬州文化》

---

① 刘方：《汴京与临安：两宋文学中的双城记》，上海古籍出版社 2013 年版。

② 方志远：《明代城市与市民文学》，中华书局 2004 年版。

③ 葛永海：《古代小说与城市文化研究》，复旦大学出版社 2004 年版。

④ 杨万里：《宋词与宋代的城市生活》，华东师范大学出版社 2006 年版。

⑤ 宋代史研究会研究报告第六集：《宋代社会のネットワーク》，汲古书院 1998 年 3 月発行。宋代史研究会研究报告第七集：《宋代人の認識——相互性と日常空間——》，汲古书院 2001 年 3 月発行。

采用了布迪厄的社会学理论，对于清初扬州文化的精彩研究，[①] 澳大利亚汉学家安东篱[②]和台湾学者李孝悌等，[③] 对于明、清扬州文化的部分研究，借鉴新文化史研究，呈现出与大陆学者不同的方法与思路。

本课题研究的基本思路，就是从城市革命、社会变革与新型城市文化崛起的视角，借鉴当代都市文化和文化研究等理论，结合宋代都市文化自身特征，探索和揭示宋代大量新的都市文学现象，特别是具有近代意义的新型的文学生产形成的历史过程、文学特征与文化语境。

为了更好地实践上述研究目标，在研究方法上，向两个方面努力：

一是在文史互证基础上的文化历史语境的还原。

文学史研究，当然离不开文献与考证为基础，在本课题研究中，对于宋代两京城市文学活动进行的考证、有关引用资料的考辨，对于有关文学家的居住、交游等情况的考索等内容，就是在这个方面作的一些努力。

但是，我认为今天的学术研究，不能够仅仅停留在文献的收集、考证和满足于文史互证，而是应该进一步对于文献进行历史的定位和历史语境的还原工作。因此，在本课题的研究上，笔者不仅仅在开拓史料来源，拓展史料范围方面进行努力，在材料的深度加工方面也下了不少功夫，所花费的时间与精力，绝不亚于材料的收集。因为在笔者看来更为重要的工作是将新的都市文化与新的文学生产的历史发生及其进程的展开、呈现，努力还原到它们赖以产生的社会历史语境，重新将其置于产生它们的历史文化土壤之中。

是谁？在何时？又在何地？为何而创作的特定的作品？又以何种方式写作与传播？等等，这一系列当时的社会、政治、文化等背景，前后时期的历史脉络，作家个人的际遇，等等，只有当这些情况都基本搞清楚了，才有了能够正确理解和使用所发掘材料的前提。

唐代文学从断代史的研究、分期研究到甚至三流的小作家都已经有了相当精耕细作的细致个案研究。傅璇琮先生主编的《唐才子传校笺》《唐

---

① ［美］梅尔清：《清初扬州文化》，朱修春译，复旦大学出版社 2004 年版。

② ［澳大利亚］安东篱（Antonia）：《说扬州：1550—1850 年的一座中国城市》，李霞译，中华书局 2007 年版。

③ 李孝悌编：《中国的城市生活》，新星出版社 2006 年版。

五代文学编年史》，更是提供了可信而丰富的基础文学史实情况。[①] 而宋代的文学研究基础，远远不能与研究得相当成熟与细致的唐代文学相比。本课题研究的基本史料，基本上依靠个人从宋代文集、笔记、历史文献中查找、爬梳，特别是参考大量宋人年谱来进行。其实，就是涉及那些名家的作品，引用的诗歌也常常是缺乏必要注释的，比如王安石的《和吴御史》一诗中吴御史是指谁，从宋代李壁的注到当代注家均无注，而本书则通过大量正史、笔记、宋人文集等中的相关文献，进行排比分析，内证与外证结合，考证其为吴中复，并且由此而使此诗歌与梅尧臣等人的作品产生关联，通过对于两诗的分析，揭示了仁宗朝士大夫群体中围绕汴河漕运，在大臣之间存在的不同的政治、经济观念和立场，而这是在正史中没有文献记载的，这些诗歌正可以补正史之缺，也丰富了历史的具体血肉。

本书在研究方法上，也力图整体思考、宏观着眼、微观入手，同时努力落到实处、还原历史、体味诗心。努力使被引用的文献资料形成内在关联，构成有机的材料网络，来解释、分析和证明问题、研究问题，构成一个相互关联、环环相扣的材料链条。希望能够形成一种基于史料、合乎历史史实的学术观点，并且在个案研究、细部研究、集团研究、回到历史场景研究的基础上，力求一方面研究深入、细腻、精致，力求展示和复原历史图景中的丰富的、血肉丰满的、生动的都市文化与文学的历史细节；另一方面在此基础上，形成一个比较合理的整体的研究框架，对于城市文化与文学这一研究领域，在研究方法、研究视角、理论框架、跨学科文献资料的利用等方面，做出一些初步的探索。

二是历史文献、文学作品与多种现代理论方法的有效与有机的融合。

在研究中，根据具体的文学作品，依据所要解决的具体问题，结合特定的历史文献，借鉴、吸收和有效地运用多学科的现代理论、方法。

针对不同的问题，以及材料收集、整理的情况等，采用了多种不同的方法进行研究，借鉴了当代新文化史研究、社会学研究等一系列新的研究方法和理论框架，从大量当代多学科的理论和方法中受到启示。比如第一章关注都市文化不同目光的新的研究角度，是从福柯对于视觉权力的关注

① 傅璇琮主编：《唐才子传校笺》，中华书局1990年版；《唐五代文学编年史》，辽海出版社1998年版；曾枣庄、吴洪泽：《宋代文学编年史》，凤凰出版社2010年版。

和研究的《规训与惩罚》《权力的眼睛》中得到启发,[①] 虽然法国思想家福柯关注的是监禁的目光，而笔者关注的是不同的观察都市文化的目光。同时也受到法国思想家拉康对于视觉与欲望的研究的启发,[②] 从而形成了一个新的对于中国都市文化与文学的观察和探索的视角。京都赋研究也借鉴了德国社会学家韦伯、哈贝马斯等有关政权合理性的社会学、政治学理论,[③] 汴京意象研究则吸收了美国林奇《城市意象》的城市学思想。[④] 而围绕金明池研究的一章，不仅沿用了四种目光的视角来考察和分析，而且进一步借鉴了法国社会学家布迪厄趣味区隔的社会学理论。[⑤] 而在研究洛阳的三章中，同样借鉴和运用了林奇和布迪厄的理论。对于礼部唱和的新的研究视角，则从福柯的空间理论[⑥]和法国马克思主义思想家列菲伏尔的城市空间的生产理论中得到启发,[⑦] 刘子翚组诗的研究则借鉴了当代社会学社会记忆理论的新的学术成果,[⑧] 而文学生产，则借鉴了马克思的艺术生产概念和当代西方马克思主义文学理论。

当然，上述所借鉴的所有理论，均非研究文学史或者研究文学的理论，也大多不是城市文化研究方面的理论，因此，不是照搬和套用，而是从其理论的精神实质中获得启发，并且在结合自身研究的具体问题的过程中，加以创造性的借鉴与运用。

---

① ［法］福柯：《权力的眼睛》，严锋译，上海人民出版社 1997 年版。

② ［法］拉康：《拉康选集》，褚孝泉译，上海三联书店 2001 年版。［法］福柯：《规训与惩罚》，刘北成、杨远婴译，生活·读书·新知三联书店 1999 年版。

③ 参［德］马克斯·韦伯《儒教与道教》，洪天富译，江苏人民出版社 1997 年版；［德］马克斯·韦伯《儒教与道教》，商务印书馆 1995 年版；［德］马克斯·韦伯《中国的宗教》，康乐、简惠美译，广西师范大学出版社 2004 年版；［德］马克斯·韦伯《经济与社会》，林荣远译，商务印书馆 1998 年版；［德］哈贝马斯《合法化危机》，刘北成、曹卫东译，上海人民出版社 2000 年版；［德］哈贝马斯《重建历史唯物主义》，郭官义译，社会科学文献出版社 2000 年版。

④ ［美］凯文·林奇：《城市意象》，方益萍、何晓军译，华夏出版社 2001 年版。

⑤ ［法］Pierre Bourdieu, *Distinction: A Social Critique of the Judgment of Taste*, Translated by Richards Nice, Harvard University Press 1984.

⑥ ［法］福柯：《空间、知识、权力——福柯访谈录》，载包亚明主编《后现代性与地理学的政治》，上海教育出版社 2001 年版。

⑦ ［法］Henri Lefebvre, *The Production of Space*, Blackwell Publishing 1991.

⑧ ［法］莫里斯·哈布瓦赫：《论集体记忆》，毕然、郭金华译，上海人民出版社 2002 年版。［美］保罗·康纳顿：《社会如何记忆》，纳日碧力戈译，上海人民出版社 2000 年版。

文学史研究比较习惯性地关注时间性的问题，这自然是必要的和重要的，因此，本研究中也广泛吸收、参考了大量的年谱、年表的成果，希望文学研究落实到历史的实处，看到文学史的演进和文学现象的历史背景，等等。但是，仅仅如此还不够，特别是对于城市文化与城市文学这样课题的研究，因为城市首先是一种地理物质空间性的存在，因此在当代西方诸多城市学理论中，从列菲伏尔、福柯到哈维、索杰，空间性都成为理论的关注点。本研究也注意广泛吸收、借鉴这些当代西方学术界从社会学、文化学到地理学、城市学等多学科的理论成果，关注和思考城市空间对于文学的影响问题，如对于礼部贡院空间的研究，对于都市社会、政治、文化和日常生活等多层次空间的文学书写的关注与研究，虽然由于受到宋代城市历史文献和宋代城市文学作品文献本身在诸多方面的缺乏的限制，没有能够对于这一领域加以更为广泛和深入的研究，但是我认为这必将会成为一个值得引起广泛关注的，能够拓宽和加深文学史研究领域的新方向。[①]

本课题也努力进行了跨学科的综合研究。除了阅读和梳理城市、地理、方志等历史文献和大量宋人笔记外，也对杨宽、赵冈、施坚雅等中国城市史研究，芒福德、科特金等西方城市史研究，[②] 漆侠、斯波义信等中国经济史研究，[③] 包弼德等唐宋文化史研究，余英时、刘子健、何忠礼等宋代政治史研究，[④] 贾志扬、龚延明、陈振等宋代制度史研究，[⑤] 以及城市地理、城市社会学、文化地理学、宋代城市的考古学成果等多学科相关成果，进行了广泛学习和吸收，在综合相关成果的基础上，希望进行进一步整合、总体研究和跨学科研究，开拓研究的新领域，推进原有研究领域的深度。

此外，比较研究的方法，也是贯穿全书的重要方法之一，从同一都市

---

① ［法］Henri Lefebvre, *The Production of Space*, Blackwell Publishing 1991. ［法］福柯：《空间、知识、权力——福柯访谈录》，载包亚明主编《后现代性与地理学的政治》，上海教育出版社 2001 年版。

② ［美］科特金：《全球城市史》，王旭等译，社会科学文献出版社 2006 年版。

③ 漆侠：《宋代经济史》，上海人民出版社 1987 年版。［日］斯波义信：《宋代江南经济史研究》，方键、何忠礼译，江苏人民出版社 2001 年版。

④ ［美］余英时：《朱熹的历史世界》，生活·读书·新知三联书店 2004 年版。何忠礼：《宋代政治史》，浙江大学出版社 2007 年版。参［美］刘子健《中国转向内在》，赵冬梅译，江苏人民出版社 2002 年版。

⑤ 龚延明：《中国古代职官科举研究》，中华书局 2006 年版。陈振：《宋代社会政治论稿》，上海人民出版社 2007 年版。

内部的不同社会阶层与社会身份的群体对于都市观察的比较；不同文体对于都市文化的文学表达的比较；到同一时期，汴京与洛阳，首都与陪都的比较；到不同时期，汴京与临安，现都与故都的比较；到唐宋之间，长安曲江与汴京金明池，唐代洛阳九老会与宋代洛阳耆英会的比较；到更为观念性的宋代与前代士大夫群体对于城市文化的态度的比较，等等。

本课题的基本内容体现为以下几个相互关联的方面和层次：

上编　汴京：都市文学的多重建构

研究认为坊市制度的破坏，不仅是推倒了一堵围墙，也是打破了精神上的隔离，以平民社会和市民理想为基础，开始形成新的市民文化。而研究作为帝国首都的都市文化，能够从最典型地体现政治、商业和文化中心的都市文化之中，揭示都市文化对于新的文学的孕育与对于文学史发展的影响，探索宋代新的京都文化的文化想象的文学建构。

第一章首次从四种文学目光这样的新的多维视角来观察帝都文化。具体分析和揭示了在描摹京都文化的繁华与宏大的同时也建构着帝国合法性的京都赋，体现文化身份、审美趣味与社会责任的士大夫诗歌和充满娱乐和情爱的欲望、代表新的社会阶层的文化诉求的都市词与话本，建构起不同的城市空间想象。尤为重要的是，原本由精英阶层单一控制和把握的城市文化的文学叙事，由此而被打破，那种原本由士大夫精英掌握的文化霸权话语，从此变成众声喧哗，从而启发人们重新思考城市的变革与新的文学生产之间的更为错综复杂的关系。

城市文化的重要标志，是城市地标。第二章就是以金明池这一北宋东京的著名城市地标作为研究的聚焦点，探讨折射了皇权所宣示的天下太平和与民同乐的意识形态，与呈现了士大夫文化身份及其文化资本的建构的两种文学形态所构成的对于金明池的文化想象及其文学表达的复调。通过他们各自的趣味表达与文学想象，建构与再生产着文化权力、文化资本和社会关系，以多层次和丰富的都市文学书写呈现着北宋东京都市文化的多层次和丰富性。

第三章则从宋代科举锁院制度下特殊的礼部空间中产生的礼部唱和诗歌这个维度，来探索北宋京都政治文化空间与文学关系的一个侧面。对比分析了梅尧臣与欧阳修等人的唱和诗中所呈现的东京元宵狂欢的节日观赏、想象与欲望及其在诗歌的主题、内容、思想和艺术构思、技巧运用等方面，所体现的竞争与比赛。同时关注苏轼知贡举时期的题画诗唱和之作，体现努力突破艺术门类原有的边界，探索着诗与画之间的秘响旁通，从而开拓了新的艺术体验与文学活动空间。同时在内容、主题和文体形式等方面，苏轼知贡举与欧阳修知贡举唱和之作的差异，从中也透露出北宋文学发展、变化的一些消息。

中编　洛阳：陪都文化与陪都文学

本编首先从中国古代都城制度入手，提出陪都文化与陪都文学的概念。宋代洛阳是中国历史上典型的陪都。熙宁、元丰时期的陪都洛阳，由于历史的因缘际会，而成为当时的文化中心、人才聚集地与文学会社的繁荣活动空间，形成了最为典型的陪都文化特征。本研究力图展现在陪都文化孕育和影响下产生的，以体现陪都文化特征为主体内容的陪都文学。

第四章围绕最具有典型陪都文化特征，同时又研究较少的北宋熙、丰时期的洛阳，考察其文学集会所创作的与洛阳有关的诗歌这样一批长期被忽略的材料，从陪都文化这一角度重新“发掘”这些诗歌的价值和意义。研究指出这些诗会活动与文学创作，一方面明显继承洛阳城市文化，而另一方面是有选择、自觉的对于洛阳城市文化传统加以改造，重构，而非简单的模仿、重复，是在继承传统的名号下创造和建构着新的洛阳城市文化传统。

同时，通过分析熙、丰时期洛阳文学活动、揭示出了洛阳陪都文化与文学活动的盛衰，伴随着首都汴京政坛风云的起伏变化，反映了洛阳作为陪都的特定的城市文化与文学特质，而同时这也往往是陪都文学的一般情况。

第五章从陪都文化的重要构成群体，即政治上的被贬官员和政坛上的失意者的角度，以司马光这一著名的代表人物为例，从作为文化象征的独乐园的命名及其文化内涵的分析入手，具体研究司马光这一时期的诗歌作品，揭示司马光城市文学叙事下，对于城市家园的话语建构与文学史意义。

特别是本章有意识通过对于司马光与吕公著等人的洛阳诗歌作品的对比分析，具体揭示了城市文学创作主体在接受特定城市文化影响时的选择性与主体性，指出了城市文化与城市文学之间影响的复杂性、多样性，揭示作家、文学与城市的更为复杂的关系。

第六章则以都市隐居者这一陪都文化的另一类重要构成群体为着眼点，以其代表邵雍为研究个案，探索陪都日常生活的诗性化与居所精神，从可居与可游两个层面，揭示邵雍城市诗歌所传达的关于城市的新的美学观念，认为邵雍城市诗歌改变着传统文学与审美观念，丰富了我们对于宋代城市生活的认识、理解，丰富了我们对于宋代日常生活细节的了解，也丰富了我们对于宋代士人城市生活体验的细致、深入的认知。而最重要的是，邵雍的城市诗歌写作，尝试建构一套书写都市文化的新的诗歌言说方式，从而具有文学史上的开拓意义。

下编　临安：市民文化的繁荣与新型文学生产

希望揭示从北宋杭州到南宋临安，其都市文化的双重性特征，及其在宋代都市文学发展，新型文学生产萌生这一重要历史发展与转折中的地位与意义。

如果说前几章研究的是一种进行时态的，对于都市文化的当下亲历的都市文学写作，那么，第七章则是从过去时态，为了加强对于东京都市文化的时间的纵深感与历史的厚重感，从而对于都市文学获得更为全面认识和整体面貌的研究。通过细致分析《汴京纪事》组诗中刘子翚对于北宋汴京的充满丰富内容与复杂情感的回忆，揭示其组诗复杂性、矛盾性，和多层次、多侧面特征，指出组诗并非单纯的批判与揭露，而是既有国都沦陷的凭吊与南宋政权合法性证明，也有故都繁华的历史追思与文化记忆，还有诗史的纪实与汴京都市文化的文学想象，与此同时，刘子翚也努力重建了他的意义世界。

第八章选取了最能够体现临安都市繁荣和市民享乐生活典型体现的著名酒楼丰乐楼。丰乐楼作为北宋东京最为著名的酒楼，其名称在南宋临安一直延续。在酒楼这一都市公共空间中，上演的都市传奇及其文学表达，呈现了从皇帝的微服私访，士子的科举失意与望兴希冀，一直到青年男女的生死爱恋、市民各阶层的都市享乐诸面相。

第九章在学界首次提出临安都市文化繁荣催生了近代意义的新型的文学生产萌芽的学术观点。以近代意义的文学生产三环节为线索，分别从新型文学消费群体的培育与壮大，都市文化繁荣刺激下坊刻业发展以及新型文学生产者群体的都市聚集三个方面，揭示了新型的文学生产的现实发生的都市文化语境与具体产生过程。认为这种近代意义的新型的文学生产，改变了传统诗歌为谁写、谁来读和为什么目的而写等诸多重要的文学史方面。而这种适合市民大众文化的精神需求的文学的商业性生产，是中国文学史上第一次出现的，此前从未有过的文学现象。从而以现代文学理论视角和跨学科知识与视野，以较为翔实的历史文献的广泛支撑，揭示了在南宋时期的临安，以现代性特征的文学生产的出现这一中国文学史上前所未有的文学现象的历史生成的具体过程、发生背景与文化语境。

本书通过对于三个都市的九章具体研究，一方面力求较为全面地展示出宋代城市变革这一历史巨变影响下的都市文学变迁的历史进程，以及在诸领域具体呈现出来的新的特质，在城市与文学之间复杂的、多样性的关联，其间的相互影响与双向建构；另一方面，希望通过对三个城市的都市文化与文学的研究，呈现出宋代都市文化与新型文学生产在具体历史进程中，不同的时期、不同的都市之间的差异性与多样性，呈现其复杂的而非简单的、多元的而非单一的历史发展面貌，从而建构起更为复杂的宋代都市文学历史发展进程的叙述模式，以期更为贴近文学历史的真貌。

上　编

汴京:都市文学的多重建构

第一章

凝视帝都文化的四种文学目光

在福柯看来，观看并非一种纯粹的客观的生理行为，而是蕴含了权力的关系，观看行为是一种透过权力的眼睛的对于世界的监视，他主要是研究和考虑如监狱一类的建筑与场域，[①] 当然与本课题的研究不同，但是也使我们意识到观看并非一种纯粹的客观的生理行为，而启发了我们反思面对相同的物质存在的城市，所具有的事实上不同的观看方式及其结果上的差异。

而在当代法国的另外一位思想家拉康看来，眼睛是欲望的器官，欲望被投射在所有被看对象之中。[②] 那么，透过不同的目光，以不同的观看方式，所发生的对于城市的观看行为及其结果，也就必然渗透了观看者的某些或隐或显的欲望。因此，研究不同的目光所看到的城市图景，就应当是不仅有趣而且有意义的事情。

我们对于世界的观看、凝视之所见，其实并非是完全一致的。生活在北宋汴京都市中的芸芸众生们也同样如此。站在不同的政治立场，分享不同的权力，拥有不同的身份，处于不同的阶层，从事不同的职业，等等，都会使他们投向梦华东京的目光有所不同，都会使他们凝视帝都的所见产生差异。而上述的这一切，也会不同程度地反映和投射于那些描绘、反映和想象了汴京这座繁华的帝国都市的文学之中。这些文学也就成为我们可以打量、思考和研究的素材，也可以借助这些不同的凝视的目光，去观看已经逝去的那个曾经辉煌的都市的诸多面相，思考城市的变革与新的文学生产之间的错综复杂的关系。

---

① ［法］福柯：《权力的眼睛》，严锋译，上海人民出版社 1997 年版；《规训与惩罚》，刘北成、杨远婴译，三联书店 1999 年版。

② ［法］拉康：《拉康选集》，褚孝泉译，上海三联书店 2001 年版。

那些比较集中描写和反映了汴京都市文化的大赋、诗歌、词和话本，便构成了凝视帝都文化的四种不同的目光。他们建构起不同的城市空间想象与对于城市空间的话语建构，编织出多重的城市文化与社会空间。

第一节　汴京赋、京都文化与帝国合法性意识形态的建构

宋代的京都大赋构成了凝视帝国都城文化的一种特殊视角与特殊目光。

现在保持下来的对于宋代京都进行描写的大赋，有杨侃《京畿赋》、宋祁《王畿千里赋》、周邦彦《汴京赋》、李长民《广汴京赋》、傅共《南都赋》等数篇全面颂美宋代都城的大赋，其中除了傅共《南都赋》之外，均为描绘北宋都城汴京之作。

而实际写作的宋代京都赋的数量不限于此。根据历史文献，写作时间不详的李希运写有《两京赋》一卷，① 北宋初期文坛领袖杨亿，写有《二京赋》。《宋史》卷三〇五《杨亿传》："淳化中，诣阙献文，改太常寺奉礼郎，仍令读书秘阁。献《二京赋》，命试翰林，赐进士第，迁光禄寺丞。"② 杨亿《二京赋》和李希运《两京赋》应该是模仿汉代京都大赋如班固《两都赋》、张衡《二京赋》的作品，可惜除了标题之外，内容已经无存了。而北宋中期关景晖则写有《汴都赋》，有幸的是晁补之为其所作的序保留了下来，保存在晁补之撰的《鸡肋集》中。关景晖的生卒不详，生平情况仅据晁序知道曾经为奉议郎、知亳州谯县等。除了《汴都赋》序，在晁补之撰的《鸡肋集》中，还有晁补之写的《病起答关景晖》中有"卧病车马绝，初非遗世人，逍遥乍形散，邂逅却情真"句，③ 另外还有《别关景晖二首》，诗歌中有"邺王台上几追陪""笔陈云横未易陪"④等句，可见关景晖与晁补之有交游，而晁补之对于他的人品、文章有较高

① 《宋史》卷二〇八《艺文志》七著录，中华书局1977年版，第5352页。

② 《宋史》卷三〇五《杨亿传》，中华书局1977年版，第10080页。

③ （宋）晁补之：《鸡肋集》卷十五，四部丛刊本。

④ 同上书，卷十六。

的评价。关于关景晖的生平情况的一斑和《汴都赋》的内容及其相关情况，可以在晁补之撰的《汴都赋序》中大略了解。《汴都赋序》云：

宋兴百年，仁宗时，天下乂安，人务衣食。至熙宁、元丰间，积累滋久。于是天子方奋然有意修法度、齐庶官、正宗庙、宫室、井衢、城域，使各有体，以隆中兴，示天下为太平观。而奉议郎、前知亳州谯县事关景晖，初奏《汴都赋》以讽。天子嘉其才，命对便殿。景晖言天子盛德，焦劳天下，盖四方之政所以行而其末归之清净。以谏上爱民力、固基本，如所奏赋旨。天子以语宰相，使补中都官之缺。景晖贫不能留京师，乃官河北。而先帝弃天下，景晖亦行去河北，抱其赋而泣，以属北京国子监教授晁补之序其意。补之曰：圣人初无意于言，六经之辞，皆不得已夫。不得已故言之致必始于详说，而后终之以说约，听廉者语，不若听夸者语，夸易好也；听狡者语不若听婉者语，婉易从也。故赋之类，常欲人博闻而微解，见人言九州山川，城郭道路，太行吕梁，舟车万里之勤，则使人思投辖弭节；见人言州闾大会，宾主酬酢，匏竹啾咽，晡夕厌满，酤酸肴咈，则使人思弛带而卧。故《上林》《羽猎》言卒徒之盛，终日驰骋，则必以节俭成之。扬雄以谓犹骋郑卫之声，曲终而奏雅。后世猥以雄悔之，因弃不务。然补之窃怪比来进士举有司者说五经，皆喜为华叶波澜，说一至百千语不能休，曰不如是，旨不白。然卒不白。至辞赋独曰：是侈丽闳衍，何也？景晖为人，盖澹泊寡嗜好，至饭脱粟茹藿，自枯槁，与补之处，或终日不道人一事，或终岁不见其喜愠。夫固安为侈丽闳衍者非耶？故备论之。①

据序“先帝弃天下，景晖亦行去河北，抱其赋而泣，以属北京国子监教授晁补之序其意”。又据《宋史》卷四百四十四，列传第二百三，文苑六晁补之本传，他“举进士试，开封及礼部别院皆第一。神宗阅其文曰是深于经术者，可革浮薄。调澧州司户参军，北京国子监教授。元祐初为太学正”。② 则此序应该作于神宗刚刚去世不久，关景晖到河北，而晁

① （宋）晁补之：《鸡肋集》卷三十四，四部丛刊本。

② 《宋史》卷四百四十四，列传第二百三，中华书局 1977 年版，第 13111 页。

补之还在河北大名府作北京国子监教授，尚未为太学正的元祐初。

从晁补之此序可知，关景晖《汴都赋》写作的时间是熙宁、元丰间，赋的主旨是“谏上爱民力、固基本”。熙宁、元丰间正是在神宗的大力支持下王安石积极进行改革的时期，而从序可以推测，关景晖是持批评意见的，认为是“焦劳天下”。可见其政治立场是与立身于旧党人物苏轼门下的晁补之一致的。而晁补之对于关景晖人品的称赞与性情描写也正可以与晁补之为其写的三首诗歌相互印证。

从晁补之序中花费大量笔墨来为关景晖写京都大赋进行解释和辩护，可以推测当时应该是有反对“侈丽闳衍”的京都大赋的观点存在。事实上，就是宋代大赋的作者本人，也往往强调他们与汉赋作者的不同。真宗时期的朝廷重臣丁谓（966—1037）在其《大蒐赋》的序中就说：

司马相如、扬雄以赋名汉朝，后之学者多规范焉。欲其克肖，以至等句读，袭徵引，言语陈熟，无有已出。观《子虚》、《长杨》之作，皆远取旁索灵奇瑰怪之物，以壮大其体势，撮其辞彩。笔力恢然，飞动今古而出入天地者无几。然皆人君败度之事，又于典正颇远，今国家大蒐，行旷古之礼，辞人文士不宜无歌咏，故作《大蒐赋》。其事实本之于周官，历代沿革制度参用之，以取其丽则，奇言逸辞，皆得之于心。相如、子云之语无一近似者，彼以好乐而讽之，此以勤礼而颂之，宜乎与二子不类。①

按，大蒐，古时天子、诸侯五年举行一次的军队大检阅。《左传·昭公八年》：“秋，大蒐于红。”杜预注：“大蒐，数军实，简车马也。”《公羊传·桓公六年》：“大阅者何？简车徒也。”汉何休注：“比年简徒，谓之蒐；三年简车，谓之大阅；五年大简车徒，謂之大蒐。”南朝宋傅亮《从武帝平闽中》诗：“鞠旅扬城，大蒐徐方。”丁谓作《大蒐赋》，却在其序开篇就强调了与汉赋作者的不同。在他看来，汉赋虽然具有“笔力恢然，飞动今古，而出入天地”的优点，但是内容上“然皆人君败度之事”，而文字上又“皆远取旁索灵奇瑰怪之物，以壮大其体势，撮其辞彩”，而这个特征，也正是晁补之序中提到的“侈丽闳衍”。因此，丁谓

① （宋）吕祖谦编：《宋文鉴》卷一“赋”，中华书局1992年版，第5—6页。

强调他自己所作之赋，内容上是“本之于周官，历代沿革制度参用之”，而文字上“取其丽则，奇言逸辞，皆得之于心，相如子云之语无一近似者”。因此“宜乎与二子不类”。

丁谓在其《大蒐赋》序中表达的观点，反映了宋代士大夫的一种比较普遍的主张。与丁谓被视为佞臣不同，刘敞的人品，一向为人称颂，其博学更为当时的人们，包括欧阳修、司马光、苏轼、曾巩等人所强调和肯定。刘敞，字贡父，号公非。与兄敞同登庆历六年进士第。官至中书舍人。(事迹具《宋史》本传）他在所作《鸿庆宫三圣殿赋》的序中说：

臣伏见陛下追述祖考，崇奉明祀，新作三圣殿以昭孝明功于天下。臣以文学中第太常试，官秘书，目睹盛事，不敢以鄙薄自绌，辄作古赋一篇，以歌咏盛德。昔《灵光》、《景福》之作，世称其美丽，然其所谓壮大，不出雕刻画缋，文彩之煌煌而已。又盛道工人之巧，民力之众，材木之多，金玉之伟。臣以谓圣王有作，则必智者献其巧，壮者输其力，山林不敢爱其材，府库之聚皆所供亿也，是物理之常，不足以夸大。臣愚窃陋之。若夫天命废兴之际，圣王授受之符，非敏智通达，未有能究知其始终者，固难为寡见浅闻者道也。臣窃大之，是以略所陋而张所大，不敢仰希风人雅颂之列，庶几有其志云尔。①

关于三圣殿，宋叶梦得撰《石林燕语》卷一记载：

天圣中，明肃欲置真宗神御其间，而难于遗太宗，因以殿后斋宫并置二殿，曰三圣殿。庆历中，始名太祖殿曰兴先，太宗曰帝华，真宗曰昭考。②

则三圣殿作于仁宗赵祯即位初期的天圣（1023—1032）年间。

刘敞自述“以文学中第太常试，官秘书”，则应该是太常寺的秘书

① （宋）刘攽撰：《彭城集》，丛书集成初编本，商务印书馆1935年版，第1—2页。
② （宋）叶梦得撰：《石林燕语》卷一，中华书局1984年版，第4页。

郎。[①] 按，太常寺掌礼乐、郊庙、社稷之事，因此刘敚作为太常寺属员，参与祭祀之事，而作《鸿庆宫三圣殿赋》。而在序中，他同样批评了汉代大赋的“雕刻画缋，文彩之煌煌”，而希望能够入“风人雅颂之列”。因此，宋代京都大赋在文体和叙事上，虽然有对于汉代京都大赋的明显继承与模仿，但是同时也有了其在新的历史时期与文化语境下的新的发展。

我们首先对于现存的北宋京都大赋的作者、写作时代等情况，作一简要考证。

杨侃《京畿赋》。按，杨侃（964—1032），避真宗藩邸讳改名大雅，字子正（宋曾巩撰《隆平集》卷一四作子政），钱塘（今浙江杭州）人。太宗端拱二年（989）进士，真宗景德二年（1005）由太常博士直集贤院，出知筠、袁二州（《袁州府志》卷六）。后知越、常二州及应天府，以兵部郎中知制诰。拜右谏议大夫、集贤院学士，知亳州。仁宗明道元年卒，年六十九。有《大隐集》三十卷、《西垣集》五卷等，已佚。《宋史》卷三〇〇，列传第五十九《杨大雅》传：

> 杨大雅，字子正。唐靖恭诸杨虞卿之后。虞卿孙承休，唐天祐初，以尚书刑部员外郎为吴越国册礼副使，杨行密据江淮，道阻不克，归遂家钱塘。大雅承休四世孙也，钱俶归朝，挈其族寓宋州。大雅素好学，日诵数万言，虽饮食不释卷。进士及第。……再迁秘书丞。咸平中，交址献犀，因奏赋，召试迁太常博士。久之，又上书自荐，献所为文，复召试，直集贤院，出知筠袁二州。……以兵部郎中知制诰。大雅初名侃，至是避真宗藩邸讳诏改之。居二岁，拜右谏议大夫集贤院学士，知亳州，卒。大雅朴学自信，无所阿附，直集贤院二十五年不迁，有出其后者往往至荣显，或笑其违世自守，大雅叹曰“吾不学乎世而学乎圣人，由是以至此，吾之所有，不敢以荐于人，而尝自献乎天子矣。”天禧中，使淮南，循江按部过金陵境上，遇风覆舟，得榜卒拯之，及岸，冠服尽丧，时丁谓镇金陵，遣人遗衣一袭，大雅辞不受，谓以为歉，宰相王钦若亦不悦之。晚与陈从易并命知制诰，大雅尝因转对上《原治》十七篇。所著《大隐集》三十卷，

① 龚延明：《宋代官制辞典》，中华书局1997年版，第565页。

《西垣集》五卷，《职林》二十卷，《两汉博闻》十二卷。①

从杨侃本传，知杨侃曾经献赋于真宗咸平中（998—1003）。并且“因奏赋，召试迁太常博士”。从本传可见其为人刚直，“无所阿附”，“二十五年不迁”。而他遇风覆舟，冠服尽丧，“丁谓镇金陵，遣人遗衣一袭，大雅辞不受，谓以为歉，宰相王钦若亦不悦之”的事迹，而丁谓、王钦若均为真宗朝著名的佞臣，可见杨侃人品的高洁。

宋王称撰《东都事略》卷六十，列传四十三中则记载杨侃是“久历外官，直集贤院者二十七年不迁，有出其后者往往致荣显。或笑其违世自守，大雅叹曰：吾不学乎世而学乎圣人，由是以至此吾之所有不敢以荐于人而尝自献乎天子矣”。② 应该是《宋史》本传的出处。但是此处记载是二十七年不迁，不知道《宋史》本传二十五年不迁的说法何据。

而本传中所记杨大雅逸事，应该是据宋李焘撰《续资治通鉴长编》卷一百六仁宗天圣六年九月的记载：

> 好古笃行，无所阿附。天禧初，大雅提点淮南刑狱，循江按部，过金陵境上，遇风舟覆，得榜卒拯之，及岸，冠服尽丧。时丁谓镇金陵，遣人遗衣一袭，大雅辞不受，谓以为歉。王钦若为宰相，亦不悦之。③

按，《宋史·杨大雅》传，其基本史料，主要依据之一应该是欧阳修所作《谏议大夫杨公墓志铭》。在欧阳修《谏议大夫杨公墓志铭》中对于他的身世，介绍尤详，对于其献赋时间、背景也有比较细致的记载：

> 咸平三年交趾献驯犀，府君以祕书丞监，在京商税院，因奏《犀赋》，真宗嘉之，召试学士院，迁太常博士。赋一时文，士争相传诵。不及明年，又上书自荐，献所为文二十余万言，乃直集

① 《宋史》卷三〇〇《杨大雅》传，中华书局1977年版，第9979—9980页。

② （宋）王称撰：《东都事略》卷六十，列传四十三，适园丛书本。

③ （宋）李焘撰：《续资治通鉴长编》卷一百六，中华书局1995年版，第2482页。

贤院。[①]

按，从《谏议大夫杨公墓志铭》，可以知道，杨侃曾经献赋于真宗，并非是《京畿赋》，而是交趾献驯犀，因奏《犀赋》。同时，他迁太常博士之后，“赋一时文，士争相传诵”。大概就是《京畿赋》。因为后面有“不及明年”诸语，则此赋应该作于咸平三年（1000）。

而咸平年间，正是真宗刚刚即位之初，于内，其即位遭遇宫廷内外强大反对势力。于外，从咸平二年，就是真宗即位的第二年开始，辽就不断南下进攻宋朝。因此，可谓是内外交困。[②] 在这样的时期，杨侃撰《京畿赋》，宣扬皇权合法性，炫耀帝国强盛，军事力量强大云云，就并非是简单的歌功颂德的文字，而是有强烈的现实政治意义了。

宋祁《王畿千里赋》。宋祁（998—1061），字子京，开封雍丘（今河南杞县）人，后徙安州之安陆（今属湖北）。仁宗天圣二年（1024）与兄庠同举进士，礼部奏名第一，章献太后以为弟不可先兄，乃擢庠第一而置祁第十，时号“大小宋”。初官复州军事推官，累官国子监直讲、三司度支判官、知制诰、翰林学士、史馆修撰，预修《唐书》。十余年间出入内外，以史稿自随，成列传一百五十卷。官终翰林学士承旨。仁宗嘉祐六年卒，年六十四。谥景文。有集一百五十卷，已散佚。清四库馆臣从《永乐大典》辑得宋祁诗文，编为《景文集》六十二卷。《景文集》卷三载有宋祁撰《王畿千里赋》，并且有小序“畿制千里，尊大王国”，[③] 大约作于仁宗之时。此时宋王朝积贫积弱局面开始形成，范仲淹等庆历新政失败，于外，不仅辽国威胁仍然存在，西夏也独立建国，开始对北宋构成新的威胁。因此，称美王畿千里，尊大王国，其现实意义自不待言了。

周邦彦《汴都赋》。周邦彦（1056—1121），字美成，号清真居士，钱塘（今浙江杭州）人。神宗元丰六年（1083），献《汴都赋》，七年，为太学正（《续资治通鉴长编》卷三四四）。出为庐州教授。哲宗元祐八年（1093），知溧水县（《景定建康志》卷二七）。还为国子监主簿。元

---

① （宋）欧阳修著，洪本健校笺：《欧阳修诗文集校笺》，上海古籍出版社 2009 年版，第 1618—1619 页。

② 参陈振《宋史》，上海人民出版社 2003 年版；何忠礼《宋代政治史》，浙江大学出版社 2007 年版。

③ （宋）宋祁：《景文集》卷三，四库全书本。

符元年（1098），除正字（《续资治通鉴长编》卷四九九）。徽宗即位，为校书郎，还考功员外郎，卫尉、宗正少卿，兼议礼局检讨。政和元年（1111），以直龙图阁知河中府（《宋会要辑稿》选举三三之二六），未赴。二年，知隆德府，徙明州，入拜秘书监，进徽猷阁待制、提举大晟府。未几，知顺昌府，徙处州。提举南京鸿庆宫。宣和三年卒，年六十六。周邦彦是宋著名词人，有词集《清真集》二十四卷。另有《清真杂著》三卷（《直斋书录解题》卷一七），已佚。[①] 按，周邦彦献《汴都赋》的时间，《宋史》卷四百四十四列传第二百三文苑六记载：

> 周邦彦字美成，钱塘人。疏隽少检，不为州里推重，而博涉百家之书。元丰初，游京师，献《汴都赋》万余言，神宗异之，命侍臣读于迩英阁，召赴政事堂，自太学诸生一命为正。[②]

宋王称撰《东都事略》卷一百十六，文艺传九十九：

> 周邦彦，字美成，钱塘人也。性落魄不羁，涉猎书史。元丰中，献《汴都赋》，神宗异之，自诸生命为太学正。[③]

《宋史》是说“元丰初”，《东都事略》说“元丰中”，都没有确切的时间。宋王明清撰《挥麈余话》卷一说是元丰元年七月，“周美成邦彦元丰初以太学生进汴都赋神宗命之以官除太学录……其元丰元年七月所进《汴都赋》并书共二策，谨随表上进以闻，表入，乙览称善”。[④] 王国维《清真先生遗事》驳斥王明清之误，认为是元丰六年。[⑤] 薛瑞生、孙虹《清真事迹新证》则考证为七年三月。[⑥] 神宗元丰七年（1084），正是在神

---

① 参见王国维《清真先生遗事》，载王国维《王国维遗书》，上海古籍书店1983年影印商务印书馆1940年版。《东都事略》卷一一六，《咸淳临安志》卷六六，《宋史》卷四四四。

② 《宋史》卷四百四十四列传第二百三文苑六，中华书局1977年版，第1312页。

③ （宋）王称：《东都事略》卷一百十六，文艺传九十九，适园丛书本。

④ （宋）王明清：《挥麈余话》卷一，丛书集成本。

⑤ 王国维：《清真先生遗事》，载王国维《王国维遗书》，上海古籍书店1983年影印商务印书馆1940年版。

⑥ 薛瑞生、孙虹：《清真事迹新证》，载《新宋学》第一辑，上海辞书出版社2001年版。

宗支持下的王安石变法的后期。虽然他的赋中没有明确的新党的立场，但是并非如王国维为其辩称的“于熙宁、元祐两党，均无依附”①。在新旧党争激烈的元丰时期，献赋肯定现实政治，歌颂变法以来经济上的富足和军事上的强盛，等等，则其现实意义和政治立场，已经是昭然若揭了。因此，他虽然有许多机会和可能，但是却不能够与苏轼交友，② 其原因也就十分清楚了。试想元丰时期，正是苏轼因为写诗歌讽刺新法而获乌台之狱，性命几乎不保之际，③ 而周邦彦则因为献赋称美现实政治，而获得升迁，这一荣一辱，荣辱之间，势如冰炭，自然不可能成为朋友。

但是，与其他献赋者不同的是，周邦彦的献赋，颇具传奇色彩，他在神宗元丰时期献赋之后，又分别于哲宗和宋徽宗时期再次重新献此《汴都赋》。在宋王明清撰《挥麈余话》卷一中，保存有《周美成再进汴都赋表》：

> 周美成邦彦，元丰初以太学生进《汴都赋》，神宗命之以官，除太学录。其后流落不偶，浮沈州县三十余年。蔡元长用事，美成献《生日诗》，略云：“化行《禹贡》山川内，人在周公礼乐中。”元长大喜，即以秘书少监召，又复荐之，上殿契合，诏再取其本以进。表云：“六月十八日赐对崇政殿，问臣为诸生时所进先帝《汴都赋》，其辞云何？臣对曰：赋语猥繁，岁月持久，不能省忆。即敕以本来进者。雕虫末技，已玷国恩，刍狗尘言，再干睿览，事超所望，忧过于荣。切惟汉、晋以来，才士辈出，咸有颂述，为国光华，两京天临，三国鼎峙，奇伟之作，行于无穷。共惟神宗皇帝盛德大业，卓高古初，积害悉平，百废具举。朝廷郊庙，罔不崇饰；仓廪府库，罔不充仞；经术学校，罔不兴作；礼乐制度，罔不厘出；攘狄片地，罔不留行。理财禁非，动协成算。以至鬼神怀，鸟兽若。缙绅之所诵习，载籍之所编记，三、五以降，莫之与京。未闻承学之臣，有所歌咏，于今无传，视古为愧。臣于斯时，自惟徒费学廪，无益治世万分之

---

① 王国维：《清真先生遗事》，载王国维《王国维遗书》，上海古籍书店1983年影印商务印书馆1940年版。

② 参沈松勤《北宋文人与党争》，人民出版社1998年版，第211—217页。

③ 参孔凡礼《苏轼年谱》，中华书局1998年版；王水照、朱刚《苏轼评传》，南京大学出版社2004年版。

一，不揣所堪，裒集盛事，铺陈为赋，冒死进投。先帝哀其狂愚，赐以首领，特从官使，以劝四方。臣命薄数奇，旋遭时变，不能俯仰取容，自触罢废，漂零不偶，积年于兹。臣孤愤莫伸，大恩未报，每抱旧稿，涕泗横流。不图于今得望天表，亲承圣训，命录旧文。退省荒芜，恨其少作，忧惧怕惑，不知所为。伏惟陛下执道御有，本于生知；出言成章，匪由学习。而臣也欲晞云汉之丽，自呈绘画之工，唐突不量，诛死何恨。陛下德侔覆焘，恩浃飞沉，致绝异之祥光，出久幽之神玺。丰年屡应，瑞物毕臻。方将泥金泰山，鸣玉梁父，一代方册，可无述焉。如使臣殚竭精神，驰骋笔墨，方于兹赋，尚有靡者焉。其元丰元年七月所进《汴都赋》，并书共二策，谨随表上进以闻。"表入，乙览称善，除次对内祠。[①]

关于周邦彦进《汴都赋》，是否明确站在新党立场，其仕途升迁，是否与新旧党争有关，一直存在争论，[②] 近年来提出周邦彦与新旧党争无关的证据之一，就是认为"在新法实行如日中天之时，此赋未使邦彦获蒙超擢"[③]，其实是对于新法变革的变化没有搞清楚。事实上，在王安石于熙宁九年第二次罢相之后，已经体现出神宗对于新法的迟疑，他起用对于新法"数言政事不便"的吴充为相，而吴充一上任，就请神宗"召还司马光、吕公著、韩维、苏颂"等保守派代表。[④] 虽然未被神宗采纳。但是神宗于元丰五年明确提出"欲新旧人两用之"的主张。[⑤] 反映了神宗后期对于新法变革的变化。[⑥] 到元丰七年周邦彦进《汴都赋》，神宗已经生病，次年即去世。在此背景下，自然早已不是什么"在新法实行如日中天之时"，而"此赋未使邦彦获蒙超擢"，也就可以

---

① （宋）王明清：《挥麈录》，上海书店出版社 2001 年版，第 229—230 页。

② 薛瑞生、孙虹：《清真事迹新证》，载孙虹《清真集校注·前言》，载孙虹校注，薛瑞生订补《清真集校注》，中华书局 2002 年版，认为周邦彦进《汴都赋》无明确政治立场，与新旧党争无关。

③ 孙虹校注，薛瑞生订补：《清真集校注·前言》，中华书局 2002 年版，第 10 页。

④ 《宋史》卷三百一十二《吴充传》，中华书局 1977 年版，第 10240 页。

⑤ 同上书，第 10242 页。

⑥ 参邓广铭《北宋政治改革家王安石》，河北教育出版社 2000 年版；蔡上翔《王荆公年谱考略》，中华书局 1994 年版。

理解了。但是毕竟周邦彦仍然是依靠献此赋而获得“自诸生命为太学正”,[①] 也不能够说完全没有“获蒙超擢”了。而且他再献赋是在哲宗绍圣之后，即明确表示要继承神宗变革伟业之时，三献赋则在“蔡元长用事”，按蔡元长即蔡京，字元长，他用事之后，就以绍述新法为旗号的政治。其新党的政治立场是明显的，其献赋选择的时机也是十分清楚的。认为周邦彦没有明确政治立场的看法，显然是说不过去的，是对于神宗、哲宗、徽宗三朝对于新法、变革的态度、政治情况，有前后不同的变化，未能够深究的结果。

李长民《广汴都赋》。李长民字元叔，庆陵（今江苏扬州）人。徽宗宣和元年（1119）举博学宏词科。高宗建炎二年（1128）除秘书省正字。绍兴三年（1133）以守监察御史出知处州（《建炎以来系年要录》卷六五、七〇）。绍兴二十六年，由知郢州迁江南西路提点刑狱(同上书卷一七四)。宋陈骙《南宋馆阁录》卷八：“李长民，字符叔。广陵人。宣和元年博学宏词，（建炎）二年二月除，三年五月监南岳庙。”[②]

宋汪藻撰《浮溪集》卷八中保存有《李长民秘书省正字制》：“朕惩夫艰危之时，见士大夫无可使者，欲广储英俊，时出而用之，以尔种学绩文，声华藉甚。图书之府，本以养材，往游其间，观汝园器。”[③]

宋王明清撰《挥麈余话》卷一：

> 宣和中李元叔长民献《广汴都赋》，上亦甚喜，除秘书省正字。[④]

按：明清撰《挥麈余话》错误很多，此处除秘书省正字，事实上是高宗建炎二年二月除。见上述引宋陈骙《南宋馆阁录》卷八记载和宋汪藻撰《浮溪集》卷八中《李长民秘书省正字制》。《广汴都赋》全文首见于宋王明清撰《玉照新志》卷三，“明清《挥麈余话》载李元叔上《广

---

① （宋）王称：《东都事略》卷一百十六，文艺传九十九，适园丛书本。

② （宋）陈骙、张富祥点校：《南宋馆阁录》，中华书局 1998 年版，第 117 页。

③ （宋）汪藻：《浮溪集》卷八，四库全书本。

④ （宋）载王明清《挥麈录》，上海书店出版社 2001 年版，第 230 页。

汴都赋》于裕陵，由此晋用。近得全篇于其从孙申父宣柔，令尽列于后”。①

宋王应麟撰《玉海》卷十六记载：

> 杨大雅作《皇畿赋》，杨亿作《东西京赋》，周邦彦作《汴都赋》，宣和四年六月二十九日，李长民上《广汴都赋》。宋敏求撰《东京记》二卷，载官阙里巷事迹。绍兴中，环中撰《汴都名实志》三卷。②

将李长民上《广汴都赋》的时间记载得十分细致、明确，即“宣和四年（1122）六月二十九日”。而这一年，正是宋徽宗花石纲大肆掠夺江南奇花异石，建艮岳成，而激起江南民变，方腊起义之后。于内政治黑暗，昏庸无能，六贼当道时期。而于外则是金破辽燕京之年。③ 在内外交困，国势颓危之际，献此京都大赋，盛赞帝京宫室华丽，帝京繁华，自然正中好大喜功的宋徽宗的下怀。

因此，从上述简要考证，可以看到，四篇京都大赋，分别作于真宗、仁宗、神宗和徽宗时期。而今失传的杨亿《二京赋》，据《宋史》卷三零五本传，作于淳化中（989—990）。则北宋几乎每朝均有作品了。几篇京都大赋，主要体现了以下几个方面的特征和内容：

一　帝都合理性、帝都中心论与帝国权力的合法性

从大赋的繁盛时期汉代开始，汉大赋这种特殊的文体，从一开始就承载了比较特殊的政治意识形态的功能。④ 而从汉代开始兴盛的京都大赋，同样从一开始就承担起了特殊的政治功能与作用。⑤ 正因为如此，京都大

---

① （宋）王明清撰：《玉照新志》卷三，四库全书本。按：“近得全篇于其从孙申父宣柔，令尽列于后”一句，上海古籍出版社2001年版。《宋元小说笔记大观》所收宋王明清撰《玉照新志》卷二，第3917页，“宣柔”为“直柔”，“令”为“今”，因为未出校记，不知道何据。但是从李长民的从孙号“申父”看，则名为“直柔”为是。从文意，“令”应为“今”。

② （宋）王应麟撰：《玉海》卷十六，江苏古籍出版社、上海书店1987年版，第315页。

③ 参见陈振《宋史》，上海人民出版社2003年版；何忠礼《宋代政治史》，浙江大学出版社2007年版。

④ 参见胡学常《文学话语与权利话语——汉赋与两汉政治》，浙江人民出版社2000年版。

⑤ 参见曹胜高《汉赋与汉代制度》，北京大学出版社2006年版。

赋作为一种特殊的文体，文学，一种建构帝国合法性的审美意识形态话语，[①] 一直被帝王所重视和肯定。

从宋太宗开始一直到宋徽宗，其政权合法性，权力的继承，都存在问题。因而，对于建构权力的合法性，对于帝国政治合法性的正面颂扬，就显得尤为重要和必要了。

文学与意识形态之间原本有着不可分割的关系。[②] 因此，真正理解、认清京都大赋的创作实践的历史意义与价值，就必须在政治、文学与帝国意识形态之间复杂而密切的关联中对宋代京都大赋加以剖析、透视和研究。

尚“中”是中国古代源远流长的传统观念，它广泛关涉到了地理、文化、政治、民族等诸多方面的复杂内涵。帝王中心论是中国古代的传统观念。天子具有至高无上的权力，是天下的至尊。而在五行学说中，至尊又是和居中联系在一起的，东西南北中，居中为尊。所以，帝王中心论和天子至尊观念，密切联系在一起。而从考古学和古史学可以考证的商、周都城的选择与规划，可以清楚地看到国都地址的选择与天下之中的观念的配合，有着十分重要的现实意义与政治功能。[③]

京城的地理位置应处于天下的中心，从而和天子在政治上的中心地位相协调，这种观念在文学中的反映，从《诗经》中就开始了。《诗经·商颂·殷武》称：“商邑翼翼，四方之极。”毛传：“商邑，京师也。”郑玄笺：“极，中也。”陈奂疏：“极，中也，中土中也……言成汤都亳，宅四方之中。”《商颂》是春秋时代宋国君主祭祀祖先的歌诗，但它创作的年代较为久远，殷商时期就已经产生。殷人自认为他们的首都不但规模宏大，而且居于天下的中心地带，以此暗示殷商王朝天下共主的地位。其实，殷人尚中的观念，中外学者已经有所关注和研究。[④] 事实上，尚中的

---

① 文学对于国家权力话语建构的功能，参见刘方《中国美学的历史演进及其现代转型》，巴蜀书社 2005 年版。

② 参见［英］伊格尔顿《美学意识形态》，王杰等译，广西师范大学出版社 1997 年版。

③ 参见杨宽《中国古代都城制度史研究》，上海古籍出版社 1992 年版；杨宽《中国古代都城制度史研究》，上海人民出版社 2003 年版。

④ 参见［美］张光直《说殷代的亚形》，载［美］张光直《中国青铜时代二集》，三联书店 1990 年版，第 82—94 页；［英］艾兰《龟之迷》第四章《商人的宇宙观念》，汪涛译，四川人民出版社 1992 年版。

观念，很早就与华夏文明的宗教、思想等观念联系在一起。世界著名的宗教史家伊利亚德在其巨著《宗教思想史》中，就研究指出中国对于宇宙的观念，从商朝到辛亥革命，“保持着一种完整的统一性和连续性”，“中国位于世界的中央，国都位于中国的中央”。①

周灭商后营造洛邑，那里成为西周王朝的东都，被认为是新的天下中心。《尚书·召诰》云：“王来绍上帝，自服于土中。旦曰：‘其作大邑，其自时配皇天，毖祀于上下，其自时中乂。’”孔传云：“言今王来居洛邑，继天为治，躬自服行教化于地势正中。称周公言，其为大邑于土中，其用是大邑配上天而为治。为治上慎祀于天地，则其用是土中大致治。”周公及《召诰》的作者均认定洛邑的地理位置居于天下的中心，是理想的建都之地。是因为作为地理的中心“土中”来建立都城，天子可以得到上天的承认与庇祐，“配皇天，毖祀于上下”，孔传解释的十分明白，“用是大邑配上天而为治”。正如有学者所分析的：“都城设立在‘土中’，当然就成为宣传天命，体现天命，对内维持心理优势，对外压服殷人反抗的最有力的武器。”②

《周礼·大司徒》云：“以土圭之法测土深，正日景以求地中……旧至之景，尺有五寸，谓之地中。天地之所合也，四时之所交也，风雨之所会也，阴阳之所和也。然则万物阜安，乃建王国焉。”郑玄注引郑众说：“土圭之长，尺有五寸，以夏至之日，立八尺之表，其景适与土圭等，谓之地中，今颍川阳城地为然。”孔颖达《正义》：“颍川郡阳城县，是周公度景之处，古迹犹存，故云地为然也。”而在《周礼·考工记》中则记载有详细的周王城规划。③ 与此相应，宣传帝都中心论，也就成为古代京都赋的重要文化和政治内容。同时，作为京都大赋开端的东汉都邑赋，其原初话题主要围绕着建都洛邑是否合理展开，而且历经百年不衰。④ 而伴随

① ［美］伊利亚德：《宗教思想史》，晏可佳、吴晓群、姚蓓琴译，上海社会科学院出版社2004年版，第469页。

② 陈江风：《天文与人文》，国际文化出版公司1988年版，第131页。

③ 关于中国古代都城规划及其观念的研究，参贺业钜《中国古代城市规划史论丛》，中国建筑工业出版社1986年版。贺业钜：《中国古代城市规划史》，中国建筑工业出版社1996年版。芮沃寿：《中国城市的宇宙论》，载［美］施坚雅主编《中华帝国晚期的城市》，叶光庭等译，中华书局2000年版，第37—83页。［美］科特金：《全球城市史》，王旭等译，社会科学文献出版社2006年版。

④ 参曹胜高《汉赋与汉代制度》，北京大学出版社2006年版。

佛教的传入，又增添了中印文化之间谁具有世界中心的新问题，从而使传统的争论更为复杂化。①

而北宋虽然定都汴梁，但是一开始同样经历了建都汴梁是否合理的论争。② 而且同样历经百年不衰。名臣如范仲淹、余靖、著名史家范祖禹等均于其文集中保存有相关奏议。在宋秦观撰《淮海集》卷十三《进策》中有《安都》一文：

臣闻世之议者，皆谓天下之形势莫如雍，其次莫如周，至于梁，则天下之冲而已，非形势之地也。故汉唐定都皆在周雍，至五季已来，实始都梁。本朝纵未能远规长安，盍亦近卜于洛阳乎？而安土重迁眷眷于开封之境，非所以为万世计也。

臣窃以为不然。何则？唐汉之都，必于周雍，本朝之都，必于梁而后可也。夫长安之地，左殽函，右陇蜀，襟屏终南、太华之山，萦带泾渭、洪河之水，地方数千里，皆膏腴沃野。卒有急，百万之众可具，形势便利，下兵于诸侯如建瓴水，四塞之国也。故其地利守，自古号为天府。开封地平，四出诸道辐辏，南与楚境，西与韩境，北与赵境，东与齐境，无名山大川之限，而汴蔡诸水参贯其中，车错毂击，踕踵交道，轴轳衔尾，千里不绝，四通五达之郊也。故其地利战，自古号为战场。洛阳左瀍右涧，表里山河，扼殽渑之隘，阻成皋之险，直伊阙之固，广袤六百里，四面受敌，以守则不如雍，以战则不如梁，然雍得之可以为重，自古号为天下之咽喉。凡天下之形势，无过此三者也。故彼蜀之成都，吴之建业，皆霸据一方之具，而楚之彭城，特盗贼之窟耳。

易曰："天险，不可升也；地险，山川丘陵也。王公设险，以守其国。"所谓险者，岂必山川丘陵之谓哉。在天而不可升，在人而不可夺，则皆为险矣。夫雍为天府，梁为战场，周为天下之咽喉，而臣

① 参考王邦维《"洛州无影"与"天下之中"》、《"都广之野""建木"与"日中无影"》，载王邦维《华梵问学集：佛教与中印文化关系研究》，兰州大学出版社2014年版，第281—304页；孙英刚《"洛阳测影"与"洛州无影"：中古知识世界与政治中心观》，载陈金华、孙英刚编《神圣空间：中古宗教中的空间因素》，复旦大学出版社2014年版，第207—231页。

② 参周宝珠《北宋东京研究》第一章"北宋定都开封的诸因素"，河南大学出版社1992年版。

以谓汉唐之都，必于周雍，本朝之都必于梁而后可者，汉唐以地为险，本朝以兵为险故也。汉高祖曰："吾以羽檄召天下兵，莫有至者。"武帝曰："吾初即位，不欲出虎符发兵郡国。"盖汉踵秦事，郡国背道，材官有变，则以符檄发之。京师惟有南北两军，有期门、羽林、孤儿，以备扈从。唐分天下为十道，置兵六百三十四府。其在关中者，惟二百六十有一府。府兵废，始置神策为禁军，亦不过数万人。以此见唐汉之兵皆在外也。故非都四塞之国，则不足以制海内之命。此所谓以地为险者也。

本朝惩五季之蔽，举天下之兵，宿于京师，名挂于籍者，号百余万。而衣食之给，一毫已上，皆仰县官，又非若府兵之制，一寓之于农也。非都四通五达之郊，则不足以养天下之兵，此所谓以兵为险者也。夫以兵为险者，不可以都周雍，犹以地为险者，不可以都梁也。而昧者乃以梁不如周，周不如雍。呜呼，亦不达于时变矣。

夫大农之家，连田阡陌，积粟万斛，兼陂池之利，并林麓之饶，则其居必卜于郊野。大贾之室，敛散金钱，以逐什一之利；出纳百货，以收倍称之息，则其居必卜于市区。何则，所操之术殊，则所托之地异也。今梁据天下之冲，岁漕东南六百万斛以给军食，犹恐不赡。矧欲袭汉唐之迹，而都周雍之墟，何异操大贾之术，而欲托大农之地也？由是言之，彼周雍之地者，汉唐之险耳，本朝何赖焉。①

从少游此策，正可见从宋太祖以来，对于建都汴梁还是洛阳的论争双方的依据，也可以看到少游从"达于时变"的历史发展的眼光，具体分析汉唐都周雍之险和本朝都梁的地理、军事、经济等方面的原因。比余靖、范祖禹等单纯从宋王朝尚德立论，更有说服力。

因此，在北宋的一些赋文中，同样可以看到类似的内容。而在京都赋中，虽然没有直接涉及，也有潜在地论证建都汴梁是否合理。杨侃《皇畿赋》云：

有赋家者流，欲驰名于当世，思著咏于神州。忽念前古，深怀景

① （宋）秦观撰，徐培均笺注：《淮海集笺注》卷十三，上海古籍出版社 1994 年版，第 522—524 页。

慕，诵《二京》于张衡，览《两都》于班固，于是辍卷意惭，阁笔心伏。让而谓臣，请书简牍，臣辞不获已，而谓之曰："子读二子之赋，而知两汉都邑之制，宫殿之丽，而未知大宋畿甸之美，政化之始也。"①

一开始就摆出要与人辩论，表明了作赋的宗旨之一，就是要颂扬大宋畿甸之美，超迈前代，以论证建都汴梁的合理性。而周邦彦《汴都赋》开头就说：

臣邦彦顿首再拜言曰："自古受命之君，多都于镐京，或在洛邑。惟梁都于宣武，号为东都，所谓汴州也。后周因之，乃名为京。周之叔世，统微政缺，天命荡杌，归我有宋。民之戴宋，厥惟固哉，奉迎銮舆，至汴而上。是为东京。"②

一开始，就将建都选择地址问题提出。在文章中间又说：

以易险非所较者，固已乖矣。以贤否非议者，乌乎可哉。客不闻王公设险以守其国，有德则昌者乎？地欲得险，势欲参德，迫隘卑陋，则无以容万乘之扈从，供百司之廪饩。据偏守隅，则无以限四方之贡职，平道理之远迩。膴原申区，割宅制里，走八极而奔命，正南面而负扆。举天下于康逵，力士□而不敢取，贪夫汗缩而不敢睨者，恃德之险也。襟冯终南太华之固，背负清渭浊河之注，搤人之吭，而拊人之脊，一日有变，而万卒立具。然而布衣可以窥隙而试勇，匹夫可以争衡而号呼，彼天府之衍沃，适为人而保聚，此以地为险者也。地严德畅，然后为神造之域，天设之阻。大哉炎宋，帝眷所瞩，而此汴都，百嘉所毓。前无湍激旋渊吕梁之绝流，后无太行石洞飞狐句望浚深之岩谷。丰乐和易，殊异四方之俗。兵甲士徒之须，好赐匪颁之用，庙郊社稷百神之祀，天子奉养、群臣稍廪之费，以至五穀六牲鱼

① （宋）吕祖谦编：《宋文鉴》卷二，中华书局1992年版，第19页。按，下文引用杨侃《皇畿赋》均据此本，第19—25页，不另出注。

② （宋）吕祖谦编：《宋文鉴》卷七，中华书局1992年版，第91页。按，下文引用周邦彦《汴都赋》均据此本，第91—102页，不另出注。

鳖鸟兽，阛国门而取足。（101 页）

周邦彦明确肯定都汴，而其理由，则不过是恃德之险，不以地为险者，沿袭余靖、范祖禹同样的老生常谈，加上物资丰饶、地理之便的理由而已。

北宋建都汴梁，即今河南开封，虽然较之洛阳偏东，但毕竟还处在中原。宋代京都赋在歌颂汴梁时，也大多从地理位置方面切入。而今传北宋赋中最早反映这方面内容的应该是梁周翰的《五凤楼》赋。关于梁周翰的《五凤楼》赋写作时间，宋王称撰《东都事略》记载："乾德中，太祖大修宫阙，周翰为《五凤楼赋》以进。"①《宋史》梁周翰本传中也记载："乾德中，献拟制二十编，擢为右拾遗，会修大内，上《五凤楼赋》，人多传诵之。"② 均言写于宋太祖乾德中（963—968）。此赋应该是当时名文，据《朱子语类》记载，朱熹说："吕编《文鉴》，要寻一篇赋冠其首，又以美成赋不甚好，遂以梁周翰《五凤楼赋》为首，美成赋亦在其后。"③ 所谓"吕编《文鉴》"，是指朱熹好友，当时与朱熹、张栻齐名，并称东南三贤的吕祖谦所编《皇朝文鉴》，即后世所称的《宋文鉴》。朱熹谈到吕祖谦编《皇朝文鉴》，希望以一赋冠之编首，对于周邦彦的《汴都赋》不甚满意，因此以梁周翰《五凤楼赋》为首的史实。此赋在内容上的主旨，宋叶适撰《习学记言》卷四十七《五凤楼赋》条说："是时大梁宫室始与西京比，而梁周翰历陈前代亡国之君，淫于土木者为戒，何止讽也。盖显刺必出于明时，无若丹朱傲，信其为舜禹之盛矣。"④ 五凤楼的地理位置，据明彭大翼撰《山堂肆考》记载："五凤楼在河南府城，后梁太祖即位，罗绍威取魏良材为之，宋梁周翰尝作《五凤楼赋》。"⑤ 梁周翰《五凤楼赋》虽然只是以五凤楼为主题，但是开篇即言：

---

① （宋）王称撰：《东都事略》卷三十八，列传二十一，适园丛书本。

② 《宋史》卷四百三十九，列传一百九十八，中华书局 1977 年版，第 13003 页。

③ （宋）朱熹著，黎靖德编，王星贤点校：《朱子语类》卷一百三十九论文上，中华书局 1986 年版，第 3300 页。

④ （宋）叶适撰：《习学记言序目》卷四十七《五凤楼赋》条，中华书局 1977 年版，第 697 页。

⑤ （明）彭大翼撰：《山堂肆考》卷一百七十一《绣楣雕栱》条，四库全书本。

伊京师之权舆也，遐哉邈乎，验河图之象，按舆地之书，宅《禹贡》豫州之域，距天文辰马之墟，因四履建侯之地，为六代兴王之居。城浚而都，泒河而渠。结坤之络，振干之枢。星甍栉堵，我民之庐。海漕山瘉，我田之租。势雄跨胡，气王吞吴。茫茫万国，鱼贯而趋。惟圣皇之受命，应期运而握符。光潜跃于龙德，践元亨于帝衢。道德何师，尊卢赫胥，揖让何比，陶唐有虞。①

对于选择汴梁为都城的合理性，梁周翰从河图、舆地、天文和历史等诸多方面寻找理论依据。

宋祁的《王畿千里赋》有“畿制千里尊大王國”的小注，其开头：

王有一统，人无异归。中四方而正位，画千里以为畿。总大众之奠居，式昭民极。据方来而处要，以重皇威。二代而还，维周有制。揽庶绩以图大，廓多方而为卫。作我上国，垂诸永世。以为地非中夏，无以示天子之常尊；土不一圻，无以待诸侯之入计。尔乃测圭于地，考极于天，风雨之所交者，道里之必均焉。②

宋祁在《圆丘赋》中也说：

若夫天地之区，既奥而腴，王者所以作京焉。神明之隩，匪攻而筑，上帝所以定位焉。我朝之拥归运也，讥函、镐保界之陋，鄙周、雒渟潆之渊，乃据梁之芒芒，侦河之浑浑，画邦畿之千里，于以宅天子之尊。③

开封处于中原，因此，宋祁把它居于天下之中的地理位置说得非常确定，无论是测之于地，还是考之于天，都可以得到证实。汴梁居天下之中，而作为大一统的王朝，必须在天下的中心地带建都，才能显示天子至高无上的权威，才能起到统辖四方的作用。汴梁的地理位置客观上适应了

① （宋）吕祖谦编：《宋文鉴》卷第一赋，中华书局 1992 年版，第 1 页。

② （宋）宋祁：《宋景文集》卷三，四库全书本。

③ （宋）吕祖谦编：《宋文鉴》卷三，中华书局 1992 年版，第 39 页。

北宋王朝建都的需要，而大一统王朝的权威，也借助于汴梁的地理优势而得以确立。说汴梁是“风雨之所交”，袭用的正是前引《周礼·大司徒》的话语，是用描述洛阳的话语来给汴梁作地理定位。周邦彦的《汴都赋》中则写道：

> 且宋之初营是都也，上睇天时，下度地制，中应人欲。测以圣智，建以皇极，基以贤杰，限以法士，垣以大师，屏以大邦，扞以公侯，城以宗子。以义为路，以礼为门，键钥以柄，开阖以权。扫除以政，周裹以恩。乃立室家，以安吾君。有庭其桓，社稷臣也。有梃其桷，众材会也。有闱孔张，通厥明也。有牖孔阳，达厥聪也。其槛如衡，前有凭也。其壁如削，后有据也。其陛则崇，止陵践也。其极则隆，帝居中也。（102 页）

周邦彦对于帝国都城选择的合法性，首先从天时、地制、人欲三个方面强调，暗与孟子主张的天时、地利、人和的思想相契合，以寻求儒家经典的理论依据。其次从智、贤、义、礼等儒家价值学说、理论来论证其合法性。最后从地理位置上，明确强调“帝居中也”。与前代京都大赋不同的是，关于帝都选择的道德特征的叙事与颂扬，是北宋京都大赋的共同特征，而这一政权的政治合法性的道德性来源的论证，正是宋代思想和文化的一个突出特征。①

宋代京都赋，对于帝国京都居天下之中的描写、肯定和强调，不仅是有历史长期观念的继承，而且有宋代更为强烈的现实原因。

宋代石介的《中国论》，这迄今为止可以看到的古代中国第一篇专以“中国”为题的著名政治论文，不仅因为作者石介是北宋学术史上一个相当重要的人物，而且这篇论文中民族情绪非常激烈。而石介的观点，虽然激烈但是并非孤立，而实际上这也是宋代学人的普遍意识和宋代春秋学大盛的思想史背景。② 这种危机感在当时很普遍，正是因为外敌的存在和强大、汉族的焦虑和紧张，使得北宋春秋之学与攘夷尊王之学很兴盛。

中国一词，从目前文献与考古资料看，最早可见的文字资料是 1963

---

① 参刘方《宋型文化与宋代美学精神》，巴蜀书社 2004 年版。

② 参漆侠《宋学的发展和演变》，河北人民出版社 2002 年版。

年在宝鸡出土的西周青铜器《何尊》:“武王既克大邑商，则廷告于天曰：余其宅兹中或。”于省吾据此并且参照有关文献，而推断“中国这一名称起源于武王时期”[①]。台湾学者分析周人使用“中国”的原因的时候，认为：

> 到了周朝，因为周围氏族的强大与颉抗，使周感觉到有加强内部团结的必要，乃赋予更尊崇的意义，以指斥蛮夷戎狄，而示区别，用振民族自尊心。[②]

事实上，将这段论述中的周换成宋，就完全适合对于宋代的解释和理解的一个方面了。

宋代由于北方辽、西夏，后来的金、元等异族政权的先后崛起，才真正打破了唐以前汉族中国人关于天下、中国与四夷的传统观念和想象，有了实际的敌国意识和边界意识，才有了关于“中国”有限的空间意识，成为宋代士人极力确立“中国”与“道统”的合法性的历史背景。[③]

宋代虽然出现了统一国家，但是，燕云十六州被契丹所占有，西北方的西夏建国与宋对抗，契丹与西夏都对等地与宋同称皇帝，而且宋王朝对辽每岁纳币，与西夏保持战争状态，这时候，东亚的国际关系，已经与唐代只有唐称君主、册封周边诸国成为藩国的时代大不一样了。“积弱”的现实和“自大”的意识，事实上对等的外交和仍然使用的天朝辞令，如此反差巨大，使得这些怀抱华夏文明的自豪感的士人颇为尴尬，这在唐以前的中国是几乎没有的。[④] 正是在这一背景下，对于帝国、帝都“帝居中也”的合法性的强调，就有了十分鲜明的现实意义和政治意义。

---

① 参见于省吾《释中国》,《文物》1976 年第 1 期。参于省吾《释中国》，载《中华学术论文集》，中华书局 1981 年版，第 1—2 页。

② 蔡学海：《万民归宗：民族的构成与融合》，载《港台与海外学者论中国文化》上册，上海人民出版社 1988 年版，第 152 页。

③ 参见葛兆光《宋代“中国”意识的凸显》，载葛兆光《古代中国的历史、思想与宗教》，北京大学出版社 2006 年版。

④ 参见王赓武《小帝国的辞令：宋代与其邻国的早期关系》，姚楠中译，载《王赓武自选集》，上海教育出版社 2002 年版，第 61—82 页。

二　帝都天命、帝都秉德与帝国正统性意识形态的建构

北宋建国后，先后消灭了割据南方的南唐、吴越、后蜀、北汉、南汉、荆南等割据政权，实现了国家的统一。基于这种历史事实，宋代的京都赋在突出汴梁处于天下之中的地理优势时，还把汴梁与历史上的政权和当时的其他割据政权所处空间方位、地理形势加以对比，以此说明汴京处于全国中心地位。杨侃《皇畿赋》：

> 昔者唐纲不振，国鼎将迁。俄梁室之革命，启浚都而应天。既观法于左崤右陇，亦取则于西涧东瀍。大矣雄图，昭然圣谟。谓陈留天下之冲要，谓大梁海内之膏腴。汉祖得之，则齐楚之敌败亡相继，咸就擒而即诛；梁王守之，则七国之师不敢西向，尽为馘而为俘。实王气之长在，宜万世而作都也。①

对于历代王朝的天子来说，首都的安全是他们必须首先考虑的实际问题，因此，周围的山川形势如何，成为是否定都的重要条件。在历代大一统王朝的首都中，长安是地理形势最为险要的地方，因此，在这个地方建都的王朝，其京都赋往往通过铺陈高山大河的屏障作用，表现帝都在全国所处的战略要地、军事中心的地位。东汉建都洛阳，但在班固《西都赋》和张衡《西京赋》中，分别有西都宾、凭虚公子夸耀西京山川形势的话语，表达出西京耆老期待迁都的愿望。不过，他们对西京山川形势的夸耀已不是作为主流话语出现，而是为后来东京优胜者设置的批判对象，只是一种铺垫。

古代帝都有的确实形势险固，四塞环绕，但也有的处在平原地带，无险可守。汴梁就是最为典型的例子。北宋定都汴梁，那里山川形势的险要程度无法和长安、洛阳相比，因此，在表现它的战略中心地位时，宋代辞赋家主要不是渲染地理形势的险固，而是着力表现它所处战略地位的重要。所选择的视角也就与以前赋家有所不同。杨侃的《皇畿赋》，论述汴梁乃兵家必争之地，是战略要冲，得之则可据有天下，失之则国破身亡。他列举西汉高祖创业和西汉王朝平定吴楚七国之乱的事实，用以说明汴梁

① （宋）吕祖谦编：《宋文鉴》卷第二，中华书局1992年版，第19页。

举足轻重的地位。齐楚之敌，指项羽、韩信。七国之师，指汉景帝时同时起兵的吴、楚、赵、胶西、济南、苗川、胶东七个诸侯国。梁孝王据守其地，使七国之兵西进受挫，最终败亡。杨侃追述汴梁在建立和巩固西汉王朝过程中所发挥的重要作用，以此说明北宋定都汴梁的英明，“实王气之长在，宜万世而作都”。周邦彦的《汴都赋》中则写道：

> 今天下混一，四海为家，令走绝徼，地掩鬼区。帷是日月所会，阴阳之中，据要总殊，揭健制枢，拱卫环周，共安乘舆。而此汴都，禹画为豫，周封郑地，觜觿临而上直，实沈分以为次。惟蓬泽之固境，昔合縻之所至。芒砀涣涡截其面，金堤玉渠累其脊。雷夏灉沮绕其胁，蠡丘訾娄夹其胰。梁、周帝据而麋沸，唐、汉尹统而宁一。故此王国，袭故不徙。恢圻甸域，尊崇天体。司徒制其畿疆，职方辨其土地，前千官而会朝，后百族而为市。分疆十同，提封万井。舟车之所辐辏，方物之所灌输。宏基融而壮址植，九鼎立而四岳位。仰营域而体极，立土圭而测晷。蜀险汉坌，荆惑闽鄙，推此中峙，不首不尾。限而不廹，华而不侈。环睎睋于郡县，如岣嵝之迤逦。观其高城万雉，埤堄鳞接，缭如长云之方舒，屹若崇山之□。①

称汴梁是日月所会，阴阳之中，是沿用《周礼·大司徒》的说法，只有这样的天下中心之地才有资格成为国都。文中对蜀汉荆闽等地的断语，既有地理方位、山川形势方面的因素，又涉及地方的民风习俗。前蜀、后蜀的京城在成都，其地险阻。南汉都广州，北汉都太原，其地狭窄。南平都江陵，楚都长沙，其地易乱。闽都福州，其地鄙远。对比之下，唯有汴梁得天独厚，居天下之中。以汴梁为都，可以雄踞中心地带，统辖四面八方，掌握关键，控制枢纽。在汴梁环视周围郡县，如同山丘绵延通道，有一种居高临下，一览众山小之感。周邦彦在突出汴都为天下之中的时候，既有平面的延伸，又有立体的拓展，把汴梁置于广阔的背景下加以观照，使它至尊无比的地位得到充分的显现。

李正民《广汴都赋》对于北宋汴京都城的制作之意、礼乐之情更是全面加以铺写：

---

① （宋）吕祖谦编：《宋文鉴》卷第七一，中华书局1992年版。

先生曰：余生长太平和气中亦既有日，而处于蓬茨之下，无有游观广览之益。骤来神州，恍然似失。目虽骇乎阙庭楼观之丽，而未悉其制作之意耳。虽熟乎声明文物之英，而未究其礼乐之情。子年在英妙，博闻强记，幸为我絫言之。

公子曰：仆实不敏，切闻先进有言。昔自唐室不竞，王纲浸圮，陵夷五季，纷纶四纪。上帝悯斯民之涂炭，眷求一德作之君师。肆我艺祖，应天顺人，出御昌期。若时众大之居，实古大梁之域。在汉则郡，以陈留而命名；在唐则军，以宣武而分额。考其地望，虽卓荦乎诸夏，而川流休气，犹盘礴而郁积。时乎有待，世莫能测。洎梁祖之有作，始建都而画圻。匪梁人之能谋，天实启之；匪天私于有梁，实兆宋基。观夫分野之次舍，则房心腾其辉，实沈寄其曜，仰星躔之有赫，直皇居而久照。察夫土脉之丰衍，则高者磊砢，下者坟垆，廓坡陀之恺泽，极灌溉之膏腴。语地形之高兮，则自泗而西，涉川上，历濉阳，遂东至于通津，冈阜隐鳞，烟云飞屯，其上郁律，势与天连。语汴渠之驶兮，则自巩而东，达时门，抵宣泽，障洪河之浊流，导温洛之和液，中贯都城，偃若云霓，溯湍悍而不穷，上接云汉之无倪。语雉堞之固，则伟拔金墉，缭以汤池，仰宪太微之象，屹临赤县之畿。语郊闉之壮，则密拱中宸，高映四野。揭华榜以干霄，谨严更而警夜。维是都之建也，虽自于梁，逮艺祖而始兴至，高宗而浸昌，列圣相承，洎于今日。当国家之闲暇，肆乘时而增葺，遂跨三都，越两京，拟二周而抗衡。①

从历史追溯汴京的城市发展情况，论证宋都汴京，是上承天意。从天文星相论证其“直皇居而久照”，从地理位置，地势为天下交通之枢纽，都城坚固险要，夸赞其“跨三都，越两京，拟二周而抗衡”。

汴梁作为京城，是全国的政治中心，但它的地理位置未必处于国家版图之中心。为了突出帝都的至尊地位和宋王朝的政权合法性，京都大赋，往往从天象、天命等方面寻找证据。刘攽《鸿庆宫三圣殿赋》：

① （宋）李正民：《广汴都赋》，载（宋）王明清《玉照新志》卷三，《宋元笔记小说大观》，上海古籍出版社2001年版，第3919页，以下凡引此文，均据此版本。

盖上帝之所选，建明圣命以天位者，乃所以享德而报功焉。未有德盛于前，功播于后，而其子孙寂寥千载无声者也。贤哲所谈，六籍之云，德莫著于有虞，功莫隆于五臣。禹平水土，夏姒以家，司徒后稷，是教是食。肇商兴周，历载数百，皋陶大理，五刑以明，于其苗裔，乃兴于唐。若夫董淳耀以攸司，奏庶民之鲜食，焚山烈泽，害服妖息。鸟兽咸若，草木允殖，固伯益之力焉。天报以位，俾秦周继于其子孙。诬祖不绍，去火即水，叛礼尚刑，法以惨急。然犹兼六国，一天下，而不知变于初，二世以毙。非天不相朕虞之后，乃其否德，得罪于祖，而断弃也。惟伯益之功未报，是以大命复集于赵氏焉，五代丧德，九土分裂，海水横流，民用垫溺。鸟兽昌炽，黔首失职。滔滔惑惑，盖若洪流之未辟。于是太祖乘火而帝，继益之功。天胙吉土，曰惟商丘，是为星火大辰之居，亦曰明堂布政之由。出潜离隐，或跃在渊。以有九有，百度正焉。削祸戡乱，出民涂炭，风挥日舒，天地正观。荆燕吴蜀，楚越梁冀，慑威怀仁，奔走失气。崛强者执服，柔从者加赐。太宗承之，真宗成之。登封降禅，矢直砥平。巍巍乎邈三五而俦俪，彼汉魏之琐琐，曾何比京。夫伯益始掌火而底绩茂。宋以火帝，兴于火墟。天之报施，岂不昭昭可推而类也哉。且夫积功以凝命而创业，因物以胙土，由土以建号，乐以反初，礼不忘其本。是故作于原庙，建之别都，三圣鼎列，大厦以居。以答景贶，以昭成功。俾子孙知厥所由，亿兆仰德而不穷也。……兹圣王所以续统垂业，超商迈周。恤嗣锡羡，贻厥孙谋。使万有千岁，得以晞风而承流也，遂作颂曰：

崇崇商丘，大火主兮。曰宋之兴，道是配兮。建邦设都，以有九土兮。有皇上帝，明德辅兮。伯益之功，邈不可忘兮。三圣承承，有烈光兮。奕奕寝庙，神翱翱兮。胥于万年，尚无疆兮。①

按照五德始终的说法，宋代应该是火德。《宋史》卷一载：太祖建隆元年（960）三月，“壬戌，定国运以火德”②。宋承火德，所以有炎宋的称呼。宋人自己也常常以炎宋自称。宋赵湘《南阳集》卷一有《宋颂》

---

①（宋）刘攽撰：《彭城集》，丛书集成初编本，商务印书馆1935年版，第1—2页。

②《宋史》卷一，中华书局1977年版，第6页。

一文，有：

上帝降监，矜及下土，祚我炎宋，绰复其道。太祖皇帝，率受天命。[①]

宋胡宿撰《文恭集》卷六《吴兴秋晚郡斋长句》诗歌中有诗句：

上帝歆炎宋，真人奋大梁。凿干分上下，操斗运中央。[②]

刘敞《鸿庆宫三圣殿赋》，不仅肯定了宋承火德的观点，而且从“盖上帝之所选，建明圣命以天位者，乃所以享德而报功焉”这样一个理论观点出发，将宋代政权的合法性上溯到伯益，强调“宋以火帝兴于火墟，天之报施，岂不昭昭可推而类也哉”。

宋李长民《广汴赋》同样强调了这一点：

若夫阳德之建，咸秩火神，于赫荧惑，厥位惟尊，次曰大火，时谓大辰。配曰阏伯，以序而陈。原夫帝业之创，自于宋地，盖乘是德而王天下，饰之灵钲，赤文婀娜。举以示众，遂定区夏。岂必赤伏合信于鄗南之亭，岂必神母告符于丰西之夜。主上承纪，奉祀致严，审辰出戍入之度，有视慈礼明之占。遂维五帝之象夏，体重离而面南。谐祉声于乐府，验朱草于灵篇。火得其性，景贶昭然，瞻彼煌煌，位在南端。历太微以受制，避心星而载旋，相我昌运，于千万年。……

公子遂述其事而理之，以总一赋之义焉。理曰：赫赫皇宋，乘火德兮。奠都大梁，作民极兮。一祖六宗，世增饰兮。光明神丽，观万国兮。穆穆大君，天所子兮。粤自丛霄，履帝位兮。体道用神，妙莫名兮。立政造事，亶有成兮。金鼎奠邦，神奸詟兮。玉镇定命，垂奕叶兮。天地并应，符瑞著兮。应图合牒，千百禩兮。坐以受之，开明堂兮。三灵悦豫，颂声兴兮。元臣硕辅，侍帝旁兮。相与弼亮，守太平兮。运丁壬辰，化道行兮。己酉复元，实历昌兮。天子万年，躬在

① （宋）赵湘：《南阳集》卷一，丛书集成初编本，商务印书馆1935年版，第5页。

② （宋）胡宿：《文恭集》卷六，四库全书本。

> 宥兮。斯民永赖，跻仁寿兮。(3920，3930)

同样认为宋承火德，是承火德而王天下，上应天命，德配于天。因此可以“相我昌运，于千万年”，“实历昌兮，天子万年”，其政权可以千秋万代了。

而上述诸赋的这些铺叙，同时也表达了强烈的宋王朝政权为正统的政治和历史观念。

中国传统正统观至两宋而趋于理论化；以“居正”“一统”“严夷夏之防”为核心内容。正统观在中国可谓源远流长，一般认为，其端有二：一是战国时代齐人邹衍的“五德运转说”；二是《春秋》公羊学的“大一统”论。到了宋代，关于正统观的讨论尤为激烈。比较系统进行理论论述的肇始之人，是欧阳修。欧阳修的《正统论》在当时反应颇热烈，不仅因为作者是思想史、文学史和政治史上的一个关键人物，而且他的意见与他自己对前代历史的深刻认识既和他作为历史学家的历史书写实践有关，同时又关系到对于现实政治合法性的确认。欧阳修的《正统七论》(后删改合并为三篇收入文集）既是对前代正统论的总结，又是从新的角度开辟了正统史观的新视野。欧阳修正统理论的核心，是以儒家的名分观念为出发点，指斥汉儒五行三统之论为“非圣之曲学”，在否定五行三统的正闰标准的同时，依儒家经典“君子大居正，王者大一统”之语，以“居正”和“一统”为正统之标尺。这样，正统论就有了时代的新内容。他认为：

> 夫居天下之正，合天下于一，斯正统矣。尧舜夏商周秦汉唐是也。始虽不得其正，卒能合天下于一，夫一天下而居上，则是天下之君矣，斯谓之正统，可矣，晋隋是也。①

欧阳修之后，章望之不同意他的观点，而苏轼撰《正统论》三篇，完全认同欧公的观点。② 司马光也折中于其间。

---

① (宋）欧阳修：《居士集》卷十六，载《欧阳修全集》，中国书店1986年版，第116、118页。

② (宋）苏轼著，孔凡礼点校：《苏轼文集》四《正统论》，中华书局1986年版，第120页。

自从欧阳修以及章望之、苏轼、司马光讨论正统问题以来，这个“正闰”的话题下面，就隐藏了宋代文人对于国家的焦虑，这背后其实是为什么是大宋而不是辽夏的问题。当然，这个话题是从东晋习凿齿、唐代皇甫湜以来，一直在士人中讨论的，但到了宋代引发那么多人讨论，是一个值得思考的问题。[①] 以我们今天的眼光去看待欧阳修、司马光等人有关正统理论的研讨，确实是涉及一个政权合法性的依据这个重要问题。毫无疑问，合法性是政治上施行有效统治的必要基础，它是统治的政府和被统治的人民共同认可的一种法则或理念。一个政权的合法性基础同运用统治权力的政治权威之间存在非常紧密的关系。德国著名社会学家马克斯·韦伯曾经论述三种纯粹的合法性统治：一是传统型的。这种权威的政治特征是政治权力的世袭制和君权神授。统治权力之所以被人民认可，是因为它被认为当然如此和从来如此。二是神授型的。这种权威的特点，是对某种超凡的政治领袖的崇拜。这种权威往往具有浓郁的宗教色彩，与某种意识形态相纠合。而这位被崇拜的具有神圣特质的政治领袖的权力不是来自某个政治组织，而是来自社会信仰和社会意志。三是法理型的。法理型统治立基于一种信念之上，即认为某些规范性的律则具有绝对的合法性，只有根据这些律则而建立的政治权威才具有合法性。[②] 而韦伯认为，中国传统社会里的一切权威一方面均可归类为“神授型”，这种政治权威建基于人民对某个个人所具有的超凡神性、英雄气质或模范性格所产生的归顺之心，以及对这位英雄所启示和创造的某些规范模式所产生的信仰之上。另一方面，传统中国的政治权威亦兼带有某些传统型的气质，即认为远古而来的传统具有神圣性，据此而建立的权威自然地具有合法性的身份。[③]

反观中国历史上一些曾经存在过的政治权威，得到宋儒认可的，均是内圣外王式的政治领袖。他们具有无与伦比的理性道德精神，将人民的福祉放在首位，尊尊亲亲，倡导人伦关系的和谐，并以此为价值观念之基点。有效地维持统治之“道”，不在于纯依赖权力，因为在强权的统治

---

① 参见饶宗颐《中国史学上之正统论》，上海远东出版社 1996 年版，第 35—42 页；葛兆光《思想史的写法：中国思想史导论》，复旦大学出版社 2004 年版。

② 参见［德］马克斯·韦伯《经济与社会》，林荣远译，商务印书馆 1998 年版。

③ 参见［德］马克斯·韦伯《儒教与道教》，洪天富译，江苏人民出版社 1997 年版；［德］马克斯·韦伯《儒教与道教》，商务印书馆 1995 年版；［德］马克斯·韦伯《中国的宗教》，康乐、简惠美译，广西师范大学出版社 2004 年版。

下，人民的服从不是出自内心的意愿，而是慑于权力的逼迫与自身力量的弱小。合法性的依据只能立基于德行之上。凡是做到以上这些的政权，就被儒者认为是具有了合法性统治的资格，就是“正统”。而这也是所有宋代京都大赋一再强调宋代王朝权力基于“德”的重要原因。杨侃《皇畿赋》：

皇宋之受命也，太祖以神武独断，太宗以圣文诞敷，平江表，破蜀都，下南越，来东吴，北定并汾，南取荆湖，是故七国之雄军，诸侯之陪臣，随其王公，与其士民，小者十郡之众，大者百州之人，莫不去其乡党，率彼宗亲，尽徙家于上国。(20页)

强调宋王朝的受命，从而具有了正统性，同时也强调了一统天下，从而获得了政权的合法性。宋李长民《广汴赋》序：

臣窃惟皇宋艺祖受命，奠都于大梁，于今垂二百载。列圣相承，增饰崇丽，煌煌乎天子之宅，栋宇以来，未之有也。昔在元丰中，太学生周邦彦，尝草《汴都赋》奏御神考，遂托国势之重，传播士林。然其所纪述大率略而未备，若乃比岁以来，宫室轮奂之美，礼乐声容之华，则又有所未及。臣愚不才，出入都城十年于兹矣。耳目所闻见，亦粗得梗概。辄鼓舞阴阳，以鸣国家之盛，因改前赋而推广焉。始则本制作之盛者，分方维而第之，中以帝室皇居之奥，任贤使能之效，而终之以持守，冀备一览之末。为赋曰：

有博古先生自下国而游上京，遇大梁公子于路，相与问答，倾盖如故。因纵言至于都邑，先生乃援古而证之曰：我闻在昔受命帝王，继天而作，首定厥都，用植诸夏之根本，肇隆亿载之规模。若乃贲饰恢宏之美，概见于《书》；经营先后之次，备载于《礼》。宅中图大，则有姬公之明训；权宜拓制，则自萧公而经始。余不敢高谈羲皇，远举夏商，试即周而陈之。二华对峙，八川交注，褒斜陇首之攸届，函谷二崤之并据，此宗周所都，或假山河之险固，汉高因之而启帝祚焉。孟津后达，大谷前通。导以伊洛瀍涧之泽，控以成皋广武之冲。此成周所都，适当天地之正中，光武因之而成帝功焉。毕昴之次，河冀之津，风俗渐乎虞夏，疆域连乎齐秦，魏都之爽垲，信无伦也。衡岳镇野，龙川带坰。列戈船于三江，储戎车于石城，吴都之雄壮，信足称也。接壤邛筰，通商滇僰，地蕃竹木之产，民厌稻鱼之食。蜀都之富饶，信无敌也。凡兹都邑之盛，实丽美而争雄。旁睨而论，虽辩若炙輠，继日而莫能穷。公子闻之，始若□眙，已而哂曰：先生于古诚博矣，孰若我目睹汴都之伟观乎？顾其所以设险，则道德之藩，仁义之垣，岂独依于山川。所以建中，则皇极在上，九畴咸若，岂必宅于河洛？其爽垲也，有如上帝清都，神人五城，轶人寰之埃壒，极天下之高明。其雄壮也，有如勾陈羽林，天兵四拱，威震则万物伏，怒刑则四夷竦。其富饶也，有如海涵地负，深厚莫测，追鱼丽之盛多，迈驺虞之蕃殖。彼两汉之杂霸，虽仍于周家之旧墟，三国之鼎峙，虽临乎一方之都会。较而论之于今日，正犹拳石涓水，欲与五岳四渎为比拟，所谓谈何容易。（3917—3918 页）

李长民《广汴赋》如此长篇大论的铺叙，所要强调和宣扬的同样是宋王朝是受命帝王，继天而作。帝国所依靠的不是地理上的险峻，而是依据的是“道德之藩，仁义之垣”，“岂独依于山川”。其实，强调宋应天命，不仅是京都大赋的普遍写法，即使是描写京都中建筑的，也不忘记对此加以特别的强调。宋胡宿撰有《正阳门赋》，其云：

有宋受命，惟皇建国，获九金之神鼎，应五精之火德，将以定九庙之攸居，弥万世而不易。陋洛阳之如掌，才可以备离宫，谓函谷之扼关，不足以创宸极。于是即房心之广野，据神明之华域，得天帝布政之廷，命司空度土之职，申画郊圻，缮营宫室，建万雉之都城，顺五土之方色，王畿千里，侔日径之傍开；君门九重，法天关之上。辟粤艺祖之创基，逮永熙之御历。战垒尚多，寅车未息。方且法神禹之卑宫，循姬文之旰食，重长府之仍贯，惜露台之劳役。[①]

同样是宣扬有宋受命，应五精之火德。并且和前引杨侃、周邦彦、李正民的赋一样，特别强调了将前代王朝的都城，都视为陋，不过是可以备离宫而已，历史上建筑都城所重视和凭依的地理的险要，也认为不足以创

① （宋）胡宿：《文恭集》，丛书集成初编本，商务印书馆 1935 年版，第 1 页。

宸极。

很明显，杨侃《京畿赋》、周邦彦《汴京赋》、李长民《广汴京赋》等，在文体结构上明显模仿了汉代大赋的对话结构。但是，在模仿的表象下面，是隐含了将宋代京都与汉代京都进行比拟的隐喻和或明或暗的争胜。杨联陞曾经在《朝代间的比赛》一文中，谈到宋代的时候，开始有人比较认真地谈论“本朝事胜前代”，举到了理学家二程、政治家吕大防和小说的例子。① 其实最典型的应该还是这里讨论的京都大赋的例子。从上述所引诸赋对于宋代京都汴京的描写、铺叙和称赞中，我们也看到了宋代赋家，不仅要在传统的京都建筑、城市繁华、大一统的权力等方面与前代争胜，而且在获得权力合法性的道德来源上突出加以强调，道德的超越汉唐，是宋代士大夫的普遍认识。②

通过真实与想象，物质现实与精神道德的铺叙与书写，宋代京都大赋在对于汴梁帝京文化意象的建构和叙事的过程中，使帝国的政治与权力的合法性得到肯定、明确和呈现。

宋代京都大赋的文学话语，在历史中的实践意义与功能，体现了明显的审美意识形态的性质特征。艾森斯塔德指出：没有儒教士大夫的帮助和援助，他们便不能够完全统治。儒教意识形态确立了一个统一帝国的基本理想，为维系统一提供了制度框架与文化框架。③

专制帝国虽然是一个事实上的存在，但对于统治者而言，有必要为之蒙上意识形态的光晕。帝国秩序与权利的合法性必须依赖意识形态加以辩护与维持。正如韦伯所言：任何一种统治都试图唤醒和培养人们对其合法性的信念，④ 而一旦对现存秩序合法性的信念消失，则社会就将面临危机。⑤

显然，宋代京都大赋作为一种审美话语，具有鲜明的政治意识形态功

---

① 参［美］杨联陞《朝代间的比赛》，载杨联陞《国史探微》，陈国栋、邢义田、梁庚尧等译，辽宁教育出版社 1998 年版。（按，版权页未列译者，据各篇后附译者姓名补。）

② 参［美］余英时《朱熹的历史世界》，生活·读书·新知三联书店 2004 年版；刘方《文化视域中的宋代文论》，学林出版社 2006 年版。

③ ［英］艾森斯塔德：《帝国的政治体系》，阎步克译，贵州人民出版社 1992 年版，第 233—234 页。

④ 参［德］哈贝马斯《合法化危机》，刘北成、曹卫东译，上海人民出版社 2000 年版，第 127 页。

⑤ 同上。

能。一方面，京都赋受制于专制权力，受制于官方意识形态，其本身便是它们支配下的产物；另一方面，京都赋同时又生产意识形态，成为维护现实政治秩序的文化力量。这乃是京都赋与官方意识形态的合谋关系，这种合谋关系的生成，有利益的驱动，有专制权力的需求，但更多的是赋家自觉自愿的一种选择和追求。

中国传统文化是一种具有鲜明政治文化特征的文化类型，[①] 宋代京都大赋作为一种文学审美话语，具有鲜明的政治意识形态功能，北宋京都大赋作为一种文学审美话语，其独特价值与不可替代性质，就在于它不是直接、强迫地为现成政治制度维持与辩护，使现实问题、矛盾合法化，恰恰相反，它是通过文学话语和文学想象，通过文学描绘和文学话语建构，来维持现存社会制度与秩序。在这种不断强调和强化帝国合法性的文学话语表述中，不断肯定和重新肯定现存制度、权利的合法性与正当性。

第二节　士大夫文学视野中的汴京都市意象
——以汴河意象为核心的考察

开封虽然是北方的平原城市，但是在宋代，却是一个以水路交通为主的城市。北宋都城建于开封，其中一个重要的因素，就是陆路、水路交通和漕运的优势。北宋立国之初，之所以定都东京，以及后来东京城之所以能成为“富丽甲天下”、驰名中外的国际性水陆大都会，和它当时极其便利的水路运输是分不开的。

一

宋太祖在开国之初，屡有迁都于洛阳的想法。开宝九年（976）四月，他出巡洛阳，就有人上书“陈八难”企图加以阻止。到了洛阳，宋太祖就想留下不走，宋李焘撰《续资治通鉴长编》卷十七宋太祖开宝九年记载：

> 上生于洛阳，乐其土风，尝有迁都之意。始议西幸，起居郎李符

---

① 参见刘泽华《中国的王权主义》，上海人民出版社 2000 年版。

上书，陈八难曰："京邑凋弊，一难也。宫阙不完，二难也。郊庙未修，三难也。百官不备，四难也。畿内民困，五难也。军食不充，六难也。壁垒未设，七难也。千乘万骑，盛暑从行，八难也。"上不从。既毕祀事，尚欲留居之，群臣莫敢谏。铁骑左右厢都指挥使李怀忠乘间言曰："东京有汴渠之漕，岁致江淮米数百万斛，都下兵数十万人，咸仰给焉。陛下居此，将安取之。"①

臣子劝阻宋太祖的一个重要说辞，就是横贯汴梁的汴渠也即汴河，对于帝国支柱的数十万人军队生存的无可替代的重要性。

汴京在水路交通和漕运方面，最为重要的则是东西向贯穿东京都城的汴河。《宋史》卷一百七十五《食货志》第一百二十八《食货》上三：

漕运。宋都大梁有四河以通漕运，曰汴河，曰黄河，曰惠民河，曰广济河，而汴河所漕为多。②

北宋汴河，即隋炀帝开凿的通济渠，唐代时发挥了南北漕运的作用。宋朝随着经济重心的进一步南移，③ 汴河更成为一条生命线，"岁漕江、淮、湖、浙米数百万石，及至东南之产，百物众宝，不可胜计。又下西山之薪炭，以输京师之粟，以振河北之急，内外仰给焉"④。

关于汴河的由来、历史和汴河的功能、重要性，张洎曾经上书言于宋太宗。宋曾巩撰《隆平集》卷三《河渠》条记载：

至道元年，上问汴河疏凿之始。张洎上言曰：……隋炀帝大业三年，诏尚书左丞皇甫谊发河南男女百万开汴水，起荥泽，入淮千余里，仍自汴河，为通济渠，又发淮南兵夫十余万开邗沟，自山阳淮阴至杨子江三百余里，水面广四十步，而后行幸焉。自是天下利于转输。昔孝文时贾谊上言，"汉以江淮为奉地"，谓鱼盐榖帛多出自东

---

① （宋）李焘：《续资治通鉴长编》卷十七，中华书局 1995 年版，第 369 页。

② 《宋史》卷一百七十五《食货志》第一百二十八《食货》，中华书局 1977 年版。

③ 参见张家驹《两宋经济重心的南移》，湖北人民出版社 1957 年版；［日］斯波义信《宋代江南经济史研究》，方键、何忠礼译，江苏人民出版社 2001 年版。

④ 《宋史》卷九十三，河渠志第四十六，中华书局 1977 年版，第 2316—2317 页。

南也。至五凤中，耿寿昌奏云："故事，岁漕关东穀四百万斛，以给京师"，亦多自此渠漕运。唐初，改通济渠为广济渠。开元中，裴耀卿上言："江南租船，自长淮西北泝鸿沟，转相输纳于河阴、获嘉、太原等仓。凡三年，运米七百万石。"实利涉于此。开元末，汴州刺史齐澣，以江淮漕运经淮水，波涛有沉损，遂开广济渠下流，自泗州虹县至楚州淮阴县北八十里，合于淮，踰时毕功，既而水流迅急，行旅艰险，寻乃停废，复由旧河。德宗朝，岁漕江淮米四十万石，以益关中。时叛将李正已、田悦皆分军守徐州，临涡口，梁崇义阻兵襄、邓，南北漕引皆绝。于是水陆转运使杜祐请改漕路，由浚仪西十里，疏其南涯，引流入琵琶沟，经蔡河至陈州合颍水，是秦汉故路，以官漕久不由此道，故填淤不通，若畎流培岸，则功用甚寡。……今天下甲卒百千万人，战马数十万四，萃在京师，仍以七亡国之士民集于辇下，比汉唐京邑十倍其人矣。虽甸服时有水旱，不致艰歉者，惠民、金水、五丈、清汴四渠，□引脉分，咸会天邑，舳舻相接，给赡公私，所以无匮乏也。唯汴横亘中国，首承大河，漕引江湖，利尽南海，半天下之财赋，悉由此路而进。昔大禹疏凿以分水势，炀帝开畎以奉巡游，虽数堙废而通流不绝，终为国家之用者，其天意乎。①

宋太宗至道元年（995），张洎上书，详细论述了汴河疏凿之由，十分详瞻、明悉，不仅可以看到自隋唐以来，汴河漕运在国家经济中所起的越来越重要的功能、作用，而且也介绍了宋代定都汴梁，人口十倍汉唐京邑，其给养所以无匮乏，"唯汴横亘中国，首承大河，漕引江湖，利尽南海，半天下之财赋，悉由此路而进"。汴河之于北宋，特别是之于首都东京的决定性的重要意义，也阐述得十分清楚了。

如果说张洎的上书，反映了北宋初期人们对于汴河重要性的认识，那么，张方平的《论汴河利害事》则体现到了北宋中期之后，人们对于汴河的认识。张方平（1007—1091）字安道，南京人。少颖悟绝伦，一阅不忘。宋绶、蔡齐以为天下奇才。举茂材异等，为校书郎，知昆山县。又中贤良方正，选迁著作佐郎，通判睦州。上平戎十策，议论确

① （宋）曾巩撰：《隆平集》卷三《河渠》。按：文字同时校对了《宋史》卷九十三《河渠志》第四十六河渠三、明李濂撰《汴京遗迹志》卷六河渠二，并据此二文献作了增补、标点。

当。神宗时，累官参知政事，御史中丞。后请知陈州，以太子少师致仕。哲宗立，加太子太保。方平慷慨有气节，虽王安石用事，嶷然不少屈，以是望高一时。方平著有《乐全先生集》四十卷，《宋史》卷三百十八，列传第七十七有传。张方平撰《乐全集》卷二十七《论汴河利害事》：

> 臣窃惟今之京师，古所谓陈留，天下四冲八达之地者也，非如函、秦天府百二之固，洛宅九州之中，表里山河，形胜足恃。自唐末朱温受封于梁，因而建都，至于石晋，割幽、蓟之地以入契丹，遂与强敌共平原之利。故五代争夺，戎狄内侵，其患由乎畿甸无藩篱之限，本根无所庇也。祖宗受命，规摹毕讲，（引按："毕讲"，明李濂撰《汴京遗迹志》卷六河渠二引文为"卑狭"，于意更通。）不还周汉之旧，而梁氏是因，岂乐是而处之，势有所不获已者，大体利漕运而赡师旅，依重师而为国也。则是今日之势，国依兵而立，兵以食为命，食以漕运为本，漕运以河渠为主。国家初，浚河渠三道，通京城漕运。自后定立上供年额，汴河斛斗六百万石，广济河六十二万石，惠民河六十万石，广济河所运多是杂色粟豆，但充口食马料。惠民河所运，止给太康咸平尉氏等县军粮而已。惟汴河所运，一色粳米，相兼小麦。此乃太仓蓄积之实，今仰食于官廪者，不惟三军，至于京师士庶以亿万计，大半待饱于军稍之余。故国家于漕事，至急至重。京，大也。师，众也。大众所聚，故谓之京师。有食则京师可立，汴河废则大众不可聚，汴河之于京城，乃是建国之本，非可与区区沟洫水利同言也。近岁已罢广济河，而惠民河斛斗不入太仓，大众之命，惟汴河是赖。近岁陈说利害，以汴河为议者多矣。臣恐议者不已，屡作改更，必致汴河日失其旧。国家大计殊非小事，惟陛下特回圣鉴，深赐省察，留神远虑，以固基本。①

从张方平撰《论汴河利害事》的上疏，通过漕运的具体数字，可以清楚地了解，"汴河之于京城，乃是建国之本"，他清楚分析了"今日之

---

① （宋）张方平著，郑函点校：《张方平集》卷二十七，中州古籍出版社 1992 年版，第 419—420 页。

势，国依兵而立，兵以食为命，食以漕运为本，漕运以河渠为主”。不仅如此，“大众之命，惟汴河是赖”。汴河的重要性在这里说明得再清楚不过了。一直到南宋，著名理学家、政治家陈傅良在《论汴河最重》中仍然指出：

本朝定都于汴，漕运之法，分为四路：江南、淮南、浙东西、荆湖南北六路之粟，自淮入汴，至京师；陕西之粟，自三门、白波转黄河入汴，至京师；陈蔡之粟，自闵河、蔡河入汴，至京师；京东之粟，自五丈河历陈、济及郓，至京师。四河所运，惟汴河为最重。①

宋孟元老著《东京梦华录》卷一河道中对于京都中汴河及其河桥等有十分细致记载：

中曰汴河，自西京洛口分水入京城，东去至泗州入淮，运东南之粮，凡东南方物，自此入京城，公私仰给焉。自东水门外七里，至西水门外，河上有桥十三，从东水门外七里，曰虹桥，其桥无柱，皆以巨木虚架，饰以丹雘，宛如飞虹，其上下土桥亦如之；次曰顺成仓桥，入水门里曰便桥，次曰下土桥，次曰上土桥，投西角子门曰相国寺桥。次曰州桥（正名天汉桥），正对于大内御街，其桥与相国寺桥，皆低平不通舟船，唯西河平船可过，其柱皆青石为之，石梁石笋楯栏，近桥两岸，皆石壁，雕镌海马水兽飞云之状，桥下密排石柱，盖车驾御路也。州桥之北岸御路，东西两阙，楼观对耸；桥之西有方浅船二只，头置巨杆铁枪数条，岸上有铁索三条，遇夜绞上水面，盖防遗失舟船矣。西去曰浚仪桥，次曰兴国寺桥（亦名马军衙桥），次曰太师府桥（蔡相宅前），次曰金梁桥，次曰西浮桥（旧以船为之桥，今皆用木石造矣），次曰西水门便桥，门外曰横桥。②

汴河之上虹桥、上下土桥等采用“飞桥”的形式凌空高架，方便了大型漕运船只的往来，使得许多货物可以直接地运达京城的中心。其他河

① （明）李濂：《汴京遗迹志》卷六，中华书局1999年版，第90页。

② （宋）孟元老著，伊永文笺注：《东京梦华录笺注》，中华书局2006年版，第24—25页。

流之上众多桥梁的架设，也使各类小型船只常年在河道之上川流不息。不仅汴河与汴河之上的桥梁，构成了东京的城市景观，而且在汴河两岸，高楼林立，构成了城市的空间景观。宋释文莹撰《玉壶清话》卷三记载：

> 周世宗显德中，遣周景大浚汴口，……景心知汴口既浚，舟楫无壅，将有淮、浙巨商贸粮斛买，万货临汴，无委泊之地，讽世宗乞令许京城民环汴栽榆柳、起台榭，以为都会之壮。世宗许之。景率先应诏，踞汴流中要起巨楼十二间。方运斤，世宗辇辂过，因问之，知景所造，颇喜，赐酒犒其工，不悟其规利也。景后邀巨货于楼，山积波委，岁入数万计。①

这所“踞汴流中要”的“巨楼十二间”，就是外城旧宋门以内临汴水的著名的十三间楼，直到北宋末年尚存。②

宋人王辟之在《渑水燕谈录》中对此也有追溯：“周显德中，许京城民居起楼阁。大将军周景威先于宋门内临汴水建楼十三间，世宗嘉之，以手诏奖谕。景威虽奉诏，实所以规利也。今所谓十三间楼子者是也。”③

北宋初期官府继续推行这种“规利”的政策，汴河堤岸司与修完京城所，在汴河一带以及城内建造“房廊”租借给流寓的人，包括客商在内。宋神宗元丰八年（1085）九月废止征收各行商人的“免行钱”（即免除行役的税），并把汴河堤岸司和修完京城所的“房廊”及其“岁收课利”，拨给户部左曹掌管征收。中书省为此作出决定，这批岁收课利，“除代还免行钱外，余充本曹年计”。④每年免除缴纳“免行钱”的各行商人多到六千四百多行，免除的总额多到四万三千三百多缗。这时上述两所的“房廊”的岁收课利，“除代还免行钱外，余充本曹生计”，可知这批“房廊”的岁收课利十分巨大，房廊的数量是很多的。与此同时，还有官僚、商人为了“规利”而建造邸店和房廊，用来租给客商，像后周周景威所建的十三间楼那样。也还有本地商人沿着交通便利地点，建设买

① （宋）释文莹撰：《玉壶清话》卷三，中华书局1984年版，第26—27页。

② 见（宋）孟元老著，伊永文笺注：《东京梦华录》卷二《宣德楼前省府宫宇》，中华书局2006年版。

③ 王辟之：《渑水燕谈录》卷九，中华书局1981年版，第110页。

④ （宋）李焘：《续资治通鉴长编》卷三五九，中华书局1995年版，第8592页。

卖交易的楼店的。据说“世人语虚伪者为‘河楼’，似泛滥之名，其实不然。国初京师有何家楼，其下所卖物皆行滥者，故人以此目之。楼已废，语尚在也”。[①] 当时既有“所卖物皆行滥”的何家楼，必然同时还存在不少所卖物不行滥的楼店。

北宋初期东京的建设进一步取得了成就，人口急剧增长。与此相应的，商业的发展十分迅速，在沿汴河地带不仅大量增设邸店，而且日用必需品的新行市也纷纷兴起。与此同时，官府为了与商人争利，还曾一度在这些沿河近桥地段设置官营的果子行、面行、肉行。元丰八年五月乙未的诏中，讲到修完京城所管属的“万木场、天汉桥及四壁果市、京城猪羊圈、东西面市、牛圈、垛麻场、肉行、西塌场俱罢”[②]，从《东京梦华录》看来，北宋末年官营的行市已不存在，商人的行市还多设在沿河近桥地方。果子行设在朱雀门外以及州桥以西大街上。《东京梦华录》说：“如果子亦集于朱雀门外及州桥之西，谓之果子行。”同书卷四《鱼行》谈道：“每日早惟新郑门、西水门、万胜门，如此生鱼有数千担入门；冬日即黄河诸远处客鱼来，谓之车鱼。”东京每日所需鲜鱼，当是从西面城外的水路（汴河）运来，因而鱼行设在外城西边三个城门口接待鱼贩，再分发给许多酒楼、食店以及零售商店和摊贩。同书卷二《宣德楼前省府宫宇》还说：“州桥曲转大街面南曰左藏库。近东郑太宰宅、青鱼市、内行。”[③] 所说青鱼市、内行，当是设在城中的青鱼行市所在。当时设在外城四周城门口内外的日用必需品的新“行市”，除了肉市、面市、鱼行以外，还有其他许多种。杨侃《皇畿赋》说：“十二市之环城，嚣然朝夕。”[④] 环绕着外城四周共有十二个新“行市”，都是像肉市、鱼行那样赶早市或晚市，早晚忙碌的。[⑤] 汴河在东京的重要性和汴河两岸的商业、贸易的繁荣景象，我们从宋代张择端的名作《清明上河图》的画面中，还

---

① （宋）阮阅：《诗话总龟》卷二九，四库全书本。

② （宋）李焘：《续资治通鉴长编》卷三五六，中华书局 1995 年版，第 8512 页。

③ （宋）孟元老：《东京梦华录》卷二，中华书局 2006 年版，第 61 页。

④ （宋）吕祖谦：《宋文鉴》卷二，中华书局 1992 年版，第 21 页。

⑤ 参见杨宽《中国古代都城制度史研究》下编，上海人民出版社 2003 年版，第 251—252 页。

可以十分具体、生动、感性地看到。[①] 元李祁撰《云阳集》卷九《题宋张叔端画清明上河图》说：

> 周氏所藏《清明上河图》，乃故宋宣政年间名笔也。笔意精妙，固自宜入神品。观者见其邑屋之繁，舟车之盛，商贾财货之充羡盈溢，无不嗟赏歆慕，恨不得亲生其时，亲目其事。[②]

见名画而想象东京都市的曾经梦华，而起“恨不得亲生其时，亲目其事”之叹。

因此，汴河、汴渠，无论是作为北宋汴京城市地理的重要标志，作为北宋都城经济命脉的主动脉，从而作为国家、都城的政治、经济的象征、标志，还是作为汴京城市地理的自然风光的重要标志，城市旅游、观光的重要风景点，作为北宋都城文化、城市繁荣、城市景观的重要标志，汴河、汴渠，都构成了北宋东京汴梁的重要的多重的都市意象。

如果说《清明上河图》作为一幅名画，为后人认识、了解和感受北宋东京都市繁华盛景，提供了一个视觉的宏大场景，那么，北宋士大夫的诗歌中，不少以汴河为主题的作品，则为我们提供了另外一种认识、了解和感受北宋东京都市更为复杂和更为多方面的侧影的文学景象。

二

在宋代大量以东京汴河为主题的诗歌中，最为突出的一个方面，就是作为北宋都城经济命脉的主动脉，从而作为国家、都城的政治、经济的象征、标志，成为唐宋变革之后，随着宋代城市革命，都市商业走向繁荣的一个历史见证，也是中国文学史上此前所从未呈现过的都市风光。

下面我们从北宋以汴河为主题的诗歌中，以写作时间的先后顺序，选择一组代表性的诗歌进行简要分析。

黄庭坚之父黄庶（1019—1058），字亚夫（或作亚父），晚号青社。有《汴河》诗云：

---

① 按：对于《清明上河图》画面内容的考证，参周宝珠《〈清明上河图〉与清明上河学》，河南大学出版社 1997 年版；曹星原《同舟共济：〈清明上河图〉与北宋社会的冲突妥协》，浙江大学出版社 2012 年版。

② （元）李祁：《云阳集》卷九，四库全书本。

汴都峨峨在平地，宋恃其德为金汤。
先帝始初有深意，不使子孙生怠荒。
万艘北来食京师，汴水遂作东南吭。
甲兵百万以为命，千里天下之腑肠。
人心爱惜此流水，不啻布帛与稻粱。
汉唐关中数百年，木牛可以腐太仓。
舟楫利今百于古，奈何益见府库疮。
天心正欲医造化，人间岂无针石良。
窟穴但去钱谷蠹，此水何必求桑羊。①

此诗从汴京的地理位置写起，与历代帝都往往选择地势险要的位置不同，汴京处于平地，“宋恃其德为金汤”，反映了坚持定都汴梁的一批士大夫的观点，国都以德为凭依，而不是以险为凭依。诗歌一方面写出了汴河漕运之于国家、京师的重要性，“万艘北来食京师”，是京城的物资消费的重要来源，“甲兵百万以为命，千里天下之腑肠”，同样也是国家军队的物质保障。另一方面也揭示了“舟楫利今百于古，奈何益见府库疮”的北宋仁宗时期已经比较严重的经济问题，而这也正是北宋中期，许多有识之士纷纷希望改革的一个方面。然而如何进行改革，则成为历代也是北宋政治的一个焦点问题，而且是北宋党争的缘起。

黄庶开出的是“窟穴但去钱谷蠹，此水何必求桑羊”的药方。也就是只从补漏洞上着眼，而没有必要学桑羊之法。桑羊即西汉著名的经济学家桑弘羊，北宋从范仲淹庆历革新开始，就开始了在经济改革问题上的争论。

宋范仲淹《范文正集》卷十一《宋故同州观察使李公神道碑铭》：

故夷吾作轻重之权以霸齐，桑羊行均输之法以助汉。近则隋有高颎，唐有刘晏，皇朝有左丞陈公恕，是皆善天下之计者也。②

从范仲淹此语可以看出，他是十分肯定桑羊行均输之法的。然而，对

① （宋）黄庶：《伐檀集》卷上，四库全书本。
② （宋）范仲淹：《范文正集》卷十一，四库全书本。

于“桑羊行均输之法”，更为强烈的是士大夫的反对意见。王安石变法的内容之一，就是学习桑羊，行均输之法以助宋，[1] 而遭到旧党激烈反对。范纯仁作为范仲淹诸子之中最有出息者，本传言其“纯仁位过其父，而几有父风”，[2] 在《上神宗论刘琦等责降》中说：“陛下有尧舜之资，而安石议桑羊之术，不恭甚矣。”[3] 范仲淹地下有知，将不知做何感想。但是，这绝非范纯仁个人的看法，而是当时朝中大臣普遍的看法。宋司马光撰《传家集》卷四十二，收录有司马光熙宁元年（1068）八月十一日上《迩英奏对》，中有：

> 介甫曰：“此非善理财者也。善理财者，民不加赋而国用饶。”光曰：“此乃桑羊欺汉武帝之言。司马迁书之以讥武帝之不明耳。天地所生货财百物，止有此数，不在民间，则在公家。桑羊能致国用之饶，不取于民，将焉取之？”[4]

宋苏轼撰有《上皇帝书》，开头就是“熙宁四年二月某日，殿中丞直史馆判官告院权开封府推官苏轼，谨昧万死，再拜上书皇帝陛下”，可知是写在熙宁四年（1071），书中云：

> 昔汉武帝以财力匮竭，用贾人桑羊之说，买贱卖贵，谓之均输。于时商贾不行，盗贼滋炽，几至于乱。[5]

按，黄庶嘉祐三年（1058）卒于知康州任所，尚未赶上神宗熙宁变法。但是嘉祐三年，王安石曾经有《上仁宗皇帝言事书》，其中相当部分，就是论理财问题。[6] 可见对于如何解决北宋的经济问题，争论由来已久，黄庶的诗歌，正是隐约透露出一些消息。

黄庶之后，进一步涉及这个问题的是郑獬《汴河曲》。郑獬（1022—

---

① 参邓广铭《北宋政治改革家王安石》，河北教育出版社 2000 年版。

② 《宋史》卷三百一十四，列传第七十三，中华书局 1977 年版，第 10295 页。

③ （宋）赵汝愚编：《宋名臣奏议》卷一百九，四库全书本。

④ （宋）司马光：《司马温公文集》卷四十二，四库全书。

⑤ （宋）苏轼：《东坡文集》卷 25，中华书局 1986 年版，第 729 页。

⑥ 参（清）蔡上翔《王荆公年谱考略》卷六，中华书局 1994 年版。

1072)，字毅夫，一作义夫，纾子。安州安陆（今属湖北）人。仁宗皇祐五年（1053）进士（《续资治通鉴长编》卷一七四）。神宗熙宁元年(1086)，拜翰林学士（《宋会要辑稿》仪制三之三四)，权知开封府。因反对青苗法，乞宫祠，提举鸿庆宫。五年卒（《续资治通鉴长编》卷二三八)，年五十一。有《郧溪集》五十卷。原本欠佚，四库馆臣从《永乐大典》及《宋文鉴》、《两宋名贤小集》中辑为二十八卷。《东都事略》卷七六、《宋史》卷三二一有传。其《汴河曲》：

朝漕百舟金，暮漕百舟粟。一岁漕几舟，京师犹不足。
此河百余年，此舟日往复。自从有河来，宜积万千屋。
如何尚虚乏，仅若填空谷。岁或数未登，飞传日逼促。
嗷嗷众兵食，已忧不相属。东南虽奠安，亦宜少储蓄。
奈何尽取之，曾不留斗斛。秦汉都关中，厥田号衍沃。
二渠如肥膏，凶年亦生谷。公私富囷仓，何必收珠玉。
因以转实边，边兵皆饱腹。不闻漕汴渠，尾尾舟衔轴。
关中地故存，存渠失淘劚。或能寻旧源，鸠工凿其陆。
少缓东南民，俾之具饘粥。兹岂少利哉，可为天下福。①

郑獬的诗歌，可以说是对于黄庶诗歌中提到的问题，进一步从社会、经济、政治和吏治等诸多方面，进行了更为细致、深入的思考。“朝漕百舟金，暮漕百舟粟。”写出了汴河航运的繁忙景象，然而“一岁漕几舟，京师犹不足”。要是东南歉收，漕运不能及时，则“嗷嗷众兵食，已忧不相属”。而就是丰收之年，“东南虽奠安，亦宜少储蓄。奈何尽取之，曾不留斗斛”。可见仁宗时期以来，北宋财政、经济的问题、危机，日见突出。而他提出的解决方案，是不能单纯依赖江南漕运，“秦汉都关中，厥田号衍沃。二渠如肥膏，凶年亦生谷”。因此，应该通过疏通河渠，以运输关中谷物，这样可以“少缓东南民”，从而“可为天下福”。

而北宋著名诗人梅尧臣（1002—1060），字圣俞，世称宛陵先生，宣州宣城（今属安徽）人。写有多首以汴河为题材的诗歌，其中《汴之水二章送淮南提刑李舍人》描绘了汴河繁忙的商业活动：

① （宋）郑獬：《郧溪集》卷二十三，四库全书本。

汴之水，分于河，黄流浊浊激春波。昨日初观水东下，千人走喜兮万人歌。歌谓何，大船来兮小船过。百货将集玉都那，君则扬舲兮以纠刑科。

其二：

汴之水，入于泗，黄流清淮为一致。上牵下橹日夜来，千人同济兮万人利。利何谓，国之漕，商之货，实所寄。①

诗歌以汴河为描写对象，描绘了汴河上“上牵下橹日夜来”的千帆竞渡的繁华景象，指出了汴河“千人同济兮万人利”的重要作用。接下来诗人在回答汴河之利到底利在何方的时候，认为“国之漕，商之货，实所寄”，把“国之漕”与“商之货”并列放在一起讲，可见诗人心中对于商人阶层，对于贸易活动并没有蔑视之意，而是给予了承认。出身平民阶层的文人进入统治集团，乐于对平民文化给予反映，这对于北宋的城市文化由贵族文化向平民文化的转变产生了显著影响。

而在《吴仲庶殿院寄示与吕冲之马仲涂唱和诗六篇邀予次韵焉·汴渠》一诗中，梅尧臣不仅为我们描绘了汴河商业繁华的图景，同时也与前面几位诗人一样，不仅将目光局限于此，而是进一步在对于汴河意象所关涉的国家经济与政治变革进行思考。

我实山野人，不识经济宜。闻歌汴渠劳，谩缀汴渠诗。
汴水源本清，随分黄河枝。浊流方已盛，清派不可推。
天王居大梁，龙举云必随。设无通舟航，百货当陆驰。
人间牛骡驴，定应无完皮。苟欲东南苏，要省聚敛为。
兵卫讵能削，乃须雄京师。今来虽太平，尽罢未是时。
愿循祖宗规，忽益群息之。譬竭两川赋，岂由此水施。
纵有三峡下，率皆粗冗资。慎莫尤汴渠，非渠取膏脂。②

① （宋）梅尧臣撰，朱东润编年校注：《梅尧臣集编年校注》，卷十五，上海古籍出版社1980年版，第278—279页。

② 同上书，第796页。

诗歌通过具体描绘，全面反映了汴河的重要经济、军事、政治作用。而“闻歌汴渠劳，谩缀汴渠诗”二句则交代了写作此诗的缘起。同时指出，“尽罢未是时”，关键在于如何利用汴河，而汴河漕运本身并没有过错。通过诗歌的题目和诗歌中间的暗示，显然是因为梅尧臣唱和作品的对象，吴仲庶的原诗中提出了汴河漕运劳民，表达了尽罢汴河漕运的主张。

按吴仲庶，即吴中复（1011—1079），字仲庶，兴国军永兴（今湖北阳新）人。仁宗宝元元年（1038）进士。皇祐五年（1053）为监察御史里行（《续资治通鉴长编》卷一七五）。嘉祐二年（1057）迁殿中侍御史充言事御史（同上书卷一八五）。改右司谏、同知谏院，迁户部副使。神宗熙宁三年（1071）知成都府（同上书卷二一六）。迁给事中，知永兴军（《东都事略》卷七五）。六年，知河阳（《续资治通鉴长编》卷二四六）。元丰元年（1078）十二月卒（同上书卷二九五），年六十八。[①] 宋吕中撰《宋大事记讲义》卷九，仁宗皇帝，台谏，皇祐五年条记载：“十二月以吴中复为监察御史，中丞孙抃所荐也。抃未始识其面，曰：昔人耻为呈身御史，今岂荐识面台郎耶。”[②] 可见他的为官，是有令名的，由此也得到了未始识其面的御史台首脑向皇帝的推荐。而在宋曾巩撰《元丰类稿》卷三十三《奏乞复吴中复差遣状》中，曾巩说：

> 右臣复见提点本州玉隆观、龙图阁直学士、给事中吴中复，年六十六岁，精力未衰，志意甚壮。历事累朝，尝任谏官御史，以直道正言能称其职，又任邦伯理兵治民，皆有可纪。孔子曰如有所誉者，其有所试矣。如中复之材，有已试之效，可谓明白。方今中外任使，尝患乏人，如中复者，岂可遂其闲逸？欲乞召至左右，使典司献纳，或委以藩镇，使剸治烦剧，必能上副忧勤，不负寄任。[③]

这是曾巩向神宗所上的请求恢复吴中复官职的一个状子。从中可以看到，曾巩评价吴中复作谏官御史是“直道正言能称其职”，而任职地方长官，“皆有可纪”。说明了吴中复的确是一位比较优秀、正直和有能力的

---

① 事见《名臣碑传琬琰集》下集卷一五《吴给事中复传》，四库全书本。《宋史》卷三二二本传，中华书局1977年版，第10441—10442页。

② （宋）吕中：《宋大事记讲义》卷九，仁宗皇帝，台谏，皇祐五年，四库全书本。

③ （宋）曾巩：《元丰类稿》卷三十三《奏乞复吴中复差遣状》，四库全书本。

官员。但是推测他是一个反对王安石变法，至少是反对经济上变革措施的官员，从梅尧臣的唱和之作，可以推测，而其本传也有其反对青苗法的记载。[①] 而曾巩的状子中称“提点本州玉隆观龙图阁直学士给事中吴中复”，提点玉隆观，在宋代这是对于赋闲退休官员的安排，而在神宗时期，也是对于反对变法的官员的一种安排。[②] 因此曾巩的状子中也有“况中复年未当退，又无疾病，处之散地，众谓非宜，伏望早赐收用，以称朝廷尚贤求旧之意”的话。状子中称“吴中复，年六十六岁”，考虑古人计算年龄以虚岁，则此状子应该是写于神宗熙宁九年（1076）曾巩始知洪州的时候。[③] 曾巩状末说“忝任州长不敢不言”亦合。曾巩此状，大概起了作用，《宋史》吴中复的本传有“起知荆南”的记载。而吴中复在与梅尧臣唱和的作品，其写作时间，应该是嘉祐二年以后。梅尧臣的诗歌题目中，称吴仲庶为殿院，按，唐宋两代有御史台，下设台院、殿院和察院。其主管官分别为侍御史、殿中侍御史、监察御史。后用以称殿中侍御史。宋赵彦卫《云麓漫钞》卷七：“殿中侍御史謂之殿院。”[④] 宋洪迈《容斋续笔·台谏不相见》：“韩公摄飨明堂，殿中侍御史陈洙监祭，公问洙：‘闻殿院与司马舍人甚熟。’洙答以‘顷年曾同为直讲’。”[⑤] 梅尧臣称吴仲庶为殿院，则明显是在吴中复嘉祐二年（1057）迁殿中侍御史充言事御史之后的事情。则此时距王安石在神宗熙宁（1068—1077）时期的变法，尚有一段时间。但是从梅尧臣的诗歌唱和，已经可以看到他的立场。

从上述数首作品，可以看到在涉及汴河漕运的经济问题上，多数士大夫是站在传统儒家价值观念的立场上，而这也预示了后来王安石变法所将面临的巨大阻力。而幸运的是，在王安石（1021—1086）的文集中，也恰好有《和吴御史汴渠》一诗：

郑国欲弊秦，渠成秦富强。本始意已陋，末流功更长。
维汴亦如此，浚源在淫荒。归作万世利，谁能弛其防。
夷门筑天都，横带国之阳。漕引天下半，岂云独荆扬。

---

① 《宋史》卷三二二，中华书局 1977 年版，第 10441—10442 页。

② 参见罗家祥《朋党之争与北宋政治》，华中师范大学出版社 2002 年版。

③ 参见李震《曾巩年谱》，苏州大学出版社 1997 年版。

④ （宋）赵彦卫：《云麓漫钞》卷七，丛书集成本。

⑤ （宋）洪迈：《容斋续笔·台谏不相见》，上海古籍出版社 1978 年版。

货入空外府，租输陈太仓。东南一百年，寡老无残粻。
自宜富京师，乃亦窘盖藏。征求过夙昔，机巧到莛芒。
御史闵其然，志欲穷舟航。此言信有激，此水存何伤。
救世讵无术，习传自先王。念非老经纶，岂易识其方。
我懒不足数，君材仍自强。他日听施设，无乃弃篇章。①

诗歌开始“郑国欲蔽秦，渠成秦富强”，是韩闻秦之好兵事，欲罢之，毋令东伐。乃使水工郑国间说秦，令凿泾水自中山，西抵瓠口为渠，并北山东注洛三百余里，欲以溉田中作而觉秦欲杀郑国，郑国曰始臣为间，为韩延数岁之命，然渠成，亦秦之利也，秦以为然，卒使就渠，于是关中为沃野，无凶年，秦以富强，卒并诸侯。② 用此典故，应该是比喻汴河的开凿，初本隋炀帝为巡幸，而现在成为北宋经济命脉。因此他说“本始意已陋，末流功更长”。汴河同样如此，“漕引天下半，岂云独荆扬。货入空外府，租输陈太仓”。然而，如前所说，到仁宗时期，北宋立国百年之后，问题已经比较严重，“东南一百年，寡老无残粻。自宜富京师，乃亦窘盖藏”。虽竭东南之力，京师亦不富也。“征求过夙昔，机巧到莛芒。”对于东南赋税的征收，已经到了超越夙昔，而可以考虑的办法也想尽了。因此“御史闵其然，志欲穷舟航”。这个“志欲穷舟航”的御史，自然就是诗歌题目中的吴御史了。吴御史，应该是与王安石有交游的一个御史台官员，因为在王安石的诗集中还有《和吴御史临淮感事》一诗，说明两个人的交游和诗歌唱和是保持了一个比较长的时期。从王安石的交游与历史时期的相关文献推测，笔者认为吴御史，即为吴中复的可能性比较大。在王安石的诗集中还有与吴中复的诗歌唱和作品，有《送吴仲庶出守潭州》《次韵吴仲庶省中画壁》《次韵和吴仲庶池州齐山画图七言八句》《酬吴仲庶小园之句七言八句》，③ 可见两人关系密切，往来频繁。而在宋欧阳修撰《文忠集》卷一百一十二奏议十六，嘉祐五年《论监牧札子》中有云：“臣所领群牧司，近准宣差吴中复、王安石、王陶

① （宋）王安石著，（宋）李壁注，李之亮补笺：《王荆公诗注补笺》卷五，巴蜀书社2002年版，第118页。

② 《史记》卷二十九，河渠书第七，中华书局1977年版，第1408页。

③ （宋）王安石著，（宋）李壁注，李之亮补笺：《王荆公诗注补笺》卷五，巴蜀书社2002年版。

等，同共相度监牧利害事。”[①] 可以知道吴中复与王安石，不仅同朝为官，而且还因为欧阳修的推荐，同为群牧司官员。而且吴中复又做过御史。

按，吴中复皇祐五年（1053）为监察御史里行，嘉祐二年（1057）迁殿中侍御史充言事御史，改右司谏、同知谏院。而王安石皇祐五年尚在通判舒州。嘉祐元年为群牧判官。嘉祐二年知常州。四年提点江东刑狱，五年召入为三司度支判官。[②] 则二人唯有在嘉祐元年共同为群牧判官。王安石此诗歌则最有可能作于嘉祐五年召入为三司度支判官之后。此时间吴中复为殿中侍御史充言事御史，从此诗的“御史闵其然，志欲穷舟航”的诗句，可以推测，在吴御史以《汴渠》为题的原诗中，一定是因为思及北宋通过汴河漕运，“东南一百年，寡老无残粻”，使得东南地区人民生活饥苦，因此有罢汴河漕运的看法，所谓“志欲穷舟航”。事实上，这种想法，从前引梅尧臣《吴仲庶殿院寄示与吕冲之马仲涂唱和诗六篇邀予次韵焉·汴渠》，“尽罢未是时”，“慎莫尤汴渠，非渠取膏脂”的诗句可以推测，在与梅尧臣的诗歌唱和中，也提出了类似的观点，而梅尧臣不赞同，认为问题不在于汴河漕运本身。笔者推测，梅尧臣此诗应该与王安石之作写于同一时期，是吴中复首先以汴河漕运为主题写诗，表达了因为汴河漕运使东南民力赋税加重，因而提出了反对漕运之类的观点，梅尧臣对于吴中复的观点的“尽罢未是时”的概括，与王安石对于吴中复的观点的“志欲穷舟航”的概括，反映的恰恰是同一观点。而这也侧面印证了笔者关于吴御史即为吴中复的看法。而梅尧臣、王安石均与他为诗友，故均有唱和之作。王安石此时为三司度支判官之后，主持国家经济部门，按，唐宋以盐铁、度支、户部为三司，主理财赋。《资治通鉴》唐昭宣帝天祐三年：“〔三月〕戊寅，以朱全忠为盐铁、度支、户部三司都制置使。三司之名始于此。”[③]《续通志》职官四：“三司起于唐末，五代特重其职，至宋而专掌财赋，皆以重臣领之。”[④] 王安石正踌躇满志，积极准备进行变法。因此，他也同梅尧臣一样不同意吴中复的观点，认为“御史闵其然，志欲穷舟航。此言信有激，此水存何伤”。这个说法也与梅尧

---

① （宋）欧阳修撰，李逸安点校：《欧阳修全集》，中华书局2001年版，第702页。

② 参（清）蔡上翔《王荆公年谱考略》卷四，《王安石年谱三种》，中华书局1994年版，第268、278、320页。

③ 《资治通鉴》唐昭宣帝天祐三年，四部丛刊本。

④ 《续通志》职官四，四库全书本。

臣的看法极其相似。不同的是，他没有仅仅停留在反对吴中复的观点，他进一步写道："救世讵无术，习传自先王。念非老经纶，岂易识其方。我懒不足数，君材仍自强。"虽然是比较谦辞的说法，但是积极用世之心已经斑斑可见。在上述的这些诗歌中，我们可以清晰地看到，北宋的士大夫们那种普遍的以天下为己任的济世情怀。的确，范仲淹所提倡的"先天下之忧而忧，后天下之乐而乐"的精神，正是北宋时期一大批优秀士大夫们的精神理想追求的典型体现。①

在考察北宋士大夫有关汴河意象的诗歌中，意外发现其中这些涉及汴河漕运与宋王朝经济问题的诗歌，不仅最集中于宋兴百年之后的仁宗时期，而且这些诗歌竟然在内容上相互关联，在作者上也往往有千丝万缕的联系。更为重要的是，这些体现了北宋帝京汴河意象的诗歌，蕴含的政治立场与经济理念，不仅反映了这一时期士大夫中间的普遍关注的问题和他们之间的观点的分歧，从而可补充正史之缺，展示出历史丰富的细节，而且也预示和预演了此后神宗时期王安石在士大夫之间引发的激烈争论和由此延续两宋的党争。

三

汴河意象，也是汴京城市地理的自然风光的重要标志，城市旅游、观光的重要风景点，成为北宋都城文化、城市繁荣、城市景观的重要标志。部分有关汴河为主题的北宋士大夫的诗歌，就具体反映了这方面的内容。

有写汴河晨景。如林逋《汴岸晓行》。林逋（968—1028），字君复，杭州钱塘（今浙江杭州）人。少孤力学，恬淡好古。早年放游江淮间，后隐居杭州孤山，相传二十年足不至城市，以布衣终身。仁宗天圣六年卒（宋桑世昌《林逋传》，明万历本《林和靖先生诗集》附），年六十一（《咸淳临安志》卷六五）。真宗闻其名，曾赐粟帛；及卒，仁宗赐谥和靖先生。有《林和靖先生诗集》四卷。《宋史》卷四五七有传。其《汴岸晓行》：

驴仆剑装轻，寻河早早行。孤烟开店道，平野喝农耕。

---

① 参见余英时《朱熹的历史世界》，生活·读书·新知三联书店2004年版。

老木回堤暗，初阳出浪明。羁游事无尽，尘土拂吾缨。①

此诗大约是林逋隐居西湖孤山前，北上汴京时候所作。从诗歌的描写，应该是汴京郊外的景色。内容紧扣诗题，将诗人在汴河岸边晓行之时，汴河两岸的晨景，一一写入笔端：晨起开始生起炊烟的旅店，田野上农夫已经开始辛勤的劳作，汴河两岸林荫茂密，初升的太阳照得汴河波浪金光闪烁。而结尾则起倦游归隐之意。

郑獬《次韵元肃兄三题汴渠夜泛》则描写了汴河夜景：

汴渠夜泛亦快意，月射长波如断冰。不见湘灵挥宝瑟，空教水怪避犀灯。

烟云叠影相亏蔽，星斗翻芒互降升。好蓄金钱多买酒，满船载去觅严陵。②

诗歌书写汴渠夜泛的景致、风光，“月射长波如断冰”细致描绘了月光照射在汴河之上，银光荡漾，好似河冰融化时候的碎块漂浮。“不见湘灵挥宝瑟”则是用典。屈原《远游》的“使湘灵鼓瑟兮”。③ 元辛文房撰《唐才子传》卷二还记载了另外一个著名故事：

钱起，字仲文，吴兴人。天宝十年李巨卿榜及第。少聪敏，承乡曲之誉。初从计吏至京口客舍，月夜闲步，闻户外有行吟声哦曰：曲终人不见，江上数峰青。凡再三往来，起遽从之，无所见矣，怪之。及就试，粉闱诗题乃《湘灵鼓瑟》。起缀就，即以鬼谣十字为落句。主文李暐，深嘉美，击节吟味久之曰：是必有神助之耳。遂擢置高第。④

郑獬汴渠夜泛，眼前景色，使他联想起了这些前代典故。而“空教

---

① （宋）林逋撰：《林和靖集》卷一，四库全书本。

② （宋）郑獬：《郧溪集》卷二十七，四库全书本。

③ （汉）王逸撰：《楚辞章句》卷五，四库全书本。

④ （元）辛文房撰、傅璇琮主编：《唐才子传校笺》卷四，第二册，中华书局1989年版，第35—38页。

水怪避犀灯”是化用“犀照牛渚”的典故。《晋书·温峤传》：“〔温峤〕至牛渚矶，水深不可测，世云其下多怪物，峤遂毁犀角而照之。须臾，见水族覆火，奇形异状，或乘马车着赤衣者。峤其夜梦人谓已曰：‘与君幽明道别，何意相照也?’意甚恶之。峤先有齿疾，至是拔之，因中风，至镇未旬而卒。”① 后多用“犀照牛渚”喻洞察幽微。“烟云叠影相亏蔽，星斗翻芒互降升”二句，将星光下汴河夜景写得十分生动。而结句则和林逋一样，起倦游归隐之意。

有写汴堤春色与汴桥风景。如宋祁《汴堤闲望》。宋祁（998—1061），字子京，开封雍丘（今河南杞县）人，后徙安州之安陆（今属湖北）。仁宗天圣二年（1024）与兄庠同举进士，礼部奏名第一，章献太后以为弟不可先兄，乃擢庠第一而置祁第十，时号“大小宋”。官终翰林学士承旨。仁宗嘉祐六年卒，年六十四，谥景文。有集一百五十卷，已散佚。清四库馆臣从《永乐大典》辑得宋祁诗文，编为《景文集》六十二卷。事见范镇《宋景文公祁神道碑》（《名臣碑传琬琰集》上集卷七），《宋史》卷二八四有传。其《汴堤闲望》：

虹度长桥箭激流，夹堤春树翠阴稠。
谁知昼夜滔滔意，不是沉舟即载舟。②

汴河之上桥梁众多，最为著名的自然是虹桥。此诗首句就写虹桥景色。虹桥是以穿插梁木成为木拱的桥。位于汴京东门外，跨汴水，构造奇特，其承重结构由两套多铰木拱各若干片相间排列组成。一套拱骨的铰，恰好在另一套拱骨长木的中点之上；用篾索将两套木拱夹着的横木扎紧，就构成稳定的拱结构。北宋名画家张择端所作《清明上河图》的虹桥，即本于此。是中国木结构桥梁独具匠心之作。次句写两岸林荫翠绿，堤岸春光。

而“谁知昼夜滔滔意，不是沉舟即载舟”。当然是化用唐太宗的名臣魏征的论述：“臣又闻古语云：君，舟也。人，水也。水能载舟，亦能覆

① 《晋书》，卷六十七《温峤传》，中华书局1974年版，第1795页。

② 傅璇琮等主编：《全宋诗》第四册，北京大学出版社1992年版，第2612—2613页。

舟。”①而唐太宗自己教育太子也说：“见其乘舟，又谓曰：汝知舟乎？对曰：不知。曰：舟所以比人君，水所以比黎庶。水能载舟，亦能覆舟。尔方为人主，可不畏惧。”②宋祁从眼前景象生发出历史兴亡的感叹。但是，需要注意的是，宋祁的诗句“不是沉舟即载舟”不仅是议论和怀古，而且是的的确确有现实的实情。《宋会要辑稿·方域》一三之二〇，宋真宗大中祥符四年（1011）六月诏：“有汴河桥与水势相戾，往来舟船多致损溺。”③宋李焘撰《续资治通鉴长编》卷七十七真宗大中祥符五年（1012）五月，“八作司请于京城东纽筰维舟，以易汴桥。诏开封府规度，且言经久之利，其献计兵匠，迁一资。桥成未半岁，覆舟者数十，命毁之，仍劾献计者罪，造桥如旧制”④。正是虹桥的发明，才改变了这种情况。宋王辟之撰《渑水燕谈录》卷九记载：

青州城西南皆山，中贯洋水，限为二城。先时，跨水植柱为桥，每至六七月间，山水暴涨，水与柱斗，率常坏桥，州以为患。明道中（1032—1033），夏英公守青，思有以捍之。会得牢城废卒，有智思，迭巨石固其岸，取大木数十相贯，架为飞桥，无柱。至今五十余年，桥不坏。庆历中（1041—1047），陈希亮守宿，以汴桥坏，率常损官舟，害人命，乃法青州所作飞桥。至今汾汴皆飞桥，为往来之利，俗曰虹桥。⑤

宋苏轼撰《陈公弼传》记载：

州跨汴为桥，水与桥争，率常坏舟，公始作飞桥，无柱，至今沿汴皆飞桥。⑥

按：陈希亮字公弼，天圣八年（1030）进士第。《宋史》陈希亮传

---

①（唐）吴兢：《贞观政要》卷一，上海古籍出版社1978年版，第16页。

②（唐）吴兢：《贞观政要》卷四，上海古籍出版社1978年版，第125页。

③（清）徐松辑：《宋会要辑稿·方域》一三之二〇，中华书局1957年版，第7540页。

④（宋）李焘：《续资治通鉴长编》卷七十七，中华书局1995年版，第1765页。

⑤（宋）王辟之：《渑水燕谈录》卷八，中华书局1981年版，第100—101页。

⑥（宋）苏轼：《苏轼文集》卷十三，中华书局1986年版，第415页。

记载：

（宿）州跨汴为桥，水与桥争，常坏舟。希亮始作飞桥，无柱，以便往来。诏赐缣以褒之。仍下其法，自畿邑至于泗州，皆为飞桥。①

可见“不是沉舟即载舟”，绝非单纯的历史兴旺的感叹，而是有着十分现实的感受。汴河、汴堤、汴桥的风光虽然美丽，但是，在这迷人美景的背后，仍然是无法回避的一些残酷事实。宋祁虽然不是理学家，但是作为一个政治家，一个在理性主义思潮大盛的时代，他的诗歌，也在闲望汴河景色之时，仍然融入了现实和理性的思考。而这也大概正是宋诗的特色之一。

与林逋的诗歌一样，宋祁描写汴河两岸的诗歌也涉及汴堤林荫茂密的景观。事实上，这也是大量描写汴河意象的诗歌中普遍的特征，比如梅尧臣在《汴河雨后呈同行马秘书》中写到：

雨霁晚虹收，河堤净如扫。清阴拂人树，翠色垂流草。
汉漕走王都，华言杂夷獠。时方同马生，野泊聊论道。②

在描绘雨后汴河的美景“雨霁晚虹收，河堤净如扫”之后，也紧接着就写“清阴拂人树，翠色垂流草”的汴堤景色。事实上，“隋堤烟柳”是著名的汴梁八景之一，从隋炀帝开凿通济渠开始，就在两岸栽柳，元陶宗仪撰《说郛》卷一百一十下唐阙名《开河记》记载：

龙舟既成，泛江沿淮而下，至大梁……时恐盛暑，翰林学士虞世基献计，请用垂柳栽于汴渠两堤上，一则树根四散，鞠护河堤，二则牵舟之人获其阴，三则牵舟之羊食其叶。上大喜，诏民间有柳一株，赏一缣，百姓竞献之。又令亲种，帝自种一株，群臣次第种，方及百

① 《宋史》卷二百九十八《陈希亮》列传，中华书局1977年版，第9919页。

② （宋）梅尧臣撰，朱东润编年校注：《梅尧臣集编年校注》卷八，上海古籍出版社1980年版，第120页。

姓，时有谣言曰：天子先栽，然后百姓栽。栽毕，帝御笔写，赐垂杨柳姓杨，曰杨柳也。时舳舻相继，连接千里。自大梁至淮口，连绵不绝。锦帆过处，香闻百里。①

在唐代，就已经有大量诗文对于隋堤杨柳进行描写。单以《隋堤柳》为诗歌题目的，就有白居易、杜牧等七八位唐代诗人的作品即以《隋堤柳》为诗歌题目。

入宋以后，北宋历代皇帝也往往下诏在汴河两岸植树。宋太祖开宝五年（972）《宋史》河渠志第四十四记载：

五年正月诏曰：应缘黄、汴、清、御等河州县，除准旧制种艺桑枣外，委长吏课民别树榆柳及土地所宜之木，仍案户籍高下，定为五等，第一等岁树五十本，第二等以下递减十本，民欲广树艺者，听。②

宋李焘撰《续资治通鉴长编》卷六十四真宗记载：

岁役浚河夫三十万，而主者因循堤防不固，但挑沙拥岸趾，或河水泛溢，即中流复淤矣。德权须以沙尽至土为限，弃沙堤外，遣三班使者，分地以主其役，又为大锥以试筑堤之虚实，或引锥可入者，即坐。所辖官吏，多被谴免者，植树数十万，以固堤岸。③

可见宋代以后，汴河两岸更加林荫茂密，成为东京的一个典型都市意象。

而梅尧臣诗歌中描写的“汉漕走王都，华言杂夷獠”，则透过汴河意象，反映了汴梁作为北宋帝京，水陆交通枢纽，与四方文化交流的意象。夷獠，本是古代对西南少数民族之称。《后汉书·西南夷传》：“夷獠咸以竹王非血气所生，甚重之，求为立后。”《梁书·徐文盛传》：“文盛推心

① （元）陶宗仪撰：《说郛》卷一百十下唐阙名《开河记》，四库全书本。

② 《宋史》卷九十一，河渠志第四十四，中华书局1977年版，第2257页。

③ （宋）李焘：《续资治通鉴长编》卷六十四，中华书局1995年版，第1431—1432页。

抚慰，示以威德，夷獠感之，风俗遂改。”唐韩愈《黄家贼事宜状》：“其贼并是夷獠，亦无城郭可居，依山傍险，自称洞主。”[①] 此处应该是泛指外国人员的语言。因为北宋时期，不仅与辽、西夏在盟约之后，每年有使节往来，而且与日本、高丽和南方的大理等均有往来。梅尧臣应该不通汉语之外的语言，[②] 所以这里只是泛指而已。

北宋时期的汴堤的具体情况，据宋沈括撰《梦溪笔谈》卷二十五记载：

> 京城东水门下至雍丘襄邑，河底皆高出堤外平地一丈二尺余，自汴堤下瞰民居，如在深谷。[③]

宋王明清撰《挥麈后录》卷七记载“元祐中，方达源为御史，建言乞重修短垣，护其堤岸”疏中有：

> 今汴堤修筑坚全，且无车牛泞淖，故途人乐行于其上。然而汴流迅急，坠者不救，顷年并流筑短墙为之限隔，以防行人足跌、乘马惊逸之患，每数丈辄开小缺，以通舟人维缆之便，然后无殒溺之虞。[④]

这些记载可以使我们大致了解汴堤在北宋的形制和基本情况。正是因为汴堤通过从隋以来几百年的绿化，其风景已经成为汴京的一个著名景观，因此，在北宋士大夫的诗歌中，描写汴堤的为数不少，其出色者，如宋梅尧臣撰《宛陵集》卷五十四《送陆子履学士通判宿州》：

> 雷雨初过草木新，汴堤杨柳绿阴匀，已看画舸逐流水，不惜长条

---

① （唐）韩愈撰、马其昶校注：《韩昌黎文集校注》卷八，上海古籍出版社 1986 年版，第 637 页。

② 北宋大臣基本不通外语，一方面是中国文化自我中心的心态下的产物，另一方面是通外语还有私通外国的嫌疑。参刘子健《讨论“北宋大臣通契丹语”的问题》，载刘子健《两宋史研究汇编》，台北联经出版事业公司 1987 年版，第 89—91 页。

③ （宋）沈括著，胡道静校证：《梦溪笔谈校证》卷二十五，上海古籍出版社 1987 年版，第 796 页。

④ 载（宋）王明清撰《挥麈录》，上海书店出版社 2001 年版，第 3707 页。

折与人。淮境秋传蟹螯美，郡斋凉爱蚁醅醇。睢南莫久留才子，宣室归来问鬼神。①

写长堤送别之景象。特别是从中可以知道，汴河之中，不仅是有漕运的商船，而且有画舸的客船。北宋京都，官员往来，士子云集，而汴河为南北交通的大动脉，则长堤送别，也为汴河之上的一大景观了。而北宋著名词人柳永的《雨霖铃》“寒蝉凄切”一词，大概也正是以此为背景的，其“留恋处，兰舟催发”和其名句“今宵酒醒何处？杨柳岸，晓风残月”，② 也是有其现实的汴堤烟柳的景致作为词人文学想象的基础。宋郭祥正有《汴堤行》：

长堤杳杳如丝直，隐以金椎密无迹。当年何人种绿榆，千里分阴送行客。日轮西入鸟不飞，从古舟车无断时。③

此诗同样写汴堤送别，“波间交语船上下，马头揖别人南北”二句，写送别之景，细腻而生动。而“从古舟车无断时”，一句写尽千古送别。而写送别之时，汴堤景色的佳句，有宋陆佃撰《陶山集》卷一《琼林苑御筵奉诏送文太师致政归西都四首》中的：“明夜画船回首处，汴堤烟月柳千株。”④ 其景致、诗意，正与柳永名句相仿。

而写汴堤诗歌中最有思趣的，笔者以为是宋黄裳撰《演山集》卷十《登汴堤》一诗：

杨花榆荚卫行人，十里遥堤一色春。多为利名怜此景，未能怜得自由身。⑤

---

① （宋）梅尧臣撰，朱东润编年校注：《梅尧臣集编年校注》，上海古籍出版社 1980 年版，第 964 页。

② 参宋柳永著，薛瑞生校注《乐章集校注》，中华书局 1994 年版，第 59—62 页。

③ （宋）郭祥正撰：《青山续集》卷四，四库全书本。按，（宋）孔平仲撰《清江三孔集》卷二十二，四库全书本，同样载有《汴堤行》，文字完全相同。未知何是。

④ （宋）陆佃撰：《陶山集》卷一，丛书集成本。

⑤ （宋）黄裳撰：《演山集》卷十，四库全书本。

此诗不仅写出汴堤春色，而且进一步思考观看此景之人，无论是商人、行旅，还是宦游、士子，不为名来，即为利往，故此黄裳不免起“未能怜得自由身”之叹。而利名聚集之所，也恰恰是京都文化的一大特征。而前引林逋、郑獬诗歌均有望帝京而起归隐之意，此处黄裳特别提出自由问题的思考，也的确反映了伴随唐宋变革，宋代文化转型之后，宋代士大夫文化的新变化和新追求。①

写汴堤，而发挥无尽情思和细腻感怀的，应该算宋李之仪撰《姑溪居士后集》卷一《晚步汴堤，始见春色，次夜与蔡君规郑希仁同饮进奏官舍》：

> 昨日行河堤，柳色绿如埽。只疑晚烟罩寒林，细看始知春已到。春来本不与我期，病中蹉却春来时。尘埃雨过风不起，但见红紫咄咄陵高枝。年年见春随分喜，今年见春略无意。泊然相遇等幻化，况是客愁如梦里。前年随春入都门，去年探春海上村。今年作客还到此，万里漂浮谁与论。故人邂逅罗酒樽，白发相逢情更亲。身世崎岖有底急，终日裂脐如归云。倚门几夜环连梦。勃窣稚子行逡巡。扁舟早晚东南奔，车马纷纷愁杀人。②

李之仪此诗，写因汴堤柳色，而唤起身世、生命的感怀，其生命飘萍之叹，正好与黄裳“未能怜得自由身”之叹作一注脚。

汴河风光，除了春天景致尤佳，其四季中其他季节同样也为佳境。梅尧臣《夏日汴中作》就写汴河夏景：

> 倚棹望平野，低云密未收。黄鹂度高柳，归燕拂行舟。
> 浊水不堪照，清江空忆游。晚晴蒸润剧，喘月见吴牛。③

“黄鹂度高柳，归燕拂行舟”二句，将大自然的生命气象呈现出来，“晚晴蒸润剧”，则生动写出了夏日因为温度高而产生的湿润河雾的汴河

① 参刘方《宋型文化与宋代美学精神》，巴蜀书社2004年版。

② （宋）李之仪撰：《姑溪居士文集》，丛书集成本。

③ （宋）梅尧臣撰，朱东润编年校注：《梅尧臣集编年校注》卷八，上海古籍出版社1980年版，第120页。

景象，而“喘月见吴牛”则用吴牛喘月的典故。吴地之牛畏热，见月疑日而气喘。《太平御览》卷四引汉应劭《风俗通》：“吴牛望见月则喘；使之苦于日，见月怖，喘矣！”① 后遂用作典故。形容酷热难当。

贺铸（1052—1125）《汴下晚归》（丙寅十一月京师赋）则写汴河冬景：

> 隋渠经雪已流冰，乘兴东游恐未能。试问何人知夜永，一樽相伴小窗灯。②

北宋冬天寒冷，“隋渠经雪已流冰”，到了冬天，汴河就结冰而断流了。天寒地冻之中，“一樽相伴小窗灯”，客游京师的游子，多少加添一些温暖之意。

汴河滔滔，贯穿汴京城市内外，其兼具了商业的繁华地段和风景的观赏场域等多功能的文化地理的标志，从《清明上河图》和大量士大夫诗歌的描绘可以想见，其在当年都市之中居住者心目中的位置，不亚于今日北京王府井大街或者上海南京路与外滩，而其作为京都经济命脉的功能和具有自然风光的河景与堤色，又是这些现代繁华街市所不具备的。

因此，通过对于北宋士大夫诗歌汴河意象的书写及其历史文化语境的局部重构，可以发掘出汴河意象，作为汴京都市文化意象的一个典型代表，她所蕴含的丰富而深厚的、多元的意象内涵与符号象征。汴河意象，不仅是汴京都市的生命线、大动脉的直观反映，从而折射着帝国都市的商业繁华、交通、经济甚至军事图景，而且汴河两岸的风光与四季的景色，又作为著名的帝京标志，打动着、吸引着和唤起着观者的无限情思与文学想象。

而在这个典型的意象中，我们也能够解读出潜在的发生在帝国心脏的士大夫之间在政治、经济等诸多方面的争论，仿佛预示着将会愈演愈烈的党争。同时，在诗歌建构的汴河意象中，我们也似乎能够感受到潜伏在帝都繁华下的某些危机，而从诗人由汴河而生发的历史兴亡的凭吊与反思中，似乎也在暗示着这个盛极一时的繁华帝国的某种不祥的预兆。

---

① 《太平御览》卷四引汉应劭《风俗通》，四部丛刊本。

② （宋）贺铸：《庆湖遗老诗集》卷九，四库全书本。

第三节　浮华、欲望与阴影：市民文学视野中的东京意象

在凝视帝都文化的四种目光中，宋元话本，最为集中地体现了市民文化的审美趣味，反映了京都城市市民对于这座繁华都市的关注焦点和欲望对象。

一　市民日常生活图景——士大夫诗文之外的一部都市文化的空间、场域

在宋代，随着商品经济的发展，市民阶层的壮大，贵族渐次退出政治舞台，士子通过科举考试逐步进入官方权力系统，随着官民之间流动的增强，以及印刷传播的发展，信息传播向社会下层转移，公共教育的启动而发生了深刻的变化。由此，民众文化程度有了提高，中国古代文化格局的面貌为之一变。

市民阶层的发展，催生了城市市民大众文化的兴起。关于大众文化的界定，英国当代著名历史学家，新文化史家彼得·伯克的说法是比较符合历史实际的：

> 至于大众文化，或许最好是先使用否定的方式去下定义，把它定义为非正式的文化，即非精英的文化，也就是葛兰西所说的“从属阶级”的文化。①

市民构成了城市日常生活的主体。正是市民日常生活的丰富性，使城市的空间变得更加生动鲜活。然而，市民阶层的崛起和壮大，是伴随着城市空间由比较单纯地突出其政治功能，到发生了西方学者所称的“至北宋而达于顶点”的“城市革命”，② 形成政治功能与商业功能并重的城市

---

① ［英］彼得·伯克：《欧洲近代早期的大众文化·序》，上海人民出版社2005年版，第4页。

② ［美］施坚雅主编：《中华帝国晚期的城市》，叶光庭等译，中华书局2000年版，第23页。

才出现的。正是市民日常生活的丰富性，使城市的空间变得更加生动鲜活。宋以前，夜市往往为政府所严禁。入宋后，汴京夜市日益兴旺，宋太祖赵匡胤于乾德三年（965）下令开封府："京城夜市至三鼓已来，不得禁止。"① 自此以后，夜市不断发展，至徽宗政和、宣和间尤盛。其中特别兴盛的，据《东京梦华录》记载，有州桥夜市："夜市北州桥又盛百倍，车马阗拥，不可驻足，都人谓之'里头'。"在夜市的酒楼里，"灯烛荧煌，上下相照，浓妆妓女数百，聚于主廊槏面上，以待酒客呼唤，望之宛若神仙"。可见汴京夜市以酒楼、食店居多，主要是娱乐性质的。而且，不管酷暑严冬，还是刮风下雨，夜市始终旺盛非凡。而且有的地方"夜市直到三更尽，才五更又复开张。如要闹去处，通晓不绝"。② 可见商品经济的活跃与都市夜生活的丰富。

宵禁的废弛，坊市制瓦解，促进了东京的城市繁荣。宋孟元老《东京梦华录》序中描写北宋末期东京时说：

> 太平日久，人物繁阜。垂髫之童，但习鼓舞；班（斑）白之老，不识干戈，时节相次，各有观赏。灯宵月夕，雪际花时；乞巧登高，教池游苑。举目则青楼画阁，绣户珠帘，雕车竞驻于天街，宝马争驰于御路，金翠耀日，罗绮飘香。新声巧笑于柳陌花衢，按管调弦于茶坊酒肆。八荒争凑，万国咸通，集四海之珍奇，皆归市易；会寰区之异味，悉在庖厨。花光满路，何限春游，箫鼓喧空，几家夜宴。伎巧则惊人耳目，侈奢则长人精神。③

这可以说是对东京城市繁荣、人文鼎盛的总体概括。宋洪迈撰《容斋五笔》卷九《欧公送慧勤诗》条：

> 国朝承平之时，四方之人，以趋京邑为喜。盖士大夫则用功名进

① （清）徐松辑：《宋会要辑稿·食货》六七，中华书局1957年版，第6253页。

② （宋）孟元老：《东京梦华录》卷三"马行街铺席"条、卷二"酒楼"条。（宋）孟元老著，伊永文笺注：《东京梦华录笺注》，中华书局2006年版，第174—176页，第515页。

③ （宋）孟元老：《东京梦华录》，上海古典文学出版社1956年版，第1页。（宋）孟元老著，伊永文笺注：《东京梦华录笺注》，中华书局2006年版，第1页。

取系心，商贾则贪舟车南北之利，后生嬉戏则以纷华盛丽而悦。[①]

洪迈的这一记载不仅印证了孟元老的说法，而且也给出了一定的原因和解释。的确，京都在传统社会中，必然成为一个国家政治、经济和文化最为发达的中心。

商品经济的繁荣，为以娱乐为消费的城市市民大众的产生，提供了经济条件，使演艺由宫廷走向民间，由上层社会官僚阶层的消遣享乐、士大夫阶层的逸情遣兴转向大众。其重要标志就是瓦舍的兴起。

与商业活动紧密联系在一起的，是城市居民的娱乐场所——勾栏瓦子。北宋城市文化娱乐繁荣的重要标志之一，就是勾栏这一固定演出场所的出现。[②] 勾栏演出不受时间限制和天气影响，“不以风雨寒暑，诸棚看人，日日如是”[③]。除了固定的演出场所，都市中流动和临时的演出，宋人所谓的“路岐人”或者“打野呵”，[④] 就更为繁多。《清明上河图》中就真实地展示了宋代东京街市上民众聚集听说书的画面。从画卷上观察，长街上王员外家对面的屋檐下，就聚集了许多听说书者，而在不远的孙羊店侧俨然又有一位盲艺人在说书，区区几十步之遥，就有多个说书艺人的身影，这充分说明了说书活动在当时的兴盛。话本中的有关描写，如《宋四公大闹禁魂张》写到闲汉赵正骗到衣服以后，“便把王秀许多一衣裳著了，再入城里，去桑家瓦里闲走一回，买酒买点心吃了，走出瓦子外面来”[⑤]。而在《闹樊楼多情周胜仙》中，包大尹差人捉盗墓贼朱真，“当时搜捉朱真不见，却在桑家瓦里看要”[⑥]，可见当时瓦舍里商业娱乐设施都很齐全，成为市民闲暇时间的经常去处。

宋元时颇为兴盛的勾栏瓦舍在五代时已有了，《史弘肇传》就写到了后周太祖郭威在当时东京的瓦舍里厮混的情况。“这郭大郎，因在东京不

① （宋）洪迈撰：《容斋五笔》卷九，上海古籍出版社 1978 年版，第 910 页。

② 参廖奔《中国古代剧场史》，中州古籍出版社 1997 年版；吴晟《瓦舍文化与宋元戏剧》，中国社会科学出版社 2001 年版；周华斌、朱聪群主编《中国剧场史论》，北京广播学院出版社 2003 年版。

③ （宋）孟元老著，伊永文笺注：《东京梦华录笺注》，中华书局 2006 年版，第 462 页。宋孟元老著，邓之诚注：《东京梦华录注》，中华书局 1982 年版，第 133 页。

④ 周华斌：《中国戏剧史论考》，北京广播学院出版社 2003 年版。

⑤ 程毅中辑注：《宋元小说家话本集》，齐鲁书社 2000 年版，第 163 页。

⑥ 同上书，第 800 页。

如意，曾扑了潘八娘子钗子。潘八娘子看见他异相，认做兄弟，不教解去官司，倒养在家中。自好了，因去瓦里看，杀了构栏里的弟子，连夜逃走。”①

宋时的勾栏，也应始自街头空地上临时设置的戏场。比如在南宋，没有固定场所的表演艺人，即所谓路歧人，就是在路边空地上，开展表演的。宋周密撰《武林旧事》卷六：“路歧不入勾栏，只在要闹宽阔之处做场，谓之打野呵。洎此又艺之次者。”② 市井勾栏最初创立时，也应有这一阶段，然后逐步发展并固定下来，最终形成瓦子的规模。

北宋开封瓦子，以东角楼最为集中。其他如曹门外保康、旧封丘门大内西等均有大型瓦子，诸多瓦子中又以桑家瓦子最大最著名。瓦子见于《东京梦华录者》有 10 座，包括新门瓦子、桑家瓦子、中瓦、里瓦、朱家桥瓦子、州西瓦子、州西里瓦、保康门瓦子、州北瓦子、宋门外瓦子。《东京梦华录》《东角楼街巷》条载：“街南桑家瓦子，近北则中瓦，次里瓦，其中大小勾栏五十余座。内中瓦子莲花棚、牡丹棚。里瓦子夜叉棚、象棚最大，可容数千人。自丁先现、王团子、张七圣辈，后来可有人于此作场。瓦中多有货药、卖卦、喝故衣、探搏、饮食、剃剪、纸画、令曲之类。终日居此，不觉抵暮。”③ 可见当时瓦舍繁富的景象。

宋元话本乃是宋代城市生活的产物。它源于城市。据记载宋代说话原是宫廷艺术。明代郎瑛《七修类稿》以为小说起于宋仁宗。有的文章据此而认为说话起源于仁宗时期。其实早在宋代，南宋吴曾撰《能改斋漫录》卷四《辩误·崇政殿说书》就已经辨其误：

> 王荆公所作《贾魏公神道碑》云：“景祐元年积官至尚书都官员外郎，乃始置崇政殿说书，而以公为之。”然予按《傅简公佳话》云：“太祖少亲戎事，性好艺文，即位未几，召山人郭无为于崇政殿讲书，至今讲官所领阶衔，犹曰崇政殿说书云。”据傅简公所言，则崇政殿说书，不始于仁宗景祐元年矣。岂中尝罢之，而至是再

---

① 程毅中辑注：《宋元小说家话本集》，齐鲁书社 2000 年版，第 612—613 页。

② （宋）周密撰：《武林旧事》卷六，知不足斋丛书本。

③ （宋）孟元老著，伊永文笺注：《东京梦华录笺注》，中华书局 2006 年版，第 144—145 页。

建耶？①

由于勾栏演艺与以往的御演性质不同，以谋生为主要手段的勾栏艺人的表演才华得以充分展示和发挥，加上观众审美需求的刺激，促使勾栏戏班职业化分工，孟元老《东京梦华录》卷五对此做了全面的记载：

崇、观以来，在京瓦肆伎艺，张廷叟，孟子书主张。小唱李师师、徐婆惜、封宜奴、孙三四等，诚其角者。漂唱弟子：张七七、王京奴、左小四、安娘、毛团等。教坊减罢并温习。张翠盖、张成、弟子薛子大、薛子小、俏枝儿、杨总惜、周寿奴、称心等。般杂剧，杖头傀儡任小三，每日五更头回小杂剧，差晚看不及矣。悬丝傀儡张金线、李外宁。药发傀儡张臻妙、温奴哥、真个强、没勃脐、小掉刀，筋骨上索、杂手伎、浑身眼。李宗正、张哥，球仗、踢弄。孙宽、孙十五、曾无党、高怒、李孝详，讲史。李糙、杨中立、张十一、徐明、赵世亨、贾九，小说。王颜喜、盖中宝、刘名广，散乐。张真奴，舞旋。杨望京，小作相扑。杂剧、掉刀、蛮牌，董十五、赵七、曹保义、朱婆儿、没困驼、风僧哥、俎六姐。影戏丁仪，瘦吉等弄乔影戏。刘百禽，弄虫蚁。孔三传，耍秀才诸宫调。毛详、霍百丑，商谜。吴八儿，合生。张山人，说浑话。刘乔、河北子、帛遂、吴牛儿、达眼五重明、乔骆驼儿、李敦等，杂班。外入。孙三，神鬼。霍四究，说《三分》。尹常卖，《五代史》。文八娘，叫果子。其余不可胜数。不以风雨寒暑。诸棚看人，日日如是。教坊，钧容直，每遇旬休安乐，亦许人观看。每遇内宴，前一月，教坊内匀集弟子小儿，习队舞，作乐，杂剧节次。②

对于《东京梦华录》卷五“京瓦伎艺”条云“崇、观以来，在京瓦

① （宋）吴曾撰：《能改斋漫录》卷四，商务印书馆1936年版，第63页。

② （宋）孟元老著，伊永文笺注：《东京梦华录笺注》，中华书局2006年版，第461—462页。（宋）孟元老著，邓之诚注：《东京梦华录注》，中华书局1982年，第132—133页。按：此节邓之诚《东京梦华录注》断句多误。陈汝衡：《宋代说书史》，上海文艺出版社1979年版，第21页，同样将孟子书这个人名，误解为说《孟子书》，并且大加发挥。此处引文断句，根据笔者个人理解，与伊永文所标点，也有差异。

肆伎艺，张廷史、孟子书主张”一句，廖奔从“主张”即“安排”之意，推测说“张廷史、孟子书两人可能就是汴京瓦舍的总管理人”。并从宋王明清《挥麈后录》卷四考证出“孟子书在宫廷里担任教坊乐官”。由于张廷史身份不明，廖奔推测说：“可能也是官府中人物，大概两人受官府委派管理汴京的众多瓦舍勾栏事宜。”① 而吴晟则认为“张、孟专管勾栏营业的可能性较大”。“崇观—崇宁、大观年间（1107—1110）勾栏由张、孟管理，而这之前至瓦舍创设——仁宗中期（约 1043）或神宗前期（约 1075）60 或 30 余年间，瓦舍勾栏由谁管理却不见记载。我想，自瓦舍创设之日起定有人管理。据张、孟安排汴京瓦舍伎艺来推测，大概是由宫廷委派官员或乐官来管理。”② 笔者认为，必然是伴随着瓦舍勾栏蓬勃发展、繁荣到一定阶段之后，才有了官府的管理问题，而在瓦舍勾栏兴起时期，是不可能先有管理机构和人员存在。因此，在崇、观以来，汴京的瓦舍勾栏繁荣、发达的背景下，官府正式派出人员进行管理才是比较合理的。

在这些说话的实践中，出现了一大批的文字底本，构成了我们今天习惯上称之为宋元话本的作品。③ 这些宋元时期的话本，对两宋的城市生活图景作了形象生动的反映。

众所周知，在宋以前，文学形式主要为诗词散文，它们可以抒情、记事、议论，却难以具体描摹和讲述生动丰富的人物形象和曲折复杂的动人故事，因而它们较难深入民间，特别是深入不识字的细民中间。宋代就大不一样了，城市的迅速发展与市民阶层的日益壮大，呼唤市民文艺崛起与繁荣。中国文学史上极具影响的大事，便是用口语“说话”以及记录说话的“话本”在宋代的出现，它摆脱了政治负担，开始自觉地成为市井细民言说的一种文体。说话、话本致力于满足市民阶层的兴趣爱好和利益愿望，以其形式的通俗活泼、人物形象的鲜明生动、故事情节的曲折复杂，使其在公众信息接受方面，有过去文艺无法比拟的社会覆盖面与历史穿透力。宋代话本开辟了中国小说的新纪元，是明清以来短篇白话小说和长篇讲史话本的滥觞，从此，以往的文化和文学传播格局都打破了。

在宋元话本中写到了各色人物，包括了皇帝、宰辅、使臣、府尹、武

---

① 廖奔：《中国古代剧场史》，中州古籍出版社 1997 年版，第 54 页。

② 吴晟：《瓦舍文化与宋元戏剧》，中国社会科学出版社 2001 年版，第 46 页。

③ 按：话本的含义，学术界存在争议，本书取通行看法。参程毅中《宋元小说研究》，江苏古籍出版社 1998 年版。

将、押司、押番、待诏、主管、教书先生、小生意商人、庙官、和尚、夫人、小姐、妓女、泼皮、静山大王、强盗等，市井细民占了故事人物的绝大多数，成为话本中的人物主体，与唐代小说以士大夫为故事主体显然有了很大的不同。

当通俗文学成了城市市民自我叙事的一种有效方式时，这一文学样式虽然不可避免地模仿文化精英的文学叙事模式，然而，它的基本特征却是市民的，通俗性的。文化权力的下移，使原本的单一的文化霸权话语叙述，成为巴赫金所谓的众声喧哗。[①] 换句话说，一向“沉默的大多数”的城市市民，在唐宋社会文化转型、城市革命之后，开始以通俗文学的样式，进行世界与自我叙事。这种方式的叙事充满了想象和虚构，更为接近西方小说的虚构的含义。同时，这种对于自我生活的城市文化的历史叙事，也体现了城市市民对城市文化的一种不同于士大夫群体的新的观察理解，一种新的关于城市的集体记忆，一种城市市民思想、情感、欲望、趣味的反映，一种文化权力的分享与市民阶层愿望的表达。[②]

与士大夫诗文主要以抒情性为特征，[③] 因而对于汴京城市空间、城市文化的叙事性比较弱相比，宋代开始出现的反映东京市民生活的市民文学，则对于汴京城市文化有了更为具体和更为细致的描写、反映。虽然多数话本小说只是把城市作为人物活动和故事发生的背景来予以处理，但即便如此，由于小说文体的特殊性，其对城市的描写并不缺乏细节的真实性。

当然，话本小说对于汴京的地理位置、历史沿革、城市建筑的富丽堂皇等都有所涉及，但是也十分明显是笼统的，就如中国传统绘画中的写意画，不在精雕细刻其形，而重在写出一个整体的精神、意态和氛围。这种特征，在古代小说中是十分普遍的。

---

① 有关巴赫金众声喧哗理论，参［俄］巴赫金《拉伯雷研究》，［俄］巴赫金《巴赫金全集》第五卷，李兆林、夏忠宪等译，河北教育出版社 1998 年版。

② 文化权力，参［法］布尔迪厄《文化资本与社会炼金术：布尔迪厄访谈录》，包亚明译，上海人民出版社 1997 年版。

③ 陈世骧 20 世纪 30 年代提出“中国抒情传统”的观念，影响极大，近年来也引发不同观点的讨论。参考陈世骧《中国文学的抒情传统：陈世骧古典文学论集》，生活 · 读书 · 新知三联书店 2015 年版；陈国球、王德威主编《抒情之现代性：“抒情传统”论述与中国文学研究》，生活 · 读书 · 新知三联书店 2014 年版。

小说中真实的地理空间描写。在中国古代小说中，往往以城市地标为主要对象，围绕着能够代表城市特征的地标和建筑展开故事情节。这样，城市的地标作为故事场景而经常出现，从而成为一种城市意象。

宋元话本中，关于东京背景的故事，小说中人物的活动场所，往往是都城的代表城市特征的地标和建筑，如“宋四公夜至三更前后，向金梁桥上四文钱买两只焦酸馅”（《宋四公大闹禁魂张》）；“（小娘子）上天汉州桥，看著金水银堤汴河，恰待要跳将下去”（《简帖和尚》）；“（冉贵）将担子寄与天津（汉）桥一个相识人家”（《勘靴儿》）。在话本中所见东京都城人物的出场介绍，不再是唐人的“某坊某曲”，而是如“你见白虎桥下大宅子，便是钱大王府”（《宋四公大闹禁魂张》）；“去这东京汴梁城内，虎翼营中，一秀才姓陈，名辛，字从善。……新娶得一个浑家，乃东京金梁桥下张待诏之女，小字如春”（《陈巡检梅岭失妻记》）。[①]

一些以东京为故事背景和发生场域的话本，不仅有北宋东京真实的地理空间描写，而且真实反映了北宋东京的一些最为著名的城市文化。比如《志诚张主管》，地理上，涉及东京的界身子里、端门、金明池、万胜门、天庆观等；城市文化上，反映东京元宵灯节、清明节。《金明池吴清逢爱爱》涉及东京金明池，清明节。《闹樊楼多情周胜仙》涉及东京的金明池、樊楼、曹门里，游春、元宵灯节。《简帖和尚》涉及东京的枣槊巷、天汉州桥、汴河、大相国寺、土番台寺。等等。而这些北宋东京的地理空间、地标、建筑、文化习俗，则在孟元老《东京梦华录》、明李濂《汴京遗迹志》、清周成《宋东京考》等城市地理文献，以及宋代吴曾《能改斋漫录》、陆游《老学庵笔记》、周密《齐东野语》等大量宋代文人笔记中，有丰富记载，可以得到广泛印证。

可以看出，这些话本小说对于汴京城市空间的整体书写，往往是比较笼统的。与西方小说对于巴黎、伦敦等城市的细致书写对比，[②] 这一特点就显得更为突出了。

然而，正是这些话本对于东京市民生活空间的描写、记录、反映和叙述，才使一座城市有了鲜活的气息和丰满的血肉。卢梭曾经说过：“房屋

---

① 程毅中辑注：《宋元小说家话本集》，齐鲁书社2000年版，第149、322—323、703、165、427—428页。

② Richard Lehan, *The City in Literature: An Intellectual and Cultural History*, Univerity of California Press 1998.

只构成城镇，市民才构成城市。”[①] 话本小说中对于东京城市商业的反映，既是东京城市商业的历史写照，又真实反映了京都城市在中国传统社会中，由比较单纯地突出其政治功能，到政治功能与商业功能并重的城市发展的历史进程。

北宋东京的商业活动十分活跃，尤其是宋元话本里常常提到的东京城里的铺席，从中足可见出城市繁荣之一斑。《志诚张主管》：“话说东京汴州开封府界身子里一个开线铺的员外张士廉，这张员外的门首是胭脂绒线铺，两壁装着厨柜。”与此相参对的是《郑节度立功神臂弓》的记载，“话说东京汴梁城开封府有个万万贯的财主员外姓张，排行第一双，名俊卿。这个员外，冬眠红锦帐，夏卧碧纱厨，两行珠翠引，一对美人扶。门首一壁开个金银铺，一壁开所质库。”而《宋四公大闹禁魂张》中叙述：“这富家姓张，名富，家住东京开封府，积祖开质库，有名唤做张员外。”这里所描写都应是东京铺席的景象。[②]

对于界身和铺席，《东京梦华录》有较详细的描述，据卷二《东角楼街巷》条：

> 自宣德东去东角楼，乃皇城东南角也。十字街南去姜行，高头街北去，从纱行至东华门街、晨晖门、宝籙宫，直至旧酸枣门，最是铺席要闹。宣和间展夹城牙道矣。东去乃潘楼街，街南曰鹰店，只下贩鹰鹘客，余皆真珠、疋帛、香药铺席。南通一巷，谓之“界身”，并是金银彩帛交易之所，屋宇雄壮，门面广阔，望之森然，每一交易，动即千万，骇人闻见。以东街北曰潘楼酒店，其下每日自五更市合，买卖衣物、书画、珍玩、犀玉，至平明，羊头、肚肺、赤白腰子、妳房、肚胘、鹑兔鸠鸽野味、螃蟹、蛤蜊之类讫，方有诸手作人上市，买卖零碎作料。饭后饮食上市，如酥蜜食、枣䭔、磴砂团子、香糖果子、蜜煎雕花之类。向晚卖河娄头面、冠梳、领抹、珍玩、动使之类。[③]

① 转引自［美］芒福德《城市发展史——起源、演变和前景》，倪文彦、宋峻岭译，中国建筑工业出版社 2005 年版，第 100 页，译文有改动。

② 程毅中辑注：《宋元小说家话本集》，齐鲁书社 2000 年版，第 726、3、148 页。

③（宋）孟元老著，伊永文笺注：《东京梦华录笺注》，中华书局 2006 年版，第 144 页。

这无疑是东京城里最繁华的街市之一，商品之繁富，品种之齐全，令人叹为观止。

商业繁荣的城市，具有了更大的自由空间，成了小说创造曲折情节与动人故事的最佳场所。

城市也为两性相悦的市井传奇故事的发生，提供了丰富的想象空间。城市的日常生活，更多的是重复、单调和平淡无奇的日子。而对于不平常的爱情故事的方式的渴望，成为读者的一种普遍审美期待。而城市生活的流动性、变化性和复杂性，又制造了产生不平常事件和生活传奇的可能性与机遇性。《闹樊楼多情周胜仙》的爱情故事，就发生在东京金明池旁边的樊楼。

一座城市，仅仅有建筑，只是一个地理空间与物质空间；城市日常生活的真实内容是由市民书写的，他们才是城市的主角和最稳定的阶层。正是他们的梦想、传奇与渴望，才构成了城市日常生活最实在的内容，也构成了城市的鲜活灵魂与丰满血肉。①

二　繁华、娱乐与欲望

声色、娱乐和情爱的欲望，构成了市民欲望主体的核心，也成为新的文学叙事的主题，代表新的社会阶层的文化诉求与话语方式。权且以上元节为例，来透视这一城市中多重日常生活空间的重叠、交织的文化场域（皇权、士大夫、市民、游客）及其话本小说中的书写。

城市娱乐和习俗总是结合在一起，以节日习俗而言，北宋的东京都市文化，则以元宵节最为引人注目。作为文化空间的城市，不仅承载着国家典礼、祭祀等文化活动，也是市民节日庆典和民俗活动的场所。② 宋代社会经济的繁荣与城市的急速发展，使元宵节的狂欢有了坚实的物质基础与绚烂夺目的背景。宋代商业的发展，经济活动的加强，城市的繁荣促使市民阶层日益壮大。人数众多的市民阶层，日益表现出对富有市民色彩的文化娱乐生活的需求。而元宵夜的热闹狂欢，可以说恰是集中地满足了当时宋人的这种娱乐需求。堪比仙境的元宵夜景从一个侧面反映了宋代城市经

---

①　参孙逊、刘方《中国古代小说中的城市书写及现代阐释》，《中国社会科学》2007 年第 5 期。

②　［美］芒福德：《城市发展史——起源、演变和前景》，倪文彦、宋峻岭译，中国建筑工业出版社 2005 年版。

济的繁荣。

北宋时期，随着城市经济的繁荣，又由于统治者的大力提倡，元宵节已成为集赏灯娱乐、商业活动、民俗文化为一体的盛大节日。汴梁城内万人空巷、人声鼎沸，盛况空前。《宋史》卷一百一十三，礼志十六记载了元宵节的盛况："三元观灯，本起于方外之说。自唐以后，常于正月望夜，开坊市门燃灯。宋因之，上元前后各一日，城中张灯，大内正门结彩为山楼影灯，起露台，教坊陈百戏。天子先幸寺观行香，遂御楼，或御东华门及东西角楼，饮从臣。四夷蕃客各依本国歌舞列于楼下……其夕，开旧城门达旦，纵士民观。"① 一些宋人笔记对元宵灯夜，更有动人的记述。吴自牧《梦粱录》卷一《元宵》载，元宵灯夜，汴京城里，"公子王孙，五陵年少，更以纱笼喝道，将带佳人美女，遍地游赏。人都道玉漏频催，金鸡屡唱，兴犹未已。甚至饮酒醺醺，倩人扶着，堕翠遗簪，难以枚举"②。周密《武林旧事》卷二《元夕》则记载临安元夕，不仅"效宣和盛际，愈加精妙"，而且"终夕天街鼓吹不绝，都民士女，罗绮如云"③。

宋王栐撰《燕翼诒谋录》卷三记载：

> 国朝故事，三元张灯。太祖乾德五年正月甲辰诏曰："上元张灯，旧止三夜，今朝廷无事，区宇乂安，方当年谷之丰登，宜纵士民之行乐，其令开封府更放十七、十八两夜灯，后遂为例。"太宗淳化元年六月丙午，诏罢中元、下元张灯。官虽废之，而私家犹有私自张灯者。余曩仕山阳中元下元酒务张灯卖酒，岂北方遗俗犹有存者耶。④

可见北宋初期是官府主持的三元张灯，到太宗淳化元年，才只保持了上元张灯的习俗，而民间则往往仍然保持了三元张灯的习俗。

除了官府主持的元宵活动，一些贵官豪族，也纷纷缚鳌山、放烟火。《张主管志诚脱奇祸》："当日时遇元宵，张胜道：'今日元宵夜，端门下放灯。'……两个来端门下看灯，正撞着当时赐御酒，撒金钱，好热闹。

---

① 《宋史》卷一百一十三，礼志十六，中华书局1977年版，第2697—2698页。

② （宋）吴自牧：《梦粱录》卷一《元宵》，山东友谊出版社2001年版，第7页。

③ （宋）周密：《武林旧事》卷二，山东友谊出版社2001年版，第38页。

④ （宋）王栐撰：《燕翼诒谋录》卷三，中华书局1981年版，第25页。

王二哥道：‘这里难看灯，一来我们身小力怯着，甚来由吃挨吃搅，不如去一处看，那里也抓缚着一座鳌。’，张胜问道：‘在那里？’王二哥道：‘你到不知王招宣府里抓缚着小鳌山，今夜也放灯。’”此话本接下来又写道张胜“猛省道：‘前面是我那旧主人张员外宅里，每年到元宵夜，歇浪线铺，添许多烟火，今日想他也未收灯？’”① 可见除了官府以外，贵官豪族们也缚鳌山、放烟火，而市井商人也放烟火、放灯。而观灯之人，则人山人海，热闹非凡。

更为重要的是，在元宵夜的节日民俗中，日常生活中的禁令、秩序、规矩、男女之别等都被打破了。唐魏征《隋书》卷六十二上列传第二十七《柳彧》传记载：

（柳彧）见近代以来，都邑百姓，每至正月十五日，作角抵之戏，递相夸竞，至于糜费财力，上奏请禁绝之。曰：臣闻昔者明王训民治国，率履法度，动由礼典。非法不服，非道不行，道路不同，男女有别，防其邪僻，纳诸轨度。窃见京邑，爰及外州，每以正月望夜，充街塞陌，聚戏朋游，鸣鼓聒天，燎炬照地，人戴兽面，男为女服，倡优杂技，诡状异形。以秽嫚为欢娱，用鄙亵为笑乐，内外共观，曾不相避。高棚跨路，广幕陵云，袨服靓妆，车马填噎，肴醑肆陈，丝竹繁会，竭赀破产，竞此一时。尽室并孥，无问贵贱。男女混杂，缁素不分。秽行因此而生，盗贼由斯而起。浸以成俗，实有由来。因循敝风，曾无先觉。②

宋司马光撰、胡三省音注《资治通鉴》卷一百七十五：

彧以近世风俗，每正月十五夜，然灯游戏，奏请禁之。胡三省注：“上元燃灯，或云以汉祠太一自昏至昼故事，此说非也。梁简文帝有列灯诗，陈后主有光壁殿遥咏山灯诗，则柳彧所谓近世风俗是也。”③

---

① 程毅中辑注：《宋元小说家话本集》，齐鲁书社 2000 年版，第 732 页。

② （唐）魏征：《隋书》卷六十二上《柳彧》传，中华书局 2000 年版，第 994 页。

③ （宋）司马光撰：《资治通鉴》卷一百七十五胡三省音注，上海古籍出版社 1987 年版，第 1164 页。

作为河东世家著姓的柳彧，自然无法忍受无问贵贱，男女混杂，缁素不分的情况，可是到了宋代，随着城市商业繁华、市民崛起、世家贵族的衰落和社会的进一步世俗化，这样的情况则是有过之而无不及。

对于这些发生在城市公共空间中的文化特征，巴赫金的狂欢节理论给予了十分深刻的揭示。巴赫金指出，在狂欢节式的节日庆典中，距离感消失在狂欢中，人们暂时从现实关系中解脱出来，相互间不存在任何距离，致使秩序打乱，等级消失，从而产生出一种乌托邦式的人际关系。人们在常规生活中为不可逾越的等级屏障分割开来，相互间却在狂欢广场上发生了随便而亲昵的接触。“在狂欢中，人与人之间形成了一种新型的相互关系，通过具体感性的形式、半现实半游戏的形式表现了出来。这种关系同非狂欢式生活中强大的社会等级关系恰恰相反。人的行为、姿态、语言，从在非狂欢式生活里完全左右着人们一切的种种等级地位（阶层、官衔、年龄、财产状况）中解放出来……”①

元宵之夜，平日禁锢于家庭环堵之中，无从参与社会生活的良人女子，也精心装扮，走上街头。她们穿着素衣，戴着闹蛾、玉梅、雪柳等饰物，“无问贵贱，男女混杂，细素不分”地尽情玩乐，展示自己的青春美丽，尽情地享受身心解禁的自由。

李邴字汉老，济州任城（今山东济宁）人。生于元丰八年（1085）。崇宁五年（1106）进士。累官翰林学士。绍兴初，拜参知政事、资政殿学士，寓泉州。绍兴十六年（1146）卒，年六十二，谥文敏。其《女冠子·上元》词：

帝城三五。灯光花市盈路。天街游处。此时方信，凤阙都民，奢毕豪富。纱笼才过处。喝道转身，一壁小来且住。见许多、才子艳质，携手并肩低语。

东来西往谁家女。买玉梅争戴，缓步香风度。北观南顾。见画烛影里，神仙无数。引人魂似醉，不如趁早，步月归去。这一双情眼，怎生禁得，许多胡觑。

---

① ［俄］巴赫金：《陀思妥耶夫斯基诗学问题》，白春仁、顾亚铃译，生活·读书·新知三联书店 1988 年版，第 176 页。

此词真实反映了北宋元宵灯节汴京都市中，市民的豪奢，节日的盛景和熙熙攘攘的人群之中，着意打扮的盛装青年男女之间的相互观看，欣赏，甚至情意的萌发。结句“这一双情眼，怎生禁得，许多胡觑”，十分生动有趣。

她们是游人目光的焦点，是元宵街头一道亮丽风景。开放式的节日狂欢提供了更多选择和相见的机会。月辉灯影之中，也留下了无数缱绻缠绵的爱情故事。

辛弃疾《青玉案·元夜》：

> 东风夜放花千树。更吹落、星如雨。宝马雕车香满路。凤箫声动，玉壶光转，一夜鱼龙舞。　　蛾儿雪柳黄金缕，笑语盈盈暗香去。众里寻他千百度，蓦然回首，那人却在灯火阑珊处。

最著名的还是欧阳修的《生查子》：

> 去年元夜时，花市灯如昼，月上柳梢头，人约黄昏后。今年元夜时，月与灯依旧，不见去年人，泪湿春衫袖。

元宵的狂欢，打破了日常的禁忌，使得青年男女有了相逢、相恋的机遇。甚至让她们享受到了爱的自由。然而，一见钟情之后，常常是无尽的相思和苦苦的追寻。李邴词中的上元时节的一见钟情，辛弃疾词中的千百度的寻觅，欧阳修词中的不见去年人的伤心，呈现了悲欢离合的种种发生在元宵灯节的爱情故事。尽管这种一见钟情式的爱恋更多的是相思、怀念甚至终生的遗恨，但这种发自青年男女内心的情感，更令人刻骨铭心。凄美的爱情故事与传说，为节日的狂欢，又添了几分诱惑、想象与回味。

宋词所写，大概多为贵族、官宦人家的女子，而话本中则反映了市民青年男女的爱情与传奇。话本《张生彩鸾灯传》，是从张生元宵观灯，引出一段佳话；《张主管志诚脱奇祸》写张胜与小夫人“鬼魂”的遇合，也发生在元宵灯夜……可见上元灯节，是引发和产生小说故事的不竭源泉。①

无论是宋人笔记、宋词，还是宋元话本，这些描写都真实反映了在节

① 程毅中辑注：《宋元小说家话本集》，齐鲁书社 2000 年版，第 560—577、725—739 页。

日的狂欢中，颠覆了日常生活原来预设的礼法和时空秩序，打破了日夜之差，男女之防，贵贱之别，从而提供了男女相处的机会。于是许多小说中的幽会与艳情，便放置在这样的公共空间中，演绎出种种悲欢离合的浪漫故事。透过小说元宵夜狂欢节的有关描写，我们可以大略窥见作为文化标征的城市文化空间所蕴含的丰富内涵，以及作为这个空间主体的市民的梦想与追求。

《大宋宣和遗事·亨集》对于北宋徽宗时期的元宵灯节狂欢之夜的盛况，有十分详细的叙述与描绘：

> 自冬至日，下手架造鳌山高灯，长一十六丈，阔二百六十五步；中间有两条鳌柱，长二十四丈；两下用金龙缠柱，每一个龙口里，点一盏灯，谓之“双龙衔照”。中间参一个牌，长三丈六尺，阔二丈四尺，金书八个大字，写道：“宣和彩山，与民同乐”。……京师民有似云浪，尽头上戴参玉梅雪柳闹鹅儿，直到鳌山下看灯。……是夜撒金钱后，万姓个个遍游市井，……至十五夜，去内门直上赐酒。……那看灯的百姓，休问贵富贫贱老少尊卑，尽到端门下赐御酒一杯。

《大宋宣和遗事·亨集》中还讲述了这样一个故事：

> 是夜鳌山傈下人丛闹里，忽见一个妇人吃了御赐酒，将金杯藏在怀里，吃光禄寺人喝住：“这金盏是御前宝玩，休得偷去!”当下被内前等子拿住这妇人，到端门下。有阁门舍人且将偷金杯的事，奏知徽宗皇帝。圣旨问取因依。妇人奏道：“贱妾与夫佹同到鳌山下看灯，人闹里与夫相失。蒙皇帝赐酒，妾面带酒容，又不与夫同归，为恐公婆怪责，欲假皇帝金杯归家与公婆为照。臣妾有一词上奏天颜，这词名唤《鹧鸪天》：‘月满蓬壶灿烂灯，与郎携手至端门。贪观鹤笙歌举，不觉鸳鸯失进俠。天渐晓，感皇恩，传赐酒，脸生春。归家只恐公婆责，也赐金杯作照凭。’”
>
> 徽宗览毕，就赐金杯与之。当有教坊大使曹元宠奏道：“适来妇人之词，恐是伊夫宿构此词，骗陛下金盏。只当押妇人当面命题，令他撰词。做得之时，赐与金盏；做不得之时，明正典刑。”帝准奏，再令妇人做一词。妇人请命题。准圣旨，令将金盏为题，《念奴娇》

为调。女子领了圣旨，口占一词道："桂魄澄辉，禁城内万盏花灯罗列。无限坐佳人穿绣径，几多妖艳奇绝。凤烛交光，银灯相射，奏箫韶初歇。鸣稍响处，万民瞻仰宫阙。妾自闺门给假，与夫携手共赏元宵，误到玉皇金殿砌。赐酒金杯满设。量窄从来红凝粉面，尊见无凭说。假王金盏，免公婆责罚臣妾。"①

这个故事，一方面反映了元宵灯节打破了内外之别。② 虽然二程的理学在北宋还难以与新学、蜀学的影响比肩，距离理宗对于理学的合法性的确立，还有相当的时间。但是无论是新旧党，还是新学、蜀学均强调礼法、制度的重要性和意义。至于司马光的《家范》，就更为突出了。在司马光所作《书仪·居家杂仪》中，更强调了"凡为宫室，必辨内外"的重要性：

男治外事，女治内事。男子昼无故不处私室，妇人无故不窥中门。有故出中门，必掩蔽其面（如盖头、面帽之类）。男子夜行以烛，男仆非有缮修及有大故（大故谓水火盗贼之类），亦必以袖遮其面。女仆无故不出中门（盖小婢亦然），有故出中门，亦必掩蔽其面。③

这段脱胎于《礼记·内则》的说教，特别突出了宅院"中门"的意义，刻意雕琢着男女、内外之间的距离感，令人凛然。

而这个颇富传奇色彩的故事，则突破了原有礼教、规范，特别是对于妇女的禁忌，颠覆了日常生活预设的礼法、时空秩序，打破了男女之防，贵贱之别。

另一方面，这个故事的传奇效果，体现了都市市民通俗文学的典型特征。这个故事具有了公案的叙事框架，香艳的主题和人物，离奇、曲折的传奇情节，成为多种通俗文学故事模式的元素的混合的产物。显然是市民大众欲望的投射和白日梦的制造。而女子赋词的情节，也反映了宋代女性

---

① 《大宋宣和遗事·亨集》，商务印书馆民国二十六年版，第77—78页。

② 参［美］伊沛霞《内闱：宋代的婚姻和妇女生活》，胡志宏译，江苏人民出版社2004年版。

③ （宋）司马光：《书仪·居家杂仪》卷四，四库全书本。

文学的普及，是有着真实的宋代女性文学繁荣的背景。

三　帝京文化的另外一种面相：对于主流帝京意象的解构与颠覆

城市的一个重要的功能就是为市民提供庇护与安全。然而，生活于其中的城市市民，却往往并非真正可以高枕无忧，而是常常需要面临着各种的不安甚至飞来横祸。北宋时期，随着坊市制度的破坏，都城之中的社会治安有着比较大的问题。宋元话本《宋四公大闹禁魂张》中主要人物"这富家姓张，名富，家住东京开封府，积祖开质库，有名唤做张员外。……人见他一文不使，起他一个异名，唤做"禁魂张员外"。这张员外就是遭遇贼盗，全家性命尽丧。而公门中王七殿直王遵、马观察马翰等人，拼着性命捉拿贼盗，反而被陷害，屈死狱中。话本的结尾处有一段文字："可惜有名的禁魂张员外，只为'悭吝'二字，惹出大祸，连性命都丧了。那王七殿直王遵、马观察马翰，后来俱死于狱中。这一班贼盗，公然在东京做歹事，饮美酒，宿名娼，没人奈何得他。那时节东京扰乱，家家户户，不得太平。"① 虽然说的是北宋东京，其实也概括出了北宋城市中的一般安全状况。

宋陆游撰《老学庵笔记》卷六：

> 京师沟渠极深广，亡命多匿其中，自名为无忧洞。甚者盗匿妇人，又谓之鬼樊楼。国初至兵兴常有之，虽才尹不能绝也。②

因此，《宋四公大闹禁魂张》结尾："诗云：只因贪吝惹非殃，引到东京盗贼狂。亏杀龙图包大尹，始知官好自民安。"恰恰是反映了这种和谐、秩序被打破、破坏后的城市场景，至于说直待包龙图相公做了府尹，这一班贼盗方才惧怕，各散去讫，地方始得宁静，也只能算是一种美好愿望的表达。

就是在大宋皇帝极力要体现与民同乐、歌舞升平的元宵灯节，也同样发生着对于现存秩序的挑战与反叛。《大宋宣和遗事·亨集》在紧接着描绘徽宗赐盏，反映着与民同乐和歌舞升平的意识形态画面之后，就是下面

---

① 程毅中：《宋元小说家话本集》，齐鲁书社2000年版，第144—183页。

② （宋）陆游撰：《老学庵笔记》卷六，中华书局1979年版，第73页。

的情节：

> 徽宗观灯以罢。是时开封府尹设幕次在西观下弹压，天府狱囚尽押在幕次断决，要使狱空。徽宗与六宫从楼上下觑西观断决公事，众中忽有一人黑色布衣，若寺僧行里状，从人众中跳身出来，以手昼帘，出指斥至尊之语。徽宗大怒，遣中使执于观下，令有司栲问。棰掠乱下，又加炮烙，询问此人为谁。其人略无一语，亦无痛楚之色，终不肯吐露情实。有司断了足筋，俄施刀脔，血肉狼籍，终莫知其所从来。帝不悦，遂罢一夕欢。①

《大宋宣和遗事》反映的一个重要方面，就是帝王的淫乱与民众的反叛。而话本反映的都城之中的犯罪与反叛，颠覆着社会现实秩序，打破了皇权所极力营造的太平盛世的假象，呈现了帝京文化的另外一种面相，发出了真实的在京都大赋的颂歌之中所听不到的声音，揭示了精英文化的文学写作中所遮蔽了的都市画面，从而发出了市民自己的声音，原本由精英阶层单一控制和把握的城市文化的文学叙事，由此被打破，那种原本由士大夫精英掌握的文化霸权话语，从此变成“众声喧哗”。

第四节　北宋京城繁华生活写真的宋词

一　宋代城市文化繁荣与成为一代文学标志的宋词

1. 唐宋变革、城市繁荣与世俗化的宋词发展

金元以来，学者间有历朝文学各有其所胜之说，此一说法至王国维而显，其《宋元戏曲史》自序中云：“凡一代有一代之文学：楚之骚，汉之赋，六代之骈语，唐之诗，宋之词，元之曲，皆所谓一代之文学，而后世莫能继焉者也。”②

---

① 《新刊大宋宣和遗事·亨集》，中国古典文学出版社 1954 年版，第 75—76 页。

② 王国维：《宋元戏曲史》自序，上海古籍出版社 1998 年版，第 1 页。

“一代有一代之文学”的观念经历了金、元、明、清四朝的沿袭流变，[①]对王国维直接有启发和影响。“一代有一代之文学”是对中国文学的历史发展的一种带有某种规律性的描述与总结，突破了传统中国文学史一直以诗文为代表的雅文学为主体的旧式精英文学观念，以更为开放的现代文学审美眼光，揭示了中国文学史上各体文学丰富多彩的发展面貌。这一命题植根于中国传统的文变时序说和文体通变论，将中国文学的发展与演进看成是一种动态的，历经各种文体迭兴嬗变的过程。王国维“一代有一代之文学”说是对中国历代文学的总体进程和文学史规律认识的集大成的观点，近年学界不断对这一学说的外延和内涵进行深入研究，亦取得了不少成果。[②]虽然近年来有不同的观点提出，[③]但是王国维观点的影响力和作为20世纪中国文学史研究中重要学术命题之一，深刻地影响了20世纪中国文学史研究的格局与走向，则是一个不争的事实和异议者同样认同的学术共识。

宋代文学的代表性成就，是以宋词为标志的，虽然对于这一观点，近年来也有学者质疑，[④]当然，从宋人自己的立场还是从后人文学史观点，是从宋代各体文学的相互比较还是从宋代文学与其他时代文学相互比较，是比较其成果丰富，还是比较成果独特，等等，不同的比较标准，必然产生视域的偏差，导致结论的不同。但是受到王国维命题影响，20世纪的宋代文学研究，是以宋词研究为最繁荣，则是一个不争的事实。[⑤]何况王国维提出“一代有一代之文学”有其特定的学术动机，他在《宋元戏曲考序》中谈道：“独元人之曲，为时既近，托体稍卑，故两朝史志与《四库》集部均不著于录；后世儒硕皆鄙弃不复道。……遂使一代文献，郁堙沉晦者且数百年，愚甚惑焉。”因此，其将元曲与唐诗、宋词等并列，

---

① 钱锺书：《谈艺录》（补订本）四“诗乐离合文体递变”，中华书局1984年版，第26—28页。

② 周勋初：《文学“一代有一代之所胜”说的重要历史意义》，《文学遗产》2000年第1期。

③ 齐森华、刘召明、余意：《“一代有一代之文学”论献疑》，《文艺理论研究》，2004年第5期。

④ 欧明俊：《词为宋代“一代之文学”说质疑》，《中国韵文学刊》，第19卷第4期，2005年12月。

⑤ 参张毅《宋代文学研究》，北京出版社2001年版；王兆鹏《唐宋词史论集》，人民文学出版社2000年版。

实有为曲争地位的直接动机。① 那么，撰写有《人间词》的文学创作和《人间词话》理论研究的王国维，以宋词为一代文学代表的不仅有其为词争地位的动机，而且也有对于宋词全面、深刻理解与思考的基础。无论如何，词到宋代开始迅速发展和繁荣，成为中国词史上的最高峰，则是不争的事实。

说到宋词的繁荣昌盛，首先不能不注意到作家作品数量的成倍增长。尽管作家作品数量的多少并不是衡量一代文学、一种文学样式繁荣与否的主要标准，但数量的急剧增多毕竟是其快速发展的重要标志。宋代词人词作的数量，较之唐五代，增加了10倍多。②

唱词听词是宋代十分普及的一种娱乐形式。无论是公共场所的宴集聚会，还是私人空间的闲暇时光，常常都会有歌伎伶女唱词以助兴。庞大的消费市场需要大量的词作来满足。宋人对词作的特殊爱好和大量需求激发了词人的创作热情，促进了宋词的发展与繁荣。③

而这一切又与宋代经济繁荣、城市发展和社会的进一步世俗化倾向密切联系在一起。北宋结束了五代分裂割据的局面，国家重新统一，社会环境重新恢复了安定。赵宋统治者为了巩固统治，制订和采取了一系列发展社会经济的政策和措施，经过广大劳动人民的辛勤劳动，宋代的农业、手工业、商业和海外贸易得到了前所未有的发展，这就使宋代京城商业和经商风气的盛行达到了空前的程度。美国著名汉学家郝若贝指出："北宋时期开封成为多功能的城市中心，十九世纪前，全世界可能没有一个大城市超过它。"④ 美国学者艾朗诺（Ronald Egan）在《宋代文献中的都城面面观》中同样指出：

> 宋代中国的都城呈现出一派熙熙攘攘的景象。人们为各自生计四处奔波。无论我们聚焦于北宋的汴梁还是南宋的临安，每一座都城都

---

① 余恕诚：《"一代有一代之文学"与文体间的交流互动》，《光明日报》2005年6月3日。

② 王兆鹏、刘尊明：《简谈宋词繁荣昌盛的"量化"标志》，《古典文学知识》1996年第5期。

③ 有关研究很多，有代表性的可以参考沈松勤《唐宋词社会文化学研究》，浙江大学出版社2000年版；李剑亮《唐宋词与唐宋歌妓制度》，浙江大学出版社1999年版。

④ ［美］施坚雅主编：《中华帝国晚期的城市》，叶光庭等译，中华书局2000年版，第64页。

> 有超过百万的人口。它们是帝国权力、经济和文化的中心。单就其规模和复杂性而言，世界其他城市恐怕无出其右。①

中国城市的历史发展，走的是一条与欧洲城市发展历史不同的道路。在西方，德国著名社会学家马克斯·韦伯在《城市》与《中国宗教》（《儒教与道教》）中具体分析比较了欧洲与中国历史上的城市。他强调中央政府始终严厉地控制城市自治的发展。在中国，城市化并不像在欧洲大部分地区发生的那样，是经济变迁进程的自然结果，而更主要的是帝国政府有意识地设计的。“中国城市是一个明智政府的优秀产品之一，就像它的结构所显示的那样。”② 在整个中国城市史上，城市作为地方行政中心和军事驻防地的政治功能一直保持着十分重要的地位；这种政治控制也伸展到经济领域：“城市的繁荣并不主要有赖于市民在经济与政治冒险方面的进取精神，而更有赖于朝廷的管理职能，特别是对江河的管理。”③

最近的一些汉学家学者，比如日本的斯波义信，对发生在宋代的城市性质的根本性变化，给我们提供了一份更全面的评述。这一时期意义重大的商业革命导致了新的城市类型的产生，而在这些新类型的城市中，贸易已取代行政管理，成为决定其人口规模与繁荣水平的主要因素。这些城市的内部特征表现为城外贸易区的兴起，官府对市场运营的控制减少，以及行会和其他非官方组织所发挥的作用相应地兴起。④

施坚雅（G. William Skinner）在著名的有关乡村市场的研究中，首次将“中心地”理论应用到中国，从而使我们对中国城市在商品流通中的地位及其经济作用的总体评价，发生了一次飞跃。⑤ 这种思路最重要的贡献在于，它使我们从在这个领域中长期占据主导地位的城乡二元论中解脱了出来。从前，我们看到的只是首府城市的一端和农耕村庄的一端，而

---

① 复旦大学文史研究院编：《都市繁华——一千五百年来的东亚城市生活史》，中华书局2010年版，第93页。

② ［德］马克斯·韦伯：《儒教与道教》，王容芬译，商务印书馆1999年版，第62页。

③ 同上书，第61页。

④ ［日］斯波义信：《宋代商业史研究》，庄景辉译，台北稻禾出版社，1986年版。［日］斯波义信：《宋代江南经济史研究》，方键、何忠礼译，江苏人民出版社2001年版。［日］斯波义信：《中国都市史》，布和译，北京大学出版社2013年版。

⑤ ［美］施坚雅（G. William Skinner）：《中国农村的市场和社会结构》，史建云、徐秀丽译，中国社会科学出版社1998年版。

现在，我们开始认识到存在一个由或多或少的城市组成的层级，这些城市的分布按照集散链的轮廓，互相之间相隔一定的距离。伊懋可（Mark Elvin）和施坚雅本人在历史领域里进一步发展了这种“统一体”理论。他们都注意到，在宋代以来的中国城市化进程中，伴随着全面的社会商品化，这种“统一体”基本上取代了“中心地层级”中的中间环节。① 这些倾向的共同特征是理所当然地强调韦伯所缺乏的城市发展的来龙去脉与商业因素。②

由唐入宋大都市的面貌发生很大变化，主要表现在城市生活内涵的深刻变化。有人认为这种变化的主要特征之一是城市生活世俗化或平民化的倾向。③

在《士大夫的逸乐：王士祯在扬州》一文中，李孝悌曾经对以逸乐作为学术研究的课题有下述的论辩：“在习惯了从思想史、学术史或政治史的角度，来探讨有重要影响的历史人物后，我们似乎忽略了这些人生活中的细枝末节，在形塑士大夫文化中所扮演的重要角色。其结果是我们看到的常常是一个严肃森然或冰冷乏味的上层文化。缺少了城市、园林、山水，缺少了狂乱的宗教想象和诗酒流连，我们对明清士大夫文化的建构，势必丧失了原有的血脉精髓和声音色彩。”④

虽然说的是对明清士大夫文化的建构，也同样适用于宋代的情况。而明代普遍的社会的逸乐风气，⑤ 其开端也是从宋代社会经济繁荣、社会世俗化程度加深与宋代城市市民文化的崛起密不可分。

---

① ［英］伊懋可（Mark Elvin）：《中国历史的模式》（*Pattern of the Chinese Past*）（斯坦福：1973年），第12章；［美］施坚雅：《中国农村的市场和社会结构》第2部分；［美］施坚雅：《导言：中华帝国的城市发展》，《19世纪中国的地区城市化》，均见［美］施坚雅主编《中华帝国晚期的城市》，叶光庭等译，中华书局2000年版。

② 国外学者研究更为详细的情况，参考［美］罗威廉《汉口：一个中国城市的商业和社会（1796—1889）》绪论，中国人民大学出版社2005年版。全面研究情况参考本书导论部分相关内容。

③ 宁欣：《唐宋都城社会结构研究——对城市经济与社会的关注》下编“唐宋都城人口结构变化与畸形消费的增长”，商务印书馆2009年版，第133页。

④ 李孝悌：《士大夫的逸乐：王士祯在扬州（1660—1665）》，《中央研究院历史语言研究所集刊》第七十六本第一部分（2005），第83页。

⑤ ［加拿大］卜正民：《纵乐的困惑——明代的商业与文化》，方骏等译，三联书店2004年版；李孝悌：《恋恋红尘：中国城市、欲望和生活》，上海人民出版社2007年版。

2. 宋代城市市民文化的崛起与宋词的繁荣

中国的传统社会自唐代中叶以后社会政治经济结构发生了巨大变化，产生了文化转型，而这种变革趋势，到北宋时期渐渐趋于定型。① 北宋的政治、经济和文化均呈现出新的面貌，尤其是在经济的发展方面，达到了前所未有的水平。宋代的城市，经过自晚唐、五代开始的变革，到北宋中期，已经形成了许多新的特点。而对于城市文化和都市景观影响最为突出的则是坊市制度的突破。因为解除了唐代坊市之别与宵禁的制度，北宋汴京（今开封）的商业特别发达，其繁荣景象在孟元老的《东京梦华录》一书和张择端的《清明上河图》有生动的描绘。总人口在 140 万人，密度达每平方公里 1.64 万人，是当时世界上最大的城市。②

经过五代的战乱，城市的里坊遭到不同程度的破坏，在宋初已难复旧观。北宋初期京都开封的商业活动已出现侵街的现象，商业活动突破了时间与区域的限制，旧的坊制逐渐崩溃了。而坊市制度破坏后产生的都市文化的繁荣，则是到仁宗时期，基本发展成熟起来。③

对于坊市制度破坏产生的后果，中外学者有大量研究成果，普遍认为坊市制度破坏的一个重要结果就是带来了城市商业的繁荣，并且由此产生一系列后果，引发城市社会结构的一系列变迁。④

坊市制度的破坏，不仅推倒了一堵围墙，也打破了精神上的隔离，开始形成城市平民社会，萌生市民审美理想，形成新的城市审美文化。⑤ 而两宋城市商业经济的繁荣，是宋词兴盛的物质基础；城市市民阶层的扩大，生活水平的提高，要求丰富的文化娱乐生活，则是宋词繁荣的一个直接动因。

城市文化中的市民文化，是与大众文化的起源联系在一起的。研究大

---

① 刘方：《唐宋变革与宋代审美文化转型》，学林出版社 2009 年版。

② 赵冈：《中国城市发展史论集》，新星出版社 2006 年版，第 108—111 页。

③ 关于坊市制度破坏的时间、过程和学术界不同观点的讨论，参考刘方《唐宋变革与宋代审美文化转型》，学林出版社 2009 年版。第 145—150 页。

④ ［日］斯波义信：《宋代商业史研究》，庄景辉译，台北稻禾出版社 1986 年版。［美］施坚雅主编：《中华帝国晚期的城市》，叶光庭等译，中华书局 2000 年版。葛金芳：《中国经济通史》第 5 卷“宋辽金时期”，湖南人民出版社 2002 年版。赵冈：《中国城市发展史论集》，新星出版社 2006 年版。侯家驹：《中国经济史》（上、下册），新星出版社 2008 年版。宁欣：《唐宋都城社会结构研究——对城市经济与社会的关注》，商务印书馆 2009 年版。

⑤ 刘方：《唐宋变革与宋代审美文化转型》，学林出版社 2009 年版，第 149 页。

众文化的重要著作，是英国新文化史代表人物彼得·伯克在约 30 年前出版的研究欧洲近代早期的大众文化的开创性著作，他也因此而一举成名。伯克的书中界定的“大众文化”是一个大系统，其中还包括许多小的文化，即“亚文化”。他认为过去曾经存在过的欧洲近代早期的大众文化因大众的自主创造而富有生命力，从而在社会中占据主导地位。上层阶级没有能力生产出能够与之相抗衡的精英文化，因此不得不分享大众创造的成果。这在某种程度上是因为欧洲的上层阶级大多数人缺少文化修养，许多人甚至是文盲。书中说，就生活方式而言，一些乡村贵族和教区牧师与他们周围的农民并没有多么大的区别。在社会地位上，他们属于上层社会，但是在文化上却与下层社会没有什么两样。高层的贵族也不例外。①

与欧洲贵胄不同，从总体来看，中国的上层精英不像西方的上层人士那样分享并主动参与大众文化。中国的皇权家族，往往有很好的文化教育和修养，而传统中国最突出的恰恰就是宋代的皇家了。宋代皇权对于宗室子弟的教育在中国历代王朝中，都是最为突出的。②

到了宋代，随着商品经济的发展，市民阶层的壮大，贵族渐次退出政治舞台，士子通过科举考试逐步进入官方权力系统，随着官民之间流动的增强、印刷传播的发展、信息传播向社会下层转移、公共教育的启动而发生了深刻的变化。由此，民众文化程度有了提高，中国古代文化格局的面貌为之一变。

宋代市民阶层的发展，催生了城市市民大众文化的兴起。关于大众文化的界定，英国当代著名历史学家、新文化史学家彼得·伯克的说法是比较符合历史实际的：

> 至于大众文化，或许最好是先使用否定的方式去下定义，把它定义为非正式的文化，即非精英的文化，也就是葛兰西所说的“从属阶级”的文化。③

---

① ［英］彼得·伯克：《欧洲近代早期的大众文化》，杨豫等译，上海人民出版社 2005 年版。

② ［美］贾志杨（John Chaffee）：《天潢贵胄：宋代宗室史》，赵冬梅译，中文版序，江苏人民出版社 2005 年版。

③ ［英］彼得·伯克：《欧洲近代早期的大众文化·序》，杨豫、王海良等译，上海人民出版社 2005 年版。

同时，也正如彼得·伯克所指出的：

当前，人们常常指出的一点是，“大众文化”（popular culture）这一术语给人以一种同质性的错误印象，因此在使用这一术语时，最好还是用复数形式，即“诸大众文化”（popular cultures）或者用“诸民众阶级的文化”（the culture of the popular classes）这样一种表达方式来取而代之。强调文化的差别、差异和冲突具有重要性的论点是很值得研究的。①

因此，本书这里所讨论的北宋汴京市民文化，准确地说，是当时大众文化中的一种形成于都市中的“亚文化”，只是宋代时期“诸大众文化”（popular cultures）之中的一种。

市民构成了城市日常生活的主体。然而，市民阶层的崛起和壮大，是伴随着城市空间由比较单纯的突出其政治功能，到发生“城市革命”，形成政治功能与商业功能并重的城市才出现的。正是市民日常生活的丰富性，使城市的空间变得更加生动鲜活。东京的城市繁荣，在宋孟元老《东京梦华录》序中描写道：

太平日久，人物繁阜。垂髫之童，但习鼓舞；班（斑）白之老，不识干戈，时节相次，各有观赏。灯宵月夕，雪际花时；乞巧登高，教池游苑。举目则青楼画阁，绣户珠帘，雕车竞驻于天街，宝马争驰于御路，金翠耀日，罗绮飘香。新声巧笑于柳陌花衢，按管调弦于茶坊酒肆。八荒争凑，万国咸通，集四海之珍奇，皆归市易；会寰区之异味，悉在庖厨。花光满路，何限春游，箫鼓喧空，几家夜宴。伎巧则惊人耳目，侈奢则长人精神。②

这可以说是对东京城市繁荣、人文鼎盛的总体概括。宋洪迈撰《容斋五笔》卷九《欧公送慧勤诗》条：

---

① ［英］彼得·伯克：《欧洲近代早期的大众文化·序》，杨豫、王海良等译，上海人民出版社2005年版，第4页。

② （宋）孟元老：《东京梦华录》，上海古典文学出版社1956年版，第1页。（宋）孟元老著，伊永文笺注：《东京梦华录笺注》，中华书局2006年版，第1页。

> 国朝承平之时，四方之人，以趋京邑为喜。盖士大夫则用功名进取系心，商贾则贪舟车南北之利，后生嬉戏则以纷华盛丽而悦。[①]

洪迈的这一记载不仅印证了孟元老的说法，而且也给出了一定的原因和解释。的确，京都在传统社会中，必然成为一个国家政治、经济和文化最为发达的中心。

宋词的繁荣，在学术界有各种不同原因的讨论，但是宋代都市文化的繁荣与市民文化的崛起与新的审美文化需求的形成，则是其中核心要素。

在城市商业经济高涨的背景下，代表商业文化的商人阶层试图在主流文化圈中寻找到属于自己的一席之地，而随着商人地位的渐渐提高，商业文化否定正统文化也就在所难免。岳珂《桯史》卷二“富翁五贼”条载：

> 东阳陈同父资高学奇，跌宕不羁。常与客言，昔有一士邻于富家，贫而屡空，每羡其邻之乐。旦日，衣冠谒而请焉。富翁告之曰：“致富不易也。子归，斋三日而后告子以故。”如言复谒。乃命侍于屏间，设高几，纳师资之贽，揖而进之，曰：“大凡致富之道，当先去其五贼，五贼不除，富不可致。”请问其目，曰：“即世之所谓仁、义、礼、智、信是也。”士卢胡而退。[②]

儒家的核心价值观念的“仁义礼智信”在富商的眼里已经成为妨碍经商致富的“五贼”，商业文化已经在突破正统文化和意识形态。

宋词特别是宋代都市词的繁荣，就发生在这样的文化语境和城市空间场域。

二　繁华、游冶与享乐：宋词中的东京梦华——以柳永词为核心的考察

正如许多研究者已经指出的，柳永的城市词书写，成为北宋最具有代表性的反映北宋东京城市文化繁荣的作品。本节希望从新兴的市民文化、大众文化的重要代言人和宋词作为大众文化重要传播媒介的视角，来进一

---

① （宋）洪迈撰：《容斋五笔》卷九，上海古籍出版社 1987 年版，第 970 页。

② （宋）岳珂：《桯史》，中华书局 1981 年版，第 16—17 页。

步透视和分析柳永都市词作品的丰富内涵。

大众文化（popular culture）和精英文化（elite culture）的理论分野，很难加以准确的界定。随着时代和地域空间的差异，“大众”和“精英”的含义也会随之变迁。

“大众文化”的定义取决于对“大众”的理解，而“大众”这个概念，实际上是一个变化多端的政治性词汇，随时代和社会背景不同而时生歧义。由此，在西方大众文化的研究中，便有学者反对使用“大众文化”这个概念，而主张用“平民文化”（mass culture）来取而代之，其理由是因为有时高级文化也不乏大众化。平民指传统欧洲社会中那些未受过教育的人，在现代西方则意味着中下阶级和穷人。

英国著名的马克思主义文论家，当代文化研究的理论先驱者之一，雷蒙·威廉斯的大众文化观，有别于艾略特、利维斯等人的精英文化观，在其文化研究名著《关键词——文化与社会的词汇》中，威廉斯讨论分析了 eliet 精英分子，masses 民众、大众和 popular 民众的通俗的、受欢迎的几个有关的关键词。威廉斯研究指出：

> Elite 是个古老的词，自从 18 世纪中叶，就被赋予一种特别的社会意涵，并且从 20 世纪初期起，被赋予一种相关却又有所不同的社会意涵。Elite 原初是用来描述被选举出来的人或被正式挑选出来的人。……在神学或社会行动里，elect 一直被解释为某种正式被挑选出来的人，现在被扩大解释，指的是区别或分辨的过程。在此过程中，说到 elect 通常就会令人联想到 best 或 mast important。
>
> Masses 在有关社会的论述里，不仅是一个很普遍的词，而且是个很复杂的词。The masses（民众、大众）这个词虽然相对不复杂，但是格外有趣，因为它具有正反两面的意涵；在许多保守的思想里，它是一个轻蔑语，但是在许多社会主义的思想里，它却是个具有正面意涵的语汇。
>
> Popular 原先是一个法律与政治用语，…… 意指“属于民众”。……从 15 世纪起，指一个由全体百姓组成或管理的政治体系，但也包含了“低下的”（low）或“卑下的”（base）意涵。Popular 的词义后来演变为“受喜爱的”、“受欢迎的”；这即是现代的主要意涵。这种演变很有趣，因为它包含了“讨人欢心”的特质，并且保

有“刻意迎合”的旧意涵。[①]

从威廉斯对于这几个文化关键词的分析和辨析，我们可以更好地理解从晏殊到苏轼，是如何站在精英主义的文学立场对柳永的词作进行严肃批判，[②] 也可以更好地理解出身于士大夫阶层但是长期沉沦下僚，穷愁潦倒，依靠写词在京城中谋生的柳永，何以在无奈或者自觉的状态下，追求词的世俗化，表达市民大众观念、趣味与追求。“永为举子时，多游狭邪，善为歌辞，教坊乐工每得新腔，必求永为辞，始行于世，于是声传一时”。[③] 柳永在《满朝欢》一词中这样写道：

花隔铜壶，露晞金掌，都门十二清晓。帝里风光烂漫，偏爱春杪。烟轻昼永，引莺啭上林，鱼游灵沼。巷陌乍晴，香尘染惹，垂杨芳草。

因念秦楼彩凤，楚观朝云，往昔曾迷歌笑。别来岁久，偶忆盟重到。人面桃花，未知何处，但掩朱扉悄悄。尽日伫立无言，赢得凄凉怀抱。[④]

此词上片写所见到的京城美好风光和作者面对美景的愉悦心情；下片写作者探访几位红颜知己不遇，愉悦心情而转为凄凉怀抱的感受。在同一词中既表达京城城市文化繁荣，也表达城市中的冶游，既有视觉文化的富丽堂皇，也有内在欲望的传达与倾诉。

虽然许多研究者往往将柳永词作内容中的冶游经历坐实，当然没有大错，因为柳永的相关文献记载表明他的确是经常出入于秦楼楚馆，但是词也是文学，同样传达的可以是一种普遍的社会习俗和市民风尚。而北宋东京城市中的这种社会习尚在《东京梦华录》和《都城记胜》一类的城市文献中也有记载。

---

① ［英］雷蒙·威廉斯：《关键词——文化与社会的词汇》，刘建基译，三联书店2005年版，第143、281、355页。

② 有关北宋词雅俗之争，参考杨海明《唐宋词史》，天津古籍出版社1998年版；刘扬忠《唐宋词流派史》，福建人民出版社1999年版。

③ （宋）叶梦得：《避暑诗话》卷下，丛书集成初编本，第49页。

④ 柳永著，薛瑞生校注：《乐章集校注》，中华书局1994年版，第34页。

上阕用唐人诗歌笔法，以汉代典故写北宋皇都气象，下阙写男性主人公的都市冶游，恰恰体现柳永词的世俗化特征，市民文化特色构成了柳永城市词作的一种典型书写方式。上阙的都市景观的富丽堂皇的描绘，不仅是满足了视觉观赏性的需求，对于一个无论是繁华都市中的一个过客，一个漫游者，还是生活于其中的市民，都提供了一种视觉审美的满足。而且这个都市景观也构成了一种场域，一种背景，为下阙的世俗化欲望的表达提供了一个舞台，也暗示了或者说昭示了正是繁华都市文化才能够孕育出都市中秦楼楚馆繁荣的美丽的恶之花。正是繁华的都市文化，才构成秦楼楚馆繁荣的物质性和商业性基础。而下阙则体现了市民欲望的理想性表达，一种逢场作戏中对于真正的刻骨铭心的情感的内在渴望。

上阕中的铜壶、金掌、上林、灵沼，以一系列与汉代长安皇家关联的典故与词汇，描绘北宋京城的金碧辉煌和华美壮观。而当使用这些明显带有汉代皇家特征的典故和词汇来描绘北宋京城的文化景观的时候，研究者往往只是简单地认为柳永的词作是用典的写实描写，很少考虑到和关注在这一以汉写宋的文学书写模式中，这些典故和语汇的袭用所带来的原本不存在于北宋京城建筑景观中的因素。并且我们也不清楚柳永的这种书写，有多少只是沿袭传统都市文学写作的惯习，只是沿用旧有的典故与语汇而已，有多少是对柳永面对眼前实景的描摹。

在词作中，花、春杪，暗示词人描绘的是春季，也是一个欲望涌动的季节。黄莺鸣叫，鱼游灵沼，暗示着万物的生命涌动，更为搅动心绪的是香尘染惹，垂杨芳草，引发无尽联想，唤醒被寒冬压抑许久的冲动与欲望。因此在一个华美的富丽堂皇的舞台，上演一个有些凄婉的情爱故事，完全是当代通俗电视剧的古代版。

因此，当秦楼楚馆或者酒楼华宴之中，演唱起这样的歌词，不仅满足了市民大众娱乐性、通俗化的消费欲望，而且满足了市民对于金碧辉煌的都市物质性生活与都市艳遇的情感性幻想的趣味、体验与需求。柳永词作能够在市民大众中广为流传、争相传唱，也就是必然的了。

在唐传奇中，秦楼楚馆的男主人公往往是入京赶考的士子，体现的是士子的恋情故事。而到了宋代，一方面士大夫阶层的形成，士大夫主体意识的崛起，士大夫人格、道德意识的高涨，另一方面城市文化繁荣、市民阶层兴起，文学中秦楼楚馆的主人公已经逐渐变化成为市井阶层的人物。而对于士大夫阶层而言，即使是冶游经历，也会在文学中表达为一个游仙窟的传奇或者遇仙诗歌，而对于市民大众而言，彩凤、虫虫一类的在士大夫看来俗气而直白的妓女的故事，才能够符合自身的文化诉求与趣味追求。

在士大夫典雅的词作，比如苏轼词作中“谁见幽人独往来，缥缈孤鸿影”的绝世超俗的恋情，在秦观词作中“又岂在朝朝暮暮”的永恒相思，在晏几道词作中“尤恐相逢是梦中”的一往情深，① 到了柳永的笔下，则已经变成了“因念秦楼彩凤，楚观朝云”的世俗冶游了。

下阕中人面桃花典出《本事诗·情感》：

> 博陵崔护，姿质甚美，而孤洁寡合。举进士下第。清明日独游都城南，得居人庄，一亩之宫，而花木丛萃，寂若无人。扣门久之，有女子自门隙窥之，问曰：“谁耶?”以姓字对，曰：“寻春独行，酒渴求饮。”女人以杯水至，开门设床命坐，独倚小桃斜柯伫立，而意属殊厚，妖姿媚态，绰有余妍。崔以言挑之，不对，目注者久之。崔辞去，送至门，如不胜情而入。崔亦睠盼而归，自后绝不复至。及来岁清明日，忽思之，情不可抑，径往寻之。门墙如故，而已锁扃之。因题诗于左扉曰：“去年今日此门中，人面桃花相映红。人面只今何处去，桃花依旧笑春风。”后数日，偶至都城南，复往寻之，闻其中有哭声，扣门问之，有老父出曰：“君非崔护邪?”曰：“是也。”又哭曰：“君杀吾女。”护惊起，莫知所答。老父曰：“吾女甫笄知书，未适人，自去年以来，常恍惚若有所失，比日与之出入，归见左扉有字，读之，入门而病，遂绝食数日而死。吾老矣，一女所以不嫁者，将求君子以托吾身，今不幸而殒，得非君杀之耶?”又特大哭。崔亦感恸，请入哭之。尚俨然在床。崔举其首，枕其股，哭而祝曰：“某

① （宋）苏轼：《卜算子》（黄州定惠院寓居作）：“缺月挂疏桐，漏断人初静，谁见幽人独往来，缥缈孤鸿影。惊起却回头，有恨无人省，拣尽寒枝不肯栖，寂寞沙洲冷。”载唐圭章编《全宋词》，中华书局1965年版，第295页。

（宋）秦观：《鹊桥仙》：“纤云弄巧，飞星传恨，银汉迢迢暗度。金风玉露一相逢，便胜却人间无数。柔情似水，佳期如梦，忍顾鹊桥归路。两情若是久长时，又岂在朝朝暮暮。”载唐圭章编《全宋词》，中华书局1965年版，第459页。

（宋）晏几道：《鹧鸪天》：“彩袖殷勤捧玉钟，当年拚却醉颜红。舞低杨柳楼心月，歌尽桃花扇底风。从别后，忆相逢，几回魂梦与君同。今宵剩把银釭照，犹恐相逢是梦中。”载唐圭章编《全宋词》，中华书局1965年版，第225页。

在斯，某在斯。”须□开目，半日复活矣。父大喜，遂以女归之。①

人面桃花的典故，已经成为宋代广为流传的故事，宋沈括撰《梦溪笔谈》卷十四记载：

> 诗人以诗主人物，故虽小诗，莫不埏蹂极工而后已。所谓旬锻月炼者，信非虚言。小说《崔护》《题城南诗》，其始曰：“去年今日此门中，人面桃花相映红。人面不知何处去，桃花依旧笑春风。”后以其意未全，语未工，改第三句曰：“人面只今何处在”，至今所传此两本，唯《本事诗》作“只今何处在”。唐人工诗，大率多如此。虽有两“今”字，不恤也，取语意为主耳。后人以其有两“今”字，只多行前篇。②

这个富于传奇色彩的爱情故事，在宋代各种类书、总集、诗话等类型的文献中普遍记载。如宋朱胜非撰《绀珠集》卷九，宋曾慥编《类说》卷五十一，宋江少虞撰《事实类苑》卷四十，宋祝穆撰《古今事文类聚》后集卷十一，宋潘自牧撰《记纂渊海》卷九十三，宋陈景沂撰《全芳备祖》前集卷八，《太平广记》卷二百七十四情感《崔护》，宋阮阅撰《诗话总龟》卷五，宋魏庆之撰《诗人玉屑》卷八，宋计敏夫撰《唐诗纪事》卷四十，等等。在这些宋代各种类型的文献中普遍记载，可见在宋代已经成为广为人知的故事。而且在北宋词作中，也在苏轼（一说晏同叔）《蝶恋花》（玉枕冰寒）和蔡伸《柳梢青》（联璧寻春）、《点绛唇》（人面桃花）等作品中运用。③

---

① （清）叶申芗：《本事诗本事词》，古典文学出版社1957年版，第12页。

② 沈括著，胡道静校证：《梦溪笔谈校证》卷十四，上海古籍出版社1987年版，第488页。

③ （宋）苏轼《蝶恋花》：“玉枕冰寒消暑气，碧簟纱厨。向午朦胧睡。莺舌惺憁如会意，无端画扇惊飞起。雨后初凉生水际，人面桃花，的的遥相似。眼看红芳犹抱蕊，丛中已结新莲子”。载唐圭章编《全宋词》，中华书局1965年版，第200页。

（宋）蔡伸撰《友古词》一卷。《柳梢青》：“联璧寻春，踏青尚忆，年时携手。此际重来，可怜还是，年时时候。阴阴柳下人家，人面桃花似旧，但愿年年，春风有信，人心长久。”载《全宋词》第1017页。《点绛唇》：“人面桃花，去年今日津亭见。瑶琴锦荐，一弄清商怨。今日重来，不见如花面。空肠断。乱红千片，流水天涯远。”载《全宋词》第1021页。

因此，人面桃花典故，不仅可以重新唤起那个动人的爱情故事，而且可以产生满足大众渴望偶然艳遇欲望的共鸣。可见，在柳永的这一类词作中，一个通俗而且容易流行的市民喜爱的故事的基本构成要素都是完全具备了。

而从以富贵气象的器物、饰品到以建筑与景观作为艳情故事的发生背景同样是市民通俗文学的喜好与特征。宋沈括撰《梦溪笔谈》卷十四：

> 唐人作富贵诗，多纪其奉养器服之盛，乃贫眼所惊耳。如贯休《富贵诗》云："刻成筝柱雁相挨。"此下里鬻弹者皆有之，何足道哉。又韦楚老《蚊诗》云："十幅红绡围夜玉。"十幅红绡为帐方不及四五尺，不知如何伸脚，所谓"不曾近富儿家"。①

宋欧阳修撰《归田录》卷下《文忠集》卷一百二十七：

> 晏元献公喜评诗，尝曰："老觉腰金重，慵便枕玉凉"未见富贵语。不如"笙歌归院落，灯火下楼台"此善言富贵者也。人皆以为知言。②

宋葛立方撰《韵语阳秋》卷一：

> 人言居富贵之中者，则能道富贵语。亦犹居贫贱者，工于说饥寒也。王岐公被遇四朝，耳濡目染，莫非富贵。则其诗章，虽欲不富贵，得乎？故岐公之诗，当时有至宝丹之喻。如"宝藏发函金作界，仙醪传羽玉为台"，"梦回金殿风光别，吟到银河月影低"等句甚多。李庆孙富贵曲云"轴装曲谱金书字，树记花名玉篆牌"。晏元献云：太乞儿相若，谙富贵者不尔道也。元献诗云："梨花院落溶溶月，柳絮池塘淡淡风。"此自然有富贵气。③

---

① （宋）沈括著，胡道静校证：《梦溪笔谈校证》卷十四，上海古籍出版社1987年版，第487—488页。

② （宋）欧阳修撰，李逸安点校：《欧阳修全集》第五册，中华书局2001年版，第1928—1929页。

③ （宋）葛立方撰：《韵语阳秋》卷一，学海类编本。

反对和嘲讽富贵语，是与士大夫文学家站在精英主义文学立场，对于世俗化倾向的文学创作的批评态度联系在一起的。而这种态度和批评，在关于晏殊与柳永的“作曲子”轶事中鲜明地体现了出来。

北宋张舜民《画墁录》有如下记载：

> 柳三变既以调忤仁庙，吏部不放改官，三变不能堪，诣政府。晏公曰：“贤俊作曲子么?”三变曰：“只如相公亦作曲子。”公曰：“殊虽作曲子，不曾道‘针线闲拈伴伊坐’。”柳遂退。①

晏殊提到的柳永词句“针线闲拈伴伊坐”，出自柳永《定风波》：

> 自春来、惨绿愁红，芳心是事可可。日上花梢，莺穿柳带，犹压香衾卧。暖酥消，腻云亸，终日厌厌倦梳裹。无那！恨薄情一去，音书无个。
>
> 早知恁么。悔当初、不把雕鞍锁。向鸡窗、只与蛮笺象管，拘束教吟课。镇相随，莫抛躲。针线闲拈伴伊坐。和我，免使年少，光阴虚过。②

“针线闲拈伴伊坐”，写痴心女子在情人走后的相思，后悔当初放走情人，内心期盼着能够两个人共同生活，只是两人闲闲相对而坐，拈着针线刺绣，过一种平淡生活。柳永的这首词作，不仅通篇充满了俚语俗词，更为重要的是表达了一种市民阶层日常生活理想。正如有学者分析指出的：

> “针线闲拈伴伊坐”，所表达的是一个平淡而又真切的生活场景。日常生活，既不同于儒家的君臣大业理想，也不同于道家的虚静淡然地境界，在文人笔下的公然体现，在某种程度上就是一种挑战姿态，是对文人理想的摒弃。它是以真切的此在体验，以平凡庸常的现实体验，来否定那种或是动荡奔波或是寂寥虚无的士人生活；并通过对这

① （宋）张舜民：《画墁录》，四库全书本。

② 柳永著，薛瑞生校注：《乐章集校注》，中华书局1994年版，第119页。

> 日常生活的执着，进一步宣布了那种种人生追求的虚妄，只有那能真切把握的日常生活才是真实的人生，显然，它表达了柳永对现实人生困境的抗拒，这里面所透露出的人生观，对晏殊的士人理想构成了威胁。①

因此，不仅是世俗的俚语俗词，更为重要的是俚语词作中所代表和表达的城市市民的，在精英士大夫看来具有平庸特征的理想与观念，才是士大夫主流文学需要划清界限和加以嘲讽与批判的。

晏殊、苏轼与柳永词作的差异，是士大夫与市民的差异，是雅与俗的差异，柳永强调“亦作曲子”，是强调其同，为自己词作寻求存在的合理性，而晏殊强调其异，恰恰是要区分士大夫审美趣味与市民口味之间的差异，是身份与文化差异的折光，是文化身份的认同与区隔。

柳永词作的流行与其词作的俗的特征联系在一起，是在宋代当时就被人反复指认过了的。徐度《却扫编》卷下：

> 柳永耆卿以歌词显名于仁宗朝，官为屯田员外郎，故世号柳屯田。其词虽极工致，然多杂以鄙语，故流俗人尤喜道之。其后，欧、苏诸公继出，文格一变，至为歌词，体制高雅，柳氏之作，殆不复称于文士之口，然流俗好之自若也。刘季高侍郎，宣和间尝饭于相国寺之智海院。因谈歌词，力诋柳氏，旁若无人者。有老宦者闻之，默然而起，徐取纸笔跪于季高之前，请曰：“子以柳词为不佳者，盍自为一篇示我乎？”刘默然无以应，而后知稠人广众中，慎不可有所臧否也。②

刘岑（1087—1167），字季高，号杼山居士，吴兴（今浙江湖州）人，迁居溧阳（今属江苏）。徽宗宣和六年（1124）进士。钦宗靖康元年（1126），为秘书省著作佐郎（《宋史》卷二三《钦宗纪》）。高宗建炎元年（1127），直秘阁，绍兴三十一年，召赴行在，试户部侍郎。孝宗乾道三年卒，年八十一。《景定建康志》卷四九、《至正金陵新志》卷一三下

① 过常宝：《解读“针线闲拈伴伊坐”》，《文史知识》1998年第8期，第28页。

② （宋）徐度：《却扫编》卷下，丛书集成本，商务印书馆1936年版，第172—173页。

有传。

徐度记载的这则轶事，十分生动地反映了柳永词作的流行与在士大夫眼中其词作的鄙俗特征。因为鄙语，因此“流俗人尤喜道之”。虽然经过欧、苏诸公的努力，使文格、体制变为高雅，但是“流俗好之自若”。轶事发生在欧、苏诸公之后，士大夫贬低柳永词作为鄙俗成为主流观念的时期。刘岑是宣和六年进士，轶事只是说发生在宣和年间，大概在考取进士前后，寄食于相国寺之智海院。刘岑作为士大夫阶层人物，自然站在精英立场“因谈歌词，力诋柳氏”，而老宦者则一般是文化水平比较低下，恰恰喜爱的是柳永词作。轶事反映出来的恰恰是在士大夫与市民、普通文化水平低下阶层之间的趣味与喜好的差异与冲突。宋代胡仔《苕溪渔隐丛话》后集卷三十九《艺苑雌黄》中记载：

> 柳三变，字景庄，一名永，字耆卿。喜作小词，然薄于操行。当时有荐其才者，上曰：得非填词柳三变乎？曰然。上曰：且去填词。由是不得志，日与獧子纵游娼馆酒楼间，无复检约。自称云：奉圣旨填词柳三变。呜呼，小有才而无德以将之，亦士君子之所宜戒也。柳之乐章，人多称之，然大概非羁旅穷愁之词，则闺门淫媟之语。若以欧阳永叔、晏叔原、苏子瞻、黄鲁直、张子野、秦少游辈较之，万万相辽。彼其所以传名者，直以言多近俗，俗子易悦故也。①

所谓獧子，指的是轻佻浮滑的人。在宋代士大夫看来，柳永人品存在问题，“薄于操行”，“日与獧子纵游娼馆酒楼间，无复检约”，“小有才而无德以将之”等说法，在宋代强调士大夫人格、道德的时代，是十分严重的说法和问题。认为柳永的词与当时的著名文学家的词作相比较，水平相去甚远，之所以广泛流传是因为“言多近俗，俗子易悦故也”，是道出了一定的真相和缘由的。正因为如此，宋代王灼在其所著的词曲评论笔记《碧鸡漫志》中同样认为柳永的词作浅近卑俗：

> 柳耆卿《乐章集》，世多爱赏该洽，序事闲暇，有首有尾，亦间出佳语，又能择声律谐美者用之。不知书者尤好之。予尝以比都下富

---

① （宋）胡仔：《苕溪渔隐丛话》后集卷三十九，人民文学出版社1962年版，第319页。

> 儿，虽脱村野，而声态可憎。前辈云：“《离骚》寂寞千年后，《戚氏》凄凉一曲终。”《戚氏》，柳所作也。柳何敢知世间有离骚，惟贺方回、周美成时时得之。贺《六州歌头》、《望湘人》、《吴音子》诸曲，周《大酺》、《兰陵王》诸曲最奇崛。或谓深劲乏韵，此遭柳氏野狐涎吐不出者也。歌曲自唐虞三代以前，秦汉以后皆有，造语险易，则无定法。今必以“斜阳芳草”、“淡烟细雨”绳墨后来作者，愚甚矣。故曰，不知书者，尤好耆卿。①

南宋王灼，生卒年不详。字晦叔，号堂。遂宁（今属四川）人。绍兴中曾为幕僚。博学多闻，娴于音律。绍兴十五年（1145）冬，王灼寄居成都碧鸡妙胜院，常至友人家饮宴听歌，归则“缘是日歌曲，所闻见，仍考历世习俗，追思平时论说，信笔以记”。累既多，编次成书，分为五卷，于绍兴十九年作序，题为《碧鸡漫志》。

作为宋代著名的词学理论家，王灼比较客观地分析指出了柳永词作在写作模式上的优点与特点，“世多爱赏该洽，序事闲暇，有首有尾，亦间出佳语，又能择声律谐美者用之”。因此能够“自成一体”，同时指出“惟是浅近卑俗”，因此“不知书者尤好之”。可见对于柳永词作的评价，在宋代是具有比较一致的普遍看法与观点，并非某个个人的偏见。

王灼的这段评论文字，可以说包含了多个层面的复杂内涵。反映了布迪厄所谓的文化场域中的利益博弈和在文化资本的变迁过程中的斗争。经典文学、雅文学的危机，雅文学资本的危机，自然导致士大夫群体作为雅文学与雅文化拥有者和这一文化资本的受益者的危机意识与激烈反应。在这段文字中隐含了不同社会群体、不同文化集团的不同声音的众声喧哗。

一是王灼站在精英主义立场上，对于世俗的柳永词作的批判，与当时主流文学观念、文学批评保持了一致。“予尝以比都下富儿，虽脱村野，而声态可憎。”这个比喻十分有意味，因为正如前面指出，柳永的作品所体现和代表的是相当鲜明的都市市民的思想、理想与欲望、趣味。王灼以“都下富儿”比喻柳永的词作，正是士大夫精英看待暴富起来的都市市民的真实心态与想法。

---

① （宋）王灼：《碧鸡漫志》卷二，知不足斋本，古典文学出版社 1957 年版，据知不足斋本校点，第 61—62 页。

二是对于柳永词作在当时流行的缘由分析，“《离骚》寂寞千年后，《戚氏》凄凉一曲终”。甚至当时已经有评论将柳永的《戚氏》一词与《离骚》相提并论，王灼不免由于屈原高洁人格及其文学作品与柳永低俗人格及其文学作品竟然被相提并论，而引起焦虑与愤怒。这种心态与观念显然是十分具有代表性的。

屈原的《离骚》代表了精英文学所认同的文学经典，体现的是精英的人生理想、人格理想、社会理想等。正如朱熹所说：“屈原之心，其为忠清洁白，固无待于辩论而自显。”① 西汉淮南王刘安在《离骚传》称赞屈原：“蝉蜕浊秽之中，浮游尘埃之外，皭然泥而不滓。推此志，虽与日月争光可也。”在刘安看来，正是屈原高洁的自爱心才使屈原精神“与日月争光”。司马迁在《史记》的屈原列传中说：“屈平疾王听之不聪也，谗谄之蔽明也，邪曲之害公也，方正之不容也，故忧愁幽思而作《离骚》。‘离骚’者，犹离忧也。夫天者，人之始也；父母者，人之本也。人穷则反本，故劳苦倦极，未尝不呼天也；疾痛惨怛，未尝不呼父母也。屈平正道直行，竭忠尽智，以事其君，谗人间之，可谓穷矣。信而见疑，忠而被谤，能无怨乎？屈平之作《离骚》，盖自怨生也。”而王国维在《文学小言》中认为：“三代以下诗人，无过屈子、渊明、子美、子瞻者。此四子者，若无文学之天才，其人格亦自足千古，故无高尚伟大之人格，而有高尚伟大之文章者，殆未有之也。”②

而柳永词作则体现非经典、大众、世俗观念，人格低俗，理想平庸。柳永的《戚氏》一词则是书写个人的愁思与对于昔日帝京狂放不羁的少年冶游生活的追忆：

晚秋天。一霎微雨洒庭轩。槛菊萧疏，井梧零乱惹残烟。凄然。望乡关。飞云黯淡夕阳闲。当时宋玉悲感，向此临水与登山。远道迢递，行人凄楚，倦听陇水潺湲。正蝉吟败叶，蛩响衰草，相应喧喧。

孤馆度日如年。风露渐变，悄悄至更阑。长天净，绛河清浅，皓月婵娟。思绵绵。夜永对景，那堪屈指，暗想从前。未名未禄，绮陌

---

① （宋）朱熹：《楚辞集注》，《楚辞后语》卷二，上海古籍出版社1979年版，第242页。

② 王国维：《文学小言》，载王国维：《王国维文集》第一卷，中国文史出版社1997年版，第26页。

红楼，往往经岁迁延。

帝里风光好，当年少日，暮宴朝欢。况有狂朋怪侣，遇当歌，对酒竞留连。别来迅景如梭，旧游似梦，烟水程何限。念名利、憔悴长萦绊。追往事、空惨愁颜。漏箭移、稍觉轻寒。渐呜咽、画角数声残。对闲窗畔，停灯向晓，抱影无眠。①

《戚氏》调是柳永创立的长调慢词，全词二百一十二字，是长调中最长的体制之一。非常能够代表柳永对于宋词发展和创新的贡献与特色。是柳永的代表性词作之一，同时也是从一个独特视角，反映都市生活的都市词作之一。也是能够体现王灼所谓："世多爱赏该洽，序事闲暇，有首有尾，亦间出佳语，又能择声律谐美者用之"的代表性作品。正如清蔡嵩云在《柯亭词论》中所评："《戚氏》为屯田创调，写客馆秋怀，本无甚出奇，然用笔极有层次。第一遍，就庭轩所见，写到征夫前路；第二遍，就流连夜景，写到追怀昔游。第三遍，接写昔游经历，仍落到天涯孤客，竟夜无眠情况，章法一丝不乱。"② 除了在叙事层次安排上的精心结构以外，此词在修辞策略上采用了整体对比的言说方式，将今日的"晚秋天"的凄凉景色，"行人凄楚"与昔日的"帝里风光好"，"暮宴朝欢。况有狂朋怪侣，遇当歌，对酒竞留连"进行对比，将今日的"孤馆度日如年"与"暗想从前。未名未禄，绮陌红楼，往往经岁迁延"进行对比。将"抱影无眠"的羁旅行役之苦，表现得既有层次，又一气贯注。

以至于在当时能够获得了比拟《离骚》的过誉称赞。也由此引发王灼的强烈不满。

"《离骚》寂寞千年后，《戚氏》凄凉一曲终。"一方面认为《戚氏》上承《离骚》，为《离骚》寂寞千年后的又一离忧佳作；另一方面说明说它声情并茂、凄怨感人，堪称一曲旷世的凄凉之歌。虽然从人格的高洁、作品精神境界的高远上，柳永的《戚氏》根本无法与《离骚》相提并论，但是仅从对于慢词的创新与作品的艺术构思与艺术技巧的成就而言，《戚氏》的确可谓难得佳作。而下阙"帝里风光好"对于帝京昔日生活的追

① 柳永著，薛瑞生校注：《乐章集校注》，中华书局 1994 年版，第 145—146 页。

② （清）蔡嵩云：《柯亭词论》，载唐圭璋编《词话丛编》，中华书局 1986 年版，第 4916 页。

忆，也从一个层面真实反映了北宋中期城市社会生活的状况，反映了“暮宴朝欢”的城市繁华。而《戚氏》为代表的柳永词作在艺术上的成功和在社会上的巨大反响与广泛流行，使得精英士大夫在严厉批判的同时，也不得不承认柳永词作的创新与自成一家。

三是对于柳永词作形成一家的说法。在《碧鸡漫志》卷二中，王灼认为：

> 东坡先生以文章余事作诗，溢而作词曲，高处出神入天，平处尚临镜笑春，不顾侪辈。或曰，长短句中诗也。为此论者，乃是遭柳永野狐涎之毒。诗与乐府同出，岂当分异。若从柳氏家法，正自不分异耳。[①]

在这里王灼极力推崇苏轼的词作，反对当时有人认为苏轼的词是“长短句中诗”的批评意见，认为“为此论者，乃是遭柳永野狐涎之毒”。在《碧鸡漫志》中王灼两次使用了野狐涎这个来自佛教的术语，而批评的对象则都是集中于柳永一人。在以上所引文字中有：

> 贺《六州歌头》、《望湘人》、《吴音子》诸曲，周《大酺》、《兰陵王》诸曲最奇崛，或谓深劲乏韵，此遭柳氏野狐涎吐不出者也。

所谓野狐涎，后蜀何光远《鉴戒录》中“旌论衡”条记载杨德辉《征青州长老嘲僧门》有“说法谩称师子吼，魅人多使野狐涎”之句，[②]王灼在《碧鸡漫志》中引用过《鉴戒录》：“杨柳枝。《鉴戒录》：柳枝歌，亡隋之曲也。”[③]王灼的引用文字应该是出自《鉴戒录》卷七“亡国音”条：

> 《柳枝》者，亡隋之曲。炀帝将幸江都，开汴河种柳，至今号曰隋堤，有是曲也。胡曾《咏史》诗曰：“万里长江一旦开，岸边杨柳

---

① （宋）王灼：《碧鸡漫志》卷二，知不足斋本，古典文学出版社1957年版，据知不足斋本校点，第59页。

② （后蜀）何光远：《鉴戒录》卷六旌论衡，四库全书本。

③ （宋）王灼：《碧鸡漫志》卷五，知不足斋本。

几千栽。锦帆未落干戈起，惆怅龙舟更不回。”又韩舍人《咏柳》诗曰：“梁苑隋堤事已空，万条犹舞旧春风。那堪更想千年后，谁见杨花入汉宫。”①

而野狐涎这个概念，与佛禅相关，《五灯会元》卷二十“东林颜禅师法嗣·公安祖珠禅师”：

荆南府公安遯庵祖珠禅师，南平人。上堂：“不是心，不是佛，不是物。沥尽野狐涎，跃翻山鬼窟。平田浅草里，露出焦尾大虫；太虚寥廓中，放出辽天俊鹘。阿呵呵！露风骨，等闲拈出众人前，毕竟分明是何物？咄咄！”②

《古尊宿语录》卷三十八“襄州洞山第二代（守）初禅师语录”：

上堂：诸德提将钵囊柱杖，千乡万里行脚，盖为生死不明。要得达法悟道，到处岂无亲觐尊宿善知识。若为你解粘去缚，道眼分明，甄别是非，堪为师匠。即便拗折柱杖，高挂钵囊，取个彻头。莫愁不成办。或若开口动舌，说向上向下、这边那边、玄会妙会、道出道入、君臣父子、明体明用，尽是谤般若，埋没宗风。不识好恶尿床鬼子，带累后人无有了日。拽下绳床，落脊棒趁出三门，再教行脚，与伊为增上缘，也与宗门出得气。更向其中叉手并脚唱诺，撮他野狐涎唾。自肯自重云：得和尚为我拣为我说，得个安乐处。还睡觉也未？还洒洒也未？唤作病不遇良医，误服他毒药。认得个驴鞍桥，唤作阿爷下颔，与你本分事有什么交涉。③

而在宋代曾敏行撰《独醒杂志》卷七中所记载的一则传奇性的轶事给出了野狐涎由来的一种解释：

---

① （后蜀）何光远：《鉴戒录》卷七亡国音，四库全书本。

② （宋）普济著，苏渊雷点校：《五灯会元》卷二十，中华书局1997年版，第1387页。

③ （宋）赜藏主编集，萧萐父、吕有祥点校：《古尊宿语录》三十八，中华书局1994年版，第716页。

> 祥符中，汀人王捷有烧金之术。因曾绘以见刘承珪，承珪荐之王冀公，遂得召见，时人谓之王烧金。捷能使人随所思想，一一有见，人故惑之。大抵皆南法，以野狐涎与人食而如此。其法，以肉置小口罂中，埋之野外，狐见而欲食，喙不得入，馋涎流堕罂内，渍入肉中。乃取其肉，曝为脯末，而置人饮食间。又闻以狐涎和水颒面，即照见头目变为异形，今江乡吃菜事魔者多有此术。①

显然这种颇具传奇性的诡异之术，与妖术近似，因此曾敏行在记录最后特意说明了“今江乡吃菜事魔者多有此术”。而从文字记载可以知道，野狐涎有可以使人迷惑，能够让人产生幻觉之类的特征。而从语言文字的角度来看，那些具有蛊惑人心，使人迷惑的言语，就是具有了野狐涎的特征了。王灼两段文字中的野狐涎的用法，应该就是在这个意义上使用的。而解毒的方法，似乎就是将野狐涎吐出。因此，王灼有“遭柳氏野狐涎吐不出”的说法。此正是遭人迷惑而不能自拔。早在北宋，著名诗人黄庭坚在其事务中就使用了吐出野狐涎的说法来称赏禅门大师，与王灼的批判性用法恰好相反。黄庭坚《为黄龙心禅师烧香颂三首》有：“一拳打破鬼门关，一笑吐却野狐涎。四海峥嵘龙象众，鼻头只用短绳牵。”② 而在《大沩喆禅师语录序》中也有记载：

> 喆禅师烹佛祖炉鞴，锻十地钳椎，坐大沩山，孤峰万仞。倒用魔王之印，追大军于藕丝孔中，全提金翅之威，取毒龙于生死海底。击毒涂鼓，死却偷心传法蝮蛇命，与雪山药，吐却室中密语野狐涎。③

黄庭坚在诗文中称赞高僧大德能够不为所惑，证悟无上真理，而王灼则是批评那些对于苏轼、贺铸、周邦彦词的批评者，是为柳永所迷惑。是“遭柳永野狐涎之毒”，“遭柳氏野狐涎吐不出”。而这也恰恰从一个侧面生动反映出柳永词作的影响力。因此王灼在此使用了“柳氏家法”这一

---

① （宋）曾敏行撰：《独醒杂志》卷七，上海古籍出版社 1986 年版，第 62 页。

② 黄庭坚著，刘琳、李勇先、王蓉贵点校：《黄庭坚全集》，四川大学出版社 2001 年版，第 612 页。

③ 同上书，第 418 页。

说法，也不得不承认柳永词作自成一家，不得不在词坛上为柳永词作提供一个合法空间。

四是王灼这段批评文字结尾处，对于潜在流行范式的反击。“歌曲自唐虞三代以前，秦汉以后皆有，造语险易，则无定法。今必以‘斜阳芳草’、‘淡烟细雨’绳墨后来作者，愚甚矣。故曰，不知书者，尤好耆卿。”所谓“造语险易，则无定法”，显然是在为精英主义的文学创作进行辩护。宋代因为文化水平高涨，学术、文化达到了前所未有的高度，形成了宋代诗歌的以文字为诗，以才学为诗，大量使用典故的宋代诗歌特征。而宋词也在苏轼、周邦彦等人的创作影响下，走上雅化的道路。而这一雅化的趋势，在创作中的一个具体体现就是以诗为词甚至以赋为词，在语言表达上不再平易晓畅，与以柳永为代表的白描手法、明白易晓的词语的创作形成对照，从而遭到一些人的非议。而王灼则是站在精英主义立场为以苏轼、周邦彦等人为代表的词的雅化创作趋势和特征辩护。认为“今必以‘斜阳芳草’、‘淡烟细雨’绳墨后来作者，愚甚矣”。事实上，不仅柳永《戚氏》本身在语言风格上明白晓畅，在遣词造句上不乏类似斜阳芳草、淡烟细雨之类的词语。而且王灼特别提出斜阳芳草、淡烟细雨为例，应该也是有所指向的。

查阅两宋词作，可以发现类似“斜阳芳草”“淡烟细雨”这样的语言表达，也是当时一种比较普遍的使用方式。如宋胡铨撰《澹庵文集》卷六，《如梦令》：

> 谁念新州人老，几度斜阳芳草，伏雨欲晴时，梅雨故来相恼。休恼，休恼，几个荔支能好。①

曾觌，号海野，在其《海野词》中有《感皇恩》（重到临安作）：

> 依旧惜春心，花枝常好，只恐尊前被花笑，少年青鬓，耐得几番重到。旧欢慵记省，如天杳。绮陌青门，斜阳芳草。今古销沉送人

① （宋）胡铨撰：《澹庵长短句》，丛书集成本，载唐圭璋编《全宋词》，中华书局1980年版，第1243页。

老，帝城春事，又是等闲来了，乱红随过雨莺声悄。①

这些作品不仅仅是被收录在作者的文集、词集之中，而且更为重要的是被宋代词集选本收录，成为在宋代就广为流传的作品。“斜阳芳草”“淡烟细雨”在宋代已经被选入多种选本中，包括被后世称为词选鼻祖的《花庵词选》《草堂诗余》，而北宋解昉的《永遇乐》（春情）更是被《花庵词选》和《草堂诗余》收录：

风暖莺娇，露浓花重，天气和煦。院落烟收，垂杨舞困，无奈堆金缕。谁家巧纵，青楼弦管，惹起梦云情绪。忆当时，纹衾粲枕，未尝暂孤鸳侣。　　芳菲易老，故人难聚，到此翻成轻误。阆苑仙遥，蛮笺纵写，何计传深诉。青山绿水，古今长在，惟有旧欢何处。空赢得，斜阳暮草，淡烟细雨。②

根据四库全书提要，“《草堂诗余》卷四不撰撰人名氏，旧传南宋人所编。考王楙《野客丛书》作于庆元间，已引《草堂诗余》张仲宗《满江红》词证‘蝶粉蜂黄’之语，则此书在庆元以前矣。词家小令中调长调之分，自此书始。后来《词谱》依其字数以为定式，未免稍拘，故为万树《词律》所讥。然填词家终不废其名，则亦倚声之格律也”。而《花庵词选》四库全书提要认为：“升论词最服膺姜夔，故所录多典雅清俊，非《草堂诗余》专取俗体者可比。”显然《花庵词选》和《草堂诗余》是两种选词标准十分不同的宋代词选，而两种词选都选录了解昉的《永遇乐》（春情），一方面可以说作品能够雅俗共赏，另一方面反映作品影响与流行情况。

而生卒年不详的南宋词人尹济翁的词作《木兰花慢》（寄朱子西）云：

---

① （宋）曾觌撰：《海野词》，（宋）黄升撰：《花庵词选》续集卷一，载唐圭璋编《全宋词》，中华书局1980年版，第1340页。

② （宋）阙名编：《草堂诗余》，中华书局1958年版，第26—27页，（宋）黄升选：《花庵词选》卷三，中华书局1958年版，第59页；唐圭璋编：《全宋词》，中华书局1980年版，第168页。

渺渺怀芳意，苦对景、可怜生。记燕外莺边，柳深竹嫩，度密穿青。如今淡烟细雨，正午窗半梦酒初醒。乐事怎堪重省，起来一饷愁萦。

悠然又把酒壶倾。摆不动离情。想闲却春游，绿阴深院，芳草长亭。乾愁有谁解得，傍晚来，风起碎池萍。坐待晴云四卷，依然月上疏棂。①

据四库全书提要考证，《草堂诗余》成书于庆元以前，据黄升《花庵词选序》的写作时期为淳祐己酉，庆元（1195—1200）是南宋皇帝宋宁宗的第一个年号，共计 6 年，淳祐（1241—1252）是宋理宗赵昀的第五个年号，淳祐己酉是淳祐九年（1249）。而王灼《碧鸡漫志》宋高宗绍兴十九年（1149）作序。则王灼不及见《草堂诗余》和《花庵词选》，也应该未见尹济翁的词作。但是北宋解昉的《永遇乐》（春情），王灼应该得见，而且很有可能“今必以‘斜阳芳草’、‘淡烟细雨’绳墨后来作者，愚甚矣”。正是针对当时已经在南宋初期就普遍流传的解昉的《永遇乐》（春情）。而解昉词作的流行和王灼的针对性批评，均缘于解昉此词在内容和风格上与柳永词作的近似，其写作策略正是体现了所谓的“柳氏家法”。解昉此词抒写春日情思，流露出作者对逝去的冶游生活的追忆与留恋。上片写春光的句子“风暖莺娇，露浓花重，天气和煦”，完全是柳永的词作语言风格，“青楼弦管，惹起梦云情绪。忆当时，纹衾粲枕，未尝暂孤鸳侣”。“旧欢何处”云云，追忆昔日冶游生活，内容上与柳永词作的近俗、世俗一致。而“斜阳暮草，淡烟细雨”体现的正是柳永词作声律谐美、语言明白晓畅的特征。解昉本人生卒年和字里均不详，只知道曾任苏州司理，其词作完全是依靠宋代的词选选本，才能够流传至今。

而像解昉的《永遇乐》（春情）这样的词作，被选录进入不同标准的宋词选本，广泛传播，成为一种范本、形成一种写作范式，反映了都市文化繁荣背景下，大众文化接受群体形成后，对于通俗、白话、易懂一类文学作品的认同。从而产生新的文化资本的流动，动摇了旧有的文化资本拥有者的利益和旧有的文学评判标准，产生和催生了柳永范式的新的文化资本拥有者。

---

① 唐圭璋编：《全宋词》，中华书局 1980 年版，第 3256 页。

宋词作为歌词，很重要的一个功能是提供给歌者歌唱。研究宋词歌唱和歌伎的文章比比皆是，但是在研究具体的宋词作品的时候，研究者却很少真正从接受者的角度、宋词的传播语境情况去思考问题。宇文所安《柳枝听到了什么：燕台诗与中唐浪漫文化》中特别强调了以往研究者在研究李商隐《燕台》诗歌传播中的语境问题，他指出李商隐的许多诗歌“要是没有一个书写下来的文本，大概不太可能被听懂，因为它们使用的典故和词语使一个用耳朵听到它们的人难以仅仅通过声音来辨别文字”①。而作为歌唱的宋词，其接受语境，就更是通过听觉，通过在时间之中稍纵即逝的歌唱传播，对于没有可能像士大夫群体那样具有十分丰富的文化素养的市民大众消费群体，显然更容易接受和喜爱柳永词作那样声律谐美而语言明白晓畅的作品。王灼“不知书者，尤好耆卿”，“能择声律谐美者用之，不知书者尤好之”的说法，恰恰反映出了这个历史的真相。王灼的这一说法与《艺苑雌黄》中“其所以传名者，直以言多近俗，俗子易悦故也”的说法一致。柳永词作声律谐美、语言明白晓畅、内容近俗，恰恰完全满足了新兴城市市民阶层听众群体的接受能力、文化需求与审美趣味。叶梦得《避暑诗话》卷下记载：

> 柳永字耆卿，为举子时多游狭邪，善为歌辞。教坊乐工每得新腔，必求永为辞，始行于世，于是声传一时。②

叶梦得的这个记载，正是真切反映了柳永词作流行的社会基础与接受群体的情况。

长期繁华都市的游历生活，使柳永对都市充满着复杂的情感，也写下了大量反映这些都市风情的词篇，典型的如《看花回》：

> 玉墄金阶舞舜干。朝野多欢。九衢三市风光丽，正万家、急管繁弦。凤楼临绮陌，嘉气非烟。　　雅俗熙熙物态妍。忍负芳年。笑筵歌席连昏昼，任旗亭、斗酒十千。赏心何处好，惟有尊前。③

---

① ［美］宇文所安：《柳枝听到了什么：燕台诗与中唐浪漫文化》，载《他山的石头记——宇文所安自选集》，田晓菲译，江苏人民出版社2003年版，第153页。

② （宋）叶梦得：《避暑诗话》卷下，丛书集成初编本，商务印书馆1935年版，第49页。

③ （宋）柳永著，薛瑞生校注：《乐章集校注》，中华书局1994年版，第40页。

柳永此词上阕极写北宋时代太平盛世、歌舞升平的繁华景象。在用词和描写方式上仍然体现了以富贵语写皇都景观的模式，玉城、金阶写金碧辉煌的皇家气象，以舞舜干称颂天下升平，万家急管繁弦描绘了都市繁华中普遍的对于歌舞升平的奢侈的日常生活的追求。又如《透碧霄》：

> 月华边，万年芳树起祥烟。帝居壮丽，皇家熙盛，宝运当千。端门清昼，觚棱照日，双阙中天。太平时朝野多欢。遍锦街香陌，钧天歌吹，阆苑神仙。　　昔观光得意，狂游风景，再睹更精妍。傍柳阴，寻花径，空恁亸辔垂鞭。乐游雅戏，平康艳质，应也依然。仗何人，多谢婵娟。道宦途踪迹，歌酒情怀，不似当年。①

这同样是一首赞美京都繁华，歌颂太平盛世的词篇。在写作模式上也仍然是采用了柳永习惯使用的上阕集中描写京城汴京的繁荣景象，构成故事发生的富丽堂皇的场域与舞台。下阕则转入男性主人公寻花问柳的生活经历书写。在上阕中，柳永仍然不遗余力地歌功颂德，“帝居壮丽，皇家熙盛，宝运当千”，分别从建筑的富丽堂皇，皇权的强盛和国运的空前，从大处称美，紧接着“端门清昼，觚棱照日，双阙中天”则从皇家建筑的细节来描绘如日中天的皇家气象。接下来又从日常生活“太平时朝野多欢。遍锦街香陌，钧天歌吹，阆苑神仙”，一派歌舞升平，仿佛人间仙境。

在前面谈到的柳永词中，特别书写“香尘染惹”，而柳永在此词作中同样写了“锦街香陌”，不仅是在视觉观感和听觉盛宴之外，特别描写了嗅觉的审美特征，事实上，也反映了北宋时期，随着都市繁华，士人与大众普遍使用各种香料的社会风习。在传统中国，焚香、熏香等等，往往是权贵人家的习俗。而到了宋代，由于社会经济、商业的繁荣，市民生活水平的提高，用香的习俗更为普及。此外，北宋时期，用香的器具也得到进一步发展，比如可以置于袖中的香鸭，像秦观《木兰花》词云：“红袖时笼金鸭暖。”② 宋代沉香的使用也更为世人所重，用量大增，柳永主要生

---

① （宋）柳永著，薛瑞生校注：《乐章集校注》，中华书局 1994 年版，第 216 页。

② （宋）秦观：《木兰花》：“秋容老尽芙蓉院，草上霜花匀似翦。西楼促坐酒杯深，风压绣帘香不卷。红袖时笼金鸭暖。岁华一任委西风，独有春红留醉脸。”（宋）秦观撰，徐培均笺注：《淮海居士长短句》，上海古籍出版社 1985 年版，第 59 页。

活时代的宋仁宗时期的权臣丁谓就作有《天香传》。特别是到了宋代，伴随海外贸易的繁荣，海上香料贸易更为兴盛，因此海上丝绸之路又名香料之路。当此际，街市上有专门卖香的“香铺”，里弄间有专门制作篆香的“香人”，茶栏酒肆都有随时向顾客供香的“香婆”。燕居焚香、手自调香，更是两宋士人的雅趣之一。①

宋司马光在《论财利疏》（嘉祐七年七月上）中写当时的社会风气：“以豪华相尚，以俭陋相訾，厌常而好新，月异而岁殊。”② 而柳永词中所写满街的锦衣华服的人群，满城歌舞宴饮的场景，客观上也反映了北宋时期，伴随着商业文化繁荣富裕起来的市民大众，开始不断追求更为奢侈的日常生活，不断突破旧有的规制的情况。而沈括《梦溪笔谈》卷九中记载：

> 石曼卿居蔡河下曲，邻有一豪家，日闻歌钟之声。其家僮数十人，常往来曼卿之门。曼卿呼一僮问豪为何人？对曰：“姓李氏，主人方二十岁，并无昆弟，家妾曳罗绮者数十人。”曼卿求欲见之，其僮曰：“郎君素未尝接士大夫，他人必不可见，然喜饮酒，屡言闻学士能饮酒，意亦似欲相见，待试问之。”一日，果使人延曼卿。曼卿即著帽往见之，坐于堂上。久之方出，主人著头巾，系勒帛，都不具衣冠。见曼卿，全不知拱揖之礼。引曼卿入一别馆，供帐赫然。坐良久，有二鬟妾各持一小盘至曼卿前，盘中红牙牌十余，其一盘是酒，凡十余品，令曼卿择一牌。其一盘肴馔名，令择五品。既而二鬟去。有群妓十余人，各执肴果乐器，妆服人品皆艳丽粲然。一妓酌酒以进，酒罢乐作，群妓执果肴者萃立其前，食罢，则分列其左右。京师人谓之软盘。酒五行，群妓皆退，主人者亦翩然而入，略不揖客。曼卿独步而出。曼卿言豪者之状，懵然愚騃，殆不分菽麦，而奉养如此，极可怪也。他日试使人通郑重，则闭门不纳。亦无应门者问其近邻，云：“其人未尝与人往还，虽邻家亦不识面。”古人谓之钱痴，

① 关于宋代用香情况，参考扬之水《古诗文名物新证》中相关章节，紫禁城出版社 2004 年版，第 26—125 页。更为详细的背景情况，参考林天蔚《宋代香药贸易史》，台北中国文化大学出版部 1986 年版。

② （宋）司马光撰：《论财利疏》（嘉佑七年七月上）《传家集》卷二十五。

信有之。[①]

北宋东京开封府有汴、蔡（惠民）、金水、广济（五丈）四河，流贯城内，以通各地漕运，合称漕运四渠。蔡河是仅次于汴河的第二大河流，贯穿东京南部。[②] 这则反映了与柳永（约987—约1053）同一时代的石延年（字曼卿，994—1041）遇到了不知道士大夫礼仪的都市中富豪的记载，正是真实反映了北宋时期东京城市中具有一定代表性的富裕起来的市民生活情况。宋张方平撰《食货论·畿赋》：

> 臣闻王都者，天下之根本。……都城之内，大商富贾，坐列贩卖，积贮倍息。乘上之令，操其奇利。不知稼穑之艰难，而粱肉常余。乘坚策肥，履丝曳彩。羞具居室，过于侯王，淫侈之俗，日以轻僭。赋调所不加，百役所不及，优游逸豫，专事骄靡。[③]

张方平的“优游逸豫，专事骄靡”等说法，正可以与上引司马光上疏中的说法相互印证。

当然，在柳永的都市词中，最为突出和典型的是对都市规模宏大、富丽堂皇的建筑和建筑群的描写。而这恰恰与北宋时期城市制度和城市建筑的重大变迁密切相关。

五代时期，随着政治中心的东移，作为后周都城的汴州，其原有的城市规模与坊市结构已经不能适应都城发展的需要。因此周世宗显德二年（955）四月诏：“东京华夷辐辏，水陆会通，时向隆平，日增繁盛，而都城因旧，制度未恢。诸卫军营，或多窄狭，百司公署，无处兴修，加以坊市之中，邸店有限，工商外至，络绎无穷，僦赁之资，增添不定，贫乏之户，供办实多。”[④]

后周世宗对汴州城的改造，重点在扩建。扩建后的汴州为三重城，第

---

① （宋）沈括著，胡道静校证：《梦溪笔谈校证》，上海古籍出版社1987年版，第350页。

② 刘春迎：《北宋东京城研究》，科学出版社2004年版，第73—85页。

③ （宋）张方平著，郑函点校：《张方平集》卷十四，中州古籍出版社1992年版，第178—179页。

④ 《五代会要》卷二六《城郭》，《丛书集成初编》，商务印书馆1936年版，第832册第320页。

一重是以原唐宣武军节度使治所为皇城；第二重是原唐汴州州城，周围20里有余，即里城；第三重是新建的外城或称新城、罗城，周围48里有余，比原州城扩大了四倍，这一平面空间的扩延举措，对汴州城市发展具有重要性。在后周汴州城扩建的基础上，北宋都城东京又经过几次扩建，仍然维持三重城的格局，即宫城、里城和外城。宫城，原为唐宣武军节度使治所；里城，原为唐汴州城，又名阙城；外城，又名新城、罗城，是后周周世宗显德三年（956）发丁夫十万人兴筑而成，比里城扩大了四倍，宋神宗时又加扩建。① 正如学者指出的“唐宋之际都市的发展不仅是平面空间的拓展，立体空间的扩展也不应忽视。周世宗的‘许京城民居起楼阁’的举措，即是适应了都市立体空间扩展的需要”。②

在唐代，长安城内民居商用按规定不得起楼，除非举行娱乐活动时，才允许搭建临时性的楼，但是到了北宋东京商业楼就十分普遍了。《玉壶清话》卷三云：

> 周世宗显德中，遣周景大浚汴口，又自郑州导郭西濠达中牟。景心知汴口既浚，舟楫无壅，将有淮、浙巨商贸粮斛贾，万货临汴，无委泊之地，讽世宗，乞令许京城民环汴栽榆柳、起台榭，以为都会之壮。世宗许之。景率先应诏，距汴流中要起巨楼十二间。方运斤，世宗辇辂过，因问之，知景所造，颇喜，赐酒犒其工，不悟其规利也。景后邀钜货于楼，山积波委，岁入数万计。③

王辟之《渑水燕谈录》卷九也说：“周显德中，许京城民居起楼阁，大将军周景威先于宋门内临汴建楼十三间，世宗嘉之，手诏奖谕。景威虽奉诏，实所以规利也。”④ 这种商业性高层建筑的发展，到了柳永词作反

---

① 参见杨宽《中国古代都城制度史研究》下编二唐宋之际都城制度的重大变化，第251—252页；［日］久保田和男《宋代开封研究》，郭万平译，上海古籍出版社2010年版；邓之诚《东京梦华录注》，中华书局1982年版。

② 宁欣：《由唐入宋都城立体空间的扩展——由周景起楼引起的话题并兼论都市流动人口》，《中国史研究》2002年第3期。

③ （宋）释文莹：《玉壶清话》卷三，中华书局1984年版，第26—27页。

④ （宋）王辟之：《渑水燕谈录》卷九，中华书局1981年版，第110页。

映的宋仁宗时期，达到了新的高潮。[①] 据宋仁宗景祐三年（1036）诏曰："天下士庶家，屋宇非邸店、楼阁临街市，毋得为四铺作及斗八；非品官毋得起门屋；非宫室寺观，毋得绘栋宇，及朱墨漆梁柱、窗牖雕镂柱础。"[②] 在这则诏书的禁令中，可以反映出一方面东京建筑突破规制的情况已经十分普遍，普通市民也"起门屋""绘栋宇"，"朱墨漆梁柱、窗牖雕镂柱础"等，政府不得不以皇帝诏书的方式，加以规范；另一方面在规范的同时，也不得不明确许可了邸店和临街市楼阁，"为四铺作及斗八"的政策合法性。"这种变革，使得北宋东京的街道比之中古时期，不仅增加了商业贸易、娱乐交际等新的功能，而且成为'雅俗熙熙物态妍'、'朝野多欢'的新公共空间，由此开启和孕育了宋型文化的种种新特质。"[③]

城市是一种高度复杂的聚落形式，是城市居民复杂的社会生活容器，城市的空间形态和结构往往体现了城市社会生活的面貌。如同凯文·林奇讲的那样，"只有人的活动才能改变聚落的形态，无论这些形态多么复杂，都是人的动机所造成的"[④]。从唐代长安坊市分离发展到北宋时代的坊市一体的新格局，都是一定程度上反映了宋代城市市民的崛起，市民阶层越来越强大的社会需求不得不被加以认同和制度化、合法化的体现，也反映了北宋城市观念上的进一步开放。

宋黄裳在《书乐章集后》中曾这样评价："予观柳氏《乐章》，喜其能道嘉祐中太平气象，如观杜甫诗，典雅文华，无所不有。是时，予方为儿，犹想见其风俗，欢声和气，洋溢道路之间，动植咸若。令人歌柳词，闻其声，听其词，如丁斯时，使人慨然有感。呜呼，太平气象，柳能一写于《乐章》，所谓词人盛世之黼藻，岂可废耶?"[⑤]

许多研究柳永词的论著文章都喜欢引用黄裳的这段文字来肯定柳永都市词的成就。这固然不错，但是黄裳文字中隐含的一些内容，却被研

---

① 北宋东京街市发展的详情，参考田银生《走向开放的城市：宋代东京街市研究》，三联书店 2011 年版。

② （宋）李焘撰：《续资治通鉴长编》卷一百一十九，中华书局 1985 年版，第 2798 页。

③ 王筱芸：《"变旧声作新声"：柳永歌词的都市叙述与北宋中叶都市文化建构》，《文学评论》2007 年第 3 期。

④ ［美］凯文·林奇：《城市形态》，林庆怡等译，华夏出版社 2002 年版，第 43 页。

⑤ （宋）黄裳撰：《演山集》卷三十五，四库全书本。

究者所忽视了。事实上，黄裳文字恰恰反映出柳永的都市词作，也在事实上，成为以大众传播和大众接受的方式，成为粉饰太平，建构皇权合法性的极为有效的工具，构成了法兰克福学派所批判的那种大众社会的黏结剂。

以柳永词作为典型代表的一部分宋词作品，构成了一种市民文化、大众文化崛起与繁荣时期的重要大众文化传播的方式与途径。

近年来，王兆鹏发表一系列有关宋词传播的文章如《中国古代文学传播研究的六个层面》等，出版《唐宋词史的还原与建构》等著作，关注和探索宋词的出版与传播、宋代诗文别集的编辑与出版的情况，以新的研究方法和研究视域，开拓了宋代文学新的研究领域。而近年来，研究宋词（唐宋词）传播的博士、硕士论文也有多种，其中几部博士论文也已经出版。① 但是，这些研究有一个共同趋势，就是运用传播学理论，研究宋词的传播方式。而笔者对于宋词思考和理解的角度与此不同的是，在笔者看来，宋词本身就是一种重要的传播媒介，一种在大众文化、市民文化兴起和逐渐走向繁荣时期的重要大众传播媒介。

笔者认为，在近代大众传播技术出现从而形成现代大众传播文化、大众传播媒介之前，像柳永为代表的都市词这样一种文学方式，承担起了在前现代社会中，在城市市民阶层中进行大众文化传播的重要媒介和途径。柳永词作在当时市民大众中的普及、影响和广泛喜好，是其他任何传统士大夫精英的文学作品所无法比拟的，更是那些官员奏议的谴责、政府公告乃至皇帝诏书的严令禁止的说辞所远远不及的。

黄裳称赏柳永的词作说“犹想见其风俗，欢声和气，洋溢道路之间，动植咸若”。

“咸若”的典故，出自《尚书·皋陶谟》：“皋陶曰：‘都！在知人，在安民。’禹曰：‘吁！咸若时，惟帝其难之。’”“咸若”是古指称颂帝王之教化，谓万物皆能顺其性，应其时，得其宜。在宋郭茂倩辑《乐府诗集》卷六《郊庙歌辞》中收录有唐代祭祀歌词《福和》：“祀既云毕，明灵告旋。礼洽和应，神歆福延。动植咸若，阴阳不愆。锡兹祝嘏，天子

① 王兆鹏：《唐宋词史的还原与建构》，湖北人民出版社 2005 年版；王兆鹏、尚永亮主编：《文学传播与接受论丛》，中华书局 2006 年版；钱锡生：《唐宋词传播方式研究》，复旦大学出版社 2009 年版；谭新红：《宋词传播方式研究》，武汉大学出版社 2010 年版。

万年。”① 黄裳文章中“动植咸若”含义，就是这种用法意义上的。而黄裳称赏柳永的词作，又说：“令人歌柳词，闻其声，听其词，如丁斯时，使人慨然有感。”“丁斯时”的典故，出自《后汉书·岑彭传》。是当地人歌颂政绩卓著、为人所爱戴的官员岑熙：“我有枳棘，岑君伐之；我有蟊贼，岑君遏之；狗吠不警，足下生氂。含哺鼓腹，焉知凶灾？我喜我生，独丁斯时。美矣岑君，于戏休兹！”意思是我很高兴我就出生在这个时候。“丁”意为正当，遭逢。歌中称赞他能为民解忧，庆幸能出生在这个有岑熙的时代，是很值得高兴的事。黄裳之所以称赏柳永的词作，最重要的缘由，显然是柳永词作在内容上的歌功颂德、歌舞升平所能够产生的其他方式无法达到的社会效果和巨大的社会影响力。在法兰克福学派看来，大众传播媒介的意识形态本质体现在它作为国家的“话筒”传达统治阶级的意志、对大众进行思想灌输，是意识形态的工具。② 显然通过柳永词作的大众传播和大众流行产生的影响力是其他在当时的技术条件和国家宣传能力条件下的国家意识形态宣传所无法比拟的。

事实上，柳永笔下的词作品，不仅有大量对于北宋东京都市文化的盛世繁华的描绘与称赏，而且有大量直接的对于皇家和皇帝的称颂的城市词，柳永的《送征衣》《永遇乐》均是为宋仁宗生日所作的祝寿词。铺叙皇帝生辰之日，天地、日月、山川呈现出各种祥瑞，以及政和民丰、朝野同庆的太平盛世。而更有甚者，柳永的《玉楼春》（凤楼郁郁）歌颂宋真宗作醮的盛大场面，结尾写“几行鹓鹭望尧云，齐共南山呼万岁”；《御街行》（燔紫烟断星河曙）庆祝宋真宗天禧二年以星变大赦天下之盛，在结尾处更写“椿龄无尽，萝图有庆，常作乾坤主。”都是极尽阿谀逢迎之能事，为宋真宗炮制“天书”、封禅等丑闻涂脂抹粉。而在当时，这些事件恰恰是佞臣王钦若、奸相丁谓等人所操纵，而为一般正直士大夫群体所不耻。③ 王钦若、丁谓都没有留下有关“天书”、封禅的作品，而丁谓有《次韵和进真宗七言四韵》存世：

---

① （宋）郭茂倩辑：《乐府诗集》，中华书局1979年版，第83页。

② ［德］马克斯·霍克海默、西奥多·阿道尔诺：《启蒙辩证法哲学断片》，渠敬东、曹卫东译，上海人民出版社2003年版。

③ 宋真宗时期的“天书”、封禅等事件情况详细分析，参考刘静贞《北宋前期皇帝和他们的权力》，稻乡出版社1996年版；邓小南《祖宗之法，北宋前期政治述略》，三联书店2006年版；王瑞来《宰相故事——士大夫政治下的权力场》，中华书局2010年版。

白麻初降紫宸中，簪组相惊帝泽丰。驱陟将坛知连偶，久麈台席愧材庸。桑榆便觉人间别，旌戟犹疑梦里逢。已是都城耸荣观，更颁天唱耀戎容。①

宋郑虎臣编《吴都文粹》卷三记载："本朝大中祥符九年拜忝知政事丁谓平江军节度使、知升州。谓，郡人，建节本镇，一时为荣。真宗皇帝赐以御制诗，尤为盛事。"② 丁谓因为在大中祥符初年为宋真宗炮制"天书"、封禅事件立下汗马功劳，因此获得了建节本镇和真宗皇帝赐以御制诗的双重殊荣。《次韵和进真宗七言四韵》就是丁谓对真宗皇帝御制诗的唱和之作。以此等之事由，写此等应制之作，丁谓的作品也仍然算是稳妥有度，没有柳永词作如此露骨的"齐共南山呼万岁""常作乾坤主"这样的词句。因此宋代士大夫批评柳永"薄于操行"应该也是实事求是的。今日柳永词作的研究者，几乎一面倒地全盘肯定柳词，极力为柳永为人辩护，为柳永词做的低俗辩护，无乃过矣。

如前分析指出，柳永的都市词，往往是上阙写皇都气象，下阙写男性主人公的都市冶游，从而构成了柳永城市词作的一种典型书写方式。就是在柳永歌功颂德的词作中，也同样如此。《透碧霄》（月华边）上阙写完"帝居壮丽，皇家熙盛，宝运当千"，"太平时朝野多欢"，下阙就回忆当年恣意冶游的经历和故地重游的感受：

昔观光得意，狂游风景，再睹更精妍。傍柳阴，寻花径，空恁亸辔垂鞭。乐游雅戏，平康艳质，应也依然。仗何人、多谢婵娟。道宦途踪迹，歌酒情怀，不似当年。③

得意于当年的寻花问柳，挂念于当年的"平康艳质"，是否就能够与今日许多研究者所辩解和称赏的所谓对于下层女性的关怀与同情挂上钩呢。

李清照评价柳永说："……又涵养百余年，始有柳屯田永者，变旧

---

① 傅璇琮等主编：《全宋诗》卷一〇一，第2册，北京大学出版社1991年版，第1143页。

② （宋）郑虎臣编：《吴都文粹》卷三，四库全书本。

③ 柳永著，薛瑞生校注：《乐章集校注》，中华书局1994年版，第216页。

声，作新声，出《乐章集》，大得声称于世；虽协音律，而词语尘下。”①既肯定了柳永词做的贡献“变旧声，作新声”，“大得声称于世”的广泛流行与影响力，“协音律”的艺术特征，也指出其“词语尘下”，即庸俗不雅、格调不高的局限，应该是对于柳永都市词做的一个比较全面、客观的评价。柳永的都市词作，可谓变旧声，作新声，开创之功不可抹杀，生动再现和反映了北宋东京的繁华富丽，声播人口，影响巨大，形成富有特色的写作范式，自成家法。又因为其词作与传统士大夫精英文学以在士大夫群体之间传播不同，主要是提供歌伎演唱，满足城市市民大众群体的需求，因此在内容和语言上往往体现了通俗易懂、明白晓畅的特征，有时候为满足市民趣味，不免有近俗、尘下的不足。这其实也是古今中外一切通俗文学作品易犯的通病，也是不必忌讳的。

---

① （宋）胡仔撰：《苕溪渔隐丛话》后集卷三十三，人民文学出版社 1962 年版，第 254 页。

第二章

金明池：作为文学生产场域的都市地标与大众娱乐空间

都市的建筑空间，开创了士大夫与市民等不同层次的文学生产与文学想象空间。而以金明池为代表的都市建筑空间，则开创了皇权、士大夫与市民等不同政治地位、社会层次的文学生产与文学想象空间的交织、重叠和多重建构。一方面是北宋历代皇帝借助金明池宣示天下太平、与民同乐的意识形态；另一方面是梅尧臣、韩琦、蔡襄、刘敞、王安石、苏轼等大量著名文人与权要的文学建构金明池过程中的文化身份与文化资本的建构；再一方面金明池作为满城男女喜往游赏的去处，代表着大众娱乐空间，成为通俗小说、话本的文学建构中爱情故事发生的重要场景。从而构成了对于金明池的文化想象与文学表达的三调。

第一节　皇权象征下的与民同乐：建构合法性、体现国泰民安

在北宋统治的170年中，中原息兵，人口增长，汴京成为全国甚至全世界最为繁华的都会城市。孟元老《东京梦华录》序中的文字记载，生动详细，正与张择端的《清明上河图》相互印证：

> 太平日久，人物繁阜，垂髫之童，但习鼓舞；班白之老，不识干戈。时节相次，各有观赏。灯宵月夕，雪际花时，乞巧登高，教池游苑。举目则青楼画阁，绣户珠帘，雕车竞驻于天街，宝马争驰于御路，金翠耀目，罗绮飘香。新声巧笑于柳陌花衢，按管调弦于茶坊酒

肆。八荒争凑，万国咸通。①

如果说《东京梦华录》是从描绘帝京总貌的角度，展现其壮观繁盛画面，那么“浪子词人”柳永的词，呈现的则是仁宗朝士大夫的享乐与上层市民的冶游生活：

> 嶰管变青律，帝里阳和新布。晴景回轻煦。庆嘉节、当三五。列华灯、千门万户。遍九陌、罗绮香风微度。十里然绛树。鳌山耸、喧天箫鼓。渐天如水，素月当午。　　香径里、绝缨掷果无数。更阑烛影花阴下，少年人、往往奇遇。太平时、朝野多欢民康阜。随分良聚。堪对此景，争忍独醒归去？（《迎新春》）

繁华富丽的升平时代为宋代文学提供了巨大的平台，上层统治者的提倡与参与，则进一步为文学的发展，提供了优裕的精神与物质条件。宋朝自立国以来，标榜文治，影响所及，朝野成风。从开国皇帝赵匡胤开始，几乎各代皇帝都雅好艺文，具有较高的文艺修养。宋真宗其好文之举：“始则编小说而成《广记》（《太平广记》五百卷），纂百氏而著《御览》（《太平御览》一千卷），集章句而制《文苑》（《文苑英华》一千卷）。”②宋真宗赵恒秉承乃父遗风，下诏编纂《册府元龟》一千卷。《太平广记》《太平御览》《文苑英华》《册府元龟》这四部盛典的面世，显示出传统帝制王朝顶峰时期高度的精神文明成就。正如著名史学家陈寅恪先生所盛赞：“华夏民族之文化，历数千载之演进，造极于赵宋之世。”③ 纵观有宋一朝，君臣文人唱和之声，代不绝耳。最高统治者亲身参与的文学活动，对于宋代文学的发展，无疑会注入一种具有特殊意义的助力。

而为了大宋帝国皇权建构合法性，宋朝历代皇帝都喜欢通过多种与民同乐的方式，体现天下安宁、国泰民安。金明池作为皇家禁地，对于京城市民的开放与娱乐，就是一个典型的例证。

在历史上，对于多数京师居民而言，皇城、皇家园林等处都是封闭

① （宋）孟元老撰，伊永文笺注：《东京梦华录笺注》，中华书局2006年版，第1页。

② （宋）王钦若：《册府元龟·序》，上海古籍出版社1982年版。

③ 陈寅恪：《金明丛馆二稿》，三联书店2001年版，第277页。

的，并且是充满神秘色彩的未知区域。由于百姓的日常行动空间受到限制，城市社会中下层居民的认知空间必然是局部的，难以形成全面的城市感知。只有在制度允许下皇家园林的开放的前提下，大多数市民的认知空间，才可能拓展到此前为禁区的范围，普通市民才能游览观光金明池等皇家禁地，而这在中国历史上，也是比较少见的。从而也会在这样的历史变迁中，解读出宋代京城新的文化意蕴与审美内涵。

到太宗初期，金明池仍然是作为皇家军事重地，但是金明池的功能由训练水军逐渐被水上娱乐表演所取代，金明池随之变成一处北宋东京皇家园林。通过对于金明池军事功能的转换，加强文化功能和建构文化象征，对于建构皇权的合法性，体现天下安宁、国泰民安，皇帝的与民同乐，具有重要意义。但是这一转变的确切时间，历来无人考之，今细绎历史文献，当在雍熙元年（984）之后，大致应该在雍熙四年（987）：

> 《宋史》卷四：太宗一：
>
> （太平兴国）三年……诏凿金明池
>
> （太平兴国）七年……冬十月戊辰……幸金明池，御龙舟，观习水战。
>
> （太平兴国）八年……癸酉幸金明池，观习水战。
>
> 雍熙元年……甲午幸金明池，观习水战。因幸讲武台，观射，赐武士帛。
>
> 宋史卷五，纪第五太宗二：
>
> （雍熙四年）丁未，幸金明池，观水嬉，遂习射。琼林苑登楼，掷金钱缯彩于楼下，纵民取之。
>
> （淳化二年）乙卯，幸金明池，御龙舟，遂幸琼林苑，宴射。
>
> （淳化三年）庚申，帝幸金明池，观水戏，纵京城观者，赐高年白金器皿。①

从排比上述资料可以发现，在南唐已经归降之后，金明池训练水军，已经失去实际意义。但是太宗即位之后，仍然继续“幸金明池观习水战”。笔者认为是因为，在太宗即位之初，是有收复北方燕云十六州的雄

① 《宋史》卷四、卷五，中华书局1977年版，第53—102页。

心的。因此，还继续“诏凿金明池”，“幸讲武台观射赐武士帛”，均是为提高军队士气的一种手段、方式。太平兴国四年高梁河之役，宋军大败。但是，精兵良将尚在，太宗仍然没有失去此怀抱。因此，在雍熙元年，太宗仍然“幸金明池，观习水战。因幸讲武台，观射，赐武士帛”。是为了积极准备再战。对于这一点，李焘《续资治通鉴长编》卷二五记载更为详细：

（太宗雍熙元年）是日幸金明池，亲习水战，谓宰相曰：“水战南方之事也，今其地已定，不复施用，时习之，示不忘武功耳。”因幸讲武台，阅诸军，驰射有武艺超绝者，咸赐以帛。①

这条记载中，宋太宗将金明池训练水军已经失去实际意义之后，仍然举行军事训练的原因，解释得十分清楚。

但是，雍熙三年，宋太宗顷全国之力，出动三十万大军北伐，先小胜后大败。从此以后，太宗放弃了收复北方燕云十六州的怀抱。② 因此，在雍熙四年，即雍熙北伐大败的次年，太宗再次“幸金明池”的时候就出现了“观水嬉，遂习射，琼林苑登楼掷金钱缯彩于楼下，纵民取之”这一新的情况的记载。而在《续资治通鉴长编》卷二十七，记载了雍熙北伐大败之后：

屯田郎中知制诰知大名府赵昌言，遣观察支使郑蒙乘驲诣阙上书，请斩败军将曹彬等。上览奏嘉叹，优诏褒之。寻召拜御史中丞、知制诰，正为中丞，始此。昌言汾州人也，车驾常幸金明池，特召昌言预焉，宪官从游宴，自昌言始。为中丞在七月八日，今并书之。宪官从游宴不得其时，今附见于此。③

可见雍熙北伐大败之后，太宗是“常幸金明池”，只是不再是为了训练军队，而只是游宴了，所以是文臣从游。宋江少虞撰《事实类苑》卷

---

① 李焘：《续资治通鉴长编》卷二五，中华书局1995年版，第576页。

② 对于两次战役的详细研究，参漆侠《探知集》，河北大学出版社1999年版。关于雍熙北伐大败的后果，参何忠礼《宋代政治史》，浙江大学出版社2007年版。

③ （宋）李焘撰：《续资治通鉴长编》卷二七，中华书局1995年版，第619页。

十一也记载了此事：

赵参政汾人。太宗廷试，爱其辞气明俊，擢置中科。未几，拜中丞。上幸金明池，旧例台臣无从游之制，太宗喜之，特召预宴，自公始也。[①]

而到淳化三年（992），太宗则干脆只是“观水戏”，而且有“纵京城观者，赐高年白金器皿”的记载，不仅“幸金明池”已经成为纯粹的观赏，而且还有了与民同乐的意味。

到真宗时期，仍然是如此。《宋史》卷六，本纪第六真宗一：

（咸平三年）己丑，幸金明池，观水嬉，遂幸琼林苑，宴射。[②]

也是在真宗时期，都人游赏金明池成为一个习俗。《宋史》卷一百二十三：

咸平中，有司将设春宴，金明池习水戏，开琼林苑，纵都人游赏。[③]

而且在宋李焘撰《续资治通鉴长编》卷四十八，真宗咸平四年条中还有一个细节记载：

三月癸酉，枢密院言准例春季金明池习水戏，开琼林苑，纵都人游赏。又大宴于含元殿。上以太宗忌月，命有司讨详故事以闻。史馆检讨杜镐等引晋荀讷、唐王及善、韦公肃所议，以为礼有忌日，无忌月，其春宴及上巳金明池、苑，并合举乐，从之。[④]

显然，到了真宗时期，游赏金明池、琼林苑等皇家园林，已经成为一

① （宋）江少虞撰：《事实类苑》卷十一，上海古籍出版社1980年版，第122页。

② 《宋史》卷六，中华书局1977年版，第112页。

③ 《宋史》卷一百二十三，中华书局1977年版，第2889页。

④ （宋）李焘撰：《续资治通鉴长编》卷四十八，中华书局1995年版，第1052页。

个习俗。真宗自己即位几年，还因为这个时候，恰好是太宗忌月，感到“金明池习水戏，开琼林苑，纵都人游赏”还有些过意不去，不知道是否合适，所以“命有司讨详故事以闻”。而史馆检讨们则以“礼有忌日，无忌月”的理由，认为“其春宴及上已金明池、苑，并合举乐”，也就是说，娱乐无妨，真宗也只好“从之”。李焘记载的这个历史细节是令人回味的。京城市民的娱乐成为头等大事，就是皇帝忌月，也不能阻挡。宋代都市游乐文化之盛，由此可见一斑。

如果说真宗即位初期，还在为纵都人游赏的合理性犹豫不决，那么到了后来，则是他自己要为娱乐辩护了。宋李焘撰《续资治通鉴长编》卷六十八真宗大中祥符元年：

> 内品、监吉州造船场冯保奏，先造成龙船十只，欲以备，准省司所降制度，为鱼龙之状，今欲将造成者毁拆，依样重造。上曰：金明池所习水战船，盖每岁春夏都人游赏，朕亦为观之止。欲颁赉诸司及习水戏兵士，此船何须改作，可速指挥省司押令赴阙，勿使改造。据会要三月事。①

看来内品监吉州造船场冯保，还是老脑筋，想着为京师诸池习水战而造船，而真宗则明明白白告诉他：“金明池所习水战船，盖每岁春夏都人游赏，朕亦为观之止。”船只是为了都人游赏，不是为什么习水战了，而真宗自己也“朕亦为观之止”，乐在其中了。

《宋史》卷一百一十三，礼志礼十六：

> 天子岁时游豫，则上元幸集禧观、相国寺，御宣德门观灯，首夏幸金明池观水嬉，琼林苑宴射。②

则宋史记载的成为常规的夏幸金明池观水嬉的天子岁时游豫，应该就是从真宗时期开始成为惯例的。而到了真宗大中祥符二年（1009）宋李焘撰《续资治通鉴长编》卷七十一记载：

---

① （宋）李焘撰：《续资治通鉴长编》卷六十八，中华书局 1995 年版，第 1530 页。

② 《宋史》卷一百一十三，中华书局 1977 年版，第 2695 页。

丁亥，赐金明池善泅军士缗钱。先是每岁为竞船之戏，纵民游观者一月，车驾必临视之，时以酺宴方毕罢，亲幸故有是赐，仍许群官游赏，御史台皇城司不得察举。①

这条记载中十分重要的、值得特别注意的信息是，不仅“纵民游观者一月”而且“许群官游赏”，就是御史台皇城司也不得察举。每年的这个娱乐节日，已经从习俗演变成为合法化、制度化了。

到了真宗大中祥符五年（1012）还有了进一步的细则规定，《续资治通鉴长编》卷七十七记载：“甲午诏金明池琼林苑，先许士庶行乐，或小有纷竞，不至殴伤者，官司勿得擒捕。”② 节日欢乐，或小有纷竞，不致殴伤者，也成为可以谅解的，连官司也勿得擒捕了。

大中祥符年间，正是真宗为掩饰澶渊之盟的狼狈，听信王钦若之言，为提高自己威望，大肆封禅，大兴道教于天下之时。③ 在这个时候，真宗自然要体现与民同乐、天下太平的气氛了。

宋李焘撰《续资治通鉴长编》卷九十一真宗天禧二年（1018）记载了这样一件事：

监察御史刘平言，金明池准例许士庶嬉游一月，今都城物价踊贵，民方望罢之，诏开池，终上旬乃罢。④

看来，就是都城物价踊贵，御史上书，也不能阻挡都市百官和民众的嬉游。

而到了力促改革的神宗熙宁、元丰时期，情况仍然没有发生变化，《宋史》卷十五本纪第十五神宗二记载：

（熙宁三年）夏四月，癸亥，幸金明池，观水嬉，宴射琼林苑。

---

① （宋）李焘撰：《续资治通鉴长编》卷七十一，中华书局 1995 年版，第 1599 页。

② （宋）李焘撰：《续资治通鉴长编》卷七十七，中华书局 1995 年版。

③ 关于真宗“神道设教”问题的详细讨论，参邓小南《祖宗之法：北宋前期政治述略》，三联书店 2006 年版，第 311—320 页。

④ （宋）李焘撰：《续资治通鉴长编》卷九十一，中华书局 1995 年版，第 2103 页。

（元丰二年）夏四月，辛丑，幸金明池，观水嬉，宴射琼林苑。①

而宋李焘撰《续资治通鉴长编》卷二百三十三记载：

（神宗熙宁五年）诏修金明池，桥木止用常材。先是发运司调桥木，悉取嘉树，几千计，而上以游燕不急之用，惧劳远民故也。②

宋李焘撰《续资治通鉴长编》卷二百四十八记载：

（神宗熙宁六年）修金明池御座龙船。③

可见由于常常游观，金明池的各项设施，需要经常进行修理。

只是到了哲宗元祐时期，由于高太后摄政，司马光等旧党掌权，出现了新的情况。宋李焘撰《续资治通鉴长编》卷四百八十记载：

（哲宗元祐三年）诏罢修金明池桥殿，以时寒，恤工徒也。④

在《宋史》中也连续出现了以下记载：

（元祐三年）甲申，罢修金明池桥殿。
（四年）乙未，罢幸琼林苑、金明池。
（五年）壬辰，罢幸金明池、琼林苑。
（六年）丁亥，罢幸金明池、琼林苑。⑤

不仅修理工作停止了，就是皇帝的游观也取消了。不过，这只是高太后摄政几年间，司马光等旧党掌权而哲宗自己没有实权情况下的产物。而一旦哲宗亲政，据宋代陈均撰《九朝编年备要》卷二十四哲宗皇帝甲戌

① 《宋史》卷十五，中华书局1977年版，第276、297页。
② （宋）李焘：《续资治通鉴长编》卷二百三十三，中华书局1995年版，第5647页。
③ 同上书，卷二百四十八，中华书局1995年版，第6060页。
④ 同上书，卷四百八十，中华书局1995年版，第9928页。
⑤ 《宋史》卷十七，哲宗一，中华书局1977年版，第326、328、330、332页。

绍圣元年，也就是哲宗刚刚开始亲政第一年，就“幸金明池”。而且还“先是以修龙船了毕，特支度牒十五道赐杨琰”。[①] 嘉奖了修龙船的有功人员。于是殿中侍御史陈次升上哲宗《论龙船费用》，监察御史蔡蹈上哲宗《论赐杨琰度牒》。其中陈次升上哲宗《论龙船费用》云：

> 臣伏闻金明池所造龙船，费用万贯不少，肆为侈靡，穷极工巧，必非陛下之意也。……恭惟陛下，躬不世之资，袭祖宗之庆，勤俭过于夏禹，天下所共仰，有司不能宣明陛下德意，所造不乘之舟，其费如此，而游幸之日，天乃大风，岂非爱祐陛下，而使觉悟有司之过乎，兹事已往，虽不可救，亦足以为来者之戒，伏望圣慈，今后如有兴造乞敕有司无令过度，庶免亏损陛下俭素之德，不胜幸甚。绍圣四年三月上。时为殿中侍御史。[②]

而蔡蹈上哲宗《论赐杨琰度牒》中说：

> 臣伏睹近降圣旨指挥，以金明池修龙舟了毕，特支度牒十五道，赐供备库副使杨琰者。按琰本木工，止缘技巧驯致使名，禄养丰厚，特有加赐，近代以来，以工巧被宠遇者未有如琰比也。而琰之图效，非有搴旗斩将之劳，而操规矩执绳墨，以指挥庶工，正其责也。龙舟之役，其费不赀，朝廷不责其过侈以伤太府之财，幸也，复以度牒赐之，未为允当。……若谓其劳不可以不赏，则边陲用命国尔忘家之人，缓急不同，假令边陲之士，为陛下临危拒敌而致其死，不知何以为赐予。臣等窃闻诸路州郡，每有兴修河渠水利，官府祠庙等，于朝廷乞降度牒，不唯重惜未即应副，而诘问勘当十不得五，其重如此，而独于赏琰，不以为意，何耶？臣等愚陋，欲望圣慈特赐裁减，天下幸甚。绍圣三年上。时为监察御史。[③]

但是，谏官的上疏却没有办法阻止上至君王、下至市民的娱乐。陈次

---

① （宋）陈均撰：《九朝编年备要》卷二十四，四库全书本。

② （宋）赵汝愚编：《宋名臣奏议》卷十一，四库全书本。

③ 同上。

升上哲宗《论龙船费用》中提到“游幸之日，天乃大风”，而宋叶梦得撰《石林燕语》卷五中也恰恰记载了这一事件：

> 金明池龙舟，太宗时造。每岁春驾上池必登之。绍圣初，亦尝命别造形制，有加于前，亦号工丽。余时正登第在京师。初成，琼林赐燕，蔡鲁公为承旨，中休往登以观，至半辄坠水，几不免相继。哲宗临幸，是日大风昼冥，池水尽波，仪卫不能立，竟不能移跬步，自后遂废不用，二事适相似，亦可怪也。①

从此条记载可见，由于金明池以水景为主体，因此金明池水戏，虽然是游乐，而遇有大风，则有一定的危险性。而此条记载，还补充了一个事件，即蔡鲁公坠水的险情。按，蔡鲁公即蔡京，时为翰林学士承旨，鲁公是后来的封爵。叶梦得曾经得到“蔡京荐”，但是并未党附蔡京。② 但是由于有这样的经历，所以也特别记载了蔡京坠水遇险的事情。而这个事件，在蔡京之子蔡绦撰《铁围山丛谈》卷三中有详细记载：

> 鲁公宇量过古人，世所共悉也。元符初上巳，锡辅臣侍从燕。故事，公裳簪御花。早集竟，时有旨宣侍臣以新龙舟。而龙舟既就岸，于是侍臣以次登舟焉。至鲁公适前，而龙舟忽远开去，势大且不可泊，鲁公遂坠于金明池，万众喧骇，卒呼召善泅者。未及用，而鲁公自出水，得浮木而凭之矣，宛若神助。既得济岸，入次舍，方一身淋漓，蒋公颍叔之奇唁公曰：“元长幸免潇湘之役。”鲁公颜色不变，犹拍手大笑，答曰：“几同洛浦之游。”一时服公之伟度也。公时为翰林学士承旨，蒋时为翰林学士云。③

虽然蔡绦不免粉饰其父，的确此事也可以为金明池游乐的一个小插曲和可资茶余饭后谈论的故事、谈资。另外，陈次升上哲宗《论龙船费用》在绍圣四年三月，叶梦得撰《石林燕语》也记载此事在绍圣，而蔡绦撰

---

① （宋）叶梦得撰：《石林燕语》，中华书局 1984 年版，第 77 页。

② 《宋史》卷四百四十五，文苑七，叶梦得本传，中华书局 1977 年版。

③ （宋）蔡绦撰，冯惠民、沈锡麟点校：《铁围山丛谈》，中华书局 1983 年版，第 51—52 页。

《铁围山丛谈》记载为“元符初上巳”。盖因绍圣四年六月即改元元符，因此，蔡绦所记，实际是与陈次升的上疏一致，都是同一年（1097）三月的同一件事。

金明池不仅成为都市文化的一个令人难忘的标志，也成为显示国威、宣扬文化的场域。《宋史》卷四百八十九：

> 大中祥符元年，（三佛齐国）其王思离麻啰皮，遣使李眉地、副使蒲婆蓝、判官麻河勿来贡，许赴泰山，陪位于朝覲坛，遣赐甚厚。天禧元年，其王霞迟苏勿咤蒲迷，遣使蒲谋西等，奉金字表，贡真珠、象牙、梵夹经、昆仑奴。诏许谒会灵观，游太清寺、金明池，及还赐其国诏书、礼物，以慰奖之。①

而最为体现皇权合法性，体现天下安宁、国泰民安、与民同乐的就是皇帝亲自驾幸临水殿，观诸军争标，并且锡宴，建构了一场全体民众在认同其政权合法性的前提下参与其中的娱乐庆典，以仪式象征的方式，再生产了皇权合法性和天下秩序。

宋孟元老撰《东京梦华录》卷七《驾幸临水殿观争标锡宴》条记载：

> 驾先幸池之临水殿，锡宴群臣。殿前出水棚，排立仪卫，近殿水中横列四彩舟，上有诸军百戏，如大旗狮豹，棹刀蛮牌，神鬼杂剧之类。又列两船，皆乐部，又有一小船，上结小彩楼，下有三小门，如傀儡棚，正对水中乐船，上衮军色进致语，乐作，彩棚中门开，出小木偶人，小船子上，有一白衣人垂钓，后有小童举棹划船，辽逸数回，作语乐作，钓出活小鱼一枚，又作乐，小船入棚，继有木偶筑球舞旋之类，亦各念致语唱和乐作而已，谓之水傀儡。又有两画船，上立秋千，船尾百戏，人上竿，左右军院虞候监教，鼓笛相和。又一人上蹴秋千，将平架，筋斗掷身入水，谓之水秋千。水戏呈毕，百戏乐船并各鸣锣鼓，动乐舞旗，与水傀儡船分两壁退去。有小龙船二十只，上有绯衣军士各五十余人，各设旗鼓铜锣，船头有一军校，舞旗招引，乃虎翼指挥兵级也。又有虎头船十只，上有一锦衣人，执小旗

① 《宋史》卷四百八十九，中华书局1977年版，第14089页。

立船头上，余皆着青短衣，长顶头巾，齐舞棹，乃百姓卸在行人也。又有飞鱼船二只，彩画间金，最为精巧。上有杂彩戏衫五十余人，间列杂色小旗绯伞，左右招舞，鸣小锣鼓铙铎之类。又有鳅鱼船二只，止容一人，撑划乃独木为之也。皆进花石，朱勔所进。诸小船竞诣奥屋，牵拽大龙船出诣水殿，其小龙船争先团转，翔舞迎导于前。其虎头船以绳牵引龙舟，大龙船约长三四十丈，阔三四丈，头尾鳞鬣，皆雕镂金饰，楻板皆退光，两边列十阁子，充阁分歇。泊中设御座。龙水屏风。楻板到底深数尺，底上密排铁铸大银样如卓面大者，压重庶不欹侧也。上有层楼台观槛曲，安设御座，龙头上人舞旗，左右水棚排列六桨，宛若飞腾，至水殿舣之一边。水殿前至仙桥，预以红旗插于水中，标识地分远近。所谓小龙船，列于水殿前，东西相向，虎头飞鱼等船，布在其后，如两阵之势。须臾，水殿前水棚上一军校，以红旗招之，龙船各鸣锣鼓出阵，划棹旋转，共为圆阵，谓之旋罗。水殿前又以旗招之，其船分而为二，各圆阵，谓之海眼。又以旗招之，两队船相交互，谓之交头。又以旗招之，则诸船皆列五殿之东，面对水殿，排成行列，则有小舟一军校，执一竿，上挂以锦彩银盌之类，谓之标竿，插在近殿水中。又见旗招之，则两行舟鸣鼓并进，捷者得标，则山揷拜舞。并虎头船之类，各三次争标而止。其小船复引大龙船入奥屋内矣。①

孟元老相当详细的记载，为我们展示了金明池游观、水戏的十分丰富、充满吸引力甚至惊心动魄的场景，睹此文字，也就不难想见，东京市民为什么对于游观金明池如此狂热了。宋人王珪在《华阳集》卷六《宫词》中这样描写金明池的热闹景象和水秋千的表演：

三月金明柳絮飞，岸花堤草弄春时。楼船百戏催宣赐，御辇今年不上池。内人稀见水秋千，争擘珠帘帐殿前。第一锦标谁夺得，右军输却小龙船。②

① （宋）孟元老撰，伊永文笺注：《东京梦华录笺注》，中华书局2006年版，第660—661页。

② （宋）王珪：《华阳集》卷六，丛书集成初编本，商务印书馆1935年版，第63页。

“三月金明柳絮飞，岸花堤草弄春时”，金明池的明丽春光跃然眼前，“楼船百戏催宣赐”则传达出了金明池的喧闹景象。“争擘珠帘帐殿前”是描写的水秋千的表演情形，而“第一锦标谁夺得，右军输却小龙船”则是对争标结果的叙述，诗歌对于金明池的水戏和当时的热闹情景做了非常详尽的描述。如此精彩的水上争标比赛，定会吸引众人前往观看。“却忆金明三月天，春风引出大龙船”，[①] 是东京人士的美好记忆。宋袁褧《枫窗小牍》卷上记载：

> 余少从家大夫观金明池水战，见船舫回旋，戈甲照耀，为之目动心骇。[②]

可见金明池的水戏能给观看者留下终生难忘的印象。

在这里，通过作为最高权力的绝对拥有者的皇帝，对于群臣的锡宴，排立仪卫的象征，检阅诸军表演，并且赐予市民观赏的权利，等等，呈现和确认了其最高权力的合法性，帝国的体制与秩序，仪式、表演的重要政治意义和建构意识形态的重要功能。[③]

伴随着金明池的娱乐化和建构审美意识形态的需要，有关金明池的文学，也就开始出现，并且不断得到发展。《宋史》卷三百五十，列传第六十四《杨亿》传：

> （杨亿）淳化中，诣阙献文，改太常寺奉礼郎，仍令读书秘阁。献《二京赋》，命试翰林，赐进士第，迁光禄寺丞属。后苑赏花曲宴，太宗召命赋诗于坐侧，又上《金明池颂》太宗诵其警句于宰相。[④]

《宋史》卷三百六十：

---

① （宋）朱翌：《灊山集》卷一，四库全书本。

② （宋）袁褧：《枫窗小牍》卷上，丛书集成本。

③ 参［美］克利福德·格尔兹《尼加拉：十九世纪巴厘剧场国家》，赵丙祥译，王铭铭校，上海人民出版社 1999 年版。

④ 《宋史》卷三百五十，列传第六十四《杨亿》，中华书局 1977 年版，第 10080 页。

乐史。……（宋太宗）赐及第，上书言事，擢为著作佐郎，知陵州，献《金明池赋》召为三馆编修。①

上述两条记载，都是宋太宗时期发生的事件。一是由南朝入宋的著名学者，《太平寰宇记》的作者乐史，因献《金明池赋》，而被太宗召为三馆编修。二是后来真宗时期的文坛领袖杨亿，在太宗时期上《金明池颂》，而其本传特别提到"太宗诵其警句于宰相"。可惜作品均已经失传。

宋夏竦撰《文庄集》卷三十有《奉和御制幸金明池》诗：

朱辂乘时兮出晓烟，飞梁承幸兮斗城边。幔省荫堤兮杨叶暗，星旄藻岸兮物华妍。珠网金铺兮豫章馆，风樯桂楫兮木兰船。象潢仪汉兮澄波远，激水寻橦兮妙戏全。伫帝晖兮凝制跸，人焕衍兮欢心逸。嘉流景兮延迩臣，乐清明兮丽新曲。②

而夏竦《文庄集卷》三十六中另外还有《奉和御制幸金明池》诗：

睿藻昭回侔列纬，时龙顺豫体苍旻。岂同周穆临瑶水，凯乐雍容浃庶民。③

按，夏竦（985—1051），字子乔，江州德安（今属江西）人。仁宗初迁知制诰，为枢密副使、参知政事。庆历七年（1047）为宰相，旋改枢密使，封英国公。罢知河南府，徙武宁军节度使，进郑国公。皇祐三年卒（《续资治通鉴长编》卷五二），年六十七。谥文庄（《东都事略》卷五四）。《宋史》卷二八三有传。从其履历可见其长期担任要职，是仁宗时期的重臣。此二首写作时间不详，题为《奉和御制幸金明池》，则应当作于仁宗时期。既为《奉和御制幸金明池》，则仁宗一定先作有《御制幸金明池》，然后命侍从的群臣奉和。可惜《御制幸金明池》和其他群臣的

---

① 《宋史》卷三百六十，中华书局1977年版，第10111页。

② （宋）夏竦撰：《文庄集》卷三十，四库全书本。

③ 同上书，卷三十六。

《奉和御制幸金明池》均已经不存。但是这一事实则充分说明了宋代皇帝对于通过文学审美意识形态再生产皇权合法性的重视和金明池娱乐的政治意识形态含义。

夏竦撰《奉和御制幸金明池》二首，分别收于其文集的不同卷中，应该是不同时间所作，说明其随侍幸金明池并且奉和御制幸金明池的诗歌也不是一次。而从二首作品而言，辞藻华美，文体典雅，雍容华贵，是典型的歌功颂德的台阁体作品。渲染帝王的声威，粉饰皇权的德馨。而"岂同周穆临瑶水"二句，更是明确强调了不同于周穆王的个人西游，宋代皇帝的与庶民同乐的德政。而这也正是皇帝要御幸金明池所要达到的重要目的之一。

宋韩琦撰《安阳集》卷十有《从驾过金明池》诗：

> 帐殿深沉压水开，几时宸辇一游来。春留苑树阴成幄，雨涨池波色染苔。空外长桥横螮蝀，城边真境辟蓬莱。匪朝侍宴临雕槛，共看龙艘夺锦回。

同卷又有《驾幸金明池》诗：

> 西池风景出尘环，春豫方乘禁坐闲。庶俗一令趋寿域，从官齐许宴蓬山。楼台金碧芳菲外，舟楫笙歌浩渺间，与众尽欢宫漏促，万花香里属车还。①

按，据《宋史》卷三百一十二，列传第七十一《韩琦》本传，韩琦是仁宗、英宗和神宗三朝元老重臣，其诗写作时间不能确定。此诗虽然是台阁体作品，但是在艺术上还是有其特色。《四库全书总目提要》说："琦历相三朝，功在社稷。生平不以文章名世，而词气典重，敷陈剀切，有垂绅正笏之风。"是比较中肯的评论。此诗中"春留苑树阴成幄，雨涨池波色染苔"二句写春日金明池的雨景，颇有特色。"空外长桥横螮蝀"和"共看龙艘夺锦回"，正可与《东京梦华录》文字和《金明池争标图》

---

① （宋）韩琦撰：《安阳集》卷十；（宋）韩琦撰，李之亮、徐正英笺注：《安阳集编年笺注》卷十，巴蜀书社2000年版。

画卷相互印证。而“共看”“与众尽欢”同样宣扬的是皇帝与庶民同乐的德政。

第二节　士大夫的审美趣味、文化资本与身份认同

北宋士大夫关于金明池的诗歌，充分体现了士大夫的精英叙事特征，呈现了其叙事身份，强化了其文化资本。

皇家园林的开放，再加上北宋人们这种游乐之风的盛行，使得东京诗与长安诗相比，在描写皇家园林的诗歌上发生了变化。内容再也不是单纯的写景发感叹或是应制诗，而是反映京城人们的尽情游玩和金明池上热闹的各种活动。比如说宋梅尧臣《宛陵集》卷三十二《金明池游》这首诗：

> 三月天池上，都人袨服多。水明摇碧玉，岸响集灵鼍。画舫龙延尾，长桥霓饮波。苑花光粲粲，女齿笑瑳瑳。行袂相朋接，游肩与贱摩。津楼金间采，幢殿锦文窠。挈榼车傍缀，归郎马上歌。川鱼应望幸，几日翠华过。①

这首《游金明池》，反映了金明池开池之日风和日丽、游人众多、热闹非凡的景象。“三月天池上”，据宋孟元老撰《东京梦华录》卷七《三月一日开金明池、琼林苑》条记载：

> 三月一日，州西顺天门外，开金明池、琼林苑，每日教习车驾上池仪范。虽禁从士庶许纵赏，御史台有榜不得弹劾。池在顺天门外街北，周围约九里三十步，池西直径七里许。入池门内南岸西去百余步，有面北临水殿，车驾临幸观争标，锡宴于此。往日旋以彩幄，政和间用土木工造成矣。又西去数百步乃仙桥，桥尽处，五殿正在池之中心，四岸石甃向背，大殿中坐，各设御幄。朱漆明金龙床，河间云

---

① （宋）梅尧臣撰、朱东润编年校注：《梅尧臣集编年校注》，《宛陵集》卷三十二，上海古籍出版社1980年版，第911页。

水戏龙屏风，不禁游人。殿上下回廊，皆关扑钱物、饮食、伎艺人作场，勾肆罗列左右。桥上两边，用瓦盆内掷头钱，关扑钱物、衣服、动使、游人还往，荷盖相望。桥之南立棂星门，门里对立彩楼。每争标作乐，列妓女于其上。门相对街南有砖石甃砌高台，上有楼观，广百丈许，曰宝津楼。前至池门，阔百余丈，下瞰仙桥、水殿，车驾临幸观骑射、百戏于此。池之东岸，临水近墙皆垂杨，两边皆彩棚幕次，临水假赁，观看争标。街东皆酒食店舍，博易场户，艺人勾肆质库，不以几日解下，只至闲池，便典没出卖。北去直至池后门，乃汴河西水门也。其池之西岸，亦无屋宇，但垂杨蘸水，烟草铺堤，游人稀少，多垂钓之士，必于池苑所买牌子，方许捕鱼。游人得鱼，倍其价买之。临水斫脍，以荐芳樽，乃一时佳味也。习水教罢，系小龙船于此，池岸正北对五殿起大屋，盛大龙船，谓之奥屋，车驾临幸，往往取二十日。诸禁卫班直，簪花，披锦绣，捻金线衫袍，金带勒帛之类，结束竞逞鲜新。出内府金鎗，宝装弓剑，龙凤绣旗，红缨锦辔，万骑争驰，铎声震地。①

孟元老的这条记载，不仅交代了为什么是三月都城士女游金明池，而且详细描绘了金明池园林景点的建筑布局，植被、水景，饮食、娱乐设施和皇帝车驾临幸金明池的盛况等，梅尧臣诗歌中径直称为天池的确是名不虚传的。而在宋周煇撰《清波别志》卷二中也记载：

上池初曰教池，以泰陵服药久未康复，俗谓语病，乃改焉。岁自元宵后，都人即办上池。遨游之盛，唯恐负于春色。当二月末，宜秋门下揭黄牓云：三月一日，三省同奉圣旨，开金明池，许士庶游行，御史台不得弹奏。迨南渡，故老客临安，泛西湖，怀旧都，作诗云：曾见宜秋辇路门，大书黄牓许游行。汉家宽大风流在，老去西湖乐太平。辉向见人，每举此诗，因志于此，以补《梦华》之遗。②

---

① （宋）孟元老著，伊永文笺注：《东京梦华录笺注》卷七，中华书局2006年版，第643—644页。

② （宋）周煇撰：《清波别志》卷二，知不足斋丛书本。

“都人袨服多”，袨服，一是指黑色礼服。二是指盛装、艳服。如唐欧阳询撰《艺文类聚》卷六十一引晋左思《蜀都赋》：“都人士女，袨服靓妆。”唐白居易原本宋孔传续撰《白孔六帖》卷二十一：“袨服，靓装。”梅尧臣此诗即袨服靓妆义。而一个“多”字，表现出了三月金明池上人来人往、熙熙攘攘的状况。而春天的金明池水波荡漾，宛如摇动的碧玉，水波拍岸，好似鼍鼓齐鸣。“画舫龙延尾，长桥霓饮波”写出了金明池上舟船云集的景象，金明池上龙舟，已见前引文献。长桥应该即仙桥，桥卧波中，如一道虹霓。“苑花光粲粲，女齿笑瑳瑳”则写的是游人中女眷的形貌，瑳，巧笑貌。《诗·卫风·竹竿》“巧笑之瑳”，毛传，“瑳，巧笑貌”。盛装的女子与灿烂的春花争艳。“行袂相朋接，游肩与贱摩”生动形象地表现出了游人众多，拥挤异常的情景。“津楼金间采，幢殿锦文窠”，则描绘建筑之华美，正可与孟元老的记载相互印证。整首诗歌把三月都城人们结伴游金明池的盛况形象地展现在读者眼前。的确如美国汉学家梅尔清所言：

> 在消遣娱乐方面，风景名胜的声誉发挥了重要作用。文人精英使用历史和文化符号来描述与他们相关的娱乐休闲活动及风景名胜的社会意义，从而把他们自身与其他阶层分开。每一个人都可以光顾某处景点娱乐消遣，但只有那些掌握文学和历史遗产的知识精英才能真正娱乐休闲。……共同描述和维护文人精英共同体所拥有的文化价值。①

虽然梅尔清分析的是清初扬州士大夫的文学作品，但是，同样符合北宋士大夫有关金明池的文学作品。

士大夫的诗歌，更为集中描写的自然是士大夫们集体春游金明池了。司马光有《同舍会饮金明沼上书事》。按，司马光（1019—1086），字君宝，号迂夫，晚号迂叟，陕州夏县（今属山西）涑水乡人，世称涑水先生。仁宗景祐五年（1038）进士，庆历六年（1046），以庞籍荐授馆阁校勘，累除知制诰、天章阁待制、知谏院。英宗治平三年（1066），为龙图阁直学士，神宗即位，擢翰林学士。熙宁三年（1070），因与王安石政见

---

① ［美］梅尔清：《清初扬州文化》，朱修春译，复旦大学出版社2004年版，第5—6页。

不合，出知水兴军，改判西京留司御史台。六年，以端明殿学士兼翰林侍读学士居洛阳。哲宗即位，召主国政，元祐元年，拜左仆射兼门下侍郎，卒于位，年六十八。赠温国公，谥文正。

按，同舍，有同居一舍意，也有同为官僚意。此处应该是指同僚意，因为诗歌中有“石渠诸君职事简”，可见是同僚春游会饮于金明池。石渠，宋程大昌撰《雍录》卷二“石渠阁”载：

> 《三辅故事》曰：“在未央大殿之北，砻石为渠以导水。中藏萧何所得秦世图籍。”以《水经》约其地望，则沧池在未央西南，此之为渠，必引沧池下流转北，以充成其为渠也。水之又北，遂转行乎明光、桂宫之间，谓之明渠也。又益趋东，则长乐之有酒池，都城之东有王渠，皆此水也。宣帝甘露中，五经诸儒杂论于石渠阁。①

则此诗应该是在庆历六年（1046），授馆阁校勘之后。其诗云：

> 日华骀荡金明春，波光净绿生鱼鳞。烟深草青游人少，道路苦无车马尘。石渠诸君职事简，载酒撷花畏花晚。浮舟逐胜任所之，箕踞狂歌扣舷板。眼花耳热气愈豪，掷杯击案声嗷嗷。惊沙飒飒绕洲渚，鱼龙迁去避我曹。人生大料无百岁，贵贱贤愚同一致。在家肴蔌馀几何，一日风光不宜弃。②

从“烟深草青游人少，道路苦无车马尘”之句，他们应该是避开了游人密集之处，到的是金明池的后门。孟元老《东京梦华录》：“北去直至池后门，乃汴河西水门也。其池之西岸，亦无屋宇，但垂杨蘸水，烟草铺堤，游人稀少，多垂钓之士，必于池苑所买牌子，方许捕鱼。游人得鱼，倍其价买之。临水斫脍，以荐芳樽，乃一时佳味也。”③ 正与此句及其后面“浮舟逐胜任所之”，“鱼龙迁去避我曹”诸句相互印证。“箕踞狂歌扣舷板”，“掷杯击案声嗷嗷”，则活灵活现地描摹刻画出一群青年才俊

---

① （宋）程大昌撰，黄永年点校：《雍录》，中华书局 2002 年版，第 33 页。

② （宋）司马光撰：《传家集》卷二，四库全书本。

③ （宋）孟元老著，伊永文笺注：《东京梦华录笺注》卷七，中华书局 2006 年版，第 644 页。

的少年英气和桀骜不驯。按，宋代的馆阁，“聚书养贤”是馆阁最基本的政治职能。由进士高第，荐试馆职，由馆职选任两制词臣（翰林学士与知制诰），由两制拔擢辅相，是宋代文士最荣显的晋升途径。宋著名文臣如晏殊、范仲淹、欧阳修、王安石、司马光、苏轼等，莫不经由馆职跻身清贵。范祖禹云：“臣窃惟祖宗置三馆秘阁以待天下贤材，公卿侍从皆由此出，不专为聚书设；校理、校勘之职，亦非专为校书也。”① 欧阳修也说：“自祖宗以来，崇建馆阁，本以优待贤材，至于侍从之臣、宰辅之器，皆从此出，其选非轻。”② 又说：“臣窃以馆阁之职，号为育材之地。今两府阙人则必取于两制，两制阙人则必取于馆阁。馆阁者，辅相养材之地也。……自祖宗以来，所用两府大臣多矣，其间名臣贤相，出于馆阁者十常八九也。”③ 因此，一群前途无量的馆阁同僚、青年才俊，面对美好春色，自然是白日放歌纵酒，豪情冲天了。

士大夫同僚、好友同游金明池，在其诗歌中多有描写、记载。前面谈及的三朝元老的韩琦，在其所撰《安阳集》卷四中就有《上巳前与同舍出郊过金明池》：

天波新绿染成春，波面轻风起细鳞。隔岸鸟声低弄曲，出墙花艳远含嚬。柳经伤别还多绪，鸥为忘机不避人。三月偷游仙署友，肯思迢递走征轮。（时差接伴虏使）④

诗歌写得清新明快，与应制诗歌风格有别。而宋吕陶撰《净德集》卷三十七则有《同文馆诸君游金明池》一诗：

春风拂拂动轻阴，四望欢声杂雅音。人在华胥无限乐，路经蓬岛几重深。潜鳞可羡游灵沼，巧舌时闻转上林。况有赐罇堪一醉，百愁

---

① （宋）范祖禹：《上哲宗论差道士校黄本道书》，《宋朝诸臣奏议》卷五百九十，四库全书本。

② （宋）欧阳修：《论凌景阳三人不宜与馆职奏状》，欧阳修撰，李逸安点校《欧阳修全集》卷一百〇六，第五册，中华书局2001年版。

③ （宋）欧阳修：《上英宗进馆阁取士札子》，欧阳修撰，李逸安点校《欧阳修全集》卷一百〇六，第五册，中华书局2001年版。

④ （宋）韩琦撰，李之亮、徐正英笺注：《安阳集编年笺注》卷四，巴蜀书社2000年版。

从此定消沈。①

同文馆，据《宋史·职官志》：

（鸿胪寺官属）都亭西驿及管干所，掌河西蕃部贡奉之事。礼宾院掌回鹘、吐蕃、党项等国朝贡馆设及互市译语之事。怀远驿掌南蕃、交州、西蕃、龟兹、大食、于阗、甘沙、宗哥等国贡奉之事。同文馆及管勾所掌高丽使命。②

宋孟元老撰《东京梦华录》卷六：

更有真腊、大理、大食等国，有时来朝贡，其大辽使人，在都亭驿，夏国在都亭西驿，高丽在梁门外安州巷同文馆，回纥、于阗在礼宾院，诸蕃国在瞻云馆或怀远驿，唯大辽、高丽就馆赐宴。③

明李濂撰《汴京遗迹志》卷八：

同文馆，在大梁门外西北，宋时待高丽使臣之所。④

吕陶，字元钧，成都人，反对王安石变法，名动一时，“司马光、范镇见陶皆曰：自安石用事，吾辈言不复效，不意君及此。平生闻望，在兹一举矣。”⑤ 其在同文馆的履历，本传没有记载，可补正史之缺。

诗歌极写金明池游乐之盛，春风吹拂，欢声笑语之中，遥遥传来音乐之声。“人在华胥无限乐”，华胥，唐欧阳询撰《艺文类聚》卷十一载：

列子曰：黄帝喜天下之戴己也，养正命，娱耳目，乃喟然叹曰：

---

① （宋）吕陶撰：《净德集》卷三十七，四库全书本。

② 《宋史》卷一百六十五《职官志》，中华书局 1977 年版，第 3903 页。

③ （宋）孟元老著，伊永文笺注：《东京梦华录笺注》卷六，中华书局 2006 年版，第 516 页。

④ （明）李濂撰：《汴京遗迹志》卷八，中华书局 1999 年版，第 122 页。

⑤ 《宋史》卷三百四十六，吕陶本传，中华书局 1977 年版，第 10978 页。

养一己治万物，其患如此。于是放万机，舍宫寝，退而闲居大庭之馆，斋心服形，三月不亲政事。昼寝而梦游于华胥。华胥氏国，不知距齐国几千里，盖非舟车足力之所及，神游而已。其国入水不溺，入火不热，乘空如履实，寝虚若处床。黄帝既寤，怡然自得。又二十八年，天下大治。几若华胥国矣。①

孟元老《东京梦华录·自序》：

睹当时之盛。古人有梦游华胥之国，其乐无涯者。仆今追念回首怅然，岂非华胥之梦觉哉。②

而宋刘昌诗撰《芦浦笔记》卷九记载《白玉楼赋》：

彼穆王游化人之宫，黄帝梦华胥之国，超乎云霓之上，介乎台衡之北，传后世以夸雄。③

可见“人在华胥无限乐”的华胥是用此典故。极力称赞金明池的游乐有如梦游华胥之国，“路经蓬岛几重深”，则是将金明池比喻为蓬莱仙境了。诗歌中比较值得特别注意的是“况有赐罇堪一醉”，同僚一起游观金明池，饮酒一醉并不奇特，前引司马光的诗歌也同样写到了，此句的特殊在于作者特别提到“况有赐罇”，何况有御赐的美酒，则此酒并非一般的酒，能够饮此赐罇之人，也并非普通之人了。通过提及赐罇来特别强调其文化身份，其功能和目的是与司马光诗歌特别说到“石渠诸君职事简”是一样的。

有时士大夫的金明池同游的集会颇具规模。宋秦观《淮海集》卷九中有《以中澣日游金明池琼林苑又会于国夫人园会者二十有六人二首》：

春溜泱泱初满地，晨光欲转万年枝。楼台四望烟云合，帘幕千家

---

① （唐）欧阳询撰：《艺文类聚》卷十一，上海古籍出版社1965年版，第210页。

② （宋）孟元老：《东京梦华录·自序》，（宋）孟元老著，伊永文笺注《东京梦华录笺注》，中华书局2006年版，第1—2页。

③ （宋）刘昌诗撰：《芦浦笔记》卷九，中华书局1986年版，第66页。

锦绣垂。风过忽闻花外笑，日长时奏水中嬉。太平谁谓全无象，寓在群仙把酒时。（次王敏中少监韵）

宜秋门外喜参寻，豪竹哀丝发妙音。金爵日边栖壮丽，彩虹天际卧清深。已烦逸少书陈迹，更属相如赋上林。犹恨真人足官府，不如鱼鸟自飞沉。（次王仲至侍郎韵）①

秦观诸人的游金明池之集会，有二十六人，可谓一时之盛。而雅集赋诗唱和，“已烦逸少书陈迹，更属相如赋上林”，则充分体现了士大夫阶层的审美趣味与文化身份特征。

在北宋士大夫大量以金明池为主题的作品中，从多方面、多角度反映其社会阶层的审美意识、文化特征和身份特征、自觉意识与特别强调。

张士逊有《晚春游金明抵暮入宜秋门阍兵捧门牌请官位因书一阕》：

闲游灵沼送春回，关吏何须苦见猜。八十衰翁无品秩，昔曾三到凤池来。②

按，张士逊（964—1049），字顺之，阴城（今湖北老河口）人。太宗淳化中进士，真宗天禧四年（1020）以枢密直学士判集贤院。五年，擢枢密副使（《东都事略》卷五二本传）。仁宗天圣六年（1028）拜礼部尚书、同平章事。七年，以刑部尚书知江宁府。明道元年（1032）复拜同平章事。二年，出判河南府。宝元元年（1038）复拜同平章事。康定元年（1040）以太傅致仕。皇祐元年卒，年八十六。谥文懿。

宜秋，为东京内城西门之一，又称郑门或者旧郑门。金明池在汴京城西，宜秋门为由金明池返回内城的途径。张士逊因为游金明池，大概兴致很高，因此日暮才返回内城，因此，守城门的士兵便要“捧门牌请官位”，他因而写下了这首作品。他的这件偶遇，也被记载在宋人的笔记之中。宋释文莹撰《湘山野录》卷中：

① （宋）秦观撰，徐培均笺注：《淮海集笺注》卷三十八，上海古籍出版社1994年版，第1220页。

② （宋）釋文莹撰：《湘山野录》卷中，中华书局1984年版，第37页。

退傅张邓公士逊晚春乘安舆出南薰，缭绕都城，游金明。抵暮，指宜秋而入，阍兵捧门牌请官位，退傅止书一阕于牌云：“闲游灵沼送春回，关吏何须苦见猜。八十衰翁无品秩，昔曾三到凤池来。”①

宋江少虞撰《事实类苑》卷三十六，张邓公条也记载了此事，文字稍有差异：

退傅张邓公士逊晚春乘安舆出南薰，绕都城，游金明。抵暮，指宜秋而入，阍兵捧牌请官位，退傅即书一绝于牌云：“闲游灵沼送春回，关吏何须苦见猜。八十衰公无品秩，昔曾三到凤池来。”②

从“八十衰翁”，可以推出诗歌应该作于仁宗庆历四年（1044）左右。一个八十岁的老人，尚有如此大的兴致，去游观金明池，而且游兴如此之高，金明池的魅力和吸引力就可见一斑了。而他因为晚归，入城门而“阍兵捧牌请官位”，也反映了北宋城市管理方面的情况，而这个具体的事件，正可以增加历史的生动细节，而弥补正史中没有的内容。而作为一首关于因为游金明池而起的入城门事件的诗歌，张士逊面对阍兵捧牌请官位，特别强调了“昔曾三到凤池来”。按，张士逊仁宗天圣六年（1028）、明道元年（1032）、宝元元年（1038）三次拜相，可谓一生官运亨通，地位显赫，当然是足资夸耀的事情。

宋王禹偁《小畜集》卷八《谪居感事一百六十韵》：

内朝长得对，驾幸每教随。琼苑观云稼，金明阅水嬉。赏花临凤沼，侍钓立鱼坻。拂面黄金柳，酡颜白玉卮。③

王禹偁谪居在外，回忆起京师的生活，记忆的一个片断就是“金明阅水嬉”，足见金明池景观的巨大的影响力。同时，他的金明池的游观是与皇帝的宠信——“驾幸每教随”联系在一起的，是随驾游观。回忆金

① （宋）释文莹撰：《湘山野录》卷中，中华书局1984年版，第37页。

② （宋）江少虞撰：《事实类苑》三十五，上海古籍出版社1980年版，第453页。

③ （宋）王禹称撰：《小畜集》卷八，四库全书本。

明池之游的又如宋沈辽撰《云巢编》卷四《郊外马嘶》：

> 春草满空春水流，土人放马白苹洲。细风迟日嘶鸣处，遥忆金明池上游。①

沈辽，字叡达，钱塘人。是沈遘之弟，沈括的从兄。据《宋史》卷三百三十一，列传第九十，沈辽本传记载，“受知于王安石，安石尝与诗，有‘风流谢安石，潇洒陶渊明’之称。至是当国更张法令，辽与之议论寖咈意，日益见疎，于是坐与其长不相能罢去”。他后来被“文致其罪下狱。引服夺官，流永州”。后来又“徙池州，留连江湖间”，“作为文章，雄奇峭丽，尤长于歌诗。曾巩、苏轼、黄庭坚皆与唱酬相往来”。从“土人放马白苹洲”推测，大概是作于流永州之后。而他在春天之时，回忆京师，想到的是“金明池上游”。

而宋郑獬撰《郧溪集》卷二十八，则有《下第游金明池》诗：

> 骑杀青都白玉麟，归来狂醉后池春。人间得丧寻常事，不避郎君走马尘。②

郑獬（1022—1072），字毅夫，一作义夫，纾子。安州安陆（今属湖北）人。仁宗皇祐五年（1053）进士（《续资治通鉴长编》卷一七四）。神宗熙宁元年（1068），拜翰林学士（《宋会要辑稿》仪制三之三四），权知开封府。因反对青苗法，乞宫祠，提举鸿庆宫。五年卒（《续资治通鉴长编》卷二三八），年五十一。有《郧溪集》五十卷。《东都事略》卷七六、《宋史》卷三二一有传。即为下第之时所作，则应该在仁宗皇祐五年（1053）进士第之前所作。下第之后，心情自然难过，因此归来狂醉。但是，他也颇为自己寻求精神解脱，人间得丧乃寻常之事，心情再难过，仍然不忘金明池一游，“不避郎君走马尘”。郑獬下第也不耽误游观金明池，而游观金明池也正好可以借景消愁，忘却烦恼。在郑獬撰《郧溪集》卷二十七中就有《游金明池》一诗，不清楚写作时间：

---

① （宋）沈辽撰：《云巢编》卷四，四库全书本。

② （宋）郑獬撰：《郧溪集》卷二十八，四库全书本。

万座笙歌醉复醒，绕池罗幕翠烟生。云藏宫殿九重碧，春入乾坤五色明。波底画桥天上动，岸边游客鉴中行。金舆时幸龙舟宴，花外风飘万岁声。①

有声有色，有静有动，有实景有镜像，有百姓有万岁，诗歌建构描画了一幅立体、动感、全景的金明池春游图。

金明池的魅力，就连方外之士也难以抵挡。宋释觉范撰《石门文字禅》卷十六《次韵超然春日湘上二首》：

暮年身世极南边，病眼愁看北客船。忆着金明池上路，宝津晴瓦隔霏烟。②

从其诗题“春日湘上”和“暮年”的时间，应该是惠洪晚年漂泊湖湘时期所作。而其由于目见北上客船，唤起的对于京都的回忆，则是“忆着金明池上路”，是金明池的华美建筑和动人春色。

王安石撰《临川文集》卷二十四有《金明池》诗：

宜秋西望碧参差，忆看乡人禊饮时。斜倚水开花有思，缓随风转柳如痴。青天白日春常好，绿发朱颜老自悲。跋马未堪尘满眼，夕阳偷理钓鱼丝。③

宜秋，宋李壁撰《王荆公诗注》卷三十五注云：“东京记云：京城西面二门，南曰宜秋，北曰阊阖。宜秋在梁曰开明，晋曰金义，宋朝兴国四年改今名。”④

金明池在西门外，故云西望。“碧参差”化用杜牧诗“满江秋浪碧参差”。花若有思，柳则如痴。荆公拟人笔法，描摹刻画、生动有趣。然而春天美景，唤起的却是“绿发朱颜老自悲”的感怀，因此他“夕阳偷理

---

① （宋）郑獬撰：《郧溪集》卷二十七，四库全书本。

② （宋）释觉范撰：《石门文字禅》卷十六，四库全书本。

③ （宋）王安石撰：《临川文集》卷二十四，四库全书本。

④ （宋）王安石撰，（宋）李壁注，李之亮补笺：《王荆公诗注》卷三十五，巴蜀书社2002年版，第660页。

钓鱼丝”，暗生归隐之情。王安石《临川文集》卷三十中有《九日赐宴琼林苑作》，也写到金明池：

金明驰道柳参天，投老重来听管弦。
饱食太官还惜日，夕阳临水意茫然。①

宋高晦叟撰《珍席放谈》卷下有关于此诗的一段记载：

荆公在政府，鼎新百度，真大有为也。有小诗云：“金明池道柳参天，投老归来听管弦。饱食大官犹昔日，夕阳流水思茫然。”此乃失意无聊者语也。公方君臣相遇，谋合计从，不应有此句，识者颇怪之也。其后去国，久居闲地，遂如所咏尔。荆公深知吕吉甫，力荐于上，遽位要津，不数年，同在政府，势焰相轧，遂致嫌隙。吕并不安谓人曰：“惠卿读儒书，只知仲尼之可尊，看外典，只知佛之可贵，今之世，只知介甫之可师，不意为人谗，失平日之欢，且容惠卿善去。”人有达其言于公者，公闻之，语其子元泽曰：“吕六却如此，使人不忍。”其子答云：“公虽不忍，人将忍公矣。”公默然。夫父子天资厚薄相辽，宜其道之至妙，莫能相传授也。②

从王安石的两首关于金明池的诗，可窥见他内心隐秘的一角，心灵的疲惫、人生的倦意、归隐的情思，都在权势显赫之时隐藏着了。而“夕阳临水意茫然”的结句尤为令人感伤不已。夕阳西下之际，临水意茫然，前路何在，茫然不已。一代英才的丰富而复杂的内心世界，呈现一斑。

在大量士大夫撰写的有关金明池的作品中，韩维《南阳集》卷四中所载《和冲卿晚秋过金明池》是一首颇为别致的作品：

闻君西郊行，正值秋风晚。清霜卷枯荷，碧玉莹池面。浮空结修梁，涌波抗华殿。云烟渺净色，览望一萧散。缅思暮春际，都人盛嬉

① （宋）王安石撰：《临川文集》卷三十，四库全书本。
② （宋）高晦叟撰：《珍席放谈》卷下，四库全书本。

燕。连帷错绣绮，方车骛金钿。填填鼓钟响，耳目厌哗眩。乃令尘嚣辞，而有清旷恋。达人冥至理，喧寂无异观。偶然乘化往，何适非汗漫。吾知御冠游，所乐在观变。①

按，韩维（1017—1098），字持国，颍昌（今河南许昌）人。亿子，与韩绛、韩缜等为兄弟。以父荫为官，神宗熙宁二年（1069）迁翰林学士、知开封府。因与王安石议论不合，出知襄州等。哲宗即位，召为门下侍郎，一年馀出知邓州，改汝州，以太子少傅致仕。绍圣二年（1095）定为元祐党人，再次贬谪。元符元年卒，年八十二。与众多正面描绘春天金明池游乐的诗歌不同，此诗由金明池秋景“清霜”“枯荷”等凄清意象，描写秋日的金明池的萧瑟景象。从而引起对于春际之时，“都人盛嬉燕”的缅思，在强烈的对比中，领悟人生的至理。构思和视角都别具一格。

从上述不同文化身份、社会地位和不同的文学类型可以比较清楚地看出，他们的关注焦点和书写内容是极为不同的。皇帝及其应制诗歌，关心的是金明池临幸的仪式、场面、效果，建构天下太平、与民同乐的政治审美意识形态。而士大夫诗歌，关注金明池的景色、建筑，内容多宴饮、唱和，体现文化身份。市民则既不关心皇帝最为关注的那一套政治问题，也不关心士大夫比较留意的景观特色，而多为看热闹、尽情娱乐，自然最为诱惑的是艳遇。

在《区隔——趣味判断的社会学批判》一书中，法国著名社会学家布尔迪厄揭示了人们在生活方式、审美趣味上所呈现出的差异与社会等级有着同构关系。认为趣味是统治阶级场域与文化生产场域所展开的斗争中至关重要的赌注之一。② 在布尔迪厄看来，社会就像一个大型的空间坐标场，人们所拥有的资本就标出了各自在空间中的位置。而人们的行为、思考、感知模式、性情倾向、审美趣味、生活方式等都是与其所在的位置密切互动后的结果。也就是说，在空间中特定的位置会有特定的思考与行为、生活方式与趣味，以及对空间的感知模式。什么样的行动者，他在空

① （宋）韩维撰：《南阳集》卷四，四库全书本。

② ［法］Pierre Bourdieu，*Distinction*：*A Social Critique of the Judgment of Taste*，Translated by Richards Nice，Harvard University Press 1984.

间中占据什么位置，他拥有什么样的资本，他就必然会秉有什么样的趣味。在空间中，不同位置彼此间有距离，人们的趣味就显示了各自在空间中的位置。而行动者间的距离就以趣味的差异显现出来。①

北宋时期，对于金明池游观的文学想象与文学表达，最为具体、生动地展示了社会区隔与审美趣味的差异。而金明池作为一个特殊的社会空间（Social space）“趣味”的展场，皇权、士大夫精英和世俗的市民，通过他们各自的趣味表达与文学想象，建构与再生产着文化权力、文化资本和社会关系，呈现着北宋东京都市文化的多层次和丰富性。

充满娱乐和情爱的欲望，代表新的社会阶层的文化诉求的话本，建构起不同的城市空间想象。尤为重要的是，原本由精英阶层单一控制和把握的城市文化的文学叙事，由此被打破，那种原本由士大夫精英掌握的文化霸权话语，从此变成众声喧哗，② 启发人们重新思考城市的变革与新的文学生产之间的错综复杂的关系。

---

① 参［法］布尔迪厄《社会空间与符号权力》王志弘译，载包亚明编《后现代性与地理学的政治》，上海教育出版社 2001 年，第 301 页。

② 有关巴赫金众声喧哗理论，参［俄］巴赫金《拉伯雷研究》，《巴赫金全集》第五卷，李兆林、夏忠宪等译，河北教育出版社 1998 年版。

第三章

锁院制度：京都政治文化空间与文学

第一节　宋代科举制度改革与文学

宋代都市文化形成的新的文学生产机制之一，就是科举制度的发展与完善，及其对于都市文化与文学产生的巨大影响。科举制度初备于唐代。但是在唐代，考官地位不高，考试受权贵左右，每年录取人数有限，不能够真正形成密集、广泛和深入影响。[①] 一直到宋代才真正走向成熟和繁荣。[②]

宋代科举被录取人数达到了唐代的十倍左右，[③] 而参加考试的人数更是逐年增长。科举制度本身直接产生着多种文学活动，考前的行卷活动，继续着从唐代以来的文化传统。考试中的诗、赋、议论文章的创作等，围绕科举则又产生出多种文化活动及其文学创作。考试制度改革带来的锁院制度产生了欧阳修、梅尧臣等人的贡院唱和；为国家教育和参加科举考试而发展起来的太学，则产生了太学体这样的新文体。北宋西昆体、宋代的诗文运动等，均与科举有直接和密切的关系。而宋代科举考试内容的变化，与知贡举官员取士标准的确立，无不对宋代文学产生广泛而深远的影响。更重要的是，科举影响宋代文学发展的走向，欧阳修嘉祐二年知贡举，王安石元丰时期进行的科举改革，就是突出的例子。宋代文学与科举

---

① 参吴宗国《唐代科举制度研究》，辽宁大学出版社 1997 年版。

② 参 John W. Chaffee, *The Thorny Gate of Learning in Sung China*, Cambridge University Press, 1985。陈高华、宋德金、张希清主编：《中国考试通史·宋元卷》，首都师范大学出版社 2004 年版。

③ 参龚延明、祖慧《宋登科记考》，江苏教育出版社 2005 年版。

的关系，其密切程度，影响的深广程度，都是唐代所不能企及的。对于这些方面，已经有不少研究成果，[①] 本章所研究在于研究的视角、观念不同，研究所要解决的问题不同，由此在研究的内容上也有很大差异。本章是从汴京作为北宋国家京城这一特殊的都市文化的角度，研究这一特殊的都市文化与文学生产之间的内在而密切的关联。就本章而言，具体地研究科举考试的锁院制度与贡院唱和问题。一方面研究这些特定的都市文化物质、建筑空间形态、城市地理空间位置等所产生和激发的文学活动，另一方面研究这些特殊的都市文化空间，作为一种精神文化空间的存在，所激发和产生的文学活动与文学创作。而这两个方面，都是目前的关于宋代科举与文学方面的研究论著所几乎没有涉及的。

科举制度自隋朝始创以来，经唐代而体制初备。宋代以后，随着政治、经济和阶级关系的变化，统治者对科举考试的程式及内容进行了一系列改革和调整，使科举制进一步完善定型，体制日渐细密周全，对政治文化的影响也更广泛深刻。[②] 锁院制度就是在宋代科举制度不断完善过程中成熟和完善的。

宋代科举考试分三级进行，即解试、省试及殿试。殿试是由皇帝亲自主持的考试，及第率较高，特别自神宗朝以后，凡参加殿试者都能取得功名，即使文理纰缪者亦能排在末名。相当程度上说，殿试的意义只是作为皇帝亲自掌握取士权的一种象征。解试是在各州郡或开封府、国子监进行的考试，竞争虽异常激烈，但黜落以后东山再起尚属甘心。而省试一旦黜落则前功尽弃，要想得到功名还得从解试开始。因此，对士人来说，作为中间环节的省试显得尤为重要。

省试也叫礼部试，礼部属于尚书省，故又名之曰省试。唐时，朝廷每举行礼部试，都派专人负责，省试的主考官称为知贡举。知举官负责省试的出题、考校、品评等第，掌握了朝廷取士权，故他们和历届进士容易结成朋党，往往在朝中形成一股强大的政治势力，无怪乎当时就有“礼部侍郎重于宰相”之说。[③] 同时，知贡举一旦规定由礼部侍郎担任，请托之

---

① 参祝尚书《宋代科举与文学考论》，大象出版社 2006 年版；林岩《北宋科举考试与文学》，上海古籍出版社 2006 年版；高津孝《科举与诗艺：宋代文学与士人社会》，潘世圣等译，上海古籍出版社 2005 年版。

② 参刘方《宋型文化与宋代美学精神》，巴蜀书社 2004 年版。

③ （宋）章俊卿：《山堂考索·续集》卷三八《选举》，四库全书本。

风亦不可避免。到五代，最高统治者已意识到知贡举固定于礼部侍郎的危害性，故他们更多地用翰林学士或他部尚书、侍郎知举。到了宋代，在和平、稳定的环境中，赵宋集团为了加强皇权，更好地选拔人才，对科举制度进行了一系列的改革。锁院制度就是其中重要的一项内容。

宋初，知贡举虽无常人，但出任后并不立即入院锁宿，他们有足够的时间接受请托，收取贿赂。至端拱元年（988）初有落第举人击登闻鼓诉不法事，“翰林学士、礼部侍郎宋白知贡举，放进士程宿以下二十八人，诸科一百人。榜既出，而谤议蜂起，或击登闻鼓求别试。上意其遗才，壬寅，召下第人覆试于崇政殿，得进士马国祥以下及诸科凡七百人……”①显而易见，太宗亲自覆试，表明考官行为已受到朝廷的怀疑。

宋太宗淳化三年（992）正月，翰林学士承旨苏易简等人接受敕命后，径由殿陛进入贡院，以避请托。《长编》记载：“命翰林学士承旨苏易简等同知贡举，既受诏，径赴贡院以避请求。后遂为定制。”② 从此以后，一经任命为知贡举的官员，必须立即锁宿，“遂为常制”。到真宗朝时，主考官行动进一步受到限制，宋真宗时两次下诏，重申这项制度。大中祥符四年（1011）十一月辛巳，诏：“自今知贡举及发解官，并令门辞遣官伴送入院，不得更求上殿及进呈题目。”③ 不久，又规定：“除知举官门辞入见外，其封弥、发解、考试、对读等官，只门赐，不门辞，只门见。”④ 为了加强对主试官的监督，又进一步规定，负责各类发解试的考官，也得与知贡举一例锁宿。例如1014年的一道诏令云：“自今差发解、知举等，受敕讫，即令阁门傧一人引送锁宿，无得与僚友交言，违者阁门弹奏。如所乘马未至，即以厩马给之。”⑤ 神宗熙宁五年十二月（1072），再次下诏：“应发解、省试于锁院一月前，不许官员乞假出外，差官毕仍旧。”⑥ 朝廷在大范围内选差知贡举和同知贡举，对其任命又采取绝对保密的措施，其重视程度可想而知。

整个考试期间，考官都得锁宿，和外界完全隔绝，和家人也一律不得

① （宋）李焘：《续资治通鉴长编》卷二十九，中华书局1995年版，第654页。

② （宋）李焘：《续资治通鉴长编》卷三十三，中华书局1995年版，第733页。

③ （宋）李焘：《续资治通鉴长编》卷七十六，中华书局1995年版，第1741页。

④ （清）徐松辑：《宋会要辑稿》，中华书局1957年版，第4570页。

⑤ （宋）李焘：《续资治通鉴长编》卷八十三，中华书局1995年版，第1892—1893页。

⑥ （清）徐松辑：《宋会要辑稿》，中华书局1957年版，第4570页。

见面。锁院的时间一般以一月为限，如果事情未办完，也可以再延长。例如黄庭坚于1088年任责院参详官，他在一份书贴中写道："正月乙丑锁太学，试礼部进士四千三十二人。三月戊申具奏进士五百人。"① 这样锁院时间共44天。有时甚至达50天。欧阳修《归田录》卷二云："嘉二年(1057)，余与端明韩子华、……同知礼部贡举，辟梅圣俞为小试官。凡锁院五十日。"② 对主试官的防范如此严厉，实旷古未闻。

关于省试场规。司马光《涑水记闻》卷一三记载：

> 旧制，试院门禁严密，家人……遣报……平安，传数人口，讹谬皆不可晓，常苦之。皇祐中，王罕为监门，始置平安历，使吏隔门问来者，详录其语于历，传入院中，试官复批所欲告家人之语及所取之物于历，罕遣吏呼其人，请往来无一差失。自知举至弥封、誊录、巡铺共一历，人皆见之，不容有私，人甚便之。是后遵以为法。③

范镇《东斋记事》卷一（沈括《梦溪笔谈》卷一亦载）：

> 礼部贡院试进士日，设香案于阶前，主司与举人时拜，此唐故事也。所坐设位供甚盛，有司具茶汤饮浆。至试学究，则悉彻帐幕、毡席之类，亦无茶汤，渴则饮砚水，人人皆矜其吻。非故欲困之，乃防毡幕及供应人私传所试经义。盖尝有败者，故事为之防。欧阳文忠公诗："焚香礼进士，撤幕待经生。"以为礼权重轻如此，其实自有谓之。④

这是两则关于省试场规的史料：宋代省试举人入场之后，要遵守哪些具体规定？其情状如何？这两则史料就告诉了我们其中的两条规定。由于类似的史料不见于史传及《长编》《会要》《文献通考》等，这两条史料

① （宋）洪迈：《容斋四笔》卷八，上海古籍出版社1978年版，第704页。

② （宋）欧阳修撰：《文忠集》卷一百二十七《归田录》，欧阳修撰，李逸安点校《欧阳修全集》，第五册，中华书局2001年版，第1937页。

③ （宋）司马光著，邓广铭、张希清点校：《涑水记闻》卷一三，中华书局1989年版，第290页。

④ （宋）范镇：《东斋记事》卷一，中华书局1980年版，第8—9页。

就尤显得重要，成为研究宋代省试情况极珍贵的史料。

简任知贡举和同知贡举之人，多是朝廷权要、皇帝宠臣，他们一向生活得无拘无束，但在省试期间，他们的处境有时几如犯人。《宋会要辑稿》选举一九之六有如下叙述："真宗大中祥符七年八月二十三日，诏，今后所差考试发解并知举官等，宜令閤门候敕出召到，昼时令閤门抵候引伴，指定去处锁宿，更不得与臣僚相见言语，如违，仰引伴使或閤门弹奏，并当重行朝典，如候鞍马未至，即閤门立便于左骐骥院，权时供宿。"[①] 考官自受诏日起，就得锁宿，严禁与外界交往，几乎失去了自由。故当时士大夫对此啧有烦言，如哲宗朝的范祖禹曾谓："祖宗时，差知举官，常以昼日入省，近岁……知举官至閤门须等候其余，作一番押入，或已昏晚，则受敕于宫城门外，往往夜深方入试院。元丰八年，孙觉同知贡举，臣为点检官，亲见觉宿于东华门外卫士榻上，天将晓，方閤门受敕而去，……陵迟至此，恐非所以观示四方、为国光华也。"[②] 考官除非暴得疾病，"委监门使臣与无干碍官，视其所苦，速令归第"，[③] 否则，不论发生何种情况，都严禁外出，甚至家有妻儿病故，都不例外。英宗治平三年（1067），曾巩锁宿试国子监进士，恰值爱女病故，他"不得视其疾，临其死"[④] 时曾巩还只是一名发解试考官，尚受到如此严格的对待，那么，省试考官的情况就可不言自明了。这对于一向受到尊重、得到礼遇的宋代士大夫们来说，无疑是十分难受的。

同时，从时间上看，各个路、州的发解试在八月，锁院期间，正好包含中秋。而省试在次年春，锁院期间，正好包含元宵灯节。因此，正是锁院制度的严格限制和漫长的时间，特别是其中恰恰包括了对于传统中国人具有特殊意义的元宵节，在这种特殊的政治文化空间中，形成了特殊的文学活动，即礼部唱和。

---

① （清）徐松辑：《宋会要辑稿》选举一九之六，中华书局1957．第4565页。

② （宋）范祖禹：《范太史集》卷二六《论宣押知举官子》，四库全书本。

③ （宋）李焘：《续资治通鉴长编》卷八四，中华书局1995年版，第1917页。

④ （宋）曾巩：《曾巩集》，中华书局1984年版，第636页。

第二节　欧阳修嘉祐二年礼部唱和集

一　文化历史背景与意义

宋代仁宗嘉祐（1056—1063）期间，是宋代文化的繁荣时期，优秀人才辈出，其政治与文化影响亦延及北宋后期。《西塘集耆旧续闻》卷五引赵子崧《中外旧事》曰："嘉祐丁酉（二年），李驸马都尉和文之子少师端愿，作来燕堂，会翰林赵叔平概、欧阳永叔修、王禹玉珪、侍读王原叔洙、舍人韩子华绛，永叔命名，原叔题榜，联句刻之石，可以想见一时人物之盛。盖仁宗末年，文、富二公为相，引用得人如此。"[①]《却扫编》卷中云："王荆公（安石）、司马温公（光）、吕申公（公著）、黄门韩公维，仁宗朝同在从班，特相友善，暇日多会于僧坊，往往谈燕终日，他人罕得而预。时目为嘉祐四友。"[②] 赵概、欧阳修、王珪、王安石、司马光、吕公著等人都是由馆阁入翰苑并历两府的著名文臣。

嘉祐二年（1057）欧阳修知礼部贡举，是其正式主盟文坛的标志。这次贡举事件在宋代文学史上具有非同寻常的意义。其一，此榜所录及第进士二百六十二人，号称"得人"，几乎包罗了北宋各领域的杰出人物，有著名的文学之士苏轼、苏辙、曾巩，有关中理学大家程颢、张载、朱光庭，有日后的政坛风云人物吕惠卿、曾布、吕大钧等。王水照指出："这个嘉祐二年的举子集团，并非每人都是'欧门'的成员，但它以其高品位的学术文化根底和文学素质，为欧门的形成提供了优化组合的充足条件。"苏轼等文学之士此后又相继进入馆阁或翰苑，他们既成为欧阳修文学集团的核心成员，而苏轼还在元祐时期以翰林学士的身份，成为有影响力的新的文坛盟主，使得欧阳修所开创的文学革新事业得以延续开拓。其二，排摒了艰涩的"太学体"，由此确立了新型的散文风格。其三，由贡举锁院产生的唱和诗集——《礼部唱和集》，成为馆职词臣学士诗人群

---

① （宋）陈鹄：《西塘集耆旧续闻》，中华书局2002年版，第341页。

② （宋）徐度：《却扫编》，丛书集成本。

唱和的典范。①

关于这次知礼部贡举的情况、过程，欧阳修在《归田录》卷下中有详细记载：

> 嘉祐二年，余与端明韩子华、翰长王禹玉、侍读范景仁、龙图梅公仪同知礼部贡举，辟梅圣俞为小试官。凡锁院（一有经字）五十日。六人者相与唱和，为古律歌诗一百七十余篇，集为三卷。禹玉，余为校理时，武成王庙所解进士也。至此新科翰林，与余同院，又同知贡举。故禹玉赠余云："十五年前出门下，最荣今日预东堂。"余答云："昔时叨入武成宫，曾看挥毫气吐虹。梦寐闲思十年事，笑谈今此（一作日）一罇同。喜君新赐黄金带，顾我宜为白发翁也。"天圣中，余举进士，国学南省皆忝第一人荐名。其后，景仁相继亦然，故景仁赠余云："淡墨题名第一人，孤生何幸继前尘也。"圣俞自天圣中，与余为诗友，余尝赠以蟠桃诗，有韩孟之戏，故至此梅赠余云："犹喜共量天下士，亦胜东野亦胜韩。"而子华笔力豪赡，公仪文思温雅而敏捷，皆勍敌也。前此为南省试官者，多窘束条制，不少放怀。余六人者欢然相得，群居终日，长篇险韵，众制交作，笔吏疲于写录，僮史（一作隶）奔走往来，间以滑稽嘲谑，形（一作加）于风刺，更相酬酢，往往哄堂绝倒，自谓一时盛事，前此未之有也。②

欧阳修的这个详细记载，不仅记录了礼部唱和的情况、过程，而且对于唱和作者之间的关系，详尽介绍，对于诗歌作品特点进行分析，十分有助于我们对这组作品的理解和研究。按，《归田录》写成于英宗治平四年（1067），距离嘉祐二年（1057）恰好十年，是晚年回忆之记录。当年的一时盛事，历历在目。而《礼部唱和集》，欧阳修撰有《礼部唱和诗序》：

---

① 王水照：《嘉祐二年贡举事件的文学史意义》，载王水照《王水照自选集》，上海教育出版社2000年版，第198—236页。

② （宋）欧阳修撰：《文忠集》卷一百二十七《归田录》，欧阳修撰，李逸安点校《欧阳修全集》，第五册，中华书局2001年版，第1937—1938页。

嘉祐二年春，予幸得从五人者，于尚书礼部考天下所贡士，凡六千五百人，盖绝不通人者五十日，乃于其闲时相与作，为古律长短歌诗杂言，庶几所谓群居燕处言谈之文，亦所以宣其底滞而忘其倦怠也。故其为言易而近，择而不精，然绸缪反复，若断若续，而时发于奇怪，杂以诙嘲笑谑，及其至也，往往亦造于精微。夫君子之博取于人者，虽滑稽鄙俚，犹或不遗，而况于诗乎？古者诗三百篇，其言无所不有，惟其肆而不放，乐而不流，以卒归乎正。此所以为贵也，于是次而录之，得一百七十三篇，以传于六家。呜呼，吾六人者，志气可谓盛矣，然壮者有时而衰，衰者有时而老，其出处离合，参差不齐，则是诗也，足以追惟平昔握手以为笑乐，至于慨然掩卷而流涕嘘嚱者，亦将有之。虽然，岂徒如此而止也，览者其必有取焉。庐陵欧阳修序。①

在欧阳修撰《文忠集》卷一百四十八书简五中，保存有欧阳修写于嘉祐二年的一封给梅挚的书信，《与梅龙图（挚字公仪，嘉祐二年）》：

某启，累日瞻渴，不审尊体何似。唱和诗编次得成三卷，共一百七十三首，亦有三两首不齐整者，且删去。其存者皆子细看来，众作极精，可以传也。盛哉盛哉。然其中亦有一时乘兴之作，或未尽善处，各白诸公修换也。内《刑部竹》诗，欲告公仪更修改令简少为幸。缘五篇各不长故也。拙序续呈，乞改抹。来日拜见。②

则《礼部唱和诗序》，应该是作于嘉祐二年，即礼部唱和诗歌编辑成集的当年。

二　礼部空间与北宋东京元宵节

首先需要考证的是，这次礼部唱和诗歌进行的地点，即礼部锁院地点。北宋时期，礼部考试长期没有固定考场，临时考场，太庙、开宝寺

① （宋）欧阳修著，洪本健校笺：《欧阳修诗文集校笺》卷四十三，上海古籍出版社2009年版，第1107页。

② 欧阳修撰，李逸安点校：《欧阳修全集》，第六册，中华书局2001年版，第2440页。

等，均有做过礼部考场的文献记录。根据梅尧臣诗歌《上元从主人登尚书省东楼》，应该是尚书省。

宋代科举，参加礼部考试的州郡解额，即每岁礼部试前，诸州郡荐送礼部试之名额，是有一定限额的。《宋史·选举志》多处记载有关州郡解额的变化情况，如乾德元年，“诸州所荐士数益多，乃约周显德之制，定诸州贡举条法及殿罚之试”。“太宗即位‘博求俊彦’于科场中，取士凡五百人。淳化三年，诸道贡士凡万七千余人。”景德四年，诏“诸州解额多而中者少，则不必足额”。嘉祐二年，诏“间岁贡举，进士诸科悉解旧额之半”等。①

州郡解额的史料。王栐《燕翼诒谋录》卷二：

> 诸州贡士，国初未有限制，来者日增。浮化三年正月丙午，太宗命诸道贡举人悉入对崇政殿，凡万七千三百人。②

《容斋四笔》卷八：

> （元祐三年）正月乙丑锁太学，试礼部进士四千七百三十二人。③

自太宗朝扩大取士规模，至真宗朝大中祥符二年（1009）大约三十年的时间内，形成了北宋省试规模最为庞大的时期，参加省试的人数一般都在万人以上。淳化三年（992）达17000余人更是整个北宋参加省试人数的最高纪录。由此可以想见当时省试时的壮观场面。为了达到控制省试规模的目的，大中祥符二年对解额政策进行了重大调整。通过这次调整，解额缩减为原先的一半，以后相当长的时间内，估计参加省试的人数一般控制在5000—7000人。欧阳修知贡举的嘉祐二年，至治平三年（1066）之间举行了四次科举考试，由于施行间岁一开科场的做法，解额再次减半，参加省试的人数应是整个北宋时期最少的，估计只有3000人左右。④由此，其考场才能在礼部安排得下来。

---

① 《宋史·选举志》卷一百五十五，中华书局1977年版，第3615页。

② （宋）王栐：《燕翼诒谋录》卷二，中华书局1981年版，第16页。

③ （宋）洪迈：《容斋四笔》卷八，上海古籍出版社1978年版，第704页。

④ 林岩：《北宋科举考试与文学》，上海古籍出版社2006年版。第13—14页。

宋王铚撰《默记》卷中记载：

> 杨康国为先子言，治平中，彭汝砺谅阴榜赴省试，时以汴河上旧省为试院。既闻榜出，与同试数人自往探榜。既出门，则报者纷然。天汉桥忽有一肥举人跨蹇自河路东来者，问报榜者曰：状元何人，对曰彭汝砺也。跨蹇者闻之即时回，更不至省前。康国追问随行小童，曰：此雍丘许秀才名安世也。康国骇之。次举闻安世第一人及第也。①

这条史料说明了治平中省试旧省为试院，所谓旧省，就是尚书省旧址，因为神宗元丰改制之后，已经为尚书省建筑新址。② 按，宋李焘撰《续资治通鉴长编》卷二十三太宗太平兴国七年九月己丑：“新作尚书省于孟昶故第。”③ 则可知北宋初期的尚书省是由孟昶故第改造而成的。到哲宗时期，旧址成为开封府的办公地址。④ 按，宋岳珂撰《愧郯录》卷三十《十则》：“李文简焘《续通鉴长编》元祐七年正月辛卯，礼部侍郎范祖禹言工部乞迁开封府于旧南省。夫土木之功，使匠人度之，无不言费省而易可了，及其作之，便见费大。臣恐枉劳人力，虚费国用。”⑤ 可见当时的迁址，也受到一部分大臣的反对。

那么，嘉祐二年，尚书省礼部的地理位置，其具体位置在何处？

北宋京都，从宫城南门宣德门，经州桥，又经里城南面正门朱雀门，直到外城南面正门南熏门，筑有御街，宽约二百步，是四面御街中最正中的一条，作为全城的中轴线。从宣德门南到州桥北一段御街，具有宫廷的广场性置，元旦、冬至的大朝会以及上寿的庆贺，百官都要在此排班等候。这条南北向的御街，两旁向北直对宣德门左右掖门，建有两列千步廊，称为御廊，分别设有黑漆杈子和朱漆杈子两列，禁止人马在中心御道通行，行人只准在朱漆杈子以外经过。在这一段御街两侧，是中央主要的

---

① （宋）王铚撰：《默记》卷中，中华书局1981年版，第28页。

② 参（清）周城撰，单远慕点校《宋东京考》卷五，中华书局1988年版，第79—83页。

③ （宋）李焘撰：《续资治通鉴长编》卷二十三，中华书局1995年版，第528页。

④ 参（明）李濂撰，周宝珠、程民生点校《汴京遗迹志》卷之三，官署二，中华书局1999年版，第49—50页。

⑤ （宋）岳珂撰：《愧郯录》卷三十，丛书集成本。

行政官署所在，左廊有明堂、秘书省，右廊的东侧有东西两府，是宋神宗元丰初年所建，用作宰相轨政的办公之所，在景灵西宫以南有掌乐的大晟府和掌礼的太常寺；右廊的西侧有尚书省，在尚书省前的横街以南有御史台，正对尚书省南门有开封府。[①] 宋孟元老撰《东京梦华录》卷二《宣德楼前省府宫宇》条记载：

> 宣德楼前，左南廊对左掖门，为明堂颁朔布政府秘书省，右廊南对右掖门。近东则两府八位，西则尚书省。御街大内前南去，左则景灵东宫，右则西宫。近南大晟府，次曰太常寺。州桥曲转大街面南曰左藏库，近东郑太宰宅、青鱼市、内行景灵东宫南门大街以东，南则唐家金银铺、温州漆器什物铺、大相国寺、直至十三间楼、旧宋门。[②]

之所以要考证礼部贡院地理位置及其与具有宫廷的广场性质的御街和宣德楼的地理空间位置上的关系，是因为它们直接影响了礼部唱和的主题和内容。只有明晰于此，则礼部唱和诗中的一组《莫登楼》，才能很好地理解其内容与含义。

上述对于宋代锁院制度的考证，说明知贡举的官员和各类参与人员，在宣布命令和名单之后，就进入贡院，一直到考试结束，录取名单发榜公布之后，才能出院。嘉祐二年，欧阳文忠公知贡举，其入贡院的时间，是在正月初七。宋梅尧臣撰《宛陵集》卷五十一《和正月六日沈文通学士遗温柑》：

> 禹贡书厥包，未知黄柑美。竞传洞庭熟，又莫永嘉比。适观隐侯诗，获此良可喜。诵句擘露囊，香甘冷熨齿。明朝锁礼闱，何暇醉邻里。[③]

---

① 参（宋）孟元老撰，伊永文笺注《东京梦华录》，卷一，中华书局2006年版，第40—41页；杨宽《中国古代都城制度史》，上海人民出版社2003年版，第315—316页。

② （宋）孟元老撰，伊永文笺注：《东京梦华录》卷二，中华书局2006年版，第81—82页。

③ （宋）梅尧臣撰，朱东润编年校注：《梅尧臣集编年校注》卷二七，上海古籍出版社1980年版，第911页。

在正月六日的唱和中，梅尧臣明确提到“明朝锁礼闱”。宋梅尧臣撰《宛陵集》卷五十二《出省有日书事和永叔》：

> 辞家彩胜人为日，归路梨花雨合晴。庭下秋千应未拆，笼中鹦鹉即闻声。千门走马将看榜，广市吹箫尚卖饧。已是琼林芳卉晚，不须游处避门生。

在锁院中的唱和诗中也明确提到“辞家彩胜人为日”。中国传统习俗，以农历正月初七为人日。《太平御览》卷九七六引南朝梁宗懔《荆楚岁时记》：“正月七日为人日。以七种菜为羹，剪彩为人或镂金箔为人，以贴屏风，亦戴之头鬓。又造华胜以相遗，登高赋诗。”梅尧臣写的辞家人日诗句，正是描写的人日风俗。

而锁院后数日，就是元宵佳节，唐以来有观灯的风俗，所以又叫“灯节”。到了宋代成为东京最为盛大的节日庆典。孟元老《东京梦华录》有详细记载，就是到了南宋之后，无论是笔记如《梦粱录》，士大夫诗歌如刘子翚《汴京纪事》和许多话本都有描写和记忆，说明这个盛大的节日的确给人留下了十分深刻、难忘的印象。北宋东京元宵灯节的盛况，宋孟元老撰《东京梦华录》卷六《元宵》条记载：

> 正月十五日元宵，大内前自岁前冬至后，开封府绞缚山棚，立木正对宣德楼，游人已集御街，两廊下奇术异能，歌舞百戏，鳞鳞相切，乐声嘈杂十余里，击丸、蹴踘、踏索、上竿、赵野人倒吃冷淘、张九哥吞铁剑、李外宁药法傀儡、小健儿吐五色水、旋烧泥丸子、大特落灰药榾柮儿杂剧、温大头、小曹嵇琴、党千箫管、孙四烧炼药方、王十二作剧术、邹遇、田地广杂扮、苏十、孟宣筑球、尹常卖五代史、刘百禽虫蚁、杨文秀鼓笛。更有猴呈百戏、鱼跳刀门、使唤蜂蝶、追呼蝼蚁。其余卖药、卖卦、沙书地谜、奇巧百端，日新耳目。至正月七日，人使朝辞出门，灯山上彩，金碧相射，锦绣交辉。面北悉以彩结山沓，上皆画神仙故事。或坊市卖药卖卦之人，横列三门，各有彩结、金书大牌，中曰都门道，左右曰左右禁卫之门，上有大牌曰宣和与民同乐。彩山左右以彩结文殊、普贤，跨狮子、白象，各于手指出水五道，其手摇动。用辘轳绞水上灯山尖高处，用木柜贮之，

逐时放下，如瀑布状。又于左右门上，各以草把缚成戏龙之状，用青幕遮笼，草上密置灯烛数万盏，望之蜿蜒如双龙飞走。自灯山至宣德门楼横大街，约百余丈，用棘刺围绕，谓之棘盆，内设两长竿，高数十丈，以缯彩结束，纸糊百戏人物，悬于竿，上风动宛若飞仙。内设乐棚，差衙前乐人作乐杂戏，并左右军百戏在其中，驾坐一时呈拽。宣德楼上皆垂黄绿帘，中一位乃御座。用黄罗设一彩棚，御龙直执黄盖掌扇，列于帘外。两朵楼各挂灯球一枚，约方圆丈余，内燃椽烛，帘内亦作乐。宫嫔嬉笑之声，下闻于外。楼下用枋木垒成露台一所，彩结栏槛，两边皆禁卫排立，锦袍幞头簪赐花，执骨朵子。面此乐棚、教坊、钧容直、露台弟子，更互杂剧。近门亦有内等子班直排立。万姓皆在露台下观看，乐人时引万姓山呼。①

东京都市的元宵灯会，其场面的宏大，制作的精巧，百戏并作的热闹，百千灯盏的金碧辉煌，实在是一场视觉和听觉的盛宴，物质和精神的极大享受。其巨大的震撼力和诱惑力，是无与伦比的。然而，这个帝国中无论是审美鉴赏意义上还是审美创造意义上最具有审美能力的一批文化精英与文学精英，在嘉祐二年，却被强制性地与东京元宵灯节的狂欢保持距离，被迫成为观赏者。距离会激发更为强烈的欲望，距离也同样导致了美感。正如瑞士心理学派美学家布洛在其著名的心理距离说理论中所指出的“在距离的抑制作用所创造出来的新基础上将我们的经验予以精炼”，“距离也就成了一种审美原则”。② 而事实上，也正是这次保持距离的观赏，不仅成就一段文坛佳话，而且保留下极为珍贵的都市文化景观的审美记录。

三　想象与欲望：唱和诗歌中的元宵狂欢夜景

锁院之中的官员，到元宵佳节的时候，考试还没有开始，只是在进行出试题等准备工作，时间比较充裕，工作比较悠闲，而锁院的生活，又比

---

① （宋）孟元老撰，伊永文笺注：《东京梦华录笺注》卷六，中华书局 2006 年版，第 540—542 页。

② ［瑞士］爱德华·布洛：《作为艺术因素与审美原理的“心理距离说”》，牛耕译，载中国社会科学院哲学所美学研究室编《美学译文》（2），中国社会科学出版社 1982 年版，第 95 页。

较寂寞、单调。元宵灯节，自然对于他们就充满了诱惑。宋梅尧臣撰《莫登楼》：

> 莫登楼，脚力虽健劳双眸，下见纷纷马与牛，马矜鞍辔牛服辀，露台歌吹声不休，腰鼓百面红臂韝，先打六么后梁州。棚帘夹道多夭柔，鲜衣壮仆狞髭虬。宝挝呵叱倚王侯，夸妍斗艳目已偷。天寒酒醺谁尔俦，倚槛心往形独留。有此光景无能游，粉署深沉空翠帱，青绫被冷风飕飕。怀抱既如此，何须望楼头。①

《蔡宽夫诗话》第56条《莫登楼诗》记载：

> 故事，春考进士皆在南省中东厢。刑部有楼，甚宽壮，旁视宣德门，直抵州桥。锁院每以正月五日，至元夕，例未引试，考官往往窃登楼以望御路灯火之盛。宋宣献公在翰林时，上元，以修史促成书，特免扈从，特赋诗云："属官不得陪春豫，结客何妨事夜游，还胜南宫假宗伯，黄扉深锁暗登楼。"盖谓此也。至嘉祐中，欧阳文忠公知贡举，梅圣俞作《莫登楼》诗，诸公相与唱和，自是遂为礼闱一盛事。②

按，蔡宽夫"考官往往窃登楼以望御路灯火之盛"，仿佛考官不能登楼，而往往偷偷登楼，笔者认为是误解了梅尧臣《莫登楼》诗歌题目的含义。梅尧臣强调莫登楼，不是不能登楼，而是御路灯火之盛，对比冷风飕飕暗夜孤寂的锁院生活，反而会引起无限感慨，不如不登楼也罢之意。所以诗歌开篇就说"脚力虽健劳双眸"，尚书省东楼虽然高，不过脚力尚健，嘉祐二年（1057）梅尧臣55岁。登楼虽然不是难事，辛苦的是双眸。因为节日盛况，眼睛都看不过来了。此正诗人构思巧妙之处。先说车水马龙，络绎不绝，再说节日歌舞，歌吹不休，还有浩大的腰鼓队伍的表演，"腰鼓百面红臂韝，先打六么后梁州"。"腰鼓百面红臂韝"是形容百

① （宋）梅尧臣撰，朱东润编年校注：《梅尧臣集编年校注》卷二七，上海古籍出版社1980年版，第924页。

② 郭绍虞：《宋诗话辑佚》下卷，中华书局1980年版，第406—407页。

人腰鼓队伍，百面腰鼓一起击打，自然是声势浩大了。红臂鞲，按，“褠”有二意，其一臂鞲，即今天所称袖套意，其二单衣意。胡三省撰《通鉴释文辨误》卷二：

《通鉴》四十六章，帝建初二年，仓头衣绿褠，领袖正白。史照释文曰：褠，臂衣，即臂鞲也。余谓史照因章怀注而误也。按字书臂，鞲之。鞲旁，从韦。此所谓绿褠，绿单衣也。下文言领袖正白，则为单衣之褠，而非臂鞲之鞲，明矣。①

此条明确说明了褠有单衣之褠和臂鞲之鞲二意。而梅尧臣诗歌中则明确是说“红臂鞲”，即红色的臂鞲，即红袖套，是为了击打腰鼓的方便，则其含义正是“以缚左右手，于事便也”。由此，作褠为是。因为鞲指装备车马，显然不符合梅尧臣诗歌中的含义。

“棚帘夹道多夭柔，鲜衣壮仆狞髭虬”，宣德楼前为御街，兼为广场，是节日集合之所，御街两旁向北直对宣德门左右掖门，建有两列千步廊，称为御廊，分别设有黑漆杈子和朱漆杈子两列，禁止人马在中心御道通行。右廊的西侧是尚书省，正是梅尧臣被锁院之处，因此登楼举目，正见楼下元宵灯节盛况。前引孟元老《元宵》条，正可与此数句相互参照。②而夭柔，妖娆貌。是描写游人中的盛装女性，因为是过年，壮仆也是鲜衣打扮。面对楼下热闹喧嚣，梅尧臣自己则是“天寒酒醺谁尔俦，倚槛心往形独留”，是有“此光景无能游”，“怀抱既如此，何须望楼头”。

欧阳修有《答梅圣俞莫登楼》（在礼部贡院锁试进士上元夜作）：

莫登楼，乐哉都人方竞游。楼阙夜气春烟浮，玉轮东来从海陬。纤霭洗尽当空留，灯光月色烂不收。火龙衔山祝千秋，缘竿踏索杂幻优。鼓喧管咽耳欲咻，清风袅袅夜悠悠。莹蹄文（一作轮蹄交）角车如流，娅姹扶栏车两头。髧髦垂鬟娇未羞，念昔年少追朋俦，轻衫骏马今则不，中年病多昏两眸。夜视曾不如鸺鹠足，虽欲往，意已

① （元）胡三省撰：《通鉴释文辨误》卷二，四库全书本。

② 参（宋）孟元老撰，伊永文笺注《东京梦华录》卷六，中华书局2006年版，第540—541页。

休。惟思睡眠拥衾裯，人心利害两不谋。春阳稍愆天子忧，安得四野阴云油。甘泽以时丰麦麰，游骑踏泥非我愁。①

欧阳修的唱和诗，前半同样极写灯节盛况，“灯光月色烂不收。火龙衔山祝千秋”，可以想见灯火如白昼的夜景，“缘竿踏索杂幻优。鼓喧管咽耳欲咻”则反映了百戏表演和锣鼓喧天歌管不休的节日听觉盛宴。这些描写均可以与《东京梦华录》相互印证和补充。而欧阳修诗歌后半，则与梅尧臣不同，梅尧臣冷热内外两重天的鲜明强烈对比，极写不能节日游观的遗憾，节日盛典的诱惑，而欧阳修则抚今追昔，“虽欲往，意已休。惟思睡眠拥衾裯，人心利害两不谋”。没有了少年的精神，也没有了年轻时候的竞争之心。最后说希望老天下雨，“甘泽以时丰麦麰”，至于由于雨天的节日，导致“游骑踏泥”则已经是“非我愁”了。心情和想法，与梅尧臣不同。

作为唱和诗，梅尧臣的原作与欧阳修的唱和，体现了竞争与比赛。在诗歌的主题、内容、思想和艺术构思、技巧运用等方面，欧阳修的和诗都与梅尧臣的原作形成了不同的态势。

在梅尧臣的《莫登楼》一诗，是现实空间的强烈对比与展开。内与外、冷与热、暗与明、静与动、安寂与喧嚣、孤独与大众等，贡院的内外空间，在视觉、听觉、触觉和心理感觉等方面都形成强烈对比。

而欧阳修的和诗，则向纵深的历史、时间维度展开，从现实空间又转入历史的时间，将现实空间的对比，转化为历史的时间的对比，年少与今的对比。按，嘉祐二年（1057）梅尧臣55岁，欧阳修51岁。梅尧臣依然少年心态，而欧阳修则对于元宵灯节的狂欢失去了少年时代的兴趣与心情，“惟思睡眠拥衾裯”。从而与梅尧臣诗形成潜在对比，消解了梅诗中的心驰神往与失落寂寞的结构、主题。更进一步，欧诗以为考虑到“甘泽以时丰麦麰”，则即使因为下雨，而导致节日狂欢的不便，“游骑踏泥”，也是“非我愁”，进一步颠覆了梅诗的主题。这大概也与梅尧臣身居下僚，仍然诗人本色，而欧阳修已经身居高位，更是政治家身份有关。

梅尧臣虽然说是莫登楼，但是，仍然是跟随诸考官，上元日登尚书省

---

① （宋）欧阳修著，洪本健校笺：《欧阳修诗文集校笺》卷六，上海古籍出版社2009年版，第172页。

东楼，写了《上元从主人登尚书省东楼》，不仅其他人有多首唱和，而且自己还自和二首：

阊阖前临万岁山，烛龙衔火夜珠还。高楼迥出星辰里，曲盖遥瞻紫翠间。轣辘车声碾明月，参差莲焰竞红颜。谁教言语如鹦鹉，便着金笼密锁关。

自和：

沉水香焚金博山，杜陵谁复与车还。马寻绮陌知何曲，人在珠帘第几间。法部乐声长满耳，上樽醇味易酡颜。更贫更贱皆能乐，十二重门不上关。

又和：

康庄咫尺有千山，欲问紫姑应已还。人似嫦娥来陌上，灯如明月在云间。车头小女双垂髻，帘里新妆一破颜。却下玉梯鸡已唱，谩言齐客解偷关。①

以上几首作品，基本是对《莫登楼》一诗的演绎，极写灯节繁华夜景，吟咏东京梦华的场景。而节日盛装的有女如云，大概颇引起梅尧臣的兴趣，不仅在《莫登楼》一诗“棚帘夹道多夭柔”，在登楼诗中“参差莲焰竞红颜”，而且在《又和》中一写“欲问紫姑应已还”，二写“人似嫦娥来陌上”，三写“车头小女双垂髻”，四写“帘里新妆一破颜”，半首诗歌在写东京夜景中的美女，果然是一道亮丽的风景，吸引得诗人不禁再三歌咏。宋吴自牧撰《梦粱录》卷一《元宵》：“公子王孙，五陵年少，更以纱笼喝道，将带佳人美女，遍地游赏。人都道玉漏频催，金鸡屡唱，兴犹未已。甚至饮酒醺醺，倩人扶着，堕翠遗簪，难以枚举。”② 正可为诗

① （宋）梅尧臣撰，朱东润编年校注：《梅尧臣集编年校注》卷二七，上海古籍出版社1980年版，第922—923页。

② （宋）吴自牧：《梦粱录》卷一，山东友谊出版社2001年版，第7页。

歌的注脚。

而“更贫更贱皆能乐，十二重门不上关”则体现了北宋元宵东京灯节的万民同欢的景况。欧阳修同样有和作。欧阳修有三首《和梅圣俞元夕登东楼》：

游豫恩同万国欢，新年佳节候初还。华灯烁烁春风里，黄伞亭亭瑞雾间。可爱清光澄夜色，遥知喜气动天颜。自怜曾预（一作与）称觞列，独宿冰厅梦帝关。

再和：

禁城车马夜喧喧，闲绕危栏（一作栖）去复还。遥望觚棱烟霭外，似闻天乐梦魂间。岂无罇酒当佳节，况有朋欢慰病颜。待得归时花在否，春禽檐际已关关。

又和：

凭高寓目偶乘闲，袨服游人见往还。明月正临双阙上，行歌遥听九衢间。黄金络（一作束）马追朱幰，红烛笼纱照玉颜。与世渐（一作已）疎嗟老矣，佳辰乐事岂相关。①

欧阳修的和诗，同样基本是《和梅圣俞元夕登东楼》主题的扩展与延伸。就是感受节日的气氛，也是“遥知喜气动天颜”，一副台阁官腔就是对比，也是在历史、时间的展开中，提将当年“曾预称觞列”的荣耀，而“自怜”就是“独宿冰厅”也还是“梦帝关”。既炫耀了身份，又表达了对皇帝的忠诚，“梦帝关”更是一语双关。身份与梅尧臣不同的欧阳修，不免官腔十足，反而不如小官梅尧臣诗歌来得真诚与率直。

在王珪撰《华阳集》卷四中，同样保存有《依韵和梅圣俞从登东楼三首》：

① （宋）欧阳修著，洪本健校笺：《欧阳修诗文集校笺》卷十二，上海古籍出版社2009年版，第379—380页。

万灯初烧宝龙山，御路先迎彩仗还。紫极躔星来帝所，仙风递管落人间。芳醪欲泥追嘉节，红烛翻惊照病颜。曾从宸游燕双阙，梦魂通夕绕严关。

五云扶阙对南山，风猎丹邱烧影还。凤盖斗回天北畔，瑶台直到海中间。漏寒锦帐迟归梦，波暖金钟艳醉颜，谁在玉楼歌未足，林梢春鸟已关关。

云日晖晖下碧山，谁从沧海宴初还。香车轣辘红尘里，紫阙岧峣瑞气间。午夜笙歌移法曲，满城桃李斗朱颜。金吾不禁天街鼓，独有文闱已上关。

同卷又有《又东楼诗》一首：

汉家宫省青槐下，信断鳌峰日易斜。应为能言锁鹦鹉，翻愁无思学杨花。风波滚滚惊人事，文字孳孳老岁华，偶向东楼望春色，归心不觉到天涯。①

“万灯初烧”诸句，极力描绘灯节夜景之繁盛，语言华美，意象富丽堂皇，仙风、凤盖、瑶台、沧海等句，不仅想象奇特，极尽夸饰之能事，将节日空间扩展到辽阔的天地之间、神人两界。而且也暗含了对于大宋帝国的称美与对于皇帝仪仗的颂扬。而官场上一帆风顺，春风得意，才不久与座主欧阳修同样做了翰林学士的王珪，其唱和作品，与欧阳修同样，体现的是一种富贵腔调，诗歌写的雍容典雅。“曾从宸游燕双阙，梦魂通夕绕严关”，则作为门生，也完全是与座主欧阳修如出一辙，强调自己的荣耀身份与值得炫耀的经历。“金吾不禁天街鼓，独有文闱已上关。”则真实反映了东京元宵狂欢的通宵达旦与礼部锁院。

四　仪典与鉴阅：唱和诗歌中的礼部考试

作为礼部考试，其唱和诗中的重要内容，就是有关考试方面的部分，而这方面的诗歌，可以补充历史文献之不足，而且其许多细节，也可以丰富历史文献，因此，这些作品，不仅是重要的文学作品，而且也具有重要

① （宋）王珪撰：《华阳集》卷四，丛书集成本，商务印书馆1935年版，第34页。

的历史文献价值。欧阳修撰《文忠集》卷十二，《居士集》十二有《礼部贡院阅进士就试》：

紫案焚香暖吹轻，广庭清晓席群英。无哗战士衔枚勇，下笔春蚕食叶声。乡里献贤先德行，朝廷列爵待公卿。自惭衰病心神耗，赖有群公鉴裁（一作择又作识）精。

欧阳修的诗歌，反映了礼部贡院考试，是首先要举行一个仪式，“紫案焚香”就是对仪式场景的记录。关于礼部考试的细节，宋吴自牧著《梦粱录》卷二《诸州府得解士人赴省闱》条中记载：

预试人照合试日分集于贡院竹门之外，伺候开门。放试士人，各入院内，依坐位分廊占坐讫，知贡举等官于厅前备香案，穿秉而拜，诸士人皆答拜，方下帘幕，出示题目于厅额。①

虽然吴自牧记载的是南宋礼部考试的情况，而从欧阳修诗歌可以表明，这正是沿袭了北宋的仪式程序。而“无哗战士衔枚勇，下笔春蚕食叶声”，则以两个生动贴切的比喻，反映了考场上的士子应试的情景。“乡里献贤先德行，朝廷列爵待公卿。”则反映了宋代科举考试制度，省试之前，先由地方进行乡试，按照分配名额，录取和推荐参加礼部考试。礼部考试录取者，参加由皇帝亲自主持的殿试，合格录取者，就会委任官职。这个是与唐代的科举考试十分不同的。而梅尧臣《较艺和王禹玉内翰》：

分庭答拜士倾心，却下朱帘绝语音。白蚁战来春日暖，五星明处夜堂深。力搥顽石方逢玉，尽拨寒沙始见金。淡墨榜名何日出，清明池苑可能寻。②

---

① （宋）吴自牧：《梦粱录》卷二，山东友谊出版社2001年版，第17页。

② （宋）梅尧臣撰，朱东润编年校注：《梅尧臣集编年校注》卷二七，上海古籍出版社1980年版，第930页。

首联同样反映考试开始的仪式。颔联则反映了古代科举考试，士子白天考试，晚上夜宿于贡院的情况。五星，指水、木、金、火、土五大行星，即东方岁星（木星）、南方荧惑（火星）、中央镇星（土星）、西方太白（金星）、北方辰星（水星）。《史记·天官书论》："水、火、金、木、镇星，此五星者，天之五佐。"① 而梅尧臣的诗歌中则是一语双关，同时也指这次礼部知贡举的五位主考官员。

宋王珪撰《华阳集》卷三中，则有多首反映考试与阅卷的作品，可以帮助我们进一步了解宋代礼部贡院考试的情况。如《呈永叔书事》：

> 诏书初捧下西厢，重棘连催暮钥忙。绿绣珥貂留帝诏（是夕有绿衣中使传宣）紫衣铺案拜宸香。卷如骤雨收声急，笔似飞泉落势长。十五年前出门下，最荣今日预东堂。②

"诏书初捧下西厢，重棘连催暮钥忙"，首联就反映了宋代的礼部考试的锁院制度，知贡举的诏书下达后，官员们就必须进入贡院，进行锁院。"紫衣铺案拜宸香"同样反映考试仪式，"卷如骤雨收声急，笔似飞泉落势长"则反映考生应试情景。尾联则是记载了他与当年自己乡试的考官欧阳修今日一同知贡举的殊荣。此正欧阳修撰《归田录》卷下记载：

> 禹玉，余为校理时武成王庙所解进士也，至此新科翰林，与余同院，又同知贡举，故禹玉赠余云："十五年前出门下，最荣今日预东堂。"余答云："昔时叨入武成宫，曾看挥毫气吐虹。梦寐闲思十年事，笑谈今此（一作日）一罇同，喜君新赐黄金带，顾我宜为白发翁。"也。③

而王珪的下面几首唱和诗，则反映了礼部考试的一些程序、情况，像《较艺书事》：

---

① （汉）司马迁：《史记》，第4册，卷二七，中华书局1963年版，第1350页。

② （宋）王珪撰：《华阳集》卷三，丛书集成本，商务印书馆1935年版，第28页。

③ （宋）欧阳修撰：《归田录》卷二，欧阳修撰，李逸安点校《欧阳修全集》，第五册，中华书局2001年版，第1937页。

日薄寒云下结鳞，忽驰诏骑绝飞尘。麻衣半犯秦关雪，鱼钥横催汉署春。黄纸贴名书案密，堂梨雕字赋题新。高材顷刻闻天下，谁是墙东冠榜人。（原注：元和以前张榜南院东墙）（第28页）

《较艺书事》前半首，仍然是反映领诏锁院，“麻衣半犯秦关雪，鱼钥横催汉署春”。麻衣，旧时举子所穿的麻织物衣服。唐李贺《野歌》：“麻衣黑肥冲北风，带酒日晚歌田中。”王琦汇解：“唐时举子皆着麻衣，盖苎葛之类。”宋苏轼《监试呈诸试官》诗：“麻衣如再着，墨水真可饮。”也引申借指应试举子。唐韩偓《及第过堂日作》诗：“暗惊凡骨升仙籍，忽讶麻衣谒相庭。”秦关，指秦地关塞。唐李白《登敬亭北二小山》诗：“回鞭指长安，西日落秦关。”也指关中地区。唐卢纶《长安春望》诗：“谁念为儒逢世难，独将衰鬓客秦关。”这里是说不少士子是冒着大雪，从关中地区赶来应试。

“鱼钥”应该是指锁院的锁为鱼形状。《太平御览》卷一八四引汉应劭《风俗通》：“钥施悬鱼，翳伏渊源，欲令楗闭如此。”① 宋丁用晦《芝田录》卷二：“门钥必以鱼，取其不瞑目守夜之义。”② 鱼形的锁。南朝梁简文帝《秋闺夜思》诗：“夕门掩鱼钥，宵牀悲画屏。”宋欧阳修《清明赐新火》诗：“鱼钥侵晨放九门，天街一骑走红尘。”

汉署春。按，即礼部，官署名。本为西汉时尚书的客曹。三国魏时有祠部，北魏有仪曹，北周始称礼部。隋唐以后为六部之一，包括客曹及祠部之职掌，管理国家的典章制度、祭祀、学校、科举和接待四方宾客等事之政令，长官为礼部尚书。历代相沿不改。

此二句是说士子来京参加考试的时候，正是严冬大雪之时，而考试之后，则已经是初春时节了，此处的“汉署春”也是一语双关，因为考试录取的进士就榜于礼部贡院外。尾联“高材顷刻闻天下，谁是墙东冠榜人”就是反映的这个情况。

而“黄纸贴名书案密，堂梨雕字赋题新”，“黄纸贴名”反映的应该是宋代科举改革之后的弥封制度。“堂梨雕字”则笔者认为是反映了宋代科举考试的试卷是雕版印刷。欧阳修有诗歌《圣俞在南省监印进士试卷

---

① 《太平御览》卷一八四引（汉）应劭《风俗通》，四库全书本。

② （宋）曾慥编：《类说》卷十一，四库全书本。

有兀然独坐之叹因思去岁同在礼闱慨然有感兼简子华景仁》可以佐证。①

赋题新，按，反映了此年礼部试题，及其欧阳修改革科举之情况。韩琦在为欧阳修撰写的墓志铭《故观文殿学士太子少师致仕赠太子太师欧阳公墓志铭》中，也专门提到嘉祐二年（1057），欧阳修权知贡举，“时举者务为险怪之语，号‘太学体’，公一切黜去，取其平淡造理者，即预奏名”。②

王珪《较艺书事》一诗，现在仅存梅尧臣与欧阳修的唱和诗作品，梅诗已见前引，欧阳修《文忠集卷十二》有《和较艺书事》（一作奉答禹玉再示之作）：

相随怀诏下天阍，一锁南宫隔几旬。玉尘清谈消永日，金罇美酒惜余春。杯盘饧粥春风冷，池馆榆钱夜雨新。犹是人间好时节，归休过我莫辞频。③

此诗同样反映了锁院之后的日常生活情况。

王珪又有《仁字卷子》：

文昌清晓漏声疏，曾看飞泉落笔初。诗入池塘似灵运，赋传宫殿学相如。春官不下真朱点，阴注将成淡墨书。见说丹台名第一，蘂章须诏侍严徐。

《信字卷子》：

春闱只恐有遗材，据案重将信字开。白石谩应歌宁角，黄金枉是起燕台。侵更竞看仓惶笔，薄晚谁衔毷氉杯。文字须从勤苦得，莫沾

① （宋）欧阳修撰，李逸安点校：《欧阳修全集》，第2册，中华书局2001年版，第216页。

② （宋）韩琦撰，李之亮、徐正英笺注：《安阳集编年笺注》卷五十，巴蜀书社2000年版，第1554—1555页。

③ （宋）欧阳修撰，李逸安点校：《欧阳修全集》，第2册，中华书局2001年版，第210页。

双泪向尘埃。[1]

王珪此二诗，是描写阅卷和复查试卷的情景。这也正是知贡举的官员们的主要工作之一。

这里又提到“淡墨书”，前引梅尧臣《较艺和王禹玉内翰》一诗中提及“淡墨榜”，而范镇的残句也有“淡墨题名第一人”。反映了考试结束，结果出来之后，于都省考试南院放榜的制度与习俗。五代王定保撰《唐摭言》卷十五：

进士榜头，竖粘黄纸四张，以毡笔淡墨衮转书曰：“礼部贡院”四字。或曰：文皇顷以飞帛书之，或象阴注阳受之状。[2]

南唐张洎撰《贾氏谭录》：

贡院所司呼延氏，自举场已来，世掌其职，迄今不绝，此亦异事。贾君常问放举人榜右，语及贡院字用淡墨毡书，何也？对曰：闻诸祖公说，李纮侍郎将放举人，命笔吏勒纸书，未及填右语，贡院字吏得疾暴卒，礼部令史王昶者，亦善书，李侍郎召令终其事，适值王昶被酒，已醉，昏夜之中，半酣，染笔不能加墨，迨明悬榜，方始觉悟，则修改无及矣。然一榜之内，字有二体，浓淡相间，反致其妍。自后榜因模法之，遂成故事。今因毡书，益增奇丽尔。[3]

宋程大昌撰《雍录》卷八《礼部南院贡院》：

礼部既附尚书省矣，省前一坊，别有礼部南院者，即贡院也。《长安志》曰：“四方贡举所会。”其说是也。今世淡墨书进士榜，首列为四字，曰“礼部贡院”者，唐世遗则也。[4]

---

① （宋）王珪撰：《华阳集》卷三，丛书集成本，商务印书馆1935年版，第28页。

② （五代）王定保撰，姜汉椿校注：《唐摭言校注》，上海社会科学院出版社2003年版，第293页。

③ （南唐）张洎撰：《贾氏谭录》，四库全书本。

④ （宋）程大昌撰，黄永年点校：《雍录》卷八，中华书局2002年版，第162页。

这几条笔记，将淡墨书进士榜首的由来和宋代上承唐世遗则的情况，都记载得十分清楚，与王珪、范镇、梅尧臣诸人的礼部唱和诗歌中反映的内容相互印证。

朱光潜认为："在艺术和审美经验中，距离是一个重要因素。"① 他指出：

> 一个普通物体之所以变得美，都是由于插入一段距离而使人的眼光发生了变化，使某一现象或事件得以超出我们的个人需求和目的的范围，使我们能够客观而超然地看待它。②

欧阳修为代表的一批北宋最优秀的文坛巨子，在无奈的情况下，与东京元宵灯节的狂欢形成了物理和心理的距离，并且通过诗歌创作，将其审美体验转化为艺术创造。那些集中描写和反映北宋东京元宵狂欢夜景都市文化的唱和诗歌，便构成了凝视帝都文化的一种独特的目光。他们建构起与东京元宵灯节的狂欢参与者不同的城市文化想象，编织出多重的城市文化与社会空间。

而以锁院制度下的礼部唱和这样一个独特视角，将都市娱乐文化中十分突出的元宵节日狂欢文化，与科举文化这样的都市重要的政治文化联系起来。距离产生了美，于礼部空间中，以一定空间距离之外的观看与文学表达，呈现了东京都市节日文化、科举文化与文学新变等诸多方面的丰富内涵。从一个独特视角，沟通了都市文化中的两个方面。

第三节　苏轼元祐三年礼部唱和的新特征

科举使苏轼一举成名，苏轼对北宋选举也产生了很大影响。仁宗嘉祐二年（1057），苏轼参加礼部进士考试，出身寒微的苏轼在科举中一举及第，固然因其文才出众，但也确有"时势造英雄"的因素。欧阳修知贡举，对时文"相习为奇僻，钩章棘句，浸失浑厚"，"尤以为患，痛裁抑

---

① 朱光潜：《悲剧心理学》，张隆溪译，人民文学出版社1983年版，第28页。

② 同上书，第24页。

之”。于是，策论写得浑厚朴实的苏轼脱颖而出。正如苏辙在《墓志铭》中所说：“嘉祐二年，欧阳文忠公考试礼部进士，疾时文之诡异，思有以救之。梅圣俞时与其事，得公《论刑赏》以示文忠。文忠惊喜，以为异人，欲以冠多士，疑曾子固所为，子固，文忠门下士也，乃置公第二。……以书语梅圣俞说：‘老夫当避此人，放出一头地。’”[①] 可见，苏轼进士及第很大程度上取决于主考欧阳修的古文革新需要。

宋神宗熙宁年间，北宋进士科举考试又经变革。王安石主持变法大计，提出改革科举的建议，一时得到多数朝臣的赞同。时任殿中丞、直史馆的苏轼遂上《议学校贡举状》，他认为：选举养才，“何必由学”[②] 针对苏轼的奏状，王安石指出：当时的科举不但不能养成人才，只能败坏人才。王安石对科举考试诗赋颇有微词，他认为：“今以少壮时正当讲求天下正理，乃闭门学作诗赋，及其入官，世事皆所不习。”他针对当时人才乏少，学术不一状况，提出要一统道德，因而也就必须修学校、变贡举。熙宁四年二月，神宗下诏改革学校科举，罢诗赋，专以经义策问取士。颁布《三经新义》于学宫，士子参加经学考试，必宗其说。王安石试图以改革科举为手段，把士人的思想、学术统一到熙丰新政上来。[③] 王安石进士试罢诗赋而专以经义取士，二苏均反对。二苏与王安石进士科举改革的分歧，主要是经义与诗赋之争。这种基于文学兼而政治的观念思想之争，不管是否杂有党争的偏见，其后果对苏氏则产生了很大影响。这种斗争，以后逐渐沦为不同党派间的政治倾轧，从而使熙丰变法中进士科举改革，走上了极端畸形发展的道路。

元祐时期，旧党上台，司马光等尽废新法。但是对于科举考试改革的废留，意见不一。正是在这一背景下，元祐三年（1088），苏轼知礼部贡举。李焘撰《续资治通鉴长编》卷四八〇，元祐三年正月：

> 乙丑，命翰林学士苏轼权知礼部贡举，吏部侍郎孙觉、中书舍人孔文仲同知贡举。天下进士凡四千七百三十二人，并即太学试焉。（本日原注）：“……三月戊申（初一），奏名进士五百人，宗室二人。

---

① （宋）苏辙：《乐城后集》卷二十二，四库全书本。

② 参阅乔卫平《中国宋辽金夏教育史》，人民出版社 1994 年版，第 31—33 页。

③ 邓广铭：《王安石——中国十一世纪的改革家》，人民出版社 1975 年版，第 70 页。

子瞻、莘老、经父知举，熙叔、元舆、彦衡、鲁直、子明参详，君贶、希古、履中、器之、成季、明略、无咎、尧文、正臣、元忠、遐叔、子发、君成、天启、志完点检试卷。”①

子瞻即苏轼，莘老即孙觉，经父即孔文仲，元舆即陈轩，彦衡即上官均，鲁直即黄庭坚，子明即梅灏，君贶即单锡，希古即常安民，履中即宋匪躬，器之即刘安世，成季即李昭，明略即廖正一，无咎即晁补之，尧文即舒焕，正臣即孙谔，元忠即孙朴，遐叔即宋景年，子发即孙敏行，天启即蔡肇，志完即邹浩。君成待考。② 熙叔，不知是王熙叔，还是孙熙叔，待考。今查《黄山谷诗集》有王熙叔，苏轼《眉山集》则有孙熙叔。又据《苏轼文集》卷六十八《书试院中诗》谓："元祐三年二月二十一日领贡举事，辟李伯时（公麟）为考校官。"③ 王明清《挥麈录·后录》卷七载张耒亦为参详官。④ 黄庭坚《题太学试院》：

元祐三年正月乙丑，锁太学，试礼部进士四千七百三十二人。三月戊申奏号，进士五百人，宗室二人。子瞻、莘老、经父知举，熙叔、元舆、彦衡、鲁直、子明参详，君贶、希古、履中、器之、成季、明畧、无咎、尧文、元忠、遐叔、子发、君时、天启、志完点检试卷。是日侍御史日晏不来，为子发书。⑤

按，黄庭坚《题太学试院》不载正臣，无君成，有君时。君时是否为君成之误，待考。

此次贡举考试，与苏轼搭档的主考官孙觉是黄庭坚岳父，孔文仲也是蜀党中人，在元祐二年，苏轼因元祐元年策题而为洛党攻讦时，孔氏力挺苏轼。⑥ 其他协助者，除了人们熟知的苏门人物黄庭坚、张耒、晁补之外，还有此前苏轼就已结识的李昭、梅灏、刘安世、孙朴、廖正一。如此

---

① （宋）李焘：《续资治通鉴长编》卷四八〇，中华书局 2004 年版，第 9921—9922 页。
② 参孔繁礼《苏轼年谱》卷二十七，中华书局 1998 年版。
③ （宋）苏轼：《苏轼文集》中华书局 1999 年版，第 2139 页。
④ （宋）王明清：《挥麈录》，上海书店 2001 年版，第 130 页。
⑤ （宋）黄庭坚撰：《山谷别集》卷十一题跋，四库全书本。
⑥ （宋）李焘：《续资治通鉴长编》卷四〇四，中华书局 2004 年版，第 9829—9830 页。

人事安排，与主考官苏轼当不无关系。此时的苏轼已摆脱了策题案的困扰。可想而知，在这样的政治、人际环境中工作，是极为轻松愉快的。

然而，现存元祐三年苏轼知贡举的诗歌唱和，数量上不及欧阳修礼部唱和，影响也不及。而从其人员看，多为苏门及其关系紧密者，其唱和应该比较欧阳修贡举为强，而且元祐三年正是苏轼、黄庭坚等人诗歌创作高峰时期，诗歌唱和最多时期。原因方面，没有文献保存，无法推测，但是时间问题，应该是原因之一。欧阳修50天，苏轼仅为欧阳修的三分之二。大约此前锁院时间太长，负面效果太大，缺乏人性化，故压缩时间，由此导致工作时间紧张，时间被压缩后，就意味着没有大量闲暇时间，而多数时间在工作。欧阳修礼部唱和，正是在闲暇无聊的情况下，产生大量唱和作品，而苏轼相反，时间工作紧张，缺乏客观条件和闲暇心境，故唱和比较少。而不久之后，新党上台，到宋徽宗时期更是有元祐党人碑事件，旧党不仅一再遭到贬斥，而且作品被禁，书版被毁。① 大概也是其影响不及欧阳修等人礼部唱和的一个重要原因。

苏轼作有《和子由除夜元日省宿致斋》（其三）：“当年踏月走东风，坐看春闱锁醉翁。白发门生几人在，却将新句调儿童。”② 醉翁指欧阳修。苏轼此番知贡举，自然易联想到当年的恩师欧阳修知贡举的情形。

知贡举考试期间，考官们之间相互唱和之作甚多。可以说是又一次文学盛会。主要内容表现在题咏画作方面。时李公麟任考校官，在试院中作画，诸人题咏李伯时画马之作，题诗唱和消遣。考校官李公麟（伯时）是有名的画家，“尤好画马”。③ 据《宋史·李公麟传》：

> 李公麟字伯时，舒州人。第进士。……用陆佃荐，为中书门下后省删定官、御史检法。好古博学，长于诗，多识奇字，自夏、商以来钟、鼎、尊、彝，皆能考定世次，辨测款识。闻一妙品，虽捐千金不惜。……元符三年（1100）病痹，遂致仕。既归老，肆意于龙眠山岩壑间，雅善图，自作《山庄图》，为世宝。传写人物尤精，识者以为顾恺之、张僧繇之亚。襟度超轶，名士交誉之。黄庭坚谓其风流不

① 参沈松勤《北宋文人与党争》，人民出版社1998年版；萧庆伟《北宋新旧党争与文学》，人民文学出版社2001年版。

② （宋）苏轼：《苏轼诗集》卷三十，中华书局1999年版，第1564页。

③ （宋）邓椿：《画继》卷三，人民美术出版社2004年版，第18页。

减古人，然因画为累故，世但以艺传云。①

李公麟善于画马，也喜欢收藏唐代著名画家韩干的画马之作，苏门文人当日创作了不少题马画诗，并相互唱和。李公麟与苏轼及元祐文人集团中的其他成员关系密切，因而也成为元祐文人集团中的典型人物。《宣和画谱》记载其作画曰："公麟以立意为先，布置缘饰为次，其精致俗工或可学焉，至率略简易处则终不近也。盖深得杜甫作诗体制而移于画，如甫作《缚鸡行》，不在鸡虫之得失，乃在于'注目寒江倚山阁'之时，公麟画《陶潜归去来兮图》，不在于田园松菊，乃在于临清流处。"②

在贡举的间歇期，李伯时挥毫作画，诸考官辄以诗题咏，为单调的知贡举生活增添了无穷的乐趣。关于元祐三年（1088）苏轼知贡举时，和黄庭坚诸人游戏笔墨，相继次韵作题李公麟画马的具体情形，在苏轼《书试院中诗》中较为详细的记载如下：

> 元祐三年二月二十日领贡举事，辟李伯时为考校官。三月初，考校既毕，待诸厅参会，故数往诣伯时。伯时苦水悸，愊愊不欲食，作欲辗。马以排闷。黄鲁直诗先成，遂得之。鲁直诗云（略，见下）。子瞻次韵云（略，见下）。蔡天启、晁无咎、舒尧文、廖明略皆继，此不能尽录。予又戏作绝句（略，见下）。伯时笑曰："有顿尘马欲入笔。"疾取纸来写之后。三月六日所作皆是也。眉山苏轼书。③

诸人同观李伯时画马并赋诗，而"黄鲁直诗先成，遂得之"。黄诗《观伯时画马礼部试院作》：

> 仪鸾供帐饕虱行，翰林湿薪爆竹声，风帘官烛泪纵横。木穿石盘未渠透，坐窗不遨令人瘦，贫马百曹逢一豆。眼明见此玉花骢，径思

① 《宋史》卷四百四十四，中华书局1977年版，第13125—13126页。

② 《宣和画谱》卷七，人物三，《李公麟》，台北故宫博物院1971年景元大德吴氏刻本。

③ 《东坡题跋》卷三，（宋）苏轼：《苏轼文集》卷六十八，中华书局1999年版，第2139—2140页。

着鞭随诗翁，城西野桃寻小红。①

首三句言试院供应之寒伧简陋。“木穿”三句写锁院日久，不能出游，令人消瘦。而见伯时画马不禁眼明，“诗翁”即指东坡，末尾言追随东坡之意，以及对自然的向往情怀和愿望。

关于黄庭坚此诗的艺术特征，宋王楙撰《野客丛书》卷二十《鲁直玉花骢诗》条记载：

> 乌戍张仲思家，多前人墨迹。有鲁直亲染题李伯时画欲辗玉花骢后一诗。其间云，此篇晁无咎、蔡天启诸人皆和，多有好句。昨见允蹈斋官书工，有士人写繁城隶，笔法秀整，试为问姓名，当求写此诗本着马后。鲁直此纸，笔力劲甚，非寻常石刻者比，其诗三句一换，三迭而止。禁脔谓之促句换韵。仆又观当时名公，如鲍夷白亦多此作。渔隐第言鲁直有此一篇，而不知其它。或者又谓唐人亦有此体，以仆考之，非止唐人，其苗裔盖出于三百篇之中，如素冠之诗是也。②

王楙指出“其诗三句一换，三迭而止。禁脔谓之促句换韵”是黄庭坚此诗歌在艺术形式上的新颖之处。虽然王楙将这种形式上溯到《诗经》，毕竟罕见。而黄庭坚将其运用于律诗之中，体现其在形式上的探索。因此，胡仔《苕溪渔隐丛话》卷四十八，评价此诗“此格甚新，人少用之”。③另外宋魏庆之《诗人玉屑》卷三《促句换韵法》就专门以此诗为例。④

苏轼和作《次韵黄鲁直画马试院中作》用典贴切，不粘不离，妙在其风格洒脱自然。其诗如下：

---

① （宋）黄庭坚著，（宋）任渊、史容、史季温注、黄保华点校《山谷诗集注》卷九，上海古籍出版社2003年版，第216页。

② （宋）王楙撰：《野客丛书》卷二十，上海古籍出版社1991年版，第296—297页。

③ （宋）胡仔纂集，廖德明校点：《苕溪渔隐丛话》前集，人民文学出版社1984年版，第330页。

④ （宋）魏庆之著，王仲闻点校：《诗人玉屑》，中华书局2007年版，第47页。

少年鞍马勤远行，卧闻龁草风雨声，见此忽思短策横。十年髀肉磨欲透，那更陪君作诗瘦，不如芋魁归饭豆。门前欲嘶御史骢，诏恩三日休老翁，羡君怀中双桔红。①

按，“十年髀肉磨欲透”一句，在苏轼《书试院中诗》中引为“千重故纸钻未透”，未知孰是。从伯时画马，而思少年远行。又化用杜甫《韦偃画马歌》“一匹龁草一匹嘶”，极写伯时所画马，栩栩如生。十年二句，前句化用《九州春秋》：“刘备尝于刘表坐，起至厕，见髀里肉生，慨然流涕。表怪问备，备曰，平常身不离鞍，髀肉皆消，今不复骑，髀里肉生。”后句化用杜诗“知君苦思缘诗瘦”。宋祝穆撰《古今事文类聚》别集卷九《苦吟而瘦》：“崔浩爱吟咏，一日病起，友人戏之曰，非子病如此，乃子苦吟诗瘦。后遂为口实。”② 这是针对黄庭坚原诗“径思着鞭随诗翁”，以年老体弱而难以胜任，谢绝黄庭坚。这是苏轼的谦词。最后是说贡举结束后，根据惯例，省试官出院给假三日，羡慕黄庭坚可以归看老母。《吴志》：“陆绩见袁术，术出橘，绩怀三枚去，拜辞，堕地。术谓曰：陆郎作宾客而怀橘乎？答曰：欲归遗母。”③ 结句就是化用的这个典故。

据《书试院中诗》，与苏、黄唱和的还有蔡天启（肇）、晁无咎（补之）、舒尧文（焕）、廖明略（正一）。除晁无咎，其余诸人，惜无诗作留传至今。宋孙绍远编《声画集》卷八保存有晁补之《次韵鲁直试院赠奉议李伯时画诗》：

东房携卷绕幕行，西房卷作堕地声。纸山间出笔阵横，李侯画若禅眼透。观鱼元沙骨疎瘦，舟中渊明细若豆。归心袛爱玉花骢，不须棘针学痴翁。恼渠愁作眉斗红。④

诗中提及《观鱼僧图》《松下渊明图》自注：“伯时试院作。”按，晁补之此诗是典型的三句一换，三迭而止。所谓的促句换韵。胡仔《苕

---

① （宋）苏轼：《苏轼诗集》卷三十，中华书局999年版，第1567—1568页。

② （宋）祝穆撰：《古今事文类聚》别集卷九《苦吟而瘦》，四库全书本。

③ （宋）潘自牧：《记纂渊海》卷九十二引《吴志》，四库全书本。

④ （宋）孙绍远编：《声画集》卷八，四库全书本。

溪渔隐丛话》和魏庆之《诗人玉屑》等宋人诗话均未提及。事实上此诗比黄庭坚的诗歌，在形式上更为符合三迭而止。诗歌写在考试试卷堆积如山，考官辛勤工作的背景中，李伯时忙里偷闲，连作数画。接着用一句“李侯画若禅眼透”做点睛式的评价，显示出他对艺术创作的透彻把握和理解。而晁无咎在锁院之中，归心似箭，因此“祗爱玉花骢”，喜爱李伯时所画之马。棘针，应该是指李伯时作画之技法。元汤垕撰《画鉴》：“孙崇嗣、崇矩，各得家学，熙之下有唐希雅，亦佳。多作颤笔、棘针，是效其主李重光。”① 清王毓贤撰《绘事备考》卷五中：“唐宿、唐忠祚皆希雅之孙，花竹翎毛得家传之秘。墨作棘针势，虽易元吉无以过之。”②在试院中有思归意，为以上三首诗歌的共同主题，并且三首诗的韵脚字完全一样，其次韵之严格可见一斑，见出唱和者的才力与举重若轻。

苏轼又有《试院观伯时画马绝句》：

> 竹头抢地风不举，文书堆案睡自语。看马欲□顿风尘，亦思归家洗袍袴。③

按，宋黄庭坚撰《山谷内集》卷九也保存有此诗，文字完全一致，而题目为《题伯时画顿尘马》。按，在苏轼《书试院中诗》中苏轼云：“予又戏作绝句：竹头（略）。伯时笑曰：有顿尘马欲入笔，疾取纸来写。之后三月六日所作皆是也。”④ 全文引用了这一绝句。则应该为苏轼作品。诗歌以在贡院中，试卷堆积如山，工作疲惫，昏昏欲睡之际，看李伯时画马而有思归之意，称道李作生动逼真。

苏轼还有题咏《好头赤图》。《好头赤图》是李伯时于元祐二年十二月二十三日，于左天驷监挑选的一匹良马作为模特所绘。“元祐二年十二月廿三日，于左天驷监，拣中秦马好头赤，九岁。四尺五寸，一匹。”⑤苏轼作有《戏书李伯时画御马好头赤》，又作有《书和王晋卿题李伯时画

---

① （元）汤垕：《古今画鉴》，丛书集成本。

② （清）王毓贤：《绘事备考》卷五，四库全书本。

③ （宋）苏轼：《苏轼诗集》卷四十八，中华书局 1999 年版，第 2621 页。

④ （宋）苏轼：《东坡题跋》卷三，（宋）苏轼：《苏轼文集》卷六十八，中华书局 1999 年版，第 2139—2140 页。

⑤ （宋）周密：《云烟过眼录》卷一，四库全书本。

马戏书李伯时画骏马好头赤次韵黄鲁直观李伯时画马后》，称：“余以元祐三年戊辰，任翰林学士，在贡举试院中作也。”① 可知他咏《好头赤图》诗作于知贡举时。

公麟以杜甫作诗之法作画，重“意”，即重“理”“趣”“意蕴”“神味”等，反映于画马，据《宣和画谱》曰：“公麟初喜画马，大率学韩干，略有增损。有道人教以不可习，恐流入马趣。公麟悟其旨，更为道佛，尤佳。尝写骐骥院御马，如西域于阗所贡好赤头、锦膊骏之类，写貌至多。”② 公麟画马也重“立意”，并在“意”中融进了道家和佛家之理，更使马趣盎然。元祐文人聚集在一起观公麟画马之作时，也会从不同的角度对画作进行“意”的揣摩。苏轼《戏书伯时画御马好头赤》：

山西战马饥无肉，夜嚼长秸如嚼竹。蹄间三丈是徐行，不信天山有坑谷。岂如厩马好头赤，立仗归来卧斜日。莫教优孟卜葬地，厚衣薪櫄入铜历。③

苏诗名为“戏书”，塑造了山西战马的形象，其骁勇善战却草料匮乏、瘦而无肉。尔后以戏谑的口吻，嘲笑李伯时笔下的御马，养尊处优、饱食终日、无所事事。诗人借咏马讽刺了现实中不公正的现象，从中可隐约看出苏轼辛辣的诗风。而山西战马虽因乏食而瘦，却能一跃三丈是徐行，能跨越天山坑谷而不觉，也无疑寄托了诗人的理想人格。

黄庭坚有《和子瞻戏书伯时画好头赤》云：

李侯画骨不画肉，笔下马生如破竹。秦驹虽入天仗图，犹恐真龙在空谷。

精神权奇汗沟赤，有头赤乌能逐日。安得身为汉都护，三十六城

① （宋）苏轼：《苏轼文集》，《苏轼佚文汇编卷五》，中华书局1999年版，第2554页。

② 《宣和画谱》卷七，四库全书本。

③ （宋）苏轼：《苏轼诗集》卷三十，中华书局1999年版，第1590—1591页。

看历历。[①]

杜甫《丹青引》写韩干画马曰："干惟画肉不画骨"，"李侯画骨不画肉"，此反而用之。亦可见唐宋时代，审美差异。破竹言其神速。《晋书·杜预传》曰："今兵威已振，譬如破竹，数节之后，迎刃而解。"[②] 黄庭坚面对李伯时的画作和苏轼的原唱，首先对伯时的画作给予了较高的评价，然后对仪仗队中秦驹的精神状态进行描绘，秦驹日驰千里、出神入化，突出了其精神抖擞、元气淋漓的神韵。最后点出其欲立功边疆的雄伟气魄和企盼情怀。这当然也是诗人人格理想的寄托。

苏黄等人的题画诗唱和，体现了这些不同的观画者，面对同一幅画时，是如何自出己意、各逞其才的。

一个值得注意的现象是，在欧阳修诸人的礼部唱和诗歌之中，主题基本集中于元宵灯节与科举考试本身过程有关内容，虽然也有咏物唱和，也只是对于实物的题咏。应该说，这对于在礼部锁院期间进行的唱和之作而言，是十分正常的，合乎情理的。但是，在苏东坡诸人的礼部唱和之中，欧阳修诸人礼部唱和的所有主题，无一涉及，而他们的唱和作品，最为集中的恰恰是欧阳修诸人唱和中所没有的题画诗。

苏轼是当时文坛的盟主，其文学创作影响和支配着整整一代文人尤其是苏门文人的创作走向。当日苏轼以题画和唱和为特征的创作倾向，在其门人文士的积极参与与支持之下，成为元祐文坛上一个鲜明的文学特征。在当时诗坛上，苏、黄并称，与苏轼一样，黄庭坚此间诗歌创作题画作品，也是数量最突出的时期。可以说，他们是将在经常性的苏门聚会中的唱和主旨与倾向，延伸到了礼部唱和之中。礼部锁院所形成的空间，成为他们另外一次特殊的雅集。

从苏轼等人的题画诗可以看到，题画诗作为一种独特的艺术鉴赏活动的结果，在由画及诗的转换过程中，其中必然包含了作者独特的在不同的艺术门类之间，进行审美感知、体验方式和意义生成方式的转换与思考。从而在努力突破艺术门类原有的边界，探索着诗与画之间的秘响旁通。同

---

① （宋）黄庭坚著，（宋）任渊、史容、史季温注、黄保华点校：《山谷诗集注》卷九，上海古籍出版社 2003 年版，第 236—237 页。

② 《晋书·杜预传》，中华书局 1974 年版，第 1030 页。

时，从苏轼等人的题画诗，也可以看到，宋代士大夫的题画诗创作，也扩大了他们生活体验的视域，开拓了新的寻求与赋予生命意义的艺术体验与活动空间。

欧阳修、苏轼两位先后主宰北宋文坛的领袖人物，在其主持贡举期间形成的礼部唱和之作，在内容、主题和文体形式上存在如此明显的差异，从中似乎也透露出北宋文学发展、变化的一些信息。

中　编

洛阳:陪都文化与陪都文学

第四章

陪都洛阳的文学活动与城市意象的双向建构

——以熙丰时期为中心的考察

宋代熙丰时期，一批文人活动于洛阳都市空间之中，在这样的一个具有悠久历史与文化积淀的地理空间与文化空间中的生活，必然会使他们的文学活动与文学创作，共同受到来自历史已经建构起来的，有关这座城市的经典文化意象的强烈影响。不仅如此，他们会在这种影响氛围下，努力去模仿和强化历史已经建构起来的这座城市的文化意象。而他们自己在这一城市空间中的文化活动与文学活动、文学创作，也将参与建构城市的文化意象，建构起新的城市文化意象，并在后世眼中，成为这座城市的经典文化意象的一个有机组成部分。

第一节　陪都文化与陪都文学

陪都是我国历史上在政治制度上的重大创举，又叫“两京制度”，它始于西周。西周都城在关中的镐京，周武王为了加强对东方诸地的控制和防止商朝残余的复辟，因而在洛阳首建都。此后，历代的大小王朝等，无不模仿周朝的两京制度，且许多王朝或政权不只两京。

洛阳是我国“七大古都”之一，有九朝古都之称。东周、东汉、曹魏、西晋、北魏、隋、武周、后梁、后唐。近年来有学者认为是十三朝，或十五朝甚至更多。但是没有得到普遍承认。

同时，洛阳还是许多王朝的陪都所在。关于古代洛阳的陪都建制，比较公认的是“八朝陪都”的说法，即西周、新莽、北周、唐、后汉、后周、北宋、金。如此众多的王朝在洛阳建都或者以洛阳为陪都，这在中国历史上是绝无仅有的。

北宋建立后，因袭前朝都制，以开封为京师，称东京，以洛阳为陪都，称西京。宋初太祖赵匡胤又欲定都洛阳，并为此做了不少准备，修缮洛阳城，建太庙，后虽未果，然却奠定了洛阳在北宋一代的特殊地位。此后，北宋又相继设置了南京应天府、北京大名府，但都有名无实。北宋一代洛阳西京留守府机构庞大，配置精干，且致仕官员多居于此，故东京、西京仍并称东西二京，洛阳实际成为北宋文化之都。从太祖建隆元年（960）北宋建国至靖康二年（1127）北宋灭亡，洛阳作为北宋的陪都共有168年。

洛阳在唐朝称为东都，宋朝称为西都，“皆谓之两京”①，优越的地理条件，悠久的都城历史和独特的时代环境，使宋代洛阳成为衣冠渊薮。“洛阳衣冠之渊薮，王公将相之圃第，鳞次而栉比”②。高品位的居民素质，营造出一种浓厚的文化氛围。

洛阳既是西京，就要设置相应的中央机构，如分司御史台、国子监等，由执政、侍从、一般官员等充任。但并没有实权和繁重公务，御史台仅行香拜表日押班，国子监唯主管钱粮出纳，为士大夫休闲之地（后来也是朝廷安置责降官员之所）。如著名书法家、洛阳人李建中，“性简静，风神雅秀，恬于荣利，前后三次求掌西京留司御史台。尤爱洛中风土，就构园池，号曰静居。好吟咏，每游山水，多留题，自称岩夫民伯”③。

显然，洛阳有陪都之尊贵，又没有东京开封那种浓厚的政治气氛，因而成为士大夫优闲的乐园，人才荟萃。宋邵伯温撰《闻见录》卷十九记载：

> 熙宁中，洛阳以道德为朝廷尊礼者，大臣曰富韩公、侍从曰司马温公、吕申公，士大夫位卿监以清德早退者十余人，好学乐善有行义者几二十人。康节先公隐居谢聘皆相从，忠厚之风闻于天下，里中后生皆知畏廉耻，欲行一事，必曰：“无为不善，恐司马端明知，邵先生知。”呜呼，盛哉。④

---

① （宋）叶梦得：《石林燕语》卷八，中华书局1984年版，第123页。

② 《说郛》卷二十六，周叙《洛阳花木记》，中国书店1986年版，卷二六、十二。

③ 《宋史》卷四百四十一《李建中传》，中华书局1977年版，第13056页。

④ （宋）邵伯温撰，李剑雄、刘德权点校：《邵氏闻见录》卷十九，中华书局1983年版，第210页。

可谓白发清德，冠盖相望。元丰五年（1082），宰相文彦博留守西京，效仿唐代白居易举办的“九老会”，“悉聚洛中士大夫贤而老自逸者，于韩公第置酒相乐，凡十二人”。这次高规格的宴会包括富弼、司马光等人，同时令人将此盛况画了下来，并各赋诗一首。人们将此举赞美为“洛阳耆英会”，[①] 一时传为士林佳话，令人钦羡。不久又有司马光等人的“真率会”，文彦博等人的“同甲会”，“皆洛阳太平盛事也”[②]。只有在太平盛世，才有这种情景；也只有在洛阳，才有这种情景。东京开封没有这种宽松的环境，其他地方又没有这多的高官名士，是为宋代洛阳又一得天独厚的优势。邵雍有诗《寄谢三城太守韩子华舍人》云：“洛阳自为都，二千有余年，举步图籍中，开目古今间。”[③] 两千多年的中心文明积淀，使洛阳的文化土壤极为丰厚。古代典章制度多出于此，文物古迹触目皆是，本身就是一部价值极高、品位极高的经典。如此陈陈相因，耳濡目染，加以家学渊源，名士荟萃，文化气氛浓重，造就出一大批人才，并结聚成空前绝后的洛阳文化高峰。

由于西京独特的地理位置和政治影响力，致侍居洛大臣和现职的西京官员的选择也是很慎重的，大多是有一定资历、曾经位高权重、显赫一时的大员。他们出游时依然威风八面，正如欧阳修所说的“然洛阳西都，来此者，多达官尊重，不可辄轻出。幸时一往，则驺奴从骑，吏属遮道，唱呵后先，前傧旁扶”[④]。洛阳居住的公卿贵族虽多，但绝大多数是退闲之人。官方机构虽有留守司、京西南路监司、河南府等多层，但留守司位尊权轻，因而权位在这里不被过分看重。洛阳西京留司御史台，“为前执政重臣休老养疾之地，故例不事事”[⑤]。“洛中风俗，尚齿不尚官”。如司马光即曾对邵雍说：“某陕人，先生卫人，今同居洛，即乡人也。有如先生道学之尊，当以年德为贵，官职不足道也。”[⑥] 两位寄居的外地人，也

① （宋）王辟之撰：《渑水燕谈录》卷四，中华书局1981年版，第49页。

② （宋）邵伯温撰，李剑雄、刘德权点校：《邵氏闻见录》卷十九，中华书局1983年版，第104—105页。

③ （宋）邵雍：《邵雍集》，中华书局2010年版，第186页。

④ 欧阳修撰、李逸安点校：《欧阳修全集》，中华书局2001年版，第962页。

⑤ （宋）叶梦得：《石林燕语》卷四，中华书局1984年版，第52页。

⑥ （宋）邵伯温撰，李剑雄、刘德权点校：《邵氏闻见录》卷十八，中华书局1983年版，第200页。

入乡随俗了。

北宋时期，是洛阳城市文化史上又一辉煌时代。这与它不再是首都，游离出权力中心密不可分。下野的士大夫到了洛阳，在退居二线后，减少了权利之欲和斗争，能比较超脱地存在与发展，并能清醒地旁观天下。同时，强大的历史背景和在宋代的特殊地位，使洛阳在某种程度上与东京形成对峙。如司马光在宋神宗时退居洛阳，身份是判西京御史台，但“天下以为真宰相”。与其他元老大臣一起，组成王安石变法的反对派。另外，更多地是在政治上、文化上对东京朝廷起着补充作用。她是官场上的缓冲地带，也是政局变动的后备力量。如司马光元祐元年（1086）从洛阳复出为宰相，实行“元祐更化”，并引荐早已退休在洛阳的“宿德元老”文彦博复出为“平章军国重事”，坐镇助威。后来朝廷中“洛党”与“朔党”、“蜀党”的派系斗争，也说明了这个问题。

陪都是相对首都而言的，西京洛阳的特点是相对东京开封而言的。开封是当权派的首都，洛阳是在野派的首都。开封是政治的旋涡，充满了争权夺利；洛阳是天下名园，适宜修身养性；政治氛围较之汴京温馨怡人得多，再加以气候温和，风景优美，又设有留守、分司这样的闲职，就成为当时失势官僚权贵被闲置或厌倦官场的人逃避党争的地方，老年官僚也选择这里退闲养老。私家园林十分兴盛。在洛阳这块特殊的土地上，能否归居自家园林，实际上就是能否从政治中心抽身的问题。

京、洛两地，一方是权力之争，另一方是歌宴之乐，残酷、紧张与温馨、闲散形成鲜明的对比。而这些享受闲适的主人公又曾是置身于政治旋涡之中的人。正如邵雍的诗歌中吟咏的“洛邑从来号别都，能容无状久安居。众蚊多少成雷处，一拂何由议扫除”①。

所有上述这些方面，是任何其他陪都不存在的现象，因此可以说，宋代洛阳是中国历史上典型的陪都。而上述诸方面，形成了典型的陪都文化特征。

正是在陪都之中，形成了具有陪都文化特色的陪都文学，也即在陪都文化孕育和影响下产生的，以体现陪都文化特征为主体内容的一种都市文学。

---

①（宋）邵雍撰：《击壤集》卷九《依韵和宋都官惠㥥拂子》，（宋）邵雍《邵雍集》，中华书局2010年版，第305页。

第二节　熙丰时期洛阳人才聚集与文学活动

熙丰时期，即11世纪60年代末到70年代，在首都东京，正当王安石等一批官僚在神宗皇帝的支持下，强制推行他们实用的、速见成效的变法、改革的政策时；在陪都洛阳，则不断聚集着一批一直相当有政治影响，而此时不断被解除在中央里的权力的士大夫。他们中间除了有前任的首辅富弼、枢密使文彦博、御史中丞吕公著等人之外，还有一批拥有很多崇拜者的著名人物，其中最有人望的就是司马光。

这个足以与政治重心相抗衡的政治次中心的存在，吸引了一批学者与文人。“洛实别都，乃士人之区薮。”① 这一时期，北宋思想史特别是理学史上的几个最重要的学者，如邵雍、程颢、程颐，都同时居住在这里，这些学者都与闲居在洛阳的司马光、文彦博、富弼等有相当深的关系。于是，在洛阳渐渐形成了当时学术与文化的重心。他们以频繁的结社、唱和等方式形成一种独特的文化群落与诗人群体。

北宋熙丰时期，洛阳先后成立有文彦博组织的耆英会，文彦博组织的同甲会和司马光组织的真率会等一系列文学社团。文彦博洛阳耆英会历来有关此会的记载颇多，其中以邵伯温《邵氏闻见录》卷十所记最详：

> 元丰五年（1082），文潞公以太尉留守西都，时富韩公以司徒致仕，潞公慕白乐天九老会，乃集洛中公卿大夫年德高者为耆英会。以洛中风俗尚齿不尚官，就资胜院建大厦曰耆英堂，命闽人郑奂绘像其中。时富韩公年七十九，文潞公与司封郎中席汝言皆七十七，朝议大夫王尚恭年七十六，太常少卿赵丙、秘书监刘几、卫州防御使冯行已皆年七十五，天章阁待制楚建中、朝议大夫王慎言皆七十二，太中大夫张问、龙图阁直学士张焘皆年七十。时宣徽使王拱辰留守北京，贻书潞公，愿预其会，年七十一。独司马温公年未七十，潞公素重其人，用唐九老狄兼謩故事，请入会。温公辞以晚进，不敢班富、文二

① 《明道先生行状》附《门人朋友叙述并序》，（宋）程颐、程颢《二程集》，中华书局1981年版，第332页。

公之后。潞公不从，令郑奂自幕后传温公像，又至北京传王公像，于是预其会者凡十三人。潞公以地主携妓乐就富公宅作第一会。至富公会，送羊酒不出。余皆次为会。洛阳多名园古刹，有水竹林亭之胜，诸老须眉皓白，衣冠甚伟，每宴集，都人随观之。①

在记叙了文彦博洛阳耆英会之后，紧接着邵伯温《邵氏闻见录》卷十又记叙了文彦博组织的同甲会和司马光组织的真率会：

潞公又为同甲会。司马朝议旦、程中散晌、席司封汝言，皆丙午人也。亦绘像资胜院。其后，司马公与数公又为真率会，有约，酒不过五行，食不过五味，惟菜无限。楚正议违约，增饮食之数，罚一会，皆洛阳太平盛事也。②

文彦博洛阳同甲会此会参加者共四人：文彦博、程晌、司马旦、席汝言。文彦博《潞公文集》卷七《奉陪伯温中散程、伯康朝议司马、君从大夫席，于所居小园作同甲会》诗云："四人三百十二岁，况是同生丙午年。招得梁园同赋客，合成商岭采芝仙。清谈叠叠风生席，素发飘飘雪满肩。此会从来诚未有，洛中应作画图传。"③ 元丰五年耆英会活动时，文彦博、席汝言均年七十七，而同甲会时年已七十八，故知这是元丰六年（1083）的事。

司马光洛阳真率会不止举行过一次，每次的参加者也略有不同，试举其著者：司马光《传家集》卷十一有《真率会》诗，题云："二十六日作真率会。伯康与君从七十八岁，安之七十七岁，正叔七十四岁，不疑七十三岁，叔达七十岁，光六十五岁，合五百一十五岁。口号成诗，用安之前韵。"④ 此七人中，除伯康（司马旦）、叔达（不详）两人外，均参加过耆英会，从所记各人年龄来看，该会的举行日期为元丰六年。又《宋

① （宋）邵伯温撰，李剑雄、刘德权点校：《邵氏闻见录》卷十九，中华书局1983年版，第104页。

② （宋）邵伯温撰，李剑雄、刘德权点校：《邵氏闻见录》卷十九，中华书局1983年版，第104—105页。

③ （宋）文彦博：《潞公文集》卷七，四库全书本。

④ （宋）司马光：《传家集》卷十一，四库全书本。

史·范纯仁传》云："丐罢，提举西京留司御史台。时耆贤多在洛，纯仁及司马光，皆好客而家贫，相约为真率会，脱粟一饭，酒数行，洛中以为胜事。"① 此以范纯仁、司马光两人为首的真率会，在两人文集中均有记录。范纯仁《范忠宣集》卷二《和君实微雨书怀韵》云："……邀朋拟白社，取友尽苍髯。撰具虽真率，宾仪去谨严。"② 君实，即司马光字。司马光《传家集》卷十一《邀子骏、尧夫赏西街诸花》诗云："试问二三真率友，小车篮舁肯重过。"③ 子骏为鲜于侁字，尧夫即范纯仁字。据《宋史·鲜于侁传》，其于神宗元丰末年分司西京御使台。故知此真率会的活动时间当在元丰六、七年间。参加过此真率会活动的，似还应有以下诸人：范镇。镇字景仁，曾任知制诰、翰林学士。神宗朝历端明殿学士。范纯仁《范忠宣集》卷四《蜀郡范公景仁挽词三首》其二云："伊洛相逢日，忠贤盛集时。游从敦气义，唱和若埙篪。"④ 味其诗意，景仁显然参加过纯仁真率会的活动。祖无择。无择字择之，曾任龙图阁学士，权知开封府，进学士。其所撰《龙学文集》卷四有《聚为九老自咏诗》，其序云："龙学因分司西京御史台，与司马温公九人为真率会，谓之九老。"⑤ 显然也参加过司马光组织的某一次真率会的活动。

洛阳耆英会、真率会、五老会等，参与者均为新党变法革新的反对者和失意者，其中范镇、富弼均因激烈反对新党变法措施而被迫致仕，文彦博、司马光均为激烈反对新党而被迫先后分司洛阳赋闲养老，其与会人员，一半是现任官员，因此与唐代的九老会事实上完全不同。而研究者多惑于其自我宣称，打着模仿唐代九老会的招牌和表面的相似，而粗心地以同类视之，是被其高超的策略所迷惑和蒙蔽。这些会社的主持者与召集人文彦博、司马光，均为北宋杰出的政治家，有十分丰富的政治斗争经验和谋虑，在此新党正获神宗全力支持、炙手可热之际，如果反对者明确政治目的聚会在一起，势必引起新党的关注和动用权力进行解决，而打着模仿唐代九老会的旗号，则示人以无心政治、安心养老的信息，而行政治集团之实，在当时是起到了效果，达到了初衷的。《师友杂志》："元丰间，神

① 《宋史》卷三百一十四《范纯仁》传，中华书局1977年版，第10286页。

② （宋）范纯仁：《范忠宣集》卷二，卷四，四库全书本。

③ （宋）司马光：《传家集》卷十一，四库全书本。

④ （宋）范纯仁：《范忠宣集》卷二、卷四，四库全书本。

⑤ （宋）祖无择：《龙学文集》卷四，四库全书本。

宗尝称温公于辅臣曰：‘司马光只是待做严子陵，他那里肯做事！’”① 神宗当然做梦也想不到，他以为的“只是待做严子陵，他那里肯做事”的司马光，不仅肯做事，而且肯做大事，他死后不久，司马光一旦重新掌握朝柄，便以母改子制的名义，将神宗一生全力推行和寄予厚望的变法革新全盘否定，彻底推翻，全面废除。而司马光贯彻这一政策的一班干将，相当一部分就是这些申明模仿九老会，学做严子陵的会社成员。可惜他们的策略不仅迷惑了神宗和一班权力在握、以为无所顾忌的新党人物，也蒙蔽了至今的研究者，称之为怡老诗社。②

关于诗社，值得注意司马光的序中的有关记载，《洛阳耆英会序》(元丰五年正月作)：

> 昔白乐天在洛与高年者八人游，时人慕之，为九老图传于世。宋兴，洛中诸公继而为之者再矣。皆图形普明僧舍，乐天之故第也。元丰中，潞国文公留守西都，韩国富公致政在里第，皆自逸于洛者。潞国谓韩国公曰：凡所为慕于乐天者，以其志趣高逸也，奚必数与地之袭焉。一日悉集士大夫老而贤者，于韩公之第，置酒相乐。宾主凡十有二人，图形妙觉僧舍。时人谓之洛阳耆英会。孔子曰：好贤如缁衣。取其敝，又改为乐善无厌也。二公寅亮，三朝为国元老，入赞万机，出绥四方。上则固社稷、尊宗庙，下则熙百工、和万民。为天子腹心股肱耳目，天下所取安所取平。其勋业闳大显融，岂乐天所能庶几。然犹慕效乐天所为，汲汲如恐不及。岂非乐善无厌者欤。又洛中旧俗，燕私相聚，尚齿不尚官。自乐天之会已然，是日复行之，斯乃风化之本，可颂也。宣徽王公，方留守北都，闻之，以书请于潞公：曰某亦家洛，位与年不居数客之后，顾以官守，不得执卮酒，在坐席，良以为恨，愿寓名其间，幸无我遏。其为诸公嘉羡如此。光未七十，用狄监卢尹故事，亦预于会，潞公命光序其事，光不敢辞。时元丰五年正月，端明殿学士兼翰林侍读学士太中大夫提举崇福宫司马光序。③

---

① （宋）吕本中：《师友杂志》，丛书集成初编本，商务印书馆 1935 年版，第 20 页。

② 欧阳光：《宋元诗社研究丛稿》，广东高等教育出版社 1996 年版，第 29—42 页。

③ （宋）司马光：《温国文正司马公文集》卷六十五《洛阳耆英会序》，四库全书本。

此一历史文献，一是详细记录被迫离开京都政治权力核心而留守西都的潞国文公，作为陪都的最高长官，于被迫致仕的韩国富公之第，悉集士大夫老而贤者，为耆英会，应当可以从中解读出多重政治与文化的潜台词。

二是突出强调“二公寅亮，三朝为国元老，入赞万机，出绥四方，上则固社稷，尊宗庙，下则熙百工，和万民。为天子腹心股肱耳目，天下所取安所取平，其勲业闳大显融，岂乐天所能庶几”。而反衬二公被冷遇的现状。未言之意，见于言外。

三是特别记载“宣徽王公方留守北都，闻之，以书请于潞公曰：某亦家洛，位与年不居数客之后，顾以官守不得执卮酒，在坐席，良以为恨，愿寓名其间，幸无我遏。其为诸公嘉羡如此”。说明其声明和影响，已经名动士林，闻风而影从。

而从《闻见录》卷十记载：“余皆次为会”，说明不是偶一为之，而是一个经常性聚会。

一是“洛阳多名园古刹，有水竹林亭之胜，诸老须眉皓白，衣冠甚伟，每宴集，都人随观之”。一群或者被迫致仕或者冷遇闲置的官员，却要在陪都如此招摇过市，打造声势，其行为本身就是一种示威与抗议。

二是“有约”，是有会社章程的。白居易不过偶然为之，宋代真率会等则有意为之，成为一个惯例。一个有组织、有章程、有入会条件和基本会员的社会常态活动。

洛阳耆英会在宋代产生了很大的影响，许多宋代的笔记都提到，有些还有详细的记叙。比如宋王辟之撰《渑水燕谈录》卷五：

富韩公熙宁四年以司空归洛，时年六十八。是年，司马端明不拜枢密副使，求判西台，时年五十三。二公安居冲默，不交世务。后十一年，当元丰五年，文潞公留守西京，慕唐白乐天九老会，于是悉聚洛中大夫贤而老自逸者，韩公置酒相乐，凡十二人。又命郑奂图形妙觉僧舍，各赋诗，时人呼之曰洛阳耆英会，而司马为之序。其相聚也，用洛中旧俗，叙齿不尚官，时韩公年七十九，潞公与司封席汝言皆七十七，朝议大夫王尚恭七十六，太常卿赵丙秘书监刘几、卫州防御使冯行已皆七十五，天章阁待制楚建中七十三，朝议大夫王慎言七十二，大中大夫张问、龙图阁直学士张焘皆七十，司马六十四，故潞

> 公诗云：当年尚齿尤多幸，十二人中第二人。韩公赠潞诗云：顾我年龄虽第一，在公勋德自无双。潞再答韩公诗云：惟公福禄并功德，合是人间第一人。是时宣徽使王公拱宸年七十，留守大名，贻诗二，公预其数，凡十三人。①

洛阳耆英会不仅在宋代产生了很大的影响，南宋之后仍然有许多士大夫仿效之，而且在宋代之后依然发生影响。明王樵撰《方麓集》卷四《寿石鹿李公序》：

> 昔白乐天在洛，有九老会，时人慕之，绘而为图。宋兴，洛中诸公继而为之者凡再。至道中，李文正公昉，以司空致仕，为会，自太子中允张好问而下，凡九人。元丰中，文潞公以太尉留守西都，富韩公以司徒致仕，集洛中公卿大夫年德高者为耆英会，尚齿不尚官，自司封郎中席汝言而下，凡十三人，并绘象堂中。时独司马温公年未七十，潞公素重其人，用昔狄兼謩故事，固请入会焉。此诚太平之盛事，古今之美谈，岂特洛下衣冠一时之胜集而已哉。②

清孙承泽撰《春明梦余录》卷六十五《杨文敏雅集图序》：

> 昔唐之香山九老，宋之洛社十二耆英，俱以年德高迈，致政闲居，得优游诗酒之乐，后世图之以为美谈。③

司马光序与《邵氏闻见录》的记载，“老而贤者”“年德高者”，在唐代白居易的九老会，只是强调了年高，而贤与德，则是宋代耆英会增加的新的标准，应该引起关注。以名节相高，以道德相标，即是自我肯定，也是暗含褒贬。显然与当时新旧党争之间关于义与利，君子与小人之辩论有关。④ 强调德高可以占据道德的制高点，而道德问题在北宋中期之后，

---

① （宋）王辟之撰：《渑水燕谈录》卷五，中华书局 1981 年版，第 49 页。

② （明）王樵撰：《方麓集》卷四，四库全书本。

③ （清）孙承泽：《春明梦余录》卷六十五，北京古籍出版社 1992 年版，第 1254 页。

④ 参沈松勤《北宋文人与党争》，人民出版社 1998 年版，第 63—87 页。

已经成为一个重要的文化语境。①

唐代白居易九老会不过是一次聚会，参与者无一名高位重、元老重臣，也无一勋业显赫者，其构成成分也与宋代耆英会的明显党派分野不同，白居易自己就自觉超越两党党争，并且以此自幸，不带有政治、党派的色彩。白居易此前已经疾病缠身，九老会次年即病逝。②

命名上，唐代白居易洛阳九老会，实指，通俗，无特殊文化内涵与象征意义。宋代以耆英名诗会，耆英，乃高年硕德者之称。唐司空图《太尉琅琊王公河中生祠碑》："宾筵备礼，耆英尽缀于词林；将略求材，剑戟自森于武库。"③

而司马光以真率名诗会，所谓真率，纯真坦率。《晋书·羊曼传》："有羊固拜临海太守，竟日佳美，虽晚至者犹获盛馔。论者以固之丰腆，乃不如曼之真率。"《宋书·陶潜传》云："贵贱造之者，有酒辄设，潜若先醉，便语客：'我醉欲眠，卿可去。'其真率如此。"可见，所谓真率，通俗一点讲，即摒除任何矫饰、造作，以真面目示人。宋梅尧臣《哭尹子渐》诗："阮籍本真率，感慨寿不长。"宋吴曾《能改斋漫录·事始一》："司马温公有真率会，盖本于东晋初时拜官相饬供馔。"④

这些诗会的命名，均有文化象征意义，一方面明显继承洛阳城市文化，但是另一方面，是有选择、有目的的，是在洛阳城市文化的诸多方面中，有选择性地继承特定部分，同时加以改造、重构，而非简单的模仿、重复。是在选择性地对传统洛阳城市文化资源认同和利用的同时，在继承传统的名号下创造和建构着新的传统，或者如英国当代著名历史学家和社会史学家霍布斯鲍姆所说的是一种"传统的发明"：

> "被发明的传统"意味着一整套通常由已被公开或私下接受的规则所控制的实践活动，具有一种仪式或象征特性，试图通过重复来灌输一定的价值和行为规范，而且必然暗含与过去的连续性。事实上，只要有可能它们通常就试图与某一适当的具有重大历史意义的过去建

---

① 参刘方《文化视域中的宋代文论》，学林出版社2006年版，第75—178页。

② 参朱金城《白居易年谱》，上海古籍出版社1982年版，第295—333页。

③ （唐）司空图：《司空表圣文集》卷五，民国嘉业堂本。

④ 《山西通志》卷二百三十引宋吴曾：《能改斋漫录·事始一》，四库全书本。按此条今本未见。

立连续性。……将新传统插入其中的那个具有重大历史意义的过去，并不需要是久远的、于时间迷雾之中遥不可及的。……就与历史意义重大的过去存在着联系而言，“被发明的”传统之独特性在于它们与过去的这种连续性大多是人为的。总之，它们采取参照旧形势的方法来回应新形势，或是通过近乎强制性的重复来建立它们自己的过去。①

第三节　熙丰时期洛阳文学集会与新的洛阳都市文化意象的建构

在熙丰时期洛阳文学集会期间，所写与洛阳有关的诗歌，是一批长期被忽略的材料，内中少量被研究者涉及，也并非从这些诗歌与城市文化关系角度论及。与此前研究不同的是，本节从城市文化这一角度研究文学活动，这是一个长期被忽略的角度，在此一新研究视角、视野下，这些诗歌能够被重新“发掘”而体现其价值和意义。

虽然对于耆英会已经不少人谈及，但是从未有人就其具体作品进行具体分析和深入、细致的研究，多以为艺术水平不高，文学价值不大。但重要的正是通过这些文学作品的创作和影响，构成了耆英会、真率会活动而成为一种洛阳城市文化意象、象征，多年之后，人们记忆起的洛阳城市文化的经典意象，是唐代的九老会、宋代的耆英会、真率会，至于作品水平的高下，反而不是最主要的事情了。下面对于洛阳耆英会第一次唱和诗歌作品，进行简要分析。②

首先，是继承和建构退隐、闲逸者居之的洛阳城市意象。

唱和集中列为第一首的富弼“西洛古帝都，衣冠走集地”，开篇即彰显洛阳名城，人才荟萃，文化发达。“旷怀轻富贵，日与退老游”则体现了洛阳陪都文化的休闲特征。“商岭有四翁，晋林惟七子，较我集诸贤，

---

① ［英］霍布斯鲍姆等：《传统的发明》，顾杭、庞冠群译，译林出版社2004年版，第2页。

② 按：本章所有耆英会作品，均据四库全书本元·陶宗仪：《说郛》卷七十五下收录的作品，为避免烦琐，不再另外出注。

盛衰何远迩”，是将耆英会与历史上的隐者群体比较，并且盛赞群英会。文彦博“九老旧贤形绘事，元丰今胜会昌春”，开篇直接明确点出上承唐代白居易九老会，并且胜之。其“洛下衣冠今最盛”与席汝言“二公闲暇开高宴，九老雍容奉胜流”，“壮岁尘埃禄仕牵，老归重到旧林泉”。赵丙“新春鼎洛燕英髦，主礼雍容下庶寮。二相比肩官一品，十人华发事三朝”。张问“清闻几席同禅院，山野巾裘似隐沦。尊酒椒香才过节，池塘草色已催春。白公酣畅吟哦内，卫武康强笑语频”。则着眼于退隐、闲逸的陪都文化特征。

王拱辰的诗歌篇幅最巨，长达七百余字，开篇“西都山水天下奇，神嵩景室环清伊。（上古太室山为景室山）甫申间气秀不绝，生贤会圣昌明时。衣冠占数盛文雅，台符卿月光离离”。中间“为言白傅有高躅，九君结社真可师”。从洛阳山水风景，一直写到人才衣冠。从洛阳的城市历史写起，并且将耆英会与白居易九老会联系起来。

张焘“洛城今昔衣冠盛，韩国园林景物全”，司马光“洛下衣冠爱惜春，相从小饮任天真”，则更加强调了洛阳文化的当下鼎盛。“任天真”则是司马光对于耆英会特征之一的界定，也是他后来组织诗会命名为真率会的理念。对于洛阳都市文化历史的继承是十分必要的，正如美国汉学家梅尔清所指出的：“当这些精英们找寻并再次幻想拥有一种共有的文化遗产时，诗意的想象和历史的想象在他们的活动中都占有重要的地位。”①

对参加诗社活动的个人来说，他们从中不仅能得到友朋相得之乐，而且身预于某一有影响的群体，还能使他们感觉到自身价值的被承认，产生强烈的荣誉感。这一点，在耆英会的诗歌作品中再明显不过的体现了出来。

其次，建构有德者居之的洛阳城市意象。

富弼“予惭最衰老，亦许预其次”，文彦博“当筵尚齿尤多幸，十二人中第二人”，席汝言“自分杜门居陋巷，敢期序齿预公筵”，王尚恭“服许便衣更野逸，坐从齿列似天伦”。都是从继承洛阳陪都文化尚齿不尚官的传统角度，以不同方式加以表达与称颂。

但是耆英会不仅是对于洛阳都市文化传统的继承，而且是在其新的历史条件和特定的历史背景下的发展。富弼“岂惟名利场，骤为耆德会”，

---

① ［美］梅尔清：《清初扬州文化》，朱修春译，复旦大学出版社2004年版，第131页。

文彦博“顾我年龄虽第一，在公勋德自无双”，“当筵尚齿礼容优，惟公福寿并勋德，合是人间第一流”。席汝言“系国安危唐上宰，功成身退汉留侯”，刘几“司徒硕德今无比，太尉殊勋固绝伦”。均是从或者自谦或者称颂功业勋德，来表达了一个新的都市文化风尚，即尚德。如宋邵伯温所说的，“熙宁中，洛阳以道德为朝廷尊礼者，大臣曰富韩公、侍从曰司马温公、吕申公，士大夫位卿监以清德早退者十余人，好学乐善有行义者几二十人”。[①]

冯行已的诗歌中就明确写道：“书称五福寿为先，有德人方得寿延。自愧栎樗非远器，谁应齿发亦遐年。”“有德人方得寿延”，将有德放在了首位。栎樗，即樗栎。《庄子·逍遥游》：“吾有大树，人谓之樗，其大本拥肿而不中绳墨，其小枝卷曲而不中规矩，立之涂，匠者不顾。”后因以“樗栎”喻才能低下。唐欧阳詹《寓兴》诗：“桃李有奇质，樗栎无妙姿。”这里是用为自谦之词。类似的用法如苏轼《和穆父新凉》：“常恐樗栎身，坐缠冠盖蔓。”远器，是指有远大前程，终成大器之人。《新唐书》卷一百三十九房绾本传：“绾有远器。”《宋史》卷三百八十九袁枢本传：“袁枢字机仲，建之建安人。幼力学，尝以修身为弓赋试国子监，周必大、刘珙皆期以远器，试礼部词赋第一人。”宋沈括撰《梦溪笔谈》卷十：“公曰始见其气韵清修，谓必远器。”均此用例。冯行已与富弼、文彦博等相比，在功业、年寿、勋德等方面，均自愧不如，因此有此自愧之句。楚建中“二相谟猷烂史编，诸公才业过前贤”。则是正面的颂扬。王拱辰“二贤勋业冠朝省，爵齿官学谁依稀”。张问“槐庭二老乐尧仁，盛集高年洛水滨。华衮具瞻虽礼绝，白头序齿却情亲”。张焘“功在三朝尊二相，数踰九老萃群贤”。则是将序齿的都市文化历史特征的延续的称赞与今日勋德新都市文化品质的赞美并置。

王谨言“不将官职夸乡里，惟尚年龄入画图。履道清欢追故事，跂瞻阴德盛吁谟”，则进一步将上述内容具体化了。履道坊是当年白居易在洛阳居住的旧址，也是九老会活动的场所，其遗址今已发掘。[②] 文彦博举行耆英会是对于当年洛阳都市文化的一个历史继承。而“跂瞻阴德”则

---

① （宋）邵伯温撰，李剑雄、刘德权点校：《邵氏闻见录》卷十九，中华书局1983年版，第210页。

② 中国社会科学院考古研究所洛阳唐城队：《洛阳唐东都履道坊白居易故居发掘报告》，《考古》1994年第8期。

是称赞文彦博了。文彦博到洛阳为西都留守，洛人于资圣殿为文彦博建生祠，名曰迂瞻堂。其名大有来历，是神宗赐给文彦博诗歌中的用词。司马光所作《迂瞻堂记》记载：

> 元丰三年，天子大飨明堂，召河东节度使、守司徒兼侍中潞国文公自北都入勤于京师，以相祀事礼事……复命公以太尉留守西都，于是，公尹洛者三矣。将行，天子仍赐之诗云："西都旧士女，白首迂瞻公。"洛人喜公之来，荣天子之言。明年，相与名御堂，于资圣佛祠肖公之像于其中，名之曰："迂瞻。"①

当元丰五年，耆英会之时，王安石正第二次罢相，在金陵度过他隐居、信佛的晚年，甚至将神宗知道他经济拮据，给他的金，都捐给了寺院，引起后来正统学者的不满和批评。② 王安石罢相，洛阳士大夫应该知道，虽然没有直接证据，但是当时邸报发达，私人通信发达，每一次朝中重大事件，洛阳士大夫都能很快知道，王安石罢相是一个重要事件，当然会很快传播。洛阳士大夫一方面以道德相高，不屑经济利益，以真率相鸣，反对伪饰、小人，另一方面，在打着荣休的旗号之下，何尝没有东山再起的动机？看司马光给范镇等人的信和在元祐之后，司马光出山，全盘否定新政，与他十五年洛阳隐居所宣称的不过问朝政的一贯说法全然不同，即可知。③

耆英会在尚齿原则之外，新增加了尚德原则，既反映了特定的文化背景，也形成了新的洛阳城市文化组成要素。唐代九老会最突出的两个方面，一是长寿，又与神仙信仰联系在一起；二是闲适，唐代九老会的参与者此时均已经致仕，在政治上原本就并非朝廷重臣，也没有东山再起的想法，因此是比较单纯的休闲、养性。宋代也继承了这两个方面，但是又有所新变，一是长寿，但是与尚德联系在一起，体现宋代新的文化特征；二是隐逸思想有变化，不再是单纯的休闲、养性。

---

① （宋）司马光：《温国文正司马公文集》卷六十六《迂瞻堂记》，四库全书本。

② 参（清）顾栋高《王荆国文公年谱》，中华书局1994年版；（清）蔡上翔《王荆公年谱考略》，中华书局1994年版。

③ 参（明）马峦《司马温公年谱》，中华书局1990年版；（清）顾栋高《司马温公年谱》，中华书局1990年版。

北宋熙丰耆英会与中唐白居易九老会在很多方面都具有可比性，而且这种比较不是从今天的研究者开始的，而是从北宋洛阳耆英会的形成之始就在自觉进行。从前述对于唐宋时期洛阳这两个著名诗会的差异的分析中，可以更清楚地认识熙丰时期的洛阳陪都文化及其陪都文学的所独具的特点与意义。从身份而言，与白居易九老会主要由退休中层官员构成相比，不仅如宋人自觉谈到的耆英会多高官显贵，而且不少的在职高官，文彦博更是声名显赫的地方最高长官。从活动特征上看，白居易九老会不过是偶一为之，而耆英会、真率会一类的诗社，则形成定期活动的机制，甚至形成了会约。但是，这些差异还仅仅是表面的。正如前面已经分析指出的，北宋耆英会有强烈的政治动机与政治目的，而洛阳时期的白居易则“沉溺于园林与隐逸；他潜心庄、禅，以求解脱，然而所有这一切都无济于事，信仰的危机和面临价值虚无的深渊所带给他的精神的痛苦、焦虑和迷茫，比我们有限的篇幅所能引述的诗歌中所表达出来的，不知要多多少”。[①] 杨晓山也谈到，“正如邵伯温所说，耆英会的榜样是九老会。但其间有一个关键性的区别。白居易的九老会是社交性的，而11世纪洛阳模仿创建的各种耆老会却有着非常强烈的道德和政治目的”。[②]

熙宁、元丰时期以耆英会、同甲会、真率会成员为核心的洛阳文人群体，作为被迫从权利中心撤退的变法派主要对手，淡泊率真只是其日常生活中的一面，他们从来没有也不可能脱离与当时政局的联系。从蔡京所撰的《元祐党人碑》可以看到，耆英会、真率会等熙丰洛阳文人群体成员中名列党籍的有司马光、文彦博、范纯仁、鲜于侁、张问5人，而成员的直系亲属更有司马光之子司马康、程晌之子程颐、范纯仁之弟范纯粹和范纯礼、范纯仁之子范正平、鲜于侁之子鲜于绰、范镇之侄范百禄和侄孙范祖禹8人。这其中还不包括王安石的两位重要对手富弼和范镇，因为前者已于元丰六年逝世，后者元祐时拒绝出仕，均未登上这一时期的政治舞台。由于吕公著、邵雍和程颐、程颖等人此时也闲居洛阳并和耆英会成员保持密切联系，洛阳可谓是反对变法者的大本营。因此，他们对于尚德的推崇和强调，就不仅有北宋范仲淹、欧阳修开启的新的崇尚人格、道德的

---

① 刘方：《文化视域中的宋代文论》，学林出版社2006年版，第94—95、125—126页。

② ［美］杨晓山：《私人领域的变形：唐宋诗歌中的园林与玩好》，文韬译，江苏人民出版社2008年版，第181页。

文化、思想，并且将文学与此密切联系起来的新传统，[①] 同时也有新旧党争在政治特别是经济改革方面的核心争论的所谓“义利之辩”的政见分歧[②]及其社会理想的差别。[③] 邵雍曾写有《四贤吟》，将富弼、司马光、吕公著、程颢并称为洛中四贤：

> 彦国之言铺陈，晦叔之言简当。君实之言优游，伯淳之言调畅。四贤洛阳之名望，是以在人之上。有宋熙宁之间，大为一时之壮。[④]

邵雍的诗，在艺术上实在乏善可陈，但是诗歌的题目《四贤吟》，倒是很容易使人联想起当年范仲淹与吕夷简朋党之争，范仲淹、欧阳修、尹师鲁、余安道被贬官之后，蔡襄称颂他们的《四贤一不肖诗》。而且事实上，从宋代开始就有人将两者联系了起来。南宋吴泳撰《鹤林集》卷二十《论不可厌近名好直之风札子》中就说道：

> 昔司马光、程颢，四贤之望也，熙宁并起而用之，故足以大为一时之壮。蔡襄、欧阳修，四谏之选也，庆历既出而复之，故足以永贻列圣之谋。懿榘宏纲，具在青史，陛下能仰而法之，则天下称为好贤之主，后世不名为拒谏之君，宗社幸甚，生民幸甚。[⑤]

而邵雍称颂其贤，则是从有德着眼，也是充分反映了其文化群体的特征与理想。

再次，建构洛阳士大夫群体的文化资本与社会声望文化资本理论是法国社会学大师布尔迪厄（Pierre Bourdieu）提出的重要社会学理论。某些文化资源，不论是文化实践还是文化产品，在一定的社会历史条件下，可以成为稀有资源，成为不同社会主体和社会阶级的争夺对象，占有这类资

① 参刘方《文化视域中的宋代文论》，学林出版社 2006 年版，第三章《道的重建与文的再思》，第 150—233 页。

② 罗家祥：《朋党之争与北宋政治》，华中师范大学出版社 2002 年版，第 30—44 页。

③ 葛兆光：《中国思想史》第二卷，复旦大学出版社 2000 年版。第 278—315 页。

④ （宋）邵雍：《击壤集》卷十九，《邵雍集》，中华书局 2010 年版，第 507 页。

⑤ （宋）吴泳撰：《鹤林集》卷二十，四库全书本。

源可以获取一定的物质的和象征的利润。在这种情况下，文化资源就开始成为文化资本。[①] 而在传统中国社会中，特别是在宋代这样的科举社会中，[②] 进士第与文人雅集，就是重要的文化资本。

富弼“幽居近铜驼，荒弊仍湫底，塞路移君庖，盈车载春醴，献酬互相趣，欢处不知止”。文彦博“垂肩素发皆时彦，挥尘清谈尽席珍。染翰不停诗思健，飞觞无筭酒行频。兰亭雅集夸修禊，洛社英游赏序宾”。王尚恭“席间韵语皆非俗，图上形容尽得真”。或者作当下具体盛况的描写，或者作历史雅集的比类，均在突出其优越的文化特征。

刘几“制举省元推二相，龙头昔日属宣猷”则以具体事例来称颂耆英会的人才济济，才华出众。“制举省元推二相”是赞美富弼、文彦博。制举，唐代科举取士制度之一。除地方贡举外，由皇帝亲自诏试于殿廷称为“制举科”。简称“制举”或“制科”。《新唐书·选举志上》：“唐制，取士之科，多因隋旧，然其大要有三。由学馆者曰生徒，由州县者曰乡贡，皆升于有司而进退之……其天子自诏者曰制举，所以待非常之才焉。”宋代因之。宋苏轼《上富丞相书》：“轼也，西南之匹夫，求斗升之禄而至于京师。翰林欧阳公不知其不肖，使与于制举之末，而发其猖狂之论。”而这位富丞相本人就是制举出身。富弼（1004—1083），字彦国，河南（今河南洛阳）人。仁宗天圣八年（1030）举茂才异等。省元，宋代礼部试进士第一名称“省元”。礼部属尚书省，故称。又称省魁。宋王铚《默记》卷中：“少年举人，乃欧阳公（欧阳修）也，是榜为省元。”宋俞文豹《吹剑录》：“绍兴二年，张无垢九成为状元，次举省元樊光远，状元汪应辰。上语九成曰：‘二魁皆卿门人，深用嘉叹。’”此句是称赞富弼制举出身，文彦博曾经为省元。[③] 按，文彦博本传没有此省元记载，而二相明确是指富弼、文彦博，则此可补本传之缺。

“龙头昔日属宣猷”是称赞王拱辰。龙头，状元的别称。唐黄滔《辄吟七言四韵攀寄翁文尧拾遗》诗：“龙头龙尾前年梦，今日须怜应若神。”旧注：“滔卯年冬在宛陵，梦文尧作状头及第。”宋王辟之《渑水燕谈

---

① ［法］布尔迪厄：《文化资本与社会炼金术》，包亚明译，上海人民出版社 1997 年版。

② 参梁庚尧《宋代社会经济史论集》，台北允晨文化实业股份有限公司 1997 年版；何忠礼《科举与宋代社会》，商务印书馆 2006 年版；［美］John W. Chaffee，The Thorny Gate of Learning in Sung China. Cambridge University Press，1985。

③ （宋）俞文豹：《吹剑录全编》，古典文学出版社 1958 年版，第 89 页。

录·知人》："孙何、孙僅，学行文辞倾动场屋。何既为状元，王黄州览仅文编，书其后曰：'明年再就尧阶试，应被人呼小状元。'后榜僅果为第一……（黄州）并寄何诗曰：'惟爱君家棣华榜，《登科记》上并龙头'。"①《宋史》卷三百一十八王拱辰本传："王拱辰，字君贶，开封咸平人。元名拱寿，年十九，举进士第一，仁宗赐以今名。"②

王拱辰的诗歌中同样对此加以称颂，"仁皇一庄龙虎榜，桂堂先后攀高枝"。所谓龙虎榜，宋吴曾撰《能改斋漫录》卷四"林藻欧阳詹相继登第"条：

> 黄朝英《缃素杂记》云，《唐书欧阳詹传》云，闽越地肥衍，有山泉禽鱼，虽能通文书吏事，不肯仕宦。及常衮罢宰相为观察使，始择县乡秀民能文词者，与为宾主礼，故其俗稍相劝仕。初詹与罗山甫同隐潘湖，往见衮，衮奇之，辞归，泛舟饮饯。与韩愈、李观、李绛、崔群、王涯、冯宿、庾承宣联第，皆天下选，时称龙虎榜。闽人第进士，自詹始。③

明周祈撰《名义考》卷五"玉笋班龙虎榜"条：

> 李宗敏知贡举，门生多清秀俊茂，唐伸、薛庠、袁郁辈，时谓之玉笋。陆贽主试，得韩愈、欧阳詹、贾稜、陈羽等，皆天下孤俊伟杰之士，号龙虎榜。④

仁宗天圣五年（1027）登进士第377人。宋彭百川《太平治迹统类》卷二八《祖宗科举取人·仁宗》："赐进士王尧臣等及第三百三十七人：韩琦、赵概、包拯、吴育、陈希亮、文彦博；二甲刘观、王翼。"可见文彦博进士及第的这一榜，的确可谓龙虎榜。此榜状元王尧臣，历翰林学士、枢密副使。终尚书户部侍郎、参知政事。韩琦，天圣五年中进士第二人，初授将作监，位至宰相。赵概，天圣五年中进士第三人，初授将作

① （宋）王辟之撰：《渑水燕谈录》卷三，中华书局1981年版，第27页。

② 《宋史》卷三百一十八王拱辰本传，中华书局1977年版，第10359页。

③ （宋）吴曾撰：《能改斋漫录》卷四，上海古籍出版社1979年版，第88页。

④ （明）周祈撰：《名义考》卷五，四库全书本。

监，海州通判。历知制诰、翰林学士、枢密副使、参知政事。以太子少师致仕。这一榜中的名人还有包拯，字希仁。庐州合肥县人。天圣五年登进士第，初授大理评事、知建昌县。累擢龙图阁直学士、权三司使。嘉祐六年，迁给事中、三司使。拜枢密使、迁侍郎，辞不受，寻以疾卒。谥孝肃。

最为荣耀的是，在同一年，吴育与弟弟吴方、吴京同登第。吴育历知制诰、翰林学士、枢密副使、参知政事。而他的另外一个弟弟吴充，则在仁宗景祐五年（1038）进士及第，后来成为王安石的儿女亲家，王安石罢相，吴充任同中书门下平章事，监修国史。是当时有名的政治家。

此榜还有梅挚，历龙图阁学士、知滑州。仕至右谏议大夫、知河中府。是当时知名的文学家与政治家。

而王拱辰获得状元的仁宗天圣八年（1030）榜，同样也可谓龙虎榜。此榜登进士第249人。王拱辰，开封府咸平县人。天圣八年进士第一人，时年十九，释褐授将作监、通判怀州。历权知开封府事、御史中丞、三司使、宣徽院北、南院使等要职。终检校太师、彰德军节度使、判大名府。刘沆，天圣八年中进士第二名，初授大理评事、舒州通判。历知制诰，参知政事。至和元年拜相（同中书门下平章事）。孙抃，天圣八年中进士第三人，初授大理评事、绛州通判。历右正言、知制诰，翰林学士，权御史中丞。嘉祐五年，除枢密副使，拜参知政事（副相），进观文殿学士兼翰林侍读学士、同群牧制置使，改户部侍郎。

这一年，进士及第的还有文彦若，字公顺。汾州介休县人。彦博弟。二十岁时，中天圣八年进士丙科，初授平定军判官。后改知乾州奉天县，未之官，卒于秦州经略府署，时年三十一。王拱辰的诗歌中所谓“桂堂先后攀高枝”就是称美文彦博兄弟二人先后进士及第。

在这一榜中，最出名的有欧阳修，字永叔，自号醉翁、六一居士。吉州庐陵县人。观子。天圣八年，礼部第一，中进士甲科，初授西京留守推官。历知制诰、翰林学士。官至枢密副使、参知政事（副宰相）。蔡襄，字君谟。兴化军仙游县人。天圣八年中进士第十名，初授漳州军事判官，历知制诰，三司使，终端明殿学士、知杭州。石介，字守道，人称祖徕先生。充州奉符县人。天圣八年登进士第，初授郓州观察推官，庆历中擢太子中允、直集贤院，终濮州通判。张先，字子野。湖州乌程县人。天圣八年登进士第。历知吴江县，仕至都官郎中。

这一年录取制科二人：何泳，成都府人。天圣八年，以太常博士应贤良方正制举科入四等，授祠部员外郎、永兴军通判。富弼，字彦国。河南府人。天圣八年，以茂材异等中第，初授将作监、知河南府长水县。历右正言、知制诰，枢密副使，二次拜相为同中书门下平章事。卒谥文忠。[①] 王拱辰诗歌中"昔年大对继晁董，登科赐第同一朞。（皆天圣八年）"就是讲的此事。

宋叶梦得《石林燕语》卷八："富公以茂才异等登科。后召试馆职，以不习诗、赋求免。仁宗时命试以策论，后遂为故事。制科不试诗、赋，自富公始。"[②]

如果说刘几的诗句还仅仅是夸耀耆英会中聚集了状元、省元、制举等科举殊荣，则王拱辰进一步强调和夸耀这些状元、省元、制举，是在著名的龙虎榜之年取得，则其难度、荣耀和价值，都大大提升了。

王拱辰"为指风什歌式微，如羹甘露爽心骨。似柄玉尘亲颜眉，兰丛虽未长罗宅，菊英似亦思陶篱，子山已着小园赋，彦伦犹愧钟山移"。则是化用典故，表达隐居不成的遗憾。

这些诗句都是强调其文化身份和高雅趣味。同时，这些充满文化意味的诗会，也是他们利用传统，并且加以发挥和重建，以期产生文化上的重大影响，并且由此表明他们的社会身份，建构文化资本。美国汉学家梅尔清曾经谈道：

> 文人精英的娱乐活动集中在一些特定的名胜景点，这些名胜景点通常与某个事件有关或与某个历史人物有各种关联，……文人精英使用历史和文化符号来描述与他们相关的娱乐休闲活动及风景名胜的社会意义，从而把他们自身与其他阶层分开。每一个人都可以光顾某处景点娱乐消遣，但只有那些掌握文学和历史遗产的知识精英才能真正娱乐休闲。……共同描述和维护文人精英共同体所拥有的文化价值。[③]

---

① 龚延明、祖慧撰：《宋登科记考》，江苏教育出版社 2005 年版，第 132—140 页。

② （宋）叶梦得：《石林燕语》卷八，中华书局 1984 年版，第 112 页。

③ ［美］梅尔清：《清初扬州文化》，朱修春译，复旦大学出版社 2004 年版，第 5—6 页。

她虽然谈论和分析的是清初扬州文人士大夫特殊群体，但是同样是可以移为对于熙丰时期洛阳文学集会的考察的一个文化视角，并且由此可以加深对于熙丰时期洛阳文学集会的社会与文化意义和对于城市文化、城市风景的建构的影响之理解。

诗社比之一般的宴集交游更具凝聚力，也更易强化文人的群体意识。事实上，许多文学上的流派、政治上的集团的形成，诗社就起到了明显的中介作用。而像耆英会这样的有着共同政治立场、共同因为被政治对手排挤出权力核心而退隐于一处的成员构成的诗社，其作用和意义就尤为突出和明显了。

综观熙丰洛阳文人群体成员的仕途经历，可以很容易发现他们多为熙宁元丰时期权力斗争的失败者。司马光、文彦博、富弼、范纯仁、吕公著等人曾先后身居相位，是新法最有力的反对者，并因此受到变法派不遗余力的排挤。而熙丰洛阳文人群体的许多成员，如范镇、王拱辰、鲜于侁、张问、楚建中等，也都是反变法派的重要成员，曾在各自的职位上对变法进行了大力抵制。

他们是以一个群体的活动，潜在对抗另一个群体的活动，建构一种文化资本以为竞争和号召。绝非有些研究者所认为的怡老、单纯休闲，这种看法，是一种缺乏对于文化背景深入理解和研究下的误判。唐代九老会可以做如是判断，而宋代耆英会则并非如此，只要看看几年后耆英会成员及其外围成员，成为元祐更化的政治主体，重返政坛，担任要职，全面否定新党的改革政策，就可以清楚了。

最后，建构洛阳陪都文化新传统的自觉与诗歌以传不朽的自信预期。

耆英会的参与者，可以说几乎都有一种建构洛阳都市文化的、新的传统的自觉，同时他们通过绘图、吟诗、雅集等方式，力求获得当下与历史、身后的声名，并且对于这一点他们也往往抱有一种自信。

富弼“遂欲省仪容，烂然形绘事，闽峤访精笔，蛟蛸布绝艺”，“较我集诸贤，盛衰何远迩，并事实可矜，传之为千祀”。

席汝言“赏心乐事人间盛，岂谓今稀古莫俦”。

冯行已“从此洛城增胜概，又新重作画图传”。

楚建中“好图仪像传来世，何事顽踈亦比肩”。

王拱辰“欲令千载着风迹，亟就僧馆图神姿”，“今将图画表来世”。

张问“岂独丹青传不朽，潜欣风俗欲还淳”。

他们反复吟唱和不断强调从而也得到强化的一个重要的主题，就是他们的耆英会的雅集与唱和，不仅绘之于图，形之于诗，而且会传之千祀，获得不朽。

此外，耆英会的诗歌作品，同时突出新的内容，就是对于城市地标的自觉意识与明显关注，明确标示洛阳城市名称和铜驼坊、履道坊。富弼“幽居近铜驼，”王拱辰“富有景物佳园池。铜驼坊西福善宅”，“六相街中潞公第，碧瓦万木烟参差。左隅庙雪本经礼，右阁宸翰尊星奎”，“楼名多景可旷望，台号风月延清辉”，王谨言“履道清欢追故事”，等等。

这样，从三个方面参与了洛阳城市文化与城市意象的建构：一是历史的继承、发挥，二是参与建构城市意象，三是影响后来，成为新的经典。这些北宋时代的文化精英人物，通过他们自身在洛阳城市中的文学活动与文学创作，塑造着洛阳的城市形象，塑造着洛阳的历史和名胜景点，与此同时，他们亦反过来成为洛阳逸闻掌故的主题，因而，他们本身亦成为洛阳都市文化传统的组成部分，流传久远。

元丰八年（1085）三月七日，神宗病死，十岁的哲宗赵煦继位，由高太后垂帘听政，高后对“熙丰新法”早就不以为然，而以恢复“祖宗法度为先务”，一心想起用旧党大臣。元丰八年（1085）五月二十七日司马光为门下侍郎，议废罢新法。从此以司马光为首的保守派开始全面废除新法，史称元祐年间的政治措施为“元祐更化”。①

随着司马光、吕公著的执政，熙丰洛阳文人群体的许多成员纷纷出仕，文彦博在元祐元年由司马光推荐，以四朝元老的身份出山，高太后本想付以宰执大权，因谏官反对任以平章军国重事，六日一朝，一月两赴经筵，受到崇高的恩遇。范纯仁由知庆州任上被召入朝为给事中，元祐元年进吏部尚书，很快升为同知枢密院事，跻身宰执行列，三年拜尚书右仆射兼中书侍郎，是为右相。是更化期间与司马光、吕公著鼎足的三位保守派主将之一。鲜于侁则由司马光推荐，不久召入朝，历官太常少卿、左谏议大夫、集贤殿修撰知陈州。张问则在元祐初为秘书监，后转给事中，累官正议大夫，于元祐二年（1087）即卒。他们在元祐更化期间一致主张废除新法，如果再加上熙丰洛阳文人群体成员的重要亲属如司马康、程颢、程颐、范纯粹、范纯礼、范正平、鲜于绰、范百禄、范祖禹等人，可以见

---

① 何忠礼：《宋代政治史》，浙江大学出版社2007年版，第205—208页。

出耆英会的相关人员，在元祐政治舞台上，扮演了十分重要的角色。在元祐时期的政坛得势后，最终对政局产生了重大影响。

正是作为熙宁变法的反对派和政治上的失势者，他们聚集洛阳，频频举行各种交游和文学活动，形成洛阳城市文化的主要景观和新的洛阳陪都文化的建构者，为洛阳都市文化写下了辉煌的一笔。同样正是作为熙宁变法的反对派和政治上的再一次的得势者，除了亡故的富弼、程颢等人，他们又迅速离开洛阳，回到汴京，重返政坛，成为元祐更化的主导力量。洛阳名盛一时的文学活动与文学创作，也告结束。

洛阳城市文化与文学活动的盛衰，伴随着政坛风云的起伏变化，真切反映了洛阳作为陪都的特定的城市文化特质。而此时期的文学活动与文学创作，也深深打上了洛阳陪都城市文化的烙印，为建构洛阳都市文化形象发挥了巨大的作用与影响。

第五章

政治失意者的独乐精神与诗性栖居
——以司马光城市文学书写为代表

司马光城市文学书写，开辟了城市文学的一个新方向、新思路，即不再是对于城市的排斥、贬低，不再是将城市视为与田园相对立的、与理想相排斥的空间，而是从积极、肯定和赞赏的眼光去书写城市。司马光的城市文学叙事，十分自觉地、有选择地接受着洛阳城市文化的影响，感受着洛阳城市文化的特定的历史文化氛围，同时他的文化活动与文学创作，也在自觉与非自觉地参与了洛阳城市文化的创造与城市意象的建构。司马光在洛阳建构起自己独乐、隐逸的都市家园与精神世界。

第一节　司马光与城市文学写作

关于司马光的文学写作，至今研究成果寥寥无几，更为重要的是，司马光作为中国城市文学的一个转折时期的标志性、开拓型人物，其贡献至今仍然被遮蔽着。

由于中国的城市发展，走了一条与欧洲迥然不同的道路，是一种乡村城市。[①] 农业文明对于土地的天然依恋，加上背井离乡和政治险恶等诸多因素下，传统士人对于城市的经历、体验与想象，更增加了城市的负面形象。因此，从《诗经》的时代开始，我们就已经熟悉了《考槃在涧》的歌吟；从陶渊明的典范开始，我们就更加熟悉了“田园将芜，胡不归?”的呼唤。我们已经听惯了“久在樊笼里”式的对于城市文化谴责的文学

① 参［德］韦伯《非正当性的支配——城市的类型学》，康乐、简惠美译，广西师范大学出版社2005年版；赵冈《中国城市发展史论集》，新星出版社2006年版。

歌吟，而且这样的声音在中国文学的历史上，一直居于主流地位，并且一直持续响彻到20世纪。[①] 因此，我们所熟悉的中国文学中的城市意象，也便大多是一种负面形象。而就是在这样的一种文学思想传统与作品潮流的语脉与背景中，我们才能够真正意识到司马光城市文学写作的不同凡响和革命性意义。

不再是将理想的栖居方式，视为高士典范的隐居山林或者以陶渊明为典范归田园居，甚至不再是像王维中隐于辋川别业之中。就是在城市之中，在繁华的大城市之中，享受城市文明所带来的优越与优势。

当然，在司马光之前，白居易也曾经在洛阳尝试过了，也在他的洛阳诗歌中书写过了，但是这里有一个重要的区分，司马光不是单纯的隐逸，而是有着学术的期待、政治理想的期待、兼济天下的期待，这就与白居易失去理想追求，只希望信佛求仙、延年益寿的个体愿望，[②] 有着迥然不同的精神境界。同时，司马光既有继承白居易的一方面，更有超越和创新的重要的另一方面，可惜历来的研究者都只是简单地将其视为对于白居易的模仿和继承，从而轻轻放过。可以说白居易的理想生活状态，无非是将陶渊明的田园，搬迁到了城市之中，在城市之中，享受远比陶渊明更为精致的田园，而没有“丘樊太冷落”的烦恼与遗憾。换句话说，白居易只是享受了城市中的山林，而不是对于城市文化本身美的发现。

几乎可以说，白居易在洛阳唯一从事的文化活动，就是编抄自己的诗文集，为自己的身后之事和身后之名作着周密和准备。当然，我们没有必要也没有权力去苛责古人，但是这样的精神境界与精神追求，无疑会影响、制约和限制他的诗歌创作的视野、境界和文化价值。

司马光城市文学所传达的独乐于城市的精神品格与理想境界，之于此前的中国传统主流文学观念与城市文学书写，无疑是一种观念的革命，也是预示了一种生存方式的重大转折。司马光的城市文学创作，开辟了城市文学的一个新方向、新思路，即不再是对于城市的排斥、贬低，不再是将城市视为与田园相对立的、与理想相排斥的空间，而是从积极、肯定和赞赏的眼光去书写城市，发现城市文化的美，充分享受和利用山林、田园所

---

① 参［美］张英进《中国现代文学与电影中的城市》，秦立彦译，江苏人民出版社2007年版。

② 参刘方《文化视域中的宋代文论》，学林出版社2006年版。

不可能具有的城市文明的优越性。

都市文化是人类文化创造与精华的集中体现和最高代表。从城市社会学的历史视角看，在人类长达数千年，甚至上万年的城市史上，都市一直作为人类城市历史发展的高级空间形态而存在着。美国著名城市理论家芒福德非常重视城市的文化功能。他形象地将城市比喻为“容器、传播者和流传者”。他把“文化贮存，文化传播和交流，文化创造和发展”称为“城市的三项最基本功能”。①

对于宋代都市文学的新变与发展来说，它的形成与发展有着两个关键性的因素：一个是文学将视点聚焦在城市上，这是都市文学出现的一个前提；另一个则是新的城市的理念在文学中起主导作用，它是都市文学新变的规定性。

典型田园文学的发展历程，展示了自然在文明的不断冲击下所保留的程度，而城市文学则记录了人类迈向文明的每一个脚步，一部城市文学发展史同样是一部人类文明的进程史。当我们感叹于几千年的田园文学在审美意识、审美风尚、物质景观、生活内容等方面存在惊人相似的时候，我们在城市文学中看到的则是物质景观的巨大变迁，精神世界的剧烈动荡，审美风尚的频繁更迭。

宋代城市文化繁荣的背景，宋代士大夫对于商业、经济思想的观念的变化，是宋代城市文学呈现转型的前提与背景、语境。正是宋代城市革命所带来的城市文化繁荣对于士大夫思想和日常生活的广泛而深入的影响，才构成了文学视点向城市的转移和士大夫对于城市文化的观念、态度的转型。而宋代士大夫在宋代商品经济繁荣背景下，普遍对于商业、经济的积极态度，改变了传统士大夫耻于言利的观念，现实的城市文化的利益、优越性也改变着士大夫对于城市文化的传统的消极看法。退居独乐园的司马光就是其中典型代表。

独乐园是北宋政坛举足轻重的人物、旧党领袖、宋代史学巨擘司马光，在熙宁时期，从激烈的政坛上围绕变法而展开的新旧党争中，急流勇退，赋闲洛阳，而为自己的城市新居所命名的私家园林名称。

熙宁四年（1071），司马光年五十三，在经历了数年与王安石的从善

---

① ［美］刘易斯·芒福德：《城市发展史——起源、演变和前景》，宋俊岭、倪文彦译，中国建筑工业出版社2005年版，第132页。

意之劝到恶言相向乃至相互诋毁之后，终于决定在宋神宗坚定支持王安石变法的背景下，“义不可起”，坚守自己的政治原则而暂时退出新党把持的、全力变法的政坛。夏四月癸酉，以司马光判西京留司御史台，提举西京嵩山崇福宫，开始卜居洛阳。[①] 熙宁六年（1073），司马光买园于尊贤坊，始辟独乐园。《邵氏闻见录》记载司马光“遂居洛，买园于尊贤坊，以独乐名之，始与伯温先君子康节游”。[②]

围绕私人宅院、园林的命名，及其相关的大量文学作品的创作，已经构成一个中国历史上的文学现象与文化事件，这些城市文学作品的创作，一方面与历史上城市文化有着密切的关联，另一方面又现实地产生着文化影响并且建构起新的城市文化的特征与意象，并且集中体现和典型反映了士大夫群体的某些共同的思想倾向、文化趣味、社会理想和精神追求，从而也成为一种独特的城市文学现象与城市文化景观。

司马光的独乐园就是其中典型的代表，通过对于他的园林、宅第命名的文化内涵、相关社会、历史背景，及其围绕这些建筑而创作的大量城市文学作品的深入分析，可以透视出多方面、多层次的复杂的文化内涵。司马光的城市文学叙事，是有着十分明确的自觉性、选择性地接受着洛阳城市文化的影响，感受着洛阳城市文化的特定的历史文化氛围，同时他的文化活动与文学创作，也在自觉与非自觉地参与了洛阳城市文化的创造与城市意象的建构。

第二节　作为文化象征的独乐园的命名及其文化内涵

对于园林的命名本身，就构成了一个文化象征，成为一个文化事件。

在海德格尔看来，命名的意义，命名即是让某些隐在的、被遮蔽的东西敞开、澄明出来。通过“命名”，诗人创建“持存”，道说“神圣”。“命名”就是“解蔽”。“命名”乃是语言之“命名”，是语言之“令”。[③]

私家园林、住宅的名字，通常是由主人所赋予的。在通常的情况下，

---

① 参（清）顾栋高《司马光年谱》，中华书局 2006 年版，第 140—169 页。

② （宋）邵伯温：《邵氏闻见录》卷十八，中华书局 1983 年版，第 200 页。

③ 参［德］海德格尔《在通向语言的途中》，孙周兴译，商务印书馆 2004 年版，第 18—26 页，第 237—269 页。

私人宅第往往是没有专门的名称，而私人的园林，至少到唐代，为其进行特殊命名的情况，也是比较少见的。周维权通过中国古典园林史的考察指出：

> 意境的深化在宋代文人园林中特别受到重视，除了以视觉景象的简约而留有余韵之外，还借助于景物题署的“诗化”来获致像外之旨。用文字题署景物的做法，已见于唐代，……但都是简单的环境状写和方位、功能的标定。到两宋时则代之以诗的意趣，即景题的诗化。……其创造的意境比之唐代园林敌人就更为深远而耐人寻味了。①

而为特定的私人园林、住宅给予特殊的文化象征意义的命名，则这一命名活动所涉及的，绝不只是给某个园林、住宅一个单纯的称谓，一个替代性的符号；它同时也表达着命名者的感情、期待、意愿，甚至预先为被命名园林进行社会定位的意欲。

对园林的命名和描述，不仅确定了其在整个世界中的处所，也实际上是在限定我们感受这一事物的方式、界限以及我们理解的可能性。因此，命名者所构造的园林世界，就不是一个可以侧身于社会文化的影响之外的自我的表达，而总是表现出对生存现实的具体深刻的关切与筹划，也常常与某种理想追寻或者潜在动机有关。

园林的命名，不仅是一个意义、文化象征等敞开的过程，而且这一敞开过程，意义的在场、呈现、显露，同时又是以不在场之物为其基质、始源、根基的，是相对和对立、对抗某些未出场者的思想、文化象征甚至具体的文化事件的产物。

司马光对于他的私家园林独乐园的命名，有着传统经学、儒学的来源，同时在某种意义上，他又背离了这个传统。

司马光对于他的洛阳私家园林的独乐园的命名——独乐，首先是以传统儒家士大夫所熟知的孟子的与众乐乐的理论为潜在对话的。《孟子·梁惠王》的著名文字：

① 周维权：《中国古典园林史》（第二版），清华大学出版社1999年版，第233—234页。

他日见于王曰："王尝语庄子以好乐，有诸？"王变乎色，曰："寡人非能好先王之乐也，直好世俗之乐耳。"曰："王之好乐甚，则齐其庶几乎！今之乐犹古之乐也。"曰："可得闻与？"曰："独乐乐，与人乐乐，孰乐？"曰："不若与人。"曰："与少乐乐，与众乐乐，孰乐？"曰："不若与众。"

孟子提出的著名的与众乐乐的理论，一直成为传统士大夫的一种理想与主张，特别是在宋代，士大夫群体普遍具有以天下为己任的自觉精神，[①] 范仲淹"先天下之忧而忧，后天下之乐而乐"这一著名思想就是最为经典的体现。然而，司马光却要将其私家园林命名为独乐园，恰恰是反映了现实政治的失意，从而使其无法实现众乐理想的一种精神折光，也体现出一种消极反抗的姿态。司马光曾在《越州张推官字序》中明确提出："故君子修身治心则与人共其道，兴事立业则与人共其功，……小人则不然专己之道而不能从善服义以自广也，专己之功而不能任贤与能以自大也，……此二者君子小人之大分也。"[②] 然而他在《独乐园记》中却宣称："或咎迂叟曰：'吾闻君子所乐，必与人共之，今吾子独取足于己，不以及人，其可乎？'迂叟谢曰：'叟愚何得比君子，自乐恐不足，安能及人？况叟之所乐者，薄陋鄙野，皆世之所弃也，虽推以与人，人且不取，岂得强之乎？'"[③] 其怨愤之情，可谓溢于言表。而在《酬赵少卿药园见赠》一诗中，司马光表达了同样的自嘲之情：

鄙性苦迂僻，有园名独乐。满城争种花，治地惟种药。栽培亲荷锸，购买屡倾橐。纵横百余区，所识恨不博。身病尚未攻，何论疗民瘼。[④]

种花为欣赏，何况洛阳名花天下闻名。而种药则为疗疾，功效、目的

---

① 参余英时《朱熹的历史世界——宋代士大夫政治文化的研究》，北京三联书店 2004 年版。

② （宋）司马光：《温国文正司马公文集》卷六十四，四部丛刊本。

③ 同上书，卷六十六，四部丛刊本。

④ 傅璇琮等主编：《全宋诗》，第九册，北京大学出版社 1992 年版，第 6066 页。按：本章所引司马光诗歌均据此本，为避烦琐，下文所引，仅随文给出页码，不另出注。

完全不同，然而“身病尚未攻，何论疗民瘼”，无法与众乐、疗民瘼，只能退而求独乐了。

宋马永卿编明王崇庆解《元城语录解》：

> 先生曰老先生既居洛，某从之盖十年，老先生于国子监之侧得营地，以当时君子自比伊周孔孟，公乃行种竹浇花等事，自比唐晋间人，以救其敝也。[①]

刘安世为司马光最著名门生，司马光在洛阳期间，“从之盖十年”，他认为司马光“创独乐园，自伤不得与众同也”，应该是比较可靠的说法。事实上宋代人也普遍接受了这种解释，宋黄震撰《黄氏日抄》云：“温公创独乐园，自伤不得与众同也。”[②] 完全照抄了刘安世的说法。但是在我看来，除了宋代人已有的解释，司马光独乐园的命名，还有其深层的思想根源。而这个原因，可以从与孟子的潜在对话中体味。

“独乐”是与孟子提出的著名的“与众乐乐”的理论相对立的观点，除了因为现实际遇而自伤不得与众同乐的缘故外，还有一层则是解释独乐园命名者历来没有注意的，即在思想上，司马光是宋代著名的非孟论的代表人物。自中唐韩愈推崇孟子开始，在唐宋间产生了一个“孟子升格运动”[③]，到宋代孟子的地位不断上升，[④] 而司马光则是逆这股思想潮流的少数非孟的思想家。其原因，一方面是思想的分歧，而另一方面，则是与王安石思想的潜在对话与对抗。[⑤] 王安石不仅是在思想和学术上大力推崇孟子，而且在他的诗歌作品中表达他希望上承孟子的渴望，和隐然以当世孟子自诩的自信。宋朱翌撰《猗觉寮杂记》：

> 欧阳永叔赠介甫云：“翰林风月三千首，吏部文章二百年。”介甫答云：“他日若能窥孟子，终身何敢望韩公。”议者谓介甫怒永叔以退之相比，介甫不知二百事乃南史谢朓吏部也。沈约见其诗云二百

① （宋）宋马永卿编，明王崇庆解：《元城语录解》卷中，四库全书版。

② （宋）黄震：《黄氏日抄》卷四十四，四库全书本。

③ 周予同：《周予同经学史论著选集》，上海人民出版社1983年版，第289页。

④ 参徐宏兴《思想转型——理学发生过程研究》，上海人民出版社1996年版。

⑤ 参黄俊杰《中国孟学诠释史论》，社会科学文献出版社2004年版。

> 年来无此诗，以介甫为误。以余考之，欧公必不以谢比介甫，介甫不应误以谢为韩也。孙樵与高锡望书曰：“唐朝以来，索士二百年间，作者数十辈，独高韩吏部，欧公用此耳，介甫未尝误认事也。”见樵集。①

欧阳修与王安石的赠诗与酬答，在当时一定轰动一时，多种宋人笔记中均有类似记载，宋吴曾撰《能改斋漫录》卷三、宋庄绰撰《鸡肋编》卷上、宋陈鹄撰《耆旧续闻》卷一等，文集中如宋王十朋撰《梅溪前集》卷十九杂著《书欧阳公赠王介甫诗》中也谈及此事。而宋叶梦得作为新党人物，则在其所撰《避暑录话》卷上，不仅记载了此一事件，而且也比较客观地涉及相关事件：

> 王荆公初未识欧文忠公，曾子固力荐之，公愿得游其门，而荆公终不肯自通。至和初为群牧判官，文忠还朝，始见知，遂有“翰林风月三千首，吏部文章二百年”之句。然荆公犹以为非知己也，故酬之曰：“他日倘能窥孟子，此身安敢望韩公。”自期以孟子，处公以为韩愈，公亦不以为歉，及在政府荐可为宰相者，三人同一札子，吕司空晦叔、司马温公与荆公也，吕申公本嫉公为范文正党，滁州之谪实有力，温公议濮庙不同，力排公而佐吕献可，荆公又以经术自任而不从公，然公于晦叔则忘其嫌隙，于温公则忘其议论，于荆公则忘其学术，不如是安能真见三公之为宰相耶。世不高公能荐人而服其能知人，苟一毫有蔽于中，虽欲荐之，亦不能知也。②

不仅记载了欧阳修对于王安石的赏识，欧阳修与王安石不同的人生理想定位，也介绍了欧阳修与吕夷简、司马光、王安石之间的矛盾和欧阳修的能够超越个人恩怨之上的知人、荐人的高尚品格。

王安石的原诗为《奉酬永叔见赠》：“欲传道义心虽壮，强学文章力已穷。他日若能窥孟子，终身何敢望韩公。”宋李壁撰《王荆公诗注》卷三十三：

---

① （宋）朱翌：《猗觉寮杂记》卷上，丛书集成，商务印书馆1939年版，第26页。

② （宋）叶梦得：《避暑录话》卷上，丛书集成，商务印书馆1939年版，第41页。

河东王侍尚友尝为予言，观介甫何敢望韩公之语，是犹不愿为退之，且讥文忠之喜学韩也。然荆公于退之之文，步趍俯仰，盖升其堂入其室矣，而其言若是岂好学者常慕其所未至，而厌其所已得耶？韩子苍言：欧阳文忠公寄荆公诗云“翰林风月三千首，吏部文章二百年”，吏部盖为南史谢朓于宋明帝为尚书吏部郎，长五言诗，沈约尝云：二百年来无此诗也。文忠之意直使谢朓事而荆公答之曰：“他日若能窥孟子，终身安敢望韩公。”则荆公之意，竟指吏部为退之矣。①

而欧阳修的赠诗全篇，《文忠集》卷五十七《外集》《赠王介甫》：“翰林风月三千首，吏部文章二百年。老去自怜心尚在，后来谁与子争先。朱门歌舞争新态，绿绮尘埃试拂弦。常恨闻名不相识，相逢罇酒盍留连。”②

因而，司马光的独乐，一方面是在孟子升格时代，因为学术和政治观念的歧见而非孟，著《疑孟》一书；另一方面因为王安石自比孟子，并且以强大政治权力大力推崇孟子，并且以孟子自期，司马光的非孟，也就有了一层对于现实当下孟子的反抗意味。南宋的倪思就已经指出此点：

或问文节倪公思曰：“司马温公乃著《疑孟》何也？”答曰：“盖有为也，当是时，王安石假孟子大有为之说，欲人主师尊之，变乱法度，是以温公致疑于孟子，以为安石之言未可尽信也。”（元丰末封孟子邹国公，建庙兖州邹县）③

当然对于司马光激流勇退，追求独乐的精神指向，在当时就引起了部分友人的批评意见。

苏轼的《司马君实独乐园》就是十分具有代表性的一首：

青山在屋上，流水在屋下。中有五亩园，花竹秀而野。花香袭杖履，竹色侵杯斝。樽酒乐余春，棋局消长夏。洛阳古多士，风俗犹尔

---

① （宋）王安石撰，（宋）李壁注、李之亮补笺：《王荆公诗注》卷三十三，巴蜀书社 2002 年版，第 612 页。

② 欧阳修撰、李逸安点校：《欧阳修全集》，中华书局 2001 年版，第 813 页。

③ （元）白珽撰：《湛渊静语》卷二，知不足斋本。

雅。先生卧不出，冠盖倾洛社。虽云与众乐，中有独乐者。才全德不形，所贵知我寡。先生独何事，四海望陶冶。儿童诵君实，走卒知司马。持此欲安归，造物不我舍。名声逐吾辈，此病天所赭。抚掌笑先生，年来效瘖哑。①

一方面对于司马光的人格有充分的肯定与称美，另一方面则对于其独乐精神有严肃的批评："抚掌笑先生，年来效瘖哑。"

苏轼诗中五亩之典故，出白居易《池上篇》："十亩之宅，五亩之园。"洛社之典故，出《唐诗纪事》："白居易以刑部侍郎致仕，居洛，爱香山之胜，与僧如满结社于此。"以推出并且践行中隐理论的白居易来比拟司马光，是当时人们包括司马光自己的比较一致的看法，而苏轼则显然不满意司马光这样赋闲独乐，希望司马光能够为苍生社稷而鼓与呼。

苏轼撰施元之原注武进邵长蘅删补《施注苏诗》卷十二：

旧注，《乌台诗案》供此诗言四海苍生望司马光执政，陶冶天下，以讥见任执政不得其人，又讥新法处处不便也。②

查慎行撰《苏诗补注》卷十五喑哑下注：

《东都事略》："神宗欲用光，光不可，出知永兴军，移许州，不赴，遂判西京留司御史台，以归。自是绝口不复论时事。"慎按：《乌台诗案》："司马君实在西京葺一园，名独乐，作诗纪之云云，此诗言四海望光执政，陶冶天下，以讥见任执政不得其人。又言儿童走卒皆知其姓名，终当进取，缘光尝言新法不便，既言终当用，光亦是讥新法不便，终当用光改变此法也。又言光却喑哑不言，意望光依前上言攻击新法也。"③

从不久之后发生的《乌台诗案》，苏轼的自供中也可以看到苏轼此诗

① （宋）苏轼著，（清）冯应榴辑注，黄任轲、朱怀春校点：《苏轼诗集合注》卷十五，上海古籍出版社 2001 年版，第 714 页。

② （宋）苏轼撰，施元之原注，武进邵长蘅删补：《施注苏诗》卷十二，四库会要本。

③ （清）查慎行撰：《苏诗补注》卷十五喑哑下注，四库全书本。

的明确目的和含义。苏轼作此诗的时间，据王宗稷编、邵长蘅重订《东坡先生年谱》记载：

（神宗熙宁九年丙辰）十月丁巳，先生年四十二，在密州任，就差知河中府，已而改知徐州，四月赴徐州任。……徐州水患大作，七月十七日河决澶州曹村埽，八月二十一日及徐州城下，先生治水有功，至十月五日水渐退，城以全，朝廷降诏奖谕。作《河复诗》、《韩干画马歌》、《司马君实独乐园诗》。①

诗作于熙宁九年（1076），不到三年（元丰二年，1079）而有《乌台诗案》。

对于独乐精神，也有友人表达了肯定与共鸣，苏辙可为代表。苏辙有专为司马光独乐园而作的诗歌，从司马光熙宁六年筑独乐园，熙宁七年作《独乐园记》，而元丰二年发生乌台诗案事件推断，则苏辙的作品，也应该在此期间。蘇辙撰《栾城集》卷七《司马君实端明独乐园》开篇即言："子嗟丘中亲艺麻，邵平东陵亲种瓜。公今归去事农圃，亦种洛阳千本花。"② 子嗟事应典出《诗经·大车》：

大车三章，章四句。丘中有麻，思贤也。庄王不明，贤人放逐，国人思之，而作是诗也。……丘中有麻，彼留子嗟（留，大夫氏，子嗟，字也。丘中，硗埆之处，尽有麻麦草木，乃彼子嗟之所治。笺云：子嗟放逐于朝，去治卑贱之职而有功，所在则治理，所以为贤）。③

邵平种瓜则典出《三辅黄图·都城十二门》："长安城东出南头第一门曰霸城门……或曰青门，门外旧出佳瓜。广陵人邵平为秦东陵侯，秦破

---

① （清）王宗稷编，邵长蘅重订：《东坡先生年谱》，四库全书本。

② （宋）苏辙著，曾枣庄、马德富校点：《栾城集》卷七《司马君实端明独乐园》，上海古籍出版社1987年版，第156页。

③ （汉）毛亨传，郑玄笺，（唐）孔颖达疏，龚抗云、李传书、胡渐逵、肖永明、夏先培整理，刘家和审定：《毛诗正义》，毛诗卷第四《大车》，北京大学出版社2000年版，第317—318页。

为布衣，种瓜青门外，瓜美，故时人谓之‘东陵瓜’。”①

苏辙开篇就以这两个典故来比喻和称颂司马光，贤人放逐而高洁自守，不以穷达为意。

侯芭为扬雄弟子，事见《前汉记》卷二十九，《资治通鉴》卷三十八，“弟子独有穷侯芭”，此处暗以扬雄比喻司马光，应该是十分恰切的用典，不仅写出司马光此时赋闲穷居，著《资治通鉴》，唯有门生问学的与当年扬雄相仿佛的实际，而且是因为司马光平生最推崇的大儒，就是扬雄。司马光撰《传家集》卷六十七《说玄》：“呜呼！扬子云真大儒者邪！孔子既没，知圣人之道者，非子云而谁？孟与荀殆不足拟，况其余乎。”②

与乃兄不同的是，苏辙肯定了司马光的独乐精神，并且从自身“宦游嗟我久尘土，流转海角如浮槎”。而产生“归心每欲自投劾”，从而与司马光产生了独乐的共鸣。而从此处也可见出苏氏兄弟在个性和思想上的差异之处。

第三节　城市文学叙事下对城市家园的话语建构与文学史意义

私家园林，特别是文人园林，往往是主人审美趣味、审美理想的具化形态，唐代文人园林更重园林自身的自然形态美，宋代文人园林更重园林所体现的人文形态美。

园林的文学化，心灵化，表达精神世界，象征文化内涵，其主要方式之一就是对于园林的命名或题额，使园林充盈和散发着诗意与意蕴，从而以有限的建筑、山水、花木，传达出抒情性非常浓厚的士大夫的精神意趣。还是郭熙的《林泉高致·山水训》中最为集中地表达了宋代士大夫的这一美学思想与精神追求：

> 君子之所以爱夫山水者，其旨安在哉？丘园，养素所常处也；泉石，啸傲所常乐也；渔樵，隐逸所常适也；猿鹤，飞鸣所常亲也。尘

① 何清谷：《三辅黄图校释》，中华书局2005年版，第73—74页。

② （宋）司马光撰：《传家集》卷六十七《说玄》，四库全书本。

嚣缰锁，此人情所常厌也。烟霞仙圣，此人情所常愿而不得见也。直以太平盛日，君亲之心两隆，苟洁一身出处，节义斯系，岂仁人高蹈远引，为离世绝俗之行，而必与箕颖埒素黄绮同芳哉！白驹之诗，紫芝之咏，皆不得已而长往者也。然则林泉之志，烟霞之侣，梦寐在焉，耳目断绝，今得妙手郁然出之，不下堂筵，坐穷泉壑，猿声鸟啼依约在耳，山光水色，滉漾夺目，此岂不快人意，实获我心哉，此世之所以贵夫画山之本意也。不此之主而轻心临之，岂不芜杂神观，溷浊清风也哉！画山水有体，铺舒为宏图而无余，消缩为小景而不少。看山水亦有体，以林泉之心临之则价高，以骄侈之目临之则价低。①

虽然郭熙并非文人画论的始创者，但这并不妨碍这段话深刻地揭示出士大夫文人欣赏山水、林石、花竹、禽鱼时的心情意绪，以及提倡文人画的深层心理动机。文人画所着力表现的，就是这批美的创造者借以同欣赏者相互沟通的审美理想和美学情趣。② 而这样的观念、理想与追求，对于宋代园林艺术，也产生了巨大的影响。文人直接参与到园林建筑的创造中，使得宋代洛阳的建筑艺术具有了文人化的倾向，形成了中国古典建筑园林“诗情画意”的特色。这种审美的风尚又反过来以其客观的存在影响着文明的各个方面。作为文人起居游宴的场所，它们以其人工的建筑园林艺术与天然的山水风物之美，既兴发了文士的创作热情，也成为大量文学作品即景抒情的独特的歌吟对象；其中物是人非的沧桑变化，也因洛阳城所承担的陪都的象征概念而深化了文学表达的主题，成为一代之文学不可替代的重要因素。从体式上说，诗歌创作成熟的意境表达和强烈的感慨生发，无不与这种陪都风物相联系，宋代熙丰时期的大量咏物之作，也都依托着这个城市的园林建筑而展现了无限的风光。

与前代有很大不同的是，宋代时期，城市园林得到极大发展与繁荣。城市园林的文学化、心灵化，表达精神世界，象征文化内涵，其主要方式之一就是通过对于城市园林的命名或题额，使城市园林充盈和散发着诗性和意味，从而以有限的建筑，传达出抒情性非常浓厚的士大夫的精神意趣。而士大夫的观念、理想与追求，对于宋代城市园林艺术，也产生了巨

① （宋）郭熙：《林泉高致》，百川学海本。

② 参刘方《宋型文化与宋代美学精神》，巴蜀书社2004年版。

大的影响。文人直接参与到城市园林建筑的创造中，使得宋代城市园林建筑艺术具有了文人化的倾向，这种审美的风尚又反过来以其客观的存在影响着城市文明的诸多方面。而城市园林，作为文人起居游宴的场所，它们以其人工的建筑园林艺术之美，既兴发了文士的创作热情，也成为大量文学作品即景抒情的独特的歌吟对象而深化了文学表达的主题，成为一代之文学不可替代的重要因素。

园林之所好，虽然并非宋代士大夫的开创，但是，对于城市园林的欣赏到了宋代士大夫这里，才出现了新的美学观念并且体现在城市文学叙事之中则是事实。这种新的园林美学观念，首先比较集中地反映于司马光的《独乐园记》中：

> 孟子曰：独乐乐，不如与人乐乐。与少乐乐，不如与众乐乐。此王公大人之乐，非贫贱者所及也。孔子曰：饭疏食，饮水，曲肱而枕之，乐亦在其中矣。颜子一箪食，一瓢饮，不改其乐，此圣贤之乐，非愚者所及也。若夫鷦鷯巢林，不过一枝，偃鼠饮河，不过满腹。各尽其分而安之，此乃迂叟之所乐也。……迂叟平日多处堂中读书，上师圣人，下友群贤，窥仁义之原，探礼乐之绪。自未始有形之前，暨四达无穷之外，事物之理，举集目前。所病者，学之未至，夫又何求于人，何待于外哉。志倦体疲，则投竿取鱼，执衽采药，决渠灌花，操斧剖竹，濯热盥手，临高纵目，逍遥相羊，唯意所适。明月时至，清风自来，行无所牵，止无所柅，耳目肺肠，悉为己有。踽踽焉，洋洋焉，不知天壤之间，复有何乐可以代此也。因合而命之曰独乐园。或咎迂叟曰：吾闻君子所乐，必与人共之，今吾子独取足于己，不以及人，其可乎？迂叟谢曰：叟愚，何得比君子，自乐恐不足，安能及人。况叟之所乐者，薄陋鄙野，皆世之所弃也，虽推以与人，人且不取，岂得强之乎。必也有人，肯同此乐，则再拜而献之矣，安敢专之哉。①

独乐的美学精神，在于一种此在的、最为本己的个体性的当下审美，它恰恰与长期以来的与政治性、社会性、公共性联系在一起的并以之为特

① （宋）司马光：《温国文正公文集》卷六十六，四库全书本。

征的美学思想与审美愉悦构成了鲜明的对照，这一美学精神体现了宋代美学在宋型文化与宋代隐逸精神的孕育与影响下，形成的新的美学观念、意识、趣味与风尚。而作为这种美学思想产生的关键的一个理论环节和观念中介，则是精神上的新审美态度的诞生。

需要特别注意的是，这种新的美学思想与审美态度，已经不再是基于陶渊明式的田园或者王维式的山野别墅，而就是生存于陶渊明、王维们所极力希望逃离的城市之中，就是在城市之中获得生命的诗意栖居。

司马光不仅为其城市之中的私家园林命名为独乐园，写下《独乐园记》，而且撰写了的独乐园组诗，体现独乐精神世界的展示和具体化，我们则可通过对于独乐园组诗的典故、人物、思想的分析，揭示司马光所建构的独乐园的精神世界、文化内涵及其作为城市文学的新意。关于独乐园，宋李格非撰《洛阳名园记》记载：

> 司马温公在洛阳，自号迂叟，谓其园曰独乐园。园卑小不可与他园班，其曰读书堂者，数十椽屋，浇花亭者益小，弄水种竹轩者尤小，曰见山台者，高不过寻丈，曰钓鱼庵曰采药圃者，又特结竹杪落蕃蔓草为之尔。温公自为之序诸亭台诗，颇行于世，所以为人欣慕者不在于园耳。①

关于司马光的独乐园及其相关事件，宋代以来的笔记有大量记载。《说郛》卷三十一《文昌杂录》："司门范郎中云：叔父蜀郡公镇，近居许昌，作高庵以待司马公，累招未至。庵极高，在一台基上。司马公居洛，作地室，隧而入，以避暑热。故蜀公作高庵以为戏也。北京留守王宣徽，洛中园宅尤胜，中堂七间，上起高楼，更为华侈。司马公在陋巷，所居才能庇风雨，又作地室，常读书于其中。洛人戏云：王家钻天，司马家入地。然而道德之尊彼，亦不知颜氏子之乐也。"② 通过对比，反映司马光在陋巷不改其乐的精神世界。宋王应麟撰《困学纪闻》卷二十："司马公时至独乐园，危坐读书堂。尝云：'草妨步则薙之，木碍冠则芟之，其它任其自然，相与同生天地间，亦各欲遂其生耳。'张文潜庭草诗云：'人

① （宋）李格非：《洛阳名园记》，丛书集成本，商务印书馆1935年版，第14—15页。

② 《说郛》第五册，卷三十一《文昌杂录》，第十四版，中国书店1986年版。

生群动中，一气本不殊，奈何欲自私，害彼安其躯。’亦此意也。观此则见周子窗前草不除之意。”[①] 此是从学术角度着眼。《贵耳集》卷上：“独乐园，司马公居洛时建，东坡诗曰：青山在屋上，流水在屋下，中有五亩园，花竹秀而野。有园丁吕直性愚而鲠，公以直名之。夏月游人入园，会有所得持十千白公，公麾之使去，后几日，自建一井亭，公问之，直以十千为对，复曰，端明要作好人，在直如何不作好人，可以为渡江以来相府厮役者之劝。”[②] 此是从司马光高尚人格角度记录。《闻见录》卷十八：“乞判西京留司御史台，遂居洛买园于尊贤坊，以独乐名之，始与伯温先君子康节游。尝曰：光陕人，先生卫人，今同居洛，即乡人也。有如先生道学之尊，当以年德为贵，官职不足道也。……公尝问康节曰：某何如人？曰：君实脚踏实地人也。公深以为知言。”[③] 则从司马光与邵雍的交游中反映了司马光多方面的精神特征。

司马光不仅是对于园林作了独乐园的命名，而且对于独乐园中的主要建筑，同样进行了命名，而且均题诗来进一步抒写自己的襟怀，这就是《独乐园七题》，[④] 我们依照次序，作一诗歌文本的细读。

吾爱董仲舒，穷经守幽独。所居虽有园，三年不游目。邪说远去耳，圣言饱充腹。发策登汉庭，百家始消伏。《读书堂》

读书是宋代人的普遍风气，也是司马光作为学者的本分。但是司马光的读书，并非泛泛而谈，而是有其特殊怀抱。他为自己读书所树立和选择的榜样是董仲舒。关于董仲舒专心读书的事迹，《史记·儒林列传》中记载有：“董仲舒，广川人也。以治春秋，孝景时为博士，下帷讲诵，弟子传以久次相受业，或莫见其面，盖三年董仲舒不观于舍园，其精如此。进退容止，非礼不行，学士皆师尊之。”而司马光在他自己的读书堂，也有一些关于读书的轶事，被记录在宋人的笔记中。宋吴坰撰《五总志》：

---

① （宋）王应麟撰：《困学纪闻》卷二十，上海古籍出版社2008年版，第2129页。

② （宋）张端义：《贵耳集》卷上，丛书集成本，商务印书馆1935年版，第1—2页。

③ （宋）邵博温撰：《邵氏闻见录》，中华书局1983年版，第200页。

④ 傅璇琮等主编：《全宋诗》卷五〇〇，第九册，北京大学出版社1992年版，第6057—6058页。本章所引《独乐园七题》均据此版，不另出注。

司马温公昔在西都，每复被独乐园，动辄经月，诸老时过之，间亦投壶，负者必为冷淘，然亦未尝置庖，特呼于市耳。会文潞公守洛，携妓行春，日邀致。公一日自至独乐园，吏视公叹息，公怪而诘之，答曰："方花木盛时，公一出数十日，不惟老却春色，亦不曾看一行书，可惜澜浪却相公也。"公深愧之，于是遣马还第，誓不复出。诸老争来邀，公必以园吏语谢之。公之克己雅素，固绝人远甚，彼园吏者，亦以突过郑元奴婢矣。[①]

当然，司马光对于董仲舒的倾慕，更为重要的应该是在董仲舒的努力下，汉武帝接受了他的建议，而最终形成了罢黜百家、独尊儒术的局面，司马光渴望的是能够使当代的"邪说远去"，"百家消伏"。只要了解当时不仅有政治上的新旧党争，而且在思想、学术上，同样有巨大差异，就是旧党内部，在学术、思想上同样分歧很大，争论不休，[②] 则司马光的现实关怀与指向，就清楚可辨了。而且也恰恰是在洛阳，司马光充分利用了城市文化英才聚集的特征，教化青年英俊，最终开创和形成了朔学这一思想与学术流派。

吾爱严子陵，羊裘钓石濑。万乘虽故人，访求失所在。三公岂易贵，不足易其介。奈何夸毗子，斗禄穷百态。(《钓鱼庵》)

吾爱韩伯休，采药卖都市。有心安可欺，所以价不二。如何彼女子，已复知姓字。惊逃入穷山，深畏名为累。(《采药圃》)

吾爱陶渊明，拂衣遂长往。手辞梁主命，牺牛惮金鞅。爱君心岂忘，居山神可养。轻举向千龄，高风犹尚想。(《见山台》)

严子陵即严光，《后汉书·逸民列传》记载：

严光，字子陵，一名遵，会稽余姚人也。少有高名，与光武同游学，及光武即位，乃变名姓，隐身不见。帝思其贤，乃令以物色访

① (宋) 吴坰撰：《五总志》，丛书集成本，商务印书馆1939年版，第3页。

② 参钱穆《国学概论》，商务印书馆1997年版；陈植锷《北宋文化史述论》，中国社会科学出版社1992年版；漆侠《宋学的发展与演变》，河北人民出版社2002年版。

之。……车驾即日幸其馆。光卧不起，帝即其卧所，抚其腹曰："咄咄子陵，不可相助为理邪？"光又眠不应，良久。乃张目熟视，曰："昔唐尧著德，巢父洗耳。士故有志，何至相迫乎？"帝曰"子陵，我竟不能下汝邪？"于是升舆叹息而去。复引光入，论道旧故，相对累日。……除为谏议大夫，不屈，乃耕于富春山，后人名其钓处为严陵濑焉。①

关于严光事迹及其在宋代的被典范化，笔者曾经通过宋代有关严光数量达百首左右的诗歌分析认为，宋代不同时期，不同身份、不同政治立场士大夫创作的诗歌均突出两个方面，一是对于严光蔑视权势富贵的高洁人格的高度称赞；一是强调严光通过隐逸来追求精神自由的精神价值，超越了事功价值，具有永恒性，而超越了王朝的兴替，时代的变迁，也超越了功臣的事功，甚至帝王的功业。② 而诗歌中的"夸毗子"是指以谄谀、卑屈取媚于人的小人。典出《诗·大雅·板》："天之方懠，无为夸毗。"《毛传》："夸毗，体柔人也。"朱熹《诗集传》："夸，大；毗，附也。小人之于人，不以大言夸之，则以谀言毗之也。"为了蝇头小利而穷百态的夸毗子，自然与严子陵形成了强烈而鲜明的对比。而当时新旧党争在改革上的一个很大分歧，就在于是否与民争利，而在旧党眼中，新党人物多为贪利小人。③ 则司马光的诗歌应该并非泛泛而谈，而是有具体所指的。

韩伯休，即韩康《后汉书·逸民列传》记载：

韩康，字伯休，一名恬休，京兆霸陵人，家世著姓，常采药名山，卖于长安市，口不二价，三十余年。时有女子从康买药，康守价不移，女子怒曰："公是韩伯休那，乃不二价乎？"康叹曰："我本欲避名，今小女子皆知有我焉，何用药为？"乃遁入霸陵山中。④

韩康与严光，都是汉代的高士，均入《高士传》，逃名山中，不趋附

① 范晔：《后汉书·逸民列传》卷一百一十三，中华书局1965年版，第2763页。

② 参刘方《唐宋变革与宋代审美文化转型》，学林出版社2009年版。

③ 参沈松勤《北宋文人与党争》，人民出版社1998年版；罗家祥《朋党之争与北宋政治》华中师范大学出版社2001年版。

④ 范晔：《后汉书·逸民列传》卷一百一十三，中华书局1965年版，第2770—2771页。

于权贵，故为司马光所激赏。

因陶渊明而名其台为见山台，应当是从陶渊明“悠然见南山”诗句而来，“拂衣”句当指其辞官事，陶渊明事迹，学人耳熟能详，此不赘言。而诗歌中牺牛的典故，出自庄子的轶事。《史记·老子韩非列传》：

> 楚威王闻庄周贤，使使厚币迎之，许以为相。庄周笑谓楚使者曰：“千金，重利；卿相，尊位也。子独不见郊祭之牺牛乎？养食之数岁，衣以文绣，以入大庙。当是之时，虽欲为孤豚，岂可得乎？子亟去，无污我。我宁游戏污渎之中自快，无为有国者所羁，终身不仕，以快吾志焉。”①

“无为国有者所羁”是庄子所提出的隐逸的依据与原则，而其所要追求的目标则是“我宁游戏污渎之中自快”的生存自由与精神自由。如果说，儒家、孔子的隐逸范型所遵循和依据的是正义原则，是“士志于道”，“无道则隐”；那么，庄子所提出的隐逸范型则遵循和依据的是自由原则，追求的是外在的“无羁”（获得充分自由）前提下的人生生存的“游戏自快”，用海德格尔引用的荷尔德林的诗句来表述就是“人诗性地栖居在世界上”。② 司马光虽然是坚定的儒者，但是颇受道家思想影响，虽然信奉儒家的出世、有为的精神，但是仍然对于道家自由精神心向往之。因此会联想到“神可养”而羡慕“轻举向千龄”的飞升，登仙高风。

> 吾爱杜牧之，气调本高逸。结亭侵水际，挥弄消永日。洗砚可抄诗，泛觞宜促膝。莫取濯冠缨，红尘污清质。《弄水轩》
>
> 吾爱王子猷，借宅亦种竹。一日不可无，萧洒常在目。雪霜徒自白，柯叶不改绿。殊胜石季伦，珊瑚满金谷。《种竹斋》

宋祝穆撰《方舆胜览·徽州》记载有弄水亭。③ 明李贤等撰《明一统志·池州府》记载：“弄水亭，在府城通远门外，唐杜牧建，取李白

---

① （汉）司马迁：《史记》卷六三，中华书局1963年版，第2145页。

② 参刘方《宋型文化与宋代美学精神》，巴蜀书社2004年版，第181—182页。

③ （宋）祝穆：《方舆胜览》卷十六，中华书局2003年版，第293页。

‘饮弄水中月’之句为名。”[①] 杜牧于会昌四年（844）九月，由黄州迁池州刺史，年四十二，在任期，筑弄水亭，并且写有多篇以此为题的诗歌。[②]

诗歌中所谓高逸，谓高雅脱俗，俊逸跌宕。晋孙统《吏部郎虞存诔》："存幼而卓拔，风情高逸。"洗砚之典，清俞樾《茶香室三钞·王逸少砚池异迹》："山阴兰亭，有逸少砚池。朝廷每有颁诏礼，则池水尽黑，可以染缁。"泛觞，即所谓曲水流觞。古代风俗，于农历三月上巳日（上旬的巳日，魏晋以后始固定为三月三日）就水滨宴饮，认为可袚除不祥，后人因引水环曲成渠，流觞取饮，相与为乐，称为曲水。晋王羲之《兰亭集序》："又有清流激湍，映带左右，引以爲流觞曲水，列坐其次。"兰亭雅集，也成为后世士大夫的理想典范。

司马光种竹斋的斋名，典出宋刘义庆撰、梁刘孝标注《世说新语》卷下之上："王子猷尝暂寄人空宅，住便令种竹，或问暂住，何烦尔？王啸咏良久，直指竹曰：何可一日无此君。"当然人们更为熟悉的是"王子猷居山阴，夜大雪，眠觉，开室命酌酒，四望皎然，因起彷徨，咏左思《招隐》诗，忆戴安道，时戴在剡，即便夜乘小船就之，经宿方至，造门不前而返，人问其故：王曰：吾本乘兴而行，兴尽而返，何必见戴"的故事。《弄水轩》《种竹斋》二首，反映了司马光退隐洛阳时期对于魏晋风度的向往与渴慕。

> 吾爱白乐天，退身家履道。酿酒酒初熟，浇花花正好。作诗邀宾朋，栏边长醉倒。至今传画图，风流称九老。（《浇花亭》）

白居易买杨凭旧履道里宅，是在长庆四年（824）。《旧唐书·白居易传》记"居易罢杭州，归洛阳，于履道里得故散骑常侍杨凭宅，竹木池馆，有林泉之致"。宝历元年（825）白居易《泛春池》："谁知始疏凿，几主相传受？杨家去云远，田氏将非久。天与爱水人，终焉落吾手。"

诗中注："此池始杨常侍开凿，中间田家为主，予今有之，蒲浦、桃

---

① （明）李贤等撰：《明一统志》卷十六，四库全书本。

② 参缪钺《杜牧传·杜牧年谱》，河北教育出版社1999年版，第76—87、172—181页。

岛皆池上所有。”[①]

白居易的私家园林和他的九老会，均成为后世士大夫倾慕和模仿的典范。司马光、文彦博慕白居易九老会而作耆英会，司马光有序有诗，详见《熙丰时期洛阳文学活动与城市意象双向建构》章。

通过独乐园及其园中建筑的命名，司马光建构了他的精神世界，表达了他的价值取向与理想目标。司马光独乐园的题咏诗歌，是对于他的独乐园建筑命名的一种阐释和内心世界的一种抒写。他所歌咏和称赏的人物分别是董仲舒、严光、韩康、陶渊明、王子猷、杜牧、白居易七人，可以说体现和具体化了他的独乐园精神的几个方面和他自己心目中理想人生的代表人物，因此也反映了司马光的精神理想和追求的诸方面。董仲舒专心读书，学问精深，而终于力排诸子之说，促成罢黜百家、独尊儒术的格局。一方面与司马光追求的读书治学精神吻合，另一方面也潜在地暗示了司马光对于当时他视为邪说的许多学术流派的不满，渴望正本清源的思想抱负和学术理想。

严光、韩康、陶渊明是著名隐士的典型，这里面又有严光、韩康拒绝出仕和陶渊明先出仕后归隐的两种类型。王子猷体现的是一种魏晋风流，一种精神之美。杜牧、白居易则都是仕隐的典范，反映的是白居易中隐思想的实践。司马光退隐洛阳，仍然是有闲职在身，更为接近杜牧、白居易。特别是大和九年（835）七月，杜牧因为好友被贬官而称疾，以监察御史分司东都。[②] 杜牧《昔事文皇帝三十二韵》回忆当年在长安情景是：“每虑号无告，长忧骇不存。随行唯跼蹐，出语但寒暄。”[③] 而当时白居易正以太子宾客的身份，分司东都洛阳，偏偏在同年九月，就发生了著名的甘露之变，两人都是不仅因为政治斗争的失利而分司东都，来到洛阳，而且也恰恰是这种退隐，才幸运地避免了生命危险，逃离了灾难。白居易《九年十一月二十一日感事而作：其日独游香山寺》：

---

① （唐）白居易著、朱金城笺校：《白居易集笺校》，上海古籍出版社 1988 年版，第 461 页。

② 参缪钺《杜牧传·杜牧年谱》，河北教育出版社 1999 年版，第 42—44 页，第 151—155 页。

③ （清）彭定球等编、中华书局编辑部点校：《全唐诗》（增订本、全十五册）卷五百二十一，中华书局 1999 年版。

祸福茫茫不可期，大都早退似先知。当君白首同归日，是我青山独往时。顾索素琴应不暇，忆牵黄犬定难追。麒麟作脯龙为醢，何似泥中曳尾龟。①

作为著名历史学家的司马光，当然不可能不清楚这段历史，以及杜牧、白居易在洛阳的背景。而司马光此时分司洛阳，同样是党争失败后的结果，作为正在从事《资治通鉴》撰写工作的司马光，选择此二人作为推崇对象，未必没有深意在焉。

司马光独乐园七咏组诗，充分反映和体现了洛阳陪都文化的核心文化特征，反映了洛阳城市文化对于城市文学写作的影响与制约。同时特定人物的系统选择、安排与重置，一方面反映了对于城市文化的历史资源的有目的、有意识的自觉选择与利用，另一方面，在再生产与进一步强化洛阳陪都文化既有特征的同时，也在重新书写与重塑洛阳城市文化特征与意象。这些城市文学写作，既深深扎根于城市文化传统之中，同时又发明着新的传统。②

在司马光所歌咏的七人中，或者为隐士、或者为高人、或者为名士，而杜牧的入选则是一个有些出人意料的和应该引起关注的事件。杜牧的高逸与王子猷同，而司马光为人木讷，形象如老农，文笔也多质木无文，但是内心十分向往和景慕魏晋风流，他的学生刘安世认为其创独乐园，是“以当时君子自比伊、周、孔、孟，公乃行种竹浇花等事，自比唐、晋间人，以救其弊也”。③ 以司马光之个性，自称迂叟，苏轼称之为司马牛，其性格与行为，同晋唐人物王子猷、杜牧的风流潇洒，实在相距太远，因此，与其说是刘安世所谓的自比唐、晋间人，不如说是恰恰因为性格之两极而产生一种心理上的倾慕，从弗洛伊德精神分析学说来看未免不是一种心理补偿机制的作用下的结果。

---

① 按，此诗歌详细情况，参考白居易著、谢思炜校注《白居易诗集校注》，中华书局2006年版，第五册，第2483—2485页。诗歌所体现的祸福无常、恐惧、后怕和庆幸自己的退隐，其惊恐万状的心态，可谓暴露无遗。

② 关于城市意象，参［美］凯文林奇《城市意象》，方益萍、何晓军译，华夏出版社2001年版。关于传统的发明，参［英］霍布斯鲍姆《传统的发明》，顾杭、庞冠群译，译林出版社2004年版。

③ 马永卿辑：《元城语录》卷十，畿辅丛书本。

在以独乐园为题的诗歌和以洛阳城市为背景的诗歌中，司马光抒写了精神世界的多方面，描绘了洛阳城市文化的意象与特征，建构起了一个都市家园的生存空间。《独乐园新春》一诗中，司马光书写了在独乐园这一都市家园中，精神的闲适、自由，心情的喜悦、轻松：

> 春风与汝不相关，何事潜来入我园。曲沼揉蓝通底绿，新梅翦彩压枝繁。短莎乍见殊堪喜，鸣鸟初闻未觉喧。凭仗东君徐按辔，旋添花卉伴芳樽。

春天来临的欣喜之情，色彩的变化，花卉的增长，乍见短莎而产生的殊堪喜，初闻鸣鸟而体验到的未觉喧。当然，独乐、归隐，自然也难免有孤独之感，《独乐园二首》之一：

> 独乐园中客，朝朝常闭门。端居无一事，今日又黄昏。

闭门的意象，使我们很容易联想到陶渊明《归去来兮辞》中的“园日涉以成趣，门虽设而常关”，闭门也就将世俗的纷扰与红尘的喧闹拒绝在门之外，以建构起一个属于自己的独乐与隐居的世界。正如德国著名社会学家齐美尔在对于门所作的精辟分析中揭示的：

> 人们在无穷无尽的空间切出一小块土地，按自己的感官认识在上面塑造出一个特殊单元。空间中，这一小块土地本身被联合起来，可它却与外界分离了。所以说，门在屋内空间与外界世界空间之间架起了一层活动挡板，维持着内部和外界的分离。正因为门可以打开，跟不能活动的枪相比，关闭门户给人以更强烈的封闭感，似乎跟外界的一切都隔开了。①

闭门是对于外部世界的一种逃离，折射的是一种离群索居的精神状态，虽然远离了尘嚣，但是也难免会感到孤独。黄昏的意象，是中国古典诗歌传统中的一个著名的经典意象。自从李商隐“夕阳无限好，只是近

---

① ［德］齐美尔：《桥与门》，涯鸿等译，上海三联书店1991年版，第4页。

黄昏”的诗句成为人们熟知的诗句，诗句中所传达的精神与文化内涵，也就成为某种精神原型而世代相传。黄昏日暮，既是自然的，也可以是生命的，因而黄昏也就有了生命的悲剧意味。而特别是对于有着强烈的济世情怀的宋代士大夫，如司马光这样的一生渴望积极用世，而今却“端居无一事”的人，则屈原在《离骚》中已经悲叹过的“老冉冉其将至兮，恐修名之不立”的心态，曹操《长歌行》：“老骥伏枥，志在千里，烈士暮年，壮心不已”的悲歌，难免在司马光的脑际回旋，从而使他产生复杂的心态与生命的悲剧性感伤。而当闭门的意象与黄昏的意象相关联，黄昏成为闭门的背景与环境，则某种生命的悲凉与孤寂，在不经意之间，被默默传达出来。

独乐园也并非总是闭门和寂寞的，它也时常成为洛阳友人与政治立场相近的官宦中人聚集的、城市社交的场合与公共空间，文彦博等多人游览吟咏，而司马光也留下不少唱和之作。《和潞公与昌言正叔游独乐园徘徊久之主人不至》就以愉快的心情，记叙了洛阳才俊来到独乐园一游之时的内心感受：

茂勋成亮采，胜赏寄风流。闲引翘材客，同为独乐游。厌居华宇盛，翻爱弊庐幽。愧不先操篲，迎尘立道周。（《全宋诗》卷五一〇）

潞公即文彦博，封潞国公。昌言即张问，字昌言，襄阳（今属湖北）人。度支副使，拜集贤殿修撰、河东转运使、太中大夫、提举崇福宫。正叔即楚建中，字正叔，洛阳（今属河南）人，为天章阁待制、陕西都转运使、中奉大夫、提举崇福宫。此数人均与司马光在洛阳过从甚密，也均是洛阳耆英会的成员。对于这些人物的独乐园之游，司马光的欣喜之情，溢于言表。而《和王安之题独乐园》，则表达了与同志、友朋同乐的喜悦：

草浓初过雨，林静远含烟。燕引新飞鷇，荷承半坠莲。朋来惟有月，山见不须钱。谁与同其乐，壶中浊酒贤。（《全宋诗》卷五一〇，第6201—6202页）

司马光在洛阳期间，写了大量诗歌，其中不少记录了他在洛阳城市的文化活动与精神状态。身居洛阳，司马光也感受到这个城市的艳丽色彩与勃勃生机，在《洛阳少年行》中，司马光写道：

铜驼陌上桃花红，洛阳无处无春风。青丝结尾连钱骢，相从射猎北邙东。东鞭纵镝未云毕，青山团团载红日。云分电散无影迹，黄鸡未鸣已复出。

而今重返洛阳，司马光在《康定中予过洛桥墩南得诗两句于今三十二年矣再过其处足成一章》写道：

铜驼陌上桃花红，洛阳无处无春风。重来羞见水中影，鬓毛萧飒如秋蓬。(《全宋诗》卷五一〇，第6053页)

铜驼为洛阳著名的坊里：

次东铜驼坊。《通鉴》：晋怀帝步出西掖门至铜驼街。《水经注》：洛阳城中太尉、司徒两坊间谓之铜驼街。按此坊盖取铜驼为名，而非即魏晋之铜驼街也。

《校补记》：补注：洛阳铜驼街在洛阳城东，汉置铜驼二于宫之南街四会道头，两铜驼夹东西，夹路相对。谚云铜驼陌上集少年，言人物盛也。又《异闻集》：垂拱中，驾在上阳宫，太学进士郑生晨发铜驼里，乘晓月度洛桥。

补一条并注：隐士薛弘机宅，注：《乾腰子》：东都渭桥铜驼坊有隐士薛弘机，营蜗舍渭河之限。①

依旧是桃花红，依旧是无处无春风，只是当年的少年已经老去。如果说，当年提及铜驼坊，大概想到的还只是谚云铜驼陌上集少年，而今再到，也许更多的不仅是少年白发壮志未酬的无限感慨，还会联想到“东都渭桥铜驼坊有隐士”了。

① （清）徐松撰、李健超增订：《增订唐两京城坊考》（修订版），三秦出版社2006年版，第387—388页。

在司马光的城市文学中，城市不再是一个黑暗、腐败、樊笼，而是可居、可游，充满了生机与欢乐。司马光不再将高士的隐居山林或者陶渊明的归田园居，视为理想的栖居方式，甚至不再是像王维中隐于辋川别业，就是在繁华的大城市之中，获得生命的诗性栖居，享受城市文明所带来的优越与精神财富。

通过城市文学叙事，司马光在洛阳建构起自己独乐、隐逸的都市家园与精神世界。但事实上他并未真正完全隐居和独乐，也不甘心从此完全隐居与独乐，他的一些作品便曲折反映了他的内心深层。《独步至洛滨》其一写道：

拜表归来抵寺居，解鞍纵马罢传呼。紫衣金带尽脱去，便是林间一野夫。

其二：

草软波清沙径微，手持筇竹著深衣。白鸥不信忘机久，见我犹穿岸柳飞。（《全宋诗》卷五〇八，第6180页）

关于这两首诗作，《闻见录》卷十八记载：

公一日着深衣，自崇德寺书局散步洛水堤上，因过康节天津之居。谒曰：程秀才云，既见，温公也，问其故，公笑曰：司马出程伯休父，故曰程。留诗云：（略）①

在刻意的强调“林间一野夫”。深衣，是古代上衣、下裳相连缀的一种服装。为古代诸侯、大夫、士家居常穿的衣服，也是庶人的常礼服。《礼记·深衣》：“古者深衣，盖有制度，以应规矩，绳权衡。”郑玄注：“名曰深衣者，谓连衣裳而纯之以采也。”孔颖达疏：“凡深衣皆用诸侯、大夫、士夕時所著之服，故《玉藻》云：‘朝玄端，夕深衣。’庶人吉服，亦深衣。”关于司马光着深衣，《闻见录》卷十九：

① （宋）邵博温撰，李剑雄、刘德权点校：《邵氏闻见录》，中华书局1983年版，第200页。

司马温公依《礼记》作深衣、冠簪、幅巾、缙带。每出，朝服乘马，用皮匣贮深衣随其后，入独乐园则衣之。常为康节曰："先生可衣此乎?"康节曰："某为今人，当服今时之衣。"温公叹其言合理。①

洛阳特殊的城市文化，深刻影响和制约了熙丰时期洛阳文化群体的城市文学写作的主题与意蕴，洛阳城市文化已经构成了一种文化场，影响到在这一场中的人们。然而，不同的文化群体、文化背景、社会阅历等方面的人，对于洛阳城市文化的诸方面是有不同选择性的认同和体验的。比如北宋初期文坛领袖杨亿《次韵和席衢州忆洛阳春游十四韵》：

周汉经营迹未遐，山川形胜最堪嘉。前瞻阙塞千寻出，旁亘伊流一派斜。子晋凤笙调夜月，宓妃罗袜映朝霞。何人贳酒青楼晓，几处寻春紫陌赊。骏足每从金埒试，芳丛多展翠帷遮。出逢胜境争飞盖，归逼残阳竞走车。庭竹惹烟披嫩箨，皋兰裛露长新芽。嵩峰峭崒疑摩斗，洛水清泠欲见沙。万井闾阎真陆海，九重宫阙是天家。禁林日暖空啼鸟，御苑风微自落花。关路行人偏络绎，津桥贾客苦喧哗。何当献赋论迁鼎，便欲抛官学种瓜。江海三年劳梦想，田园二顷有生涯。应知父老沾尧花，长挈壶浆望翠华。②

从杨亿等人的诗歌可以看出，对于洛阳文化的追忆，并没有集中于隐逸和休闲。因此，特定城市文化的哪些方面，对于特定文学群体的哪些特定的文学创作产生了定向性的影响和制约，才是应该认真思考和深入研究的。熙丰时期的洛阳文化群体对于洛阳作为陪都文化的隐逸与休闲等方面的城市文化特征，给予了特别的关注和有选择性的吸收，是与特定的文化、政治背景和洛阳熙丰时期文化群体的特殊身份、经历、背景等诸多因素联系在一起的。正是因缘际会，多种因素的偶然组合，成就了熙丰时期洛阳城市文化的特殊的特征与体现。也正是因为如此的诸多因素，我们才

① （宋）邵博温撰，李剑雄、刘德权点校：《邵氏闻见录》，中华书局 1983 年版，第 210 页。

② （宋）杨亿：《武夷新集》卷一，四库全书本。

认为，在整个北宋时期，恰恰是熙丰时期的洛阳，才最为经典地体现出了她作为陪都所形成的独特城市文化特征。正是特殊的机缘，洛阳陪都城市文化特征才被特别充分地发掘出来，对于洛阳城市文学的写作，产生了比北宋任何一个时期都更大的影响，同时也产生了比任何一个时期都更为强有力的对于洛阳陪都文化的强化和重塑，和对于后世的重大影响。

钱惟演幕府时期，欧阳修、梅尧臣等一批青年才俊对于白居易的倾慕和模仿，还仅仅是一种少年不识愁滋味的时尚表演，而熙丰时期一大批元老重臣作为具有相近的政治理念和道德操守，共同作为政治权力斗争的暂时失利者，齐聚洛阳，并且与体现和代表了这一时代的思想、学术水平的洛阳士大夫，结合成为一个联系比较密切，通过有组织的文学社团的定期活动和群体成员之间广泛交游而形成的一个集当时思想、学术、政治等诸领域精英的文学创作群体，这种特殊的文化语境与历史背景，特殊的人生经历，才真正将洛阳陪都文化的极致最为充分地发挥出来。类似的政治党争、类似的政治地位、类似的政治处境，使这个群体更能够深切体验到唐代以白居易为突出代表的，以李德裕、裴度、刘禹锡、牛僧儒等不同政治集团重要人物为主体的唐代洛阳陪都文化的深层意味与深厚底蕴，与他们发生强烈的感情共鸣和思想认同。选择、总结和强化了洛阳陪都文化中的某些特征、方面、因素，融入他们的洛阳城市文学的个体与集体写作之中，同时加以改造、重塑。而这些在洛阳陪都文化影响下催生出来的城市文学创作，也以其新的文学书写，建构了新的洛阳陪都文化的特征与城市意象，从而通过这些城市文学作品意象的影响与传播，影响和制约着后来人们对于洛阳城市文化的认识、理解和书写。

如果说杨亿、欧阳修等人的作品尚不够典型和突出，那么，对比同样是熙丰时期闲居洛阳的吕公著的作品，则司马光等人的自觉的和特定方面的对于洛阳城市文化的选择、认同与重构的特征，就十分明显和突出了。

吕公著（1018—1089），字晦叔，寿州（今安徽凤台）人。仁宗时以父荫补奉礼郎。举进士，通判颍州。神宗熙宁元年（1068），知开封府。二年，为御史中丞，出知颍州。八年，入为翰林学士承旨，改知审官院，同知枢密院事。元丰五年（1082），除资政殿学士，定州安抚使，徒扬州。哲宗元祐元年（1086），拜尚书右仆射，兼中书侍郎，三年，拜司空、同平章军国事。四年卒，年七十二。谥正献。《东都事略》卷八八、《宋史》卷三三六有传。宋神宗熙宁三年（1070）夏四月戊辰，贬御史中丞，吕公著其年五十二岁。吕公著《二十二日晚步天津次日有诗》：

> 溪翁昨晚步天津，步到天津伫立频。洛水只闻煎去棹，西风唯解促行人。山川惨淡笼寒雨，楼观参差锁暮云。此景分明谁会得，欲霜时候雁来宾。①

吕公著作为世家子弟，名门之后，本来有着济世大志，原来又与王安石等人为友，希望能够在政治改革中积极有为，而刚刚代替吕诲担任御史中丞这一监察系统御史台的最高长官不久，又与吕诲因为同样的原因，被王安石认为反对新法而排斥，贬谪。但是与吕诲不同，吕诲作为旧党人物，是坚定地反对王安石变法和王安石本人的人物，反对和斥责王安石的奏章《上神宗论王安石奸诈十事》《上神宗论王安石奸诈十事吕诲系第二状》，斥责王安石"大奸似忠大诈似信"，"外示朴野中藏巧诈骄蹇慢上阴贼害物"并且具体列举了王安石的十大"罪状"。因此激怒了王安石，从而被罢。而吕公著之所以接替吕诲为御史中丞，就是因为作为王安石的朋友，王安石推荐他接任此职务，希望成为自己变法办法的有利助手。因为宋代的御史台不仅在监察范围上远远超越唐代，而且在权力上也远远超越了唐代。② 因此，御史台官员在王安石变法和新旧党争中都起到了关键作用。③ 可以想见，吕公著作为王安石的朋友，原本也是希望积极有为。《邵氏闻见录》卷十二："荆公荐申公为中丞，欲其为助，故申公初多用条例司人作台官，既而天下苦条例司为民害，申公乃言新法不便。荆公怒其叛己，始有逐申公意矣。"④ 可见上任之初，吕公著的确是帮助了王安石，"初多用条例司人作台官"，将王安石专门为变法而设置的条例司这一实际上的王安石变法的组织机构中人，作台官，是在舆论上形成对于新

---

① 傅璇琮等主编：《全宋诗》第八册，卷四五二，北京大学出版社1992年版，第5470页。

② 参贾玉英《宋代监察制度》，贾玉英等著《中国古代监察制度发展史》，人民出版社2004年版。

③ 参邓广铭《王安石——中国十一世纪的改革家》，人民出版社1975年版；沈松勤《北宋文人与党争》，人民出版社1998年版；罗家祥《朋党之争与北宋政治》，华中师范大学出版社2002年版。

④ （宋）邵博温撰，李剑雄、刘德权点校：《邵氏闻见录》，中华书局1983年版，第125页。

法变革的积极态势。（按：条例司这一机构中人，最初也有苏辙、程颢，由此可见王安石最初是希望能够获得广泛支持的，后因为政见不合，苏辙、程颢均去职，机构中就基本成为支持变法人员进行办法的大本营）。只是在工作中，吕公著发现新法的问题，“乃言新法不便”，其本义应该是出于朋友的真情，希望能够使变法政策更为合理，而与吕诲不同，但是处于政治斗争旋涡中的王安石此时已经仅仅将对于现行改革政策的支持与否作为衡量敌友标准了，因此“荆公怒其叛己，始有逐申公意”，到吕公著反对王安石重用和提拔吕惠卿，则最终导致王安石将其贬谪。而实际上，不仅吕公著，就连曾经是王安石的朋友，后来成为旧党领袖，坚决反对变法的司马光也同样是出于好心，善意提醒王安石，反对重用和提拔吕惠卿。而后来的事实也充分证明了吕公著、司马光的判断与预见性。

因此，可以看到，吕公著完全是站在朋友立场，出于善良愿望与动机，提出对于改革中存在的问题的一些看法和反对对于吕惠卿的提拔，结果被王安石视为叛己，将吕公著强行推到旧党一方的。正因为如此，吕公著到洛阳后的心情，就与司马光、文彦博等人不相同，内心的痛苦和感情的复杂，是超过了司马光等人的。《二十二日晚步天津次日有诗》应该就作于吕公著到洛阳后的秋天，从中可以清楚看到他内心的抑郁与情绪的低沉。在洛阳的标志性地标天津桥“伫立频”，这一动作，正反映了内心的焦虑与不平静。“洛水只闻煎去棹，西风唯解促行人”，二句写眼前景象，煎去棹、促行人二意象，恰恰是内心煎、促的移情，流露。“山川惨淡笼寒雨，楼观参差锁暮云”，山川惨淡、寒雨、暮云的意象，都折射着内心的阴影与感情的凄苦，而笼、锁的动词使用，则与精神的抑郁、苦闷、压抑，而又无处倾诉、无人理解的内心世界关联，故而才有结句的“此景分明谁会得”的感叹。

对比司马光到洛阳后的作品，其间的差异就体现得十分明显了。司马光《初到洛中书怀》：

三十余年西复东，劳生薄宦等飞蓬。所存旧业惟清白，不负明君有朴忠。早避喧烦真得策，未逢危辱好收功。太平角处农桑满，赢取闾阎鹤发翁。（《全宋诗》卷五〇七）

是一种生命长期劳顿之后的解脱，虽然“所存旧业惟清白，不负明君有朴忠”，也反映了作为反对新法而被贬谪的内心倾诉，但是，“早避喧烦真得策，未逢危辱好收功”是明哲身退的自我安慰和警示。而“太平角处农桑满，赢取闾阎鹤发翁”的结句，则对于今后的安闲生活有着一种期待与满足。

吕公著居洛阳，与邵雍、司马光交游。邵雍曾写有《四贤吟》，将富弼、司马光、吕公著、程颢并称为洛中四贤（《邵氏闻见录》卷一五），其云：“彦国之言铺陈，晦叔之言简当，君实之言优游，伯淳之言调畅。四贤洛阳之名望，是以在人之上。有宋熙宁之间，大为一时之壮。”① 虽然是共同因为反对新法而贬官赋闲于洛阳，但是司马光与吕公著仍然体现出来对于当时政局与个人出处的观点不同。《邵氏闻见录》卷十二记载：

> 熙宁四年，申公以提举嵩山崇福官居洛。寓兴教僧舍，欲买宅，谋于康节先生，康节曰：择地乎？曰：不择。材乎？曰不。康节曰：公有宅矣。未几，得地于白师子巷张文节相宅西，随高下为园，宅不甚宏壮。康节、温公、申公时相往来，申公寡言，见康节必从容，终日亦不过数言而已。一日对康节长叹曰：民不堪命矣。时荆公用事，推行新法者皆新进险薄之士，天下骚然，申公所叹也。康节曰：王介甫者远人，公与君实引荐至此，尚何言。公作曰：公著之罪也。十年春，公起知河阳。河阳尹贾公昌衡，率温公、程伯淳饯于福先寺上东院，康节以疾不赴。明日伯淳语康节曰：君实与晦叔席上各辩论出处不已，某以诗解之曰：二龙闲卧洛波清，几岁优游在洛城。愿得二公齐出处，一时同起为苍生。申公镇河阳岁余，召拜枢密副使，后以资政殿学士知定州，又以大学士知扬州，哲宗即位，拜左丞，迁门下侍郎，与温公并相元祐，如伯淳之诗云。②

熙宁十年（1077）春，吕公著起知河阳，河南府尹贾昌衡率同司马光、程颢在洛阳福先寺卜东院设宴饯行，邵雍因病未赴宴。吕公著知河阳

---

① （宋）邵博温撰，李剑雄、刘德权点校：《邵氏闻见录》，中华书局1983年版，第161页。

② 同上书，第126—217页。

的背景是，王安石罢相，宋神宗独操变法之权，开始起复一批在熙宁三、四年间参与变法工作的人物。程颢在诗中肯定了吕公著的经世之志，而司马光以不出为高，对变法采取完全不合作的态度。

虽然司马光与吕公著，后来共同成为元祐更化的两个主要人物，但是二人洛阳经历与洛阳时期反映洛阳城市文化的诗歌，十分明显和突出体现了自觉的和特定方面的对于洛阳城市文化的选择、认同与重构的特征，充分说明了城市文化与城市文化之间的影响的复杂性、多样性，也体现了城市文学创作主体在接受特定城市文化影响时的选择性与主体性。

而本章的写作，也希望通过对于司马光这一个案的分析、揭示，开拓古代文学研究的一个新的面相，发掘城市文学研究的一个新的领域，揭示作家、文学与城市的更为复杂的关系，从而能够建立起中国文学历史叙事的更为丰富和复杂的模式。

第六章

日常生活的诗性化与居所精神
——邵雍城市诗歌书写的文学史意义

邵雍，一个熟悉而又陌生的名字，说他熟悉，是因为作为宋代著名理学家，北宋五子之一，必然出现在每一部讲述或者研究宋代理学的著述中；说他陌生，这不仅是因为几乎在所有的中国文学史中都不会提及他的名字，在至今仍然少得可怜的几篇研究他的诗歌的文章中，也仅仅将他的诗歌程式化地定位在理学诗，更为重要的是，他作为中国城市文学的一个重要转折时期的标志性、开拓型人物，至今仍然被遮蔽着，没有能够得到应有的认识和重视，是为陌生。他的城市文学书写在中国文学史上所具有的重大意义和转型标志，至今仍然是未被触及的领域。

邵雍城市诗歌书写，开辟了城市文学的一个新方向、新思路，即不再是对于城市的排斥、贬低，不再是将城市视为与田园相对立的、与理想相排斥的空间，而是从积极、肯定和赞赏的眼光去书写城市。邵雍的城市诗歌叙事，十分自觉地、有选择地接受着洛阳城市文化的影响，感受着洛阳城市文化的特定的历史文化氛围，同时他的文化活动与诗歌创作，也自觉与非自觉地参与了洛阳城市文化的创造与城市意象的建构。邵雍在洛阳建构起自己安乐、隐逸的都市家园与精神世界。而对于中国文学史而言，邵雍的意义还在于他开启和探索了一种新的城市文学的书写模式和叙述方式。

从陶渊明的典范开始，中国的文学史就开拓出田园诗歌的传统，经过王维、孟浩然、韦应物、柳宗元等人的进一步发展与强化，长期成为中国文学史的一个主流模式。由于中国城市的发展，走了一条与欧洲迥然不同的道路，[①] 农业文明对于田园的天然依恋，加上背井离乡进入城市后的科

---

① 参［德］韦伯《非正当性的支配——城市的类型学》，康乐、简惠美译，广西师范大学出版社2005年版；赵冈《中国城市发展史论集》，新星出版社2006年版。

举失意、仕途坎坷与政治险恶等诸多因素下，对于城市的经历、体验与想象，更增加了城市的负面形象。因此，“归园田居”的社会理想及其明确或者隐含的城市谴责，在中国文学的历史上，一直居于主流地位，并且一直持续到20世纪。①

中国传统文化长期存在一种反城市化倾向，传统诗歌最为熟悉和不断强化并且被不断加以称颂的是田园、山水，田园与城市构成了对立的二元，“松桂盈膝前，如何秽城市”，②“宁归骨于松柏，不买名于城市”，③“长怀去城市，高咏狎兰荪。”④ 在邵雍之前，我们何曾听到过这样的对于城市的赞美与颂扬：

> 闲居须是洛中居，天下闲居皆莫如。文物四方贤俊地，山川千古帝王都。绝奇花畔持芳醑，最软草间移小车。只有尧夫负亲旧，交亲殊不负尧夫。⑤
>
> 予家洛城里，况复在天津。日近先知晓，天低易得春。时光优化国，景物厚幽人。自可辞轩冕，闲中老此身。（《天津幽居》，《击壤集》卷一）

在邵雍之前，中国文学史上的城市诗歌写作数量比较少，主要有几种基本模式：

1. 作为与田园对立的城市：“久在樊笼里，复得返自然。”

2. 作为远离故乡、故土，从而渴望离开的城市：“锦城虽云乐，不如早还家。”

3. 作为充满争斗、阴谋、罪恶的城市：“当君白首同归日，是我青山

---

① 参［美］张英进《中国现代文学与电影中的城市》，秦立彦译，江苏人民出版社2007年版。

② （宋）刘鲍照著，钱仲联增补集说校：《鲍参军集注》卷八《登庐山望天门》，上海古籍出版社1980年版，第264页。

③ （南朝）江淹撰，（明）胡之骥注，李长路等校：《江文通集汇注》卷一《去故乡赋》，中华书局1984年版，第12页。

④ （唐）王勃：《王子安集》卷三《卢照邻和得樽字附》，上海古籍出版社1992年版，第24页。

⑤ （宋）邵雍：《邵雍集》，《击壤集》卷十，中华书局2010年版，第333页。按：本书所引邵雍作品，均据此本，不另出注。

独往时。”①

4. 作为帝王之都的繁华的城市：又有正面歌颂和反讽、批判两种。以卢照邻《长安古意》和白居易《新乐府》等为代表。

5. 少量对于城市生活的肯定描写，在于认为城市田园化了，在城市中享受了田园一般的生活和乐趣。以白居易洛阳闲适诗歌为典范。

传统的城市诗歌书写，往往比较抽象，缺乏对于城市文化、布局、建筑等诸方面的具体描绘，对于城市的个体生活体验与对待城市的个体态度，基本较少涉及，基本缺乏对于个体在城市居住的生命体验的积极性表达，很少个体对于城市居住的正面的、诗意的书写。

而邵雍在他的诗歌中，不仅大量书写了作为生命个体在城市居住的快乐，将城市视为最佳的居住选择，充分表达了积极、肯定和赞美的对于城市居住与生活的态度，而且特别是突出了他所赞美的城市生活，不仅是因为白居易所表达的田园化的城市生活，而赞美的就是城市文化自身所特有的不同于田园生活的那些方面、特征。

邵雍处在中国文学史中，对于城市观念和城市书写的转型的关键点与转折处，开启了转型与新的方向，是对于传统山水、田园隐居模式及其山水、田园诗歌模式的一大逆转。②

邵雍在中国文学史上是第一个以大量作品肯定和赞美城市的人，他的作品体现了新的城市理念，形成了新的城市文学创作，从而成为中国文学史上重要转折的一个标志，代表着中国城市文学发展的一个新的方向。可惜至今这一重要性仍然被遮蔽着，仍然未能进入中国文学史研究的视野之中。

传统的隐士、高士或者在山林，“溪水煮白石”，“落叶满空山，何处寻行迹”，或者在田园“采菊东篱下”，“戴月荷锄归”。而邵雍则不仅尽享城市之乐，而且尽享城市之利。他不仅赏名花、游名园，而且交名士，聚名流，彻底改变了陶渊明以来“归隐南山垂”的生存方式与诗意栖居空间。他大量的诗歌作品，歌咏城市文化，以肯定、积极、称赏的态度，彻底颠覆了传统文学特别是田园山水文学传统对于城市的贬斥态度，将城

---

① （唐）白居易：《九年十一月二十一日感事而作：其日独游香山寺》，（唐）白居易著，谢思炜校注《白居易诗集校注》，中华书局2006年版，第五册，第2483—2485页。

② 关于山水、田园诗歌，参陶文鹏、韦凤娟主编《灵境诗心：中国山水诗史》，凤凰出版社2004年版；葛晓音《山水田园诗派研究》，辽宁大学出版社1993年版。

市不是作为理想、田园的他者、对立面，而是作为人生此在在场，并且现实实现本真栖居的居所。

第一节　可居之所：都市日常生活的诗化与新的城市意象的建构

我们已经习惯了聆听陶渊明在诗歌中叙述他的田园居所，也习惯了王维津津乐道他的辋川别墅，但是我们还很少听到某位诗人在他的文学写作中不断歌咏自己城市中的居所。而邵雍就是这极少人中突出的一个。对于邵雍而言，诗性栖居，不仅可能在田园、山水之间，而且同样可能在城市之中；不仅是可以在想象之中，而且也应该在真实的世界。邵雍诗性栖居的家，不仅是精神意义上的，也是现实城市日常生活之中的。当诗性的目光穿越周围的世界，视野中的每一件卑微的物品，每一声微弱的音响，每一件微不足道的琐事，也便具有了同样丰富的审美趣味与令人身心愉悦的审美价值。他像陶渊明一样，在日常生活的最琐碎的细节里，领悟生活的诗意与生命的愉快，只不过，一个在田园中发现，一个在城市中欣赏，由此，邵雍的意义便可以彰显和呈现出来了。

仁宗皇祐元年（1049）邵雍定居洛阳，以教授生徒为生。嘉祐七年(1062)，在西京留守王拱辰等众多朋友的帮助和资助下，就洛阳天宫寺西天津桥南五代节度使安审琦宅故基建屋三十间，为其新居，邵雍为其命名为安乐窝，因自号安乐先生。

围绕园林而产生的大量相关文学作品创作，已经构成人们熟知的中国历史中的一个显著文学现象与文化事件。然而，围绕城市中私人宅院、园林的命名，及其相关的文学作品的创作，则是宋代之后才普遍呈现的文学与文化现象。这些城市文学作品的创作，一方面与宋代城市革命之后产生的城市文化有着密切的关联，① 另一方面又现实地产生着文化影响并且建构起新的城市文化的特征与意象，而集中体现和典型反映了士大夫群体的某些共同的思想倾向、文化趣味、社会理想和精神追求，从而也成为一种

① ［美］施坚雅主编：《中华帝国晚期的城市》，叶光庭等译，中华书局2000年版。杨宽：《中国古代都城制度史研究》，上海人民出版社2003年版。

独特的城市文学现象与城市文化景观。

邵雍的安乐窝，就是其中最为典型的代表之一，通过对于他的洛阳宅第命名的文化内涵、相关社会、历史背景，及其围绕这些建筑而创作的大量城市文学作品的深入分析，可以透视出多方面、多层次的复杂的文化内涵。

邵雍为其宅第命名为安乐窝，如果我们将其名称放置于儒家传统思想的脉络之中，则可以发现，安乐窝的命名，有违于儒家入世精神和反对安乐的思想。《孟子·告子下》有一段十分著名的文字："入则无法家拂士，出则无敌国外患者，国恒亡，然后知生于忧患，而死于安乐也。"而在欧阳修撰《五代史》卷三十七《伶官传》中也有一段著名文字："忧劳可以兴国，逸豫可以亡身，自然之理也。"①

可以说邵雍的安乐窝的命名，其潜在抗拒、斗争的对手，以及精神压力的来源，均为传统中占据了主流意识形态和霸权话语的儒家思想，均为一种现实中十分强大的精神力量，而于此，也可以见出作为特立独行者的邵雍的品格。

邵雍作为杰出的哲人，以其哲学智慧，获得对于宇宙、时间的透彻了悟而获得安乐精神。正是这种特立独行的精神与对于宇宙、人生的彻悟洞悉，使得邵雍逆隐居、田园的传统，而居洛阳繁荣闹市，书写对于城市文化的赞美诗歌。

在邵雍的诗歌中有大量直接以其城市居所安乐窝为题的诗歌，反复歌吟自己的居所，在古代文学家中，是比较少见的，而邵雍却乐此不疲：

> 安乐窝中职分修，分修之外更何求。满天下士情能接，遍洛阳园身可游。行己当行诚尽处，看人莫看力生头。因思平地春言语，使我尝登百尺楼。安乐窝中事事无，唯存一卷伏羲书。倦时就枕不必睡，忺后携筇任所趋。准备点茶收露水，堤防合药种鱼苏。苟非先圣开蒙恪，几作人间浅丈夫。(《安乐窝中吟》其一《击壤集》卷十)

丰富变化的节奏，灵活的句式，不仅很好地与欢乐的心情、内容相协调，而且有意识打破惯常的句式节奏，获得一种新颖感。特别是诗歌中所

① （宋）欧阳修撰：《新五代史》卷三十七《伶官传》，中华书局1974年版，第397页。

流露出的对于安乐窝生活的满足和快乐之情，以及“遍洛阳园身可游”的城市生活的审美化，体现着相当新颖的对于城市生活的认识、理解和观念。《安乐窝中吟》其五则进一步书写了这样审美化的城市生活：

> 安乐窝中春不亏，山翁出入小车儿。水边平转绿杨岸，花外就移芳草堤。明快眼看三月景，康强身历四朝时。凤凰楼下天津畔，仰面迎风倒载归。（《击壤集》卷十）

在邵雍《击壤集》中相当部分诗歌，是表现自己在安乐窝中的快乐生活的。这些作品的主题，都可以用一个“乐”字来概括，正如他在《乐乐吟》中所写：

> 吾常好乐乐，所乐无害义。乐天四时好，乐地百物备。乐人有美行，乐己能乐事。此数乐之外，更乐微微醉。（《击壤集》卷九）

此诗主题言乐，又句句有“乐”字，无时不乐，无物不乐，即乐己，又乐人，真是乐不可支了。有此安乐人，居此安乐窝，可谓名实相符了。这一类的诗歌作品在邵雍的诗集中实在是太多，《安乐窝中好打乖吟》《乐物吟》《喜乐吟》《安乐窝中吟》《自在吟》等许多诗，几乎篇篇言乐。可以说，只要有机会，邵雍就不放过言乐，在这些诗歌里表现出来的邵雍，是一个快乐无比，快乐得以至于他的同道中人都要怀着极度艳羡与忌妒的复杂心情来对他加以评说。同是作为洛阳城市中生活却身陷党争中的程颐，羡慕他的这位亦师亦友的多年旧交，居然能够于新旧党争的时代中，“在激流中被渠安然取十年快乐”①。而到了靖康之变以后的南宋，朱熹则在与门生的对话中说：

> 康节之学，其骨髓在《皇极经世》，其花草便是诗。直卿云：其诗多说闲静，乐底意思太煞，把做事了。曰：这个未说圣人，只颜子之乐，亦不恁地。看他诗，篇篇只管说乐，次第乐得来厌了。圣人得

---

① （宋）程颢、程颐著，王孝魚点校：《二程集》，中华书局2004年第2版，第413页。

底如吃饭相似，只饱而已，他却如吃酒。①

一个苦难深重的民族，一个承受了太多痛苦的民族，实在是不习惯，这样的安乐，因此，我才说他的安乐，他的安乐窝的命名，是某种程度上对于儒家文化传统的某些核心理念的背离。也因此难免被朱熹这样的一些人所批评。

细想邵雍既没有官责的身累，没有政治斗争、倾轧的忧患与危机，也没有朱子攻击异端的义愤、焦虑，和仕途坎坷的不如意、无奈与痛苦，以及被打成伪学的郁闷与忧伤等，自然就比绝大多数士大夫与理学之士，有了更多的常人的快乐与日常生活的安乐。邵雍不仅体验这种安乐、快乐，而且闲来无事，喜欢写诗歌来表现这种快乐。不仅如此，他对于快乐的诗歌书写，在我看来还有更为重要的思想与心理上的深层动机，一方面反复的快乐之歌咏，是对于他的个体生命价值与人生选择的一种肯定、强化和认同。人都需要通过某些具体的事件、判断等来对于自己的某些价值依据进行肯定，特别是对于邵雍这样的，选择了与绝大多数当时的士大夫都不相同的人生道路与生命价值的人而言，对于自己的理想选择、精神价值依据，就更有了不断要求得到肯定的需要；另一方面他不仅是在自我肯定，自我辩护，也是在示范，在向世人昭示一种人生态度、一种理想选择。

邵雍的安乐窝，是在王拱辰等众多朋友的帮助和资助下建成的，因此在邵雍的诗歌作品中有数首言及此事，并且鲜明表达了他对于城市、对于城市居所、对于城市栖居理想的态度、向往，其《天津弊居蒙诸公共为成买作诗以谢》诗写道：

重谢诸公为买园，买园城里占林泉。七千来步平流水，二十余家争出钱。嘉祐卜居终是僦，熙宁受券遂能专。凤凰楼下新闲客，道德坊中旧散仙。洛浦清风朝满袖，嵩岑皓月夜盈轩。接罴倒戴芰荷畔，谈尘轻轻摇柳边。陌彻铜驼花烂漫，堤连金谷草芊绵。青春未老尚可出，红日已高犹自眠。洞号长生宜有主，窝名安乐岂无权。敢于世上明开眼，会向人间别看天。尽送光阴归酒盏，都移造化入诗篇。也知

① （宋）朱熹著，（宋）黎靖德编，王星贤点校：《朱子语类》卷一百，中华书局 1986 年版，第 2553 页。

此片好田地，消得尧夫笔似椽。（《天津弊居蒙诸公共为成买作诗以谢》宋本题作买园。《击壤集》卷十三）

在《天津新居成谢府尹王君贶尚书》诗中邵雍写道：

嘉祐壬寅岁，新巢始孱功。仍分道德里，更近帝王宫。槛仰端门峻，轩迎两观雄。窗虚响廛涧，台迥璨伊嵩。好景尤难得，昌辰岂易逢。无才济天下，有分乐年丰。水竹腹心里，莺花渊薮中。老莱欢不已，靖节兴何穷。啸傲陪真侣，经营贺府公。丹诚徒自写，匪报是恩隆。（《天津新居成谢府尹王君贶尚书》原注，嘉祐七年。《击壤集》卷四）

诗歌基本为同一主题，即感谢朋友相助为其购买宅院，“匪报是恩隆”。同时使用了陶渊明等古代贤哲、高士的典故，表达了窝名安乐，意在养志，和“啸傲陪真侣”的城市生活理想与精神追求。同时，值得关注的是，诗歌中均频频出现洛阳城市地标：凤凰楼、道德坊、铜驼、金谷、履道坊等，它们或者是洛阳著名城市建筑、或者是洛阳城市坊市名称、或者是洛阳著名文化遗迹，而这样的洛阳城市地标也大量出现于邵雍的众多诗歌作品之中。

在邵雍的诗歌中，反复歌咏他的居所，留下大量以他的城市居所为主要场景，来书写、歌咏城市生活的诗歌：

天津南畔是吾庐，时荷夫君枉乘车。始为退来忘检束，却因闲久长空疏。与其功业逋青史，孰若云山负素书。一片丹诚最难状，庶几长得类舟虚。（《和孙传师秘校见赠》）

太平身老复何忧，景爱家园自在游。几树绿杨阴乍合，数声幽鸟语方休。竹浸旧径高低迸，水满春渠左右流。借问主人何似乐，答云殊不异封侯。（后园即事三首：原注，嘉祐八年。《后园即事三首》其一）

天养疏慵自有方，洛城分得水云乡。不闻世上风波险，但见壶中日月长。一局闲棋留野客，数杯醇酒面脩篁。物情悟了都无事，未学颜渊已坐忘。（《后园即事三首》其二）

年来得疾号诗狂，每度诗狂必命觞。乐道襟怀忘检束，任真言语省思量。宾朋款密过从久，云水优闲兴味长。始信渊明深意在，北窗当日此羲皇。(《后园即事三首》其三)

这些作品表达的也基本是与前述安乐窝诗歌相同的主题，表达了城市居所是一个可以安居之处，“借问主人何似乐，答云殊不异封侯”。是一个可以同田园、山水一样具有诗意的物质空间，所谓“洛城分得水云乡”，正可以与苏轼“心安便是家”相比。

“未学颜渊已坐忘”的表达，是十分值得注意的，学“孔颜乐处”几乎构成了宋代一代代理学家所津津乐道的一个普遍命题，[①] 而被后来的理学家追认为北宋理学五子之一的邵雍，却在他的诗歌中明确表达了“未学颜渊”的意思，呈现出了他与其他宋代主流理学家之间的思想、观念上的差异与紧张。同样，诗歌中提到陶渊明是意味深长的，一方面在隐逸精神与生命自由的自觉追求上，追求“任真”是渴望“羲皇”的闲暇，他们不仅是同道，而且陶渊明也是宋代士大夫的普遍偶像。而另一方面，在具体的获取和实现这一理想追求的方式、形态与物质层面上，邵雍又无疑是具有颠覆性和开创性的。

邵雍的城市可游观念，对于城市的熟悉，对读者产生了一种亲和力，一种亲切感——家园之感，与城市中的居民产生亲密之感，使我们联想到陶渊明在田园、乡村与野老、邻居的亲密无间的诗歌。正如宋代笔记马永卿《懒真子》中记述的：

洛中邵康节先生所居，谓之安乐窝。以春秋天色温凉之时乘安车，驾黄牛，出游于诸王公家，其来，各置安乐窝一所。先生将至其家，无老少妇女良贱咸迓于门，争前问劳。凡其家妇姑妯娌婢妾有争竞，经时不决者，自陈于前。先生逐一为分别之，人人皆得其欢心。于是酒肴竞进，餍饫数日。复游一家，月余乃归。此可想见洛中土风之美。[②]

---

① 参刘方《宋型文化与宋代美学精神》，巴蜀书社2004年版。

② （宋）马永卿：《懒真子》卷三，上海古籍出版社编《宋元笔记小说大观》，上海古籍出版社2001年版，第3151—3152页。

邵雍《小车行》更是说：

喜醉岂无千日酒，惜春远有四时花。小车行处人欢喜，满洛城中都似家。（《击壤集》卷八）

邵雍《自处吟》中也写道：

尧夫自处道如何，满洛阳城都似家。不德于人焉敢异，至诚从物更无他。眼前只见罗天爵，头上谁知换岁华。何止春归与春在，胸中长有四时花。（《击壤集》卷十九）

在他的诗歌中，邵雍反复吟唱“满洛阳城都似家”，对于诗人而言，整个城市都处处有家的感觉，如《邵氏闻见录》卷二十记载：“康节先公没，乡人挽诗云：‘春风秋月嬉游处，冷落行窝十二家。’”①

《河南通志》卷五十二《古迹》下，河南府，“安乐窝”条记载：

在府城南，宋邵雍居洛，名其居曰安乐窝。时游城中，士大夫识其车音，争相迎候，或留信宿乃去。好事者别作屋以候其至，名曰行窝。宋吕希哲诗：先生不是闭关人，高趣逍遥混世尘。得志须为天下雨，放怀聊占洛阳春。家无甔石宾常满，论极锱铢意始新。任使终身卧安乐，一毫何费养天真。②

对于城市的这样的想法、这样的感受，不用说对于陶渊明这样视城市为樊笼的人是不可思议，难以理解的，就是对于“锦城虽云乐，不如早还家”的士大夫们也是陌生和充满叛逆的。

城市居所，同时也成为邵雍的精神栖居的场域，从中不仅获得了亲情、安乐和友谊等精神慰藉，而且也获得了精神自由和精神解放，从而达到一种生命的诗性栖居。在两首同题《闲适吟》的诗中邵雍写道：

---

① （宋）邵博温：《邵氏闻见录》，中华书局1983年版，第223页。

② （清）王士俊等监修：《河南通志》，四库全书本。

为士幸而居盛世，住家况复在中都。虚名浮利非我有，绿水青山何处无。选胜直宜寻美景，命俦须是择吾徒。乐闲本属闲人事，又与偷闲事更殊。(原注：熙宁元年，击壤集卷六)

春看洛城花，秋玩天津月。夏披嵩岑风，冬赏龙山雪。(《击壤集》卷十二)

邵雍反复吟咏的闲适精神，正是人类文明的根基，有着重要的精神意义。正如德国当代哲学家皮珀所指出的："我们唯有处于真正的闲暇状态，通往自由的大门才会为我们敞开。"① 对比禅宗著名《无门关》的作者无门慧开的"春有百花秋有月，夏有凉风冬有雪。若无闲事挂心头，便是人间好时节"②，其精神实质显然是其相通之处。

第二节　可游之所：审美漫游者的都市与精神栖居的城市空间

宋代著名的山水画家和山水画美学理论家郭熙，在《林泉高致·山水训》中说"可行可望不如可居可游之为得"，"观今山川，地占数百里，可游可居之处，十无二三，而必取可居可游之品。……画者当以此意造，而赏者又当以意穷之"③。山水之中，可行可望，不如可居可游，山水不仅是愉悦的对象，道的具象化，更在于它成为人的栖居之所，游历之地，它突出表明了人与自然的亲和关系，体现的是自庄子以来中国传统士大夫普遍追求的审美理想。

而邵雍的意义在于，他强烈表达了可游之乐，不仅可以在山水、田园之间，而且同样可以在传统上被加以排斥、批判的城市之中。邵雍诗歌，则使城市日常生活诗化了，他的城市诗歌书写，以城市空间为审美、诗性

---

① ［德］约瑟夫·皮珀：《闲暇：文化的基础》，刘森尧译，新星出版社 2005 年版。第 47 页。

② （宋）无门彗开：《无门关》，载《禅宗语录辑要》，上海古籍出版社 1992 年版。第 865 页。

③ 俞剑华编著：《中国古代画论类编》（修订版），人民美术出版社 1998 年版，第 632—633 页。

栖居和诗歌书写的对象。《击壤集·序》书写了邵雍的审美理想，“《击壤集》，伊川翁自乐之诗也。非唯自乐，又能乐时与万物之自得也”。邵雍提出了“自乐”和“乐时与万物之自得”两种以诗自娱的诗意生存的境界，强调了诗人作为审美主体，在与时运、与万物的和谐关系中的自得之乐的审美体验。而自得恰恰是宋代诗学的一个重要思想与范畴。李春青曾经追溯了自得说从宋学向宋代诗学转化的历程，认为“宋儒于‘自得’之中还注入了一种其于孟子处所没有的含义——从容不迫、优游闲适、超然远引的精神状态。简言之，在孟子那里，‘自得’的主要意义是强调为学求道须反诸内心而无须旁索。在宋儒这里其意义则一是高扬独立意识与主体精神，二是倡导一种自由平和的精神境界”。[①] 那么何以邵雍可以获得如此的精神境界与审美体验，邵雍在序中说：

> 予自壮岁，业于儒术，谓人世之乐，何尝有万之一二，而谓名教之乐，固有万万焉。况观物之乐，复有万万者焉。虽死生荣辱，转战于前，曾未入于胸中，则何异四时风花雪月一过乎眼也？诚为能以物观物而两不伤者焉，盖其间情累都忘去尔。所未忘者，独有诗在焉，然而虽口未忘，其实亦若忘之矣。（《击壤集·序》）

而“情累都忘”恰恰是中国美学中获得精神超越和审美自由的途径，“忘”，“即是超越，即是精神的自由解放。而这是达于审美最高境界的前提与途径”。[②]

邵雍作为城市之中的隐士，可以与城市构成一种审美关系，形成一种审美距离，与那些或者因为科举或者由于仕途等种种原因而进入和居住在城市的具有强烈的功利目的与心态的士人不同，与这些士人同城市之间常常形成的实用、功利的关系不同，特殊的文化身份与审美观念，构成了邵雍特殊的对于城市的审美态度。邵雍既具有审美能力、文化素养，又可以与城市构成现实的审美观赏的关系，从而可以成为本雅明所描述的城市的

---

① 李春青：《宋学与宋代文学观念》，北京师范大学出版社2001年版，第110页。作者追溯和分析了宋学各个派别有关自得的思想，只是有些遗憾的是，忽视了邵雍在这一转向中的意义与作用。

② 刘方：《中国美学的基本精神及其现代意义》第十四章《审美的超越途径》，巴蜀书社2003年版。

审美者，漫步，张望，决定了他们的整个思维方式和意识形式。正如本雅明所说："大城市并不在那些由它造就的人群中的人身上得到表现，相反，却是在那些穿过城市，迷失在自己的思绪中的人那里被揭示出来。"①

太平身老复何忧，景爱家园自在游。几树绿杨阴乍合，数声幽鸟语方休。竹浸旧径高低迸，水满春渠左右流。借问主人何似乐，答云殊不异封侯。（原注，嘉祐八年。《后园即事三首》其一，《击壤集》卷五）

邵雍正是在城市之中的散步中，形成了对于城市的审美的态度和观照，他与城市之间，构成了某种心理距离。《寄谢三城太守韩子华舍人》是一首六百言的长诗，诗歌开篇就从历史文化与自然美景两个方面描绘了洛阳城市：

洛阳自为都，二千有余年。举步图籍中，开目今古间。西北岌宫殿，东南倾山川。照人伊洛清，迎门嵩少寒。

紧接着就描绘自己的城市居所：

水竹最佳处，履道之南偏。下有幽人室，一径通柴关。蓬蒿隐其居，藜藿品其飡。上亲下妻子，厚薄随其缘。人虽不堪忧，己亦不改安。（《击壤集》卷一）

接下来又通过长篇对话形式，以客人之口劝其出仕，邵雍则谢绝，而谈及游三城的快乐。邵雍两次被推荐举官，均谢绝出仕，这样的人物在中国历史上也不乏其人，倒是值得关注的是他谢绝的理由，不是"性本爱丘山"一类，而是大谈"近日游三城"之时"数夕文酒会，有无涯之欢"的快乐。不是田园、山水，而是城市生活的快乐吸引和诱惑着他。《小车初出吟》：

---

① 参［德］瓦尔特·本雅明《发达资本主义时代的抒情诗人》，张旭东等译，北京三联书店1989年版，第5页。

物外洞天三十六，都疑布在洛阳中。小车春暖秋凉日，一日止能移一宫。（《击壤集》卷十五）

邵雍通过在城市中漫步，细味城市生活，而形成独特审美体验。邵雍感到可以在城市的美景中日日游玩、观览，以至传说中的洞天三十六，“都疑布在洛阳中”，视洛阳城市为洞天仙境，大概是前无古人后无来者了。而邵雍感到可以在城市的洞天仙境中日日游玩、观览。

洞天，是道教称神仙的居处，意谓洞中别有天地。后常泛指风景胜地。唐陈子昂《送中岳二三真人序》：“杨仙翁玄默洞天，贾上士幽栖牝谷。”道教典籍《云笈七籤》卷之二十七登七《洞天福地》中记载有十大洞天，“太上曰十大洞天者，处天地名山之间，是上天遣群仙统治之所”此外还有“三十六小洞天，在诸名山之中，亦上仙所统治之处”。[①] 对于邵雍来说，洛阳城市之中，自有人间仙境，审美奇景、极致境界，可游其间。邵雍在他的诗歌中可谓不厌其烦地反复吟咏和强调。比如“洛下园池不闭门，洞天休用别寻春”（《洛下园池》，《击壤集》卷七）；“闻说洞天多似此，吾乡殊不异仙乡”（《道装吟》，《击壤集》卷十三）；“人问尧夫曾出否，答云方自洞天回”（《对花吟》，《击壤集》卷十六）；“直恐心通云外月，又疑身是洞中仙”（《安乐窝中诗一编》，《击壤集》卷九）。

诗人宁静、安详、充满诗意的内心世界，使他转向城市生活的光明面，通过他审美、乐观的目光，看到的是大街小巷之中的安乐与明朗的景象。洛阳的日常生活、街景、寺院、建筑、园林等种种城市意象，都成为审美的对象而存在，传达出作家内心的诗意与精神自由，体现了作家对于城市生活的满足和肯定意识，表达了作家对于城市的欣赏与赞美态度，从而使洛阳城市成为一个巨大的审美文化社会空间。《春游五首》其四：

人间佳节唯寒食，天下名园重洛阳。金谷暖横宫殿碧，铜驼晴合绮罗光。桥边杨柳细垂地，花外秋千半出墙。白马蹄轻草如剪，烂游於此十年强。（《击壤集》卷二）

---

① （宋）张君房编：《云笈七签》，卷之二十七《洞天福地部》，华夏出版社 1996 年版，第 153 页。

邵雍在仁宗皇祐元年（1049）定居洛阳，则由此诗意，当作于嘉祐四年（1059），定居洛阳十年，年年就是在城市的审美漫游中度过。《天津闲步》

> 洛阳城里任西东，二十年来放尽慵。故旧人多时欵曲，京都国大体雍容。池平有类江湖上，林静或如山谷中。不必奇功盖天下，闲居之乐自无穷。（《击壤集》卷七）

二十年过去仍然如此。城市本身处处可以成为游观对象，庄子的逍遥游，主要在自然、天地之间，陶渊明游在田园，而邵雍则游在城市之中。的确如他自己所说“十年美景追寻遍”（《秋游六首》之四，《击壤集》卷二）。

洛阳自古多名园，李格非写下了著名的《洛阳名园记》。关于园林的诗歌，当然有一段很长的历史，但是城市园林的历史，特别是城市园林的繁荣，则是宋代之后的事，是作为城市建造、城市布局、城市文化空间的组成部分。邵雍不只是歌咏园林本身，而是将其放置于城市的整体背景之中，将其作为城市文化的一个有机组成部分，在与洛阳城市文化的其他构成元素的关联之中，呈现洛阳园林，这是一个新的视角和新的表现方式。

另外，不仅城市的造园艺术在宋代大为发展，而且前代的私家花园，除了主人之外，只有受到主人邀请的朋友，才能够游玩、欣赏，与前代不同的是，宋代的这些私家城市园林，收取一定费用，开始对外开放，从而成为城市之中居民们也可以游玩观光的风景点。

《北轩笔记》：“司马公置独乐园，当春明之际，卉木繁秀，观者咸以钱与园丁吕直，谓之茶汤钱。积十千而纳于公，公却之曰：吾岂少此哉，就与之。直曰：天地间只端明不爱钱邪？于是尽其余，创一井亭，以便行客，只一不爱钱可并端明，亦可以醒端明，要非端明不能有此仆也，不意君实秀才之外，复有此一等人。”①

《贵耳集》卷上：“独乐园，司马公居洛时建，东坡诗曰：青山在屋上，流水在屋下，中有五亩园，花竹秀而野。有园丁吕直性愚而鲠，公以直名之。夏月游人入园，会有所得持十千白公，公麾之使去，后几日，自

① （元）陈世隆撰：《北轩笔记》，知不足斋本。

建一井亭，公问之，直以十千为对，复曰，端明要作好人，在直如何不作好人，可以为渡江以来相府厮役者之劝。”①

两则宋人笔记，目的自然是赞美司马光的品格、人格，以及受到其影响的家仆的令人称颂的行为。而无意间也留下了宋代洛阳的城市风俗。正因为如此，宋代洛阳的私家城市园林，才真正意义上成为城市文化的一个有机组成，成为洛阳城市居民可以观赏、体验的城市景观。游园也是邵雍洛阳城市之游的重要内容：

春暖游园乃是常，城中殊不异仙乡。竹间日日同真侣，水畔时时泛羽觞。雨后鸟声移树啭，风前花气触人香。林间富贵一般乐，更从其来更不妨。（《春园中吟》，《击壤集》卷十六）

诗歌不仅告诉我们他游园是常，而且再一次表达了“城中殊不异仙乡”的城市生活与游观的感受。《访南园张氏昆仲因而留宿》：

中秋天气随宜好，来访南园会隐家。贪饮不知归去晚，水精宫里宿烟霞。（《击壤集》卷八）

张氏南园是洛阳名园，邵雍登门访园，不仅得到主人热情款待，而且还“水精宫里宿烟霞”。而这样的情景，也只不过是邵雍无数次类似经历中的一次记录。

洛阳名花传播海内，尤以牡丹为天下艳称，赏花，自然是邵雍洛阳城市之游之乐题中应有之义：

桃李花开人不窥，花时须是牡丹时。牡丹花发酒增价，夜半游人犹未归。（《洛阳春吟》其三，《击壤集》卷十九）

瀍河东看杏花开，花外天津暮却回。更把杏花头上插，图人知道看花来。（《瀍河上观杏花回》，《击壤集》卷十六）

洛阳不仅有名园与名花，而且名士聚集，天下闻名，因此，洛阳城市

① （宋）张端义：《贵耳集》，丛书集成本，商务印书馆1937年版，第11页。

的游观与快乐，与名士的交游，自然是邵雍的经常项目：

> 洛阳交友皆奇杰，递赏名园只似家。却笑孟郊穷不惯，一日看尽长安花。（《和君实端明洛阳看花》其三，击壤集卷十三）
>
> 留都三判主人翁，大第名园冠洛中。又喜一年春入手，万花香照酒卮红。（《府尹王宣徽席上作》其一，《击壤集》卷十五）
>
> 后房深出会亲宾，乐按新声妙入神。红烛盛时翻翠袖，画桡停处占青苹。早年金殿旧游客，此日凤池将去人。宅冠名都号蜗隐，邵尧夫敢作西邻。（《和王安之同赴府尹王宣徽洛社秋会》，《击壤集》卷十六）

邵雍与司马光、富弼、文彦博、二程、祖龙图、范祖禹等，在洛阳均有广泛交往，留下大量诗歌，一时人物可谓齐聚洛阳，正体现了都市文化所特有的特征。这是田园生活所不能获得和享受的乐趣。

白居易将城市家园田园化，可游是因为其体现了田园特征，形成士大夫主流对于城市的态度。邵雍也有这方面的历史继承，另外，更为重要的是他的开创，邵雍强化了城市文化特征及其可游性，邵雍所游、所赞美的恰恰是这些不同于或说优越于田园文化的那些城市文化所特有的内容、特征。这些特征通过诗人游览、体验和享受城市文化获得快乐的过程来展示和表现。

在邵雍的城市诗歌中，充满了城市生活的乐趣，游观、观赏街景、漫游城市，赏花游园，文人雅集、聚会，还有会饮、唱和等，在审美化了的洛阳城市生活和游观中，邵雍体验着如同神仙般的自由与快乐。

邵雍城市诗歌所传达的关于城市的新的美学观念，改变着传统的文学与审美观念，丰富了我们对于宋代城市生活的认识、理解，也丰富了我们对于宋代日常生活细节的了解，使城市成为有血有肉的、丰满的形象，丰富了我们对于宋代士人城市生活的经验、体验的细致、深入的认知。

第三节　城市书写话语的探索与叙事模式的建构

对于城市的诗歌书写，很重要的是如何展开对于城市空间的叙事。城市首先是一种地理性物质空间的存在形态，而中国传统的城市诗歌书写，不仅往往比较抽象，缺乏对于城市空间布局、建筑等诸方面的具体描绘，而且基本缺乏对于个体在城市居住的生命体验的积极性表达。

由于缺乏城市诗歌叙事的经验积累和借鉴资源，对于邵雍而言，如何在诗歌中描写城市空间，是一种新的尝试，邵雍探索以一种通过呈现城市地标的方式，来建构一种描述城市的诗歌言述方式与叙事模式。

作为人工创造物的物质性的城市，特别是中国传统的城市，其整体特征的突出方面，一方面是其坊市制度，形成城市空间布局、安排和空间平面展开的整体特征；另一方面是城市的代表性建筑。[①] 正是通过城市地标的引入，城市的身份得以识别，城市的特征得以呈现。[②] 而从时间性而言，城市的历史、文化，典故、事件、人物等，则建构起一个城市的历史文化意象。这些反映在邵雍城市诗歌中的地标与用典，将现实的城市与更为辽远和更为深厚的文化、历史联系起来了，将城市，同时也将读者带入了一个更为广阔的文化背景与历史语境之中，从而凸显了这一现实城市的重要性及其历史、文化价值与意义。告诉人们，城市不单是现实的、物质性的空间，更有文化的、历史的、精神的城市，她是现实与想象中的城市。这就使一座物质性的、建筑的城市，更具有文化、历史和精神内涵，获得了超越现实的精神性存在与意义。金谷、铜驼等，象征着曾经的辉煌与沧桑，在诗歌极为有限的篇幅中，充满了张力，大大提升了城市的历史、文化的容量，为读者留下了广阔的想象空间。

因此，邵雍在展开对于城市空间的叙事之时，特别注意突出截取城市地标的意象。邵雍在诗歌中书写城市地标的意象时，借鉴了田园诗的写作经验特征，当陶渊明、王维在其田园诗中提及南亩、草屋等意象时，它们已经不是单纯的自然的意象，而是深蕴了文化的和历史的深厚内涵，并且同时具有某种象征的意味，从而使读者可以产生丰富的想象和联想。同样的，邵雍笔下出现的洛阳城市地标也已经不是一个单纯孤立的城市中的建筑、坊市的名称或地标，而是积淀着特定的城市历史和文化的符号与城市意象：

---

① 参［美］施坚雅主编《中华帝国晚期的城市》，叶光庭等译，中华书局2000年版。

② 参［美］凯文·林奇《城市意象》，方益萍、何晓军译，华夏出版社2001年版。

> 重谢诸公为买园，买园城里占林泉。七千来步平流水，二十余家争出钱。嘉祐卜居终是僦，熙宁受券遂能专。凤凰楼下新闲客，道德坊中旧散仙。……陌彻铜驼花烂漫，堤连金谷草芊绵。青春未老尚可出，红日已高犹自眠。洞号长生宜有主，窝名安乐岂无权……（《天津弊居蒙诸公共为成买作诗以谢》，《击壤集》卷十三）

> 嘉祐壬寅岁，新巢始孱功。仍分道德里，更近帝王宫。槛仰端门峻，轩迎两观雄。窗虚响廛涧，台迥瓈伊嵩。好景尤难得，昌辰岂易逢。无才济天下，有分乐年丰。水竹腹心里，莺花渊薮中。老莱欢不已，靖节兴何穷。啸傲陪真侣，经营贺府公。丹诚徒自写，匪报是恩隆。（《天津新居成谢府尹王君贶尚书》原注，嘉祐七年，《击壤集》卷四）

诗歌基本为同一主题，即感谢朋友相助为其购买宅院，“匪报是恩隆”。同时使用了陶渊明等古代贤哲、高士的典故，表达了窝名“安乐”，意在养志，和“啸傲陪真侣”的城市生活理想与精神追求。同时，值得关注的是，诗歌中均频频出现洛阳城市地标：凤凰楼、道德坊、铜驼、金谷、履道坊等，它们或者是洛阳著名的城市建筑、或者是洛阳城市坊市名称、或者是洛阳著名文化遗迹。而这样的洛阳城市地标也大量出现于邵雍的众多诗歌作品之中，在邵雍的诗歌中，洛阳城市中的著名建筑，如凤凰楼、崇德阁、石阁等，著名桥梁如永济桥、天津桥等，坊市如铜驼、履道等，不仅都在他笔下常常出现，而且有不少专门以地标为题的诗歌，如《过永济桥二首》《秋日登崇德阁二首》《秋日登石阁》《十日西过永济桥》等，的确如他自已所说“十年美景追寻遍”。（《秋游六首》之四，《击壤集》卷二）而《小车六言吟》一诗则比较详细描述了他城市游观的细节：

> 朝出频经履道，晚归屡过平康。春重纵观明媚，秋深饫看丰穰。五凤楼前月色，天津桥上风凉。金谷园中流水，魏王堤外修篁。静处光阴最好，闲中气味偏长。……不为虚作男子，无负闲居洛阳。天地精英多得，尧夫老去何妨。（《击壤集》卷十四）

邵雍的城市诗歌叙事无疑是具有颠覆性和开创性的。陶渊明诗歌中直到今天仍然被人们所熟悉的核心、经典意象是“田园”“草屋”“荷锄”“南山”等，这些意象构筑了陶渊明归隐的背景与标志，截取的是自然的意象，体现的是一种“自然”的特征，歌咏的是田园生活，如同村野的牧歌。而邵雍城市诗歌中的意象则是城市地标：凤凰楼、道德坊、铜驼、金谷、履道坊、天津桥等城市意象与城市地标，截取的是人工的意象，这些都是人工的产物，体现的是“城市人文”的特征，从而颠覆了陶渊明的田园模式，[①] 建构了一套新的都市文化的诗歌言说方式，对宋代新都市文化建构具有深远的影响，通过坊市与城市建筑，建构出新的城市空间与文学叙事空间，这套新的书写城市的诗歌话语，具有文学史上的开拓意义。

邵雍的城市诗歌写作，其文学史上的开拓意义，不亚于陶渊明之田园诗写作，谢灵运之山水诗写作。陶渊明隐居田园，写作大量田园诗，谢灵运长期漫游名山大川，集中于山水诗写作，邵雍则长期生活于洛阳城市之中，集中于洛阳城市文化的诗歌书写，这样的诗歌主题的集中书写，此前尚未出现。而邵雍在这方面的贡献之所以长期隐而不彰，一方面是由于他作为理学家“北宋五子”之一的声名的遮蔽；另一方面更为重要的是，中国城市文化是一种与欧洲城市文化不同的农业文明的城市文化，中国自陶渊明开始，就有了田园诗的主流诗歌传统，自谢灵运就有了山水诗的不断发展，而对于城市文化，在中国传统的诗歌中更多的是作为消极、负面的形象出现，作为田园、山水、自然的对立面出现。极少有诗人像邵雍这样如此热衷于城市生活和城市文化，如此乐此不疲地歌咏自己的城市居住之乐，城市漫游之乐。可惜的是，在邵雍之后，没有能够形成一个城市诗歌的新传统，因此其开拓、奠基的城市文学的新方向，也就因后继乏人而长期隐没在历史的深处了。

---

① 关于陶渊明的田园模式及其特征，参葛晓音《山水田园诗派研究》，辽宁大学出版社1993年版，第三章。

下　编

临安:市民文化的繁荣与新型文学生产

第七章

移民诗人的故都追思、文化记忆与文学想象
——以刘子翚《汴京纪事》为核心的考察

靖康之难，国破家亡，宋室南渡，经历一系列社会巨变和社会震荡，士大夫阶层遭到巨大的身心磨难和精神打击。“两宋之际，是中国历史上一大变局。”①

靖康之乱，大批北方士大夫群体、家族南迁，成为移民。庄绰《鸡肋编》卷中：

> 自中原遭北敌之祸，人死于兵革水火、疾饥坠压、寒暑力役者，盖已不可胜计。而避地二广者，幸获安居。连年瘴疠，至有灭门。……盖九州之内，几无地能保其生者。岂一时之人数当尔邪？少陵谓“丧乱死多门”，信矣！
>
> 自古兵乱，郡邑被焚毁者有之，虽盗贼残暴，必赖室庐以处，故须有存者。靖康之后，金虏侵陵中国，露居异俗，凡所经过，尽皆焚爇。如曲阜先圣旧宅，自鲁共王之后，但有增葺。莽、卓、巢、温之徒，犹假崇儒，未尝敢犯。至金寇遂为烟尘。指其像而诟曰：“尔是言夷狄之有君者！”中原之祸，自书契以来未之有也。（此条《四库》本无，据它本校补。）②

自金军攻宋以来短短几年间，战火几乎燃遍整个黄河中下游地区，给北方人民带来惨重的战争灾难。在求生欲望的驱使下，不仅仅皇室、官僚、士大夫，平民百姓也纷纷向南方地区迁移。据吴松弟的研究推算，大

---

① 黄宽重：《宋史论集》，台北新文丰出版公司1993年版，第2页。

② （宋）庄绰：《鸡肋编》卷中，中华书局1983年版，第64页。

约在绍兴和议前有500万北方移民变迁定居在南方。① 他们不仅面临着巨大的适应新的生存环境的物质、经济等诸多方面的问题，更为重要的是，作为宋代社会文化、政治、思想等方面的承载者，他们的精神、心灵世界面临着严峻的挑战，知识、信仰面临严重危机，因此，他们同样面临着如何适应新的精神生存环境的巨大问题。

面对时代、社会的剧变和个人、家庭命运的生死沉浮，故都追忆就具有了故国故乡的记忆与缅怀、南宋文化之根本、南宋政权合法性源头、南渡士大夫的社会反思等复杂的多重文化意蕴。

北宋末年，虽然政治上的败象已出现，但却正是宋代文化发展盛时，都城汴京聚集了大批著名的文学家。而宋室南渡以后，许多文学家也随宋室南迁，对南方的文学发展产生了很大的影响。南宋著名诗人不少是北方移民。宋末刘克庄说："南渡诗尤盛于东都。炎、绍初则王履道、陈去非、江彦章、吕居仁、韩子苍、徐师川、曾吉甫、刘彦冲、朱新、仲希贡。乾、淳间，则范至能、陆放翁、杨廷秀、萧东夫、张安国，一二十公皆大家。"② 上举十五人中，陈去非、吕居仁、韩子苍、曾吉甫皆是移民。

而在这些南渡的士大夫中，作为宋代理学的集大成者朱熹的启蒙老师刘子翚，同时是以诗人和大儒的身份，成为宋诗和理学南传的一个代表人物。刘子翚（1101—1147），字彦冲，一作彦仲，号病翁，建州崇安（今属福建）人。刘韐仲子。以荫补承务郎，辟为真定府幕属。其父刘韐罹难于靖康之变，子翚含愤扶父灵柩回到武夷山。庐墓三年后，高宗建炎四年（1130）出任福建兴化军通判。后以疾退居故乡屏山，学者称为屏山先生，朱熹尝从其问学。绍兴十七年卒，年四十七。墓志铭为朱熹所作。朝廷赠以太师，追封齐国公，谥为"文靖"。所著诗书由嗣子刘玶编为《屏山集》二十卷，胡宪为之序，朱熹跋。《宋史》卷四百三十四有传。

作为朱熹的老师，刘子翚是南宋知名的理学大儒，更是一位才情横溢的诗人。钱钟书先生称朱熹是"道学家中间的大诗人"，而称刘子翚是"诗人里的一位道学家"。他在《宋诗选注》中写道："假如一位道学家的诗集里，'讲义语录'的比例还不大，肯容许些'闲言语'，他就算得道

---

① 吴松弟：《北方移民与南宋社会变迁》，台北文津出版社1993年版。吴松弟：《中国移民史》第4卷（辽宋金元时期），福建人民出版社1997年版。

② （宋）刘克庄：《后村集》卷九十七《中兴绝句续选序》，四库全书本。

学家中间的大诗人，例如朱熹。刘子翚却是诗人里的一位道学家，并非只在道学家里充个诗人。他沾染‘讲义语录’的习气最少，就是讲心理学伦理学的时候，也能够用鲜明的比喻，使抽象的东西有了形象。”① 刘子翚诗崛起于南宋初期，对后来蜚声诗坛的“南渡四大家”尤袤、杨万里、范成大、陆游均产生了重要影响。方回说：“南渡初有刘屏山，乃后有范、杨、尤、陆、萧东夫，至于朱文公，选体卓绝，近世又有赵昌父，善用虚字，不可谓世无人。”② 刘子翚不仅为有宋一代道学的中枢，而且“是南渡以来江西诗派走向衰微和南宋四大家尤陆范杨崛起以前的一个独辟蹊径的大家。”③

崇安五夫里（今福建省武夷山市五夫镇）刘氏，是累世簪缨的大族著姓，有“三忠一文”之美谥。“三忠”指刘韐、刘子羽、刘珙，因刘韐死后谥为忠显公，刘子羽、刘珙死后也先后谥为忠定公和忠肃公，故世称之为“三忠”；“一文”指刘子翚，死后追谥为文靖公。

靖康元年（1126），金人大举南下，北宋王朝形势危急。刘韐在此国家危急关头出任京城四壁守御使，负责宋朝首都汴京（今河南开封）的防守事务。十一月，金兵攻陷汴京。刘韐奉钦宗之命出使金军大营议和。金军派仆射韩正将刘韐安排在一所寺庙居住。韩氏对刘韐说：“国相知君，今用君矣。”刘韐正气凛然道：“偷生以事二姓，有死，不为也。”韩氏走后，刘韐写了一封遗书，派亲信连夜回家通报给家人儿女，然后沐浴更衣，在寺院中上吊自杀。刘韐在遗书中说：“金人不以予为有罪，而以予为可用。夫贞女不嫁二夫，忠臣不事二君；况主忧臣辱，主辱臣死，以顺为正者，妾妇之道。此予所以必死也。”④ 把忠君和节操看得比生命还重的刘韐选择了“舍生取义”的传统最高道德标准。刘韐舍生取义、为国尽忠的壮举，受到朝野的一片颂扬。南宋高宗下诏追赠他为资政殿大学士、太师，尊谥为“忠显”。甚至连敌对的金人也敬佩他的忠烈，因此将他的遗体入殓暂时安放在寺庙西冈上。八十天后，刘韐家人获得机会将他的遗体运回崇安五夫里葬于拱辰山南。朱熹的《次韵谒忠显刘公墓下》

---

① 钱钟书：《宋诗选注》，人民文学出版社1979年版，第170页。

② （宋）方回：《桐江集》卷五《刘元辉诗评》，宛委别藏本，江苏古籍出版社1988年版，第323页。

③ 束景南：《朱子大传》，商务印书馆2003年版，第63页。

④ 《宋史》卷四百四十六《刘韐传》，中华书局1977年版，第13162—13164页。

表达了当时人对刘韐的钦敬之心："理乱由来今古同，覆车那肯戒前踪？纷纷误国人无数，不昧丹心独此公。"①

刘韐娶夫人李氏，封秦国夫人，继吕氏，封韩国夫人。生有三子：刘子羽、刘子翼、刘子翚，均为南宋初的著名文人。刘子翚与父韐、兄子羽分别入《宋史·列传》，后刘子羽之子珙亦入《宋史·列传》，特别是，在有父子、兄弟共同入传的情况下，基本是附列于一人之后，共在一传。而刘子翚一家却分别入传，有宋一代，实为少见。②

朱熹成为一代理学大师，与刘子羽、刘子翚兄弟俩的教诲分不开。刘子羽不仅是一位力主抗金的爱国将领，而且是一位学问渊博的学者。他做官时与吏部侍郎朱松相交莫逆。刘子翚隐于五夫里时与当时大学者胡宪、刘勉之、朱松等为道义之交。朱松去世时，将子朱熹托付给刘子羽、刘子翚。并对朱熹说："籍溪胡原仲、白水刘致中、屏山刘彦冲，此三人者，吾友也。其学皆有渊源，吾所敬畏。吾即死，汝往父事之，而唯其言之听，则吾死不恨矣。"绍兴十四年（1144），刘子羽不负朱松之托，将朱熹母子从建州（今建瓯）城南迁到崇安五夫里居住，朱熹从15岁起在此定居，一直到晚年迁居建阳为止，共50年整。朱熹搬到五夫里时，刘子翚正在崇安讲学。朱熹跟随他到崇安，"朝夕于之侧"，"顿首受教"。③由于自幼朱熹就与刘子羽诸子从刘子翚学，因此，与诸子交游十分密切。④

刘子翚的身世与经历、体验，在南渡移民士大夫中，是极具代表性的。在刘子翚的那些广泛反映社会现实的优秀诗篇当中，最为人们所传颂的是刘子翚的代表作《汴京纪事二十首》。组诗用二十首七绝组成，每首集中写一件事，以靖康之变为中心，以都城汴京为背景，前七首主要写汴京沦陷后的现实，后十三首侧重写汴京往日的繁华旧事。用简练、形象、生动的诗歌语言再现了这令人痛心疾首的历史画面，从不同角度反映出世

---

① （宋）朱熹：《晦庵集》卷六，四库全书本。

② 参《宋史》卷四百四十六，列传第二百五十忠义《刘韐》；《宋史》卷三百七十，列传一百二十九《刘子羽》；《宋史》卷四百三十四，列传第一百九十三儒林四《刘子翚》；《宋史》卷三百八十六，列传第一百四十五《刘珙》，中华书局1977年版。

③ （宋）朱熹：《晦庵集》卷九十《屏山先生刘公墓表》，四库全书本。

④ 关于朱熹从学的详细情况，参束景南《朱熹年谱长编》，华东师范大学出版社2001年版。其书信往来，参陈来《朱子书信编年考证》（增订本），北京三联书店2007年版。

事巨变、家国沧桑的现实并寄托了深沉的感慨。

从抗金前线到守御京城的诸多战役以及京城的陷落，刘子翚都曾身历目见，而其痛定思痛后所写的《汴京纪事》不可能不受这段人生历程的影响。刘氏父子以誓死报国相尚，父亲慷慨殉难，兄弟皆出入行伍，刘氏父子与北宋同存亡共荣辱的死义精神可以想见。京城沦陷，二帝北狩，家父捐躯，这对诗人刘子翚产生了强烈的情感刺激。刘子翚身当其世，靖康血难，身历目见，国仇家恨，交织萦心。《宋史》传曰："韐死靖康之难，子翚痛愤，几无以为生……间走其父墓下，瞻望徘徊，涕泪呜咽，或累日而返。"[①] 国仇家恨，汇成一股难以遏制的情感洪流，时时冲荡着诗人的神经，"哀乐之心感，歌咏之声发"。[②] 南渡诗坛上，刘子翚关注国计民生的思想感情是相当广阔和深厚的。方回评刘子翚诗"忠愤至矣"，[③] 刘克庄也称其诗歌"叙当时事，忠愤悲壮"，[④] 足见其爱国之情的忠贞赤诚、深沉厚重。其《汴京纪事》诗二十首，堪称一代兴亡史的诗史，在当时就广为流传，历来为人瞩目。清人翁方纲说："刘屏山《汴京纪事》诸作，精妙非常。此与邓栟榈（邓肃）《花石纲诗》，皆有关一代事迹，非仅嘲评花月之作也。宋人七绝，自以此种为精诣。"[⑤]

四库全书本《屏山集》卷十八《汴京纪事》仅收十八首，缺第一、三首。而四库全书本吴之振编《宋诗钞》卷五十三则全收，本章即依据这一版本的全部作品，结合相关的史料记载，对诗歌所涉及的内容加以印证，并且对于刘子翚的故都记忆，进行分析：

第一节　国都沦陷与南宋政权合法性证明

帝城王气杂妖氛，胡虏何知屡易君！犹有太平遗老在，时时洒泪向南云。（其一）

---

① （元）脱脱等：《宋史》卷四百三十四，中华书局1977年版，12871页。

② （汉）班固：《汉书·艺文志》，中华书局1962年版，第1708页。

③ （元）方回：《瀛奎律髓汇评》下册，上海古籍出版1986年版，第1370页。

④ （宋）刘克庄：《后村诗话》前集卷二，中华书局1983年版，第29页。

⑤ （清）翁方纲：《石洲诗话》卷四《汴京纪事》，人民文学出版社1981年版，第131页。

前两句写金人占领汴京，妄立伪帝等史实。刘禹锡《西塞山怀古》："王浚楼船下益州，金陵王气黯然收。"古人认为"王气"是王朝运数的象征。北宋近二百年基业被抛弃。"杂妖氛"当指金人入侵，"王气"不纯。"何知"什么呢？按照钱钟书的解释是："忠君爱国"的道理。[①] 靖康二年（1127）徽钦二帝被掳北行，金人立张邦昌为楚帝。建炎四年（1130）金人再占汴京，复立刘豫为齐帝。"屡易君"即指此。沦陷区遗民念念不忘自己的故国和君王，表达出一种强烈而深沉的民族感情。

由于民族文化心理结构不同，金人很难理解宋人不肯接受伪帝的原因。民族是一个历史范畴，由共同文化心理结构所形成的民族感情，或民族凝聚力，是历史生活中一种最动人的现象，而君主则是民族凝聚力在特定历史阶段的一个标志、一种象征。所以，此诗表达出的忠君思想仅仅是一个表面现象，它透露出的最深层次的本质是一种深厚的民族感情。这才是它的魅力所在。此诗不是单纯的慨叹京城的沦陷和民众的不忘祖国，更为重要的是对于南宋王朝合法性的强调与维护。虽然北方被金人占领，屡易伪君，而真正继承权力合法性的政权，却是在南方的南宋王朝。对于这个王朝的忠诚和其政权合法性的维护，正是刘氏父子一门忠烈的关键所在。

合法统治是合法秩序的多种形式之一，德国法兰克福学派著名代表，新马克思主义的重要理论家哈贝马斯说："合法性意味着某种政治秩序被认可的价值以及事实上的被承认。"[②] 统治能够得到被统治者的承认，是因为统治得以建立的规则或基础是被统治者可以接受的乃至认可、同意的。20 世纪最负盛名的社会学家马克斯·韦伯认为，任何形式的统治，只有当它被人们认为是具有着"正当"理由的时候，才为人们所服从，从而具有合法性。而所谓的正当性，实际上就是指对某种合法秩序的信念，以及行动受这一信念支配的可能性。所以，"每一种这样的制度都试图建立和培养对合法性的信念"。这样一来，统治就成为一种"建立在一种被要求的、不管一切动机和利益的、无条件顺从的义务之上"，"依仗权威（命令的权力和服从的义务）的统治"。[③] 正如哈贝马斯指出的，

---

① 钱钟书：《宋诗选注》，人民文学出版社 1982 年版，第 173 页。

② ［德］哈贝马斯：《交往与社会进化》，张博树译，重庆出版社 1989 年版，第 184 页。

③ ［德］马克斯·韦伯：《经济与社会》下卷，林荣远译，商务印书馆 1997 年版，第 265 页。

“任何一种政治系统，如果它不抓合法性，那么，它就不可能永久地保持住群众（对它所持有的）忠诚心，这也就是说，无法永久地保持住它的成员们紧紧地跟随它前进”。①

北宋的灭亡，宋代政权在中国北方的“合法性丧失”，刚刚建立起来的南宋政权面临“合法性危机”，十分需要合法性的证明和体现。而作为一个忠臣，对于南宋政权合法性的维护和证明，就是十分自然和必要的了。只有从这个更深层次来理解，我们才能够理解刘子翚的父亲之牺牲、自尽，刘子翚作为理学家对于正统的强调。《圣传论》中，刘子翚肯定了尧、舜、禹、汤、文王、周公的敢于担当、贤能有为的盛德，推崇为君者应具有“爱人利物”的“虑感之心”（其高徒朱熹对于正统论的强调更为出名）。也只有从这个角度，我们才能理解为什么紧接着的一首是：

> 玉玺相传舜如尧，壶春堂上独逍遥。唐虞盛事今寥落，尽卷清风入圣朝。（其二）

玉玺，据汉蔡邕《独断》载：“天子玺以玉螭虎纽。古者尊卑共之……秦以来，天子独以印称玺，又独以玉，羣臣莫敢用也。”“玉玺相传”体现的正是权力合法性的正统论的传承谱系。尧舜虞唐，不仅是中国古代贤君的典范，也是汉文化政权合法性的源头所在，同样是宋王朝权力合法性的依据，体现宋政权正是从尧舜虞唐一脉相承的唯一正统合法政权。壶春堂为宋徽宗退位后所居龙德宫中的著名建筑。《宋史·志第三十八地理一》：

> 景龙江北有龙德宫。初，元符三年，以懿亲宅潜邸为之，及作景龙江，江夹岸皆奇花珍木，殿宇比比对峙，中途曰壶春堂，绝岸至龙德宫。其地岁时次第展拓，后尽都城一隅焉，名曰撷芳园，山水美秀，林麓畅茂，楼观参差，犹艮岳、延福也。②

---

① ［德］哈贝马斯：《重建历史唯物主义》，郭官义译，社会科学文献出版社2000年版，第264页。

② 《宋史》卷八十五，志第三十八地理一，中华书局1977年版，第2100—2101页。

范成大《壶春堂》："松漠丹成去不归，龙髯无复有攀时。芳园留得觚棱在，长与都人作泪垂。"正是宋徽宗的腐败无能，导致了"盛事今寥落"，"尽卷清风入圣朝"，诗歌暗含批评与讥讽。

朝廷植党互相延，政事纷更属纪年。曾读上皇哀痛诏，责躬犹是禹汤贤。（其四）

党争在北宋政治史上由政见的分歧争论发端，渐渐扭曲变形，演变为政治集团之间的权利倾轧，成为有宋一代之弊，导致政事纷乱的现实。[①]就是到北宋沦亡之前，面临国家危难之际，仍然党争不休，错失了抗金良机。[②]"朝廷植党互相延，政事纷更属纪年"，这是对北宋走向衰亡的高度概括，也是诗人总结覆国之因的深痛感叹。对于皇帝的下诏自谴，诗人说"责躬犹是禹汤贤"，也只能站在维护政权的合法性和强调其延续禹汤贤的正统性来加以理解。

内苑珍林蔚绛霄，围城不复禁刍荛。舳舻岁岁衔清汴，才足都人几炬烧！（其六）

这一首写汴京城破前后"内苑"被破坏的情况，并对宋徽宗赵佶作了沉痛的讽刺。赵佶曾经派官员四面八方去搜采奇花异石，运送到汴京建造御花园，搅得老百姓家破人亡，这就是《水浒传》上写到的"花石纲"。赵佶把这些奇花异石造了个万岁山。绛霄楼是万岁山园林中最雄壮富丽的建筑物。[③] 明李濂撰《汴京遗迹志》卷四保存有徽宗御制《艮岳记略》："北直绛霄楼，峯峦崛起，千迭万复，不知其几十里。"宋僧祖秀《阳华宫记》："其宫室台榭卓然著闻者，曰琼津殿、绛霄楼、萼绿华堂。筑台高千仞，周览都城，近若指顾。"[④]

---

① 参沈松勤《北宋文人与党争》，人民出版社1998年版。罗家祥《朋党之争与北宋政治》，华中师范大学出版社2002年版。

② 参沈松勤《南宋文人与党争》，人民出版社2005年版。

③ （明）陈邦瞻增辑：《宋史纪事本末》卷五十"花石纲之役"条。中华书局1977年版，第505—509页。

④ （明）李濂撰：《汴京遗迹志》卷四，中华书局1999年版，第56—59页。

1126年，汴京被围，万岁山的石头被打下来当作炮石去抵抗金兵。城破之后，天寒大雪，民间没有柴烧，又把万岁山的房屋拆下、树木砍掉作为燃料，用无数人民的劳动和财富建造起来的御花园，就这样完结了。① 当年蔚为壮观的皇家园林，随着王朝的覆亡，也便成了凄凉的废墟。作者对于北宋覆亡的历史教训加以反思。

第二节　故都繁华的历史追思与文化记忆

神霄宫殿五云间，羽服黄冠缀晓班。诏许群臣亲受箓，步虚声里认龙颜。（其九）

徽宗当政时，崇道之风极炽，天下道士一时走红，以至“时道士皆有奉，每观给田亦不下数百千顷。”“都人称曰‘道家两府’，其徒美衣玉食几二万人。”然而，道家所言：“无殊异者时时杂以滑稽谍语，上下为大哄笑，莫有君臣之礼。”徽宗以道君皇帝自命，深陷其中，沉迷误国。神宵宫就是专为奉教而建。② 而“神霄宫殿五云间”，其建筑之华美，金碧辉煌，都市建筑于此可见一斑。

宫娃控马紫茸袍，笑捻金丸弹翠毛。凤辇北游今未返，蓬蓬艮岳内中高。（其十）

此首回忆北宋末年后宫及权要的生活情景，“宫娃控马”“笑捻金丸”是何等的豪奢。张知甫在《张氏可书》中写道：“徽宗幸端门观灯，御西楼，下视蔡京幕次，以金橘戏弹至数百丸。”③ 披露了鲜为人知的奢靡场面。而精雕细刻、富丽堂皇的艮岳更是宋室王朝享乐亡国的见证。艮岳建于万岁山，规模宏丽，山周十余里，最高一峰时九十尺，亭堂楼馆，不可

---

① 参（宋）徐梦莘《撰三朝北盟会编》卷五十二，卷七十三，四库全书本。

② （明）陈邦瞻增辑：《宋史纪事本末》卷五十一“道教之崇”条，中华书局1977年版，第514—515，记述颇详，可以参考。

③ （宋）张知甫：《可书》，中华书局1992年版，第398页。

胜纪。搅得百姓破家亡命的“花石纲”就与建造艮岳有直接关联。① 当时情景，刘子翚在《游朱勔家园》中写道：“楼船载花石，里巷无裤襦。”因此他感叹“繁华能几时，丧乱实感予”。②

笃耨清香步障遮，并桃冠子玉簪斜。一时风物堪魂断，机女犹挑韵字纱。(其十一)

此诗专咏北宋末年贵族官僚豪华奢侈的生活之片断，以及宫廷政治斗争之内幕。关于笃耨香，宋赵汝适撰《诸蕃志》卷下《笃耨香》记载：

笃耨香出真腊国，其香树脂也。其树状如杉桧之类，而香藏于皮，树老而自然流溢者。色白而莹，故其香虽盛暑不融，名曰笃耨。……香之味，清而长。③

而陆游《老学庵笔记》卷一记载：“京师承平时，宗室戚里岁时入禁中，妇女上犊车，皆用二小鬟持香球在旁。而袖中又自持两小香球，车驰过，香烟如云，数里不绝，尘土皆香。”④ 关于步障，《晋书》卷三十三载：

贵戚王恺、羊琇之徒，以奢靡相尚。恺以饴澳釜，崇以蜡代薪，恺作紫丝布步障四十里，崇作锦步障五十里以敌之。⑤

“笃耨清香步障遮”，极力描绘了北宋末年汴京都城之中，贵族官僚豪华奢侈的生活。而“并桃冠子玉簪斜”，则是宋徽宗时期，京都贵族妇女的时尚装扮。陆游《老学庵笔记》卷九：

政和宣和间，妖言至多。织文及缬帛有遍地桃冠，有并桃香，有

---

① （明）陈邦瞻：《宋史纪事本末》卷五十一，中华书局 1977 年版，第 507 页。

② （宋）刘子翚：《屏山集》卷十，四库全书本。关于艮岳，参周宝珠《北宋东京研究》，河南大学出版社 1992 年版。

③ （宋）赵汝适著，杨博文校释：《诸蕃志校释》中华书局 1996 年版，第 168 页。

④ （宋）陆游：《老学庵笔记》，中华书局 1979 年版，第 4 页。

⑤ 《晋书》卷三十三，中华书局 1974 年版，第 1007 页。

佩香曲，有赛儿。而道流为公卿受箓。议者谓桃者逃也，佩香者背乡也，赛者塞也，箓者戮也。[1]

宋赵德麟《侯鲭录》卷六记载：

宣和五六年间，上方织绫，谓之遍地桃。又急地绫漆冠子，作二桃样，谓之并桃。天下效之。香谓之佩香。至金人南下，无贵贱皆逃避，多为北人所擒，亦此谶也。[2]

“一时风物堪魂断”，正是作东京梦华之叹。而“机女犹挑韵字纱”，表面也是在写京都服饰时尚，暗中则涉及宋徽宗三太子郓王楷夺位一事。[3] 面临国家危难之际，权要、贵族，一方面生活上奢侈至极，另一方面在政治上争权夺利。繁华已极的表象下，是顷刻将至的灭顶之灾。以无限沉痛之笔极写东京之无比繁华。

万炬银花锦绣围，景龙门外软红飞。凄凉但有支头月，曾照当时步辇归。（其十二）

景龙门为东京著名的城门，宋王称撰《东都事略》卷一百六记载：

西则溯舟造景龙门以幸曲江池亭，复自潇湘江亭开闸通金波门，北幸撷芳苑，堤外筑垒卫之，濒水莳、绛桃、海棠、芙蓉、垂杨，略亡隙地。[4]

宋孟元老撰《东京梦华录》卷十：

是月，景龙门预赏元夕。于宝箓宫一方灯火繁盛，二十四日交年，都人至夜，请僧道看经，备酒果送神，烧合家替代钱，纸帖灶马

① （宋）陆游撰：《老学庵笔记》卷九，中华书局1979年版，第120—121页。

② （宋）赵德麟撰：《侯鲭录》卷六，中华书局2002年版，第149—150页。

③ 参（宋）徐梦莘撰《三朝北盟会编》卷三十二，四库全书本。

④ （宋）王称撰：《东都事略》卷一百六，四库全书本。

于灶上，以酒糟涂抹灶门，谓之醉司命。夜于床底点灯谓之照虚耗。①

宋王明清撰《挥麈余话》卷一：

少憩于殿门之东庑，晚召赴景龙门观灯。玉华阁飞升金碧绚耀，疑在云霄间。设衢樽钧乐于下，都人熙熙且醉且戏，继以歌诵，示天下与民同乐之恩，侈太平之盛事。②

写徽宗景龙门预赏元宵之盛况，权贵的骄奢之态，对比徽钦北狩后的凄凉之月，引人深思。

桥上游人度镜光，五花殿里奏笙簧。日曛未放龙舟泊，中使传宣趣郓王。（其十四）

五花殿为大内宫殿。元陶宗仪撰《说郛》卷一百十《上元氏掖庭记》：

大内有德寿宫、兴圣宫、翠华宫、择胜宫、连天楼、红鸾殿、入霄殿、五花殿（亦名五华）。殿东设吐霓饼，曰玉华。西设七星云板，曰金华。南设火齐屏风，曰珠华。北设百蕊龙脉，曰木华。并中央木莲花紫香琪座千钧案九朵云，盖为五华。③

郓王，宋蔡绦撰《铁围山丛谈》卷一：

政和间，太上诸皇子日长成，宜就外第。于是取景龙门外地辟以建诸邸。时郓王有盛爱，故宦者童贯主之视，诸王所居，侈大为最。乃中为通衢，东西列诸位，则又共为一大门，锡名曰蕃衍宅，悉出

---

① （宋）孟元老撰，伊永文笺注：《东京梦华录》卷十，中华书局2006年版，第943页。

② 载（宋）王明清：《挥麈录》卷一，上海书店2001年版，第218页。

③ （元）陶宗仪：《说郛》卷一百十《上元氏掖庭记》，四库全书本。

贯也。①

盘石曾闻受国封，承恩不与幸臣同。时危运作高城砲，犹解捐躯立战功。（其十六）

周密《癸辛杂识》：“前代累石为山，未见大显。至宣和间，艮岳之役兴，连轳辇致，不遗余力。其大峰特秀者，不特侯封，或赐金，带且各图为谱。”② “盘石曾闻受国封”反映的正是这段历史事实。京城旦夕不保，武器殆尽，军民奋不顾身，万岁山上的花石被运来当炮石御敌。生死攸关之际，石头尚解捐躯之大义，臣子更应该慷慨赴死。可是幸臣们以降为最可，阻挠抗金，最终导致北宋覆亡的历史悲剧。③

梁园歌舞足风流，美酒如刀解断愁。忆得少年多乐事，夜深灯火上樊楼。（其十七）

回忆沦陷之前汴京酒楼的热闹情况，作者作为少年在京都生活的欢乐记忆。梁园，明李濂撰《汴京遗迹志》卷八：“梁园在城东南三里许，相传为汉梁孝王游赏之所。”李白《梁园吟》云：“平台为客幽思多，对酒遂作梁园歌。却忆蓬池阮公咏，因吟渌水扬洪波。”此即指代京城，日日歌舞升平。樊楼，即白矾楼，北宋东京最著名的酒楼。宋孟元老《东京梦华录》卷二：

白矾楼后改为丰乐楼。宣和间更修三层相高，五楼相向，各有飞桥栏槛，明暗相通，珠帘绣额，灯烛晃耀。初开数日，每先到者，赏金旗。过一两夜则已。元夜则每一瓦陇中，皆置莲灯一盏。内西楼后来禁人登眺，以第一层下视禁中。大抵诸酒肆瓦市，不以风雨寒暑，白昼通夜，骈阗如此。④

---

①（宋）蔡絛撰：《铁围山丛谈》卷一，中华书局1977年版，第2页。

②（宋）周密：《癸辛杂识》，中华书局1977年版，第14页。

③（明）陈邦瞻：《宋史纪事本末》卷十，中华书局1977年版，第505—510页。

④（宋）孟元老撰，伊永文笺注：《东京梦华录笺注》，中华书局2006年版，第174—176页。

歌舞、美酒、夜深的灯火，一首诗寥寥几句便勾画了宋代汴京文人墨客夜生活状况。宋代以前的城市实行宵禁，暮鼓之后，居民不能夜行。而宋代开始就不禁夜市了，加上商业发展，夜市更日趋繁荣。酒楼业因此盛极一时，酒楼林立，大大地丰富了宋文人的夜生活。可以想象当时夜夜灯火、处处笙歌、佳人美酒的都市夜生活景象。

> 仓黄禁陌放飞戈，南去人稀北去多。自古胡沙埋皓齿，不堪重唱蓬蓬歌。（其十八）

此诗再现出北宋王朝瓦解时的屈辱场面。据史载，金兵攻破汴京，钦宗请降，金人索少女1500人归之，凡京中金银财宝等悉被搜刮殆尽，以至“府库蓄积，为之一空”。然后掳徽钦二帝及太妃、太子、宗戚3000人北去。“帝自离青城，顶青毡笠，乘马，后有监军随之。自郑门而北，每过一城，辄掩面号泣。”① 蓬蓬歌，元陶宗仪《说郛》引江万里《宣政杂录》：

> 宣和初，收复燕山以归朝，金民来居京师。其俗有《臻蓬蓬歌》，每扣鼓，和臻蓬蓬之音为节而舞，人无不喜闻其声而效之者。其歌曰：臻蓬蓬，外头花花里头空。但看明年正二月，满城不见主人翁。本北谶，故京师不禁。然次年正月，徽宗南幸。次年二圣北狩，又有伎者以数丈长竿，系椅于杪伎者，坐椅上，少顷下投于小棘坑中，无偏颇之失。未投时念诗曰：百尺竿头望九州，前人田土后人收，后人收得休欢喜，更有收人在后头。此亦北谶，而兆祸可怪。②

> 河汉如云扫泬寥，登东寒铁响清宵。竹窗惊破高人梦，门外骎骎万马朝。（其十九）

泬寥，清朗空旷貌。《楚辞·九辩》：“泬寥兮天高而气清。”王逸注：“泬寥，旷荡空虚也。或曰，泬寥犹萧条。萧条，无云貌。”骎骎，马疾

---

① （明）陈邦瞻：《宋史纪事本末》卷五十七，中华书局1977年版，第751页。

② （元）陶宗仪：《说郛》卷四十七，四库全书本。

速奔驰貌。晋陆机《挽歌》之一："翼翼飞轻轩，骎骎策素骐。"宋梅尧臣《送景纯使北》诗："驿骑骎骎持汉节，边风惨惨听胡笳。"

此诗写于繁星之夜，天空晴朗，清夜之中，唯闻寒铁的登东之声。多少东京繁华旧事，已成南柯一梦。万马奔驰，惊醒梦中之人。

> 辇毂繁华事可伤，师师垂老过湖湘。缕衣檀板无颜色，一曲当时动帝王。（其二十）

回首往事，自然是"辇毂繁华事可伤，师师垂老过湖湘"。这是这个组诗中，唯一记载南宋事件的诗句，而之所以记师师南渡际遇，也正是因为她是北宋东京繁华旧梦中的一个象征。

李师师是北宋末年色艺双绝的名妓，她的事迹在笔记野史、小说评话中多有记述。张端义《贵耳集》、张邦基《墨庄漫录》等宋人笔记中，说李师师曾与著名文人周邦彦、晁冲之有来往，并互有诗词相赠，于是成为北宋后期的一段风流韵事。[①] 传说宋徽宗在位期间，自政和年间以后，也常微行出游，由数名内臣导从，乘小轿子前往李师师家。靖康之难也使她难逃厄运。据《三朝北盟会编》《靖康中帙》卷五载，靖康元年正月，宋官府为筹银输金，抄没了她的家私以后，她就逃亡流落在湖南、浙江等地方。[②] 诗人写师师遭遇，慨叹北宋沦亡。当年的京城一派繁华，师师容貌出众，缕衣檀板，高歌一曲，红极一时。如今人老珠黄，流落湖湘，晚境凄凉，李师师其人与北宋的命运何其相似。

有关李师师的下落，历代记述，各有不同。此诗记载其"垂老过湖湘"，应该最为可信。张邦基《墨庄漫录》书中称李师师被籍没家产以后，流落于江浙一带，当地的士大夫犹邀请她歌唱，但李师师已"憔悴无复向来之态矣"。[③] 宋代评话《宣和遗事》也有类似记述，但又说她"后流落湖湘间（今湘南一带），为商人所得"。[④] 李师师是个富有传奇色彩的女子，有关她的传闻，不免有许多臆测和讹传的成分，因而她的归宿

---

① （宋）张端义：《贵耳集》，丛书集成本；（宋）张邦基：《墨庄漫录》卷八，中华书局1992年版，第222—223页。

② （宋）徐梦莘：《三朝北盟会编》，《靖康中帙》卷五，四库全书本。

③ （宋）张邦基：《墨庄漫录》，中华书局1992年版，第223页。

④ 《新刊大宋宣和遗事》，中国古典文学出版社1954年版，第86页。

究竟如何，恐怕是永远难解的一个谜了。

李师师作为当年红极一时的女性，是一个汴京上至达官贵人下到市井百姓皆知的传奇故事，一个曾经的茶余饭后充满艳羡与欲望的可以回味无穷的话题。而今，一个文化符号，一个时代的文化象征，也是一个文化媒介，沟通了亡的北宋与今日的南宋，历史的延续性，在她的身上展现出来。构成了一个传奇，其本身就承载和呈现、无声诉说着一段从辉煌到沧桑的历史，一个历史的见证者。在一定程度和意义上，刘子翚与李师师，同为天涯沦落人，流水落花春去也，天上人间。

第三节　诗史与汴京都市文化的文学想象

刘子翚《汴京纪事》是一组能够构成诗史的作品。首先事件、人物均具体有所指，可以与史料、笔记相互印证。与一般南渡诗人、词人的泛泛而谈的回忆作品，不确指的人物不同。从而具有很高的史料价值。其次，与杜甫不同，杜甫作为小官吏，眼中是底层身份看到的世界巨变。而刘子翚则世家子弟，了解大量政治内幕，是杜甫这样的小官员所不可能了解和知道的，刘子翚对于北宋覆亡的历史反思站在了一个更高、更为全面和深入的位置上。而作为一门忠烈的汴京保卫者，对于汴京的回忆，也自有一份狼狈南逃的杜甫所缺乏和不能够体会的情感在里面。

而更为值得注意的，这组《汴京纪事》诗是刘子翚是对于故都的往昔追忆，为什么选择这些主题、内容、事件、人物，其选择性标准，一定与作者对于故都的特殊的感受、印象、记忆、事件等相关联的。与一般史料不同，带有鲜明的个体生命印痕。

法国社会学家哈布瓦赫在《论集体记忆》中指出，对重要政治事件和社会事件的记忆是按照年龄，特别是年轻时的年龄而建构起来的。他引述舒曼和斯科特在题为“代与集体记忆”的研究中证实，青春期的记忆和成年早期的记忆比起人们后来经历中的记忆来说，具有更强烈、更普遍深入的影响。[①] 由此可以看出，集体记忆的建构不仅有关情境，有关时

① ［法］莫里斯·哈布瓦赫：《论集体记忆》，毕然、郭金华译，上海人民出版社 2002 年版，第 91 页。

空，还跟群体的年龄有关。

对于刘子翚而言，汴京不仅意味着他与父兄用生命保卫，甚至父亲献出生命的空间，而且也是他从少年时代就生活和游览的场所，他的青春生命的一部分，他的一生中的最美好的年华、岁月，都与这座城市联系在一起，他的青春生命的痕迹，就铭刻在这座城市之中。刘子翚生于1101年，靖康之变（1126—1127）的时候，他刚二十六七岁，正是风华正茂的年龄。所有涉及刘子翚这个组诗的，均没有注意到刘子翚个人的年龄问题（按：文学史研究者多喜苦苦搜求逸文，遗篇，而对于眼前明显的事实，却往往轻易放过，此乃又一例证尔）。而刘子翚1101生，到1127北宋亡。汴京沦陷，二帝北狩，父亲守节自尽，正巧是与徽、钦二帝在位时间重合。1101年，刘子翚出生，此年徽宗登基，是为建中靖国元年（1101），而《汴京纪事》所记所有事件、人物等，也均发生在这一时期。下面就此列一刘子翚成长历程与北宋京都同时发生的大事年表，就可一目了然：

1101，徽宗赵佶（在位25年）登基，是为建中靖国元年，刘子翚生，1岁。

1102—1106，徽宗崇宁年间，蔡京首次为相，禁元祐学术，立党人碑。建宝成宫，起花石纲。刘子翚2—6岁。

1107—1110，徽宗大观年间，蔡京再相，程颐死，再复元祐党人籍。刘子翚7—10岁。

1111—1118，徽宗政和年间，兴道教设道官、道禄、道秩，用林灵素，徽宗称道君皇帝。刘子翚11—18岁。

1118—1119，徽宗重和年间，刘子翚18—19岁。

1119—1125，徽宗宣和年间，罢花石纲，艮岳成。金破燕京。宋以百万贯换空城。

宣和七年十二月金使至开封迫降，徽宗禅位。刘韐为童贯参议官，带兵收复燕州地区。相州汤阴人岳飞来应募，刘韐拔升岳飞为队正。宣和四年，兄刘子羽（1097—1146），字彦修，随父死守真定（今河北正定），补将士郎，转宣教郎，代制东安抚司，书写机宜文字，刘子翚19—25岁。约在此年间，以荫补承务郎，辟为真定府幕属，与父兄共同抗击金兵。

1126—1127，钦宗赵桓元年正月徽宗南逃，金攻开封不利。二月金北去，四月徽宗回，惩六贼。二年九月太原破，刘韐在此国家危急关头出任京城四壁守御使，负责宋朝首都汴京防守事务。旋罢官。十一月，金兵攻陷汴京。靖康二年（1127）正月，金兵俘虏徽、钦二帝。刘韐死难。南宋高宗下诏追赠他为资政殿大学士、太师，尊谥为“忠显”。兄刘子羽，以功转为朝议大夫，授直秘阁。刘子翚 26—27 岁，应与父兄在京共同抗击金兵。刘韐死难，子翚痛愤，几无以为生，庐墓三年。

从上述简要大事年表，可以清楚看出，刘子翚《汴京纪事》组诗，将其有生 27 年间，所有重大事件，基本均记入诗歌之中。而此前发生在汴京的所有方面的重大事件，都没有记录在诗歌中。因此，刘子翚的汴京纪事，就不是一般意义上的历史家的纪事，而是对于一个书写个体从少年到青年，在体质、心理、精神、思想一直到情感等，人的一生中最为重要的成长、发育时期，这一人生最为美好岁月的亲历、亲闻、亲见、亲证。

从上述简要编年记事，可以看出，刘子翚《汴京纪事》组诗对于汴京的纪事，就不仅是对于靖康之变的记录、追忆、反思和批判，也不单纯是像杜甫那样的诗史。对于杜甫，长安留下的是“骑驴十三载，旅食京华春。朝扣富儿门，暮随肥马尘。残杯与冷炙，到处潜悲辛”①。而对于刘子翚来说，汴京却有着他青春年华的美好时光和特殊记忆。汴京岁月成为他生命中的重要组成部分。整个汴京从繁荣鼎盛到急剧衰败的一段伤心史、痛史，而他恰恰是这段历史的亲历者、见证者。

东京都市文化作为物质性存在的地理空间，在刘子翚的记忆诗歌中被加以重现，汴京组诗出现大量真实建筑名称，汴京都市文化的城市地标，这就与多数南渡诗人、词人的泛泛而谈的回忆作品很不相同，是一个具体化的对于汴京的往日追忆。汴京是一个具象的物质性的可感知和触摸的真实存在，而非仅仅是一个概念、一个地理名称，因此能够唤起亲历者的真实的具体的感受、经历、体验的回忆。正如美国著名建筑理论家、城市学家凯文·林奇在《城市意象》中所指出的：

> 环境意象是观察者与所处环境双向作用的结果。环境存在着差异和联系，观察者借助强大的适应能力，按照自己的意愿对所见事物进行选择、组织并赋予意义。尽管意象本身是在与筛选过的感性材料的相互作用过程中不断得到验证，但如此产生的意象仍局限并着重于所

---

① 杜甫：《奉赠韦左丞丈二十二韵》，载仇兆鳌《杜诗详注》卷一，中华书局 1979 年版，第 75 页。

见的事物，因此对一个特定现实的意象在不同的观察者眼中会迥然不同。①

而且，在刘子翚《汴京纪事》组诗中所出现的汴京都市意象，也恰恰都是凯文·林奇所谓的“公众意象”，凯文·林奇在《城市意象》中指出：

在此首要阐明的就是“公众意象”的定义，它应该是大多数城市居民心中拥有的共同印象，即在单个物质实体、一个共同的文化背景以及一种基本生理特征三者的相互作用过程中，希望可能达成一致的领域。②

在刘子翚《汴京纪事》组诗中，正是通过具体的东京城市意象、地标，从而产生特定联系中的回忆，唤醒纷繁复杂的昔日记忆，而非泛泛而谈的回忆。

同样的，真实、具体的建筑为代表的汴京城市地标，也使曾经亲历者的回忆增添了强烈的真实性、亲临性和在场性。那些对于旁人仅仅是一个地名的建筑，对于在汴京生活的人而言，则产生完全不同的效果，他们是具体的、丰满的，与他的生命中的一部分、一些生命事件、一些刻骨铭心的记忆、一些终生难忘的美好往昔联系在一起。特别是在刘子翚的组诗中，大部分建筑地标，具有明显的上流社会的身份、文化特征，是宋元话本中较少出现的。对于刘子翚来说，诗歌中提到的汴京城市意象、景观，就是他的“玛德莱娜甜饼”。③ 因为正如凯文·林奇《城市意象》中所指出的：

景观也充当一种社会角色。人人都熟悉的有名有姓的环境，成为

① ［美］凯文·林奇：《城市意象》，方益萍、何晓军译，华夏出版社2001年版，第4—5页。

② 同上书，第5页。

③ 按：玛德莱娜甜饼，是一种呈扇贝形，用面粉、牛奶、鸡蛋做成，被放在点心模子里，烤制而成的小甜饼。普鲁斯特的《追忆似水年华》中，品尝玛德莱娜甜饼成为主人公回忆似水年华的一个契机。参［法］普鲁斯特《追忆似水年华》，李恒基等译，译林出版社2001年版。

> 大家共同的记忆和符号的源泉，人们因此被联合起来，并得以相互交流。为了保存群体的历史和思想，景观充当着一个巨大的记忆系统。①

众所周知，文学史以及文化史上的诸多名篇，都是建立在对于往事的精彩记忆，以及对于记忆的深度阐发上。人类无法抵御回忆往事的巨大诱惑。

对于都市的审美观照，可以从多层次、多角度来进行。一个曾经有过上百年甚至上千年历史的故都，当年的繁华与风流，在时间、岁月的无情风蚀中，往往只留下了残迹遗痕，要瞻睹它的风貌，一方面需要借助历史文献来恢复、重建故都历史的记忆，另一方面也需要借助文学的想象来努力复原某些故都昔日的风采与华韵，试图重构某些能够唤醒我们生命的感动，让我们能够想见故都曾经生存的人、发生的事和曾经上演过的喜与悲。

同时，更为重要的是，任何个体化的叙述都不可避免地带有“社会框架”的参与和介入。集体记忆正是通过个体化的充满张力的叙事而获得呈现的。② 通过叙事，南渡移民“自我”意义和“群体”意义生成，在此基础上，移民通过对故都文化的认同，使得自己与国家历史相连，以确定自我形象并在更宏大的社会结构中进行定位。南宋士大夫移民对意义的定位和追寻反映了这一代人持续的和深刻的认同危机。这正是刘子翚《汴京纪事》组诗的更为深刻的社会性意义。

在刘子翚《汴京纪事》组诗中，回忆充满了复杂性、矛盾性和多层次、多侧面的特征，并非单纯的批判、揭露，如几乎所有谈到刘子翚这组诗歌的论者所说的，事实上，这组诗歌的内容与情感，要比一般南宋之人的纪事诗复杂得多，丰富的多。

对于一个长期生活在京都的少年，那繁华的市井，华美、壮观的建筑，怎一个批判可以了得。毕竟有着自己的青春的记忆，少年的体验，曾经的繁华，同时又是父子兄弟以生命和忠诚保卫的京都。其内心的复杂性

---

① ［美］凯文·林奇：《城市意象》，方益萍、何晓军译，华夏出版社 2001 年版，第 95 页。

② 参［法］哈布瓦赫·莫里斯《论集体记忆》，毕然、郭金华译，上海人民出版社 2002 年版，第 94—98 页，第 287—290 页。

是缺乏这种特殊经历和体验的人，难以完全理解的。其内心必定是复杂的五味杂陈。《汴京纪事》组诗的最大主题是追忆，是诗歌版的《东京梦华录》。

在他的诗歌中，有追忆、有感伤、有讽刺、有沉痛，……但是这一切，读者特别是研究者所不应该忘记的是，都是通过对于汴京昔日繁华的追忆的书写中来完成的，都是放置于、镶嵌在那样一个繁华的汴京都市文化的背景、底座和场域中来表达的。

《汴京记事》组诗，至今研究的人很少，就是简单地提到，也是作为体现对于北宋后期批判、谴责的典型代表，这个说法，自然不错，批判、谴责的内容在组诗中不仅存在而且十分明显和强烈。但是，仅仅言尽于此，则是将此组诗的丰富性、复杂性和矛盾性遮蔽了，是单一化和简单化的理解。南渡士大夫，特别是像刘子翚这样特殊身份、地位的士大夫，对于北宋后期，特别是宋徽宗时期的批判与谴责，悲愤与伤痛，是溢于言表的。但是问题的复杂性在于，他们的社会存在价值，他们的政治生命意义，都是与宋王朝政权密不可分，休戚相关的。作为一个忠臣，对于作为可以牺牲个体生命来维护其存在的政权，士大夫在精神和情感上的处境是尴尬和两难的。如果他们彻底批判和否定了这个政权，事实上，不仅是否定了南宋政权的合法性来源，而且否定了他们忠君爱国甚至生命牺牲的价值依据与意义，也否定了他们在生命、思想上的一个重要的价值依据与意义世界。

《汴京记事》组诗，刻意将一段美好的东京记忆转化为纸上文字，使之凝固、定格，希冀成为一种永恒的记忆，传之久远。

我们追随刘子翚追忆的目光，目睹了那些在他的内心深深铭刻的一幅幅汴京文化的都市意象、场景，目击了发生在这个繁华都市中的一部都市传奇。在诗歌中，樊楼等那些都市景观的标志，是同样出现在话本、笔记、《东京梦华录》中的，是汴京繁华商业与娱乐的一个标志性象征。

《汴京记事》组诗以诗歌的方式，书写了一个城市从辉煌鼎盛到衰败沦亡的历史。在刘子翚对汴京的回忆中，讲述本身对汴京昔日的都市文化形成一个建构的过程，刘子翚作为回忆者有意识地“选取”了一些事件，使它们清晰化，作为构建汴京都市文化意象的符号标志，包括情节、线索、效果等。在记忆的枝蔓之处，我们可以很明显地感受到刘子翚个人的这种剪裁以及建构技术。比如，模糊化一些事情，或者干脆不谈某些事情，在建构过程中，修辞成分是显而易见的，是为了树立一套自身的意义系统。[①] 通过《汴京纪事》组诗的回忆性叙事，刘子翚不仅追忆了东京梦华，而且力图建构南宋政权的正统性与合法性。与此同时，刘子翚也努力重建了他的意义世界。

① ［美］保罗·康纳顿：《社会如何记忆》，纳日碧力戈译，上海人民出版社2000年版，第18—20页。

第八章

酒楼：临安商业文化繁荣与文学空间的扩展

第一节　市民梦想、城市公共空间与城市文学

伴随着北宋汴京的都市繁荣，许多大型酒楼开始出现，而大型酒楼的产生，自然与城市文化繁荣、城市商业消费的发展有直接关系。

日本著名汉学家加藤繁在20世纪30年代初所撰写《宋代都市的发展》一文中，就有《酒楼》一节，深刻指出：宋代城市中的酒楼，“都是朝着大街，建筑着堂堂的重叠的高楼”，“这些情形都是在宋代才开始出现的”。① 加藤繁的这些具体阐述和基本判断，已经为研究者所普遍认同。宋孟元老撰《东京梦华录》卷二酒楼条的记载：

> 凡京师酒店门首，皆缚彩楼欢门。唯任店入其门，一直主廊约百余步，南北天井两廊皆小合子，向晚灯烛荧煌，上下相照。浓妆妓女数百，聚于主廊檐面上，以待酒客呼唤，望之宛若神仙。②

伊永文在《行走在宋代的城市》中是这样介绍宋代的酒楼：

> 在宋代以前的城市里，高楼并非没有，但都是皇宫内府，建筑供

---

① ［日］加藤繁：《中国经济史考证》第一卷，吴杰译，商务印书馆1959年版，第274—277页。

② （宋）孟元老撰，伊永文笺注：《东京梦华录笺注》，中华书局2006年版，第174—176页。

市民饮酒作乐，专事赢利的又高又大的楼房，是不可想象的。只是到了宋代城市，酒楼作为一个城市繁荣的象征，才雨后春笋般发展起来了。

以东京酒楼为例，仅九桥门街市一段，酒楼林立，绣旗相招，竟掩蔽了天日！有的街道还因有酒楼而得名，如“杨楼街”。这的的确确是中国古代城市历史上出现的新气象。

酒楼，它在城市各行业中还总是以数量最多，规模最大，利润最高先拔头筹，它往往决定着这个城市的主要的饮食命脉，而且绝大多数都以华丽宏伟的装饰建筑，雄踞一城。①

而酒楼的建筑装饰，在《东京梦华录》和《梦粱录》中都有具体描述。其中自我具有特色的是所谓欢门和彩楼。所谓欢门，“近里门面窗户，皆谓之‘欢门’”。②

彩楼欢门是两宋时代酒食店流行的店面装饰，指店门口用彩帛、彩纸等所扎的门楼；也指建筑廊间半月形雕饰的门，以木质杆件绑缚而成，结构大量使用在中国传统木作营造体系中不多见的斜撑、X 形支撑、三角支撑以及绳索拉结等方式。而这种建筑装饰在一些宋代绘画中也有所体现，可以直观地看到宋代酒楼彩楼欢门的具体形制。

周宝珠《〈清明上河图〉与清明上河学》中谈道：

《清明上河图》画面正店、脚店均有，基本上反映出了宋东京酒户的状况。在闹市区十字路口东侧的一家酒店，酒旗高悬，上写“孙羊店”三字。门前有遮拦人马的杈子，杈子内的楞形花柱面上一面写着“正店”，字迹完整，一面写“孙记”字样，……门一侧另一楞形花柱上，一面写有“香 X”二字，另一面今天已看不清楚，可能也是四字对称。孙羊店的铺面为二层楼建筑，房屋高大，门面雄壮，门前搭建的彩楼欢门也特别讲究。楼上高朋满座，楼前车水马龙。就店铺门面而言，在画中可谓独一无二。酒楼后院宽出处大酒缸

① 伊永文：《行走在宋代的城市》，中华书局 2005 年版，第 2180—2181 页。

② （宋）孟元老撰，伊永文笺注：《东京梦华录笺注》卷四，中华书局 2006 年版，第 430 页。

空倒着，成排堆放在后院，叠累数层，这从一个侧面反映出该店造酒量是相当大的。①

柯宏伟《从〈清明上河图〉看北宋东京酒店建筑的特色》一文中更具体分析：

宋代的酒店布局和建筑形式可分为楼阁型、宅邸型和花园型。楼阁型以二至三层的楼阁为主体，楼阁大多取九脊顶，设有腰檐、平座。首层布置散座，上层分隔为一间间的阁子雅座。或者有廊庑环绕，前辟庭院。或者不留空隙，全为楼阁。《清明上河图》中的孙羊正店和十千脚店等大型酒楼即取后者形式。

宋时大型酒店装修十分富丽，门口设置高大的“彩楼欢门”，装杈子、帘幕、悬挑栀子灯，以招徕顾客。《清明上河图》中绘有彩楼欢门的多达七处，除了“刘家上色沉檀楝香”一家医药铺外，余皆为酒店。有字号可见的如“孙记正店”、“十千脚店”。而无字号的酒店门前，从其绣旗酒招，亦可辨认。宋代酒楼前的彩楼欢门可分为两种形式：一种做成一面拍子，与屋身柱梁榫卯结合；另一种本身组成独立的构架，围成四方形或多角形。有的仿楼阁造型设腰檐、平座，有的以帘幕分层，作上下划分。彩楼欢门的构造和造型特点是平地立柱，纵横用粗细不同的圆木相绑扎，顶部两侧或四角斜出三角形片状构架，正面或四面中部高高耸出三角框架。较大型的彩楼欢门下部还围以栅栏，形成小院。②

除了《清明上河图》，在旧作五代卫贤的《闸口盘车图》中同样绘有酒店门的彩楼欢门。余辉《地志学研究与〈闸口盘车图卷〉》考证：

旧作五代卫贤的《闸口盘车图》卷（绢本设色，192.2×53.3厘米，上海博物馆藏），图中的酒店挂有“新酒”的招牌，秋景，从

① 周宝珠：《〈清明上河图〉与清明上河学》，河南大学出版社1997年版，第97—98页。

② 柯宏伟：《从〈清明上河图〉看北宋东京酒店建筑的特色》，《河南大学学报》（社会科学版）2004年第4期。又参刘涤宇《宋代彩楼欢门研究》，《建筑师》2012年第2期。

民俗学的角度研究画中的时间约为中秋节前后。

初步将此图的绘制时代定在北宋元丰（1078—1085）末年至大观（1107—1110）年间，认定它系北宋中后期之作，画上的五代“卫贤”名款系后添。①

而在这幅实际上创作于北宋中后期的《闸口盘车图》中所描绘的酒店门前，就扎有彩楼欢门，其形制，与《清明上河图》中“十千脚店”处的彩楼欢门完全一致，而这种彩楼欢门，如上引文所指出，在《清明上河图》中描绘有7处之多。

彩楼欢门这种酒楼的建筑形制，因为深受广大消费者的喜爱，因此到了南宋的临安的酒楼，仍然保存了这种建筑形制。吴自牧《梦粱录》中记载：

中瓦子前武林园，向是三元楼康、沈家在此开沽。店门首彩画欢门，设红绿杈子，绯绿帘幕，贴金红纱栀子灯装饰厅院廊庑，花木森茂，酒座潇洒。但此店入其门，一直主廊，约一二十步，分南北两廊，皆济楚阁儿，稳便坐席。向晚灯烛荧煌，上下相照，浓妆妓女数十，聚于主廊（檐）面上，以待酒客呼唤，望之宛如神仙。②

开在南宋都城临安中的酒楼，不仅酒楼面前建筑形制和装饰风格模仿北宋东京酒楼，就是“向晚灯烛荧煌，上下相照，浓妆妓女数十，聚于主廊（檐）面上，以待酒客呼唤，望之宛如神仙”。的情形，也与《东京梦华录》的记载与描绘如出一辙。

在北宋众多豪华酒楼之中，最为著名的就是丰乐楼了。丰乐楼，即樊楼，原名白矾楼，乃是南京商贩销售白矾的处所。改为酒店时，更名为樊楼。是北宋时汴京最豪华的酒楼。宋孟元老撰《东京梦华录》卷二：

白矾楼后改为丰乐楼。宣和间更修三层相高，五楼相向，各有飞

① 上海博物馆编：《千年丹青细读中日藏唐宋元绘画珍品》，北京大学出版社2010年版，第124—130页。

② 吴自牧：《梦粱录》卷十六《酒肆》，山东友谊出版社2001年版，第211页。

> 桥栏槛，明暗相通，珠帘绣额，灯烛晃耀。初开数日，每先到者，赏金旗。过一两夜则已。元夜则每一瓦陇中，皆置莲灯一盏。内西楼后来禁人登眺，以第一层下视禁中。大抵诸酒肆瓦市，不以风雨寒暑，白昼通夜，骈阗如此。①

丰乐楼“宣和间，更修三层相高，五楼相向，各有飞桥栏槛，明暗相通，珠帘绣额，灯烛晃耀”。这一在《东京梦华录》所提到的宏伟、豪华的建筑形制与熙熙攘攘车水马龙的酒楼营业场景，生动地体现在《清明上河图》中，形成《东京梦华录》中所谓“彩楼相对，绣旆相招，掩翳天日”的壮观景象。②

樊楼在北宋商业上十分成功，俨然成为酒楼业的榜样，不仅其他的酒楼在经营风格、建筑格局、装饰布置上，加以效仿。其影响力甚至跨越国界，引起了敌国金人对丰乐楼的羡慕与效仿。在宋代话本《杨思温燕山逢故人》中，写到靖康之变后，杨思温在金人的燕京中看到金人建造的秦楼道：“原来秦楼最广大，便似东京白矾楼一般。楼上有六十个阁儿，下面散铺七八十副卓凳。”甚至连酒楼里的过卖（即店小二）也是雇用的靖康之变后流落此地的“东京白矾楼过卖”。③

东京的著名商业区，酒楼林立的闹市区马行街和其中最为著名的地标式酒楼丰乐楼，甚至都成为当时的禅宗大师上堂说法，为弟子开示悟道门径的手段。《慈受深和尚广录》中记载慈受怀深禅师上堂说法：

> 上堂。僧问。如何是无心法。师云。木人夜半将花摇。进云。如何是有心法。师云。丰乐楼前马沓沓。
>
> 上堂。元宵灯烛斗荧煌。幸马纵横彻晓忙。倒底不知灯是火。区区几个解回光。若论此事。正如上元夜灯球相似。玲珑八面。花光互分。一点灵明。通身不昧。高低普照。前后无差。从来佛手不能遮。任是劫风吹不灭。直得马行街上。四时春色盈门。丰乐楼前。半夜歌声聒耳。处处祖师鼻孔。众生日用不知。头头古佛眼睛。几个闹中瞥

① （宋）孟元老撰，伊永文笺注：《东京梦华录笺注》，中华书局2006年版，第174—176页。

② 同上书，第176页。

③ 程毅中辑注：《宋元小说家话本集》，齐鲁书社2000年版，第641页。

地。是故。诸佛出世。传此一灯。祖师西来。亦传此一灯。从一灯传百千灯。光明无尽。所以道。佛法无人说。虽慧不能了。譬如暗中宝。无灯不可见。宝者。是一切众生心也。暗者。一切众生恼烦也。灯者。一切善知识说法也。乃至一大藏教。五千四十八卷。皆是与人为灯为烛。德山入门便棒。临际入门便喝。亦是与诸人为灯为烛。赵州庭柏。灵云桃花。亦是与诸人为灯为烛。敢问诸人。百千万亿灯。既从此一灯出。且道。此一灯。自何而得。举拂子云。还会么。明明一点无遮障。大地山河莫覆藏。①

释怀深（1077—1132），号慈受，俗姓夏，寿春六安（今属安徽）人。14 岁受戒。后四年，访道方外。徽宗崇宁初，往嘉禾依净照于资圣寺悟法。政和初，出住仪真资福寺。政和三年（1113），先后居镇江府焦山寺、真州长芦寺。政和七年，居建康府蒋山寺。钦宗靖康间住灵岩尧峰院（《中吴纪闻》卷六）。高宗绍兴二年卒，享年 56 岁。为青原下十三世，长芦崇信禅师法嗣。事见《慈受怀深禅师广录》，《嘉泰普灯录》卷九、《五灯会元》卷六有传。②

宋徽宗曾经诏翰林学士王安中，令登丰乐楼望而赋诗，其诗云：

日边高拥瑞云深，万井喧阗正下临。金碧楼台虽禁御，烟霞岩洞却山林。巍然适构千龄运，仰止常倾四海心。此地去天真尺五，九霄歧路不容寻。③

王安中诗歌中极力描绘了丰乐楼的高耸入云和金碧辉煌的豪华奢侈。因为丰乐楼的影响力巨大，北宋后期，建筑在西湖边的一座名为耸翠楼的大酒楼也改名为丰乐楼。这座建筑在南宋以来的方志、笔记中记载颇多。记载比较详细的如宋潜说友撰《咸淳临安志》卷三十二：

丰乐楼在丰豫门外，旧名耸翠楼，据西湖之会，千峰连环，一碧

---

① 侍者善清编：《慈受深和尚广录》卷第一、第三，《慈受怀深禅师广录》（卍续藏本），蓝吉富教授主编《禅宗全书》第四十一册，台北文殊文化有限公司 1989 年版。

② 傅璇琮等主编：《全宋诗》第 24 册，北京大学出版社 1992 年版，第 16119 页。

③ （宋）王明清撰：《挥麈录》，上海书店出版社 2001 年版，第 77 页。

万顷，柳汀花坞，历历槛栏间，而游桡画艋，棹歌堤唱，往往会于楼下，为游览最。顾以官酤喧杂，楼亦卑小，弗与景称。淳祐九年，赵安抚节斋始撤新之，瑰丽宏特，高切云汉，遂为西湖之壮，其旁花径曲折，亭榭参差，与兹楼映带，搢绅多聚拜于此。①

明田汝成撰《西湖游览志》卷八《北山胜迹》：

出涌金门而北，为丰乐楼。丰乐楼，宋初为众乐亭，寻改耸翠楼。政和中，改今名。淳佑九年安抚赵与筹重构之。瑰丽峥嵘，掩映图画，俯瞰平湖，千峰连环，一碧万顷，柳汀花坞，历历栏槛间。亭榭翚飞，远近映带，游桡冶骑，菱歌渔唱，往往会合于楼前。……宋赵忠定公咏丰乐楼柳梢青词："水月光中，烟霞影里，涌出歌台。空外笙箫，云间笑语，人在蓬莱。天香暗逐风回，正十里荷花尽开。买个小舟，山南游遍，山北归来。"②

从这一记载可以了解丰乐楼环境如画，建筑本身则高大华美。有关南宋时期丰乐楼等临安酒楼的情况，宋周密《武林旧事》卷六《酒楼》记载：

和乐楼（升旸宫南库）和丰楼（武林园南上库。宋刻无"南"字）、中和楼（银瓮子中库）、春风楼（北库）、太和楼（东库）、西楼（金文西库，宋刻"金文库"）、太平楼、丰乐楼、南外库、北外库、西溪库已上并官库，属户部点检所，每库设官妓数十人，各有金银酒器千两，以供饮客之用。每库有祗直者数人，名曰"下番"。饮客登楼，则以名牌点唤侑樽，谓之"点花牌"。元夕诸妓皆并番互移他库。夜卖各戴杏花冠儿，危坐花架。然名娼皆深藏邃，未易招呼。凡肴核杯盘，亦各随意携至库中，初无庖人。官中趁课，初不借此，聊以粉饰太平耳。往往皆学舍士夫所据，外人未易登也。熙春楼、三

---

① （宋）潜说友撰：《咸淳临安志》卷三十二，四库全书本。

② （明）田汝成撰：《西湖游览志》卷八《北山胜迹》，浙江人民出版社 1980 年版，第 82 页。

元楼、五间楼、赏心楼、严厨、花月楼、银马杓、康沈店、翁厨、任厨、陈厨、周厨、巧张、日新楼、沈厨、郑厨（只卖好食，虽海鲜头羹皆有之）、蛇眼（只卖好酒）、张花，已上皆市楼之表表者。每楼各分小十余，酒器悉用银，以竞华侈。每处各有私名妓数十辈，皆时妆服，巧笑争妍。夏月茉莉盈头，春满绮陌。凭槛招邀，谓之"卖客"。又有小鬟，不呼自至，歌吟强聒，以求支分，谓之"擦坐"。又有吹箫、弹阮、息气、锣板、歌唱、散耍等人，谓之"赶趁"。及有老妪以小炉炷香为供者，谓之"香婆"。有以法制青皮、杏仁、半夏、缩砂、豆蔻、小蜡茶、香药、韵姜、砌香、橄榄、薄苛，至酒分得钱，谓之"撒"。又有卖玉面狸、鹿肉、糟决明、糟蟹、糟羊蹄、酒哈蜊、柔鱼、荤、干者，谓之"家风"。又有卖酒浸江、章举蛎肉、龟脚、锁管、密丁、脆螺、鲎酱、法、子鱼、鱼诸海味者，谓之"醒酒口味"。凡下酒羹汤，任意索唤，虽十客各欲一味，亦自不妨。过卖铛头，记忆数十百品，不劳再四传喝。如流便即制造供应，不许少有违误。酒未至，则先设看菜数碟；及举杯，则又换细菜，如此屡易，愈出愈奇，极意奉承。或少忤客意，及食次少迟，则主人随逐去之。歌管欢笑之声，每夕达旦，往往与朝天车马相接。虽风雨暑雪，不少减也。①

元代著名界画画家夏永绘有《丰乐楼图》册页，绢本，墨笔，纵25.8厘米，横25.8厘米，图中有夏永小楷书"十里挐平丰乐楼"长题，末署款，钤有"夏明远印"一方，现均藏故宫博物院。作者采用对角构图法，用水墨界画殿阁山水，线条纤如毫发，背景远山平缓润泽，开阔的水面与依依杨柳恰到好处地交代出建筑处于江南的环境。展观其作品，方寸之间微入毫芒，画家再现了宏大建筑的整体和细部，技艺精湛超凡，令人叹服。此幅构图之用笔与故宫藏夏永另几幅界画作品如出一辙，作品所取材的"丰乐楼"早已不存，夏永极度写实的画风以及右上以"小如蚁目"的蝇头小楷题写的31行《丰乐楼赋》，无疑成为今天了解这座在宋

① （宋）周密：《武林旧事》卷六《酒楼》，山东友谊出版社2001年版，第108—110页。

代杭州曾颇有声名的楼阁的重要史料。[①]

而《丰乐楼图》上所题写的31行《丰乐楼赋》，据宋周密撰《武林旧事》卷五记载："林晖、施北山皆有赋。"施北山所作赋未见，宋潜说友撰《咸淳临安志》卷三十三记载了林晖所作赋：

> 丰乐楼，林晔德撰赋，以"楼成湖上，与众同乐"为韵。十里掌平，丰乐楼兮，波头截横，诚一时之佳致。果不日以能成。朝野无尘，当与时而同乐。湖山如画，多对景以舒情。钱塘故地之豪奢，临安新府之雄壮。三千巷陌兮，丛花柳以竞妍。十万人家兮，列绮罗而夸尚。笙歌极天下之选，风物骇人间之望。流传今古，只夸两浙之间多少繁华尽簇。西湖之上，踞虎盘龙横霓架虹。平地耸蓬莱之岛，飞仙移紫府之宫，萦绿杨于南北，迷芳草于西东。幸太平之日久，宜行乐以民同。碧天连水水连天，鱼在琉璃影里。画阁映山山映阁，雁横锦障图中。珠帘半卷兮，映上下之栏干。酒旗无力兮，亚高低之楼阁。落霞楚天之空阔，细雨杨园之淡泊。谢屐登临，陶巾落魄。休夸随鹿之游，更任狎鸥之乐。玉女岩、金沙井、依依郧水之凫。烟霞洞、玛瑙坡、隐隐扬州之鹤。苹末风收浪花卷球，梅坞竹阁松亭柳州。池涌金于门外，泉跳珠于湖头。碧落云垂兮，月照月。平沙影倒兮，楼叠楼。风光相对，似逢春而更好。湖波长在，不与岁以俱流。翻思烟锁洞庭，输渔樵之闲话。月沉湘浦，付羁旅以凝愁。于是陪五陵年少之欢，簇三岛神仙之众，望樵岭以富览，指兰舟而目送。葛仙旧陂兮，丝池边之草。吴王故苑兮，付樽前之梦。雕梁巢旧日之燕，画栋彩当年之凤。佳人携手，望穷虎跑之泉。故老传杯，遥认龙篆之洞。山水如故，星霜屡逾。春风易老于长陌，夕阳几度于平湖。胜赏难遇，佳期莫辜。脆管繁弦，奏乐府新声之曲。轻衫短帽，醉高阳旧酒之徒。其或莺花懒兮，蓼岸苹洲。露荷阴兮，兰汀蕙渚。秋风桂子之兴味，腊雪梅花之情绪。伤高怀远兮几时穷，并朱颜而留与。[②]

---

① 上海博物馆编：《怀远：故宫博物院上海博物馆晋唐宋元书画国宝》，紫禁城出版社2010年版，第215—216页。

② （宋）潜说友撰：《咸淳临安志》卷三十三，四库全书本。

此赋极写湖山之美。开头写丰乐楼的地理位置，位于“十里掌平”的西湖畔。宋蔡戡撰《定斋集》卷十八《过鄱阳湖适遇便风喜而有作》：“千里湖光似掌平。”

宋董嗣杲撰、明陈赞和《西湖百咏》卷上：

> 丰乐楼在涌金门外，旧为丰豫门。政和七年于湖堂右以众乐亭旧基建楼，扁耸翠。建炎后改今名。干淳间设法酤酒，继有挠政者罢之。淳佑九年改建，官为扃钥。城之西有四门，曰钱湖、曰清波、曰钱塘，出此三门，皆不见湖。独涌金门正与湖水相对，建楼掩之，关闭风水。古传楼未建时，山水或漂城居。
>
> 莺花箫鼓绮罗丛，人在熙和境界中。海宇三登歌化日，湖山一览醉春风。水摇层栋青红湿，云锁危梯粉黛空。十里掌平都掩尽，有谁曾纪建楼功。①

丰乐楼建成之后，成为“一时之佳致”。赋中次写天下安宁，与民同乐。面对如画的湖光山色，书写内心情感。然后转入对于临安历史名城、城市繁华的具体描绘。“三千巷陌兮，丛花柳以竞妍。十万人家兮，列绮罗而夸尚。笙歌极天下之选，风物骇人间之望。”而“流传今古，只夸两浙之间多少繁华尽簇。西湖之上，踞虎盘龙横霓架虹”。一方面对于前文的描绘作结，另一方面转入对于西湖畔丰乐楼壮美景观的描绘。“平地耸蓬莱之岛，飞仙移紫府之宫，萦绿杨于南北，迷芳草于西东。”以蓬莱、紫府，这些神仙世界来夸耀丰乐楼的华美景观。《史记·秦始皇本纪》记载：“海中有三神山，名曰蓬莱、方丈、瀛洲，仙人居之。”《汉书·郊祀志》云：“此三神山者，其传在勃海中，去人不远。盖曾有至者，诸仙人及不死之药皆在焉。其物、禽兽尽白，而黄金、银为宫阙。未至，望之如云，及至，三神山乃居水下，水临之。患且至，则风辄引船而去，终莫能至云。世主莫不甘心焉。”紫府为道教称仙人所居。晋葛洪《抱朴子·祛惑》：“及至天上，先过紫府，金床玉几，晃晃昱昱，真贵处也。”前蜀休《寄天台道友》诗：“紫府称非远，清溪径不迂。”

“碧天连水水连天，鱼在琉璃影里。画阁映山山映阁，雁横锦障图

① （宋）董嗣杲撰：《西湖百咏》卷上，四库全书本。

中。”写在丰乐楼上所见西湖碧水和水中倒影的动人画面。“珠帘半卷兮，映上下之栏干。酒旗无力兮，亚高低之楼阁。”着力描绘丰乐楼本身建筑形制与外部装饰。“落霞楚天之空阔，细雨杨园之淡泊。”则描绘丰乐楼所见不同时节、不同气候中的美景。“谢屐登临，陶巾落魄。休夸随鹿之游，更任狎鸥之乐。”用谢灵运和陶渊明的典故。谢屐《宋书·谢灵运传》：“寻山陟岭，必造幽峻，岩嶂十重，莫不备尽。登蹑常着木履，上山则去其前齿，下山去其后齿。”唐李白《梦游天姥吟留别》：“脚着谢公屐，身登青云梯。”陶巾，陶潜的软帽。《宋书·隐逸传·陶潜》：“郡将候潜，值其酒熟，取头上葛巾漉酒毕，还复着之。”后因以为文人放诞闲适之典。唐王绩《尝春酒》诗：“野觞浮郑酌，山酒漉陶巾。”宋陆游《开元暮归》诗：“日暖登山思谢屐，病余漉酒负陶巾。”丰乐楼赋二句的构思，或者正从陆游此二句诗歌而来。

随鹿，唐白居易撰《白氏长庆集》卷十七《答元八郎中杨十二博士》：“尽日观鱼临涧坐，有时随鹿上山行。”宋彭汝砺撰《鄱阳集》卷六《寄学芝山正叔寄诗有想叹之意次元韵》：“草褐岸巾随鹿豕，佳山野水外尘埃。”狎鸥，《列子·黄帝》：“海上之人有好沤鸟者，每旦之海上，从沤鸟游，沤鸟之至者百住而不止。其父曰：‘吾闻沤鸟皆从汝游，汝取来，吾玩之。’明日之海上，沤鸟舞而不下也。”二句写率性而游，天然之乐。

接下来，罗列著名景点和风光，极写丰乐楼畅饮的情怀，丰乐楼所见四时佳景等，最后以“伤高怀远兮几时穷，并朱颜而留与”的生命感伤作结。《丰乐楼赋》写景、抒情并举，运笔纵横开阖，不仅能够描摹刻画丰乐楼所见极佳殊景，而且能够传达观景之人丰富复杂的内心情怀。文笔不仅可以赋五彩之美景，而且有书写情感、思想之深度。堪称佳作。

更为重要的还在于，北宋时期以来，酒楼已经成为都市空间中重要的公共空间，是公共生活与大众传播的重要场域。

公共空间是德国学者哈贝马斯在《公共领域的结构转型》一书中提出的概念，哈贝马斯说：“所谓‘公共领域’，我们首先意指我们的社会生活的一个领域，在这个领域中，像公共意见这样的事物能够形成。”18世纪末作为私人领域的市民社会向作为公共权力领域的国家政府争取权力的中间领域，是一个“私人集合而成的公共的领域”，[①] 公共空间是一个体现社会公共领域的现实空间，社会中的人们，聚集在这一空间中讨论某些社会话题并形成对于社会问题的公共意见。

显然，从哈贝马斯的意义上的公共领域而言，宋代显然是稀缺的，就是被不仅广泛研究的明清时期，也存在很大争议。[②]

在研究方法的运用上，公共领域的理论与范畴应该是在调整以更为适应中国历史、社会和文化的条件下加以使用。虽然是一种更为宽泛意义上的运用，但是，仍然与哈贝马斯的理论有其密切联系。本书是在更为宽泛意义上，从文化、思想特别是文学传播的层面上，也包括了从各种信息的传播、交流的意义上，使用“公共空间”概念。

作为第一位运用这一理论成功研究中国城市社会的美国汉学家罗威廉，[③] 在面对争议和批评时，[④] 提出运用公共领域概念作为一种分析手段，[⑤] 笔者认为是可行和有效的。

而与本章所要讨论的酒楼公共空间的分析最为接近的研究，是王笛对于传统中国社会中茶馆的城市公共空间和公共生活的考察与研究。[⑥] 因为在传统中国社会中，无论是酒楼还是茶馆，都不仅是娱乐休闲的场所，也是社会中各个阶层形形色色的人物聚集的空间与活动的舞台。而在传统中国社会中，酒楼与茶馆这样的空间，也同样具有某些哈贝马斯所讨论的西方咖啡馆公共空间的特征。特别是一个城市中的著名的酒楼，在宋代以来的传统中国社会中，常常能够成为城市地方社会日常生活和社会热点聚集、交流与传播的中心。

善于利用公共空间来传播特定信息，从而形成公共舆论，使自己迅速

---

① 汪晖、陈燕谷：《文化与公共性》，三联书店 1998 年版，第 138 页。

② 黄宗智主编：《中国研究的范式问题讨论》，社会科学文献出版社 2003 年版。

③ 参［美］罗威廉《汉口：一个中国城市的商业和社会》，江溶、鲁西奇译，中国人民大学出版社 2005 年版；［美］罗威廉《汉口：一个中国城市的冲突和社区》，鲁西奇、罗杜芳译，中国人民大学出版社 2008 年版。

④ ［美］魏斐德：《市民社会和公共领域问题的论争》，载黄宗智主编《中国研究的范式问题讨论》，社会科学文献出版社 2003 年版，第 1411—158 页。

⑤ ［美］罗威廉：《晚清帝国的市民社会问题》，载黄宗智主编《中国研究的范式问题讨论》，社会科学文献出版社 2003 年版，第 172—195 页。

⑥ 王笛：《茶馆：成都的公共生活和微观世界（1900—1950）》，社会科学文献出版社 2010 年版。

成为公众人物。

公共舆论或“公众意见”（public opinion），是指具有一定数量的公民对某一问题所具有的共同倾向性的看法或意见。公共舆论，中国古代称之为“舆人之论”，即众人的议论，如《晋书·王沉传》：“自古贤圣乐闻诽谤之言，听舆人之论。”正如李普曼在他的成为传播领域的奠基之作《公众舆论》中指出的：

> 我们对具有广泛影响的公共事件充其量只能了解其中某个方面或某一片段。……我们的见解不可避免地涵盖着要比我们的直接观察更为广泛的空间、更为漫长的时间和更为庞杂的事物。因此，这些见解是由别人的报道和我们自己的想象拼合在一起的。①

在公共空间中的大众传播的方式。按照拉斯韦尔的著名的“5W”模式理论，谁（Who）、说什么（Says What）、通过什么渠道（In Which Channel）、对谁（To whom）、取得什么效果（With what effects）。② 因此，善于制造一些具有某种倾向性的公共事件，从而对于大众形成某种特定的成见，从而能够达到自我宣传的目的。沈偕虽然生活在宋代，也不懂得什么传播理论，但是他却能够自发地利用的这一理论，达到了在都城之中迅速成为公众舆论的热点人物的目的。

第二节　士人阶层都市公共空间中的文学书写与传奇

题壁文化是中国历史上起源很早的一种文化传统。根据学者研究，题壁文化历史悠久，始于两汉，盛于唐宋。唐宋时期，中国传统诗歌文化处在高峰期，题壁诗骤然大增，形成一种文化潮流。③

南宋临安丰乐楼之中，有一个著名的故事，这就是话本《俞仲举题诗遇上皇》讲述的：“俞良八千有余多路，来到临安，指望一举成名，争

---

① ［美］李普曼：《公众舆论》，阎克文、江红译，上海人民出版社2002年版，第65页。

② ［美］斯坦利·巴伦：《大众传播概论：媒介人之与文化》，刘鸿英译，中国人民大学出版社2005年版，第5—6页。

③ 刘金柱：《中国古代题壁文化研究》，人民出版社2008年版。

奈时运未至，门龙点额，金榜无名。”无脸回乡，流落杭州。饱受艰辛后准备自尽。“见座高楼，上面一面大牌，朱红大书：丰乐楼……想起身边只有两贯钱，吃了许多酒食，捉甚还他？不如题了诗，推开窗，看着湖里只一跳，做一个饱鬼。”而“上皇（按，指宋高宗）忽得一梦，……扮作文人秀才，带几个近侍官，都扮作斯文模样，一同信步出城。行到丰乐楼前”，读到俞良的诗，“龙颜暗喜，想道：“此人正是应梦贤士，……当下御笔亲书六句：‘锦里俞良，妙有词章。高才不遇，落魄堪伤。敕赐高官，衣锦还乡。’……孝宗见了上皇圣旨，……即刻批旨：‘俞良可授成都府太守，加赐白金千两，以为路费。’”故事的结局也就是俞良被“前呼后拥，荣归故里”。①

故事中，有一个重要细节，就是俞良赴杭应考落榜，钱也用光了，准备自杀，而在丰乐楼题写了一首词。

> 俞良独自一个，从晌午前直吃到日晡时后，面前按酒，吃得阑残。俞良手抚雕栏，下视湖光，心中愁闷。唤将酒保来：“烦借笔砚则个。”酒保道：“解元借笔砚，莫不是要题诗赋？却不可污了粉壁，本店自有诗牌。若是污了粉壁，小人今日当直，便折了这一日日事钱。”俞良道：“恁地时，取诗牌和笔砚来。”须臾之间，酒保取到诗牌笔砚，安在卓上。俞良道：“你自退，我教你便来，不叫时休来。”当下酒保自去。

俞良拽上悍门，用凳子顶住，自言道：“我只要显名在这楼上，教后人知我。你却教我写在诗牌上则甚？”当下磨得墨浓，蘸得笔饱，拂拭一堵壁子干净，写下《鹊桥仙》词：

> 来时秋暮，到时春暮，归去又还秋暮。丰乐楼上望西川，动不动八千里路。
>
> 青山无数，白云无数，绿水又还无数。人生七十古来稀，算恁地光阴，能来得几度！

① 程毅中辑注：《宋元小说家话本集》，齐鲁书社2000年版，第746—756页。

题毕，去后面写道：“锦里秀才俞良作。”①

此词从时光的四时往复的时间性写起，中间则从丰乐楼极目远眺的空间性感怀，最后以自然的时间性中的个体生命体验产生的悲剧性感伤作结。此词构思巧妙，在修辞上颇具特色。强化了主题，达到了很好的艺术效果。因此，话本中讲太上皇宋高宗到丰乐楼，看见了这首词，大为赏识，找到俞良推荐给孝宗皇帝，俞良于是衣锦还乡，回成都做官。

话本中这个俞良的原型，也许就是南宋实有其人的俞国宝。宋周密撰《武林旧事》卷三记载：

湖上御园，南有聚景、真珠、南屏，北有集芳、延祥、玉壶，然亦多幸聚景焉。一日，御舟经断桥，桥旁有小酒肆，颇雅洁，中饰素屏，书《风入松》一词于上，光尧驻目称赏久之。宣问何人所作，乃太学生俞国宝醉笔也。其词云：“一春长费买花钱，日日醉湖边。玉骢惯识西泠路，骄嘶过，沽酒楼前。红杏香中歌舞，绿杨影里秋千。　　暖风十里丽人天，花压鬓云偏。画船载取春归去，余情付，湖水湖烟。明日重携残酒，来寻陌上花钿。”上笑曰：“此词甚好，但末句未免儒酸。”因为改定云“明日重扶残醉”则迥不同矣。即日命解褐云。②

而据宋陈振孙《直斋书录解题》卷二十著录：

《醒庵遗珠集》十卷，临川俞国宝撰，淳熙前人。③

可知俞国宝还曾经撰有文集《醒庵遗珠集》十卷，对于俞国宝的词作，况周颐《蕙风词话》卷二评价说“此则屡经记载，稍涉倚声者知之。其实……俞第流美而已。……顾当时盛传，以其句丽可喜，又谐适便口

① 程毅中辑注：《宋元小说家话本集》，齐鲁书社2000年版，第749—750页。

② （宋）周密撰，傅林祥注：《武林旧事》卷三，山东友谊出版社2001年版，第46页。

③ （宋）陈振孙撰，徐小蛮、顾美华点校：《直斋书录解题》卷二十，上海古籍出版社1987年版，第607页。

诵，故称述者多。”①

的确如况周颐所说，这个故事应该在当时十分出名，广为传播，因此到元代，著名文学家虞集为此故事专门题写有诗歌。元代著名文学家虞集撰《道园学古录》卷四：

> 绍兴间，临安士人有赋曲：（词略）思陵见而喜之，恨其后迭第五句“重携残酒”酸寒改曰：“重扶残醉”因欧阳原功言及此，与陈众仲寻腔度之歌之一再，董北宇求书其事，因书之并系以此诗。
>
> 重扶残醉西湖上，不见春风见画船。头白故人无在者，断堤杨柳舞青烟。②

可见在元代士大夫中不仅此事传播广泛，而且引发了士大夫“寻腔度之歌之一再”。而明代著名文学家王世贞撰《弇州四部稿》卷一百五十二也记载并且评论了此事件：

> 高宗在德寿宫，游聚景园，偶步入一酒肆，见素屏有俞国宝书《风入松》一词，嗟赏之。诵至“明日重携残酒，来寻陌上花钿”曰“未免酸气”，改：“明日重扶残醉”。仍即日予释褐，此词之遇者也。耆卿词毋论触讳，中间不能一语形容老人星，自是不佳。“重扶残醉”胜初语数倍，乃见二主具眼。③

元、明两朝著名文学家仍然在讨论、传播此事此词，可见其流传久远，影响广泛。

城市中的酒楼、茶肆，在宋代的发展、繁荣，并且逐渐成为公共舆论与公共空间，也为士子提供了政治机遇和命运的转机。上述话本小说中，士子巧遇皇帝的空间场所，丰乐楼是两宋都城最著名的酒楼，都市的标志

---

① 况周颐：《蕙风词话》卷二，人民文学出版社1960年版，第43页。

② （元）虞集撰：《道园学古录》卷四，四部丛刊本。

③ （明）王世贞撰：《弇州四部稿》卷一百五十二，台北伟文图书出版社有限公司1976年版，第6931页。

性建筑。①

这两个发生在都市空间中的故事，既反映了士子的心态，同时也参与了国家意识形态话语的建构与再生产。宋代王林的笔记小说《燕翼诒谋录》卷一中云：

> 唐末，进士不第，如王仙芝辈唱乱，而敬翔、李振之徒，皆进士之不得志者也。盖四海九州岛之广，而岁上第者仅一二十人，苟非才学超出伦辈，必自绝意于功名之涂，无复顾藉。故圣朝广开科举之门，俾人人皆有觊觎之心，不忍自弃于盗贼奸宄。开宝二年三月壬寅朔，诏礼部阅贡士十五举以上曾经终场者，具名以闻。庚戌，诏曰："贡士司马浦等一百六人，困顿风尘，潦倒场屋，学固不讲，业亦难专，非有特恩，终成遐弃，宜各赐本科出身。"此特奏所由始也。自是士之潦倒不第者，皆觊觎一官，老死不止。……英雄豪杰皆汩没消靡其中而不自觉，故乱不起于中国，而起于夷狄，岂非得御天下之要术欤。②

这段重要记载，反映的是宋代对于那些英雄豪杰因为进士之不得志，而可能犯上作乱的防御性制度措施。而《俞仲举题诗遇上皇》《赵伯升茶肆遇仁宗》这些小说，真实地反映处于科举考试激烈竞争中的士子，在都城这一既是科举考试空间——决定着自己的命运的场所，又是天子的政治空间中，幻想通过偶然、机缘和命运来获得命运转机的心态。而与此同时，小说又不自觉地参与了与国家意识形态的共谋关系之中。再生产和参与建构了维护这一权利的社会稳定的国家意识形态。③

---

① 参孟元老《东京梦华录》卷二《酒楼》，上海古典文学出版社1956年版，第15页。周密《武林旧事》卷六《酒楼》，上海古典文学出版社1956年版，第441页。

② （宋）王林：《燕翼诒谋录》卷一，中华书局1981年版，第1页。

③ 孙逊、刘方：《中国古代小说中的城市书写及其现代阐释》，《中国社会科学》2007年第5期，第168页。

第三节 吴文英丰乐楼题壁词与南宋临安都市文化

在《俞仲举题诗遇上皇》《赵伯升茶肆遇仁宗》这些话本中，都涉及一个重要的故事情节，即故事主人公在公共空间的酒楼、茶肆中题壁创作。形成题壁文学。题壁作为一种特殊的媒介载体，具有媒介传播的功能与效果。对于唐宋时期题壁文学的研究，近年已经有不少文章，而对于题壁文学的传播功能，王兆鹏更形象地称为宋代的“互联网”。①

的确如研究者所指出：

> 在传统社会中，酒肆一向都是信息的聚散之地，来自各方的新闻或传言往往都汇集到这里，然后再由此扩散开去。于是，意在传播的文人士子便自然把酒肆墙壁作为题写诗词的首选之处。酒店也利用题壁这一社会现象招徕顾客，包装铺面，塑造文化形象，营造商业氛围，最终实现扩大经营的目的。②

作为南宋临安标志性建筑的酒楼丰乐楼，自然具备了最佳的信息的聚散之地的特征，同时也具有公共空间的功能。据《咸淳临安志》云：

> 丰乐楼在丰豫门外，旧名耸翠楼。据西湖之会，千峰连环，一碧万顷，柳汀花坞，历历槛栏。而游桡画艋，棹歌堤唱，往往会合于楼下，为游览最。顾以官酤喧杂，楼亦卑小，弗与景称。淳祐九年赵安抚节斋始撤新之，瑰丽宏特，高切云汉，遂为西湖之壮。其旁花径曲折，亭榭参差，与兹楼映带，搢绅多聚拜于此。③

因此，丰乐楼题壁作品自然不可缺少，宋周密撰《武林旧事》卷五《湖山胜概》中记载：

---

① 王兆鹏：《宋代的“互联网”——从题壁诗词看宋代题壁传播的特点》，《文学遗产》2010年第1期。

② 谭新红：《宋词传播方式研究》，武汉大学出版社2010年版，第88页。

③ （宋）潜说友：《咸淳临安志》卷三十二，四库全书本。

丰乐楼：旧为众乐亭，又改耸翠楼，政和中改今名。淳祐间，赵京尹与筹重建，宏丽为湖山冠。又甃月池，立秋千梭门，植花木，构数亭，春时游人繁盛。旧为酒肆，后以学馆致争，但为朝绅同年会拜乡会之地。林晖、施北山皆有赋，赵忠定《柳梢青》云："水月光中，烟霞影里，涌出楼台，空外笙箫，云间笑语，人在蓬莱。天香暗逐风回，正十里，荷花盛开。买个小舟，山南游遍，山北归来。"吴梦窗尝大书所赋《莺啼序》于壁，一时为人传诵。①

吴梦窗即吴文英，字君特，南宋著名词人，梦窗是吴文英的别号，南宋后期最精通音律的词人，除了姜夔，恐怕要数他了。《莺啼序》词末题有"淳祐十一年二月甲子，四明吴文英君特书"。淳祐十一年（1251，时词人五十二岁）初春，吴文英在丰乐楼题壁上写下了《莺啼序》一词。临安士林传诵。吴文英撰《莺啼序》有题目和注："丰乐楼，节斋新建此楼，梦窗淳熙十一年二月甲子作是词，大书于壁，望幸焉。"② 其词云：

天吴驾云阆海，凝春空灿绮。倒银海、蘸影西城，西碧天镜无际。彩翼曳、扶摇宛转，雩龙降尾交新霁。近玉虚高处，天风笑语吹坠。

清濯缁尘，快展旷眼，傍危阑醉倚。面屏障、一一莺花。薜萝浮动金翠。惯朝昏、晴光雨色，燕泥动、红香流水。步新梯，藐视年华，顿非尘世。

麟翁衮舄，领客登临，座有诵鱼美。翁笑起、离席而语，敢诧京兆，以役为功，落成奇事。明良庆会，赓歌熙载，隆都观国多闲暇，遣丹青、雅饰繁华地。平瞻太极，天街润纳璇题，露床夜沆秋纬。

清风观阙，丽日罘罳，正午长漏迟。为洗尽、脂痕茸唾，净卷麹尘，永昼低垂，绣帘十二。高轩驷马，峨冠鸣佩，班回花底修禊饮，

---

① （宋）周密撰，傅林祥注：《武林旧事》卷五，山东友谊出版社 2001 年版，第 80 页。

② （宋）吴文英著，郑文焯批校：《郑文焯手批梦窗词》，台北"中研院"文哲研究所筹备处编印，1996 年版。第 103 页。毛本有注："节斋新建此楼，梦窗淳熙十一年二月甲子作是词，大书于壁，望幸焉。"淳熙为淳祐之误。

御炉香、分惹朝衣袂。碧桃数点飞花，涌出宫沟，溯春万里。①

《莺啼序》词牌，始见于《梦窗词集》，为吴文英所创，系词中最长的词牌。全词二百四十字，分四阕，每阕各四仄韵。这个词牌，后来又叫《丰乐楼》。可见吴文英丰乐楼题壁的影响力。

吴文英在丰乐楼墙上题词，据说是有“望幸”之意，也就是希望皇帝见了，能够获得赏识，给他个官做。大概是俞国宝的成功事例影响很大，让吴文英这一类失意文人，多少产生了一些侥幸心理。而当时绍兴知府吴潜刚回到京城临安，当年就升为参知政事，又拜右丞相兼枢密使。吴文英在吴潜幕中，也跟着回临安。② 吴潜在绍兴，吴文英就入幕。吴文英有 4 首赠吴潜的词作，而吴潜集中也保存有和吴文英的 3 首词作，说明两人关系比较密切。而吴文英的丰乐楼题壁词又是为临安知府新修丰乐楼而题写，词中带颂意，是一首比较特殊的应酬词作。③ 有了俞国宝的先例，有了与吴潜的关系，借助于为皇室成员、临安知府在公共空间歌功颂德的机遇，有“望幸”之意，作为长期沉沦下僚而负有才华的士子，也是十分合理的想法。

先看此词在内容上的表达。④

“天吴”，海神名。《山海经·海外东经》说：“朝阳之谷，神曰天吴，是为水伯。”

“天吴”，《海外东经》说其形象是“八首人面、八足八尾，背青黄”，《大荒西经》说它是“八首人面，虎身十尾”。阆字，意为空旷。《庄子·外物》：“胞有重阆，心有天游。”宋林希逸撰《庄子口义》解释说：

---

① （宋）吴文英著，郑文焯批校：《郑文焯手批梦窗词》，台北“中研院”文哲研究所筹备处编印 1996 年版。第 103 页。（宋）吴文英著，吴蓓校笺：《梦窗词汇校笺释集评》，浙江古籍出版社 2007 年版，第 468 页。

② 夏承焘：《唐宋词人年谱》（修订版），上海古典文学出版社 1955 年版，第 475—477 页。

③ 钱鸿瑛：《梦窗词研究》，上海古籍出版社 2005 年版，第 28—33、89—90 页。

④ 按，以下对于吴文英词的文本分析，参考了吴蓓《梦窗词汇校笺释集评》，第 470 页；钱鸿瑛《梦窗词研究》，第 89—91 页；周汝昌等《唐宋词鉴赏辞典》（南宋·辽·金卷），上海辞书出版社 1988 年版，第 2481 页；杨铁夫笺释，陈邦炎、张奇慧校点《吴梦窗词笺释》，广东人民出版社 1992 年版，第 188 页。

胞，脬膜也。人身皮肉之内，有一重膜，包络此身。重阆者，空旷也。人身之内如此空旷，而心君主之，以天理自乐，则谓之天游。①

“阆海”，言茫茫大海也。起首数句，多人以为写丰乐楼之高耸。笔者则赞同钱鸿瑛《梦窗词研究》中的说法，是从丰乐楼的外景所在的西湖写起。② 吴文英开篇即以神话传说入词，展开想象，水神从海中腾云驾雾而升入高空。“凝春空灿绮”一句，诸研究者均无注释，而此句恰恰是与上句衔接，“春”字点出节令，题壁的时间是“二月甲子”，正是早春季节。而“灿绮”正是从“天吴”，《海外东经》说其形象是“八首人面、八足八尾，背青黄”的形态、色彩幻化而来。

“倒银海”两句，唐李贺撰《昌谷集》卷一《浩歌》有：“南风吹山作平地，帝遣天吴移海水。”吴文英词句或者正是从李贺诗句而来。想象西湖由“帝遣天吴移海水”而成，而西湖碧波万顷，如天镜一般，将临安西城景色均形成倒影。“倒银海、蘸影西城，西碧天镜无际。”言高耸入云的“丰乐楼”，在旭日照映下，更显灿烂夺目，它的身影不但倒映在湖中，而且一直可遮掩到临安的西城中。从楼中远眺，湖水茫茫，天水一色，尽收眼底。

林畔德撰赋《丰乐楼》所谓“十里掌平，丰乐楼兮，波头截横，诚一时之佳致。……西湖之上，踞虎盘龙横霓架虹。平地耸蓬莱之岛，飞仙移紫府之宫，萦绿杨于南北，迷芳草于西东。幸太平之日久，宜行乐以民同。碧天连水水连天，鱼在琉璃影里。画阁映山山映阁，雁横锦障图中”，正是与吴文英词句相互印证，交相辉映，均突出了丰乐楼的独特景观特征。

由天镜中的倒影，仿佛海市蜃楼，而由丰乐楼的水中倒影，而进一步写丰乐楼的华丽与高耸。

“雩”，本义为古代为求雨而举行的祭祀。《说文》：“雩，夏祭乐于赤帝，以祈甘雨也。”《周礼·司巫》：“则帅巫而舞雩。”《公羊传·桓公五年》：“大雩者何，旱祭也。”注：“使童男女各八人舞而呼雨，故谓之

① （宋）林希逸：《庄子口义》卷八，《外物》第二十四，四库全书本。

② 钱鸿瑛：《梦窗词研究》，上海古籍出版社 2005 年版，第 28—33 页，第 89—90 页。

雩。”“彩翼曳、扶摇宛转，雩龙降尾交新霁。”这几句，笔者以为几种注释均没有能够落到实处。吴文英此处是虚虚实实，虚实相生。虚写是延续神话的想象，从水神联想到腾龙，实写是丰乐楼的彩楼欢门（详细情形形制，见本章首节）重檐叠瓦，色彩斑斓，所谓“彩翼曳”，扶摇直插云霄而与天际降尾之龙，上下相交，难分彼此，交相辉映而为彩虹。所谓“雩龙降尾交新霁”。

“近玉虚高处，天风笑语吹坠”句，极力夸赞丰乐楼建造得高耸入云，如近天上仙境。“天风笑语”均未有注释出处。而此语的出处，在北宋著名诗僧惠洪觉范所撰《石门文字禅》中的诗句“天风吹笑语”。大概惠洪对于自己的这句诗歌十分满意，因此在他的文集中，有四首诗歌中都完整使用了诗句“天风吹笑语”。《石门文字禅》卷四《同敦素沈宗师登钟山酌一人泉》“天风吹笑语，响落千岩间”，《次韵天锡提举》“天风吹笑语，响落千岩静”与前面一诗几乎完全相同，仅仅是为了押韵，而将间改为静。《石门文字禅》卷五《予顷还自海外夏均父以襄阳别业见要使居之后六年均父谪祁阳酒官余自长沙往谢之夜语感而作》的结句“诗成倚峿台，天风吹笑语”，《同游云盖分题得云字》“天风吹笑语，乞与人间闻”。①

“近玉虚”两句，化用惠洪诗句，夸饰丰乐楼之高，几近玉虚天宫，因此丰乐楼中的人，能够有幸听到天风吹下来的仙人笑语。第一阕从丰乐楼所处西湖起笔，极写丰乐楼的景观之奇丽与丰乐楼之高迈。

“清濯缁尘，快展旷眼，傍危阑醉倚。”“清濯”三句倒装。言词人醉眼朦胧斜依在楼中栏干上，被清新的“天风”，碧波万顷的湖水吹洗去一身俗尘，顿觉心旷神怡，眼为之明，眺望楼外的湖光山色。宋黄庭坚撰《山谷外集》卷十二《次韵子真会灵源庙下池亭》：“系马着堤柳，置酒临魏城。人贤心故乐，地旷眼为明。”

“面屏障”句，写丰乐楼上所见风光。从高楼眺望湖光山色，远山好像一面面绘着山水画的屏风。

“一一莺花”，宋郭知达编《九家集注杜诗》卷二十四《陪李梓州王阆州苏遂州李果州四使君登惠义寺》：“春日无人境，虚空不住天。莺花

---

① （宋）释惠洪著，［日本］释廓门贯彻注，张伯伟、郭醒、童岭、卞东波校点：《注石门文字禅》，中华书局2012年版，第235、292、341、381页。而对于此“天风吹笑语”句均无注。

随世界，楼阁寄山巅。”而吴文英《念奴娇》（赋德明县圃明秀亭）：“思生晚眺，岸乌纱平步，春云层绿。罨画屏风开四面，各样莺花结束。”①“罨画屏风开四面，各样莺花结束”正是与“面屏障、一一莺花”意思相近。

“薜萝浮动金翠”，“薜萝”，《楚辞·九歌·山鬼》：“若有人兮山之阿，被薜荔兮带女萝。”注：“山鬼奄息无形，故衣之以为饰。”唐白居易撰《白氏长庆集》卷二十三《九日思杭州旧游寄周判官及诸客》：“忽忆郡南山顶上，昔时同醉是今辰。笙歌委曲声延耳，金翠动摇光照身。”金翠，翠绿之色。晋陆机《百年歌》之五：“罗衣綷粲金翠华，言笑雅舞相经过。”也指黄金和翠玉制成的饰物。曹植《洛神赋》：“戴金翠之首饰，缀明珠以耀躯。”梦窗此句应该是写春日游览湖光山色的仕女，金翠指代佩戴华美饰物的女性。宋吴自牧撰《梦粱录》卷一《八日祠山圣诞》记载：

> （二月）初八日，西湖画舫尽开，苏堤游人，来往如蚁。其日，龙舟六只，戏于湖中。其舟俱装十太尉、七圣、二郎神、神鬼、快行、锦体浪子、黄胖，杂以鲜色旗伞、花篮、闹竿、鼓吹之类。其余皆簪大花、卷脚帽子、红绿戏衫，执棹行舟，戏游波中。帅守出城，往一清堂弹压。其龙舟俱呈参州府，令立标竿于湖中，挂其锦彩、银碗、官楮，犒龙舟，快捷者赏之。有一小节级，披黄衫，顶青巾，带大花，插孔雀尾，乘小舟抵湖堂，横节杖，声诺，取指挥，次以舟回，朝诸龙以小彩旗招之，诸舟俱鸣锣击鼓，分两势划棹旋转，而远远排列成行，再以小彩旗引之，龙舟并进者二，又以旗招之，其龙舟远列成行，而先进者得捷取标赏，声喏而退，余者以钱酒支犒也。湖山游人，至暮不绝。大抵杭州胜景，全在西湖，他郡无此，更兼仲春景色明媚，花事方殷，正是公子王孙，五陵年少，赏心乐事之时，讵宜虚度？至如贫者，亦解质借兑，带妻挟子，竟日嬉游，不醉不归。此邦风俗，从古而然，至今亦不改也。②

---

① 杨铁夫笺释，陈邦炎、张奇慧校点：《吴梦窗词笺释》，广东人民出版社1992年版。第164页。

② （宋）吴自牧撰，傅林祥注：《梦粱录》，山东友谊出版社2001年版，第14—15页。

按：吴自牧所述正是吴文英撰写此词之时的西湖风物，恰恰可以与吴文英词相互印证。而吴文英词中“雩龙降尾交新霁”的想象与构思，或许也有从西湖龙舟竞技中生发出来的因素。

“惯朝昏”两句，言丰乐楼的客人们已经习惯了观赏朝昏、晴雨不同时间，不同气候的楼外西湖“水光潋滟，山色空蒙”的晴雨美景；也看惯了春燕含泥、流水载红的都市风情。“步新梯”句，言词人登上修缮一新的丰乐楼，俯瞰滚滚尘世，顿生远离尘嚣的感觉。第二阕如杨铁夫所谓全从“快展旷眼”句生出来。集中叙述登楼观景所见。宋代周密《武林旧事》卷三西湖游幸（都人游赏）中这样描述当日游赏盛况：

> 西湖天下景，朝昏晴雨，四序总宜。杭人亦无时而不游，而春游特盛焉。承平时，头船如大绿、间绿、十样锦、百花、宝胜、明玉之类，何翅百余。其次则不计其数，皆华丽雅靓，夸奇竞好。而都人凡缔姻、赛社、会亲、送葬、经会、献神、仕宦、恩赏之经营、禁省台府之嘱托，贵珰要地，大贾豪民，买笑千金，呼卢百万，以至痴儿呆子，密约幽期，无不在焉。日糜金钱，靡有纪极。故杭谚有“销金锅儿”之号，此语不为过也。都城自过收灯，贵游巨室，皆争先出郊，谓之“探春”，至禁烟为最盛。龙舟十余，彩旗叠鼓，交午曼衍，粲如织锦。①

周密的记述与梦窗的词句正是可以相互印证。

“麟翁”三句，写作为重修丰乐楼的主持人临安知府楼中设宴待客。“麟翁”，指赵节斋，因赵为宗室，而龙麟是皇室象征，故“麟翁”是词人对主人的尊称。“衮舄”，即衮服、朝靴。“鱼美”，即鱼羹美。鱼羹系江浙特色菜，如张翰“见秋风起，乃思吴中菰菜、莼羹、鲈鱼脍”，而宋嫂鱼羹是南宋时的一道名菜。据（宋）周密著《武林旧事》记载：淳熙六年（1171），宋高宗赵构登御舟闲游西湖，命内侍买湖中龟鱼放生，宣唤中有一卖鱼羹的妇人叫宋五嫂，自称是东京（今开封）人，随驾到此，在西湖边以卖鱼羹为生。高宗吃了她做的鱼羹，十分赞赏，并念其年老，赐予金银绢匹。从此，声誉鹊起，富家巨室争相购食，宋嫂鱼羹也就成了

① （宋）周密著，傅林祥注：《武林旧事》，山东友谊出版社 2001 年版，第 46—47 页。

驰誉京城的名肴。丰乐楼地近西湖，有近水楼台之便。此处应是泛指宴中菜肴鲜美爽口，受到众口赞颂。不唯有湖光山色的佳景，而且有令人赞不绝口的美食。

宋吴自牧撰《梦粱录》卷十二《西湖》条记述：

> 杭城之西，有湖曰西湖，旧名钱塘。湖周围三十余里，自古迄今，号为绝景……丰豫门，外有酒楼，名丰乐，旧名耸翠楼，据西湖之会，千峰连环，一碧万顷，柳汀花坞，历历栏槛间，而游桡画舫，棹讴堤唱，往往会于楼下，为游览最。顾以官酤喧杂，楼亦临水，弗与景称。淳祐年，帅臣赵节斋再撤新创，瑰丽宏特，高接云霄，为湖山壮观，花木亭榭，映带参错，气象尤奇。缙绅士人，乡饮团拜，多集于此。①

“翁笑起”四句，言主人离席而起，笑而致辞。谦称自己重修想不到惊动了京城中人，云云，是词人拟主人口吻。“明良”二句，词人颂扬之辞。用《尚书》典故，②“隆都观国多闲暇”，化用班固《西都赋》“隆上都而观万国”，称颂当下。“遣丹青、雅饰繁华地。”则记叙丰乐楼重修之后的华丽装饰。

“平瞻太极，天街润纳璇题，露床夜沈秋纬。”此三句语义不明，特别是“露床夜沈秋纬”殊难解释畅达。璇题亦作“琁题”。玉饰的椽头。《文选·扬雄》：“珍台闲馆，琁题玉英。”李善注引应劭曰：“题，头也。榱椽之头，皆以玉饰，言其英华相燭也。”唐白居易《劝酒》诗：“东邻起楼高百尺，璇题照日光相射。”露床，指铺设竹席的凉床。《史记·滑稽列传》：“楚庄王之时，有所爱马，衣以文绣，置之华屋之下，席以露床，啖以枣脯。马病肥死。”唐白居易《时热少客因咏所怀》：“露床青篾簟，风架白蕉衣。”杨铁夫引用许敬宗《奉和秋日即目应制》中：“无机络秋纬，如管奏寒蝉。”为秋纬做注。而吴蓓则大概感到仍然难以解释通畅，于是曲为之解为“秋纬比喻寒士”。并且进一步解释说：“座中嘉宾，

① （宋）吴自牧撰，傅林祥注：《梦粱录》，山东友谊出版社2001年版，第155—159页。

② 杨铁夫笺释，陈邦炎、张奇慧校点：《吴梦窗词笺释》，广东人民出版社1992年版，第190页。吴蓓：《梦窗词汇校笺释集评》，浙江古籍出版社2007年版，第472页。

既有如‘京兆’之璇题，亦有如梦窗之秋纬。”① 但是这两种解释在词中语境，似乎都难以解释通畅。杨铁夫的引用，显然不合时宜。因为吴文英此词写于早春，又是为地方官员歌功颂德，前面又完全是十分典雅的歌功颂德的典故和语汇。何以突然接入描绘秋天凄凉境况的词句？而吴蓓的解释，则太过迂曲，缺乏凭依。所谓秋纬，即秋天的络纬，实际上就是俗谓之纺绩娘的昆虫。清代王琦撰《李太白集注》卷三《长相思》：

长相思，在长安。络纬秋啼金井阑，微霜凄凄簟色寒。

注：吴均诗：“络纬井边啼。”《古今注》：莎鸡，一名促织，一名络纬，一名蟋蟀。促织谓其鸣声如急织，络纬谓其鸣声如纺绩也。按今之所谓络纬，似蚱蜢而大，翅作声，绝类纺绩。秋夜露凉风冷，鸣尤凄紧，俗谓之纺绩娘，非蟋蟀也。或古今称谓不同欤。②

笔者认为“露床夜沈秋纬”是与上句“天街润纳璇题”对举，上句写春天都城雨景，下句描绘秋夜视听。仍然是上承“惯朝昏、晴光雨色”从早晚、晴雨的丰乐楼风光，进一步写到春秋四季的丰乐楼景观。从而引起下阕。

太极，杨铁夫无注，吴蓓引《易传》：“易有太极，是生两仪。两仪生四象，四象生八卦。”似乎没有能够解释明白吴文英此句此处确切含义。按，《易·系辞传》：“古者伏羲氏之王天下也，仰则观象于天，俯则观法于地，观鸟兽之文与地之宜，近取诸身，远取诸物，于是始作八卦。”所谓“平瞻太极”，正是因为丰乐楼之高耸入云，因此可以俯仰天地。也因而引出下两句“天街润纳璇题，露床夜沈秋纬”作为观察的结果。从而也使对于丰乐楼空间景观的描绘，从目前的短暂时刻，向纵深推演到春秋乃至于宇宙洪荒。从而也将前面“明良庆会，赓歌熙载，隆都观国多闲暇，遣丹青、雅饰繁华地”。数句的对于眼前歌功颂德，十分高明而委婉地拉长了时距。

“清风”三句，吴蓓认为是写丰乐楼白天清闲景象，钱鸿瑛认为是进

① 杨铁夫笺释，陈邦炎、张奇慧校点：《吴梦窗词笺释》，广东人民出版社 1992 年版，第 190 页。吴蓓：《梦窗词汇校笺释集评》，浙江古籍出版社 2007 年版，第 473 页。

② （清）王琦撰：《李太白集注》卷三，中华书局 1977 年版，第 193—194 页。

一步写宫中。笔者以为都过于质实，应该是泛写都城特别是西湖畔高楼林立、繁华壮丽的都市景观，是从丰乐楼高处俯瞰全景。宋吴自牧《梦粱录》卷十九《园囿》对于西湖旁边皇家和私家著名园囿有详细介绍："杭州苑圃俯瞰西湖，高挹两峰，亭馆台榭，藏歌贮舞，四时之景不同而乐亦无穷矣。"

"为洗尽"四句，倒装句式。"脂痕茸唾"本李后主《一斛珠》"烂嚼红茸，笑向檀郎唾"句意。吴蓓解释为"以美人印渍喻宴饮残迹。"（473 页）笔者以为不过是写实。因为不仅《梦粱录》、《武林旧事》均记载有临安的酒楼有大量为顾客服务的女性，望之若神仙。（详本章第一节）而且宋代还有官妓制度，[①] 在官宴上歌妓为客人歌唱乃至于即席歌唱文人新填词作是平常事情，吴文英不过是对于当时宴饮结束场景的实写而已。

"净卷麹尘"，麹尘亦作"曲尘"。酒曲上所生菌。因色淡黄如尘，亦用以指淡黄色。唐谷神子《博异志·阎敬立》："须臾吐昨夜所食，皆作朽烂气，如黄衣曲尘之色，斯乃榇中送亡人之食也。"此句是实写宴饮残迹。

"永昼"意近"正午长漏迟"，显得有些重复费词。"低垂绣帘十二"，《御定佩文韵府》卷二十九之一中罗列两诗：

> 十二帘。徐积《富贵篇》："十二帘卷珠荧煌，双姬扶起坐牙床。"王逢《无家燕》诗："岂不怀故栖，烽暗黄鹤楼。楼有十二帘，一一谁见收。"[②]

杨铁夫注引王逢《无家燕》诗，吴蓓两诗俱引。但是都仅限于出现十二帘的诗句。其实徐积富贵篇中在出现十二帘的上下诗句，完整阅读，更可以看出与吴文英词句的内在关系。

宋徐积撰《节孝集》卷四《富贵篇答李令》：

---

① 李剑亮：《唐宋词与唐宋歌妓制度》，杭州大学出版社 1999 年版。沈松勤：《唐宋词社会文化学研究》，杭州大学出版社 2000 年版。

② 《御定佩文韵府》卷二十九之一，四库全书本。

> 对开大第连几坊，私门列戟森锋铓。十二帘卷珠荧煌，双姬扶起坐牙床。绿鬟红袖花成行，左盼右顾生春阳。[1]

徐积诗句中对于北宋都城之中富贵人家豪奢生活与豪华建筑的描绘，几乎与吴文英词中的“清风观阙，丽日罘罳，正午长漏迟。为洗尽、脂痕茸唾，净卷麴尘，永昼低垂，绣帘十二”描绘相一致。

“高轩驷马，峨冠鸣佩，班回花底修禊饮，御炉香、分惹朝衣袂。”“高轩”诸句，官员就峨冠博带、驷马高车去上朝，朝服被御香所熏。化用贾至“衣冠身惹御炉香”。罢朝后去参加祭祀禊饮活动，因此仍然身穿被御香所熏的朝服。杨铁夫认为根据这些词句“观此，知此次宴集是上巳时”，（190 页）吴蓓认为是写“朝班结束后朝绅赴丰乐楼聚会的场面”。(473 页)

但据毛本注：“节斋新建此楼，梦窗淳熙十一年二月甲子作是词”，则杨铁夫“观此，知此次宴集是上巳时”的说法显然有问题。上巳祓禊、修禊，显然是在宴集之后数日才会发生。而吴蓓的解释则“班回花底修禊饮”一句没有着落，无法解释。合理的推测，此数句应该是吴文英凭栏想象之词。丰乐楼地处西湖之畔，则湖畔的修禊活动自然能够在丰乐楼上观看到。此处是吴文英想象数日之后，上巳时今天参与聚会的政府官员，又会在朝班结束后聚会在湖畔从事修禊活动。上巳曲水流觞，是文人临水宴饮、吟诗做赋的节日，历史上最著名的自然是王羲之等人的兰亭之会。此处吴文英或者暗含将丰乐楼聚会与兰亭之会类比的意思。《梦粱录》卷二三月（佑圣真君诞辰附）：

> 三月三日上巳之辰，曲水流觞故事，起于晋时。唐朝赐宴曲江，倾都禊饮踏青，亦是此意。右军王羲之《兰亭序》云：“暮春之初，修禊事。”杜甫《丽人行》云：“三月三日天气新，长安水边多丽人。”形容此景，至今令人爱慕。兼之此日正遇北极佑圣真君圣诞之日，佑圣观侍奉香火，其观系属御前去处，内侍提举观中事务，当日降赐御香，修崇醮录，午时朝贺，排列威仪，奏天乐于墀下，羽流整肃，谨朝谒于陛前，吟咏洞章陈礼。士庶烧香，纷集殿庭。诸宫道

---

① （宋）徐积：《节孝集》卷四，四库全书本。

宇，俱设醮事，上祈国泰，下保民安。诸军寨及殿司衙奉侍香火者，皆安排社会，结缚台阁，迎列于道，观睹者纷纷。贵家士庶，亦设醮祈恩。贫者酌水献花。杭城事圣之虔，他郡所无也。①

按：吴文英词中描绘的“班回花底修禊饮，御炉香、分惹朝衣袂”，大概正是同日中曲水流觞和佑圣观侍奉香火二事，修禊饮写曲水流觞，“御炉香、分惹朝衣袂”与“当日降赐御香，修崇醮录，午时朝贺，排列威仪，奏天乐于墀下，羽流整肃，谨朝谒于陛前，吟咏洞章陈礼。士庶烧香，纷集殿庭”相合。

而古代的“节日”却首先意味着参与到特定的公共活动之中，意味着进入超出私人生活的公共维度，意味着一种共同时间。在节日中，人们有着与日常生活中完全不同的时间经验。埃利亚德在《神圣与世俗》中就指出了节日时间和日常时间的不同，并区分了世俗时间与神圣时间，后者正是在节日中来临的。② 虽然他的论述主要是从宗教性的角度，特别是从某些特定的宗教经验方面展开，并不能完全适用于中国的节日。但是埃利亚德的理论为我们重新思考和认识节日时间提供了新的视角。而且，中国的节日同样往往具有宗教的起源与背景。修禊、醮录等也同样具有宗教意义。

“碧桃数点飞花，涌出宫沟，溯春万里。”这三句，以春色作结，实写眼前，并呼应开篇“凝春”。杨铁夫、吴蓓均无注典故出处，杨铁夫认为即上文“隆都观国多闲暇，遣丹青、雅饰繁华地”之语，是吴文英望幸之语。吴蓓解释为“显达会饮丰乐楼之象征”。笔者以为均未能确解。《艺文类聚》卷八十六《尹喜内传》曰：“老子西游，省太真王母，共食碧桃紫梨。”而秦观《虞美人》词云：

碧桃天上栽和露，不是凡花数。乱山深处水萦回，可惜一枝如画为谁开？轻寒细雨情何限！不道春难管。为君沉醉又何妨，只怕酒醒时候断人肠。③

---

① （宋）吴自牧撰，傅林祥注：《梦粱录》卷二，山东友谊出版社2001年版，第16页。

② ［罗马尼亚］埃利亚德：《神圣与世俗》，王建光译，华夏出版社2002年版，第43页。

③ （宋）秦观撰，徐培均校注：《淮海居士长短句》，上海古籍出版社1985年版，第132页。

关于秦观《虞美人》词的本事，《绿窗新话》卷上记载：

秦少游寓京师，有贵官延饮，出宠妓碧桃侑觞，劝酒惓惓。少游领其意，复举觞劝碧桃。贵官云："碧桃素不善饮。"意不欲少游强之。碧桃曰："今日为学士拼了一醉！"引巨觞长饮。少游即席赠《虞美人》词曰（略）。合座悉恨。贵官云："今后永不令此姬出来！"满座大笑。①

首句化用晚唐诗人高蟾《下第后上永崇高侍郎》"天上碧桃和露种"句，元辛文房撰《唐才子传》卷九记载：

高蟾，河朔间人。乾符三年孔缄榜及第。与郑郎中谷为友，酬赠称高先辈。初累举不上，题省墙间曰："冰柱数条搘白日，天门几扇锁明时。阳春发处无根蒂，凭仗东风次第吹。"怨而切。是年人论不公。又《下第上马侍郎》云："天上碧桃和露种，日边红杏倚云栽。芙蓉生在秋江上，莫向春风怨未开。"意亦凄楚（一作"直指"），马怜之。又有"颜色如花命如叶"之句，自况时运蹇窒。马因力荐，明年李昭知贡举，遂擢桂。官至御史中丞。蟾本寒士，皇皇于一名，十年始就。性倜傥离群，稍尚气节，人与千金，无故，即身死亦不受。其胸次磊块，诗酒能为消破耳。诗体则气势雄伟，态度谐远，如狂风猛雨之来，物物竦动，深造理窟，亦一奇逢掖也。②

吴文英"碧桃"句所化用典故，应该以此为最切。不仅与"又下第"而做"天上碧桃和露种，日边红杏倚云栽"，而且其结局"马怜之，……马因力荐。明年李昭知贡举，遂擢桂。官至御史中丞"。不正是吴文英望幸的理想结局吗？而且吴文英在二月题壁，而想象在丰乐楼上观赏三月西湖风光，潜意识中，应该还有一层深意，《梦粱录》卷二《诸州府得解士人赴省闱》：

---

① （宋）皇都风月主人编：《绿窗新话》卷上，古典文学出版社，1957 年版。

② （元）辛文房撰，傅璇琮主编：《唐才子传校笺》卷九，第 4 册，中华书局 1990 年版，第 61—67 页。

三月上旬，朝廷差知贡举、监试、主文考试等官，并差监大中门官诸司、弥封、誊录等官，就观桥贡院，放诸州府郡得解士人，并三学舍生得解生员，诸路运司得解士人，有官人及武举得解者，尽赴院排日引试，及诸州郡诸路寓试试得待补士人，并排日引试。国子监牒试中解者，并行引试。①

又，《梦粱录》卷二《荫补未仕官人赴铨》：

每岁三月上旬，应文武官荫授子弟、宗子荫补者，并赴铨闱就试出官。朝廷差监试、主文、考试等官，就礼部贡院放试。②

而根据前引周密《武林旧事》中的记载，丰乐楼恰恰又是“为朝绅拜乡会之地”。而前引吴自牧撰《梦粱录》也谈到丰乐楼是“缙绅士人，乡饮团拜，多集于此。”朝绅，朝廷大臣。宋周密《齐东野语·洪君畴》：“宦寺肆横，簸弄天纲，外阃朝绅，多出门下。”③ 乡会，旧时在京同乡官吏及文人的集会。宋赵升《朝野类要·馀记》：“诸处士、大夫同乡曲并同路者，共在朝及在三学，相聚作会曰乡会。若同榜及第聚会，则曰同年会。”④ 吴文英望幸之语。于此才算真正落到实处。

“涌出宫沟”当化用红叶题诗的典故。而红叶题诗又有不同的传说版本。唐范摅撰《云溪友议》卷十《题红怨》：

明皇代，以杨妃、虢国宠盛，宫娥皆颇衰悴，不备掖庭。常书落叶，随御水而流云：“旧宠悲秋扇，新恩寄早春。聊题一片叶，将寄接流人。”顾况著作，闻而和之。既达宸聪，遣出禁内者不少。或有五使之号焉。和曰：“愁见莺啼柳絮飞，上阳宫女断肠时。君恩不禁东流水，叶上题诗寄与谁。”卢渥舍人应举之岁，偶临御沟，见一红

---

① （宋）吴自牧撰，傅林祥注：《梦粱录》卷二，山东友谊出版社2001年版，第17页。

② 同上书，第19页。

③ （宋）周密：《齐东野语》卷七，中华书局1983年版，第120页。

④ （宋）赵升：《朝野类要》，中华书局2007年版，第107页。关于宋代进士登第之后的宴会活动及其文化意蕴，参考刘方《盛世繁华：宋代江南城市文化的繁荣与变迁》，浙江大学出版社2011年版，第119—126页。

> 叶，命仆搴来。叶上乃有一绝句，置于巾箱，或呈于同志。及宣宗既省宫人初下诏，许从百官司吏，独不许贡举人。渥后亦一任范阳，获其退宫人，睹红叶而吁嗟久之，曰："当时偶题随流，不谓郎君收藏巾箧。"验其书，无不讶焉。诗曰："水流何太急，深宫尽日闲。殷勲谢红叶，好去到人间。"①

唐孙光宪撰《北梦琐言》卷九《云芳子魂事李茵》则记录了另外一个传说版本：

> 僖宗幸蜀年，有进士李茵，襄州人，奔窜南山民家，见一宫娥，自云宫中侍书家云芳子，有才思，与李同行诣蜀。具述宫中之事，兼曾有诗书红叶上，流出御沟中，即此姬也。行及绵州，逢内官田大夫识之，乃曰："书家何得在此。"逼令上马，与之前去。李甚怏怅，无可奈何。宫娥与李情爱至深，至前驿，自缢而死。其魂追及李生，具道忆恋之意。迨数年，李茵病瘠，有道士言其面有邪气，云芳子自陈人鬼殊途，告辞而去。闻于刘山甫。②

前面梦窗用碧桃典故，一词二典，既有擢桂的望幸，也有美人垂青的幻想。同样，皇宫既是梦窗望幸所在，是词中所描绘的"峨冠鸣佩"的贵族高官上朝之处，也是可以产生红叶题诗浪漫艳遇的所在。

结局"溯春万里"，既是写景，也是抒情，既是寄托，也是象征。

吴文英词在结构上，围绕题写、吟咏丰乐楼这一主题，既思致绵密，又开阖有度。《莺啼序》词牌，始见于《梦窗词集》，为吴文英所创，系词中最长的词牌。全词二百四十字，分四阕，每阕各四仄韵。张宏生概述林顺夫的研究观点认为：

> 词体产生于近体诗完全成熟之后，它必然受到后者结构规范的极大影响。但与诗相比，词多分为两阕，因而词的展开就分为两半来进

---

① （唐）范摅：《云溪友议》卷下《题红怨》，丛书集成初编本，商务印书馆1939年版，第59—60页。

② （唐）孙光宪：《北梦琐言》卷九，中华书局2002年版，第191—192页。

行，在彼此互补而又相互独立的两阕中来表述总体感受。就此而言，大部分词基本上是二分的，正与律诗统一的形式相反。①

而林顺夫在著作中具体分析指出：

一首词可分为若干节，节或许相当于诗歌中的联。一节大致对应乐曲的一段，是表达有关思想或体验的一个段落，自成体系并与其它各节有着意义上的区别。每节由一至五句组成，结句必须押韵（当然，其它各节的结句也要押韵）。与连续成篇的诗不同，词常分为两阕，有时分为三或四阕，只有少数简短的词不分阕。这样，词的长短不等的句子首先被分为节，然后再被分为阕。

但这些结构方式却有一点根本性的差别，不容忽视。虽然律诗在节奏的构架上可分为对等的两半，但诗并未因此分成两阕。诗的展开，是从相对完整的首联，过渡到相对零碎、表现片断的中二联，最后归结到连贯的尾联。这使得诗歌节奏中对称的重要性被削弱，全诗显得浑然一体。与诗相比，词多分为两阕，因而词的展开就分为两半来进行，在彼此互补而又相互独立的两阕中来表述总体感受。就此而言，大部分词基本上是二分的，正与律诗统一的形式相反。《诗经》中的作品也可以分为几段，但段落之间在结构上的贯通主要通过重章叠句来实现。由于词中一般没有重章迭句，故必须依靠互补来贯通上下两阕。②

刘永济《微睇室说词》：“此词共长二百四十字，殆同一小赋。宋人作者不多，梦窗亦止三首……作此调者，非有极丰富之情事，不易充实；非有极矫健之笔力，不能流转。”③

四阕的莺啼序，一方面围绕丰乐楼结构全词，另一方面每一阕又相对独立，从不同的角度、不同的方面展开与呈现。第一阕可谓丰乐楼的景观

① ［美］林顺夫：《中国抒情传统的转变——姜夔与南宋词》，译者序，张宏生译，上海古籍出版社2005年版，第8页。

② ［美］林顺夫：《中国抒情传统的转变——姜夔与南宋词》，张宏生译，上海古籍出版社2005年版，第75、81页。

③ 刘永济：《微睇室说词》，上海古籍出版社1987年版，第57页。

画卷。全面围绕丰乐楼的地理位置和建筑景观着墨。第二阕则是可以称为观景。是描绘丰乐楼中的宾客登临所见。第三阕转而叙述一个发生在丰乐楼中的具有戏剧性的故事场景，描绘丰乐楼中的人物活动与对话。江弱水曾经讨论从周邦彦开始的在词中具有“戏剧化、小说化写法”①。而吴文英在这里显然同样使用了这一技法。以一种戏剧性的场景来描绘丰乐楼中发生的人物活动与故事。而这些人物与故事，又与丰乐楼本身相关。第四阕则是将丰乐楼公共空间置于一个更为宏大的南宋帝都公共空间之中，以一种马赛克方式的画面呈现，叙述与丰乐楼公共空间相关的，在丰乐楼中或者丰乐楼外发生的人物活动与故事。而这些人物与故事，又与丰乐楼本身未必相关，但是却关联了更为广阔的事件、人物与社会空间。

事实上，不仅如林顺夫所分析指出的，词的结构由于与诗歌的差异，而在内容表达和情感书写方面具有了新的特征。而且在吴文英这里，由于四阕的词的结构方式，也使吴文英在词的叙述特征上，探索了新的叙述方式。

林顺夫在《南宋长调词中的空间逻辑》一文中，以吴文英的另外一首《莺啼序》（残寒正欺病酒）一词为分析范例，他认为“空间性的图案创造可说是南宋词‘极其工，极其变’的重要一环”，而“重布局、讲间架是南宋词论里的重要新课题”，② 试图通过阐明南宋长调词的空间逻辑的创作手法这一新的特征，来分析和解释吴文英的词作。而林顺夫所谓的空间逻辑，准确地说，主要是指长调词的章法布局。而这个特征，通过上述结构分析，可以看出，在吴文英丰乐楼题壁的《莺啼序》一词中同样体现了出来。而与另外一首《莺啼序》（残寒正欺病酒）一词不同的是，吴文英丰乐楼题壁的《莺啼序》一词中，还体现出来了另外一方面的新的艺术特征，即具有空间叙事的特征。

林顺夫揭示和分析的吴文英长调词中的空间逻辑，是对于长调词的章法布局特征的揭示与分析。而空间叙事所要揭示和分析的则是吴文英的这首丰乐楼题壁的《莺啼序》一词中，在叙事上所具有的新的特质。

龙迪勇《试论作为空间叙事的主题—并置叙事》考察一种因共同

---

① 江弱水：《古典诗的现代性》第八章《周邦彦：染织的绮语》，三联书店 2010 年版，第 212 页。

② 林顺夫：《中国抒情传统的转变——姜夔与南宋词》附录二《南宋长调词中的空间逻辑》，张宏生译，上海古籍出版社 2005 年版，第 193、204 页。

“主题”而把几条叙事线索联系在一起的叙事模式——“主题—并置叙事”，指出主题—并置叙事有四个特征：

> （1）主题是此类叙事作品的灵魂或联系纽带；（2）在文本的形式或结构上，往往是多个故事或多条情节线索的并置；（3）构成文本的故事或情节线索之间既没有特定的因果关联，也没有明确的时间顺序；（4）构成文本的各条情节线索或各个“子叙事”之间的顺序可以互换，互换后的文本与原文本并没有本质性的差异。由于“主题”（topic）概念是由“场所”（topos）概念发展而来的，而“场所”是一种“空间”，因此，主题—并置叙事本质上是一种空间叙事。①

文章认为主题—并置叙事本质上是一种空间叙事。而其推理的依据是：由于“主题”（topic）概念是由“场所”（topos）概念发展而来的，而“场所”是一种“空间”。而在吴文英的这首词作中不仅体现了主题—并置叙事的基本特质，而且其作为一种空间叙事完全不需要通过概念内涵的分析曲折推理，而是明确以丰乐楼这一公共空间作为空间叙事的基础。每一阕词的内容，不是按照传统文学叙事以时间性为基础来展开，而是以特定的空间——丰乐楼为基点展开叙事，各个句子，各句内涵之间，不是叙述一个在时间中展开的相互关联的故事、事件，而是相互之间，在时间上未必相关，在内涵上同样未必相关，而是通过围绕特定的丰乐楼空间结构内在脉络。

第一阕是围绕丰乐楼的地理空间和建筑景观空间展开叙述。关于西湖的神话想象，与腾龙的想象，再到天风笑语的想象，相互之间并没有时间上的联系，也没有内容、故事上的相关性。它们之间是通过丰乐楼这一空间，通过基于这一空间展开的叙事而结构在一起。

第二阕则是立足于丰乐楼空间，描绘丰乐楼中的宾客登临所见都市空间。如画屏障的西湖景观，朝昏、晴光雨色等不同时间、气候条件中的登

---

① 龙迪勇：《试论作为空间叙事的主题—并置叙事》，《叙事丛刊》第四辑，中国社会科学出版社2012年版，第107页。龙迪勇：《空间叙事学》第四章《作为空间叙事的主题—并置叙事》，三联书店2015年版。

临所见景观，“燕泥动、红香流水”的一系列特写镜头，

第三阕转而叙述一个发生在丰乐楼中的具有戏剧性的故事场景，叙述的是丰乐楼中的公共空间。

第四阕则是将丰乐楼公共空间置于一个更为宏大的南宋帝都公共空间之中，叙述与丰乐楼公共空间相关的，在丰乐楼中或者丰乐楼外发生的人物活动与故事。叙述了更为广阔的都市社会空间。

还可以通过对比传统诗歌艺术与吴文英此词在文本叙事上的空间叙事的差异，来揭示其特质。我们揭示出吴文英词作的空间叙事的特征，许多读者可能很自然联想到传统诗歌中的画面性描写，比如著名的所谓诗中有画的说法。宋代苏轼《东坡题跋》中《书摩诘蓝田烟雨图》评论唐代王维的作品中指出：“味摩诘之诗，诗中有画；观摩诘之画，画中有诗。诗曰：‘蓝溪白石出，玉山红叶稀。山路元无雨，空翠湿人衣。’此摩诘之诗也，或曰非也好事者以补摩诘之遗。”① 宋代《宣和画谱》卷十发挥苏轼的观点：

> 维善画，尤精山水。当时之画家者流，以谓天机所到，而所学者皆不及。后世称重亦云维所画不下吴道玄也。观其思致高远，初未见于丹青时，时诗篇中已自有画意。由是知维之画出于天性，不必以画拘，盖生而知之者。故“落花寂寂啼山鸟，杨柳青青渡水人”。又与“行到水穷处，坐看云起时”，及“白云回望合，青霭入看无”之类，以其句法，皆所画也。而《送元二使西安》诗者，后人以至铺张为阳关曲图。②

然而，需要辨析说明的是，王维的诗中有画，各个句子之间，仍然是通过时间性叙事线索来加以安排的。其诗歌所描绘的各个画面之间是有着明显的关联和逻辑关系的。无论是作为抒情主体一系列形态的“行到水穷处，坐看云起时”，还是作为有机画面结构的“落花寂寂啼山鸟，杨柳青青渡水人”，在两句之间，都有或明或暗的时间性叙述线索，而读者也比较容易在两句画面之间，建立起合理的联系与逻辑线索。

---

① （宋）苏轼：《东坡题跋》卷五，丛书集成初编本，商务印书馆1936年版，第94页。

② 《宣和画谱》卷十，台北故宫博物院1971年版，景元大德吴氏刻本。

而在吴文英的这首词作中，无论是画面，还是人物、事件的叙事，相互之间，缺乏了传统诗歌艺术所具有的必要联系与逻辑。

正是吴文英词作在章节布局上的空间逻辑，在文本叙事上的空间叙事，都打破了传统的艺术与技术，因此，其文本在结构布局和叙事线索上都呈现出马赛克式的特质与征相。以吴文英此词中的句子来形容、比拟，正所谓"面屏障、一一莺花"。四阕结构的莺啼序词，正如四折屏障，每一面都是色彩绚丽的画面，但是每面之间，没有必然的内在关联，而是作为一组屏障的有机组成部分而被结构起来。同时，在每一阕中，也如同每一面屏障上的画面，是依靠空间的叙事线索关联在一起。

张炎之所以声称吴文英词"如七宝楼台，炫人眼目，碎拆下来，不成片段"。正是对于吴文英词作新的艺术与技术特质的认识存在障碍与误区，仍然依照传统时间性叙事的艺术标准与阅读习惯和期待视野，[①]来阅读和分析吴文英词作，自然不得要领。

同时，张炎的"如七宝楼台，炫人眼目，碎拆下来，不成片段"的形象说法，也歪打正着地揭示出了空间叙事的艺术特征，在各阕之间，每阕中各自的叙述、描绘的不同片段之间，不存在时间性或者因果性的内在关联，它们作为空间叙事的各个组成部分，原本就仅仅是基于一个特定的空间原点或者基点，所谓"七宝楼台"而形成叙述线索和叙事结构。如果打碎或者拆毁了"七宝楼台"这个空间点或者基点，原本没有什么相互关联的词作的各个部分，自然也就"不成片段"了。

南宋繁华的都市，特别是豪华宏伟、富丽堂皇的酒楼公共空间，为都市文学书写提供了新的空间与平台，新的灵感与思绪，新的题材与内容。另外都市文学的书写，对于南宋都城的文化形象、城市声誉的建构也有多方面的效果与作用。

吴文英的丰乐楼题壁词，作为一个都市公共空间中发生的公共文学事件，显然超越了传统诗歌写作的私人性与创作动机，而具有了相当不同的文学新质。

繁华的临安都市文化，豪华壮观高耸入云的酒楼空间，提供了同时也激发了词人的创作热情与创作灵感。都市文化与酒楼这样的都市特色的文

---

① 有关期待视野问题，参阅［德］姚斯《接受美学与接受理论》，周宁等译，辽宁人民出版社 1987 年版。

化空间，成为孕育城市文学的一个新的基础。而吴文英写作中，就有三首在标题中就直接表明其创作与丰乐楼有关。无论是题壁创作还是雅集唱和。

酒楼作为北宋都市允许临街开店之后才逐渐形成的建筑豪华、装饰富丽的新的公共空间，不仅促使词这样的文学文体繁荣发展，不仅提供了新的题材、内容，而且也促使词这样一种文学作品，具有了此前不具有的社会性功能的意义与价值。唐代便有比较发达的题壁文学存在，但是大多题写在驿站、寺院的墙壁之上。题写在酒店中的不仅数量上比较少，而且影响和传播效果上同样比较小。①

在酒店饮酒，并在壁上题诗，这是当时的一种风气，也可以说是一种风俗，犹如现代的饭店酒家常喜邀约名人题诗作画悬挂于墙壁，以增加其店的文化色彩，提高其文化档次。只是唐时酒店题壁所写内容，多与眼前事直接有关，故往往富于真实切近的民俗意味。②

可惜能够举出的证据也只有初唐王绩的《题酒店壁》，而且王绩的诗歌也只是谈到酒店的酒的供应品种与酒店中的胡姬。但是到了宋代就完全不同了，刘金柱《中国古代题壁文化研究》中有酒楼反诗一节，所举均为宋人事例。③

已经有研究者注意到宋词的酒楼题壁，并且从传播的场所角度加以简要介绍。④ 与驿站、寺院相比，豪华酒楼的公共性、传播性、影响力和覆盖面等，都是前所未有的。大型酒楼作为新的都市文学生产空间，为一批如俞国宝、吴文英一类人物提供了新型的文学活动的空间和扬名立万的场所。

而更为重要的还在于，吴文英的题壁，已经不仅是传播学的问题，而且具有了新的公共性与表演性特征。文学活动在这里甚至成为一种表演性活动。具有了公共性和表演性，是因为它在公共空间受众群体的广泛存

---

① 罗宗涛：《唐人题壁诗初探》，《唐宋诗探索拾遗》，天津教育出版社 2012 年版，第 1—37 页。

② 程蔷、董乃斌：《唐帝国的精神文明：民俗与文学》，中国社会科学出版社 1996 年版，第 171 页。

③ 刘金柱：《中国古代题壁文化研究》，人民出版社 2008 年版，第 143—146 页。

④ 钱锡生：《唐宋词传播方式研究》，复旦大学出版社 2009 年版，第 174—175 页。谭新红：《宋词传播方式研究》，武汉大学出版社 2010 年版，第 88 页。

在，与屈原泽畔吟咏，或者贾岛“独行谭底影”，那些诗人孤独的身影完全不同了。吴文英模式的题壁，也与书写驿站、寺院墙壁的唐代那些大量留下或者根本没有留下姓名的题壁者极为不同：吴文英不再是面对自我心灵的独抒情怀的独白记录，而是面对广大受众的公共性表演，从而使这一活动本身就成为一桩文学事件。一方面大型酒楼提供了一举成名的机会空间与舞台，另一方面，通过文学建构，文学事件的传播，建构了都市酒楼的声名、作为都市著名地标的意象。乃至于在千百年之后，物质性的酒楼早已灰飞烟灭，而通过关于它的文学，仍然能够想象当年盛况景观。

吴文英模式的文学事件，成为一种都市文化中不可缺少的都市传奇，由此改变了文学创作的主体动机、传播方式、传播语境和接受受众，文学从传统的独白，在这一模式中成为表演。反映了宋代词的文学创作活动从私人性到公共性甚至表演性的历程。即便是晏殊的词作表演，仍然是传统精英文学模式的小众参与的具有私密性的同仁群体在私人住宅、园林等空间的文学活动。① 而吴文英的词作表演主要是在酒楼这样的大型公共空间、公共网络场所中面对市民诸多阶层受众的公共性表演、作秀，客观上具有某种大众娱乐的特质。

提出公共空间理论的德国著名思想家哈贝马斯在谈到通过文学进行私人性与公共性的交流问题的时候指出：

> 一方面，满腔热情的读者重温文学作品中所表现出来的私人关系；他们根据实际经验来充实虚构的私人空间，并且用虚构的私人空间来检验实际经验。另一方面，最初靠文学传达的私人空间，亦即具有文学表现能力的主体性事实上已经变成了拥有广泛读者的文学；同时，组成公共的私人就所读内容一同展开讨论，把它带进共同推动向前的启蒙进程当中。②

正如有研究者所指出的：

---

① 参考［美］宇文所安《华宴：十一世纪的性别与文体》，《学术月刊》2008 年 11 期（第 40 卷），第 30—31 页。

② ［德］哈贝马斯：《公共领域的结构转型》，曹卫东等译，学林出版社 1999 年版，第 54 页。

> 在一定程度上，文学的虚构性打破了时间与空间的限制，大大拓宽了公共生活的范围。同时，也创造出许多实实在在的承载场所，如剧院、读书会、博物馆以及市民阶层的沙龙等。这些场所培养了市民的阅读习惯，使“文学公共领域”这种公共生活方式进一步扩展开来。①

吴文英在丰乐楼题壁，将传统文学创作的个体独白，变成一场具有大众狂欢色彩的文学表演。我们前面分析了陈子昂如何通过公共空间中的具有表演性质的商业活动以使观众关注他并注意他的文学作品。而吴文英则直接把文学创作变成一种表演，变成一种行为艺术，变为一场公共娱乐。在这一行为艺术中，与传统的私人性写作的文学不同，也与仅仅是将题壁作为记录个人文学创作的一种媒介的题壁文学传统不同，吴文英模式的行为艺术，不仅是其题壁的词作本身，而且是这一题壁行为，成为一桩文学事件，一桩都市文化事件，一桩都市中的文学娱乐性质的新闻事件，一桩可以成为临安都市市民引为谈资的趣闻轶事，并且被南宋的学者或者明代的学者不断加以记录。

吴文英丰乐楼题壁作为一桩文学事件，提高了丰乐楼乃至于南宋临安都市的文化声誉，同时提高并且传播了行为艺术家吴文英的文学声誉。

宋代开始出现的瓦舍为市民艺术家提供了表演的公共空间，他们在其中说书讲史，而都市酒楼则为吴文英这样的游走于精英与民间的江湖词人，提供了文学表演的公共空间。正像周密的《武林旧事》中所记载的那样“吴梦窗尝大书所赋《莺啼序》于壁，一时为人传诵”。表明了不仅仅是词作本身，而且是题壁行为构成一种加拿大学者戴维斯在《作为施行的艺术：重构艺术本体论》中所称的“施行的艺术”。②

吴文英在丰乐楼题壁书写，作为一种行为艺术和文学表演，成为一桩新闻事件。当唐代诗人王绩题壁于酒店，他只是希望未来往来酒店的客人可以看到诗歌作品本身。而当吴文英自创词牌《莺啼序》的时候，他是在自觉从事一场公共文学演出。具有了娱乐性与公共性。吴文英是要自觉

① 张康之、张干友：《公共生活的发生》，高等教育出版社 2010 年版，第 208 页。

② 参阅［加拿大］戴维斯《作为施行的艺术：重构艺术本体论》，方军译，江苏美术出版社 2008 年版。

制造一桩娱乐性新闻事件，而其受众群体，则是构成复杂的三教九流，甚至当朝皇帝都有可能成为潜在受众。由此吴文英才能够以期“望幸”。

从一定意义而言，吴文英之于丰乐楼，如同王勃之于滕王阁，崔颢之于黄鹤楼，范仲淹之于岳阳楼。通过吴文英丰乐楼题壁的行为艺术与文学事件，丰乐楼扩大了影响，增加了收入；吴文英提高了知名度和影响力；而作为丰乐楼重建者和吴文英颂美对象的地方长官，则博得了政绩与美誉。而丰乐楼的客人乃至于临安的市民则作为受众群体，获得了娱乐与谈资。可谓一举多得，形成多赢效果。而作为文学娱乐事件的吴文英题壁，一方面因为新的都市文化空间而形成，另一方面作为都市文化的新的传奇故事，也在重新型塑都市的形象与声望。

吴文英是希望通过丰乐楼题壁这一公共性文学事件，能够在他自己的身上再次发生俞国宝身上曾经发生过的奇迹。但是历史的喜剧故事并没有能够再次上演。由此，当吴文英在此后又一次丰乐楼雅集，再一次性质有所不同的丰乐楼的唱和活动中，他不再是典丽正剧的书写，而是变化为悲剧性的低吟。

第九章

临安都市文化的繁荣与新型的文学生产

和议之后，南宋王朝进入社会比较稳定和快速发展时期，伴随着临安都市文化较之北宋东京更进一步的繁荣，诸多新的都市文化因素的进一步孕育和成熟，最终在诸要素的因缘汇合、相互作用之际，开始形成了不同于传统的文学创作的，具有近代意义的，新型的文学生产。

那么，何谓近代意义的文学生产？其与传统的文学创作的根本差异何在？为什么说南宋临安出现的是新型的，不同于以往的任何传统的文学创作的文学生产？

具有近代意义的，新型的文学生产，是指在资本发展时期，文学活动进入资本运行领域，为资本创造价值，文学作品本身则成为商品，文学活动成为一种商品生产活动，是作为一种商品生产的文学生产。

马克思最早提出了“艺术生产”的概念，他指出：

> 当艺术生产一旦作为艺术生产出现，它们就再不能以那种在世界史上划时代的、古典的形式创造出来。①

马克思专门探讨了艺术创作成为艺术商品的条件，在他看来：

> 作家所以是生产劳动者，并不是因为他生产观念，而是因为他使出版他的著作的书商发财，也就是说，只有在他作为某一资本家的雇

---

① 马克思：《〈政治经济学批判〉导言》，《马克思恩格斯选集》第2卷，人民出版社1995年版，第28页。

佣劳动者的时候，他才是生产的。①

而这种具有商业化特征的，考虑市场需求和消费，为获得商业利润而进行的文学生产，也就从本质上不同于传统的文学创作活动，文学也就形成了从传统的创作活动到商品生产性质的转型。传统文人有润笔，著名的司马相如以赋获得财富，文人以墓志铭获得润笔，姜夔以词获得资助，等等，但是，这些类型的文学创作，均非生产性的，并非进入流通领域，为市场和消费者而生产，正如马克思所指出的，密尔顿像春蚕吐丝一样创作他的《失乐园》，那是他天性的表现，这不是艺术生产，他后来把它卖了五镑钱，但这不属于艺术生产范围：

只有那些为书商提供工厂式制作的作家和编书人，他们的产品一开始便被纳入资本运作的过程中，这些人才是生产者，他们的劳动才是艺术生产。②

因此，十分明确，只有产品进入资本运作过程中，作家的劳动才是艺术生产。

而南宋临安都市文化发展，商业繁荣与书坊业繁荣发达，一系列新的社会、历史条件和物质、技术发展，为走不通仕进这条传统道路的读书人提供了一条不再依靠干谒这种传统方式的，新的可谋生存的道路，即开拓出一条依托书坊、书商，通过创作满足城市市民消费群体需要的文学作品，而获得生存之需的道路，从而促使文学的商业化转型和近代意义的新型文学生产的出现。新型的文学生产，使士人开始改变了传统的文学创作方式，从根本上改变着文学创作的过程与性质，改变了精神生产与文化消费方式。

可惜的是，由于中国传统文化重士轻商的根深蒂固的文化观念，十分强大，③ 就是在宋代商品经济繁荣、商业观念普及的时代，同样如此。④

---

① 马克思、恩格斯：《马克思恩格斯全集》第26卷，第1册，人民出版社1972年版，第432页。

② 同上。

③ 参石元康《从中国文化到现代性：典范转移》，三联书店2000年版。

④ 参［美］刘子健《中国转向内在》，赵冬梅译，江苏人民出版社2002年版。

而上千年的文学观念、文学传统，又使人们难以接受文学的商品化转型。文学创作从一个悬置很高的理想水平下降为谋生、干谒和获取商业利润、收入的出版而进行的文学生产这一转型，引起当时和后世士大夫对于这一新的文学生产转向风气的深恶痛绝和严厉批判。然而，当时和后世的人们并未意识到这是一种新的文学生产的萌芽。

而由于上述种种原因，这一新型的文学生产的萌芽过程，其具体情况，极少被记录、保留下来。因为历史的撰写、文学写作是有或者明确或者潜含的选择标准，而作者也受到意识形态、社会文化语境的控制、制约和影响。

而文学成为一种生产，也就意味着文学的创作成为整个商业化活动过程中的一个环节。在都市文化繁荣发展背景下形成的新型的文学生产，其整个过程，包括了文学产品的生产、出版、传播市场和购买、消费者群体。

一方面在临安这一当时世界上最为繁华的大都市，形成了一个新的文学创作群体，为商业化而从事文学生产的群体。

一方面在临安形成出版、传播的市场——书坊、书商、印刷、出版、异地贩卖、传播，形成商业市场和商人群体。

一方面出现消费者群体，——消费市场，是文学生产得以出现和存在、延续、发展乃至繁荣的基本前提、保障。

本章尝试透过跨学科的多视角的研究，试图勾勒出被湮没在历史深处的，发覆历史的某些真相，进行历史发生的还原。从逻辑发生的角度而言，正是临安都市繁荣孕育出新的消费群体，形成新的精神消费的需求，从而形成了文学商品的潜在消费市场，同时催生、刺激了新型的文学传媒，即书坊业的繁荣。而宋代作为科举社会，大量不能通过科举进入仕途的读书人在京都的聚集，有强烈的依靠文学作品的商品化为生的动机与愿望，从而形成潜在的文学生产者群体。而坊刻在与家刻、官刻相互之间竞争中，需要开拓新的领域，即那些家刻、官刻不屑于涉及的领域。坊刻通过满足新的都市精神消费需求获得利润。通过坊刻主人与在京都的文学生产者群体的密切关系，通过约稿、编辑和出版适合市民文化需求的文学作品，实现了文学的商业化生产，产生了中国文学史上的新的文学生产方式与文学现象。

第一节　都市文化繁荣与新型文学消费群体的孕育与壮大

宋代的经济在中国历史的发展中，是一个比较突出的发展时期。张家驹在《两宋经济重心的南移》一书中，提出宋王朝的南渡标志着南方经济文化的空前发展，认为这一时期是我国历史上经济重心完成其南移行程的时代。书中《绪言》指出："自唐朝中叶至宋之南渡，是我国经济重心向南转移的过渡时代。"而其结论是："宋王朝的南渡，标志着南方经济文化的空前发展，随着政治中心的南移，我国社会就完全进入南盛北衰的新阶段，因此，这一历史事件，就成为我国南部发展历史中的划时代关键。"① 近年来，海内外学者从技术进步的角度进一步探索了有关问题，② 日本著名学者斯波义信的《宋代江南经济史研究》，重点研究的就是浙江的杭州、湖州、宁波、绍兴等地。③ 他的翔实而深入的研究，充分表明了宋代两浙的经济繁荣，已经成为国家的经济重心所在。这些研究也都从社会经济基础方面，说明了的确在唐宋历史时期，中国传统社会的经济基础，是发生了比较显著的变化的，而这些变化，则构成了南宋临安都市文化繁荣的物质基础。

杭州在南宋高宗建炎三年（1129）改称临安府，绍兴八年（1138）定为首都，当时称为"行在所"。"辇毂驻跸，衣冠纷集，民物阜藩，尤非昔比。"④ 自吴越国以来的"东南第一州"，一跃而成为全国政治、经济、教育、文化中心，并在当时也算是世界的第一大都会。南宋是杭州都市发展最为繁华、辉煌的时期。

斯波义信通过对于史料的细密考证和分析，重现了杭州的商业中心及

---

① 参张家驹《两宋经济重心的南移》，湖北人民出版社 1957 年版，第 2—5 页。

② 参漆侠《宋代经济史》，上海人民出版社 1987 年版；郑学檬《中国古代经济重心南移和唐宋江南经济研究》，岳麓书社 2003 年版；李伯重《宋末至明初江南农业技术的变化——十三、十四世纪江南农业变化探讨之二》，《中国农史》1998 年第 1 期。

③ ［日］斯波义信：《宋代江南经济史研究》，方键、何忠礼译，江苏人民出版社 2001 年版。

④ （宋）吴自牧：《梦粱录》卷十二，山东友谊出版社，2001 年版，第 155 页。

其范围和商业组织的框架，描绘了由行、市、团、作提供货源的零售商的分布图：

> 其中堪称核心中之核心的，是金银交引铺、盐钞铺鳞次栉比的区域。铺前，陈列着“看垛钱”——这是用铜钱贯缗堆积如山而用以招徕顾客的招牌。这是从五间楼酒楼到芳润桥的官巷街为止御街沿线八九百米的场所，其轴心是市南坊至市西坊，即后市街的中瓦旁的“五花儿中心”。这一轴心偏南，是经销珍珠、香药、龙眼、砂糖等充溢闽广土产香味的店铺；与此相反方向北边的芳润桥畔，是经营金、银箔和金银制品、瓷器、漆器等名贵精巧工艺品的店铺集中之处；其稍北是书籍铺密集的街市。在“看垛钱”的招牌林立的市中心周边，是经营杭州名品高级丝织物、文房四宝、服饰、中成药等的连駢店铺。“看垛钱”的铜钱，用于从榷货务承包经营的盐钞交引的兑换业务，所以，盐钞铺相当于现代的市中心银行。一方面，政府机构榷货务、都茶场、会子库、杂卖务、杂买场、市舶务等集中在保安水门内外，榷盐务在盐桥，左藏库和编估打套局（香药鉴别、定价之处）在靠近钱掘县署附近；与这一商业核心直接有关的官署还有荐桥边的都税务与回易库、中瓦附近的惠民药局以及散布在商业中心的若干官营酒楼等。皇室的巨宅面临市中心的后市街，而毗邻盐桥附近的则是宗室和大官的豪宅。他们释放的资本作为购买力无疑对商业有举足轻重的作用，他们的嗜好、趣味无疑对商品的流行和分化起着导向作用。这种彼此间相辅相成的相互作用，对商业中心的实质内容和规模赋予深刻的影响，有许多事例足以佐证。但是核心发展形成的经济地理方面的环境条件，无疑是从上述诸组织的中枢顶点的性质中自然形成的。①

正是南宋临安都市经济、商业的普遍繁荣，为书坊刊刻的繁荣奠定了坚实而雄厚的物质、经济基础。经济的繁荣，一方面直接支撑了书籍的购买活动，才可能在南宋临安就有几十家书坊存在；另一方面支撑了更多的

---

① ［日］斯波义信：《宋代江南经济史研究》，方键、何忠礼译，江苏人民出版社2001年版，第332—333页。

从事科举、谋取进士的家族家庭，[①] 因为科举考试的家庭，需要一定的经济实力，[②] 经济的繁荣，使更多的家庭参与到科举考试的进程，从而普遍大大提高了文化水平，通过普遍的发奋读书，从而产生更为广泛的对于书籍的文化与社会需求。因此，临安都市经济、商业的普遍繁荣，同时也促进了文化的繁荣，特别是读书、科举和学术文化的发展，从而激发了更为广泛的购书热情和广泛的阅读及图书消费群体的形成。

移民人口同样提供了临安都市的文化消费群体。在宋金以及宋蒙（元）对立时期，位于长江以北淮河以南的江淮地区是南北战争的主要交战地带，每当战乱发生时当地人民不得不渡江避难，有的便在避难地方定居下来。此外，自南宋中期开始，两浙、江西、江东、福建等路的人口压力加大，大批无地少地的人口为了解决生计问题，向耕地开发未尽的地区和可以寻找到谋生途径的城市迁移。对于南渡避乱的江淮移民而言，位于江南的临安是重要的迁入地之一，而对于寻找谋生途径的南方移民而言，作为都城的临安无疑也具有相当大的诱惑力。[③]

靖康之难后，“高宗南渡，民之从者如归市”[④]。北方大批人口南迁，其中大部分在两浙、福建等地安居。宋李心传撰《建炎以来系年要录》卷一百五十八记载，“大理评事莫蒙面对论：四方之民云集二浙，百倍常时”[⑤]。“百倍常时”，显系夸大之词，但流入两浙之西北人多于其他诸路，却是无可置疑的事实。两浙十余州又以杭州人口为多。临安周围经济发达，风景秀丽，作为南宋首都更对北方移民具有极大的吸引力，成为北方移民的分布中心。临安的人口数量开始恢复。绍兴二十六年，起居舍人凌景夏说：“切见临安府自累经兵火以后，户口所存，裁十二三，而西北人以驻跸之地，辐辏骈集，数倍土著，今之富室大贾，往往而是。”[⑥] “大驾

① John W. Chaffee, *The Thorny Gate of Learning in Sung China*, Cambridge University Press, 1985.

② 参何柄棣《读史阅世六十年》，广西师范大学出版社 2005 年版，第 23—25 页。

③ 参吴松弟《中国移民史》第 4 卷（辽宋金元时期），福建人民出版社 1997 年版。

④ 《宋史》卷一百七十八，中华书局 1977 年版，第 4340 页。

⑤ （宋）李心传：《建炎以来系年要录》卷一百五十八，中华书局 1988 年版，第 2573 页。

⑥ （宋）李心传：《建炎以来系年要录》卷一百七十三，中华书局 1988 年版，第 2858 页。

初驻跸临安，故都及四方士民商贾辐辏。”① “中朝人物，悉会于行在。”② “西北士夫，多在钱塘。”③ 这些文献都反映了临安成为移民人口密集的都市的历史情况。

临安商业发达，不仅当地的商人数量很大，自各地前来经商的商人同样很多。南宋文献说：“杭城富室多是外郡寄寓之人……其寄寓人，多为江商海贾，穹桅巨舶，安行于烟涛渺莽之中，四方百货，不趾而集，自此成家立业者众矣。”④ 又说临安：“贩铜谋利，当严江上之云帆。” “持楮易钱，盍验市间之茗肆。” “闽商海贾，来万里之货珍。”⑤ 据此推测临安的商人大多来自外地，其中一部分是南方各地的商人，而且不少人已定居临安。

南宋临安，也是全国教育、文化的中心。高宗绍兴十三年（1143）以岳飞故宅为址，成立太学，这是南宋的最高学府。太学分三部分，中部为办公处，有崇化堂、首善阁和讲堂等，西部为大成殿（即孔子庙），殿后有石经阁，藏高宗御书石经。东部为学生宿舍，分20斋。斋前有射圃（即运动场）。太学设祭酒，下设司业和丞，教授10人。此外有学录、学正各5人，学谕20人。每斋设斋长，月谕各1人，管理学生工作。⑥

南宋科举发达，每到三年一次的会试期间，各地汇集临安的士人“不下万余人”，⑦ 加上随同的人员，人数还要多上数倍。按照另一位南宋末年人的观察，遇到混补之年，“诸路士人比之寻常十倍，有十万人纳卷”。“每士到京，须带一仆，十万人试，则有十万人之仆，计二十

---

① （宋）陆游：《老学庵笔记》卷八，中华书局1979年版，第104页。

② （宋）陆游：《陆放翁全集·渭南文集》卷十五《傅给事外制集序》，中国书店1986年版，上册，第86页。

③ 《宋史》卷四百三十七《儒林七·程迥传》，中华书局1977年版，第12949页。

④ （宋）吴自牧：《梦粱录》卷十八《恤贫济老》，中国商业出版社1982年版，第175页。

⑤ （宋）祝穆撰，祝洙增订：《方舆胜览》卷一“临安府”，中华书局2003年版，第24页。

⑥ （宋）潜说友撰：《咸淳临安志》，《宋元方志丛刊》，中华书局1990年版，第3451—3453页。

⑦ （宋）吴自牧：《梦粱录》卷二《诸州府得解士人赴省闱》，中国商业出版社1982年版，第9页。

万人。”①

除了这种蔚为壮观的应试流动人口，还有一些文人因首都是文化中心，又有着较高的生活水平，有意前来寓居，或者解官后以临安为自己的定居地。宝庆二年致仕以后“筑室九里松，买舟西湖会意处”的乌程（今浙江湖州市）人俞灏；②曾受业于朱熹，后定居临安的袁州分宜（今属江西）人宋斌，③就是他们的代表。一些流寓临安的外地文人还和当地文人一起组织西湖诗社。耐得翁说：“此社非其他社集之比，乃行都士夫及寓居诗人，旧多出名士。”④

南渡后随着经济、政治重心的南移，文化重心也迁移南方，人物汇集，文化发达。叶梦得在《避暑录话》中说：“吴下全盛时，衣冠所聚，士风笃厚。”⑤人才荟萃，书籍需求随之增加，也促使杭州书坊业的发展。无论是学校还是科举，都是书坊的重要而人数众多的消费群体，直接为书坊的生存与繁荣，做出了重要的贡献。《钦定天禄琳琅书目》卷三《宋版集部》：著录“选青赋笺，一函四册，十卷。无撰人姓氏。《宋史·艺文志》及《文献通考·经籍考》皆不载是书。卷中所录，尽当时省试之作，目录后，有建安王懋甫刻梓于桂堂木记。乃书贾所辑以颁行者。如陈振孙《书目解题》谓《指南赋笺》五十五卷、《指南赋经》八卷，皆书坊编集。即系此类小版细书，作巾箱本，其制甚精，亦宋时佳椠，足供秘玩者也。御题：‘此宋人省试诸赋选本，即唐人试帖及今馆课之类。盖一时坊刻也。特笔法精镵，为宋本中绝佳者。卷首末俱有文氏停云印，良可珍秘，乾隆甲子秋分日’御识钤”⑥。就反映了书坊为科举考试的应试而刊刻实用书籍的情况。

城市市民阶层对于书籍的需求，日常生活用书，如年历、医药方面，

---

① （宋）西湖老人：《西湖老人繁胜录》，《南宋古迹考（外四种）》，浙江人民出版社 1983 年版，第 106 页。

② （宋）潜说友撰：《咸淳临安志》卷六十七，《宋元方志丛刊》，中华书局 1990 年版，第 3970 页。

③ 《宋史》卷四百一十三《赵与欢传》，中华书局 1977 年版，第 12406 页。

④ （宋）灌圃耐得翁：《都城纪胜·社会》，《南宋古迹考（外四种）》，浙江人民出版社 1983 年版，第 89 页。

⑤ （宋）叶梦得：《避暑录话》卷下，丛书集成本，商务印书馆 1939 年版，第 66 页。

⑥ （清）于敏中：《钦定天禄琳琅书目》卷三《宋版集部》，上海古籍出版社 2007 年点校版，第 92—93 页。

科举方面。以往研究出版史，往往容易局限于思想、学术著作，但是，如果仅仅出版这些，书坊的经济、生存都会产生问题（看看今天我国市场化的出版业，许多原来仅仅出版纯学术著作的出版社也不得不出版通俗、印刷量大的书籍，就可以明白这一点）。只不过历代的藏书家，都为学者型，藏书自然以思想、学术为主，著录同样如此，大量出版的日常生活用书、通俗实用类的书籍，没有人专门藏书、保存、著录而流失了。事实上，正是城市市民阶层对于日常生活类、通俗类、实用类书籍的大量需求，才刺激和导致了书坊、印刷、出版等方面的生存、发展和繁荣。官刻、私刻可以不考虑市场，而坊刻则必须考虑市场才能生存下去。看看保存至今的官刻、私刻和坊刻的书目，就可以从中窥见一斑了。

密集的人口，具有一定文化程度的人口又占了城市常驻与流动全部人口的比较高的比例，官员、举子、移民、商人、市民等不同的都市社会群体，成为书坊巨大的潜在消费群体。

第二节　都市坊刻业繁荣：新型文学传媒的奠定

都市文化繁荣、市民文化消费群体的剧增，刺激都市坊刻业的发展。

就是在手抄本时代，作品也只能在有限的小范围内传播，而印刷品则可以超越时间与空间，使大众广泛阅读成为可能。而这样一个文化现象的实现，必然深刻影响文学活动，使文学产生一系列深刻和深层的变化，使文学的去精英化和通俗文学的出现成为可能。而这一切，都与临安书坊业的繁荣与发展，及其对于时下的文学的影响分不开。郑鹤声、郑鹤春在《中国文献学概要》中说：“版本之类有五，而书肆坊为其中坚。”“坊肆本者，诸书坊书肆所刻书也。书籍之流播，全赖坊肆之雕刻。”① 虽然语似有过，但正说明了坊刻书籍在文化传播中无可替代的作用。

唐宋时期，雕版印刷术得到广泛应用。印书业犹如雨后春笋迅速发展，最终形成了坊刻本、官刻本和家刻本三大系统鼎足而立的格局。

---

① 郑鹤声、郑鹤春：《中国文献学概要》，上海古籍出版社 2001 年版，第 161 页，第 167 页。

杭州自北宋以来已是国内的雕版印刷中心之一，[①] 北宋亡后都城汴京部分雕印手工业也迁来临安，使临安成为当时全国图书印刷最发达地区。叶梦得对宋代各地刻书进行过比较研究，得出了“今天下印书，以杭州为上，蜀本次之，福建最下”的结论。[②]

临安作为南宋王朝的都城，不仅是两浙地区的出版业中心，也是全国性的出版业中心。无论是官方出版业还是民间出版业，出版种类还是刻印技术，出版规模还是社会影响，都堪称全国之最，尤其是其中的书坊出版业，更是代表了明以前中国古代商业性出版活动的最高发展水平。出版业成为临安城市文化的一个重要组成部分，这在中国古代城市发展史上是一种深刻的变化。

南宋临安城中出现了不少专门从事私人刊书出售的书铺，如《文选五臣注》卷末附刊记载：“杭州猫儿桥河东岸开笺纸马铺钟家印行。”[③] 又如高丽复宋刊本《寒山子诗》末附刊记：“杭州钱塘门里车轿南大街郭宅纸铺印行。”[④] 又如《抱朴子》卷末刊记：“旧日东京大相国寺东荣六郎家见寄居临安府中瓦南街东开印输经史书籍铺。”[⑤] 等等。这种情况的出现，与图书印刷品市场的形成直接相关。

南宋临安的商业性书铺往往在城中热闹地段。如有名的临安府棚北睦亲坊南陈起父子相继经营“陈宅经籍铺”，约自13世纪前半叶起，在不到50年时间里几乎刻遍了唐宋人诗文集和小说，唐人集可能刻了百种以上，宋人集则分编为江湖前、后、续、中兴各集各若干卷，[⑥] 临安城中太庙前

---

① 参王国维《两浙古刊本考》，《海宁王静安先生遗书》第34—35册，商务印书馆1940年版。

② （宋）叶梦得：《石林燕语》卷八，中华书局1984年版，第116页。

③ 《文选五臣注》，残存二卷，分藏北京图书馆和北京大学图书馆。参见北京图书馆编《中国版刻图录·目录》图版五说明，文物出版社1960年版。

④ 《寒山子诗》，《四部丛刊初编》本。

⑤ 《抱朴子》，辽宁图书馆藏书。参见北京图书馆编《中国版刻图录》，北文物出版社1960年版。

⑥ 参王国维《两浙古刊本考》卷上，《海宁王静安先生遗书》第34—35册，商务印书馆1940年版。

的“尹家书经铺”则刻了许多小说和文集。[①] 临安睦亲坊内的沈八郎，[②]众安桥南街东的“贾官人书经铺”和棚前南街西经坊的“王念三郎家”，则专刻零本佛经出售，其中“贾官人书经铺”刻的《佛国禅师文殊指南图赞》和佛经扉画，[③]“王念三郎家”刻的连环画式《金刚经》，[④] 都是当时版画印刷品中精品。

在临安都市文化繁荣背景下，迅速成长和繁荣起来的都市书坊市场，对于时代的文学风尚、文学趣味甚至文学发展趋向，都渐渐通过出版和传播特定范围及扩展新的出版作品范围，而开始施加自己的影响。

首先是通过出版唐人诗集、文集，影响新的文学风尚、文学创作风格和文学发展趋势。

我国古代的书籍出版和印刷行业自唐代兴起以来，经过不断的技术改进，在两宋时期发展到一个新的高度。宋版书是我国古籍中的文化瑰宝。南宋临安的书籍出版和印刷业在两宋时期的文化传播中占有举足轻重的地位。其中，南宋临安府睦亲坊棚北大街陈宅书籍铺无疑又是南宋书坊中的典型代表。陈宅书籍铺是南宋临安最重要的书坊之一，其刊刻的古籍世称书棚本，对于传播南宋江湖派诗人的作品做出过不可替代的贡献，对我国出版史和文化史上均产生过重要的影响。陈宅书籍铺的兴衰，也是南宋出版业的历史缩影。

陈宅书籍铺又称陈宅经籍铺，因其所刊书籍常在卷末印有“临安府棚北大街陈宅书籍铺印行”、“临安府棚北街陈解元书籍铺印行”或“临安府陈道人书籍铺刊行”牌记一行而得名。陈宅书籍铺经陈起和其子续芸两代苦心经营，历南宋宁宗、理宗等朝，存在时间约半个世纪以上。

陈宅书籍铺主要以刊刻和销售诗集、文集为主，同时也经营金石、书画等艺术类书籍，具有较高的文化品位，在当时也产生了令人瞩目的社会

---

① 参王国维《两浙古刊本考》卷上，《海宁王静安先生遗书》第34—35册，商务印书馆1940年版。

② 参傅增湘《藏园群书经眼录》卷十沈八郎印行《妙法莲华经》条，中华书局1983年版，第868页。

③ 《佛国禅师文殊指南图赞》，日本东京艺术大学、大谷大学各有藏本。按：临安刊书书铺及其版本收藏情况，参考宿白《唐宋时期的雕版印刷》，文物出版社1999年版，第87—90页。

④ 上海博物馆藏书。参傅增湘《藏园群书题记初集》（北京企麟轩1943年版）卷四《宋刊金刚经跋》。傅增湘：《藏园群书题记》卷十，上海古籍出版社1989年版，第505页。参傅增湘《藏园群书经眼录》卷十，中华书局1983年版，第869页。

影响，尤其对于保存和传播南宋江湖派诗人群体的作品发挥过不可替代的作用，因此在我国出版发行史乃至在中国古代文化史上都产生过重要的影响。

作为一位书商，陈起所刊之书种类很多，但就文学方面而言，他显然对中晚唐诗更有兴趣，时人誉其“诗刊欲遍唐”，[①] 当非虚言。国家图书馆所藏唐《周贺诗集》有何焯（义门）跋，其中说道：“东海司寇所有宋椠唐人诗集五十余家，悉为扬州大贾项景原所得。”此五十余家中有很大一部分即陈起所刻书。清光绪二十一年（1895）元和（今南京市）江标刻《唐人五十家小集》，自申明据睦亲坊陈宅刻本重梓。这五十种别集是：《王勃集》、《杨炯集》、《卢照邻集》、《骆宾王集》、《唐司空文明诗集》、《李端诗集》、《耿湋诗集》、《严维诗集》、《唐灵一诗集》、《唐皎然诗集》、《华阳真逸诗集》、《戎昱诗集》、《戴叔伦集》、《权德舆集》、《羊士谔诗集》、《吕衡州诗集》、《曹邺诗集》、《崔涂诗集》、《張蠙诗集》、《朱庆余诗集》、《刘沧诗集》、《卢仝诗集》、《喻凫诗集》、《项斯诗集》、《唐求诗集》、《刘驾诗集》、《唐李推官披沙集》、《刘叉诗集》、《苏拯诗集》、《章孝标诗集》、《于濆诗集》、《李丞相诗集》、《唐女郎鱼玄机诗集》、《唐贯休诗集》、《唐齐己诗集》、《唐无可诗集》、《刘兼诗集》、《王周诗集》、《储嗣宗诗集》、《章碣诗集》、《李远诗集》、《会昌进士诗集》、《林宽诗集》、《罗邺诗集》、《秦韬玉诗集》、《殷文珪诗集》、《唐尚颜诗集》、《于武陵诗集》、《无名氏诗集》和《张司业乐府集》。[②]

当代学者认为《唐人五十家小集》并非陈起所刻唐书之全部，今藏国家图书馆等处的《韦苏州集》、《碧云集》、《朱庆余诗集》、《李贺歌诗》、《李群玉诗集》、《孟东野集》、《吕叔和集》、《许丁卯集》、《周贺诗集》等，并未收入《唐人五十家小集》。[③] 陈起所刻唐集总数当远在50家

---

① （宋）周端臣：《挽芸居二首》之一，《江湖后集》卷三，四库全书本。按，当时所谓“唐”，指中晚唐，尤指晚唐而言，说见钱钟书《谈艺录》之《放翁与中晚唐人》条等，中华书局1984年版，第125页，第452页。

② 元和江标：《唐人五十家小集》，元和江氏灵鹣阁湖南使院清光绪二十一年（1895）刊刻。

③ 参（清）丁申《武林藏书录》卷中，载（明）祁承等撰《澹生堂藏书约》（外八种）上海古籍出版社2005年版，第35页；宿白《南宋的雕板印刷》，《唐宋时代的雕版印刷》，文物出版社1998年版。

之上。认为其中卢照邻、羊士愕、刘驾、章竭、司空曙、吕温、李咸用、李远、李斯、刘叉、马戴、耿湋、刘沧、苏拯、林宽、严维、于濆、罗邺、释灵一、喻凫、李建勋、秦韬玉、释皎然、项斯、鱼玄机、殷文珪、顾况、唐求、释齐已、释尚颜、戎昱、曹邺、释无可、戴叔伦、崔涂、刘兼、权德舆、张蠙、储嗣宗等人的别集均以陈起刻本为最早，后代所有刻本均由此本发源而来。[①] 陈起在编辑整理过程中所付出的辛勤劳动是不言而喻的。

联系当时诗坛上盛行的晚唐诗风，不难看出，陈起为迎合那一特定的诗歌风会，在一定程度上起到了推波助澜的作用。王国维在《两浙古刊本考》中说，今日所传明刊十行十八字本唐人专集、总集，大抵皆陈宅书籍本也。然则唐人诗集得以流传至今，陈氏刊刻之功为多。[②]

陈起刊刻唐人诗集，对于南宋时下的诗风转变，是产生了一定影响的。当然，事实上并非陈起一个人的功劳，就以今天保存下来的资料而言，临安的陈思等人的书坊同样刊刻唐人诗、文集，而且南宋三大刻书中心中，除了杭州之外的闽刻和蜀刻两个中心，也同样刊刻出版了大量的唐人诗集。[③] 南宋眉山刊刻的唐人文集，至今仍然保存有十余种。[④]

可见这是南宋三大刻书中心的一个普遍行为、情况，他们敏锐地感受到某些文学风尚的新的动向，迅速抓住商机，是应世风而刊刻、出版，及时反映了一些新的文学动向。同时，这些大批、普遍的出版本身，也会在普遍阅读的同时，影响诗歌和文学走向，造成一种新的时尚和新的文学风尚、趣味、喜好，从而影响一种新的文学风格、文学流派、文学发展趋势的产生，而这样的一种情况，则是中国文学史上从未有过的文学现象和文化现象，是只有在印刷、出版和坊刻普及、繁荣的新媒介时代语境下才可能产生的新的文学现象与文化现象。

南宋李心传所著《建炎杂记》乙集卷五，《文鉴》条记载了这样一件

---

① 曹之:《中国古籍编辑史》，武汉大学出版社 1999 年版，第 218—219 页。

② 见王国维《两浙古刊本考》，《海宁王静安先生遗书》第 34—35 册，商务印书馆 1940 年。

③ 参谢水顺、李珽《福建古代刻书》，福建人民出版社 1997 年版；林应麟《福建书业史：建本发展轨迹考》，鹭江出版社 2004 年版；张秀民《中国印刷史》，上海人民出版社 1989 年版；张秀民著，韩琦增订《中国印刷史》，浙江古籍出版社 2006 年版。

④ 参李致忠《宋版书叙录》，北京图书馆出版社 1994 年版，第 345—354 页。

事情，可以从中看到当时书坊刊刻书籍的十分普及与巨大影响力：

《文鉴》者，吕伯恭被旨所编也。先是，临安书坊有所谓《圣宋文海》者，近岁江钿所编，孝宗得之，命本府校正刻板，时淳熙四年十一月也。其七日壬寅，周益公以学士轮当内直，召对清华阁，因奏："陛下命临安府开《文海》，有诸？"上曰："然。"益公曰："此编去取差谬，殊无理论（引按：'理论'徐规点校，中华书局本为'伦理'，近是。），今降旨刊刻，事体则重，恐难传后，莫若委馆阁官铨择本朝文章，成一代之书。"上大以为然，曰："卿可理会。"益公奏乞委官职。（引按："官职"徐规点校，中华书局本为"馆职"，近是。）上曰："特差一两员。"后二日，伯恭以秘书郎转对，（引按：此段四库全书本缺，）上遂令伯恭校证，本府开刻，其日甲辰也。始赵丞相以西府奏事，上问伯恭文采及为人何如，赵公力荐之，故有是命。伯恭言："《文海》元系书坊一时刻行，名贤高文大册，尚多遗落，乞一就增损，仍断自中兴以铨次，庶几可以行远。"

十五日庚戌，许之。后数日，又命知临安府赵磻老并本府教官二员，同伯恭校正。二十日乙卯磻老言："臣府事繁委，若往来秘书同共校正，虑有妨碍本职，兼策府书籍，亦难令教官携出，乞传令祖谦校正。"（引按："传令"徐规点校，中华书局本为"专令"，近是。）从之。于是伯恭取秘府及士大夫所藏本朝诸家文集，旁采传记他书，悉行编类，凡六十一门，为百五十卷。既而伯恭再迁著作郎兼礼部郎官，五年十二月十四夜得中风病，六年春正月，引疾求去，十一日庚午有诏予郡，伯恭固辞，后十三日癸未，上对辅臣因令王季海枢使，问伯恭所编《文海》次第，伯恭乃以书进。①

临安书坊刊刻的《圣宋文海》，居然引起了宋孝宗的注意，并且珍爱有加，要求临安府校正刊刻，准备重印，这首先说明了书坊刊刻的书籍，往往是比较能够掌握市场需要的动态，以至于连皇帝也感觉选题不错，要求官府进行刊刻。当然，书坊的刊刻，在编辑和选录上自然不可能与皇家

① （宋）李心传著，徐规点校：《建炎以来朝野杂记》乙集卷五，中华书局2000年版，第595页。

相比。所以周必大认为“此编去取差谬，殊无伦理”，如果要刊刻，“莫若委馆阁官铨择本朝文章，成一代之书”，是要充分发挥和利用皇家馆阁藏书与馆阁文臣的无可比拟的优势。而孝宗委派吕祖谦这一当世的著名思想家、文学家来具体负责此项工作。吕祖谦认为：“《文海》元系书坊一时刻行，名贤高文大册，尚多遗落，乞一就增损，仍断自中兴以铨次，庶几可以行远。”也指出了书坊刊刻在编辑上的不足。但是，从这个事件，也足以说明书坊刊刻的地位与影响。书坊的刊刻流传广布，上至皇帝，著名的政治家、学者、文学家等均会阅读，其影响力于此可见一斑。而刊刻的内容，是“本朝文章”，而皇家的工作，则是在其基础上，充分利用皇家藏书，进行补遗和校正。

事实上，印刷、出版和坊刻普及、繁荣的新媒介，不仅在影响新的诗歌时尚和诗歌发展新的趋势，而且也在影响和推动某些新型文学生产的萌芽和产生。书坊的坊刻中，开始出现了通俗文学的话本。比如宋人小说《云斋广录》，宋晁公武撰《郡斋读书志》卷三下小说类，就加以著录：“《云斋广录》十卷。右皇朝政和中李献民撰，分九门，记一时奇丽杂事。”① 说明宋代已经刊刻出版了。宋吴曾撰《能改斋漫录》卷三《江神世情》条记载：

> 《云斋广录》记冯当时庆历中以鄂州首荐，至大江，风涛汹涌，几至沉没。来春廷试第一，还鄂，复过大江，风微浪稳，舟楫安然。公题诗江亭云：“江神也世情，为我风色好。”予读《唐文粹》，见施肩吾及第后过杨子江诗云：“忆昔将贡年，抱愁此江边。鱼龙互闪烁，黑浪高于天。今日步春草，复来经此道。江神也世情，为我风色好。”乃知当时取肩吾末句题于江亭耳，非自作也。②

而《能改斋漫录》卷八《明月空为两地愁》条云：

> 《云斋广录》云二宋以文章齐名天下，子京守蜀日有诗云：“碧

---

① （宋）晁公武撰、孙猛校证：《郡斋读书志校证》，卷十三小说类，上海古籍出版社 1990 年版，第 597 页。

② （宋）吴曾撰：《能改斋漫录》卷三，上海古籍出版社 1979 年版，第 67 页。

云谩有三年信，明月空为两地愁。”其后卒不入两地，人以为谶。予以子京用何逊与胡兴安夜别诗：“念此一筵笑，分为两地愁。”广录之论，不知所自也。①

可见这部小说传播广泛，已经被宋人笔记所征引了。

宋人文言小说《夷坚志》，据《郡斋读书志》卷五下附志宋赵希弁撰：

《夷坚志》四十八卷。右洪文敏公迈记异志怪之书也，其名盖取列子所谓大禹行而见之，伯益知而名之，夷坚闻而志之，说者谓夷坚乃古之博物者云。②

《钦定天禄琳琅书目》卷二《宋版史部》记载了《容斋三笔》的宋版情况，并且就杭州书坊的诸陈刻书进行就考证：

《容斋三笔》一函四册，宋洪迈著，十六卷。迈自序。《宋史》洪迈字景卢，博极载籍，虽稗官、虞初、释、老旁行，靡不涉猎，有《容斋五笔》、《夷坚志》，行于世。陈振孙《书录解题》云：“《容斋随笔》《续笔》《三笔》《四笔》各十六卷，《五笔》十卷，每编皆有小序，五笔未成书。”此三笔自序，成于庆元二年，凡二百四十八则。目录后记：“临安府鞔鼓桥南河西岸陈宅书籍铺印。”考《杭州府志》鞔鼓桥，属仁和县境，今桥名尚沿其旧，与洪福桥、马家桥相次，在杭州府城内西北隅。按魏了翁《鹤山集》《书苑菁华序》云：临安鬻书人陈思，集汉魏以来论书者为一编，最为该博。又《南宋六十家小集》亦陈思汇编，书尾皆识：“临安府棚北大街陈氏书籍铺刋行。”方回《瀛奎律髓》载陈起睦亲坊开书肆，自称陈道人。起，字宗之，能诗，凡江湖诗人皆与之善，尝刊《江湖集》以售。时又有卖书者，号小陈道人。据此，则当时临安书肆陈氏多有著

---

①（宋）吴曾撰：《能改斋漫录》卷八，上海古籍出版社1979年版，第238页。

②（宋）晁公武撰，孙猛校证：《郡斋读书志校证》附志（宋）赵希弁撰，上海古籍出版社1990年版，第1233页。

名，惟陈思在大街，陈起在睦亲坊，即今弼教坊，皆非鞔鼓桥之书铺也。[①]

宋代讲史话本《宣和遗事》，据黄丕烈称藏书有宋本，《士礼居丛书》重刊本。[②]《新编五代史平话》，董康题跋认为是麻纱坊刻，为宋椠无疑。[③]

诗话，《大唐三藏取经诗话》，另外一个版本《大唐三藏取经题记》，王国维跋据《诗话》卷尾有"中瓦子张家印"判断为宋本。按，《梦粱录》卷十三"张官人诸史子文籍铺"，[④] 此本当为南宋临安坊刻本。

宋版原本稀少，而这些通俗读物，则更为稀少。但是当时必定是数量很大。这些通俗文学作品的出版与传播，体现了书坊针对城市文化繁荣背景下，新型市民文化阶层形成后，这一阶层的新型的文化需求，新的文学现象与文化现象。

官刻、家刻与寺刻系统，均不以射利为目的，也均不关心市民通俗文学的发展和新兴市民阶层对于通俗文化、通俗文学方面的精神需求这一新社会现象，只有坊刻，因为是要立足市场，以射利为目的，自身又是新兴市民阶层的一员。他们既有自身商业盈利的需要，又了解新兴市民的精神需求，才会出版这一类通俗文学作品，以满足市民之需求，从而获得商业利益。利益的驱动，使他们发展出了新兴的出版物，而正是这一类型出版物的大量出版，形成了新兴市民文化的一个重要组成部分，为建构新兴市民文化做出了重要贡献。从这个意义上说，美国文化学者泰勒·考恩在《商业文化礼赞》中强调商业文化对于促进和发展文学与文化的积极意义，是正确的。[⑤] 可惜的是，对于通俗文学作品的刻本，传统士大夫是不重视甚至是蔑视的，收藏家也不认为有价值，没有兴趣收藏。同时考虑到这些通俗文学刻本主要是面向市民大众，其定价必然不能太高，为降低成本，刊刻不精，印刷质量不高，是比较合理的情况。因此，本身也不容易长期保存。而购买者是作为消遣、娱乐之需求，也同样没有收藏意识和需

① （清）于敏中：《钦定天禄琳琅书目》卷二《宋版史部》，上海古籍出版社2007年点校版，第51页。

② 参程毅中《宋元小说研究》，江苏古籍出版社1998年版，第297页。

③ 同上书，第288页。

④ （宋）吴自牧：《梦粱录》卷十三，山东友谊出版社2001年版，第177页。

⑤ 参［美］泰勒·考恩《商业文化礼赞》，严忠志译，商务印书馆2005年版。

求，不会加以珍惜和妥善保存。诸种因素，使通俗文学作品的宋刻本难以保存到今天。从上述几种侥幸保存下来的作品可以推断，在南宋时期这类作品一定是书坊大量刊刻之物。

书坊的繁荣、发展，对于新型的文学生产的出现产生重要影响和作用的一个方面，是以书坊为中心，组织新型文学生产的生产者群体，为其提供出版之途。

杭州坊刻为中心，新型的文学传播方式，促进和形成了新的文学生产方式的出现。印刷技术的普遍应用，也深刻改变了文学创作，使其成为文学生产。由传统的士大夫的文学创作，变成为市场而进行生产的文学生产，是印刷术及其出版业繁荣带来的后果。

第三节　新型文学生产者群体在临安都市的聚集

在宋代以前的中国文学史上，陆续有以鬻诗文而获得利益的事件，但是毕竟是属于少数的、个别的情况。宋代之后，在商业文化繁荣，商业观念普及的历史语境下，这种情况更为普遍了。

南宋时期，随着商品经济的发展，诗文字画也逐渐成为商品，形成了一定的消费市场，并初步出现文人职业化的倾向。开始比较多地出现以“卖诗”和“鬻文”为生的现象。朱淑真《杂题》记载：

> 幼年闻说有一人鬻文于京师辟雍之前，多士遂令作一绝句，以“掬水月在手”为题。客不思而书云：“无事江头弄碧波，分明掌上见姮娥。”诸公遂止之，献金以赒其行。予喜此二句，恨不见全篇，因暇，谩吟续之。然翰墨文章之能，非妇人女子之事，性之所好，情之所钟，不觉自鸣尔。并成“弄花香衣满”一绝于后。①

元代无名氏《东南纪闻》卷二记载了另外一个版本：

> 昔有诗客朱少游者，在街市间立卓卖诗，以精敏得名。一日有士

① （宋）朱淑真：《朱淑真集》，上海古籍出版社 1986 年版，第 145 页。

人命以“掬水月在手”一句为题，客应声云：“十指纤纤弄碧波，分明掌上见姮娥。不知李白当年醉，曾向江边捉得么？”又有持芭蕉一茎俾赋之，即书云：“剪得西园一片青，故将来此恼诗情。怪来昨夜窗前雨，减却潇潇数点声。”诚可谓精矣。①

按：“掬水月在手”是唐代诗人于良史《春山月夜》中的名句，其全诗为：“春山多胜事，赏玩夜忘归。掬水月在手，弄花香满衣。兴来无远近，欲去惜芳菲。南望鸣钟（一作钟鸣）处，楼台深翠微。”② 这首诗歌在宋代十分有名，可谓妇孺皆知，宋周密撰《云烟过眼录》卷一还记载了：“哲宗御书便面‘掬水月在手，弄花香满衣’，有御押。”③ 所以在宋元均有不少以此为诗题的作品，上述的朱淑真和由宋入元的方回都是比较著名的例子。

据《夷坚志》载，在东京有一秀才以卖诗为生，一市民出题目让秀才作诗，而且要以“浪花”为题作绝句，以红字为韵，这秀才作不好，便向市民推荐南熏门外的王学士，王学士按照市民的要求欣然提笔写道：“一江秋水浸寒空，渔笛无端弄晚风。万里波心谁折得？夕阳影里醉残红。”市民们无不为王学士的才思敏捷而折服。④

上述几例，都不约而同地涉及“卖诗”或“鬻文”，并突出地渲染卖诗人能根据顾客所出的题目，不假思索地应声而出，说明了卖诗者思维的敏捷和诗艺的精熟。

宋代科举制度的繁荣，大大促进了全社会的读书热潮，这固然是好事。但是社会为读书人准备的传统出路就只有通过科举考试一条道，所以美国汉学家研究宋代科举的著作，就起了《荆棘之门》这个题目。⑤ 一方面不断的历史积累，从而导致大量冗官、冗员的出现，以至于就是历经千辛万苦通过了荆棘之门而被录取了，许多年后仍然没有实职可授，不断增多的冗官、冗员造成了士人进身之路的困难。同时，虽然宋代科举取士人

---

① （元）无名氏：《东南纪闻》卷二，四库全书本。

② 《全唐诗》卷二百七十五，中华书局1980年版，第3118页。

③ （宋）周密撰：《云烟过眼录》卷一，四库全书本。

④ （清）厉鹗：《宋诗纪事》卷三十六，上海古籍出版社1983年版，第930页。

⑤ JOHN. W. CHAFFEE, *The Thorny Gates of learning in Sung China*: *a social history of examinations*, Cambridge University Press, 1985.

数比较唐代大大增加，其取士人数，是唐代的近10倍，[①] 但是科举制从北宋开始，其参与者的基数就不断扩大，参加科举人数不断增加而录取人数虽然已经大大超越唐代，但是毕竟增加有限，从而使录取比例不断缩小，从而不仅导致了一个使读书人逐渐变为地方精英的过程，[②] 更为严重的是积累了越来越多的不能录取的读书人，从而形成一个越来越庞大的群体。而这两个方面，都大大加剧了属于江湖诗人、下层文人的数量的急剧增加。书商陈起就是一个典型的例子。他是乡贡第一，但是仍然不能考取进士科等科名。

南宋时期科举考试竞争之激烈，录取之困难，宋李心传撰《建炎以来朝野杂记》乙集卷十五中的一则史料，从中可见一斑：

> 省试。旧以十四人取一名，隆兴初，建、剑、宣、鼎、洪五州进士，三举实到场者，皆以覃恩免解，有旨增省额百人，遂以十七人取一人，而四川类省试则十六人取一名，后不复改。[③]

而南宋冗官问题的严重和难以解决，在宋李心传撰《建炎以来朝野杂记》乙集卷十六的“特奏名冗滥”条中，同样可见一斑：

> 特奏名进士。旧二人而取一。淳熙初，议者以为冗滥尤甚，请裁节之。诏吏部同给舍详议。于是尚书程泰之、给事中王仲行、舍人陈叔晋等，奏乞三人取一人。其不入四等人，旧许纳敕再试，今止许一试。旧免解人有故不入试者，理为一举，今不理。旧潜藩五路举人及久在学校充职事人，并升甲，今止升名。奏可。六年三月也其后朝廷每有庆霈，则前后不中选者，尽取而官之，往往千数百人，充塞仕路，遂成熟例，不可复减矣。[④]

南宋时期参与科举考试基数大幅度增长，读书而不能及第者，形成应

---

① 关于宋代科举录取情况，参龚延明、祖慧《宋登科记考》，江苏教育出版社2005年版。

② 参［美］包弼德《唐宋转型的反思——以思想的变化为主》，刘宁译，《中国学术》第三辑，商务印书馆2000年版。

③ （宋）李心传：《建炎以来朝野杂记》，中华书局2000年版，第775页。

④ 同上书，第777页。

该数量很大的阶层。宋代形成的冗官、冗员问题到了南宋中后期更为突出，官僚体制无力吸收这一阶层，使其游离于仕进道路之外，成为士人阶层社会的边缘人物，既不能入仕，作为传统读书人的唯一正途，又因为读过书而不能像其他非读书人那样自然、自愿从事农工商，从而形成既不能进入士阶层，又不能或者说不情愿进入农工商阶层的一种中间阶层与尴尬处境。这些沉沦下僚的读书人为生存所迫，不得不从而由传统的文学创作方式被迫转型为新型的文学生产方式，成为中国历史上第一批为文学市场而从事文学生产的文化群体。

而文学生产群体的形成，一方面是历来有以鬻诗、文为获得利益的事件。但是毕竟是属于少数的，个别的情况。宋代之后，在商业文化繁荣，商业观念普及的历史语境下，这种情况更为普遍了，而书坊的印刷、出版，则为之提供了一种新型的更为有利的方式鬻诗、文渠道；另一方面，南宋的冗官、冗员，科举取士难度不断增加等诸多因素，使大批读书人沉沦下僚，处于生存困境，正普遍有此以鬻诗、文为获得利益的需要。书坊的存在，书坊主人的组织，则为其需求提供了一个现实的实现的机会、途径和场所。

正是在这一历史条件和新的现实可能性的情况下，一部分江湖诗人，其创作体现出了一种新的文学发展趋势、特征，即由传统的文学创作向现代意义的文学生产的转型，其性质已经根本不同于此前为止的文学创作，是商品化经济繁荣、发展和印刷技术普遍运用，出版繁荣等社会、经济、技术、思想观念因素的综合作用、影响下的产物，是文学商品化、文学活动商业化的一种现代文学生产的先声和萌芽。

身居下僚，生存状态恶劣，迫使其为生存而艺诗，为谋生而生产诗歌，诗歌成为谋生的手段。从职业化和经济独立性等方面而言，这是一种历史的进步，不再依靠皇权，不再依赖干谒，依靠市场，通过个人文学生产而独立生存，成为最早的一批为文学商品而从事文学生产的新型的文学生产者群体，在被迫条件下，走上了开辟新型的文学生产方式萌芽的道路。

戴复古自称："七十老翁头雪白，落在江湖卖诗册。"① 可见他年逾古

① （宋）戴复古撰：《石屏詩集》卷一《市舶提举管仲登饮于万贡堂有诗》，浙江古籍出版社 1992 年版，第 19 页。

稀仍流落江湖，继续以卖诗挣钱。又如《谢王使君送旅费》："风撼梅花雨，雾笼杨柳烟。如何残腊月，已似半春天。岁里无多日，闽中过一年。黄裳解留客，时送卖诗钱。"他的诗友邹登龙有《戴式之来访，惠石屏小集》一诗，云："诗翁香价满江湖，肯访西郊隐者居。瘦似杜陵常戴笠，狂如贾岛少骑驴。但存一路征行稿，安用诸公介绍书。篇易百金宁不售，全编遗我定交初。"① 从"诗翁香价满江湖"和"篇易百金宁不售"等句看，戴复古诗名颇大，他的诗词作品也就格外值钱。而且他送人的作品集，应该是刊刻出版的刻本。元代戴表元撰《剡源文集》卷二十四《石屏戴式之孙求刊诗版疏》说：

> 伏以天台山高几万丈，产人杰以何多；石屏翁死未百年，有诗名之故在。思昔江湖半天下之迹，定交真袁诸大老之间。掀髯顾盼，则轩盖成云；握手笑谈，而壶觞达曙。故其吟篇朝出，镂板暮传。悬咸阳市上之金，咄嗟众口；通鸡林海外之舶，贵重一时。既遭遇之如斯，何消磨之遽甚。今欲访劫灰之残烬，斫文梓之新编。风雅运开，定有闻名而乐助；英贤气合，何须同世之相逢。慷慨挥毫，琳琅照目。谨疏。②

所谓"镂板"，明确说明了是刊刻的诗集。戴复古诗名在当时十分有名，宋林民表编《赤城集》卷十七中保存有吴子良撰写的《石屏集后序》，其中说："石屏戴式之以诗鸣海内余四十年。"③ 到了元陈栎撰《定宇集》卷五中也说："石屏戴式之以诗鸣于一时。"④ 方回《瀛奎律髓》卷二十论及江湖游士时，特别提到戴复古"以诗游诸公间，颇有声。……以诗为生涯而成家"。⑤"以诗为生涯"，正是反映了文学商品化之后的结果。

---

① （宋）邹登龙：《梅屋吟》，《江湖小集》卷六九，四库全书本。

② （元）戴表元：《剡源文集》卷二十四《石屏戴式之孙求刊诗版疏》，《全元文》第12册，江苏古籍出版社1999年版，第274页。

③ （宋）林民表编：《赤城集》卷十七，四库全书本。

④ （元）陈栎：《定宇集》卷五，四库全书本。

⑤ （元）方回选评，李庆甲辑评点校：《瀛奎律髓》卷二十，上海古籍出版社1986年版，第840页。

因为刘克庄的作品非常受人欢迎，自然就有消费群体。邹登龙《梅屋吟》《寄呈后村刘编修》就描述了人们竞相购买和珍藏刘克庄诗文的情况："众作纷纷箅噪蝉，先生中律更钩玄。如开元有二三子，自晚唐来数百年。人竞宝藏南岳稿，商留金易后村编。倘令舐鼎随鸡犬，凡骨从今或可仙。"①

上述是生前就有诗名，因而可以依靠书坊刊刻诗集获取利润而生活的例子。也有自己生前清贫，学习陶渊明躬耕为生，而身后诗集被刊刻。四库全书集部四别集类三《瓜庐集》提要："瓜庐集一卷，宋薛师石撰。师石字景石，永嘉人，隐居不仕，筑室会昌湖西，题曰瓜庐。……集卷末有王绰所作墓志，述其始末甚详。卷首有赵汝回序，称其每与四灵聚，吟独主古淡。融狭为广，夷镂为素，神悟意到，自然清空。"② 赵汝回序中称：

> 景石名家子，多读书，通八阵八门之变，乃心物外，至忘形骸。筑庐会昌湖西。
>
> 灌瓜贴树篘醇击鲜，日为文会，论切闾析，恐不人人陶谢韦杜也。情真气和，庶几乎有道者，而年五十一死矣。死后人士无远近，争致其诗，其子弟手钞不能给，于是相与刻之。③

更为值得注意的是南宋时代周弼的情况，李龏在为诗歌其编辑成《端平诗隽》并且刊刻出版所作的序中说：

> 汶阳周伯弜，与予同庚生同寓里，相与往来论诗三十余年。尝手刋《端平集》十二卷行于世。伯弜十七八时即博闻强记，侍乃翁晋仙已好吟泊，长而四十年间宦游吴楚江汉，足迹所到，所作于七国两汉三国六朝隋唐之体，靡不该备。声腾名振江湖，人皆争先求市，但卷帙中有晚学未能晓者稍多，予恐有不行之弊，兹于古体歌诗五言律七言律并五七言绝句，摘其坦然者，兼集外所得者，近二百首，目曰《端平诗隽》，俾万人海中。续芸陈君书塾入梓流行，庶使同好者便

① （宋）陈思编，（元）陈世隆补：《两宋名贤小集》卷二百七十一，四库全书本。

② 《四库全书》集部四别集类三《瓜庐集》提要。

③ 四库全书本《瓜庐集》赵汝回序。

于看诵，吾伯弜平生心不下人，今隔九原阅予此选必不以予为谬。宝祐丁已冬至日菏泽李龏和父述。[①]

《四库全书》集部四《端平诗隽》别集类三提要："《端平诗隽》四卷，宋周弼撰，弼字伯弜，汶阳人，……此本有临安府棚北街陈解元书籍铺印行字，盖犹自宋本录出，其诗风格未高，不外宋末江湖一派，而时时出入晚唐，尚无当时粗犷之习，一邱一壑亦颇有小小佳致也。"[②]

从李龏的诗序，我们可以知道周弼在世之时，就尝手刊《端平集》十二卷行于世，而且销售情况十分可观，所谓"声腾名振江湖，人皆争先求市"。而过世之后，他的好友又为其编《端平诗隽》，起因也交代得很清楚，因为已经刊刻的诗集"卷帙中有晚学未能晓者稍多，予恐有不行之弊"，所以要"摘其坦然者，兼集外所得者"，后者是为了集佚，而前者则是为了普及。大众文学的一个重要特征就是通俗。如果考虑仅仅是士大夫群体阅读，则根本不会考虑读不懂的问题，江西诗派的作品，远比周弼的诗歌晦涩难懂得多，也未见有此类担心，因为阅读群体只是三五同好，流传也大体在士大夫阶层内部。他们只考虑诗歌写得是否可以在士大夫中争胜，根本不关心是否读得懂，流传得广泛。而李龏则不同，他的诗集是要书坊刊刻发行，是要考虑市场的需求和阅读的消费群体的偏好的。正是由于要考虑市场发行的问题，所以才"恐有不行之弊"，才需要选择重新编排，出版发行，以获得更多的读者群体，"俾万人海中"，争取更大的销售市场。可以说传统的文学一直是为小众而创作，而新型的文学生产则是为大众服务，满足大众审美趣味和精神消费需求的。这是中国文学史的发展，一直到江西诗派诸君，都没有考虑过的问题。而为市场消费者群体的文学生产，则必然在内容、形式、题材和语言、艺术手法、审美趣味等诸多方面，需要首先考虑的是市场，是大众消费群体的需求，而不是自己的言志、缘情或者诗教。

另外一个值得注意的是，在诗集的序中，李龏提到"续芸陈君书塾入梓流行"，则很可能《端平集》也是由这家书坊刊刻出版的。而在《四库全书》的《端平诗隽》提要中提到他们所依据的宋版，"此本有临安府

① （宋）李龏：《端平诗雋·序》，汲古阁景宋钞南宋群贤六十家小集本。

② 《四库全书》集部四《端平诗隽》别集类三提要。

棚北街陈解元书籍铺印行字”。周弼是汶阳人，在今天的山东境内。属于肥城。李龏在诗序中说他与周弼是“同庚生同寓里，相与往来论诗三十余年”，这是确凿的事实，说明了当时许多士子为求自己的学业、举业或者文学创作的发展，而来到京师临安。在具有了一点诗名之后，便以在书坊刊刻诗集为生存之道。周弼的诗集大概是十分畅销，不仅当时由“续芸陈君书塾入梓流行”，至今保存有“临安府棚北街陈解元书籍铺印”的宋版，而且宋代临安著名的书坊主人陈思编、元陈世隆补《两宋名贤小集》卷二百七十七也收有《端平诗隽》（钦定四库全书），而临安因为刊刻《江湖集》成为士大夫中最知名的南宋书坊主人陈起，在《江湖后集》的卷一也收录了周弼的部分诗歌。可见李龏的营销策略是获得了很大成功的。

刊刻《端平诗隽》的临安书坊主人续芸陈君、临安府棚北街陈解元书籍、陈思和陈起，他们之间的关系，也是历来众说纷纭的。有说续芸陈君即陈解元，为陈起之子；也有说陈解元为陈起，因为有资料说明他曾经乡试第一；更有说陈思即续芸陈君；等等。因为书坊主人，身份低下，没有留下什么生平资料，只有陈起因为江湖诗案而在士大夫笔记中保存数条相关记载，陈思因为请名家魏了翁、陈振孙为其编刊的丛书作序，稍微保存一点信息，其他的则只有依靠宋版上的牌记和当时一些诗集的交往描写。因此，诸陈的关系论定，推测很多而直接证据很少，并且与本研究关系不大，故存而不论。无论诸陈关系如何，但是同样开在临安不同位置的几家书坊，则是基本无异议的。几个书坊同样刊刻了《端平诗隽》，足以说明通俗易懂的文学作品，在当时是有很大的市场和销量的。

正是新的社会、历史条件和物质生产、技术发展，导致书坊业繁荣发展，媒介革命，促使文学商业化，才为江湖读书人提供了一条新的可谋生存在道路，不再依靠干谒这种传统方式，在走不通仕进这条传统道路时，开拓出一条依靠市场，依托书坊、书商，通过满足城市市民消费群体需要，而获得利益、获取生存之道。由此，新型的文学生产萌芽。

第四节　生产、流通、消费：新型文学生产的现实发生

新型的文学生产萌芽是在临安都市文化繁荣背景下，在文学消费、文

学出版传播和文学生产诸方面因素孕育和具备的条件下最终实现的。那么，这些构成新型的文学生产的诸因素如何集合在一起？新型的文学生产又是如何具体实现的，其具体的发生过程是如何的？

书坊是以商业射利为目的的，不是慈善机构，也不是财力雄厚的资助者。因此，他们出版江湖下层士子的诗歌作品，当然不是为了慈善济贫的目的，而是书坊主人作为商人，为自己的书坊的商业发展、生存和获得商业利益而从事的事情。作为私有经济的个体商人，他们的书坊完全要依赖大众消费市场而生存，因此，他们必须具有敏锐的洞察市场需求、获得潜在商机，从而产生为市场生产的能力与动力。

如前所述，官刻与家刻均不以射利为目的，虽然官刻与家刻也有销售和获得利益的行为，甚至有的家刻后来发展为坊刻，[①] 但是官刻与家刻往往不计成本和利润，也不单纯依赖此谋生。他们的刻书往往只是考虑自身的特定需要和目的，而不会考虑市场的需求的问题。官刻基本以儒家经典、历代文、史名著和医书等为主，关心的是国家意识形态和国家政治、思想、教育、科举和大众健康等方面利益；家刻在基本与官刻内容相同的基础上，往往是增加了家族、亲友和乡贤的文集。在刊刻传统诗文方面，也是以传统雅文化、正统文学观标准下的经典作品为文学创作学习的典范和科举考试的准备。

而书坊主人则以其敏锐的商业头脑、眼光，发现了新兴市民阶层对于通俗文学作品的精神需求中所蕴含的商机和利益。新兴的市民阶层，他们既不需要为操心国家大事、思想、学术发展而读经典，也不仅仅为准备科举而读书，官刻、家刻的书籍，基本不能够满足他们的实际需求，他们对于文学作品，仅仅是作为日常生活中的精神生活需求的满足，是为精神的娱乐、时光的消遣等而进行精神消费。

虽然一些文章著述也涉及陈起刻书对于江湖诗派兴起的作用，但是未能从媒介文化转型的历史意义高度来认识这一文化现象与文学现象，也未能意识到江湖诗派的诗人在以陈起刻书为中介，形成了实质上已经不再是传统文学史意义上的诗歌流派，而是在新的传播媒介、商业化社会的新型文化语境下，新型的文学生产方式。这新的生产方式改变了传统文学的性

---

① 参谢水顺、李珽《福建古代刻书》，福建人民出版社 1997 年版；林应麟《福建书业史：建本发展轨迹考》，鹭江出版社 2004 年版。

质，从一种非商业化、文人自娱方式的、非生产性活动，变化为一种商业化、生产性的文学活动。

在与陈起交往的江湖诗人中，就保存了这方面的情况描写。黄文雷《看云小集》自序云："芸居见索，倒箧出之，料简仅止此。自《昭君曲》而上，盖经先生印正云。"[①] 又许棐《梅屋四稿》自跋云："甲辰一春诗，诗共四、五十篇，录求芸居吟友印可。"[②] 又张至龙《雪林删余》自序云："予自髫龀癖吟，所积稿四十年，凡删改者数四。比承芸居先生又为摘为小编，特不过十四之一耳。……予遂再浼芸居先生就摘稿中拈出律绝各数首，名曰《删余》。"[③] 又危稹《巽斋小集·赠书肆陈解元》二首之一云："巽斋幸自少人知，饭饱官闲睡转宜。刚被旁人去饶舌，刺桐花下客求诗。"其二："兀坐书林自切磋，阅人应似阅书多。未知买得君书去，不负君书人几何。"[④] 又赵师秀《清苑斋诗集·赠陈宗之》云："每留名士饮，屡索老夫吟。"[⑤] 这说明，陈起经常关注着同时江湖诗人的创作情况，并与他们保持着最密切的联系。陈起索要和编辑、出版这些诗人的作品，而这个诗人群体，也就成为陈起书坊出版满足新型市民审美趣味的文学消费品的比较稳定的文学生产群体。

陈起在《题西窗食芹稿》一诗中自道其编辑、刊刻的艰辛："曾味西窗稿，经年齿颊清。细评何物似？碧涧一杯羹。"[⑥] 显然，陈起在编辑中带有自己的审美观，带有对满足大众消费市场审美趣味的需求的编辑标准，以上所引"印正"、"即可"、"摘为小编"、"拈出"云云，都应该是陈起根据市场消费大众的趣味，所进行的规导和影响。这样，在陈起的周围就聚集了一大群江湖诗人，为其提供稿源，"以书贾陈起为声气之联络"[⑦]。刘克庄《赠陈起》云："陈侯生长繁华地，却似芸居自沐薰。炼

---

① （宋）黄文雷《看云小集》，载陈起编《江湖小集》卷五十，四库全书本。

② （宋）许棐撰：《梅屋集》卷四，载（宋）陈起编《江湖小集》卷七十七，四库全书本。

③ （明）毛晋：《汲古阁景宋钞南宋群贤六十家小集》卷三十三，《西麓诗稿·雪林删余》。

④ （宋）陈起编：《江湖小集》卷六十危稹《巽斋小集》，四库全书本。（明）毛晋：《汲古阁景宋钞南宋群贤六十家小集》卷三十，《秋江烟草·癖斋小集·巽斋小集》。

⑤ （宋）赵师秀撰：《清苑斋诗集》，四库全书本。

⑥ （宋）陈起编《江湖小集》卷二十八陈起《芸居乙稿》，四库全书本。

⑦ 《四库全书》《梅屋集》提要，四库全书本。

句岂非林处士，鬻书莫是穆参军。”①

“鬻书莫是穆参军”则恰恰反映了陈起鬻书的某些特征。可惜自来谈陈起的文章，基本会引刘克庄《赠陈起》诗歌，但是却没有认真去考证这个用典的含义。

> 穆修……晚年得《柳宗元集》，募工镂板，印数百帙，携入京相国寺，设肆鬻之。有儒生数辈，至其肆，未评价值，先展揭披阅。修就手夺取，瞑目谓曰：“汝辈能读一篇，不失句读，当以一部赠汝。”其忤物如此，自是经年不售一部。②

刘克庄正是以此典故来称颂陈起。

陈起与众多才俊相互往来。不仅是提高声誉、声名，体现其靠拢和认同主流文化。而且也具有重要商业功能。一方面，培养一个比较稳定的稿源，一个新型文学生产的生产者群体。传统士大夫的文学创作，是不屑于为市场而生产的。宋代的文学家，除苏轼等少数诗集被盗版商业刊刻出版之外，多数诗文集是属于家刻，并非是商业出版。③ 其目的不是为了在市场流通，也并非为市场而生产。而书坊的生存和发展，则必须依赖书籍的消费市场，因此必须有一个为满足和适合消费市场而进行文学生产的群体。

另一方面，众多江湖才俊，也是一个比较稳定的书籍消费群体，陈起与他们的广泛交往，同时也为自己的书坊的书籍销售，开拓了一个比较稳定的消费市场群体。

在与陈起交往的江湖文人的相互赠诗中，有多首记载陈起赠书的情况，说明对一些无力购书的贫士，他赠送书籍，允许他们赊书。许棐《梅屋四稿·陈宗之叠寄书籍小诗为谢》云：“君有新刊须寄我，我逢佳

① （元）方回选评，李庆甲辑评点校：《瀛奎律髓》四十二寄赠类，上海古籍出版社 1986 年版，第 1534 页。

② （宋）魏泰撰，李裕民点校：《东轩笔录》卷三，中华书局 1983 年版，第 30—31 页。

③ 参张秀民著，韩琦增订《中国印刷史》，浙江古籍出版社 2006 年版。肖东发：《中国图书出版印刷史论》，北京大学出版社 2001 年版。

处必思君。”① 又黄简《秋怀寄陈宗之》云：“惭愧陈征士，赊书不问金。”② 这样，他的书铺就并不完全是商业性经营，而一大群江湖诗人聚集在他的周围，也不完全是功利性交往。但是需要考虑的是，陈起赠书，毕竟是个别、有限的读者，而根据这一事实，可以作如下的进一步推断：

一是这些为感谢其赠书而创作的诗歌及其受赠者本人，成为其书坊的有效的广告，一方面是书坊的广告，吸引更多士子购买书坊之书。另一方面是对于书坊主人的人格的广告，诚信的人品，而这两方面对于一个书坊的成功，都是很重要的。

二是这些诗人，当其有经济能力之时，是会购买陈起书坊的书籍的，不可能总是赠书，赠书只是偶尔为之，而这些心存感激的诗人，在有经济能力的时候，也会购买书坊的书籍。所以赠书在客观上也是在培养潜在消费群体。

三是偶尔对于少数江湖士子的赠书，也正意味着和暗示了大多数人毕竟是通过购买方式获得的，表明了其消费群体中是有一个比较可观的数量的士子阶层。

陈起作为一个诗人，与当时许多布衣诗人，因为到其书坊购书，而有交游，诗歌唱和，从而引发了他刊刻这些诗人的诗集，以满足新兴市民之需求，而这些诗人，由于多为布衣、江湖人士，官刻、家刻不会刊刻其诗集，正是一个空白。陈振孙称临安为书坊巧为射利：

> 《江湖集》九卷，临安书坊所刻本。取中兴以来江湖之士以诗驰誉者。而方惟深子通承平人物，晁公武子止尝为从官，乃亦在其中，其余亦未免玉石兰艾，混淆杂沓。然而士之不能自暴白于世者，或赖此以有传。书坊巧为射利，可未以责备也。③

“未以责备”也见出宽容和理解。同时，也反映了当时的人们认为江湖集的刊刻目的是巧为射利，而其中的关键是“巧为”，因为射利是书坊

---

① （宋）许棐撰：《梅屋集》卷四，《梅屋第四藁》，四库全书本。

② （宋）陈起编：《前贤小集拾遗》卷四，读画斋刊《南宋群贤小集》本，清嘉庆六年序刊。

③ （宋）陈振孙撰，徐小蛮、顾美华校点：《直斋书录解题》卷十五，上海古籍出版社1987年版，第452页。

的普遍性质，可以理解，而巧为射利则体现出了临安书坊的出版智慧与出版策略。

但是陈起书坊的经营方式和与士大夫群体的广泛交往并非是唯一的，而只是众多如此经营的书坊之中的一个典型。对比刻书业更为发达的福建建阳，则城市文化对于书坊繁荣、发展的意义和影响的重要作用就凸显出来。

城市特别是作为首善之区的都城，文化发达，士大夫文人集中，人文荟萃，有发达的文化需求，城市经济、商业发达、繁荣，形成新型市民阶层同样有不同层次的文化需求，而经济、商业的繁荣也提供了经济支撑。才能形成如此多的书坊同时并存。

而建阳城市文化本身难以支持，主要是通过外销为主，则缺乏对于文学生产的直接、有效的影响，难以形成像临安陈起书坊那样的模式。两者对比，则城市文化繁荣的意义、作用就体现出来了。

诸陈刊刻各具特色的书籍，只是希望能够有品位、有文化意味地“射刊”，而不是单纯地考虑经济利益，同时，希望有社会效益和文化品位。他们当然在当时预见不到这一举动在中国文化史上的重大意义，同样，为陈起的书坊提供稿源、投稿，开始面向市场而进行商业性写作的江湖士子，当然也不清楚，在不情愿和被迫、无奈的情况下，为了能够通过一种有文化品位的更为体面的方式谋生，从而开启了具有现代文学生产意义、性质的新型文学的大门和道路。对于他们而言，历史的深远意义是无法预见的，正像哈耶克自发秩序理论所指出的一样，[①] 人类许多重要的发明、创新、文化事件，最初都是在不经意间，无意识（并非为某项人类重大价值的工程而工作，也并未引起时人注意的方式）开始进行这个历史进程中被后人所重视的工作。而他们的工作，从今天考察其意义，他们跨出了一小步，人类文明迈进一大步，新型文学生产发展一大步。

由于比较明确和有限的刻书目的、范围，官刻与家刻是不会考虑现实中无名江湖士子的诗歌作品的出版的，因为他们既非传统四部的经典，也非当世的名家。而书坊主人则不然。既然市民阶层有其文学消费的需求，而江湖无名士子的作品，作为当代文学特别是通俗文学作品，虽然不是什么经典之作，不入传统选家法眼，不能登大雅之堂，但是当下之人，写当

① ［英］哈耶克：《自由秩序原理》，邓正来译，三联书店 1997 年版。

下身边日常生活之事，虽然在传统批评家眼中，认为立意不高，少写重大题材，语言上也少锤炼而比较通俗、粗糙，等等，然而，这些却恰恰符合和满足了新兴的广大都市市民阶层消费者的精神消费需求。以日常生活的语言书写普通百姓日常生活的酸甜苦辣、生活百态，语言浅近、平易，甚至幽默、风趣，乃至有些油滑，虽然为士大夫所鄙夷，却恰恰是市民百姓所深爱的。

看看这些被书坊出版了的诗歌，是如何浅显明了、日常化、世俗化："双燕引雏花下教，一鸠唤妇树梢鸣。"（赵汝燧《野谷诗稿》卷六《途中》）"陇首多逢采桑女，荆钗蓬鬓短青裙。斋钟断寺鸡鸣午，吟杖穿山犬吠云。避石牛从斜路走，作陂水自半溪分。农家说县催科急，留我茅檐看引文。"① "野巫竖石为神像，稚子搓泥作药丸。柳下两妹争晌路，花边一犬吠征鞍。"② 这些七律里，诗句不再像前人的山水诗那样高蹈出世，也不像很多田园诗带着士大夫的高雅情调，出现的更多的人物是农夫、樵夫、村娃和采桑女，因而充满了平民的欣赏趣味和民间气息。荆钗蓬鬓的采桑女，自然与罗敷反差强烈，农家说县催科急这样的俗事，也根本入不了高雅诗歌的诗材，而争晌路、一犬吠则更是俗不可耐的意象，但是这些确实是实实在在日常生活中的普通而又平常的景象。

类似的如高翥《菊涧小集》之《秋日》："庭草衔秋自短长，悲蛩传响答寒螀。豆花似解通邻好，引蔓殷勤远过墙。"③ 乐雷发《雪肌从稿》卷四《秋日行村路》："儿童篱落带斜阳，豆荚姜牙社肉香。一路稻花谁是主，红蜻蛉伴绿螳螂。"④ 读习惯了陶渊明或者王、孟、韦、柳的田园诗的士大夫们，自然难以忍受这样的俗作，如同今日听习惯了古典音乐的，忍受不了超女快男，但是他们同样有大众市民的广大消费市场和接受群体。

这种彻底地为市民的审美趣味服务，为大众的精神消费需求而进行文学生产的文学写作，彻底改变了传统诗歌为谁写、谁来读和为什么目的而写诸多重要的方面。其创作的潜在读者群体，发生了根本的变化。⑤ 也正

① （宋）赵汝燧：《野谷诗稿》卷六《陇首》，四库全书本。

② （宋）乐雷发：《雪肌丛稿》卷三《常宁道中怀许介之》，四库全书本。

③ （宋）高翥：《菊涧小集》之《秋日》，四库全书本。

④ （宋）乐雷发：《雪肌丛稿》卷四《秋日行村路》，四库全书本。

⑤ 关于潜在读者问题，参［美］布斯《小说修辞学》，华明、胡晓苏、周宪译，北京大学出版社 1987 年版。

是这种转变，在江湖诗人作品中，才出现了大量这样的诗句：

路从平去好，事到口开难。①
闲时但觉求人易，险处方知为己深。②
不随不激真吾事，乍佞乍贤皆世情。③
惯经世态知时异，拙为身谋惜岁过。④

这些诗句，是他们自己长期沉沦下僚，在下层市井和奔波豪门之间讨生活，久历人生浮沉、深谙世态炎凉的深切体会基础之上的人生经验的总结。王士禛《带经堂诗话》卷二《综论门》二《摘瑕类》云："恶诗相传，流为里谚，此真风雅之厄也。如'世乱奴欺主，时衰鬼弄人。'唐杜荀鹤诗也。'今朝有酒今朝醉，明日愁来明日当。'罗隐诗也。'但知行好事，莫要问前程。'五代冯道诗也。"⑤

身居高位，提倡诗歌神韵说的王士禛，自然是看不上这些不能够登大雅之堂的俗诗。他曾经下功夫编辑了《五代诗话》，所以所举例子，都是晚唐五代的。这位推崇唐诗，特别推崇王维的大诗人，大概因为不太喜欢宋诗而没有列举这些远比他所列举的晚唐五代更为普遍的俗诗。但王士禛也不得不指出这样的事实，即虽然为他这样的清流不齿，但是却能够"流为里谚"，说明了这些诗在市民阶层中的生命力和广泛接受程度。这些诗句，从艺术的标准，基本乏善可陈，而从指导市民日常生活的意义而言，就如同后来的《增广贤文》一类的里谚文字，处世名言，是市民生活百科、实用大全中的好材料，有极高的实用价值。将上述诗句与《增广贤文》对比一下，就十分清楚了。

正是因为面向大众，所以诗歌就追求通俗化、口语化，有时甚至是近于打油诗。就是当时的著名江湖诗人也不能免俗，戴复古《懒不作书急口令寄朝士》就十分典型："老夫眼尚明，细把诸君看。试将草草书，用

---

① （宋）释斯植：《采芝集》，《自谓》，四库全书本。
② （宋）施枢：《芸隐倦游稿》，《书事》，四库全书本。
③ （宋）赵汝绩：《道中登岭》，《江湖后集》卷七，四库全书本。
④ （宋）陈必复：《江湖》，《江湖后集》卷二十三，四库全书本。
⑤ （清）王士禛：《带经堂诗话》卷二，人民文学出版社 1963 年版，第 56 页。

写区区愿。一愿善调燮，二愿强加饭，三愿保太平，官职日九转。”[①] 而林希逸《和后村二首》之一：“诗胜卢仝酬马异，客无李四与张三。”[②] 和叶茵《鲈乡道院》：“事变无涯吾老矣，死生有命汝知乎？”[③] 更是有些油腔滑调，也难怪“油腔腐语，编凑成集”之讥了。[④]

这些作品，其性质、功能、目的，于传统载道、不朽、诗教、言志完全不同，是一种与传统精英文化、雅文学完全不同类型的适合市民大众文化的俗文学的市场需求的文学的商业生产，而这也恰恰是中国文学史上从未有过的文学现象。

而这也正是在宋代城市革命的历史背景下，都市文化繁荣的历史条件下出现的新的社会产物和文化现象。一方面，没有都市文化的繁荣，书坊业不可能繁荣、发展；另一方面没有新兴市民阶层的崛起，其精神需求形成潜在的文化消费市场，书坊也不可能出于商业目的，为市民的大众文化需求进行大众文学产品的生产。

都市市民消费群体的诞生和发展，刺激、产生和发展了新型文学生产方式、文学传播方式和文学消费方式。而为商业利益驱动，书坊业所发挥的创造性作用，是十分重要和功不可没的。

因此，都市文化的发展与繁荣，新型市民阶层的出现及其新的文化需求，才促使了书坊业的繁荣与发展，也才刺激和激发了他们为满足公众的文化娱乐、消费需求而萌生的新型文学生产方式与文化产品出现。

正像人类许多重要的历史事件、文化现象一样，往往其萌芽始初之时，并未引起人们的关注、重视，是在后来的历史视域中被加以推重，在后视的视野中，看到其在人类历史上、文化史上的重要的开拓性的意义。而当时的人们，却往往很难预见到他们的工作将会产生的重要的影响和意义。对于临安书坊业，对于临安都市文化繁荣背景下的新型文学生产，这些文化现象，都可以作如是观。他们的意义，甚至至今仍然未被真正呈现

---

① （宋）戴复古著，金芝山点校：《戴复古诗集》卷一，浙江古籍出版社1992年版，第19页。

② （宋）林希逸：《竹溪鬳斋十一稿续集》卷一，四库全书本。

③ （宋）叶茵：《顺适堂吟稿》乙集，四库全书本。

④ （清）李调元：《雨村诗话》卷下，载郭绍虞选编，富寿孙校点《清诗话续编》第三册，上海古籍出版社1983年版，第1534页。按：李调元的《雨村诗话》在《清诗话续编》为两卷本。《雨村诗话校正》（巴蜀书社2006年版），据说是二十二卷的全本，惜未见。

和揭示出来。

书坊业虽然是商业出版撰写的文化商品，但是毕竟是一种特殊的商业，是有文化特殊性的商业，与其他商业单纯追求商业利润不可能完全相同。特别是杭州陈起、陈思诸人，又与建阳刻书不同，是具有文化理想、文化品位，得到士大夫的认同和称赞的出版家与编辑家。他们是在从事一项文化事业。

事实上，开拓市场和出版非长线书籍，必须冒极大的风险。

官刻和家刻，是在经典上下功夫，不计成本，特别是一些家刻，如岳珂、廖莹中等，而坊刻则在长线经典和大众实用方面，科举、日常生活等方面。事实上就是在今天，在市场条件下，几乎所有出版社仍然是主要依靠这些长销书来维持基本收益。①

在宋代众多的书坊商人中，陈思和陈起，用今天的话可以称为儒商。他们都受过良好教育，是科举大潮中，大多数没有在科举激烈竞争中最终通过荆棘之门的士子中的“一个”，② 陈起通过乡贡，陈思还担任过专门为官府采买书籍的小官，但是，他们最终选择了进入宋代商业大潮中成为弄潮儿。然而，他们的文化背景使得他们成为有理想、敢于创新的书坊主。美国著名出版家贾森·爱泼斯坦指出：

> 图书出版业生来就属于家庭作坊式行业，分散、随意、个人色彩浓厚。在这个行业，干的最出色的往往是一小帮志趣相投的人，他们各尽所长，却又艳羡彼此的自主权，对于作者、读者需要什么、读者的兴趣点又在哪里他们都非常敏感。如果说赚钱是他们的首要目标，那么这些人大可去选择其他职业，……认同自己的角色，那就是献身于一种其回报是作品本身而不是其作品带来的资本价值的手工艺。③

临安陈起、陈思等人，推动了江湖诗派的形成，影响了一个新的文学时代的来临。

---

① 参［美］贾森·爱泼斯坦《图书业》，杨贵山译，中国人民大学出版社2006年版。

② “荆棘之门”是［美］汉学家贾志扬（John W. Chaffee）研究宋代科举的名著中的一个比喻，*The Thorny Gate of Learning in Sung China*，Cambridge University Press，1985。

③ ［美］贾森·爱泼斯坦：《图书业》，杨贵山译，中国人民大学出版社2006年版，第2页。

也正是因为这些新型文学生产的产品，其性质、功能、作用和目的等，均完全不同于传统的文学创作，因此以传统的文学批评、文学审美和文学观念来衡量的话，士大夫群体对于这些作品自然是要众口一词，大加讨伐了。传统的神圣的文学，沦落为大众的世俗的娱乐消费品，士大夫的痛心疾首、严厉批评和贬斥，就十分自然了。正如马克思所指出的：

> 一切所谓最高尚的劳动——脑力劳动、艺术劳动等都变成了交易的对象，并因此失去了从前的荣誉。①

南宋当世人评价江湖诗人，比如熊禾《题童竹涧诗集序》中说："近代诗人，格力微弱，骎骎乎晚唐五季之风，虽谓之无诗可也。"② 基本是全盘否定了。而包恢《书候体仁存拙稿后》甚至认为："尝闻之曰：江左齐梁，竞争一韵一字之奇巧，不出月露风云之形状。至唐末益多小巧，甚至于近鄙俚。迄于今则弊尤极矣。"③ 认为当时的江湖诗人的创作，连江左齐梁、唐末这样被认为诗歌最为衰败的时代都不如，也等于是全面否定了。到了宋末元初，方回对江湖诗人则进行了更为严厉和全面的批判：

> 近世为诗者，七言律宗许浑，五言律宗姚合。自谓足以符水心、"四灵"之好。而钽钉粉绘，率皆死语、哑语。试令作七言大篇如苏、黄、李、杜，五言短篇如韦、陶、三谢、嵇、阮、建安七子，又皆缩手不能。又且借是以为游走乞食之具，而诗道丧矣。（《滕元秀诗集序》）

> 近世诗学许浑、姚合，虽不读书之人，皆能为五七言。无风云月露烟霞、花柳松竹、莺燕鸥鹭、琴棋书画、鼓笛舟车、酒徒剑客、渔翁樵史、僧寺道观、歌楼舞榭，则不能成诗。而务谀大官，互称道号，以诗为干谒乞觅之资。败军之将、亡国之相，尊美之如太公望、郭汾阳，刊梓流行，丑状莫掩。呜呼，江湖之弊，一至于此。（《送

---

① ［德］马克思：《工资》，载马克思、恩格斯《马克思恩格斯全集》第6卷，人民出版社1961年版，第659页。

② （宋）熊禾：《勿轩集》卷一，四库全书本。

③ （宋）包恢：《敝帚稿略》卷五，四库全书本。

胡植芸北行序》)①

元、明时期人们扬唐抑宋，对宋诗大家都大加贬斥，江湖诗人更是不足挂齿。清人王士禛《带经堂诗话》："南宋诗小集二十八家，黄俞邰钞自宋刻，所谓江湖诗也。大概规橅晚唐，调多俗下……余多摹拟'四灵'，家数小，气格卑，风气日下，非复绍兴、乾道之旧，无论东京盛时，已可一概也。"② 而四库全书的编者也强调"宋末诗格卑靡"。③

这种对于大众文化及其文学生产的态度，自然也并非面临其刚刚出现时期的宋代士大夫及其以后传统士大夫群体的独特特征，而是各个民族、国家面临相同情况时候的同样的普遍反映，这样的情况一直持续到今天。无论是19世纪后期的英国著名绅士、文化学者、著名文学理论家马修·阿诺德，20世纪前期的英国著名绅士、文化学者、著名文学理论家利维斯对于通俗文化的激烈批判，④ 以及20世纪中期德国著名的法兰克福学派对于大众文化的尖锐批判，⑤ 还是20世纪末美国著名的文学理论家布鲁姆对于西方正典的强调，⑥ 正如英国文化学者费瑟斯通所说的，法兰克福学派批判理论家的代表人物阿多诺、霍克海默和马尔库塞等人，"他们瞧不起下里巴人式的大众文化，并对大众阶级乐趣中的直率与真诚缺乏同情"。⑦ 这样的评价，完全适用于对于宋代以来正统士大夫群体对于新型文学生产的批判。

南宋的刻书业形成了临安、建阳和成都—眉山三大中心，然而，虽然建阳和成都—眉山的刊刻、书坊业同样十分发达，但是由于缺乏像临安这

① （宋）方回：《桐江集》卷一，《宛委别藏》本，江苏古籍出版社1988年版，第21页，第102页。

② （清）王士禛：《带经堂诗话》卷十，人民文学出版社1963年版，第226页。

③ 《江湖小集提要》，《钦定四库全书总目》卷一八七，中华书局1997年版，第2622页。

④ 参John Storey, *An Introductory Guide to Cultural Theory and Popular Culture* , Prentice Hall, 1993。[英] 约翰·斯道雷：《文化理论与通俗文化导论》，杨竹山、郭发勇、周辉译，南京大学出版社2001年版。

⑤ 参［美］马丁·杰伊《法兰克福学派史》，单世联译，广东人民出版社1996年版。

⑥ 参［美］布鲁姆《西方正典：伟大作家和不朽作品》，江宁康译，译林出版社2005年版。

⑦ ［英］迈克·费瑟斯通：《消费文化与后现代主义》，前言，刘精明译，译林出版社2000年版。

一繁荣发达、人口稠密、文化发达的商业都市、政治中心这样的都市文化作为支撑，新型的文学生产的发生所需要的三大环节，就仅仅具备了出版、流通、传播的市场，而难以形成为商业化而从事文学生产，精神生产群体者和结构复杂的都市文学商品的消费群体这两大环节，因此，新型文学生产的萌芽都没有在上述两地形成，也充分说明了都市文化的繁荣发达之对于新型的文学生产之间的密切关系了。

而书坊出版的这些江湖士子的诗集，其定位也并非是社会性或者文化性的经典，而是普及性大众文化的精神消费品。而正是这些不被正统雅文化的士大夫所看重的，甚至遭蔑视的文化消费品，孕育着中国历史上第一次出现的新型大众文化。① 特定的文化产品，会建构起不同的社会、文化群体，② 而正是通过这种文学商品的生产、刊刻、出版和随后的购买、阅读、消费，建构起了一个新型的大众文化群体。而也正是通过这种不同的文化层次上的文学作品阅读群体，也建构起一种文化趣味的区隔和文化身份的认同。③ 而书坊业这一新型的文化媒介影响下的新型文学生产，也建构起了一个特殊的社会群体，即大众文化群体，体现出了印刷术——新型文化媒体和新型文学生产对于这个文化、历史上早期开始萌生和出现的大众文化的形成过程中的建构作用和重要意义、价值。

---

① 关于大众文化的特征、定义等，参英国著名新文化史代表人物彼得·伯克《欧洲近代早期的大众文化》，杨豫、王海良等译，上海人民出版社 2005 年版，第 1—78 页。

② 参［美］黛安娜·克兰《文化生产：媒体与都市艺术》，赵国新译，译林出版社 2001 年版。

③ 关于文化趣味的区隔，参［法］布迪厄 *Distinction: a social critique of the judgment of taste*, Harvard University Press, 1984。

结　语

在前述三编十章中，笔者分别从多个侧面和不同层面，以个案研究（司马光、邵雍、刘子翚）或者专题研究（金明池、锁院等）等形式，对于宋代两京都市文化与文学生产的一些点与面，进行了较为深入和细致的探索，但是限于具体的研究议题，各章主要是围绕具体希望解决的学术问题进行研究，呈现出来的，是一系列宋代两京都市文化与文学生产的各个侧面、层次和不同空间、局部的典型画面、场景与现象。虽然在写这些专题、个案之前和之中，内心是有着力图呈现出宋代都市文化转型语境影响和孕育下的宋代都市文学的整体景象与宏观特征，从而探索宋代文学史，特别是都市文学在内容、主题和艺术方面的新变，乃至在文学创造、生产及其阅读、消费等方面的开创与拓展，然而限于具体议题，未能充分展开。

但是，当我们将这些具体章节之间相互关联和互相生发的点与面、主题与特征等有机结合起来，从这一系列典型的侧面和场景，个案与专题研究的相互关联，互为补充，所结构出的一个整体和宏观的层面上加以观察与思考，则本课题研究就呈现出了宋代都市文化与文学生产新的现象、特征等更为整体和宏观的面貌。

借助四种文体的文学文献，透过四种视角，来分析、探索四种不同的观察视野和注意焦点中的东京都市文化，因而从不同的侧面，反映出了唐宋变革时期，城市革命之后，随着坊市制度的破坏，所形成的更为具有商业化特征的新的都市文化；也折射出由于从世族社会到平民社会的转型的唐宋变革，使具有淑世精神的士大夫阶层开始走向重要的政治舞台，“与士大夫治天下”[①] 的政治格局初步形成背景下，士大夫群体如何看待新型城市文化；同时也呈现了社会权力下移、城市的商业化、新兴市民阶层崛起等新的都市文化语境下，出现了新的都市市民文化的观察视野与文学表达。

都市娱乐，本身就是都市文化的一个突出方面，历代皆然，但是宋代从城市革命之后，出现了一系列新的都市文化现象，金明池游观就是一个典范和代表，从一个侧面见证、反映了不同于此前所有历史时期的新的情况、变化与发展。

北宋东京的金明池，很容易让人联想到唐代长安的曲江，也的确有其相似之处，就是宋代的话本，也是如此介绍金明池。但是，这些都忽略甚至无视了其间的很多重要的差异，而正是这些少为人所注意的差异，则恰恰体现了唐宋都市文化、文学诸方面的变迁，与宋代都市文化的新特征。曲江是一个公共游览胜地，而金明池则是一个皇家园林，同时又是一个在每年春季一段特定的时间中，由皇帝下诏出榜，面向全体东京市民乃至全体国民开放的公共园林。与曲江更为不同的是，金明池游观作为国家仪式表演性质，[②] 每年皇帝临幸，公开表演大型水戏和众多项目的各种演出，是曲江所无，透露出来一系列新的都市文化变革的消息。

通过金明池的专题研究，透过金明池这个具体北宋东京都市娱乐空间，可以看到与曲江之间差异背后所隐含与呈现的，宋代京都新的城市娱乐文化及其相关的城市政治文化、城市文学诸方面的新质、变迁。透露出从唐代世族文化向宋代平民文化转型的一个侧影。也透过皇家园林金明池的开放和与民同乐，看到宋代京城政治文化的某些新变化。

在唐代，我们无论是从唐传奇还是唐代诗歌，看到的总是士子文人精英眼中的曲江。而宋代关于金明池的文学作品则有了变化与不同，不仅内容上由单一的春游而变得丰富多彩，而且增加了新的社会、政治上的意义。更为重要的，对于都市重要地标、景观的观看与表达的视角、身份，也有了代表国家权力的唱和，体现士大夫精英文化的雅集与诗歌吟诵，和

---

① 文彦博语，参［美］余英时《朱熹的历史世界》，三联书店2004年版，第210—230页；参刘方《唐宋变革与宋代审美文化转型》，学林出版社2009年版。

② 国家仪式表演，参［美］克利福德·格尔兹《尼加拉：十九世纪巴厘剧场国家》，赵丙祥译，王铭铭校，上海人民出版社1999年版。

反映市民审美趣味的说话及其话本，是多声部的，是众声喧哗的。[①] 在不同身份、不同社会阶层的文学写作作品中，从各自的立场、视角、关注点，对于都市娱乐加以反映、描述，这是只有到了宋代，在经历了唐宋变革和文化转型之后，随着都市繁荣、市民阶层崛起，而呈现出来的新都市文化特征。

在第一、二章中，力求通过不同社会身份、不同审美趣味的多重视角，其文学作品凝视东京都市文化的焦点的游移、变化甚至分离，呈现出东京都市文化的一个立体的多侧面的整体风貌，以避免以往都市文学与都市文化研究的单一视角，尝试呈现出都市文化的多重空间与复杂层面，及由此而产生的多元的复杂的都市文学叙事，从而呈现宋代都市文学的新貌。

事实上，文学想象在产生城市的历史记忆与城市意象建构中起着非常重要的作用，许多人不是亲历其境，往往是通过文学作品，来欣赏和体验都市文化的，更不用说后世之人，在物质性城市景观不复存在的前提条件下，就只能完全凭依文学作品来进行历史记忆和景观意象的重构。因此，宋代出现的更为丰富和多样的都市文学，就具有了不仅限于文学史本身的意义与价值。

宋代社会的一个突出特征，是科举社会的形成，[②] 科举在国家文化生活中的重要性是前所未有和举足轻重的。而科举考试最主要的礼部考试和殿试，都是在京城举行，成为京城文化的一个重要方面和显著特征，也构成了京城都市文化的一个特殊文化现象和文化景观。

宋代科举改革，对于文学发展影响巨大而且深远，就是科举考试制度本身，也产生了京都之中如礼部唱和这样的文学活动、文人集会与文学创作，形成京都文化的一个特色。而以锁院制度下的礼部唱和这样一个独特视角，将都市娱乐文化中十分突出的元宵节日狂欢文化，与科举文化这样的都市重要的政治文化联系起来。距离产生了美，[③] 礼部唱和诗歌产生于

---

① 参［俄］巴赫金《拉伯雷研究》，《巴赫金全集》第五卷，李兆林、夏忠宪等译，河北教育出版社 1998 年版。

② 参梁庚尧《宋代社会经济史论集》，台北允晨文化实业股份有限公司 1997 年版；何忠礼《科举与宋代社会》，商务印书馆 2006 年版；［美］John W. Chaffee，*The Thorny Gate of Learning inSung China*，Cambridge University Press，1985。

③ 审美距离说，参朱光潜《西方美学史》，下卷，人民文学出版社 1979 年版。

礼部空间中，以一定空间距离之外的观看与文学表达，呈现了东京都市节日文化、科举文化与文学新变等诸多方面的丰富内涵。不仅从一个独特视角，沟通了都市文化中的两个方面，而且体现出也只有宋代京都才能产生出来的特殊的都市文学。

如果说《东京梦华录》是一部关于一座城市的历史记录，呈现出客观化、世俗化的特征，以一代史笔，记载了城市文化从地理环境、建筑布局一直到都市风俗、城市饮食、节庆、娱乐等诸多方面的内容，那么《汴京记事》组诗，则是士大夫精英文化记忆视野中的东京梦华，不重在对于东京都市的全面的历史的记录，而是有选择性地作为一种社会记忆与文化想象，更具有建构南宋国家政权合法性依据，同时建构自身行为、生命与追求的意义世界的性质与特征。因而重要的不是如何实录，而是通过社会记忆，重建价值依据与意义世界。而其写作也就有了与此前三章所涉及的作品迥然不同的时间、空间背景和社会与个体的创作心态。而这一组记忆中的东京都市文化的文学书写，则不仅丰满了东京都市文化的历史面貌，而且丰富了都市文学写作的样态、主题与表达方式。

洛阳作为九朝帝都，其都市文化的积淀，自然是丰富而且深厚，其都市文化的多样性与丰富性也是可以逆料的。洛阳编三章，将研究的着力点放置在其最具特色的，特别是唐代以后形成和不断加强的新的都市文化特征——陪都文化特色方面。三章合观，从个案考察到雅集研究，从个体诗歌书写到诗会唱和应对，呈现出了洛阳都市文化，特别是其中最具特色的陪都文化对于文学家、文学活动和文学创作产生的巨大影响。同时，更为重要的是，通过洛阳城市文学研究，透过具体的历史事件、文学活动与文学作品及其人物行为等方面的梳理、分析与阐释，揭示出了发生于洛阳城市之中的，与洛阳城市文化密切相关的这些文学活动与文学生产，又是如何想象和重构洛阳陪都文化的特征。并且这些文学活动及其重构的洛阳陪都文化，又成为一种新的洛阳都市文化的传统，影响后世，形塑洛阳城市文化，从而具体展现了一种城市文化传统的发明的历史过程。

陪都文学基本成熟于唐代，大发展和典型在宋代，明代则衰落，而清代虽然有陪都，但是盛京没有文化基础和人才基础，没有形成陪都文学。宋代陪都文化最具典型意义，形成的原因值得思考。制度与政权的差异，党争性质不同，特别是士大夫阶层不同，是重要因素。宋代形成皇家与士大夫共天下，士大夫先天下之忧而忧、后天下之乐而乐的淑世情怀，与仍然保持世家和依靠陇右、山东贵族集团的唐王朝不同，也与明王朝长期实行专制、对士大夫严加迫害、打击，从而使士大夫缺乏对政权的向心力，反而形成离心力不同。此外，城市文化本身的文化环境、历史积淀，文学人才的历代分布状况特征，等等，也都是影响陪都文化的重要因素。

陪都文化的一大关键，是随着政坛的风云变幻而变化，熙宁元丰时期的洛阳陪都文学的繁荣及其元祐后走向衰落，与此一时期发生在东京的政治斗争——新旧党争紧密联系在一起，最为典型地体现了这一特征。

更进一步，透过司马光和邵雍两个个案的研究，揭示了中国文学史上的一个重大转折的历史时刻的到来及其历史过程，重新“发现”了司马光与邵雍二人在中国城市文学史发展上的重要作用与特殊地位。对于这一长期被忽略甚至遮蔽的文学史重要现象，起到了去蔽的作用。

北宋的杭州西湖，既不同于陶渊明的田园风光，也不同于王维的辋川别墅，陶渊明、王维的作品中那种田园、山水与城市的对立、分离，呈现的是相互冲突、隔离的空间，是现实和理想世界的两个代表。与此不同，北宋的西湖风景已经都市化了，是都市化的湖光山色，都市与自然合二为一，视为一体。都市与自然不再是相互对立、冲突，而是两美相并，共同建构出新的都市文化与都市景观。

临安都市文化的一个突出特征，就是呈现出了南宋临时的都城，与北宋故都追忆的镜像的二重性特征。

当南宋时期，杭州升为临安府，作为临时的都城之时，（虽然这个临时首都一直延续到南宋亡国），汴州已经是从北宋东京，从当时世界上最为繁华的都市，衰败为亡国象征，南渡士大夫记忆中的故都。然而，无论从显到隐，从物质到精神，汴州都深深影响了临安都市文化。

同样重要的是，南宋的文学、学术、思想、文化，渊源于以东京为代表的北宋。

正因为如此，众多南渡士大夫与东京都市文化，与东京的政权有着太多的无法割舍的内在关联，是无法简单地以单一的批判与谴责的视角去解释和理解南宋士大夫们的作品与内心世界的。宋代的中国，是一个“与士大夫治天下”的社会，是一个不同于唐代及其以前的中国王朝与社会的新性质的社会与王朝，皇权与士大夫，通过科举等重要中间环节，成为休戚相关的利益整体。因而，如果说多数研究者关注的是和平时期，士大夫与皇帝共同治理天下的一面，则南渡士大夫，则表现了共同治理天下的另外一个方面的丰富内涵。

因此，故都追忆的文学，就其与特定的城市文化这一角度而言，不仅丰富和重要补充了北宋京城文化的诸多上流都市文化的侧面、时尚、生活与政治的轶事，等等，而且也构成了理解和阐释南宋临安城市文化深深打上北宋汴京都市文化烙印的历史文化语境。

汴州作为杭州的一个文化想象，一种逐渐减弱的社会隐痛与逐渐模糊的文化记忆。而杭州成为汴州的一个文化镜像，从某种意义上说，临安城市文化也是一定程度上生存于汴京文化的一道阴影之中。也正是因为如此，北宋东京时代产生的京都大赋，在临安不再出现，就是《都城记胜》与《西湖老人繁胜录》也被后人加以严厉的道德批判。南宋具有正义感和危机感的士大夫，自然不可能去歌咏临安的帝都气象了。而“西湖歌舞几时休”的谴责，则成为一个时代道德与良知的声音。

临安作为南宋的都城，其新型都市文化的繁荣孕育出新型的文学生产的诞生。本书综合都市文化、文学史、社会史、科举史、出版史、印刷史、版本学等多学科的研究成果，进行跨学科的综合性的研究，在多维视角和跨学科知识、理论的张力中，发现和探索中国文学史上具有划时代意义的，具有现代性文学生产萌芽特征的新型的文学生产，及其发生的文化语境问题。

从现代意义的文学生产过程的三个重要环节：生产者、传播者和消费者入手，通过揭示都城储备了官员、举子、移民、流动人口，特别是聚集于都城而又被排挤在科举与仕途之外的大量江湖士子等潜在读者群体；分析随着宋代城市革命，新型都市市民阶层崛起，开始具有其新的精神消费需求，成为重要的潜在的精神产品的消费、接受群体；通过宋代出版史、传播史的考察，分析出传播、出版环节的繁荣对于现代文学生产的物质、技术层面的奠定。同时又从坊刻主人的个体文化素养及其临安士子群体广泛联系，坊刻在激烈的与官刻、家刻的竞争中，寻求出版领域新的文化产品的现实追求诸方面孕育因素，讨论了现代性文学生产得以实现的具体过程。

整体上看，随着宋代都市文化的发展与繁荣，① 对于生活于其间的都

① 参［法］谢和耐《蒙元入侵前夜的中国日常生活》，刘东译，江苏人民出版社 1998 年版。

市文学的创作、生产者与阅读、消费者，都产生了巨大而深远的影响，同时也影响到中国文学历史发展的走向与趋势，其比较明显和突出者：

一是对于都市文化的态度的转型。从城市与自然、田园、山水的对立，对于城市文化的消极甚至敌意态度，转变为欣赏与称美。

二是新型都市娱乐。从唐到宋，都市繁荣，都市人口增长，城市化程度是中国传统社会中最高时期，不仅远超越唐代，也超过了后来的明清，[①] 都市从政治性城市向商业性城市转型，新兴市民阶层急剧增长，新的审美需求、娱乐需求，刺激新型的文学生产的萌芽和发生。

三是新生的市民社会，开始成为都市文化的一个重要组成部分。一方面开始形成适应自己审美趣味的市民文学，另一方面也影响和改变着传统旧有的士大夫精英文学，从而开始改变着中国文学的历史传统旧貌，也影响着中国文学以后的历史发展、走向，呈现出其潜在而巨大的生命力。

① 赵冈：《中国城市发展史论集》，新星出版社 2006 年版，第 96—111 页。

参考文献

基本文献：

（汉）何休注，（唐）陆德明音义：《春秋公羊传注疏》，中华书局 1980 年版。

（汉）郑氏笺，（唐）陆德明音义、孔颖达疏：《毛诗注疏》，中华书局 1980 年版。

（汉）郑氏注，（唐）陆德明音义、孔颖达疏：《礼记注疏》，中华书局 1980 年版。

（汉）司马迁：《史记》，中华书局 1963 年版。

［日］泷川资言：《史记会注考证》、水泽利忠：《史记会注考证校补》，上海古籍出版社 1986 年版。

（汉）班固：《汉书》，中华书局 1962 年版。

（南朝）范晔：《后汉书》，中华书局 1965 年版。

（唐）房玄龄等：《晋书》，中华书局 1974 年版。

（唐）魏征：《隋书》，中华书局 1973 年版。

（宋）欧阳修：《新唐书》，中华书局 1975 年版。

范坰、林禹：《吴越备史》，四部丛刊续编本。

吴任臣：《十国春秋》，中华书局 1983 年版。

（宋）欧阳修：《新五代史》，中华书局 1974 年版。

（元）脱脱：《宋史》，中华书局 1977 年版。

（宋）李焘：《续资治通鉴长编》，中华书局 1985 年版，

（宋）李心传：《建炎以来系年要录》，《丛书集成初编》本。

（宋）李心传：《建炎以来系年要录》，中华书局 1988 年版。

（宋）李心传撰，徐规点校：《建炎以来朝野杂记》，中华书局 2000 年版。

（宋）徐梦莘：《三朝北盟会编》，上海古籍出版社1987年版。
（明）陈邦瞻增辑：《宋史纪事本末》，中华书局1977年版。
（清）徐松辑：《宋会要辑稿》，中华书局1957年版。
（宋）江少虞：《事实类苑》，上海古籍出版社1980年版。
（宋）王称：《东都事略》，适园丛书本。
（元）陶宗仪编：《说郛》，中国书店1986年版。
（清）潘永因编，刘卓英点校：《宋稗类钞》，书目文献出版社1995年版。
（宋）曾巩：《隆平集》，四库全书本。
（清）陆心源辑：《宋史翼》，中华书局1991年版。
（宋）赵汝愚编：《宋名臣奏议》，四库全书本。
（宋）吕中：《宋大事记讲义》，四库全书本。
（明）彭大翼：《山堂肆考》，四库全书本。
（清）嵇璜、刘墉等：《续通志》，四库全书本。
不著撰人：《两朝纲目备要》，四库全书本。
（宋）王溥：《唐会要》，中华书局1955年版。
不著撰人：《宋史全文》，四库全书本。
不著撰人：《靖康要录》，丛书集成本。
（宋）熊克：《中兴小纪》，丛书集成本。
《绍兴十八年同年小录》，四库全书本。
《宝祐四年登科录》，四库全书本。
（元）胡三省：《通鉴释文辨误》，四库全书本。
（元）无名氏：《东南纪闻》，四库全书本。
（汉）刘向著，向宗鲁校证：《说苑校证》，中华书局1987年版。
（汉）应劭：《风俗通》，四库全书本。
（晋）崔豹：《古今注》，四库全书本。
（唐）刘知几撰，程千帆笺记：《史通笺记》，中华书局1980年版。
（唐）杜祐：《通典》，中华书局1988年版。
（宋）郑樵：《通志》，中华书局1987年版。
（元）马端临：《文献通考》，中华书局1986年版。
（宋）李昉等：《太平御览》，四部丛刊本。
（宋）陈骙撰，张富祥校点：《南宋馆阁录》中华书局1998年版。
（宋）王应麟：《玉海》，江苏古籍出版社、上海书店1987年版。

傅增湘辑：《宋代蜀文辑存》，北京图书馆出版社 2005 年版。
（清）阮元：《两浙金石志》，临海洪氏版，道光四年（1824）刊。
（清）李清馥：《闽中理学渊源考》，四库全书本。
（清）黄宗羲著，全祖望补修：《宋元学案》，中华书局 1982 年版。
（清）王梓材撰，冯云濠辑：《宋元学案补遗》，鄞县张氏约园四明丛书民国 26 年版。
（宋）朱熹著，（宋）黎靖德编，王星贤点校：《朱子语类》，中华书局 1986 年版。
（唐）吴兢撰：《贞观政要》，上海古籍出版社 1978 年版。
（宋）司马光：《书仪·居家杂仪》，四库全书本。
（宋）王钦若：《册府元龟》，上海古籍出版社 1982 年版。
（明）章潢：《图书编》，四库全书本。
（宋）王存：《元丰九域志》，中华书局 1984 年版。
（宋）乐史：《太平环宇记》，四库全书本。
（宋）周淙纂修：《乾道临安志》，《宋元方志丛刊》，中华书局 1990 年版。
（宋）施谔：《淳祐临安志》，载（宋）周淙、施谔撰《南宋临安两志》；浙江人民出版社 1983 年版。
（宋）施谔纂修：《淳祐临安志》，《宋元方志丛刊》，中华书局 1990 年版。
（宋）潜说友纂修：《咸淳临安志》，《宋元方志丛刊》，中华书局 1990 年版。
（宋）谈钥：《嘉泰吴兴志》，《宋元方志丛刊》，中华书局 1990 年版。
（宋）范成大纂修，汪泰亨等增订：《吴郡志》，《宋元方志丛刊》，中华书局 1990 年版。
（宋）梁克家纂修：《淳熙三山志》，《宋元方志丛刊》，中华书局 1990 年版。
（宋）陈公亮修，（宋）刘文富纂：《淳熙严州续志》，《宋元方志丛刊》，中华书局 1990 年版。
（宋）钱可则修、（宋）方仁荣纂：《景定严州续志》，《宋元方志丛刊》，中华书局 1990 年版。
（宋）胡榘修、（宋）方万里、（宋）罗浚纂：《宝庆四明志》，《宋元方志丛刊》，中华书局 1990 年版。
（宋）吴潜修、（宋）梅应发、刘锡纂：《开庆四明续志》，《宋元方志丛刊》，中华书局 1990 年版。
（宋）张津等纂修：《乾道四明图经》，《宋元方志丛刊》，中华书局 1990 年版。
（元）马泽修、（元）袁桷纂：《延祐四明志》，《宋元方志丛刊》，中华书局 1990 年版。
（元）王元恭修、（元）王厚孙，徐亮纂：《至正四明续志》，中华书局 1990 年版。
（宋）沈作宾修、（宋）施宿等纂：《嘉泰会稽志》，中华书局 1990 年版。
（宋）张淏纂修：《宝庆会稽续志》，中华书局 1990 年版。
（宋）史安之修、（宋）高似孙纂：《剡录》，中华书局 1990 年版。
（宋）陈耆卿纂：《嘉定赤城志》，中华书局 1990 年版。
（宋）马光祖修、（宋）周应合纂：《景定建康志》，《宋元方志丛刊》，中华书局 1990 年版。
（宋）罗叔韶修、（宋）常棠纂：《澉水志》，《宋元方志丛刊》，中华书局 1990 年版。
（元）单庆修、（元）徐硕纂：《至元嘉禾志》，《宋元方志丛刊》，中华书局 1990 年版。
（明）骆文盛：《嘉靖武康县志》，《天一阁藏明代方志选刊》，上海古籍书店 1962 年版。
（明）黎晨修，李默纂：《嘉靖宁国府志》，《天一阁藏明代方志选刊》第二十三册，上海古籍书店 1981 年版。
（明）方岳贡修：《崇祯松江府志》（日本藏中国罕见地方志丛刊），书目文献出版社 1991 年版。
（明）方岳贡修：《崇祯松江府志》，北京图书馆出版社 1991 年版。
（明）黄仲昭：《八闽通志》，福建人民出版社 1990 年版。
（明）董斯张：《吴兴备志》，四库全书本。
（明）田顼修、（明）李文兖纂：《嘉靖龙溪县志》，嘉靖六年刊本。《天一阁藏明代方志选刊》第三十三册，上海古籍书店 1981 年版。
（明）栗祁：《万历湖州府志》，四库存目丛书史部第 191 册。
（清）赵宏恩等监修：《乾隆江南通志》，四库全书本。
《光绪浙江通志》，商务印书馆，民国二十三年（1934）出版。
《乐清县志》，清光绪辛丑季冬工竣，东瓯郭博古斋刻印。

李贤等:《明一统志》，四库全书本。
(清) 王士俊等监修:《河南通志》，四库全书本。
(宋) 鲍照著，钱仲联增补集说校：《鲍参军集注》，上海古籍出版社1980年版。
(南朝) 江淹撰，(明) 胡之骥注，李长路等校:《江文通集汇注》，中华书局1984年版。
(唐) 王勃:《王子安集》，上海古籍出版社1992年版。
(唐) 李白:《李太白全集》，(清) 王琦注，中华书局1977年版。
(唐) 白居易著，朱金城笺校：《白居易集笺校》，上海古籍出版社1988年版。
(唐) 白居易著，谢思炜校注:《白居易诗集校注》，中华书局2006年版。
(唐) 陆龟蒙:《松陵集》，四库全书本，
(唐) 卢照邻:《卢升之集》，四库全书本。
(唐) 张说:《张燕公集》，四库全书本。
(唐) 寒山:《寒山子诗》，《四部丛刊初编》本。
(唐) 寒山著，项楚注:《寒山诗注》，中华书局2000年版。
(唐) 韩愈撰，(宋) 魏仲举编:《五百家注昌黎文集》，四库全书本。
(唐) 杜甫撰，仇兆鳌注:《杜诗详注》，中华书局1979年版。
(宋) 杨亿等著，王仲荦注：《西昆酬唱集注》，上海书店出版社2001年版。
(宋) 王禹偁:《小畜外集》，《四部丛刊》本。
(宋) 范仲淹:《范文正公文集》，宋刻本。
(宋) 张方平著，郑函点校:《张方平集》，中州古籍出版社1992年版。
(宋) 蔡襄:《莆阳居士蔡公文集三十六卷》(宋刻本)。
(宋) 欧阳修著，洪本健校笺：《欧阳修诗文集校笺》，上海古籍出版社2009年版。
(宋) 欧阳修撰，李逸安点校:《欧阳修全集》，中华书局2001年版。
(宋) 欧阳修:《居士集》，《欧阳文忠公集》，四部丛刊初编，商务印书馆1936年版。
(宋) 欧阳修:《欧阳修全集》中国书店1986年版。
(宋) 文彦博:《潞公文集》，四库全书本。
(宋) 梅尧臣撰，朱东润编年校注:《梅尧臣集编年校注》，上海古籍出版

社 1980 年版。

（宋）王珪：《华阳集》，丛书集成本。

（宋）韩琦撰，李之亮、徐正英笺注：《安阳集编年笺注》，巴蜀书社 2000 年版。

（宋）邵雍：《邵雍集》，中华书局 2010 年版。

（宋）司马光：《传家集》，四库全书本。

（宋）司马光：《温国文正司马公文集》，四库全书本。

（宋）司马光：《司马光文集》，丛书集成本。

（宋）朱翌：《灊山集》，四库全书本。

（宋）夏竦：《文庄集》，四库全书本。

（宋）沈辽：《云巢编》，四库全书本。

（宋）郑獬：《郧溪集》，四库全书本。

（宋）释觉范：《石门文字禅》，四库全书本。

（宋）王安石撰，（宋）李壁注，李之亮补笺：《王荆公诗注》，巴蜀书社 2002 年版。

（宋）韩维：《南阳集》，四库全书本。

（宋）范纯仁：《范忠宣集》，四库全书本。

（宋）祖无择：《龙学文集》，四库全书本。

（宋）范祖禹：《范太史集》，四库全书本。

（宋）赵湘：《南阳集》，丛书集成本。

（宋）胡宿：《文恭集》，丛书集成本。

（宋）刘攽：《彭城集》，四库全书本。

（宋）宋祁：《景文集》，四库全书本。

（宋）曾巩：《元丰类稿》，四库全书本。

（宋）曾巩：《曾巩集》，中华书局 1984 年版。

（宋）林逋：《林和靖集》，四库全书本。

（宋）林逋：《林和靖诗集》，浙江古籍出版社 1986 年版。

（宋）张先著，吴熊和、沈讼勤校注：《张先集编年校注》，浙江古籍出版社 1996 年版。

（宋）柳永著，薛瑞生校注：《乐章集校注》，中华书局 1994 年版。

（宋）苏轼著，（清）王文诰辑注，孔凡礼点校：《苏轼诗集》，中华书局 1982 年版。

（宋）苏轼著，邹同庆、王宗堂校注：《苏轼词编年校注》，中华书局 2002 年版。
（宋）苏轼：《东坡全集》，中国书店 1986 年版。
（宋）苏轼：《苏轼文集》，中华书局 1986 年版。
（宋）苏轼撰，（宋）王十朋注：《东坡诗集注》，四库全书本。
（宋）苏轼撰，（清）王文诰辑注、孔凡礼点校：《苏轼诗集》（全八册），中华书局 1982 年版。
（宋）苏轼著，（清）冯应榴辑注，黄任轲、朱怀春校点：《苏轼诗集合注》，上海古籍出版社 2001 年版。
（宋）苏轼撰，施元之原注、武进邵长蘅删补：《施注苏诗》，四库会要本。
（宋）苏轼、查慎行撰：《苏诗补注》，四库全书本。
（宋）苏辙著，曾枣庄、马德富校点：《栾城集》，上海古籍出版社 1987 年版。
（宋）程颐、程颢：《程氏遗书》，四库全书本。
（宋）程颐、程颢：《二程集》，中华书局 1981 年版。
（宋）秦观撰，徐培均笺注：《淮海集笺注》，上海古籍出版社 1994 年版。
（宋）秦观著，徐培均校注：《淮海居士长短句》，上海古籍出版社 1985 年版。
（宋）黄庭坚著，刘琳、李勇先、王蓉贵点校：《黄庭坚全集》，四川大学出版社 2001 年版。
（宋）黄庭坚：《黄庭坚诗集注》，中华书局 2003 年版。
（宋）晁补之：《鸡肋集》，四部丛刊本。
（宋）晁无咎：《龙学文集》，四库全书本。
（宋）周邦彦撰，孙虹校注，薛瑞生订补：《清真集校注》，中华书局 2002 年版。
（宋）郭祥正：《青山续集》，四库全书本。
（宋）陆佃：《陶山集》，丛书集成本。
（宋）黄裳：《演山集》，四库全书本。
（宋）李之仪：《姑溪居士文集》，丛书集成本。
（宋）苏颂：《苏魏公文集》，中华书局 1988 年版。
（宋）汪藻：《浮溪集》，四库全书本。

（宋）朱熹：《晦庵集》，四库全书本。
（宋）朱熹：《朱熹文集》，丛书集成本。
（宋）胡铨：《澹庵长短句》，丛书集成本。
（宋）陈与义撰，白敦仁校笺：《陈与义集校笺》，上海古籍出版社 1990 年版。
（宋）韩淲：《涧泉集》，四库全书本。
（宋）陆游：《渭南文集》，《四部丛刊初编》本。
（宋）陆游撰，钱仲联校注：《剑南诗稿校注》，上海古籍出版社 1985 年版。
（宋）陆游：《陆放翁全集》，中国书店 1986 年版。
（宋）朱淑真：《朱淑真集》上海古籍出版社 1986 年版。
（宋）吴潜：《履斋遗稿》，四库全书本。
（宋）许棐：《梅屋集》，四库全书本。
（宋）赵师秀：《清苑斋诗集》，四库全书本。
（宋）毛滂：《东堂集》，四库全书本。
（宋）刘子翚：《屏山集》，四库全书本。
（宋）叶适：《水心集》，四库全书本。
（宋）叶适：《水心别集》，四库全书本。
（宋）吴文英：《梦窗丙稿》，四库全书本。
（宋）吴文英撰，陈邦炎校点：《梦窗词》，上海古籍出版社 1988 年版。
（宋）周紫芝：《太倉稊米集》，四库全书本。
（宋）王十朋：《梅溪後集》卷十六，四库全书本。并据雍正本校补。
（宋）王十朋：《王十朋全集》，上海古籍出版社 1998 年版。
（宋）王十朋：《梅溪文集》，四库全书本。
（宋）范成大撰，富寿荪标校：《范石湖集》，上海古籍出版社 1981 年版。
（宋）袁说友：《东塘集》，四库全书本。
（宋）王炎：《双溪类稾》，四库全书本。
（宋）林景熙：《霁山文集》，四库全书本。
（宋）王之道：《相山集》，四库全书本。
（宋）汪应辰：《文定集》，四库全书本。
（宋）史浩：《鄮峰真隐漫录》，四库全书本。
（宋）吴泳：《鹤林集》，四库全书本。

（宋）周必大：《玉堂类稿》，四库全书本。
（宋）魏了翁：《鹤山先生大全文集》，四部丛刊本。
（宋）魏了翁：《鹤山集》，四库全书本。
（宋）刘克庄：《后村集》，四库全书本。
（宋）刘克庄著，辛更儒校注：《刘克庄集笺校》（共 16 册），中华书局 2011 年版。
（宋）韩元吉：《南涧甲乙稿》卷二十一，丛书集成初编，商务印书馆 1935 年版。
（宋）洪适：《盘洲文集》，四库全书本。
（宋）虞俦：《尊白堂集》，四库全书本。
（宋）楼钥：《攻媿集》，四库全书本。
（宋）周弼：《端平诗隽》，汲古阁景宋钞南宋群贤六十家小集本。
（宋）吴芾：《湖山集》，四库全书本。
（宋）唐庚：《文录》，（清）曹溶辑，陶越增订《学海类编》本，第五册。
（宋）曹彦约：《昌谷集》，四库全书本。
（宋）张淏：《云谷杂纪》，四库全书本。
（宋）黄庶：《伐檀集》，四库全书本。
（宋）薛师石：《瓜庐集》，四库全书本。
（宋）赵汝燧：《野谷诗稿》，四库全书本。
（宋）乐雷发：《雪肌丛稿》，四库全书本。
（宋）高翥：《菊润小集》，四库全书本。
（宋）释斯植：《采芝集》，四库全书本。
（宋）施枢：《芸隐倦游稿》，四库全书本。
（宋）戴复古：《石屏诗集》，四库全书本。
（宋）戴复古：《戴复古诗集》，浙江古籍出版社 1992 年版。
（宋）林希逸：《竹溪鬳斋十一稿续集》，四库全书本。
（宋）叶茵：《顺适堂吟稿》，四库全书本。
（宋）熊禾：《勿轩集》，四库全书本。
（宋）包恢：《敝帚稿略》，四库全书本。
（宋）邹登龙：《梅屋吟》，《江湖小集》，四库全书本。
（元）戴表元：《剡源文集》，丛书集成本。

（宋）方回：《桐江集》，《宛委别藏》本，江苏古籍出版社 1988 年版。
（元）陈栎：《定宇集》，四库全书本。
（元）李祁：《云阳集》，四库全书本。
（元）刘壎：《水云村藁》，四库全书本。
（元）杨维桢：《东维子文集》，四部丛刊初编，商务印书馆 1936 年版。
（元）程端礼：《畏斋集》，四明丛书本。
（明）徐一夔：《始丰稿》，四库全书本。
（明）高拱：《本语》，四库全书本。
（明）王樵：《方麓集》，四库全书本。
（清）孙承泽：《春明梦余录》，四库全书本。
（清）朱彝尊：《曝书亭集》，世界书局，民国二十六年版。
（南朝·宋）刘义庆撰，（南朝·梁）刘孝标注、余嘉锡笺疏：《世说新语笺疏》，中华书局 1983 年版。
（唐）欧阳询：《艺文类聚》，四库全书本。
（唐）欧阳询：《艺文类聚》，上海古籍出版社 1965 年版。
（宋）陈思编：（元）陈世隆补：《两宋名贤小集》，四库全书本。
（宋）陈起编：《江湖小集》，四库全书本。
（宋）陈起编：《前贤小集拾遗》，读画斋刊《南宋群贤小集》本，清嘉庆六年序刊。
（宋）陈起编：《江湖后集》，四库全书本。
（宋）林民表编：《赤城集》，四库全书本。
（清）江标：《唐人五十家小集》，元和江氏灵鹣阁湖南使院清光绪二十一年（1895）刊刻。
（清）曹庭栋：《宋百家诗存》，上海古籍出版社 1993 年版。
（宋）陈景沂：《全芳备祖》，四库全书本。
（元）方回编，李庆甲汇评：《瀛奎律髓汇评》，上海古籍出版社 1986 年版。
（宋）祝穆：《古今事文类聚续集》，四库全书本。
（宋）谢维新：《古今合璧事类备要别集》，四库全书本。
（宋）江少虞：《事实类苑》，四库全书本。
（宋）郑虎臣编：《吴都文粹》，四库全书本。
（宋）林表民编：《赤城集》，四库全书本。

（宋）杜大珪编：《名臣碑传琬琰之集》，四库全书本。
（宋）潘自牧：《记纂渊海》，四库全书本。
（汉）王逸：《楚辞章句》，四库全书本。
（宋）朱熹：《楚辞集注》，上海古籍出版社，1979 年版。
（唐）李善：《文选注》，四部丛刊本。
（清）彭定球等编、中华书局编辑部点校：《全唐诗》（增订本、全十五册），中华书局 1999 年版。
唐圭璋编：《全宋词》，中华书局 1980 年版。
唐圭璋编：《全宋词》（全五册），中华书局 1965 年版。
傅璇琮等主编：《全宋诗》，北京大学出版社 1992 年版。
（宋）阙名编：《草堂诗余》，中华书局 1958 年版。
（宋）黄昇选：《花庵词选》，中华书局 1958 年版。
钱钟书选注：《宋诗选注》，人民出版社 1982 年版。
（明）毛晋：《汲古阁景宋钞南宋群贤六十家小集》。
《御定历代赋汇逸句》，四库全书本。
陆心源：《唐文拾遗》，上海古籍出版社影印 1990 年版。
吴之振编：《宋诗钞》，四库全书本。
丁傅靖辑：《宋人轶事汇编》，中华书局 2003 年版。
（宋）吕祖谦编：《宋文鉴》，中华书局 1992 年版。
曾枣庄、刘琳主编：《全宋文》，巴蜀书社 1994 年版。
曾枣庄、刘琳主编：《全宋文》，上海辞书出版社、安徽教育出版社 2006 年版。
（明）李蓘编：《宋艺圃集》，四库全书本。
（明）曹学佺编：《石仓历代诗选》，四库全书本。
（五代）孙光宪：《北梦琐言》，中华书局 2002 年版。
（五代）王定保：《唐摭言》，中华书局上海编辑所 1959 年版。
（五代）王定保撰、姜汉椿校注：《唐摭言校注》，上海社会科学院出版社 2003 年版。
（南唐）张洎：《贾氏谭录》，四库全书本。
（宋）王楙：《野客丛书》，四库全书本。
（宋）丁用晦：《芝田录》，四库全书本。
（宋）赵德麟：《侯鲭录》，中华书局 2002 年版。

（宋）司马光著，邓广铭、张希清点校：《涑水记闻》，中华书局 1989 年版。
（宋）欧阳修：《归田录》，中华书局 1981 年版。
（宋）范镇：《东斋记事》，中华书局 1980 年版。
（宋）徐度：《却扫编》，丛书集成本。
（宋）王铚：《默记》，中华书局 1981 年版。
（宋）岳珂：《愧郯录》，丛书集成本。
（宋）王辟之：《渑水燕谈录》，中华书局 1981 年版。
（宋）邵伯温撰，李剑雄、刘德权点校：《邵氏闻见录》，中华书局 1983 年版。
（宋）叶梦得：《石林燕语》，中华书局 1984 年版。
（宋）俞文豹：《吹剑录全编》，上海古典文学出版社 1958 年版。
（宋）吴曾撰：《能改斋漫录》，上海古籍出版社 1979 年版。
（宋）朱翌：《猗觉寮杂记》，丛书集成本。
（宋）叶梦得：《避暑录话》，丛书集成本。
（宋）王应麟：《困学纪闻》，上海古籍出版社 2008 年版。
（宋）吴坰：《五总志》，丛书集成本。
（宋）黄震：《黄氏日抄》，丛书集成本。
（宋）李格非：《洛阳名园记》，丛书集成本。
（宋）马永卿：《懒真子》，丛书集成初编本。
（宋）吴处厚：《青箱杂记》，中华书局 1985 年版。
（宋）周密：《武林旧事》，山东友谊出版社 2001 年版。
（宋）周密：《武林旧事》，《知不足斋丛书》本。
（宋）周密：《武林旧事》，上海古典文学出版社 1956 年版。
（宋）庄绰：《鸡肋编》，中华书局 1983 年版。
（宋）张知甫：《张氏可书》，中华书局 1992 年版。
（宋）洪迈：《容斋随笔》，上海古籍出版社 1978 年版。
（宋）沈括著，胡道静校证：《梦溪笔谈校证》，上海古籍出版社 1987 年版。
（宋）曾敏行：《独醒杂志》，丛书集成本。
（宋）韩淲撰，孙菊园、郑世刚点校：《涧泉日记》，上海古籍出版社 1993 年版。

（宋）俞德邻：《佩韦斋辑闻》，丛书集成本。
（宋）赵彦卫撰，傅根清点校：《云麓漫抄》，中华书局 1996 年版。
（宋）张端义：《贵耳集》，丛书集成本。
（宋）袁褧：《枫窗小牍》，丛书集成初编本，商务印书馆，民国二十八年版。
（宋）吴自牧：《梦粱录》，山东友谊出版社 2001 年版。
（宋）罗大经：《鹤林玉露》，中华书局 1983 年版。
（宋）叶适：《习学记言序目》，中华书局 1977 年版。
（宋）张邦基：《墨庄漫录》，中华书局 2002 年版。
（宋）吕本中：《师友杂志》，中华书局 1985 年版。
（宋）高晦叟：《珍席放谈》，四库全书本。
（宋）金盈之撰，周晓薇点校：《新编醉翁谈录》，辽宁教育出版社 1998 年版。
（宋）陈鹄：《西塘集耆旧续闻》中华书局 2002 年版。
（宋）王辟之：《渑水燕谈录》，中华书局 1981 年版。
（宋）邵博温撰，李剑雄、刘德权点校：《邵氏闻见录》，中华书局 1983 年版。
（宋）蔡绦撰，冯惠民、沈锡麟点校：《铁围山丛谈》，中华书局 1983 年版。
（宋）释文莹撰，杨立杨点校：《玉壶清话》，中华书局 1984 年版。
（宋）释文莹：《湘山野录》，中华书局 1984 年版。
（宋）王林：《燕翼贻谋录》，中华书局 1981 年版。
（宋）罗大经撰，王瑞来点校：《鹤林玉露》，中华书局 1983 年版。
（宋）王明清：《挥麈录》，上海书店 2001 年版。
（宋）王明清：《挥尘麈话》，四库全书本。
（宋）王明清：《玉照新志》，四库全书本。
（宋）王明清：《挥麈后录》，上海古籍出版社编《宋元笔记小说大观》，第四册，上海古籍出版社 2001 年版。
（宋）周煇：《清波杂志》，中华书局 1985 年版。
（宋）周密撰，张茂鹏点校：《齐东野语》，中华书局 1983 年版。
（宋）周密撰，吴企明点校：《癸辛杂识》，中华书局 1988 年版。
（宋）俞文豹撰，张宗祥校订：《吹剑录全编》，古典文学出版社 1958

年版。
（宋）岳珂：《桯史》，《宋元笔记小说大观》，上海古籍出版社 2001 年版。
（宋）刘昌诗：《芦浦笔记》，中华书局 1986 年版。
（宋）田况：《儒林公议》，丛书集成本。
（宋）方勺：《泊宅编》，中华书局 1983 年版。
（宋）魏泰：《东轩笔录》，中华书局 1983 年版。
（宋）陆游：《老学庵笔记》，中华书局 1979 年版。
（宋）马永卿辑：《元城语录》，畿辅丛书本。
（宋）朱子编：《二程外书》，同治求我斋本。
（宋）朱熹著，（宋）黎靖德编，王星贤点校：《朱子语类》，中华书局 1986 年版。
（元）陈世隆：《北轩笔记》，知不足斋本。
（元）白珽：《湛渊静语》，知不足斋本。
（明）郎瑛：《七修类稿》，中华书局 1959 年版。
（明）周祈：《名义考》，四库全书本。
（清）顾炎武撰，黄汝成集释、栾保群、吕宗力校点：《日知录集释》，上海古籍出版社 2006 年版。
（宋）赵汝适著，杨博文校释：《诸蕃志校释》，中华书局 1996 年版。
（宋）祝穆撰，祝洙增订，施和金点校：《方舆胜览》，中华书局 2003 年版。
何清谷：《三辅黄图校释》，中华书局 2005 年版。
（宋）程大昌撰，黄永年点校：《雍录》，中华书局 2002 年版。
（清）徐松撰，李健超增订：《增订唐两京城坊考》（修订版），三秦出版社 2006 年版。
（明）李濂撰，周宝珠、程民生点校：《汴京遗迹志》，中华书局 1999 年版。
（清）周城撰，单远慕点校：《宋东京考》，中华书局 1988 年版。
（宋）孟元老著，邓之诚注：《东京梦华录注》，中华书局 1982 年版。
（宋）孟元老撰，伊永文笺注：《东京梦华录》，中华书局 2006 年版。
（宋）吴自牧：《梦粱录》，知不足斋丛书本。
（宋）耐得翁：《都城纪胜》，《南宋古迹考（外四种）》，浙江人民出版社 1983 年版。

（宋）耐得翁：《都城纪胜》，中国商业出版社 1982 年版。
（宋）西湖老人：《西湖老人繁胜录》，《南宋古迹考（外四种）》，浙江人民出版社 1983 年版。
（元）刘一清：《钱塘遗事》，四库全书本。
（明）田汝成：《西湖游览志余》，中华书局 1958 年版。
（明）田汝成：《西湖游览志余》，上海古籍出版社 1980 年版。
（清）梁诗正等辑：《西湖志纂》，上海古籍出版社 1993 年版。
（宋）李昉等编：《太平广记》，中华书局 1961 年版。
（宋）洪迈：《夷坚丙志》，载（元）陶宗儀撰《说郛》，四库全书本。
（金）元好问等：《续夷坚志·湖海新闻夷坚续志》，中华书局 1986 年版。
（元）陶宗仪：《说郛》，委宛山堂本，载《大宋宣和遗事》，商务印书馆，民国二十六年版。
（明）冯梦龙纂辑：《警世通言》，金陵兼善堂本。
（明）冯梦龙纂辑：《醒世恒言》，中华书局 2003 年版。
程毅中辑注：《宋元小说家话本集》，齐鲁书社 2000 年版。
［法］普鲁斯特：《追忆似水年华》，李恒基等译，译林出版社 2001 年版。
（宋）许顗撰：《彦周诗话》，（清）何文焕辑《历代诗话》，中华书局 1981 年版。
（宋）魏庆之：《诗人玉屑》，上海古籍出版社 1978 年版。
（宋）何汶撰，常振国、绛云点校：《竹庄诗话》，中华书局 1984 年版。
（宋）蔡正孙编：《诗林广记》，中华书局 1982 年版。
（宋）郭熙：《林泉高致》，百川学海本。
（清）叶申芗：《本事诗　本事词》，上海古典文学出版社 1957 年版。
唐圭璋编：《词话丛编》，中华书局 1986 年版。
（元）辛文房撰，傅璇琮主编：《唐才子传校笺》，中华书局 1990 年版。
（宋）严羽著，郭绍虞校释：《沧浪诗话校释》，人民文学出版社 1961 年版。
（宋）吴聿：《观林诗话》，丛书集成本。
（宋）胡仔纂集，廖德明校点：《苕溪渔隐丛话》，人民文学出版社 1962 年版。
（宋）阮阅：《诗话总龟》，人民文学出版社 1987 年版。
（宋）叶梦得：《石林诗话》，（清）何文焕辑《历代诗话》，中华书局

1981 年版。
（宋）魏庆之著，王仲闻点校：《诗人玉屑》，中华书局 2007 年版。
（宋）陈岩肖：《庚溪诗话》，载丁福保辑《历代诗话续编》（上），中华书局 1957 年版。
（宋）刘克庄：《后村诗话》，中华书局 1983 年版。
（元）方回：《瀛奎律髓汇评》，上海古籍出版社 1986 年版。
（清）宋翔凤：《乐府余论》，丛书集成续编本。
（清）王夫之，戴鸿森笺注：《姜斋诗话笺注》，人民文学出版社 1981 年版。
（清）厉鹗：《宋诗纪事》，上海古籍出版社 1983 年版。
（清）翁方纲：《石洲诗话》，人民文学出版社 1981 年版。
（清）王士禛：《带经堂诗话》，人民文学出版社 1963 年版。
（清）李调元：《雨村诗话》，载郭绍虞选编、富寿孙校点《清诗话续编》第三册，上海古籍出版社 1983 年版。
（清）李调元：《雨村诗话校正》，巴蜀书社 2006 年版。
（清）徐釚撰，王百里校笺：《词苑丛谈》，人民文学出版社 1988 年版。
郭绍虞：《宋诗话辑佚》，中华书局 1980 年版。
（宋）周密：《云烟过眼录》，四库全书本。
（宋）邓椿：《画继》，人民美术出版社 2004 年版。
《宣和画谱》，国立故宫博物院 1971 年版，景元大德吴氏刻本。
（宋）孙绍远编：《声画集》，四库全书本。
（元）汤垕：《画鉴》，学海类编本。
（清）王毓贤：《绘事备考》，四库全书本。
（宋）大慧普觉禅师：《宗门武库》，载《禅宗语录辑要》，上海古籍出版社 1992 年版。
（宋）志磐：《佛祖统纪》，江苏广陵古籍刻印社 1992 年版。
陈令举：《庐山记》，载《大正新修大藏经》卷四一十九《史部》三。
《圆宗文类》卷二二，载《续藏经》第二编第八套第五册。
（宋）释智圆：《闲居编》，《卍续藏经》第 101 册，台湾新文丰出版公司 1994 年版。
（宋）宗晓编：《乐邦文类》，《大正藏》第四十七册。
（宋）无门彗开：《无门关》，载《禅宗语录辑要》，上海古籍出版社 1992

年版。
（宋）普济著，苏渊雷点校：《五灯会元》，中华书局 1997 年版。
（宋）赜藏主编，萧萐父、吕有祥点校《古尊宿语录》，中华书局 1994 年版。
（宋）张君房撰、蒋力生等校注：《云笈七籤》，华夏出版社 1996 年版。
缪钺：《杜牧年谱》，河北教育出版社 1999 年版。
缪钺：《杜牧传》，河北教育出版社 1999 年版。
朱金城：《白居易年谱》，上海古籍出版社 1982 年版。
胡鸣盛：《安定先生年谱》，《山东大学文史丛刊》1934（1）。
顾栋高：《王安石年谱》，中华书局 1994 年版。
蔡上翔：《王荆公年谱考略》，中华书局 1994 年版。
顾栋高：《司马光年谱》，中华书局 2006 年版。
王宗稷编，邵长蘅重订：《东坡先生年谱》，四库全书本。
孔凡礼：《苏轼年谱》，中华书局 1998 年版。
李震：《曾巩年谱》，苏州大学出版社 1997 年版。
杜海军：《吕祖谦年谱》，中华书局 2007 年版。
吴洪泽、尹波主编：《宋人年谱丛刊》，四川大学出版社 2002 年版。
（宋）晁公武撰，孙猛校证：《郡斋读书志校证》，上海古籍出版社 1990 年版。
（宋）陈振孙：《直斋书录解题》，徐小蛮、顾美华校点，上海古籍出版社 1987 年版。
（清）彭元瑞等撰：《天禄琳琅书目续编》，载《宋元明清书目题跋丛刊》第十七册，中华书局 2006 年影印版。
（清）于敏中、（清）彭元瑞等撰：《天禄琳琅书目天禄琳琅书目后编》，载《中国历代书目题跋丛书》（第二辑），上海古籍出版社 2007 年点校版。
（清）丁申：《武林藏书录》，载《澹生堂藏书约》（外八种），上海古籍出版社 2005 年版。
（清）钱泰吉：《曝书杂记》，载《国家图书馆藏古籍题跋丛刊》第 10 册，北京图书馆出版社 2002 年版。
叶德辉：《书林清话》，中华书局 1957 年版。
叶德辉：《书林清话·书林余话》，岳麓书社 1999 年版。

傅增湘:《藏园群书题记》，上海古籍出版社 1989 年版。

傅增湘:《藏园群书题记初集》，企麟轩，1943 年版。

叶昌炽:《藏书记事诗》，上海古籍出版社 1999 年版。

王欣夫:《叶昌炽藏书记事诗补正》，上海古籍出版社 1999 年版。

郑元庆:《湖录》，郑元庆撰，范锴辑:《吴兴藏书录》，载《澹生堂藏书约》（外八种），上海古籍出版社 2005 年版。

《四库全书总目》，中华书局 1965 年版。

北京图书馆编:《中国版刻图录・目录》图版五说明，文物出版社 1960 年版。

昌彼得等主编:《宋人传记资料索引》，鼎文书局 1986 年增订版。

现代著作:

A

[英] 艾兰:《龟之迷》，汪涛译，四川人民出版社 1992 年版。

[英] 艾森斯塔德: 《帝国的政治体制》，阎步克译，贵州人民出版社 1992 年版。

[澳大利亚] 安东篱:（Antonia）《说扬州: 1550—1850 年的一座中国城市》，李霞译，中华书局 2007 年版。

[美] 贾森・爱泼斯坦: 《图书业》，杨贵山译，中国人民大学出版社 2006 年版。

[美] 伊丽莎白・爱森斯坦: *The Printing Press as an Agent of Change*, Cambridge , England; Cambridge University Press，1979。

B

[俄] 巴赫金:《陀思妥耶夫斯基诗学问题》，白春仁、顾亚铃译，生活・读书・新知三联书店 1988 年版。

[俄] 巴赫金:《拉伯雷研究》，载《巴赫金全集》第五卷，李兆林、夏忠宪等译，河北教育出版社 1998 年版。

包亚明主编:《后现代性与地理学的政治》，上海教育出版社 2001 年版。

[美] 包弼德（Peter Bol）:《斯文: 唐宋思想的转型》，刘宁译，江苏人民出版社 2001 年版。

[日] 保苅佳昭: 《新兴与传统: 苏轼词论述》，上海古籍出版社 2005 年版。

［美］保罗·康纳顿：《社会如何记忆》，纳日碧力戈译，上海人民出版社 2000 年版。

［美］BENJAMIN ELMAN，*A Cultural History of Civil Examinations in Late Imperial China*，Berkeley，CA，2000.

［德］本雅明：《发达资本主义时代的抒情诗人》，张旭东等译，三联书店 1989 年版。

［美］白馥兰：《技术与性别：晚期帝制中国的权利经纬》，江湄、邓京力译，江苏人民出版社 2006 年版。

［法］弗雷德里克·巴比耶：《书籍的历史》，肖阳等译，广西师范大学出版社 2005 年版。

Pierre Bourdieu，*Outline of a Theory of a Practice*，Cambridge Mass：Harvard university 1977.

Pierre Bourdieu，*Distinction*：*A Social Critique of The judgment of Taste*，Translated by Richard Nice，Cambridge Mass：Harvard University Press，1984.

［法］皮埃尔·布迪厄、［美］罗克·华康德：《实践与反思》，李猛、李康译，中央编译出版社 1998 年版。

［法］布尔迪厄：《文化资本与社会炼金术》，包亚明译，上海人民出版社 1997 年版。

［英］彼得·伯克：《欧洲近代早期的大众文化》，杨豫、王海良等译，上海人民出版社 2005 年版。

［美］布鲁姆：《西方正典：伟大作家和不朽作品》，江宁康译，译林出版社 2005 年版。

［美］布斯：《小说修辞学》，华明、胡晓苏、周宪译，北京大学出版社 1987 年版。

［英］迈克·费瑟斯通：《消费文化与后现代主义》，刘精明译，译林出版社 2000 年版。

［加］卜正民：《纵乐的困惑——明代的商业与文化》，方骏等译，三联书店 2004 年版。

C

John W. Chaffee，*The Thorny Gate of Learning in Sung China*. Cambridge University Press，1985.

曹星原:《同舟共济:〈清明上河图〉与北宋社会的冲突妥协》, 浙江大学出版社 2012 年版。
曹之:《中国古籍编辑史》, 武汉大学出版社 1999 年版。
曹之:《中国古籍版本学》, 武汉大学出版社 2007 年版。
曹胜高:《汉赋与汉代制度》, 北京大学出版社 2006 年版。
陈江风:《天文与人文》, 国际文化出版公司 1988 年版。
陈高华、宋德金、张希清主编:《中国考试通史·宋元卷》, 首都师范大学出版社 2004 年版。
陈国灿:《宋代江南城市研究》, 中华书局 2002 年版。
陈国球、王德威主编:《抒情之现代性:"抒情传统"论述与中国文学研究》, 三联书店 2014 年版。
陈金华、孙英刚编:《神圣空间:中古宗教中的空间因素》, 复旦大学出版社 2014 年版。
陈来:《朱子书信编年考证》(增订本), 三联书店 2007 年版。
陈世骧:《中国文学的抒情传统:陈世骧古典文学论集》, 三联书店 2015 年版。
陈寅恪:《唐代政治史述论稿》, 上海古籍出版社 1997 年版。
陈寅恪:《金明丛馆二稿》, 上海古籍出版社 1980 年版。
陈桥驿主编:《中国七大古都》中国青年出版社 2005 年版。
陈去病:《五石脂》, 江苏古籍出版社 1997 年版。
陈振:《宋代社会政治论稿》, 上海人民出版社 2007 年版。
陈振:《宋史》, 上海人民出版社 2003 年版。
陈植锷:《北宋文化史述论》, 中国社会科学出版社 1992 年版。
程民生:《宋代物价研究》, 人民出版社 2008 年版。
程毅中:《宋元小说研究》, 江苏古籍出版社 1998 年版, 第 297 页。
[英] 崔瑞德、鲁惟一编:《剑桥中国秦汉史》, 杨品泉等译, 中国社会科学出版社 1992 年版。

D

[美] 迪尔:《后现代都市状况》, 李小科等译, 上海教育出版社 2004 年版。
[美] 戴仁柱 (Richard L. Davis), Court and Family in Sung China, 960 - 1279: Bureaucratic Success and Kingship Fortunes for the ShihMing -

Chou, Durham: Duke University Press, 1986。

Henri Lefebvre, *The Production of Space*, Blackwell Publishing 1991.

邓广铭:《北宋政治改革家王安石》，河北教育出版社 2000 年版。

邓洪波:《中国书院史》，东方出版中心 2004 年版。

邓小南:《祖宗之法：北宋前期政治述略》，三联书店 2006 年版。

［美］Robert Damton:《启蒙运动的生意：（百科全书）出版史》，叶桐、顾杭译，三联书店 2005 年版。

E

［美］伊佩霞（Patricia Eberey）:《内闱：宋代的婚姻和妇女生活》，胡志宏译，江苏人民出版社 2004 年版。

F

方志远:《明代城市与市民文学》，中华书局 2004 年版。

傅伯星、胡安森:《南宋皇城探秘》，杭州出版社 2002 年版。

［英］迈克·费瑟斯通:《消费文化与后现代主义》，前言，刘精明译，译林出版社 2000 年版。

［法］福柯:《词与物》，莫伟民译，上海三联书店 2001 年版。

［法］福柯:《权力的眼睛》，严锋译，上海人民出版社 1997 年版。

［法］福柯:《规训与惩罚》，刘北成、杨远婴译，三联书店 1999 年版。

范凤书:《中国私家藏书史》，大象出版社 2001 年版。

傅璇琮主编:《中国藏书通史》，宁波出版社 2001 年版。

傅璇琮主编:《唐五代文学编年史》，辽海出版社 1998 年版。

复旦大学文史研究院编：《都市繁华——一千五百年来的东亚城市生活史》，中华书局 2010 年版。

G

《港台与海外学者论中国文化》，上册，上海人民出版社 1988 年版。

［日］高津孝:《科举与诗艺：宋代文学与士人社会》，潘世圣等译，上海古籍出版社 2005 年版。

［美］克利福德·格尔兹：《尼加拉：十九世纪巴厘剧场国家》，赵丙祥译、王铭铭校，上海人民出版社 1999 年版。

葛金芳：《中国经济通史》第 5 卷宋辽金时期，湖南人民出版社 2002 年版。

葛永海:《古代小说与城市文化研究》，复旦大学出版社 2004 年版。

葛晓音:《山水田园诗派研究》，辽宁大学出版社 1993 年版。
葛兆光:《古代中国的历史、思想与宗教》，北京大学出版社 2006 年版。
葛兆光：《思想史的写法：中国思想史导论》，复旦大学出版社 2004 年版。
葛兆光:《中国思想史》第二卷，复旦大学出版社 2000 年版。
郭黛姮主编：《中国古代建筑史》，第三卷宋、辽、金西夏建筑，中国建筑工业出版社 2003 年版。
龚延明编著:《宋代官制辞典》，中华书局 1997 年版。
龚延明、祖慧:《宋登科记考》，江苏教育出版社 2005 年版。
龚延明:《中国古代职官科举研究》，中华书局 2006 年版。
顾志兴：《浙江出版史研究——中唐五代两宋时期》，浙江人民出版社，1991 年版。顾志兴:《浙江藏书史》，杭州出版社 2006 年版。

H

［法］莫里斯·哈布瓦赫:《论集体记忆》，毕然、郭金华译，上海人民出版社 2002 年版。
［德］哈贝马斯:《交往与社会进化》，张博树译，重庆出版社 1989 年版。
［德］哈贝马斯：《合法化危机》，刘北成、曹卫东译，上海人民出版社 2000 年版。
［德］哈贝马斯:《重建历史唯物主义》，郭官义译，社会科学文献出版社 2000 年版。
［美］大卫·哈维：《希望的空间》，胡大平译，南京大学出版社 2006 年版。
［英］Hayek，F. A，*The Constitution of Liberty*，Chicago：The University of Chicago Press. 1960.
［英］哈耶克:《自由秩序原理》，邓正来译，三联书店 1997 年版。
［英］霍布斯鲍姆等：《传统的发明》，顾杭、庞冠群译，译林出版社 2004 年版。
［德］海德格尔：《在通向语言的途中》，孙周兴译，商务印书馆 2004 年版。
Robert P. Hymes，*Statesmen and Gentlemen*：*The Elite of Fu - Chou*，*Chiang - Hu in Northern and Southern Sung*，Cambridge University Press，1986.
［美］韩森:《变迁之神：南宋时期的民间信仰》，包伟民译，浙江人民出

版社 1999 年版。
[德] 马克斯・霍克海默、西奥多・阿道尔诺：《启蒙辩证法 哲学断片》，渠敬东、曹卫东译，上海人民出版社 2003 年版。
何柄棣：《读史阅世六十年》，广西师范大学出版社 2005 年版。
何辉：《宋代消费史：消费与一个王朝的盛衰》，中华书局 2011 年版。
何怀宏：《选举社会及其终结》，三联书店 1998 年版。
何忠礼、徐吉军：《南宋史稿：政治、军事、文化编》，杭州大学出版社 1999 年版。
何忠礼：《宋史选举志补正》，浙江古籍出版社 1992 年版。
何忠礼：《科举与宋代社会》，商务印书馆 2006 年版。
何忠礼：《宋代政治史》，浙江大学出版社 2007 年版。
贺业钜：《中国古代城市规划史论丛》，中国建筑工业出版社 1986 年版。
贺业钜：《中国古代城市规划史》，中国建筑工业出版社 1996 年版。
胡学常：《文学话语与权利话语——汉赋与两汉政治》，浙江人民出版社 2000 年版。
黄文吉：《宋南渡词人》，台湾学生书局 1985 年版。
黄进兴：《优入圣域：权力信仰与正当性》，陕西师范大学出版社 1998 年版。
黄进兴：《圣贤与圣徒》，北京大学出版社 2005 年版。
黄宽重：《宋代的家族与社会》，东大图书公司 2006 年版。
黄宽重：《宋史论集》，新文丰出版公司 1993 年版。
黄现璠：《宋代太学生救国运动》，民国丛书，第 5 编，上海书店 1994 年版。
黄镇伟：《坊刻本》，江苏古籍出版社 2002 年版。
黄俊杰：《中国孟学诠释史论》，社会科学文献出版社 2004 年版。
侯家驹：《中国经济史》，新星出版社 2008 年版。
J
[日] 加藤繁：《中国经济史考证》第一卷，吴杰译，商务印书馆 1959 年版。
[日] 吉川幸次郎：《宋元明诗概说》，李庆等译，中州古籍出版社 1987 年版。
贾玉英：《宋代监察制度》，贾玉英等著《中国古代监察制度发展史》，人

民出版社 2004 年版。
［英］安东尼·吉登斯：《社会学》，赵旭东等译，北京大学出版社 2003 年版。
［美］贾志杨：《天潢贵胄：宋代宗室史》，赵冬梅译，江苏人民出版社 2005 年版。
［美］马丁·杰伊：《法兰克福学派史》，单世联译，广东人民出版社 1996 年版。
金程宇：《稀见唐宋文献丛考》，中华书局 2009 年版。
蹇长青：《白居易评传》，南京大学出版社 2002 年版。
［日］久保田和男：《宋代开封研究》，郭万平译，上海古籍出版社 2010 年版。
K
［英］迈克·克朗：《文化地理学》，杨淑华、宋慧敏译，南京大学出版社 2003 年版。
［美］泰勒·考恩：《商业文化礼赞》，严忠志译，商务印书馆 2005 年版。
［美］黛安娜·克兰：《文化生产：媒体与都市艺术》，赵国新译，译林出版社 2001 年版。
［美］托马斯·库恩：《科学革命的结构》，金吾伦、胡新和译，北京大学出版社 2003 年版。
［美］科特金：《全球城市史》，王旭等译，社会科学文献出版社 2006 年版。
［美］保罗·康纳顿：《社会如何记忆》，纳日碧力戈译，上海人民出版社 2000 年版。
L
［法］拉康：《拉康选集》，褚孝泉译，上海三联书店 2001 年版。
李孝悌编：《中国的城市生活》，新星出版社 2006 年版。
［美］李弘祺：《宋代官学教育与科举》，刘耕荒译，联经出版事业公司 1994 年版。
［美］李欧梵：《上海摩登：一种新都市文化在中国 1930—1945》，毛尖译，北京大学出版社 2001 年版。
［英］李约瑟：《中国科学技术史》第一卷第一册，科学出版社 1975 年版。

李之亮:《宋两浙郡守年表》，巴蜀书社 2001 年版。
李春青:《宋学与宋代文学观念》，北京师范大学出版社 2001 年版。
李剑亮:《唐宋词与唐宋歌妓制度》，浙江大学出版社 1999 年版。
李孝悌:《士大夫的逸乐：王士祯在扬州（1660—1665）》，《“中央”研究院历史语言研究所集刊》第七十六本第一分册（2005）。
李孝悌:《恋恋红尘：中国城市、欲望和生活》，上海人民出版社 2007 年版。
李致忠:《宋版书叙录》，北京图书馆出版社 1994 年版。
［法］利奥塔尔:《后现代状态：关于知识的报告》，车槿山译，三联书店 1997 年版。
梁庚尧:《宋代社会经济史论集》，允晨文化公司 1997 年版。
［美］林达·约翰逊主编:《帝国晚期的江南城市》，成一农译，上海人民出版社 2005 年版。
林正秋:《南宋都城临安》，西泠印社 1986 年版。
Richard Lehan, *The City in Literature*: *An Intellectual and Cultural History*, Univerity of California Press 1998.
［美］凯文·林奇:《城市意象》，方益萍、何晓军译，华夏出版社 2001 年版。
［美］凯文·林奇:《城市形态》，林庆怡等译，华夏出版社 2001 年版。
［美］林文刚编:《媒介环境学》，何道宽译，北京大学出版社 2007 年版。
林岩:《北宋科举考试与文学》，上海古籍出版社 2006 年版。
林应麟:《福建书业史：建本发展轨迹考》，鹭江出版社 2004 年版。
林申清:《宋元书刻牌记图录》，北京图书馆出版社 1999 年版。
林天蔚:《宋代香药贸易史》，中国文化大学出版部 1986 年版。
廖奔:《中国古代剧场史》，中州古籍出版社 1997 年版。
刘春迎:《北宋东京城研究》，科学出版社 2004 年版。
刘方:《诗性栖居的冥思：中国禅宗美学思想研究》，四川大学出版社 1998 年版。
刘方:《宋型文化与宋代美学精神》，巴蜀书社 2004 年版。
刘方:《中国美学的历史演进与现代转型》，巴蜀书社 2005 年版。
刘方:《文化视域中的宋代文论》，学林出版社 2006 年版。
刘方:《唐宋变革与宋代审美文化转型》，学林出版社 2009 年版。

刘方：《宋代两京都市文化与文学生产》，博士论文，上海师范大学2008年。

刘方：《汴京与临安：两宋文学中的双城记》，上海古籍出版社2013年版。

刘小枫：《儒教与民族国家》，华夏出版社2007年版。

刘禾：《跨语际实践——文学，民族文化与被译介的现代性》，宋伟杰等译，三联书店2002年版。

刘静贞：《北宋前期皇帝和他们的权力》，稻乡出版社1996年版。

刘扬忠：《唐宋词流派史》，福建人民出版社1999年版。

［美］刘子健：《中国转向内在》，赵冬梅译，江苏人民出版社2002年版。

［美］刘子键：《两宋史研究汇编》，联经出版事业公司1987年版。

刘泽华：《中国的王权主义》，上海人民出版社2000年版。

鲁迅：《中国小说史略》，上海文化出版社2005年版。

罗家祥：《朋党之争与北宋政治》，华中师范大学出版社2002年版。

罗威廉：《汉口：一个中国城市的商业和社会（1796—1889）》，中国人民大学出版社2005年版。

龙迪勇：《空间叙事学》，三联书店2015年版。

M

［德］马克思、恩格斯：《马克思恩格斯全集》第6卷，人民出版社1961年版。

［德］卡尔·曼海姆：《意识形态与乌托邦》，黎鸣等译，商务印书馆2000年版。

［美］芒福德：《城市发展史》，倪文彦译，中国建筑工业出版社1989年版。

［美］刘易斯·芒福德：《城市发展史：起源、演变和前景》，宋峻岭、倪文彦译，中国建筑工业出版社2005年版。

［日］梅原郁：《中國近世の都市と與文化》，京都大学人文科学研究所1984年版。

［美］梅尔清：《清初扬州文化》，朱修春译，复旦大学出版社2004年版。

苗春德：《宋代教育》，河南大学出版社1992年版。

［加拿大］麦克卢汉著、埃里克·麦克卢汉等编：《麦克卢汉精粹》，何道宽译，南京大学出版社2000年版。

［加拿大］阿尔维托·曼古埃尔：《阅读史》，吴昌杰译，商务印书馆2002年版。

［法］费夫贺、马尔坦：《印刷书的诞生》，李鸿志译，广西师范大学出版社2006年版。

［德］哈布瓦赫，莫里斯：《论集体记忆》，毕然、郭金华译，上海人民出版社2002年版。

N

［日］内山精也：《苏轼及其周围士大夫的文学》，朱刚等译，上海古籍出版社2005年版。

宁欣：《唐宋都城社会结构研究——对城市经济与社会的关注》，商务印书馆2009年版。

O

Stephen Owen, *Remembrances*: *The Experience of the Past in Classical Chinese Literature*, Cambridge, Massachusetts and I ondon: Harvard University Press, 1986.

［美］斯蒂芬·欧文：《追忆—— 中国古典文学中的往事再现》，郑学勤译，上海古籍出版社1990年版。

欧阳光：《宋元诗社研究丛稿》，广东高等教育出版社1996年版。

P

［法］克里斯多夫·普罗夏松：《巴黎1900——历史文化散论》，王殿忠译，广西师范大学出版社2005年版。

［美］R. E. 帕克等：《城市社会学——芝加哥学派城市研究文集》，宋俊岭等译，华夏出版社1987年版。

潘佳明：《中国居士佛教史》，中国社会科学出版社2000年版。

潘吉星：《中国科学技术史·造纸与印刷卷》，科学出版社1998年版。

潘美月：《宋代藏书家考》，学海出版社1980年版。

皮庆生：《宋代民众祠神信仰》，上海古籍出版社2008年版。

Q

［德］齐美尔：《桥与门》，涯鸿等译，上海三联书店1991年版。

［美］钱存训著，郑如斯编：《中国纸和印刷文化史》，广西师范大学出版社2004年版。

［美］钱存训：《中国古代书籍纸墨及印刷术》，北京图书馆出版社2002

年版。

钱穆:《国学概论》，商务印书馆 1997 年版。

钱钟书:《谈艺录》，中华书局 1984 年版。

钱建状：《南宋初期的文化重组与文学新变》，厦门大学出版社 2006 年版。

钱锡生:《唐宋词传播方式研究》，复旦大学出版社 2009 年版。

漆侠:《宋代经济史》，上海人民出版社 1987 年版。

漆侠:《宋学的发展和演变》，河北人民出版社 2002 年版。

漆侠:《探知集》，河北大学出版社 1999 年版。

戚福康:《中国古代书坊研究》，商务印书馆 2007 年版。

乔卫平:《中国宋辽金夏教育史》，人民出版社 1994 年版。

[日] 浅见洋二:《距离与想象：中国诗学的唐宋转型》，金程宇、冈田千穗译，上海古籍出版社 2005 年版。

R

饶宗颐:《中国史学上之正统论》，上海远东出版社 1996 年版。

S

John Storey, *An Introductory Guide to Cultural Theory and Popular Culture*, Prentice Hall, 1993.

[英] 约翰·斯道雷:《文化理论与通俗文化导论》，杨竹山、郭发勇、周辉译，南京大学出版社 2001 年版。

宿白:《唐宋时期的雕版印刷》，文物出版社 1999 年版。

[美] carl E. Schorske：《世纪末的维也纳》，李锋译，江苏人民出版社 2007 年版。

[美] 索杰:《第三空间——去往洛杉矶和其他真实和想象地方的旅程》，陆扬等译，上海教育出版社 2005 年版。

[美] 施坚雅主编:《中华帝国晚期的城市》，叶光庭等译，中华书局 2000 年版。

[美] 施坚雅（G. William Skinner）:《中国农村的市场和社会结构》，史建云、徐秀丽译，中国社会科学出版社 1998 年版。

石元康:《从中国文化到现代性：典范转移》，三联书店 2000 年版。

[德] 斯宾格勒：《西方的没落》，陈晓林译，黑龙江教育出版社 1988 年版。

［德］斯宾格勒:《西方的没落》，吴琼译，上海三联书店 2006 年版。

［日］斯波义信:《宋代商业史研究》，庄景辉译，稻禾出版社 1986 年版。

［日］斯波义信:《宋代江南经济史研究》，方键、何忠礼译，江苏人民出版社 2001 年版。

［日］斯波义信:《中国都市史》，布和译，北京大学出版社 2013 年版。

宋代史研究会研究报告第 6 集：《宋代社会のネットワーク》，汲古书院 1998 年 3 月发行。

宋代史研究会研究报告第 7 集：《宋代人の認識——相互性と日常空間——》，汲古书院 2001 年 3 月发行。

沈松勤:《北宋文人与党争》，人民出版社 1998 年版。

沈松勤:《南宋文人与党争》，人民出版社 2005 年版。

沈松勤:《唐宋词社会文化学研究》，浙江大学出版社 2000 年版。

束景南:《朱子大传》，福建教育出版社 1992 年版。

束景南:《朱熹年谱长编》，华东师范大学出版社 2001 年版。

T

［德］滕尼斯:《共同体与社会》，林荣远译，商务印书馆 1999 年版。

陶晋生:《北宋士族：家族、婚姻、生活》，“中央”研究院历史语言研究所专刊，2001 年版。

陶文鹏、韦凤娟主编：《灵境诗心：中国山水诗史》，凤凰出版社 2004 年版。

［美］保罗·蒂利希:《存在的勇气》，成显聪、王作虹译，贵州人民出版社 1988 年版。

［美］田浩（Hoyt Cleveland Tillman）编：《宋代思想史论》，杨立华、吴艳红译，社会科学文献出版社 2003 年版。

［美］田浩（Hoyt Cleveland Tillman）：*Utilitarian Confucianism*：*Ch'en Liang's Challenge to Chu His*. Cambridge，Mass：Harvard University，Council on East Asian Studies，1982。

［美］田浩:《朱熹的思维世界》，陕西师范大学出版社 2002 年版。

田银生:《走向开放的城市：宋代东京街市研究》，三联书店 2011 年版。

谭新红:《宋词传播方式研究》，武汉大学出版社 2010 年版。

［美］乔纳森·特纳：《社会学理论的结构》，邱泽奇等译，华夏出版社 2001 年版。

W

［美］伊恩·瓦特:《小说的兴起》，高原译，三联书店 1992 年版。

［德］韦伯:《非正当性的支配——城市的类型学》，康乐、简惠美译，广西师范大学出版社 2005 年版。

［德］马克斯·韦伯著，约翰内斯·温克尔曼整理:《经济与社会》，林荣远译，商务印书馆 1997 年版。

［德］韦伯:《儒教与道教》，洪天富译，江苏人民出版社 1997 年版。

［德］马克斯·韦伯:《儒教与道教》，王容芬译，商务印书馆 1995 年版。

［德］韦伯:《中国的宗教》，康乐、简惠美译，广西师范大学出版社 2004 年版。

［美］沃而顿（Linda Walton），"Kinship Marriage，and Status in Song China：A Study of the Lou Lineage of Ningbo，1050－1250"，*Journal of Asian History*，V18，No. 1，1984。

《文化的馈赠》，载《汉学研究国际会议论文集·史学卷》，北京大学出版社 2000 年版。

汪民安编:《色情、耗费与普遍经济：乔治·巴塔耶文选》，吉林人民出版社 2003 年版。

王邦维:《华梵问学集：佛教与中印文化关系研究》，兰州大学出版社 2014 年版。

王国维:《清真先生遗事》，《王国维遗书》，上海古籍书店 1983 年影印，上海商务印书馆 1940 年版。

王国维:《观堂集林》，中华书局 1959 年版。

王国维:《海宁王静安先生遗书》，上海商务印书馆 1940 年版。

王国维:《宋元戏曲史》，上海古籍出版社 1998 年版。

王瑞来:《宰相故事——士大夫政治下的权力场》，中华书局 2010 年版。

王水照:《王水照自选集》，上海教育出版社 2000 年版。

王水照、朱刚:《苏轼评传》，南京大学出版社 2004 年版。

王水照、熊海英:《南宋文学史》，人民出版社 2009 年版。

王永兴:《陈寅恪先生史学述略稿》，北京大学出版社 1998 年版。

王兆鹏:《宋南渡词人群体研究》，文津出版社 1992 年版。

王兆鹏:《唐宋词史论集》，人民文学出版社 2000 年版。

王兆鹏:《唐宋词史的还原与建构》，湖北人民出版社 2005 年版。

王兆鹏、尚永亮主编:《文学传播与接受论丛》，中华书局 2006 年版。
王兆鹏:《两宋词人丛考》，凤凰出版社 2007 年版。
王兆鹏:《宋南渡词人群体研究》，凤凰出版社 2009 年版。
王曾瑜:《岳飞和南宋前期政治与军事研究》，河南大学出版社 2002 年版。
王正华:《艺术、权力与消费：中国艺术史研究的一个面向》，中国美术学院出版社 2011 年版。
王仲荦:《金泥玉屑丛考》，中华书局 1998 年版。
王赓武:《王赓武自选集》，上海教育出版社 2002 年版。
汪圣铎:《两宋货币史》，社会科学文献出版社 2003 年版。
吴晟:《瓦舍文化与宋元戏剧》，中国社会科学出版社 2001 年版。
吴松弟:《中国移民史》第 4 卷（辽宋金元时期)，福建人民出版社 1997 年版。
吴松弟:《北方移民与南宋社会变迁》，文津出版社 1993 年版。
吴宗国:《唐代科举制度研究》，辽宁大学出版社 1997 年版。
吴福辉:《都市漩流中的海派小说》湖南教育出版社 1995 年版。
［英］雷蒙·威廉斯:《关键词——文化与社会的词汇》，刘建基译，三联书店 2005 年版。
［德］哈拉尔德·韦尔策主编:《社会记忆——历史、回忆、传承》，季斌等译，北京大学出版社 2007 年版。
巫鸿:《时空中的美术：中国美术史文编二集》，三联书店 2009 年版。

X

［法］谢和耐:《蒙元入侵前夜的中国日常生活》，刘东译，江苏人民出版社 1998 年版。
［英］阿兰·谢里登:《求真意志——密歇尔·福柯的心路历程》，尚志英、许林译，上海人民出版社 1997 年版。
谢水顺、李珽:《福建古代刻书》，福建人民出版社 1997 年版。
谢思炜:《白居易集综论》，中国社会科学出版社 1997 年版。
徐规:《王禹偁事迹著作编年》，商务印书馆 2003 年版。
徐贲:《走向后现代与后殖民》，中国社会科学出版社 1996 年版。
徐宏兴:《思想转型——理学发生过程研究》，上海人民出版社 1996 年版。

肖东发:《中国图书出版印刷史论》，北京大学出版社 2001 年版。
萧庆伟:《北宋新旧党争与文学》，人民文学出版社 2001 年版。
许倬云:《西周史》（增补本），三联书店 2001 年版。
许纪霖主编:《帝国、都市与现代性》，江苏人民出版社 2006 年版。
[英] 伊格尔顿:《二十世纪西方文学理论》，陕西师范大学出版社 1986 年版。
杨宽:《西周史》，上海人民出版社 1999 年版。
[德] 西美尔:《宗教社会学》，曹卫东译，上海人民出版社 2003 年版。
Y
杨宽:《古史新探》，中华书局 1965 年版。
杨宽:《中国古代都城制度史研究》，上海人民出版社 2003 年版。
杨宽:《西周史》，上海人民出版社 2003 年版。
[美] 杨联陞:《国史探微》，陈国栋、邢义田、梁庚尧等译，辽宁教育出版社 1998 年版。（按，版权页未列译者，据各篇后附译者姓名补。）
杨万里:《宋词与宋代的城市生活》，华东师范大学出版社 2006 年版。
杨海明:《唐宋词史》，天津古籍出版社 1998 年版。
[美] 杨晓山:《私人领域的变形：唐宋诗歌中的园林与玩好》，文韬译，江苏人民出版社 2008 年版。
扬之水:《古诗文名物新证》，紫禁城出版社 2004 年版。
伊佩霞（Patricia Eberey）:《内闱：宋代的婚姻和妇女生活》，胡志宏译，江苏人民出版社 2004 年版。
伊永文:《宋代市民生活》，中国社会出版社 1999 年版。
[英] 伊格尔顿:《美学意识形态》，王杰等译，广西师范大学出版社 1997 年版。
[美] 伊利亚德:《宗教思想史》，晏可佳、吴晓群、姚蓓琴译，上海社会科学院出版社 2004 年版。
[美] 宇文所安:《追忆—— 中国古典文学中的往事再现》，郑学勤译，三联书店 2004 年版。
[美] 宇文所安:《他山的石头记——宇文所安自选集》，江苏人民出版社 2003 年版。
[日] 宇野直人:《柳永论稿——词的源流与创新》，张海鸥、羊昭红译，上海古籍出版社 1998 年版。

余英时：《朱熹的历史世界：宋代士大夫政治文化的研究》，生活·读书·新知三联书店 2004 年版。

袁征：《宋代教育》，广东高等教育出版社 1991 年版。

Z

［日］中村圭尔、辛德勇编：《中日古代城市研究》，中国社会科学出版社 2004 年版。

赵冈：《中国城市发展史论集》，新星出版社 2006 年版。

赵冈、陈钟毅：《中国经济制度史》，中国经济出版社 1991 年版。

赵冈、陈钟毅：《中国经济制度史论》，新星出版社 2006 年版。

赵冈：《中国城市发展史论集》，新星出版社 2006 年版。

赵一凡：《欧美新学赏析》，中央编译出版社 1996 年版。

赵园：《城与人》，上海人民出版社 1991 年版；北京大学出版社 2002 年版。

郑鹤声、郑鹤春：《中国文献学概要》，上海古籍出版社 2001 年版。

周宝珠：《宋代东京研究》，河南大学出版社 1992 年版。

周宝珠：《〈清明上河图〉与清明上河学》，河南大学出版社 1997 年版。

周宝荣：《宋代出版史研究》，中州古籍出版社 2003 年版。

周峰主编：《南宋京城杭州》，浙江人民出版社 1988 年版。

周策纵：《五四运动史》，陈永明等译，岳麓书社 1999 年版。

周策纵：《五四运动：现代中国的思想革命》，江苏人民出版社 1999 年版。

周华斌、朱聪群主编：《中国剧场史论》，北京广播学院出版社 2003 年版。

周华斌：《中国戏剧史论考》，北京广播学院出版社 2003 年版。

周维权：《中国古典园林史》，清华大学出版社 1999 年版。

周予同：《周予同经学史论著选集》，上海人民出版社 1983 年版。

朱瑞熙等：《辽宋西夏金社会生活史》，中国社会科学出版社 1998 年版。

朱光潜：《悲剧心理学》，张隆溪译，人民文学出版社 1983 年版。

祝尚书：《宋代文学探讨集》，大象出版社 2007 年版。

祝尚书：《宋人别集叙录》，中华书局 1999 年版。

祝尚书：《宋人总集叙录》，中华书局 2004 年版。

祝尚书：《宋代科举与文学考论》，大象出版社 2006 年版。

[美] 张光直:《中国青铜时代二集》，三联书店 1990 年版。
张秀民:《中国印刷史》，上海人民出版社 1989 年版。
张秀民著、韩琦增订:《中国印刷史》（增订版），浙江古籍出版社 2006 年版。
张家驹:《两宋经济重心的南移》，湖北人民出版社 1957 年版。
张富祥:《宋代文献学研究》，上海古籍出版社 2006 年版。
[美] 张英进:《中国现代文学与电影中的城市》，秦立彦译，江苏人民出版社 2007 年版。
张毅:《宋代文学研究》，北京出版社 2001 年版。
张志扬:《创伤记忆：中国现代哲学的门槛》，上海三联书店 1999 年版。
曾枣庄、吴洪泽:《宋代文学编年史》，凤凰出版社 2010 年版。
《中华学术论文集》，中华书局 1981 年版。
中国社会科学院哲学所美学研究室编:《美学译文》（2），中国社会科学出版社 1982 年版。

后　记

光阴荏苒，转眼间三年博士生活结束已经一年有余，回望岁月，心中怀有无尽的感慨和眷怀。

衷心感谢我的导师孙逊先生三年中的指导。先生儒雅大度、思想活跃、视野广阔，给了我多方面的启迪。而先生在治学方面的范导和教诲，不仅使我在三年中获益匪浅，也将让我在今后的治学道路上受益终生。

由于自己入师门之前，在宋代研究方面，独立承担过几项省部级社科基金课题，先后出版的几部学术著作中，就有两部是有关宋代美学、文论、文化等方面的研究成果。因此，入学数月后，先生就与我商定了以研究宋代双城为主题的博士论文选题。我最初也以为虽然自己长期以理论研究为主，但是有多种宋代相关课题的研究成果为基础，特别是有长期从事理论研究的优势，转向宋代文学史的研究，完成博士论文写作，应该比较容易。但是进入课题准备工作之后，很快发现，最初的乐观预期完全错了。虽然先前的研究，为从事博士论文写作，打下了一些基础。但是，毕竟都市文化与都市文学是我此前较少接触的领域，相关的理论与基本书献也几乎没有涉及过。而从宋代都市文化与文学关系的角度，探索两者之间的复杂关系，更是一项新的研究课题，可资借鉴的成果极为有限，就连最基本的文献，也要从全宋诗、全宋文、宋人文集、笔记、会要、方志等浩如烟海的大量文献中，一部部翻阅，一点点查找，希冀找到可以利用的资料。这和研究一个比较成熟的研究领域，其基本书献、资料都已经有人做了大量基础性工作的情况，完全不同。

在查阅资料的过程中，伴随着偶然出现的意外的惊喜，但是更多是花费大量时间之后的大失所望，交织了酸甜苦辣。而且，进行资料查阅和准备的过程中，很快就发现了另外一个令人苦恼的问题，即资料的严重缺乏。客观上说，宋代城市研究的资料，算是丰富了，城市笔记、宋元方志中，数量不少。但是也有丰富中贫乏的苦恼，这原因之一是笔者在论文导论中为自己的课题研究范围确立的标准：

都市文化，并非一般性概念，而是特指在特定的时间、空间下特殊的都市文化。许多研究者习惯于将某一特定城市文化的某一方面的特征，当成一个王朝各个城市的普遍特征，而本研究力求避免这一通病，研究具体的历史时间与特殊空间的都市文化。

都市文学，同样也并非一般性概念，而是特指在特定的都市的时间、空间中，针对特定的事件，写下的与特定的都市文化有直接或者密切关联的文学作品。凡在都市中创作，但是其内容与所在城市文化没有内在关联的作品，或者体现出来的是过于泛化，无法呈现特定都市文化特征的作品，均不在此范围之内。

而这个标准的确立，也就意味着那些可以在一般性研究宋代城市文化与文学的课题中利用的大量曾经花费许多心血查阅到的资料，因为不符合这个空间和时间的特定的苛刻范围，而不得不忍痛割爱了。

在文献资料的查阅过程中，我发现另外一个更大苦恼，即那些看起来数量庞大的宋代城市笔记、方志和文集中的相关文章，常常相似得好像以一个模式写出来的，反映的是宋人关注的一些基本相同的问题和内容，而这也就意味着许多从今天的研究视域、理论、框架中所欲研究的领域、问题，其相关资料几乎是空白，而且一部方志、笔记中空白的领域，往往在其他同时或者后出方志、笔记中也几乎看不到。因此，只能将就现有的文献进行研究，形成捉襟见肘和在两难夹缝中游走的困境和苦恼。

在课题研究过程中，笔者曾经花费大量时间，在各种地方志和文集等文献中查找相关文献，但是所获不仅稀少而且十分零散，无法整合为具有相对集中主题的研究问题。现代城市文化研究所关注的一些领域、方面、问题，原本也有一些很好的想法，在文献严重不足的情况下，也只好放弃了。

课题中符合研究范围的城市文学的文献主体是诗歌，而这些诗歌不仅远较散文抽象（更不用说无法与丰富的明清城市小说或者反映唐代两京的大量传奇相比）和概念化，需要大量的丰富的史料的支撑，才能可资利用。而且以才学为诗的宋诗，往往充斥了许多典故——古典与今典。许多文学作品是第一次作为文学研究的对象加以使用，其中涉及的典故和今典，典故相对好查，今典则难度大，更是需要花费大量时间来加以考证和落实，必须熟知当时诸方面情况，多学科知识和研究成果。我一方面充分利用已有多年研究宋代文化、美学、文论、艺术等诸方面的积累，另一方面努力了解和尽可能掌握相关方面的已有成果，进行适当的综合运用和进一步推导与综合研究。但是在正式的文章中，所能够看到的往往只有几句甚至一句话，而为了能够放心说这一句话的表述，背后下的功夫和时间，真是一言难尽。

但是，我对自己提出的要求则是不在材料收集上较短长，因为只要在时间、精力上肯下功夫，做博士论文的人，几乎都可以做，不适合我自己的实际情况。作为在入师门之前，就已经有了教授职称和获得了浙江省新世纪151人才、浙江省高校中青年学科带头人等学术荣誉的我而言，不仅导师有更高的期许，自己也有着更高的要求。我应该在研究的质量、研究的深度和广度上体现自己的学术水平和研究能力。

因此不仅要将课题研究放置于文献、论据坚实的基础之上，吸收多学科的成果，涉猎和采纳了多领域的古代文献和当代考古学成果与研究成果，更为重要的方面，是切记自己从事的是文学研究而不是史学、考古研究或者文献考证，因此没有采取近年来颇为流行的将文学史的研究变成了历史的或者文献学的研究，用考证、统计、图表、文献辨伪等代替了文学研究的普遍路径。因为文学的分析与研究，不是可以靠资料的考据、量化的统计就可以解决的，这些只是为辅助文学研究服务的。

在研究中，不仅努力尝试运用陈寅恪先生所范例的文史互证的研究方法，广泛参阅《续资治通鉴长编》、《宋会要辑稿》、宋元方志、宋人笔记、城市史史料，以及城市史、人口史、移民史、经济史、商业史、建筑史等领域的大量论著，而且努力做到尽可能地使用王国维先生所推崇的二重证据法，传世文献与地下文物、考古结合，从而大大增加了难度和工作量。

对于从今天的学科分类中分属现代不同学科中辛苦耙梳出的材料，也努力不仅停留在文献的梳理、分类基础上的简单归纳、分析，而是希望能够通过自己借鉴、吸收一些新的理论、方法、视角，比如韦伯、列斐伏尔、布迪厄、芒福德、凯文·林奇、福柯等人的城市学、建筑学、社会学、人类学等，从而利用这些历史资料，探索和发掘研究宋代城市文学的一些新的领域、视角和方法。希望在广泛吸收、借鉴当代西方多方面学科、领域的知识、理论的基础上，尝试探索建构古代中国都市文化与文学生产的宏观理论研究框架。事实上，即就西方当代理论而言，以个人目力所及，也未见有专门研究都市文化与文学生产的理论或者文学史研究著作，因此，论文的理论框架的探索与建构，应该是在学理上有一定开拓和创新的。

论文的重要理论开拓的体现之一，是关注城市文学写作中的作者身份与文体类型两个以往城市文学研究文章中很少关注到的文学史和文学实践问题。论文关注身份与写作之间的相互关系，互相制约，关注文体类型与书写内容、主题、模式之间的相互影响、制约，以及在不同的文学类型所关注的不同的焦点，折射不同的身份、趣味、立场、思想和观念。

而在新的理论视域中，对于既有的文学史研究，也努力进行了突破性研究。比如研究宋代江湖诗派的文学史现象，从《江湖诗派研究》出版以来，论著已经有多种，成果也比较丰富了。但是主要是集中于传统文学史的视角，比较集中于江湖诗派的诗歌创作研究、分析，江湖诗人的生存状态的研究等。而论文则以马克思艺术生产观念及其进一步发展起来的现代西方马克思主义文学理论的现代性文学生产理论视角，综合都市文化、文学史、社会史、科举社会、出版史、印刷史、版本研究等多学科的研究成果，进行跨学科的综合性的研究，在多维视角和跨学科知识、理论的张力中，发现和探索中国文学史上具有划时代意义的、具有现代性文学生产萌芽特征的新型的文学现象，及其发生的文化语境问题。从而以现代文学理论视角和跨学科知识、文献、视野，以较为翔实的历史文献的广泛支撑，揭示了南宋时期，以现代性特征的文学生产的出现这一中国文学史上前所未有的文学现象的历史生成的具体过程，及其发生背景与社会文化语境。

制度对于文学生产的重要性，往往被人们忽略了。其实，以北宋而言，欧阳修嘉祐二年知贡举与王安石在宋神宗时期对于科举制度的改革，都对北宋文学的发展产生了巨大而深远的影响，就是极为典型的事例。新的科举制度形成的新的制度文化和科举社会，本课题研究的礼部唱和诗歌就是从一个侧面，反映了制度变迁对于新的都市文化与文学生产的意义与作用。

唐宋变革、坊市制度的破坏、城市革命，形成的新的更具商业化特征的都市文化，也必然会对文学生产产生影响，我在《宋型文化与宋代美学精神》、《文化视域中的宋代文论》和《唐宋变革与宋代审美文化转型》

等课题和著作中，已经开始关注和持续研究了一些理论问题。而在博士论文中，则探索和揭示了丰富的城市文化，一方面促进新型文学生产发展，另一方面新型文学生产的繁荣、变迁又形塑新的城市文化意象，形成新的都市文化想象与文学建构。比如伴随士大夫阶层的形成，他们如何看待新型城市文化，并且如何在城市文学中加以表达？伴随城市繁荣，城市的商业化，权力下移，新兴市民阶层崛起，形成什么样的新文学表达的声音？从而形成前所未有过的城市文学的复调甚至是众声喧哗。同时，对于同一群体建构的同一都市文学意象，也分析其丰富、复杂多方面的内涵，揭示出并非单一的，而是立体的都市文学意象。

常常回想起在先生的办公室、在先生去参加会议的路上，在电话中，与先生就博士论文进行的一次次交流与长谈。先生不仅在论文的整体结构安排、论文章节主题、观点的凝练、提升，内容的逻辑安排、论证的层次递进等方面，悉心指教；而且在章节的目录、文字的表达和标点的使用等方面，也与我反复推敲、斟酌。而我则在先生睿智的洞见和敏锐的学术眼光中，学习到许多具体的论文修改之外的宝贵治学经验与方法。每忆及此，心中不禁充满感恩、感动与感伤。

毕业一年多的时间中，遵从先生的教诲，对于论文进行了反复的修改和打磨。不仅论文的大部分章节，进行了不同程度的修订，而且其中的有些章节，又根据自己的一些新的思考和获得的新材料，进行了补充和重写，增补了一些新的研究与思考，也尽可能减少了一些研究中的疏漏与不足。

2009. 10

补记

上述后记写成之后，因为有关专家和朋友的建议、鼓励，我对于论文再一次进行了比较大的修订，主要是集中于内容方面的修订，在观念创新、学术研究新的观点、结论的提炼和更为细致的分析、阐释和论证等方面，在内涵提炼方面下功夫。特别是根据自己这几年在唐宋变革研究和宋代城市文化研究的过程中，发现的一些新材料，研究的一些新成果，补充和充实了博士论文，并且引发了一些新思考。因此，除了对于博士论文进行的整体的修订之外，对于有些章节进行了重新写作。

内容方面进行了较大幅度的修订、补充、调整和改写，主要涉及第七章和第十章。

第七章：不仅增加了第三节《城市书写话语的探索与叙事模式的建构》，而且全章也从邵雍城市诗歌书写的在中国城市的发展和中国文学史上的意义这一新的角度，进行了修改和改写。

第十章：是修改增加文字最多的一章，增加字数八千余字，研究并且提出了一系列新的学术观点。

首先，补充分析了新型文学生产的创作者来源，认为："宋代科举制度的繁荣，录取比例不断缩小，从而不仅导致了一个使读书人逐渐变为地方精英的过程，更为严重的是积累了越来越多的不能录取的读书人，从而形成一个越来越庞大的群体。这些沉沦下僚的读书人为生存所迫，不得不从而由传统的文学创作方式被迫转型为新型的文学生产方式，成为中国历史上第一批为文学市场而从事文学生产的文化群体。"

其次，从媒介文化转型的历史意义高度来认识陈起刻书对于江湖诗派兴起的作用这一文化现象与文学现象，研究指出："形成实质上已经不再是传统文学史意义上的诗歌流派，而是在新的传播媒介，商业化社会的新型文化语境下，新型的文学生产方式。改变了传统文学的性质，从一种非商业化、文人自娱方式的、非生产性活动，变化为一种商业化、生产性的文学活动。"

最后，研究并且提出："特定的文化生产，会建构起不同的社会、文化群体，正是通过这种文学商品的生产，刊刻、出版和随后的购买、阅读、消费，建构起了一个新型的大众文化群体。这种不同于传统士大夫的市民阶层文化层次上的文学作品阅读群体，也建构起一种文化趣味的区隔和文化身份的认同。由此可以说，书坊业这一新型文化媒介影响下的新型文学生产，也建构起了一个特殊的社会群体，即大众文化群体，体现出了印刷术——新型文化媒体和新型文学生产对于这个文化、历史上早期开始萌生和出现的大众文化的形成过程中的建构作用和重要意义、价值。"

从 2011 年 7 月开始，我再一次根据有关专家提出的修改意见，进行了全面性修订。其中比较大幅度修订、补充的主要涉及几个方面。

一是根据专家建议，此次修订，对于书稿引用古代文献的版本进行了全面调换。原来使用四库全书本的文献，如果有比较好的现代整理本、校注本则选择这些版本，或者比较好的其他版本。实际涉及、调换一百余种文献。

二是在修订过程中，进一步参考和吸收了博士论文完成后新出版成果（包括部分博士论文中未及参考的此前出版的研究成果）50多种，来借鉴、补充、吸收和修订书稿。

而此次修订最大的变化，是根据专家建议对宋词作专章专节的论述，新撰、增补宋词与两京都市文化方面内容约四万六千余字。

宋词是代表有宋一代文学成就的文体，因此历来研究者众多，研究成果十分丰富，如想获得新的突破，难度比较大，也因此笔者在撰写博士论文时期，考虑到这些情况，研究的主要着力点就没有放在宋词方面。此次修订，新撰写了《北宋京城繁华生活写真的宋词》三万余字，《北宋都市风情词中的金明池游观》八千字。

正如许多研究者已经指出的，柳永的城市词书写，成为北宋最具有代表性的反映北宋东京城市文化繁荣的作品。我从新兴的市民文化、大众文化的重要代言人和宋词作为大众文化重要传播媒介的视角，来进一步透视和分析柳永都市词作品的丰富内涵。提出了柳永词作的典型书写范式。认为上阙用唐人诗歌笔法，以汉代典故写北宋皇都气象，下阙写男性主人公的都市冶游，体现柳永词世俗化特征，市民文化特色，构成了柳永城市词作的一种典型书写方式。分析指出，以柳永词作为典型代表的一部分宋词作品，构成了一种市民文化、大众文化崛起与繁荣时期的重要的传播方式与途径。深度分析了宋代词学对于柳永词作批评文字中包含的多个层面的复杂内涵。揭示了其中隐含的雅文学的危机，和由此导致士大夫群体作为雅文学与雅文化拥有者和这一文化资本的受益者的危机意识与激烈反应，隐含了不同社会群体、不同文化集团的不同声音的众声喧哗。

《北宋都市风情词中的金明池游观》部分则研究、分析了宋代都市风情词的词作中保存的一些反映北宋都市民众金明池游赏、娱乐的作品。对于相关文学史实进行了重新认识和必要考证。苏轼“露花倒影柳屯田”的评语，历来有不少研究者以此作为苏轼称赞柳永词的证据。我认为这是一个误解。流行程度和艺术水平高低，是相关但是又不能够简单等同的两回事，这里面不仅涉及衡量标准，而且关系审美趣味。

虽然经历了比较长时间的撰写与反复修订，但是书稿一定仍然存在不足之处，真诚希望读者朋友给予批评、赐教。

真诚感谢在这6年的课题研究与反复修订过程中，给予我不同方式的支持的许多专家、朋友和同事。

真诚感谢我的家人始终如一的支持与厚爱。

我唯有加倍努力，不断奉上更好的研究成果，以为报答。

2012. 3

再记

书稿终于在不断的修改之后，送交出版社准备出版了。为了使书稿在结构和内容上取得平衡，不仅新撰写了三万余字的第八章《酒楼：临安商业文化繁荣与文学空间的扩展》，希望能够透过酒楼这一南宋都市文化的一个典型建筑与文化空间，更为突出体现临安都市文化对于南宋都市文学所产生的影响，以平衡对于南宋临安都市文化与文学书写的不足。也对于书稿的章节结构进行了部分调整，以使书稿的章节安排尽可能更为合理一些。对于书稿中的一些章节，也陆续进行了文字上的修订，对于近年来新学术成果，也力所能及地吸收了一批至 2015 年出版的学术成果。

在补记中结尾所说的四句话，仍然是我今天还想再说一次的话，不避重复写在下面：

虽然经历了比较长时间的撰写与反复修订，但是书稿一定仍然存在不足之处，真诚希望读者朋友给予批评、赐教。

真诚感谢在这 10 年的课题研究与反复修订过程中，给予我不同方式的支持的许多专家、朋友和同事。

真诚感谢我的家人始终如一的支持与厚爱。

我唯有加倍努力，不断奉上更好的研究成果，以为报答。

我愿以海德格尔《诗人哲学家》中的诗句作为这篇简短再记的结语：

如果我们想排除忧伤，
欢乐何以会传透我们的周身？

2015. 9